Hobbit Presse
Klett-Cotta

DANIEL ILLGER

SKARGAT

3

DER STERN DER MITTERNACHT

Klett-Cotta

Hobbit Presse
www.hobbitpresse.de

Printed in Germany
Cover: Birgit Gitschier Augsburg
unter Verwendung mehreren Motiven von Shutterstock
Karten: © wunderlandt.com; Veronika Wunderer
Gesetzt von Dörlemann Satz, Lemförde
Gedruckt und gebunden von CPI – Clausen & Bosse, Leck
ISBN 978-3-608-98124-7

Nacht der Menschheit
würdest du ein Herz zu vergeben haben?
Nelly Sachs

Für Charis und Orwena

INHALT

TEIL III

TEIL IV

AUF DEM PFAD DES SCHWARZEN LICHTS …
WAS BISHER GESCHAH

Ihr wollt wissen, was damals geschah? Wie es begonnen hat und wie es endete? Wer lebte und wer sterben musste?

Nun gut, dann setzt euch, haltet den Mund und hört zu.

Ich sage: Es begann mit Mykars Geburt. Ich sage das, obwohl es nicht wirklich stimmt. Denn ihr wisst vielleicht schon, dass der wahre Anfang einer jeden Geschichte tief in den Klüften der Zeit verborgen ist. Ebenso, wie jedem Ende ein weiteres Ende folgt. Aber irgendwo muss ich anfangen. Also noch einmal: Es begann mit Mykars Geburt.

Eigentlich war er ein gewöhnlicher Junge. Er hätte ein Leben führen können, das sich in nichts von dem der übrigen Kinder des Dorfes – ganz recht, eures Dorfes – unterschied. Doch sein Unglück war, dass er in einem Jahr der Bösen Ernte geboren wurde. Ein Jahr der Bösen Ernte, das heißt: ein Jahr der Angst. Man hat Angst vor dem Hunger, Angst vor Hitze und Kälte, Angst vor der Zukunft. Es gibt Leute, die suchen dann jemanden, der dafür bezahlen soll, dass sie so viel Angst haben – als würde die Angst verschwinden, wenn da einer ist, der noch mehr Angst hat als man selbst. Irgendwie einigte man sich darauf, dass Mykar dieser Jemand sein sollte. Man schimpfte ihn Skargat-Kind und sagte, er sei im Zeichen der bösen Gottheit geboren. Man begegnete ihm mit Verachtung und Abscheu. Selbst seine eigenen Eltern hegten wenig Liebe für ihn.

Ich bin sicher, jeder von euch weiß, wie es ist, wenn man sich mit anderen zerstritten hat. Plötzlich fühlt man sich ganz allein, so als ob es auf der großen, weiten Welt niemanden gäbe, mit dem man reden könnte. Schön ist das nicht, oder? Jetzt stellt euch vor, das ganze Leben wäre so.

Nun, trotz allem hatte Mykar Glück. Nicht das ganze Leben war so. Er hatte nämlich einen Freund: Cay, den Sohn des Elaah-Geweihten Illiam. Im Dorf verstand keiner, warum sich Cay mit dem Skargat-Kind abgab. Ich weiß nicht, ob die Leute ihn liebten. Jedenfalls respektierten sie ihn. Vielleicht hatten sie auch Angst vor ihm. Denn Cay war anders. Er fürchtete nichts und niemanden. Alles, was er anpackte, gelang ihm. So sah man ihn im Dorf. Es mag sein, dass er tatsächlich so war. Selbst denjenigen, die ihn gut kannten und an seiner Seite kämpften, ist er ein Rätsel geblieben.

Aber jetzt greife ich vor. Man soll immer schön der Reihe nach erzählen, nicht wahr? Ich will also vorerst nur dies über Cay sagen: dass er Mykar gerne hatte. Er wurde nicht nur sein Freund, sondern auch sein Beschützer. Er sorgte dafür, dass die anderen Kinder ihn in Ruhe ließen. Und er sorgte dafür, dass etwas Freude in Mykars Leben kam. Doch das konnte nicht von Dauer sein.

Cay war ja ein paar Jahre älter als Mykar. Bald kam es so weit, dass ihn sein Vater mitnahm, wenn er Fahrten übers Land antrat. Denn Illiam hegte den Wunsch, dass Cay sein Nachfolger würde – ein Elaah-Geweihter wie er. Für Mykar bedeutete dies, dass er wieder oft allein war. Und das Alleinsein ist gefährlich, wenn einem die Leute übel wollen. Das wusste Mykar aus bitterer Erfahrung. Also sah er zu, dass er dem Dorf so oft als möglich fernblieb.

Bei seinen Streifzügen entdeckte er einen merkwürdigen Ort: eine Lichtung im Wald, auf der die Ruine einer Hütte stand und an deren Rand eine gewaltige Linde wuchs. Mykar gefiel die Lichtung. Hier fand er eine Zuflucht. Und er fand eine neue Freundin: Danje. Um genau zu sein: Er fand ihre Knochen. Denn Danje war bereits seit einem Jahrzehnt tot, als Mykar sie kennenlernte. Sie war ein Hexenmädchen, das mit ihren Eltern und ihrer Schwester auf der Lichtung im Wald gelebt hatte. Eines Nachts war etwas Furchtbares geschehen: Danje, ihr Vater und ihre Mutter wurden auf grauenvolle Weise ermordet; nur ihre Schwester entkam.

Oh ja, ich weiß, wer die Tat verübte. Ich weiß es nur zu gut. Auch das gehört zu der Geschichte, die ich zu erzählen habe.

Noch aber sind wir bei Mykar und Danje. Gewiss fragt ihr euch, wie es sein kann, dass ein kleiner Junge und ein totes Mädchen sich befreunden? Nun, die beiden waren einsam, und eins erkannte sich in der Einsamkeit des anderen. Sicher, Mykar lebte, Danje nicht. Aber es gab eine Macht auf der Lichtung, die verband, was sonst getrennt bleiben muss. Diese Macht war die Linde. Sie hatte einen dunkelroten Stamm und ein leuchtendes Blätterkleid. Selbst wenn es windstill war, umgab sie etwas wie ein leises Rauschen oder flüsternde Stim-

men. Und sie grünte auch im tiefsten Winter, wie Mykar bald herausfand. Von nun an kam er nämlich fast täglich auf die Lichtung.

Was es mit der Linde auf sich hat? Ich verspreche euch, dieses Geheimnis beizeiten zu lüften. Noch aber soll es ein Geheimnis bleiben – was wäre schon eine Geschichte ohne Geheimnisse?

Ich rede, als wollte ich scherzen. Eigentlich aber ist mir nicht nach scherzen zumute. Denn nun muss ich etwas sehr Trauriges erzählen. Es geht um Alva. Sie war Cays Verlobte. Ich habe das Mädchen nie kennengelernt, doch man sagt mir, sie sei voller Liebe gewesen. Allein, es war ihr nicht vergönnt, ihre Liebe weiterzuschenken. Eines Sommertages – da war er zwölf Jahre alt – fand Mykar sie im Wald. Sie war geschändet und ermordet worden; hier, wo wir jetzt sitzen, kam der Tod zu ihr. Mykar sah noch, wie die drei Täter davonritten. Doch er hatte keine Ahnung, wer die Männer waren. Gelähmt stand er da und starrte die tote Alva an. Die Mörder hatten ein Zeichen in ihre Brust geschnitten: eine Blume oder einen Stern oder ein Maul. Das Zeichen schien seine Form zu verändern, während Mykar es betrachtete. Er spürte, dass es etwas Böses war. Entsetzt eilte er zurück ins Dorf, um Hilfe zu holen.

Geschah, was geschehen musste? Oder was niemals hätte geschehen dürfen? Wenn ich auf die Vergangenheit zurückblicke, kommt es mir manchmal vor, als wäre da kein Unterschied.

Tatsache ist, dass Brogar, Alvas Vater, von dem Wahn ergriffen wurde, Mykar, das Skargat-Kind, hätte seine Tochter auf dem Gewissen. Weder Illiam noch Cay konnten ihn daran hindern, den Unschuldigen totzuprügeln. Gemeinsam mit den anderen Männern des Dorfes traf Brogar den Entschluss, Mykar im Wald zu verscharren – denn sie dachten, er wäre tot. Damit beauftragten sie Ordalf, den Säufer. Als Ordalf merkte, dass Mykar noch lebte, ergriff ihn ein solcher Schrecken, dass er die Beine in die Hand nahm und den Sterbenden allein zurückließ. Mykar wusste, dass der Tod nahe war; und er schleppte sich zu der Lichtung im Wald, wo ihn Danje und die immergrüne Linde erwarteten.

Was nun folgte, ist schwer zu erzählen und noch schwerer zu begreifen, selbst für mich, die ich eine Menge von diesen Dingen verstehe. Alles, was ich sagen kann, ist, dass sich die Linde entschloss, Mykar zu beschützen. Sie nahm ihn zu sich, ließ ihn in den Boden sinken, hüllte ihn in eine Rüstung aus dunk-

ler, feuchter Erde. So ruhte er. In einem Zustand zwischen Leben und Tod, Zeit und Ewigkeit, Diesseits und Jenseits ruhte er. Sieben Jahre währte sein Schlaf – er endete erst, als Cay in Not geriet.

Cay war lange verschwunden gewesen; niemand wusste, wo er hingegangen war und was er dort getan hatte. Nach seiner Rückkehr in die Windmarken trat er jedenfalls als Handwerker in den Dienst des Grafen Erwig von Nordwiesen. Er führte ein ruhiges, zurückgezogenes Leben. Vielleicht wäre das immer so weitergegangen. Doch eines Tages wurde er beschuldigt, Rudrick, den Sohn des Grafen, getötet zu haben. Man wollte Cay in die Perle bringen und ihm dort den Prozess machen. Daran, dass er verurteilt werden würde, konnte kein Zweifel bestehen. Denn wenn ein armer Schlucker des Mordes an einem Adligen bezichtigt wird, geht es für ihn niemals gut aus.

Mykar spürte, dass Cay in Gefahr war. Er wusste noch nicht, was geschehen war. Aber er wusste, dass sein Freund litt. Da kam er zurück. Wie leicht ist das gesagt! Aber stellt euch vor: Jemand ist sieben Jahre lang aus der Welt verschwunden. Vielleicht erinnert er sich an sein eigenes Leben nur noch wie an die Geschichte eines anderen. Vielleicht will er sich auch überhaupt nicht erinnern. Und dann zerrt etwas an ihm: Liebe und Hass, Trauer und Reue. Diese Gefühle sind so stark, dass er gar nicht anders kann als zurückkehren. Ja, er muss zurückkehren.

Mykar war also wieder da. Nun war er kein kleiner, schwacher Junge mehr. Er hatte sich verwandelt. Auch wenn man es ihm nicht ansehen konnte: Er hatte ein Stück Tod mit zurück ins Leben gebracht: eine machtvolle Dunkelheit, die nur darauf wartete, aus ihm hervorzubrechen.

Und sehr bald schon war es so weit. Denn als Mykar durch den Wald irrte und versuchte, sich wieder in die Welt einzufinden, stieß er plötzlich auf eine Frau. Der Name der Frau war Scara. Sie war die Magd von Justinius von Hagenow, Sohn des Baron Gernot, der ihn verstoßen hatte. Justinius und Scara hausten auf einem verfallenen Landsitz und waren in dieser Nacht von Meuchlern überfallen worden, die Justinius' Bruder Edmund gedungen hatte. Nun schaut nicht so entsetzt. Unter Adeligen ist es üblich, dass Geschwister einander einkerkern, vergiften oder enthaupten lassen. Es war allerdings nicht die Gier nach Gold oder Macht, die Edmund dazu trieb, seinem Bruder den Tod zu wünschen. Auch er hatte Angst.

Angst vor wem? Hört zu, dann erfahrt ihr es.

Ich habe gesagt, dass Mykar im Wald auf Scara stieß. Das stimmt nicht ganz. Vielmehr stieß er auf Scara und gleichzeitig auf ein paar der Meuchler, die sie töten und verscharren wollten. Doch Mykar sorgte dafür, dass die Meuchler selbst ihr Grab fanden. Dann eilte er mit Scara zum Gutshof. Die zwei kamen gerade rechtzeitig, um Justinius aus den Händen der Häscher zu retten. Nachher blieb Mykar auf dem Landsitz – obgleich man nicht sagen kann, dass er und der Hausherr Freunde wurden.

Mykar und Scara hingegen … nun, die beiden mochten sich. Was Scara wirklich *dachte und fühlte, ist schwer zu sagen. Auf ihre Art war sie ein ebenso großes Rätsel wie Cay. Die einen hielten sie für verrückt. Die anderen waren der Meinung, sie sei überaus klug und hellsichtig. Ihre Verrücktheit wäre dann eine Posse gewesen, die sie der Welt vorspielte. Sicher ist, dass sie Mykar helfen wollte. Sie war es auch, die Justinius davon überzeugte, ihn in die Perle zu begleiten, um Cay vor der Hinrichtung zu bewahren.*

Zunächst aber kehrte Mykar in das Dorf zurück, wo er sein kurzes, trauriges Leben verbracht hatte. Hier erfuhr er, dass Cay beschuldigt wurde, den Grafensohn Rudrick getötet zu haben. Und hier erfuhr er, dass seit Alvas Ermordung sieben Jahre vergangen waren. Sein Vater war gestorben. Und auch einige der Männer, die damals über sein Schicksal entschieden hatten, lebten nicht mehr.

Wie es sich wohl anfühlt, zu erfahren, dass man sieben Jahre lang in der Erde gewesen ist? Ich vermute, dass Mykar tief in Grübeleien versunken war, als ihm der Rabe begegnete. Es war schon dunkel, und Mykar befand sich auf dem Rückweg zum Landsitz, als er das Gekrächze hörte. Er merkte bald, dass es kein gewöhnlicher Rabe war, der ihn da auf sich aufmerksam gemacht hatte. Es schien, als wolle ihn der Rabe irgendwohin führen. Mykar ließ sich führen – er ahnte wohl, dass es wichtig war, sich diesem merkwürdigen Vogel anzuvertrauen. Der Rabe flog also von Baum zu Baum, und Mykar eilte hinter ihm her, bis die beiden an eine Kreuzung kamen. Ihr kennt die Kreuzung, sie ist nicht weit von hier. In der Zeit, von der ich erzähle, standen dort drei windschiefe Galgen und die Ruinen einer Kapelle. Das heißt, bei Tag war es so. Jetzt, in der Nacht, waren die Galgen ins Riesenhafte gewachsen, und an die Stelle der Ruinen war ein kleines Häuschen getreten. Bei dem Häuschen handelte es sich um eine Gespensterschenke – den Gasthof Zum Fröhlichen Toten.

Ganz recht, eine Gespensterschenke. Ihr wisst vielleicht aus den Geschichten eurer Mütter oder Großmütter, dass es ein Geisterreich gibt. Das Geisterreich liegt zwischen dem Diesseits und dem Jenseits; manch einer muss darin Aufenthalt nehmen, ehe er weiterziehen kann. Meistens, weil ihn noch etwas an sein vergangenes Leben bindet. Vielleicht kann er nicht verzeihen, sich selbst oder anderen, oder ihm ist nicht verziehen worden. Vielleicht will er aber auch gar nicht verzeihen und ist darauf aus, den Lebenden vom Grabe her Leid zuzufügen. Da gibt es viele Möglichkeiten.

Mykar jedenfalls stellte in dieser Nacht fest, dass er nunmehr Teil beider Welten war: jener der Menschen und jener der Gespenster und Spukwesen. Im Fröhlichen Toten lernte er den Elenden Ede kennen. Ede war ein Wiedergänger, der sozusagen im Geisterreich stecken geblieben war. Seit Hunderten von Jahren schon. Er schien einiges über Mykar zu wissen und erklärte ihm, dass er Danjes Schädel mitnehmen sollte, wenn er in die Welt hinausging. Warum das so wichtig war, verriet er Mykar nicht. Er gab ihm allerdings zu verstehen, dass er ihm dies – und noch viel mehr – sehr wohl verraten könnte; vorausgesetzt Mykar seinerseits würde ihm einen kleinen Gefallen tun.

Sowohl Ede als auch der Rabe werden noch eine Rolle in meiner Geschichte spielen. Jetzt ist es aber Zeit, dass wir – was? Neinnein, wo denkt ihr hin! Der Rabe gehörte natürlich nicht Ede! Wer hätte je davon gehört, dass ein Spukwesen so einen prächtigen Raben besessen hätte! Der Rabe gehörte natürlich einer Hexe. Übrigens war sein Name Jacomo. Ein schöner Name, nicht wahr? Davon später mehr. Lasst uns jetzt zu Justinius und Scara zurückkehren.

Mittlerweile hatte Scara ihren Herren davon überzeugt, Mykar zu helfen. Wie sie das geschafft hat? Ganz einfach. Sie musste ihm nur sagen, wer der Adelige war, den Cay angeblich ermordet hatte. Justinius kannte Rudrick von Nordwiesen nämlich. Er kannte ihn schon viele Jahre, seit sie gemeinsam an der Kriegerakademie zu Mandris gewesen waren. Und er wusste, dass Rudrick ein wahrer Teufel war. Schließlich hatte er immer wieder versucht, Justinius dazu zu verleiten, sich an seinen Lieblingsvergnügungen zu beteiligen; das waren Folter, Mord und Schändung.

Beginnt ihr, etwas zu ahnen? Vielleicht ahnt ihr richtig, wir werden sehen.

Ich greife jetzt ein wenig vor, aber ihr solltet wissen, warum Justinius sofort bereit war, mit Mykar und Scara in die Perle zu reisen, als er den Namen Rudrick von Nordwiesen hörte. Es ist so, dass Justinius selbst noch eine Rechnung mit ihm offen hatte. Rudrick und seine Freunde – adelige Mordbuben wie er – hatten eine Frau, die Justinius liebte, zugrunde gerichtet. Sie hieß Glenna und war die Tochter eines alten Veteranen aus dem sogenannten Großen Krieg gegen Iskrien. Ich will euch die Einzelheiten ersparen, wie sie gestorben ist. Wichtig ist vor allem, dass Justinius versucht hatte, Rudrick und seine Freunde zur Rechenschaft zu ziehen für das, was sie Glenna und vielen anderen angetan hatten. Seinem Vater aber war das alte ahekrische Blut wichtiger. Er ließ Justinius in den Kerker werfen, um zu verhindern, dass er Rudrick anklagte.

Findet ihr das gerecht? Nein, oder? Kein Wunder, dass Justinius eine große Bitterkeit im Herzen trug. Noch heute hört man manchmal, er sei ein unflätiger Trunkenbold gewesen, der von einem Missgeschick ins nächste stolperte. Aber das ist nicht wahr. Glaubt mir, ich weiß es. Er war ein guter, ehrenhafter Mann. Und er hat niemals aufgegeben – auch dann nicht, als die Not am größten war.

Aber so weit sind wir noch lange nicht. Jetzt sind wir erstmal auf dem Weg in die Perle. Die Reise verlief ereignislos, und bald waren Justinius, Mykar und Scara in der Hauptstadt der Windmarken angekommen. Sie hatten einen Plan gefa– wie bitte? Woher Justinius wusste, dass Rudrick seine Glenna auf dem Gewissen hatte? Nun, von ihm selbst. Rudrick hat seine Verbrechen offen bekannt. Warum er das getan hat? Geduldet euch noch ein wenig, ihr werdet es bald erfahren.

Also, Justinus, Mykar und Scara hatten einen Plan gefasst, um Cay zu retten. Der Plan sah vor, dass Justinius um eine Audienz beim Dorn, dem weitgerühmten Herrscher der Perle, bitten würde. Vielleicht könnte er einen Aufschub der Hinrichtung erwirken. Mykar wollte sich derweil in den großen Thaala-Tempel einschleichen, wo – auch das hatte er herausgefunden – Rudrick von Nordwiesen aufgebahrt war. Von Ede wusste er, dass sich Rudricks Geist möglicherweise in der Nähe seines Leichnams aufhalten würde. Mykar hoffte, von dem Ermordeten selbst zu erfahren, wer ihn auf dem Gewissen hatte. Dass Cay unschuldig war, stand für Mykar außer Frage. Er konnte sich nicht vorstellen, dass sein Freund ein solches Verbrechen begangen hätte.

Was genau Justinius und Mykar während ihrer ersten Nacht in der Perle erlebten, weiß ich nicht. Was ich weiß, ist, dass ihr Plan gründlich schiefging. Justinius sah damals ziemlich heruntergekommen aus und sein Versuch, beim Dorn vorzusprechen, endete damit, dass er übel verprügelt wurde. Und was Mykar betrifft: Der musste erleben, dass die Dunkle Göttin keineswegs geneigt war, solche wie ihn und Danje in ihr Heiligtum einzulassen. Die beiden trafen auf einen machtvollen Bann, der sie in die Flucht schlug.

Nun sah es so aus, als ob Cay endgültig verloren wäre. Doch ganz unerwartet kam Hilfe. Bei seinen verzweifelten Streifzügen durch die Perle begegnete Mykar einer Frau namens Vanice Devecraux. Vanice stammte von der Insel Enjahla – diese Insel liegt in der mygherischen Meerenge, falls euch das etwas sagt – und war die Tochter eines reichen und mächtigen Handelsgeschlechts. Da sie obendrein sehr schön war, gehörte sie eigentlich einer ganz anderen Welt an als Mykar: einer Welt des Glanzes und des Wohllebens. Doch in ihrem siebzehnten Jahr, kurz nachdem sie ihr Blütenfest begangen hatte, kam ein furchtbares Unglück über Vanice. Plötzlich quälte sie der unwiderstehliche Drang, verwestes Fleisch zu essen. Ja, ihr habt richtig gehört: verwestes Fleisch. Und zwar am besten Menschenfleisch.

Ich denke, ich muss nicht viele Worte darüber verlieren, was das für Vanice bedeutete. Sie war davon überzeugt, verflucht zu sein. Mehr noch, sie gab sich selbst die Schuld an ihrem Unglück. Also floh sie von ihrer Insel, ließ ihr ganzes bisheriges Leben hinter sich und flüchtete in die Schatten der Welt. Auf ihren ziellosen Reisen kam sie auch in die Perle. Vielleicht erzähle ich euch später mehr von ihr. Für den Moment ist wichtig, dass Mykar von Anfang an wusste, wie es um Vanice stand. Denn er begegnete ihr auf dem Friedhof der Perle und sah dabei zu, wie sie an einer Leiche nagte.

Was ihn dazu bewogen hat, Vanice um Hilfe zu bitten, kann ich nicht sagen. Es muss eine jener rätselhaften Ahnungen gewesen sein, die uns manchmal den Weg weisen, wenn wir durch die Dunkelheit unserer Hoffnungslosigkeit irren. Auch warum sich Vanice sofort bereit erklärte, Mykar beizustehen, kann ich nicht sagen. Aber ich vermute, dass das, was Mykar über Cay erzählte, ausgereicht hat, ein Licht in ihrem Herzen zu entzünden. Und ich weiß, dass Vanice dieses Licht so dringend ersehnte, wie jemand, der in den schwarzen Wintern des äußersten Nordens gefangen ist, den Aufgang der Sonne herbeiwünscht.

Bald stellte sich heraus, dass sie tatsächlich in der Lage war, Mykar zu helfen. Sie hatte Verbindungen zu den Thaala-Geweihten der Perle und kannte einen geheimen Weg ins Innere des Tempels, der durch die Tunnel unterhalb des Friedhofs führte. Außerdem besaß sie genug Gold, um Justinius anständige Kleidung und ein Pferd zu verschaffen. Bei einem erneuten Versuch, zum Dorn zu gelangen, würde er also so aussehen, wie sich das für einen Adeligen gehörte.

Zu Beginn der zweiten Nacht, die sie in der Perle verbrachten, war Justinius schon so weit hergestellt, dass er seine Einkäufe tätigen konnte. Zugleich machten sich Mykar und Vanice auf den Weg in den Thaala-Tempel. Aber wieder einmal kam alles anders. Denn in der Nähe des Marktplatzes sah Justinius plötzlich seinen Bruder. Er merkte sofort, dass Edmund etwas im Schilde führte. Heimlich folgte er ihm und entdeckte zu seiner Überraschung, dass auch Edmund zum Thaala-Tempel wollte. Justinius stellte seinen Bruder zur Rede und erfuhr, dass ihn Rudrick einige Wochen vor seinem Tod besucht hatte – ja, Justinius' Bruder gehörte zu Rudricks Freunden, auch wenn er selbst wahrscheinlich keine der Frauen angerührt hatte. Bei seinem Besuch kündigte Rudrick seinen baldigen Tod an. Das schien ihn aber nicht zu stören. Im Gegenteil: Er war bester Dinge und verlangte von Edmund, dass er eine geheimnisvolle Flüssigkeit über seinen Leichnam schütten sollte. Und er drohte ihm schreckliche Strafen an für den Fall, dass er versagen sollte.

Justinius bekam Mitleid mit seinem Bruder, trotz allem, und beschloss, sich zunächst mit dieser Erklärung zu begnügen. Er nahm Edmund die Flüssigkeit ab, die Rudrick ihm gegeben hatte, und begleitete ihn zu dem Ort, wo die Leiche seines Feindes aufgebahrt war. Als Adelige benutzten die beiden – anders als Mykar und Vanice – natürlich den Haupteingang und ließen sich von einem Geweihten zu Rudrick führen. Es stellte sich heraus, dass Rudricks Leichnam mit rätselhaften Zeichen bemalt war. Justinius wusste damals nicht, dass diese Zeichen dazu dienten, Rudrick im Tod zu halten; und zu spät begriff er, dass ihn sein Bruder betrogen hatte. Edmund schnitt dem Geweihten vor Justinius' Augen die Kehle durch: In Wahrheit war Blut die Flüssigkeit, die Rudricks toten Körper benetzen sollte. Das Blut gab ihm die Kraft, sich aus den Ketten zu befreien, die Thaalas Schweiger für ihn geschmiedet hatten.

Mykar und Vanice stürzten in den Saal, gerade als Edmund den Geweihten getötet hatte. Im Gegensatz zu Justinius und seinem Bruder konnten sie sehen, wie Rudrick in einer neuen, machtvollen Gestalt aus seiner Leiche hervorbrach. Er rannte los, schleuderte Mykar und Vanice zur Seite und floh durch die Tunnel. Die beiden fassten sich schnell und verfolgten Rudrick. Schließlich kam es auf dem Friedhof der Perle zum Kampf. Doch Rudrick war nun nicht mehr allein. Eine Handvoll Geisterreiter kamen ihm zu Hilfe. Sie führten grausame Jagdwaffen und galoppierten auf Dämonenrössern über den Nachthimmel. Mykar und Vanice konnten diese Übermacht nicht besiegen. Rudrick und die Geisterreiter entkamen.

Unterdessen war es Justinius gelungen, seinen Bruder aus dem Tempel herauszubringen. Erneut stellte er ihn zur Rede. Edmund hatte seine Angst nicht vorgespielt. Aus Angst vor Rudrick hatte er den Geweihten ermordet. Und aus Angst vor ihm hatte er versucht, Justinius zu töten. Rudrick hatte nämlich noch mehr von Edmund verlangt: Nicht nur das Blut des Geweihten, auch das seines Bruders sollte an seinen Händen kleben. Edmund wollte niemanden töten. Deshalb war er froh, dass Mykar diese Pläne durchkreuzt hatte. Doch seine Angst vor Rudrick war so groß, dass er es nicht gewagt hatte, ihm die Erfüllung seines anderen Wunsches zu verwehren. Justinius verpasste seinem Bruder ein paar Maulschellen und ließ ihn dann ziehen.

Am nächsten Tag ging Justinius wieder zum Dorn. Ihm wurde tatsächlich eine Audienz gewährt, und der Herrscher der Perle erlaubte ihm sogar, mit Cay zu sprechen. Doch da stand das Urteil längst fest: Mykars Freund würde als Frevler wider die Götterordnung hingerichtet werden. Dennoch suchten Justinius und Vanice die Zelle des Verurteilten auf.

Und nun endlich fanden sie die Antworten auf ihre Fragen. Allein, das waren andere Antworten, als sie es sich gewünscht hätten. Cay bekannte, dass er Rudrick getötet hatte. Denn Rudrick war der Mörder von Alva – er hatte das Verbrechen begangen, für das Mykar hatte büßen müssen. Dies wusste Cay von dem Grafensohn selbst. Er schilderte ihm, was er mit Alva gemacht hatte; so lange, bis sich Cay auf ihn stürzte.

Aber warum hatte Rudrick das alles erzählt? Warum hatte er sein Leben derart leichtfertig aufs Spiel gesetzt? Fast, als wollte er getötet werden …

Vanice begann zu ahnen, was der Grund für Rudricks wahnwitziges Verhal-

ten war. Sie, die Verfluchte, hatte seit ihrer Flucht von Enjahla auf der Grenze zwischen den Welten gelebt. Weder gehörte sie wirklich zu den Menschen noch zu den Nachtgestalten; so sah sie es. Und um das dunkle Geschick, das ihr Leben zerstört hatte, besser zu verstehen, hatte sie sich bemüht, so viel wie möglich über die Welt der Dämonen, Gespenster und Spukwesen in Erfahrung zu bringen. Nun erwies sich dieses Wissen als hilfreich.

Ihr kennt die Geschichten um Skargats Jäger? Die Wilde Horde, der Zug der wütenden Toten, geführt vom Schwarzen Jäger, einem König im Reich der Schatten. Ihr wisst, dass die Horde in bestimmten Nächten auszieht – ja, richtig, auch in den Nächten der Toten, aber nicht nur dann –, um auf die Jagd nach Seelen zu gehen? Was die Geschichten aber nicht verraten, ist, dass es Männer gibt, die alles daran setzen, in die Horde aufgenommen zu werden. Denn für manche ist der Fluch ein Segen. Um sich dieser Jagdgesellschaft würdig zu erweisen, muss man nicht nur ein schändliches Leben geführt haben, sondern auch aus freien Stücken einen ehrlosen Tod sterben. Man muss seinen Namen opfern; alles, was man je gewesen ist.

Und genau das haben Rudrick und seine Freunde getan. Die Geisterreiter, die ihm auf dem Friedhof der Perle zur Seite standen und mit ihm in den Nachthimmel hinein galoppierten, waren Reiter der Horde. Unterwegs im Auftrag des Schwarzen Jägers, um einen der Seinen heimzuholen.

Übrigens stimmt es nicht ganz, was ich eben gesagt habe. Von Rudricks vier Spießgesellen hatten zwei den Tod gewählt. Die beiden anderen, Laghras vom Hohen Teich und Radulf von Rodingen, hatten sich in irgendeinem Loch verkrochen. Das wusste Justinius. Was er leider nicht wusste, war, wo genau sie steckten. Vielleicht könnten Laghras und Radulf etwas über Rudricks Pläne verraten? Wenn man nur an sie herankäme …

Aber seht nur, wie lange ich gesprochen habe. Die Sonne geht bald unter, und sicher werdet ihr schon daheim erwartet. Wir wollen ja nicht, dass euch der Vater mit dem Riemen prügelt, weil ihr gebummelt habt!

… Nun, wenn ihr denn unbedingt wollt, erzähle ich noch ein wenig weiter. Aber ich fasse mich kurz, denn ich bin eine alte Frau und will nicht im Dunkeln durch den Wald stolpern.

Also, Mykar blieb nichts anderes übrig, als den Tod seines Freundes zu bezeugen. Gemeinsam mit Vanice, Justinius und Scara war er auf dem Asche-

hügel, der Richtstatt der Perle, als Cay auf dem Scheiterhaufen verbrannt wurde. Er sah ihn sterben. Und er schwor, Rache an Rudrick und seinen Spießgesellen zu nehmen. Ganz gleich, ob sie diesseits oder jenseits des Grabes standen.

Doch wie sollte er das tun? Auch die Antwort auf diese Frage kannte Vanice. Es ist nämlich so, dass die Nachtgestalten bestimmte Gesetze befolgen müssen; ganz wie wir Menschen. Wenn ein Spukwesen ein anderes töten will, braucht es dafür eine Erlaubnis. Die Erlaubnis bekommt es von Dämonen, Prinzipale genannt, die Gespensterversammlungen vorstehen. Mykar, der ja auch Teil jener Nachtwelt war, musste also zu einer Gespensterversammlung gehen und die Erlaubnis einholen, Rudrick den Garaus zu machen. Das tat er denn auch.

In einer mondlosen Nacht fanden sie sich alle im Fröhlichen Toten *ein: Mykar, Vanice, Justinius und Scara. Dank der Flüssigkeit, die Edmund von Rudrick bekommen hatte, konnte auch Justinius die Gespenster sehen; dazu war sie nämlich in Wirklichkeit da. Und zu sehen gab es einiges. Ich kann euch sagen, es ging drunter und drüber in dieser Nacht! Ich weiß das, denn auch ich war dort. Der Prinzipal erschien und gab Mykar die Erlaubnis, um die er gebeten hatte. Doch dann stürmte der Schwarze Jäger herein und verlangte von dem Dämon, dass er seine Entscheidung widerrufe. Der Prinzipal aber lachte nur und zog sich in seine Welt zurück. Daraufhin erklärte der Schwarze Jäger, er hätte keine andere Wahl, als Mykar zu töten – denn er wollte nicht zulassen, dass einer der Seinen starb.*

Ehe es zwischen den beiden zum Kampf kam, tauchte aber noch jemand anderes auf: Aiona, die Königin der Schwarzen Hexen. Aiona hatte Rudrick schon lange im Auge gehabt. Sie wusste um seine Verbrechen, die ja auch ihre Schwestern bedrohten. Schließlich leben die meisten Hexen nicht anders als Bäuerinnen, Jägersfrauen oder Köhlerinnen. Erinnert ihr euch an das grauenvolle Zeichen, das Rudrick in Alvas Brust geschnitten hatte? Nun, Alva war nicht die Einzige, die noch im Tod geschändet worden war. Aiona berichtete, dass Rudrick jede der Frauen, deren Leben er nahm, auf diese Weise entstellt hatte. Damit hatte er sie zu einer Opfergabe gemacht – einem Opfer, einer Gabe für die Macht, der er in Wahrheit diente. Diese Macht war nicht von unserer Welt. Sie war etwas Böses, das weder zum weißen noch zum schwarzen Licht gehörte.

Natürlich glaubte der Anführer der Horde kein Wort von dem, was Aiona sagte. Hätte er ihr geglaubt, er hätte einsehen müssen, dass es für ihn keinen Grund gab, Rudrick zu beschützen. Denn niemand kann zwei Herren dienen; und wenn sich der Grafensohn in Wahrheit einem jenseitigen Bösen verschworen hatte, dann waren die Horde und der Schwarze Jäger nur Mittel zum Zweck für ihn.

Aber, wie gesagt, das wollte der Herr Jäger nicht einsehen. Und so wäre es vielleicht doch zum Kampf zwischen ihm und Mykar gekommen, wenn sich nicht plötzlich Prinz Gereon, der älteste Sohn von Kaiser Winand, eingemischt hätte. Ihr habt richtig gehört: Der ahekrische Thronerbe hielt sich in der Gespensterschenke Zum Fröhlichen Toten *versteckt! Warum er das tat? Ganz einfach: Das Böse, von dem Aiona gesprochen hatte, gab es wirklich. Es war bereits nach Ahekris gekommen und hatte die Stadt in eine Hölle verwandelt. Prinz Gereon war gezeichnet von allem, was er erlebt und durchgestanden hatte. Aufs Entsetzlichste abgemagert, siech und elend und mehr als nur halb wahnsinnig war er! Doch ihm war die Flucht gelungen. In den Schatten hatte er Schutz vor einem dunkleren Schatten gesucht. Und er bestätigte die Worte der Hexe.*

Was tut man, wenn man derartige Neuigkeiten erfährt?

Nun, der Schwarze Jäger gab vor, noch immer nicht zu glauben, was er gehört hatte. Doch er verzichtete darauf, Mykar herauszufordern, stampfte nur wütend davon. Was die anderen betrifft, die waren ratlos. Das galt für Justinius und Vanice und Scara. Es galt auch für Aiona. Nur Mykar wusste, was er zu tun hatte. Das Böse war ihm gleichgültig. Alles, was er wollte, war Rache. Und der Elende Ede sagte, er könnte ihm zu seiner Rache verhelfen. Die Antwort, wie Rudrick zu besiegen sei, hätte etwas mit der Linde auf der verwunschenen Lichtung zu tun. Und mit Danje. Doch ehe Mykar erfahren würde, was er wissen wollte, müsste er Ede einen Gefallen tun. Der Gefallen bestand darin, quer durchs Ahekrische Reich zu wandern, ans Beskalische Meer, in eine Stadt namens Donost, und dort den Hafenmeister Ludger zu töten. Warum das für Ede so wichtig war, verschwieg er.

Mykar aber war auch das gleichgültig. Noch in derselben Stunde brach er auf. Was aus den anderen wurde, schien ihn nicht zu kümmern. Die Rache an Rudrick, das war nun Mykars ganze Welt.

Und Justinius, Vanice und Scara? Nun, die drei erfuhren noch weitere Neuigkeiten in dieser Nacht. Aiona erklärte, dass sie Danje kannte. Sie war es, die sie und ihre Eltern getötet hatte – als Folge einer Fehde zwischen Schwarzen und Weißen Hexen. Sie war es auch, die den Raben Jacomo geschickt hatte. Das allerdings, um Mykar zu helfen …

Ob Aiona die Schurkin in meiner Geschichte ist? Nein, das würde ich nicht sagen. Sie hat mehr Gutes als Schlechtes bewirkt, denke ich, und sich alles in allem nicht übel geschlagen. Aber von ihr und dem, was der Nacht der Gespensterversammlung folgte, erzähle ich euch beim nächsten Mal mehr. Morgen um die dritte Mittagsstunde? Gut, ich werde da sein.

Ach ja, eines noch. Ein paar Tage später machte Vanice einen Spaziergang in der Gegend des verfallenen Landsitzes. Da kam eine Kutsche die Reichsstraße entlang. Und was meint ihr, wer durchs Fenster nach draußen blickte? Cay! Genau, derselbe Cay, der jämmerlich auf dem Scheiterhaufen zugrunde gegangen war – vor Vanice' Augen! Da hat sie bestimmt einen gewaltigen Schreck bekommen, als sie ihn in der Kutsche sah! Sie hatte sich in einen Todgeweihten verliebt; und plötzlich erwies sich, dass der Todgeweihte lebte.

Wie das angeht, dass jemand verbrannt wird und dann in Kutschen fährt? Nun, morgen verrate ich es euch.

UNTER DEM GESETZ DER SCHATTEN ... WAS BISHER GESCHAH

Ah, da seid ihr ja – habt schon auf mich gewartet, was?

Schön, ich hätte mich nämlich auch geärgert, wenn ich den ganzen Weg umsonst gekommen wäre.

Dann wollen wir mal ... Sagt, wo war ich stehengeblieben?

Richtig – Vanice und Cay. Und wie es möglich ist, dass man Tote in Kutschen fahren sieht. Nun, was meint ihr, wie ist so etwas möglich? In der Tat: Wenn jemand, von dem ich glaube, dass er gestorben ist, vor mir über die Straße spaziert, würde ich zunächst annehmen, dass er gar nicht richtig tot war. Es gibt natürlich auch andere Möglichkeiten, aber gesünder ist es, nicht zu viel über Gespenster, Wiedergänger und Rachegeister nachzudenken, wenn man nicht unbedingt muss.

Was Vanice damals dachte, weiß ich nicht. Was ich weiß, ist, dass es ihr sehr schlecht ging, nachdem sie Cay erblickt hatte; oder ihn zu erblicken meinte. Sie hatte sich ja bereits ein bisschen verliebt in ihn. Aber ein Toter muss ein Traum bleiben. Ein Lebender hingegen ... nun, ein Lebender könnte Teil des eigenen Lebens sein. Ganz gewiss wünschte sich Vanice, dass Cay in ihr Leben treten und dort bleiben würde – als ihr Geliebter. Aber zugleich mit diesem Wunsch regten sich Fragen in ihr, die sie quälten, seit sie von ihrer Insel geflohen war: Durfte sie auf Liebe hoffen? Hatte sie ein Recht, glücklich zu sein? Schließlich war sie verflucht, musste Leichenfleisch essen. Es kann gut sein, dass Vanice damals eine der schönsten Frauen von ganz Ebera war; aber das änderte nichts daran, dass sie sich oftmals vor sich selbst ekelte – mit einem Ekel, der an Hass grenzte. Würde ein Mann wie Cay nicht von dem gleichen bitteren Ekel ergriffen werden, wenn er die Wahrheit über sie erfuhr? Konnte man aber jemanden lieben, dem man das verheimlichte, was das eigene Herz am meisten bedrängte? Und abgesehen davon: Was war, wenn Cay doch tot war?

Kurzum: Vanice verkroch sich in ihren Zimmern auf Justinius' Landsitz und versank in Schwermut. Wenn ich nicht irre – Justinius hat mir später erzählt, was in diesen Tagen vor sich ging –, verließ sie wochenlang kaum ihr Bett. Einmal aber hatte sie keine andere Wahl, als es doch zu verlassen. Das war, als der Hunger mit solcher Macht über sie kam, dass sie ihm nicht länger widerstehen konnte. Heimlich schlich sie sich aus dem Haus und auf einen nahegelegenen Friedhof. Das war mitten in der Nacht, und sie konnte davon ausgehen, dass niemand sie beobachten würde, wenn sie eine der Leichen ausgrub und tat, was sie eben tun musste. Zu ihrem Pech wurde sie aber doch beobachtet – von einem Totengräber, der auf dem Friedhof seinen Rausch ausschlief, wie es Männer diesen Schlags wohl manchmal zu tun pflegen.

Der Name dieses Totengräbers war Halig, und später sollte er eine wichtige Rolle in meiner Geschichte spielen. Wovon er selbst sicherlich am meisten überrascht war. Aber noch ist es zu früh für seinen Auftritt.

Kehren wir einstweilen zurück zu Justinius' Landsitz. Während Vanice in ihrem Bett lag und von allerlei Träumen und Albträumen gequält wurde, besann sich Justinius darauf, wer er war – oder doch, wer er sein wollte. Nämlich jemand, der den Kopf nicht in die Erde (oder, in seinem Fall, in ein Bierfass) steckt, wenn Gefahr droht. Sondern kämpft. Also hievte er sich jeden Tag bei Sonnenaufgang aus dem Bett und lief durch den Herbstregen. Dann legte er Rüstung, Schwert und Schild an, ging in den Garten und trainierte mit Hilfe eines armen, alten Schrankes, dem dieses Training nicht allzu gut bekam, wie ich fürchte. Justinius aber wurde von Tag zu Tat stärker und gewann langsam das Vertrauen in sich selbst und seine Fähigkeiten zurück.

Leider blieb ihm nicht viel Zeit. Denn die zweite Nacht der Toten, das Fest von Mingas Verhüllung, nahte. Wie ihr wisst, ziehen Skargats Jäger in den Nächten der Toten aus. Es bestand darum kein Zweifel, dass Rudrick bald wieder zuschlagen würde. Was genau er aber plante, ob er den Schwarzen Jäger auf seine Seite gezogen hatte und mit welchen Mitteln er das Kommen des Bösen vorbereiten wollte – das wusste niemand zu sagen.

Justinius, Vanice und Scara sahen sich also nicht nur einem übermächtigen Gegner gegenüber; sondern obendrein einem Gegner, der sich im Schatten verborgen hielt. Wie aber bereitet man sich auf einen Krieg vor, wenn man weder Zahl noch Stärke der feindlichen Armeen kennt und nicht einmal weiß, aus welcher Himmelsrichtung sie anrücken?

Um auf diese Fragen eine Antwort zu finden, so gut sie es vermochten, setz-

ten sich Justinius, Vanice und Scara eines Abends im Speisesaal des Landsitzes zusammen. Ich kann nicht sagen, ob bei dem Gespräch viel herausgekommen wäre. Es erwies sich allerdings, dass die drei nicht die Einzigen waren, die sich in angstvoller Sorge mühten, Rudricks Pläne zu enträtseln. Überraschend bekamen sie Besuch in jener Nacht – und zwar von Justinius' Bruder Edmund.

Richtig, derselbe Edmund, der Meuchler auf Justinius und Scara angesetzt hatte. Ganz schön unverschämt von ihm, einfach so bei seinem Bruder an die Tür zu klopfen, findet ihr nicht auch? Allerdings muss ich zugeben, dass Edmund gute Gründe für sein Handeln hatte. Er war nämlich zu dem Schluss gekommen, dass sich Rudrick an ihm rächen wollte, dafür, dass er ihm die Gefolgschaft verweigert hatte. Ihr erinnert euch, Rudrick hatte von seinen Freunden verlangt, dass sie einen ehrlosen Tod wählen sollten, um ihm ins Geisterreich zu folgen – und Edmund hatte sich geweigert, dies zu tun. Ebenso wie Radulf von Rodingen und Laghras vom Hohen Teich, die sich ihrerseits seit längerem versteckt hielten.

Edmund hatte Angst, dass Rudrick die Totennacht wählen würde, um ihn heimzusuchen, und wandte sich in größter Not an seinen Bruder, um dessen Hilfe zu erbitten. Ihr könnt euch sicherlich denken, dass Justinius zunächst wenig geneigt war, diese Bitte zu erfüllen. Ich vermute sogar, dass er seinen Bruder am liebstem mit Fußtritten vor die Tür gejagt hätte. Doch Edmund schlug ihm einen Handel vor: Wenn Justinius sich bereit erklärte, ihn zu beschützen, würde er ihm seinerseits verraten, wo sich Laghras versteckt hielt. Widerwillig ging Justinius auf den Handel ein, und sein Bruder erklärte ihm, dass Laghras Unterschlupf bei einem alten Junker namens Rhun von Ketten gefunden hatte. Rhuns Burg lag bei einem Städtchen namens Dreieichen, das etwa sieben Tagesreisen von Justinius' Landsitz entfernt war.

Dreieichen – ich schaudere, wenn ich diesen Namen höre!

Bald werdet ihr verstehen, warum das so ist.

Aber zurück zu unseren Freunden in den Speisesaal. Was genau sich Edmund von seinem Bruder erhoffte, vermag ich nicht zu sagen. Justinius war jedenfalls einverstanden damit, ihn für eine Weile zu verstecken, wohl in der Annahme, dass Rudrick zuletzt an diesem Ort – dem alten, halbverfallenen Landgut, auf das Justinius verbannt worden war – nach Edmund suchen würde. Und alle waren sich einig, dass sie genauso gut versuchen könnten, als

Erstes Laghras' habhaft zu werden. Vielleicht wusste er ja etwas über die Absichten seines ehemaligen Freundes und Meisters; vielleicht sogar darüber, wie man das Böse bezwingen konnte.

Jetzt aber überraschte Justinius die anderen mit der Ankündigung, dass er für einige Tage verreisen werde. Vanice war höchst verwundert und wenig erfreut über dieses Vorhaben – schließlich nahte die Nacht der Toten! Justinius aber war fest entschlossen, sein Vorhaben auszuführen. Was er beabsichtigte, war dies: Er wollte zu dem Gut des alten Veteranen Gelfrat von der Thann reiten, das knapp eine Tagesreise nördlich lag.

Sicherlich fragt ihr euch, was Justinius dort verloren hatte. Nun, Gelfrat war der Vater von Glenna – der Frau, in die Justinius früher einmal verliebt gewesen war, ehe Rudrick und seine Spießgesellen sie grausam zugrunde gerichtet hatten. Außerdem müsst ihr wissen, dass Bero von Luchterbruch und Gerrik von Felsenkamm – die beiden Freunde Rudricks, die sich seinem Wunsch gefügt und einen ehrlosen Tod gewählt hatten – nicht einfach irgendwie gestorben waren. Nein, sie hatten es so eingerichtet, dass Gelfrat, der ihnen längst schon Rache geschworen hatte, ihr Leben nahm. Schließlich muss ich hinzufügen, dass Gelfrat noch eine zweite Tochter hatte, Tanya mit Namen, die zu der Zeit, von der ich erzähle, etwa sechzehn Jahre alt war.

Justinius – dem bekannt war, dass der alte Veteran Bero und Gerrik zur Strecke gebracht hatte – ging davon aus, dass Rudrick zwar gewollt hatte, dass seine Freunde ermordet wurden, Gelfrat jedoch keineswegs verzieh, dass er sich zu ihrem Henker gemacht hatte. Er fürchtete, dass Rudrick die Nacht der Toten nutzen könnte, um Vergeltung an dem alten Veteranen zu üben, und wollte alles tun, um Gelfrat und seiner Tochter beizustehen, falls es wirklich dazu kommen sollte.

Wie gesagt: Niemand wusste, was Rudrick wirklich plante. Ebenso gut hätte es sein können, dass er Jagd auf seine ehemaligen Spießgesellen machen wollte, wie Edmund glaubte, oder etwas ganz anderes plante.

Doch diese Unsicherheiten und Zweifel änderten nichts an Justinius' Entschlossenheit, so schnell wie möglich zum Thannhof – so nannte Gelfrat sein Gut – zu reisen. Also brach er am nächsten Morgen auf.

Ehe ich euch erzähle, wie es Justinius erging, möchte ich –

Wie, was sagt ihr da?! Ich rede und rede und erwähne Mykar mit keinem

Wort, obwohl seine Geschichte doch die wichtigste ist? Ganz schön frech seid ihr, das muss ich schon sagen! Schließlich bin ich hier die Erzählerin und werde wohl noch darüber entscheiden dürfen, wie ich die Geschichte erzähle, die ich zu erzählen habe – oder etwa nicht?

Aber es stimmt schon: Ich habe Mykar bislang nicht erwähnt, und es wird auch noch eine Weile dauern, ehe ich ihn erwähne. Das liegt daran, dass sich die Wege meiner Helden nun endgültig trennen, oder doch auf lange Zeit hin, und ich überlegen muss, in welcher Reihenfolge ich erzähle, was ihnen widerfahren ist.

Ich habe mich entschieden, mit Vanice anzufangen, und wenn ihr wissen wollt, was aus ihr geworden ist, hört ihr jetzt besser zu. Ich verspreche euch, dass Mykar uns nicht davonläuft! Auch wenn er damals in der Tat ziemlich weit gelaufen ist …

Also gut. Die Schwermut, die Vanice niederdrückte, nachdem sie Cay in der Kutsche hatte vorbeifahren sehen, wollte nicht von ihr lassen. Dennoch war sie entschlossen, sich nicht länger in ihren Zimmern zu verkriechen. Sie hatte sich vorgenommen, in den Gasthof Zum Fröhlichen Toten *zurückzukehren, um noch einmal mit Prinz Gereon zu reden. Ihre Hoffnung war, dass der Prinz vielleicht mehr über das Böse wusste und dass es ihr gelingen könnte, ihn dazu zu bringen, dieses Wissen mit ihr zu teilen.*

Einer der Gründe, weshalb ich mit Vanice' Geschichte anfange, ist, dass ich über die Dinge, die sie damals erlebt hat, nur wenig weiß. Und das meiste von diesem Wenigen habe ich erst sehr viel später erfahren. Ich kann euch also nicht erklären, wie es kam, dass sich Vanice und Edmund gemeinsam auf den Weg zu der Gespensterschenke machten. Hatte Edmund Gefallen an Vanice gefunden? Oder hatte sie ihn gelockt? Meinte sie, dass er ihr helfen könnte? Oder hatte er sich ihr aufgedrängt? Wie dem auch sei, offenbar gelangte Edmund zu der Überzeugung, dass die Herberge des Wiedergängers Grolek noch besser als der alte Landsitz geeignet sei, um sich eine Nacht lang vor Rudrick zu verstecken. Und falls Vanice versucht haben sollte, ihn davon abzubringen, sie zu begleiten, ist ihr das nicht gelungen.

Unterwegs zum Fröhlichen Toten *muss dann etwas zwischen den beiden vorgefallen sein. Offenbar hatte sich Vanice dazu entschlossen, Justinius' Bruder – ausgerechnet! – die Wahrheit über ihren Fluch zu bekennen. Es kann nicht anders sein, denn schon am nächsten Morgen hätte Edmund sie beinah ins Verderben gestürzt, als er sie anklagte, eine Leichenfresserin zu sein.*

Wie es dazu kam? Nun, als sie im Fröhlichen Toten *ankam, machte sich Vanice sofort daran, ihr Vorhaben in die Tat umzusetzen. Sie begab sich auf das Zimmer von Prinz Gereon, um ihn davon zu überzeugen, sie und ihre Gefährten im Kampf gegen das Böse zu unterstützen, indem er alles erzählte, was er über die Vorkommnisse in Ahekris wusste. Anscheinend verbrachte sie die Nacht mit dem Prinzen, und als sie gemeinsam mit Gereon wieder in der Schankstube auftauchte, hatte der sich in sie verliebt. Zumindest erklärte er, dass er sie heiraten und zu seiner Kaiserin machen wollte. Zwar war der Prinz mehr als nur halb wahnsinnig, doch Edmund nahm seine Worte ernst genug, um in bittere Eifersucht zu verfallen.*

Das alles klingt ziemlich unsinnig für eure Ohren? Nun, ihr seid sehr jung, und noch ist wohl keiner von euch in die Fallstricke der Liebe getappt. Ich muss zwar bekennen, dass auch ich es ein wenig rätselhaft finde, was sich in dieser Nacht zwischen Vanice, Gereon und Edmund zutrug. Aber ich versichere euch, dass nicht einmal die weisesten Männer vor Torheiten gefeit sind, wenn sie sich in die Irrgärten des Begehrens wagen. Was mit den weisen Frauen ist? Hm, die auch nicht.

Nun steht zweifelsfrei fest, dass Edmund nicht der Weisesten, und leider auch nicht der Ehrbarsten, einer war. Und als sich ein paar Stunden später – auf dem Rückweg zu Justinius' Landsitz – die Gelegenheit ergab, Vanice dafür büßen zu lassen, dass sie, wie er wohl meinte, einem anderen den Vorzug gegeben hatte, ergriff er diese Gelegenheit beim Schopf. Aus heiterem Himmel, wie man so sagt, begegnete ihm nämlich ein Paladin.

Ein Paladin – ganz recht! Erzählt man sich bei euch im Dorf Geschichten von diesen heiligen Rittern, die im Kampf gegen das Böse die halbe Welt durchstreifen und keine Gefahr scheuen, wenn es gilt, das Licht der Götter in die dunkelsten Winkel Eberas zu tragen?

Wie, ob ich mich über die Paladine lustig mache? Tja, ich habe oft erlebt, dass sich das Licht der Götter allzu schnell in schwärzeste Finsternis verwandeln kann. Aber die Pest soll mich schlagen, wenn auch nur ein schlechtes Wort über meine Lippen kommt, wenn es um diesen Paladin geht. Sein Name war Tamelon von Brunnenthal. Später hat er mir mehr als einmal das Leben gerettet, und ich bin niemals wieder jemandem begegnet, dem es so ernst war mit seiner Wahrheit.

Wie es Tamelon in die Windmarken verschlagen hat und was er mit Vanice zu schaffen hatte?

An dieser Stelle muss ich wieder auf den Totengräber Halig zurückkommen. Halig war ein herzensguter Mann und mutiger als viele, die sich mit Schild, Schwert und Rüstung schmücken und Krieger nennen. Aber er war auch, nun, ein wenig einfältig. Einige Monate zuvor, in der ersten Nacht der Toten, war er betrunken über die Felder getorkelt, hatte die Horde vorbeiziehen sehen und den Geisterreitern des Schwarzen Jägers ein paar kecke Sprüche an den Kopf geworfen. Er hatte Glück, dass er die Sache überlebte. Aber danach verdüsterte sich sein Leben. Auf einmal sah er überall Gespenster – und zwar keineswegs, weil er zu tief in den Becher geschaut hatte. Nein, die Gespenster waren wirklich da. Halig hatte in der ersten Nacht der Toten die Grenze des Geisterreichs überschritten und fand nun den Rückweg nicht mehr. Immer häufiger fand er sich im Fröhlichen Toten *wieder, ohne recht zu wissen, wie er dorthin gekommen war.*

Irgendwann bekam ein Elaah-Geweihter mit, dass es nicht gut um den Totengräber stand. Zur selben Zeit traf Tamelon in Haligs Dorf ein. Thaala, seine Göttin, hatte ihn in die Windmarken geführt, und er fragte sich, was seine Aufgabe in diesem abgelegenen Landstrich sein mochte. Gemeinsam mit dem Geweihten besuchte er Halig in seiner Hütte, und nachdem er mit dem Totengräber gesprochen hatte, kam er zu dem Schluss, dass er gegen die Spukwesen und Nachtgestalten in den Windmarken vorgehen solle. Als Erstes wollte er sich die Gespensterschenke Zum Fröhlichen Toten *ansehen, und Halig sollte ihn begleiten und sein Gehilfe sein – und damit Buße tun für seinen sündhaften Umgang mit dem Geisterreich.*

In Wahrheit stand Tamelon vor ganz anderen, ungleich größeren Herausforderungen. Vielleicht dämmerte ihm das, als er auf dem Weg zur Gespensterschenke Vanice mitsamt Gefolge begegnete. Von da an ging es nämlich drunter und drüber für den Paladin. Tamelon war wohl ziemlich verwundert, als Edmund aus heiterem Himmel begann, seine Begleiterin zu beschimpfen und anzuklagen. Unglücklicherweise erkannte Halig in Vanice die Dame wie-

der, die er ein paar Wochen zuvor nachts auf dem Friedhof bei ihrem sehr undamenhaften Treiben beobachtet hatte. Er wollte zwar niemand beschuldigen, fühlte sich aber verpflichtet, die Wahrheit zu sagen. Plötzlich sah sich Vanice in die Enge getrieben. Ebenso plötzlich – und ganz unerwartet – bekam sie Hilfe von Prinz Gereon, der sich auf Edmund stürzte und ihm … nun ja … ein Auge ausdrückte.

Aua und igitt! Ganz recht. Für Vanice aber war es ein großes Glück, dass sich Gereon verpflichtet fühlte, ihr beizustehen. Sie nutzte den Tumult, um die Flucht zu ergreifen, und als Tamelon und Halig den Prinzen gebändigt hatten, war sie längst im nahe gelegenen Wald verschwunden. Tatsächlich hielt dieser Tag noch eine große Überraschung für Vanice bereit!

Aber bleiben wir noch einen Moment bei Tamelon und Halig. Die beiden brachten Edmund auf den nahe gelegenen Landsitz seines Bruders. Dort blieb er für die nächsten Monate, und ich bin nicht unglücklich zu sagen, dass er an dieser Stelle aus meiner Geschichte verschwindet. Für den Paladin und seinen Gehilfen ging es dagegen erst richtig los, denn Prinz Gereon, dessen Geist auf einmal so klar schien wie der Frühlingsmorgen, bekannte ihnen, wer er in Wahrheit war. Und er erzählte Tamelon und Halig von dem Bösen.

Was soll ich sagen? Der Paladin glaubte ihm nicht; aber er hielt ihn auch nicht für einen Lügner. Scara, die auf dem Landsitz geblieben war, bestätigte die Geschichte des Prinzen und erzählte Tamelon außerdem von Laghras und seinem Versteck. Nun könnte man meinen, das Wort einer Magd sei bedeutungslos für einen Ritter. Aber Tamelon war nicht der Mann, der jemanden geringschätzte, weil er eine niedrige Stellung in der Welt einnahm – und Scara konnte sehr überzeugend sein, wenn sie wollte.

Um es kurz zu machen: Der Paladin entschied sich, der Sache nachzugehen. Unterdessen war die zweite Nacht der Toten herangerückt. Doch Tamelon wusste natürlich, wie man eine solche Nacht mit Gebeten und frommen Gesängen übersteht. Halig, Scara und Gereon fügten sich seinen Anweisungen, und schon wenige Tage später verließen sie Justinius' Landsitz in Richtung von Dreieichen. Unter Tamelons Führung gelangte die Gruppe innerhalb einer Woche an ihr Ziel, ohne dass es unterwegs zu Zwischenfällen gekommen wäre.

Dreieichen müsst ihr euch als ein hübsches, kleines, lebensfrohes Städtchen *vorstellen. Es lag am Fuß der Fokris-Berge, und die einzige Passstraße weit und breit nahm hier ihren Anfang. Deshalb war Dreieichen obendrein ziemlich wohlhabend. Ich kann mir gut vorstellen, dass Halig gerne einige erholsame und vergnügliche Stunden in den weitgerühmten Gasthäusern der Stadt zugebracht hätte. Aber dazu kam es nicht. Zu seinem großen Erstaunen stellte Tamelon nämlich fest, dass mehr als ein Dutzend seiner Brüder – als Paladin gehörte er zu der* Bruderschaft des Zweiten Todes, *das ist ein Bund von Thalaa-geweihten Kriegern – in Dreieichen Quartier genommen hatten. Das wäre an sich ja nicht schlimm gewesen, aber Tamelon sah obendrein, dass seine Brüder von einem Mann nach Dreieichen geführt worden waren, mit dem er nicht auf guten Fuß stand.*

Galbahr vom Hohen Teich war der Name dieses Mannes. Was in der Vergangenheit zwischen ihm und Tamelon vorgefallen war, habe ich niemals in Erfahrung gebracht. Galbahr war jedenfalls einer der Anführer von Tamelons Orden und hatte all diese Krieger nach Dreieichen gebracht, um eine Hexenjagd zu beginnen. Zumindest war es –

Wie? Euch kommt der Name »vom Hohen Teich« bekannt vor? Na, da bin ich ja froh, dass ihr gut zugehört habt! Tatsächlich war Galbahr der Oheim von Laghras vom Hohen Teich – eben jenes Laghras, der sich aus Angst vor Rudrick auf der Burg des Ritters Rhun von Ketten versteckt hatte. Kein Wunder, dass Tamelon von Anfang an misstrauisch war, als er erfuhr, dass es angeblich einige böse Hexen auf Dreieichen abgesehen hatten. Dennoch suchte er das Gespräch mit Galbahr. Zum einen war er dem Provinzial – so nennt man die Anführer der Ordenskrieger – ja Gehorsam schuldig; zum anderen hoffte er natürlich, seine Brüder davon zu überzeugen, dass möglicherweise eine ganz andere Gefahr drohte als ein paar übellaunige Hexen. Also erzählte er Galbahr von dem Bösen.

Aber der Paladin wurde bitter enttäuscht. Der Provinzial schenkte seinen Worten keinen Glauben. Mehr noch: Er machte sich über das Böse lustig. Das hätte er aber besser gelassen. Denn plötzlich verfiel Prinz Gereon in Raserei – er stürzte sich auf Tamelons Brüder, schrie und tobte. »Das Böse gibt es nicht! Gibt es nicht! Gibt es nicht!« – das waren seine Worte. Wieder und wieder brüllte er sie heraus; auch noch, als er sich selbst mit einem Messer den Hals halb durchgeschnitten hatte. Ja, ihr habt richtig gehört: Gereon hat sich eigen-

händig ein Messer in den Hals gebohrt – das hinderte ihn aber nicht daran, auf die Ordenskrieger loszugehen.

Schließlich hatte Tamelon keine andere Wahl mehr, als den Prinzen zu töten. Er schlug ihm den Kopf ab.

Was meint ihr – besann sich Galbahr eines Besseren, nachdem er Gereons Tod bezeugt hatte? War er nun bereit, Tamelon anzuhören und seine Worte ernst zu nehmen?

Morgen werdet ihr es erfahren. Für heute aber soll es genug sein mit Dreieichen.

Kehren wir lieber zu Vanice zurück. Wir haben sie ja verlassen, als sie auf der Flucht vor dem Paladin in den Wald rannte. Nun war Vanice ganz eindeutig kein Wald-, sondern ein Stadtmädchen. Ich glaube, sie fühlte sich schon in die tiefste Wildnis versetzt, wenn ein paar Dutzend Bäume um sie herumstanden. Umso schwerer war es jetzt für sie, einen Plan zu fassen, wie es mit ihrer Flucht weitergehen sollte. Sie konnte nicht im Wald bleiben; sie konnte sich auch nicht auf Justinius' Landsitz verstecken. Was also sollte sie tun?

Vanice kam zu dem Schluss, dass ihre einzige Chance darin bestand, sich irgendwie zur Perle durchzuschlagen. Vielleicht würde sie in einem der umliegenden Dörfer einen Bauern finden, der bereit war, sie für etwas Geld – sie trug ja einigen Schmuck bei sich – in die Stadt des Dorn zu bringen.

Nun, was sie fand, war kein Bauer, sondern Cay. Überrascht euch das? Vanice war jedenfalls überrascht. Und nicht nur das. Sie war auch wütend. Wahrscheinlich hätte sie Cay am liebsten den Hals umgedreht, in dieser Stunde ihres Wiedersehens.

Wie? Ihr glaubt mir nicht? Ihr Rotznasen und Grünschnäbel scheint euch ja sehr gut auszukennen mit diesen Dingen! Was sagt ihr? Wenn man jemanden liebt, freut man sich doch, ihn wiederzusehen? Ach, so ist das.

Im Grunde habt ihr nicht unrecht, das gebe ich gerne zu. Aber als Vanice ihren Cay wiedersah, stand er an dem Ort, wo seine Verlobte Alva ermordet worden war – richtig, eure Brombeersträucher dort hinten –, und war tief in seinen Erinnerungen und seiner Trauer versunken. Da fühlte sich Vanice verraten und betrogen und obendrein gedemütigt; schließlich hatte sie sich vor Sehnsucht nach Cay verzehrt, und jetzt stand er da und war mit dem Andenken einer anderen Frau beschäftigt.

Ich weiß nicht genau, was Vanice an jenem Morgen sagte. Oder vielmehr: was sie Cay ins Gesicht schrie. Vermutlich machte sie ihm bittere Vorwürfe und tat ihr Bestes, um ihn zur Weißglut zu treiben. Sie konnte nämlich ziemlich wild werden, die liebe Vanice; und ein Teil von ihr verlangte danach, zurückgestoßen, verlassen und enttäuscht zu werden.

Ja, auch das gibt es, und sehr viel öfter, als ihr denkt.

Aber Vanice sollte an diesem Tag noch eine weitere Überraschung erleben – vielleicht die größte Überraschung ihres Lebens. Denn Cay weigerte sich, dieses Spiel mitzuspielen. Trotz allem bot er ihr einen Platz in seiner Kutsche an; und trotz allem mietete er für sie am Abend ein Zimmer in dem Gasthof, wo auch er seine Unterkunft nahm; trotz allem ließ er sie seine Zuneigung spüren. Was mag Vanice wohl durch den Kopf gegangen sein in den Stunden nach ihrem Ausbruch? Jedenfalls traf sie an diesem Abend eine sehr wichtige Entscheidung: eine Entscheidung, die wirklich alles *änderte. Sie beschloss, Cay die Wahrheit über sich zu sagen; oder das, was sie für die Wahrheit hielt. Und genau das tat sie.*

Ich kenne Vanice' Geschichte recht gut. Aber ich zögere, sie euch zu erzählen. Lasst mich einfach dieses sagen: Es gibt wenige Menschen, die wirklich *böse sind. Aber es gibt sie. Nachdem Vanice mit Hilfe eines Schmugglers von Enjahla geflohen war, kam sie nach Alkessa. Und dort geriet sie in die Hände eines solchen Menschen. Das war ein Mann namens Kelmon, und ich muss ihn erwähnen, weil er später noch einmal in meiner Geschichte auftauchen wird. Kelmon war ein Schwarzkünstler, ein Dämonenbeschwörer. Er hielt Vanice ein Jahr lang gefangen. In dieser Zeit hat er ihr sehr wehgetan, und ich fürchte, auch ihr, meine lieben Kinder, werdet eines Tages lernen müssen, dass es manche Wunden gibt, die niemals heilen.*

Aber so, wie es Vanice am Ende schaffte, Kelmon zu entkommen, so schaffte sie es auch, nach langen, qualvollen Jahren geeignetes Verbandszeug für ihre Wunden zu finden. Manchmal ist das sehr viel. Manchmal macht es den Unterschied zwischen Freude und Schmerz, Leben und Tod. In Vanice' Fall war dieses Verbandszeug die Wahrheit.

Cay hörte sich alles an, was sie zu sagen hatte. Und als er sie nachher immer noch nicht wegschickte, wusste Vanice, dass sie eine Chance hatten.

Ich denke, man kann sagen, dass die gemeinsame Geschichte von Cay und

Vanice in jener Nacht begann. Bald erfuhr sie, wie Cay dem Scheiterhaufen entgangen war und was danach mit ihm geschah. Sie erfuhr, warum er die Kleidung eines Edelmannes trug – denn das tat er – und in einer Kutsche allein durch die Windmarken reiste; und sie erfuhr, warum er in die Perle zurückkehren musste und welchen Auftrag er dort zu erfüllen hatte. Schließlich erfuhr sie, in wessen Namen er handelte und was das alles mit dem Stern der Mitternacht *zu tun hatte. Und was das überhaupt war –* der Stern der Mitternacht.

Ich nehme an, auch ihr würdet das alles gerne erfahren?

Nun, niemand hindert euch daran. Alles, was ihr tun müsst, ist morgen wiederzukommen und mir noch ein wenig zuzuhören.

Jetzt aber möchte ich endlich von Justinius sprechen.

Ich muss bekennen, dass ich mich ein bisschen vor diesem Teil meiner Geschichte gefürchtet habe. Meine Erzählung wird nun nämlich sehr dunkel. Ihr habt vielleicht schon geahnt, dass etwas schiefgegangen ist bei Justinius' Besuch auf dem Thannhof – sonst wäre er ja zu seinem Landgut zurückgereist und hätte Tamelon und die anderen begleitet oder wäre ihnen nach Dreieichen gefolgt.

Tatsächlich begannen die Überraschungen – und anders als bei Vanice waren das keine schönen Überraschungen – bereits bei seiner Ankunft auf dem Thannhof. Justinius musste nämlich feststellen, dass an diesem Abend dort ein Fest gefeiert werden sollte: das Blütenfest von Gelfrats jüngerer Tochter Tanya. Das machte alles schwerer, denn bei einem solchen Anlass will natürlich niemand gerne von düsteren Vorahnungen und drohenden Gefahren hören. Aber Gelfrat war dennoch bereit, mit Justinius über seine Ängste zu sprechen. In einem stillen Moment gingen die beiden in den Garten hinaus, und ich stelle mir vor, dass Justinius voller Hoffnung gewesen ist, dass es gelingen könnte, Tanya und ihren Vater vor Rudrick zu schützen, als der alte Veteran seinen Worten ernst und gedankenvoll lauschte. Doch ehe er dazu kam, über Rudricks fluchhaftes Gespensterdasein zu sprechen, erfuhr er, dass sein Feind von Tanyas Blütenfest wusste: Irgendjemand, vielleicht sogar Edmund, hatte ihn darüber in Kenntnis gesetzt, und vor seinem Tod hatte Rudrick angekündigt, dass er Gelfrats Tochter gerne in ihrer großen Nacht besuchen und ihr ein Geschenk machen würde.

Da wurde Justinius von eisigem Grauen gepackt. Er sah seine schlimmsten Albträume Wirklichkeit werden – und er hatte recht. Noch ehe er irgendeine Form von Verteidigung auf die Beine stellen konnte, fiel Rudrick mit einer Bande von Geisterreitern über den Thannhof her.

Die folgenden Stunden zählten zu den schlimmsten in Justinius' Leben, und ich will nicht bei ihnen verweilen. Gelfrat und er kämpften – sie kämpften, und sie verloren. Tanya starb. Dutzende der Gäste starben. Die meisten Diener starben. Schließlich starb Gelfrat selbst. Und doch war es nicht umsonst, dass der alte Veteran und Justinius versuchten, Rudrick Einhalt zu gebieten. Denn sie töteten nicht nur eine Handvoll Geisterreiter; nein, es gelang ihnen auch, viele zu retten, die sonst zugrunde gegangen wären: Männer, Frauen und Kinder.

Wie aber schaffte es Justinius selbst, diese Nacht zu überstehen?

Es war ausgerechnet der Schwarze Jäger, der ihm im Augenblick größter Not zu Hilfe kam. Freilich ohne dass das die Absicht des Anführers der Horde gewesen wäre. Nein, der Grund, weshalb er zum Thannhof gekommen war, war ein ganz anderer. Er wollte Rudrick in die Schranken weisen.

Tatsächlich hätte niemand ahnen können, dass Rudrick in dieser Nacht zuschlagen würde. Das war zwar nur ein schwacher Trost für Justinius; und überhaupt keiner für Rudricks Opfer. Aber ich möchte es nicht unerwähnt lassen. Es war nämlich noch nie vorgekommen, dass die Horde so kurz vor der Nacht der Toten auszog. Und es war auch noch nie vorgekommen, dass die Reiter des Schwarzen Jägers aus reiner Mordlust das Anwesen eines Mannes überfielen, der sie in keiner Weise herausgefordert hatte. Justinius hatte allen Grund gehabt zu glauben, dass er und Gelfrat noch Zeit hätten bis zur Nacht der Toten, um sich auf Rudrick vorzubereiten.

Was war geschehen? Nun, es war von Anfang an Rudricks Plan gewesen, den Schwarzen Jäger zu entmachten und die Horde in ein Werkzeug seines Herrn, des jenseitigen Bösen, umzuschmieden. Erreichte er sein Ziel? Ja und nein. Es gelang ihm, mehr und mehr Geisterreiter auf seine Seite zu ziehen. Das Versprechen, das er ihnen machte, war im Grunde dies: dass sie einer grenzenlosen Willkür frönen dürften, wenn sie seinem Bösen dienten. Warum ist es so verlockend für so viele Menschen, so viele Menschen diesseits und jenseits des Grabes, frei zu sein von allen Regeln, aller Ordnung, allen Gesetzen?

Warum meinen sie, die zügelloseste Raserei sei die einzig wahre Freiheit? Ich weiß es nicht. Jedenfalls erlagen auch die Geisterreiter dieser Verlockung, und am Ende – also lange nach dem Überfall auf den Thannhof – hatte Rudrick so viele Getreue um sich gesammelt, dass er es wagen konnte, den Schwarzen Jäger zum Duell herauszufordern.

Der Schwarze Jäger hatte keine Wahl, als die Herausforderung anzunehmen, wenn er nicht als Feigling gelten wollte. Und das tat er auch. Aber was meint ihr, wer das Duell gewann? Nein, nicht Rudrick. Der Schwarze Jäger tötete ihn. Aber auch der Schwarze Jäger verlor das Duell. Denn er konnte seinen Feind nur bezwingen, indem er sich selbst dem Bösen verschrieb. Rudricks Herr war es gleichgültig, wer ihm diente, solange er seine Ziele erreichte. Merkt euch dies gut: Das wahre Böse kennt weder Treue noch Freundschaft, weder Ehre noch Dankbarkeit. Das Böse nahm den Schwarzen Jäger an und verwandelte ihn in etwas anderes. Rudrick aber wurde von seinem Herrn weggeworfen wie eine alte, zerlumpte Puppe, mit der niemand mehr spielen mag.

Die Folgen der Entscheidung des Schwarzen Jägers waren entsetzlich. Morgen werde ich euch darüber berichten.

Aber ich bin noch nicht fertig mit Justinius' Geschichte. In der Nacht des Massakers auf dem Thannhof war der Schwarze Jäger noch der Schwarze Jäger, und Rudrick bildete sich noch ein, die Gunst des Bösen zu genießen. Als Justinius auf der Flucht vor den Geisterreitern aus dem Haus taumelte und in die Arme des Schwarzen Jägers hineinlief, dachte er, sein letztes Stündlein hätte geschlagen. Doch der Anführer der Horde scherte sich nicht um ihn. Wie gesagt, seine Absicht war, Rudrick zur Rechenschaft zu ziehen, und in dieser Nacht gelang es ihm noch einmal, sich die Horde ganz und gar zu unterwerfen. Rudrick gab klein bei, oder tat doch so, und folgte dem Schwarzen Jäger, als er mit den Geisterreitern den Thannhof verließ.

So geschah es, dass Justinius diese Schreckensnacht überlebte. Bald darauf kamen Bauern zum Thannhof, die von den Überlebenden zur Hilfe gerufen worden waren. Sie fanden den Verwundeten und brachten ihn zu einer Hexe, die im nahe gelegenen Dorf lebte. Bei dieser Hexe handelte es sich um Aiona, und wahrscheinlich kann ich euch genauso gut jetzt gleich verraten, dass ich Aiona bin.

Jaja – schon gut.

Ihr müsst euch nicht sorgen, ich esse keine kleinen Kinder. Selbst dann nicht, wenn sie sich so unartig aufführen wie ihr. Meine Zähne sind nicht mehr, was sie einmal waren.

Aber lassen wir das.

Ja, ich bin immer noch die Königin der Schwarzen Hexen. Königin bleibt man sein Leben lang, das wisst ihr doch, oder etwa nicht? Stellt euch vor, eine echte Königin! Ihr dürft meinen Ärmel berühren, wenn ihr wollt. Vielleicht bringt das Glück, keine Ahnung.

Aber zurück zu Justinius. Ich pflegte ihn etwa eine Woche lang. Anfangs hatte ich Zweifel, ob er überleben würde. Doch wenn es etwas gibt, worin Justinius wirklich gut war, dann war es, zu überleben. Sich nicht kleinkriegen lassen. Sich wieder aufrappeln. Weiterkämpfen. Das tat er auch jetzt, obwohl ihn das Grauen, das er auf dem Thannhof bezeugt hatte, Tag und Nacht verfolgte und peinigte.

Ich ließ ihn in Frieden, so lange ich konnte. Dann zwang ich ihn dazu – mehr oder weniger –, mir alles zu erzählen, was sich in jener Nacht zugetragen hatte. Was er mitbekommen hatte, ehe er das Bewusstsein verlor, reichte mir, um zu verstehen, wie es um die Horde stand. Da fasste ich den Plan, zu dem Schwarzen Jäger zu gehen und ihn zu warnen. Mit Hilfe von Jacomo, meinem Raben – ihr erinnert euch an Jacomo, nicht wahr? –, fand ich bald heraus, wo sich die Horde verkrochen hatte. Ich hatte keine Zeit zu verlieren und trat schon am nächsten Morgen meine Reise an. Justinius hätte ich am liebsten in meiner Hütte gelassen, denn er war noch sehr schwach. Aber natürlich wollte er davon nichts hören. Also reisten wir zusammen, und ich bin sehr froh, dass wir es taten.

Denn auf dieser Reise wurden wir Liebende, Justinius und ich. Ihr dummen Gören und Rotzbengel könnt kichern, so viel ihr wollt, aber ich sage euch, dass er mein Seelengefährte war, die Liebe meines Lebens. Niemand kichert? Umso besser. Und damit ihr Bescheid wisst: Wenn ich sage, er »war« meine Liebe, will ich damit nicht zu verstehen geben, dass er tot ist. Würde ich aber sagen, er »ist« meine Liebe, wüsstet ihr, dass er alles überstanden hat, und das wäre schlecht für meine Geschichte.

Jedenfalls war unsere kleine Reise eine glückliche Zeit für mich. Oder doch fast – denn wir gerieten bald in heftigen Regen, und Justinius bekam Fieber, sodass ich mich sehr um ihn sorgte. Ich wollte bei einer meiner weißen Schwestern Halt machen; Ferla war ihr Name, und sie lebte nahe dem Städtchen Dreieichen. Zum einen hoffte ich, Ferla für den Kampf gegen das Böse zu gewinnen; zum anderen wusste ich, dass sie sich weit besser als ich selbst auf die Heilung von Krankheiten verstand.

Doch als wir in Ferlas Dorf eintrafen, begriff ich, dass ein Unglück vorgefallen war. Das Unglück bestand darin, dass jemand meine weiße Schwester an die Bruderschaft des Zweiten Todes *verraten hatte. Ein paar Ordenskrieger waren im Begriff, sie festzunehmen, als Justinius und ich zu ihrer Hütte kamen. Aus Gründen, die ihr im Lauf meiner Erzählung besser verstehen werdet, wollte ich unbedingt verhindern, dass Ferla zu Schaden kam. Und wenn ich »unbedingt« sage, dann meine ich das auch so. Also nutzte ich meine Macht, um die Ordenskrieger zu zerstreuen. Allein, mein Plan misslang, denn sie hatten einen Paladin bei sich. Leider war das nicht Tamelon, sondern ein Mann namens Calyb, dem das göttliche Licht nur leuchtete, wenn er Scheiterhaufen brennen sah. Den Paladin konnte ich nicht bezwingen, und es endete damit, dass ich selbst zur Gefangenen der Bruderschaft wurde, während es Ferla gelang, die Flucht zu ergreifen.*

So kamen auch Justinius und ich nach Dreieichen – es war dies übrigens der Abend, an dem Prinz Gereon den Tod fand. Ich wusste, dass mein Schicksal besiegelt war, und alles, was ich wünschte, war, dass sich Justinius aus der Sache heraushielt. Ich fürchtete, er würde sich selbst in schreckliche Gefahr bringen, wenn er versuchte, mir zu helfen.

Was meint ihr, hat er mir den Gefallen getan, sich aus allem herauszuhalten? Nein, ihr habt recht: Ich hätte wissen müssen, dass es nicht Justinius' Art war, sich herauszuhalten. Er war wohl eher der Meinung, dass sein Kopf hart genug wäre, um nötigenfalls jede Wand einzurennen.

Nun gut, morgen werdet ihr erfahren, wieso ich jetzt hier sitzen und euch eine Geschichte erzählen kann, wo ich doch schon mit einem Fuß auf dem Scheiterhaufen stand, wie Justinius sagen würde.

Was bleibt mir noch? Ach ja, Mykar. Also, ich fürchte, ich muss euch enttäuschen. Heute habe ich nämlich gar nicht viel von ihm zu berichten. Morgen dafür umso mehr. Das liegt daran, dass er eine lange, lange Zeit brauchte, um nach Donost zu gelangen. Wie auch nicht, immerhin musste er viele Hundert Meilen zu Fuß zurücklegen.

Ein paar Dinge gibt es aber, die ihr wissen solltet. Zum einen lernte er irgendwann auf seiner Reise eine Gruppe von Schaustellern kennen – Puppenspieler, um genau zu sein. Unter diesen Puppenspielern war eine junge Frau namens Cillia. Ich weiß sehr wenig über Cillia, aber ich stelle mir vor, dass sie ein fröhliches, unbekümmertes und auch ein bisschen verwegenes Mädchen war. Mykar jedenfalls verliebte sich bald in sie – und zu seiner grenzenlosen Verwunderung erwiderte Cillia seine Liebe.

So kam es, dass Mykar zum ersten Mal in seinem Leben glücklich war, als er in Donost eintraf. Zugleich aber war er auch sehr unglücklich, wie es bei ihm wohl nicht anders sein konnte. Denn er war ja nicht durch die halbe Welt gereist, um in Cillias Arme zu sinken, sondern um einen Mann zu töten.

Ihr erinnert euch: Der Elende Ede hatte von ihm verlangt, den Hafenmeister Ludger zu ermorden. Warum das für Ede so wichtig war, hatte er nicht gesagt; aber er hatte Mykar versprochen, dass er ihm verraten würde, wie er seinen Feind Rudrick besiegen könnte, wenn er den Mord beging.

Also versuchte Mykar, an den Hafenmeister heranzukommen. Er ahnte wohl, dass Ludger in allerlei dunkle Machenschaften verwickelt war, und er wusste keinen anderen Weg, sich einem solchen Mann zu empfehlen, als zu töten. Am Hafen von Donost wurden heimlich Faustkämpfe ausgetragen – grausame Faustkämpfe, die erst endeten, wenn einer der Kämpfenden zum Krüppel geschlagen worden war –, und Mykar bekam bald die Gelegenheit zu beweisen, dass er sich so gut wie irgendjemand darauf verstand, einen Mann in einen Haufen blutigen Fleischs zu verwandeln. So machte er den Vorarbeiter Ofrick auf sich aufmerksam, der die rechte Hand Ludgers war. Und bald kämpfte Mykar nicht mehr in Lagerhäusern und zwischen Kisten und Fässern, sondern schlich als Meuchler durch die nächtlichen Straßen von Donost. Aber dieser Teil meiner Geschichte muss bis morgen warten.

Was ich jetzt noch sagen sollte, ist, dass die Liebe zu Cillia einen Preis hatte. Danje konnte es nicht ertragen, dass sich Mykar nun einer Frau aus Fleisch und Blut zugewandt hatte. Sie machte ihm bittere Vorwürfe und verhöhnte ihn Tag und Nacht – bis er es nicht mehr aushielt und Danjes Schädel in einen Fluss warf.

Ihr seht ein bisschen erschrocken aus; wahrscheinlich meint ihr, dass es für Mykar, Cillia und Danje nicht gut ausging. Tja, ich fürchte, ihr habt recht. Und wisst ihr, was das Traurigste ist? Während all das geschah, wovon ich euch morgen berichte, war Rudrick längst dabei, sein eigenes Grab zu schaufeln. Mykar bezahlte einen hohen, einen sehr hohen Preis für eine Rache, die er niemals vollziehen konnte.

Aber ich bin schon wieder zu schnell. Für heute nämlich ist meine Geschichte beendet.

Die Sonne geht bald unter, und ich sehe, dass sich am Horizont dunkle Wolken zusammenballen. Es wird wohl ein Gewitter geben. Ich mag Gewitter – sie reinigen die Luft und die Erde und manchmal auch die Herzen. In meinem Alter sollte man allerdings zusehen, dass man daheim im Trockenen sitzt und Tee trinkt, wenn es draußen stürmt.

Also verabschiede ich mich für heute. Euch wünsche ich süße Träume, trotz Blitz und Donner.

Und wenn ihr wollt, könnt ihr die dunklen Wolken als Vorzeichen für den letzten Teil meiner Geschichte ansehen. Ja, morgen muss ich euch einiges erzählen, wovon ich lieber schweigen würde. Doch es kann auf Erden keine Geschichte geben, bei der am Ende alles gut ist – zumindest keine wahre Geschichte.

Nun denn, ich gehe.

Bis bald, Kinder!

TEIL I

Unser Leben gleicht einem Zelt, das viele Pflöcke halten. Jedes Mal, wenn wir Abschied nehmen müssen, wird einer dieser Pflöcke aus der Erde gezogen.

Sprichwort der Aardan'Xim

I
AM ENDE

Cay

»Nein! Brogar, nein!«

Cay rang mit drei Männern. Der erste hielt seinen linken, der zweite seinen rechten Arm umklammert. Ein dritter fasste ihn von hinten. Sie pressten die Kiefer zusammen und fletschten die Zähne. Die Adern an ihren Stirnen und Hälsen traten hervor; Schweiß strömte über die staubbedeckten, geröteten Gesichter.

Fünf Schritte entfernt von ihnen lag Mykar auf der dürren, trockenen Erde des Dorfplatzes: ein kleiner, schmächtiger Junge mit einem zerbrochenen Körper; ein kleiner, schmächtiger Junge, der nicht begriff, wie ihm geschah.

Der vielleicht nicht einmal begriff, dass er jetzt sterben würde.

»Nein!«, schrie Cay wieder.

Brogar schien ihn nicht zu hören. Er drehte sich nicht nach ihm um, hob nicht einmal die Augen. Einen langen, qualvollen Moment stand er da, hielt den Knüppel über seinem Kopf und starrte den Jungen zu seinen Füßen an. Man hätte meinen können, er wundere sich, wo all das Blut herkam. Vielleicht war er auch in einer anderen Welt: einer Welt, in der seine Tochter bald vom Beerensammeln zurückkommen würde, den Korb unter dem Arm und ein Lächeln auf dem Gesicht.

Aber Alva würde niemals wieder lächeln. Sie war tot – ermordet. Und ihr Blut klebte an den Händen des Jungen, der vor ihm im Staub lag. Davon war Brogar überzeugt.

Er schlug zu.

Der Knüppel zertrümmerte Mykars Schädel.

Er gab keinen Laut von sich.

Cay brüllte. Es war ein wortloses, fast tierhaftes Röhren. Die Männer ließen ihn los, wichen hastig zurück. Nun stand Furcht in ihren Gesichtern. Plötzlich war Cay ganz ruhig. Seine Züge hatten jeglichen Ausdruck verloren. Er sah die drei Männer an, einen nach dem anderen. Sie senkten den Blick, betreten und schuldbewusst, wie Kinder, die bei einem Streich ertappt worden sind.

Cay ließ sie stehen. Es war, als hätte er jegliches Interesse daran verloren, was um ihn herum geschah. Er ging in die Mitte des Dorfplatzes. Er hockte sich auf die Fersen. Er griff eine Handvoll Sand und ließ ihn durch seine Finger rinnen. Nach einer Weile legte er sich auf den Boden. Er streckte die Arme aus und betrachtete den langsam dunkelnden Himmel. Zuerst Rot und Gelb und Blau. Dann schwerere, tiefere Töne von Blau. Dann Purpur und Violett.

Schließlich erhob sich Cay.

Langsam ging er zu Brogar und seinen Freunden, die wieder – oder immer noch – im Kreis auf dem Dorfplatz standen, umgeben von stillen, lichtlosen Hütten und dem letzten Glimmen der Spätsommerdämmerung. Zwei von ihnen hielten Fackeln; einer trug eine große, hölzerne Schale. Sie hatten die Erde umgegraben, wo Mykar gestorben war. Von Mykar selbst fehlte jede Spur. Doch man konnte erkennen, dass eine schwer beladene Schubkarre über den Platz geschoben worden war.

Schweigend und reglos waren die Männer. Man wusste nicht, ob sie beteten oder nachdachten oder verblödeten Greisen glichen, die bereits vergessen hatten, was sie einen Augenblick zuvor hatten tun wollen.

Cay ging zu Brogar. Er fragte nicht, was mit Mykar geschehen war; Mykar, der sein Freund gewesen war.

Er fragte nicht, ob sie Alvas Leichnam aufgebahrt hatten; Alva, die seine Verlobte gewesen war.

Er sagte: »Heute sind zwei Unschuldige gestorben, Brogar. Du hast das Andenken deiner Tochter besudelt. Das kann ich nicht verzeihen.«

Cay sprach sehr ruhig. Doch seine Stimme war hart und kalt wie Sternenlicht in einer Winternacht.

Brogar sah ihn an. Es war, als verstünde er nicht, was er soeben gehört hatte; oder er weigerte sich zu glauben, was er verstanden hatte.

»Was sagst du da?«, fragte er.

»Ich werde das Dorf verlassen«, entgegnete Cay. »Wenn ich bliebe, müsste ich dich töten. Dich und alle, die jetzt hier stehen. Das will ich ihr nicht antun.« Es klang, als hätte er ihm mitgeteilt, wie viele Kupferstücke er auf dem Markt für einen Korb Eier oder ein Stück Schweinespeck bekommen könnte.

»Was sagst du da?«, wiederholte Brogar. Er atmete schwer; dabei hatte er sich keinen Fingerbreit bewegt.

Unter den übrigen Männern wurde Gemurmel laut. Ein paar schlugen den Elaah-Kreis. Aber niemand sagte etwas zu Cay. Niemand empörte oder ereiferte sich. Niemand ballte die Faust.

Cay drehte sich um und ging weg. Er betrat das Haus seiner Eltern. Dabei ging er nicht durch den Tempel, obwohl es hinter dem kleinen Altar eine Tür gab, die zu dem Zimmer führte, wo Illiam seine Priestergewänder, die Räucherkerzen, den Sonnenstab und anderes aufbewahrte. Und von diesem Zimmer aus kam man in die Stube. Cay aber wählte den Eingang auf der Rückseite des Hauses. Der Tempel stand am Dorfplatz, doch hinter dem Haus des Geweihten gab es keine weiteren Hütten. Dort lagen Felder, Wiesen, Haine. Einen Moment lang blickte Cay in die Dunkelheit hinaus. In der Dunkelheit war nichts: nur noch mehr Dunkelheit. Dann öffnete er die Tür und ging ins Innere und schloss die Tür hinter sich.

Sein Vater und seine Mutter saßen am Tisch in der Stube. Illiam und Rahla; der Elaah-Geweihte und seine Frau. Cay war der einzige Sohn der beiden. Das war unüblich. Für gewöhnlich gab es mindestens drei Kinder; oder fünf, oder sieben. Jetzt saßen Illiam und Rahla da, als wären sie ganz allein. Das Licht einer Talglampe beschien ihre Gesichter, die alt und müde und verdorrt aussahen. Illiam hatte den Ausdruck eines Mannes, der einer unwiederbringlichen Vergangenheit nachtrauert – einer unwiederbringlichen Vergangenheit, die beim Frühstück noch Zukunft gewesen war. Manchmal konnten innerhalb eines einzigen Tages viele Jahre vergehen, auch Cay hatte das heute gelernt.

Er trat an den Tisch. Er nahm nicht von dem Wein, der in einem Tonkrug bereitstand. Er setzte sich nicht. Seine Eltern sahen ihn an, mit traurigen Blicken. Sie hatten geweint, alle beide, und das waren nicht die letzten Tränen gewesen, die sie in dieser Nacht vergießen würden.

»Ich muss gehen«, sagte er. »Ihr wisst, dass ich gehen muss.«

»Bitte, Cay …«, sagte sein Vater. Seine Mutter schwieg. Sie griff nach seiner Hand; er entzog sie ihr nicht.

»Wenn ich nicht gehe, wird alles nur schlimmer«, sagte Cay. »Auch das wisst ihr.«

Nun war es Illiam, der schwieg. Rahla fragte: »Kommst du zurück?«

»Ja«, sagte Cay. »Irgendwann.«

Er beugte er sich vor und küsste seine Mutter auf die Stirn. Auch seinen Vater küsste er. Dann verließ er das Haus seiner Eltern, in dem er geboren war und sein ganzes bisheriges Leben verbracht hatte. Cay ging zurück zum Dorfplatz. Brogar und die anderen Männer waren nicht mehr da. Niemand war mehr da. Alles war still.

Keine Meile vom Dorfplatz entfernt irrte Ordalf, der Säufer, durch die Nacht. Er war angewiesen worden, Mykar am Waldrand zu verscharren; vorher sollte er ihm einen Holzpfahl ins Herz rammen, um zu verhüten, dass er als rachsüchtiger Geist zurückkäme. Doch als Ordalf sein düsteres Werk beginnen wollte, hatte er gesehen, dass der Tote noch lebte. Da packte ihn das Grauen. Er ließ alles stehen und liegen – sogar seinen Lohn, einen Krug Schnaps, von Brogar eigenhändig gebrannt – und rannte davon. Die Dämonen, die ihn hetzten, würden ihn von nun an ständig begleiten, jede Stunde seines Lebens. Wahrscheinlich waren sie immer da gewesen, und als Ordalf begriff, Jahre später, dass sie nicht von ihm ablassen würden, nie mehr, erhängte er sich im Wald, um ein für alle Mal Ruhe zu haben vor ihrem bösen, höhnischen Kichern.

Keine Meile vom Dorfplatz entfernt war auch Mykar. Zwischen

Büschen und Sträuchern kroch er auf die Lichtung zu, wo das Hexenmädchen Danje mit ihren Eltern gelebt hatte und ermordet worden war. Im Tod wollte er bei seiner Freundin sein, mit deren Schädel er viele schöne Stunden verbracht hatte. Er konnte nicht ahnen, dass die Linde – jene immergrüne, von säuselnden Stimmen umgebene Linde mit rostrotem Stamm, die am Rand der Lichtung stand – sich seiner annehmen würde. Bald würde er ruhen, sieben Jahre lang. Jetzt aber starb er.

Vielleicht hätte ihn Cay rechtzeitig finden können. Vielleicht hätte er ihn sogar retten können, irgendwie. Doch er suchte Mykar nicht. Plötzlich schien ihn eine große Müdigkeit überkommen zu haben. Mit schleppenden Schritten und hängendem Kopf betrat er den Tempel.

Alva lag auf einer Bahre, die im Gebetsraum errichtet worden war. Sie trug ein weißes, mit buntem Garn besticktes Kleid, das Teil ihrer Aussteuer war. Ihre Hochzeit war für den Herbst des kommenden Jahres geplant gewesen. Der Dank für die Ernte hätte einhergehen sollen mit der Hoffnung auf neues Leben.

Man hatte sich alle Mühe gegeben, die Spuren ihres qualvollen Sterbens zum Verschwinden zu bringen. Alvas Rabenhaar war gewaschen und gebürstet worden; doch ihre dunkle Haut war erbleicht. Eigentlich hätten ihr Vater und ihre Mutter, ihre Geschwister, Onkel und Tanten da sein müssen, um Totenwache zu halten. Es galt, Räucherkerzen zu entzünden. Es galt, Gebete zu sprechen. Es galt, Klagegesänge anzustimmen. Doch Cay war allein mit Alva.

Er stellte sich vor die Bahre und betrachtete seine tote Geliebte. Einige Minuten vergingen. Er begann zu zittern und fiel bei der Bahre auf die Knie. Er griff Alvas Hand, küsste sie.

Schließlich erhob sich Cay. Er wandte sich ab und verließ den Tempel. Mitten auf dem Dorfplatz blieb er stehen, wie jemand, der seinen Weg nicht kennt. Doch dann ging er weiter, hinaus in die stille, weite, leere, tote Nacht.

Er nahm kein Geld mit. Auch keine Waffen und kein Gepäck. Keine Kleider außer denen, die er am Leib trug.

Er drehte sich nicht um.

2
EIN NIEMAND, UNTERWEGS NACH NIRGENDWO

Cay

Cay ging nach Westen. Entlang der Linie des fernen Fokris-Gebirges ging er. Er mied die Reichsstraße, folgte Feldwegen und Trampelpfaden. Wenn er den eingeschlagenen Weg beibehielt, würde er früher oder später nach Benorien kommen. Aber vielleicht wollte er gar nicht nach Benorien. Vielleicht ging er nur deshalb nach Westen, weil er zufällig diese Richtung eingeschlagen hatte, als er sein Dorf verließ.

In den ersten Tagen war ihm das Land noch vertraut. Illiam hatte seinen Sohn oft bei den Fahrten mitgenommen, die ihn übers Land führten. Denn es war sein Wunsch gewesen, dass Cay sein Nachfolger als Geweihter würde. Er sollte lernen, wie man Krankheiten heilt; wie man bei Hochzeiten und Beerdigungen den Segen spendet; wie man gegen friedlose Tote und allerlei Plagegeister kämpft.

Die Leute in den Dörfern kannten Cay. Sie gaben ihm zu essen und zu trinken. Sie bereiteten ihm Lager für die Nacht. Cay nahm, was ihm angeboten wurde. Er wickelte Brot und Käse in ein Tuch, knotete das Tuch an einem Stock fest und legte sich den Stock über die Schulter, wenn er weiterzog. Er sagte nicht, wo er hinwollte. Es fragte ihn auch niemand danach.

Das Wetter war noch sehr warm. Die Sonne schien, und ein lauer Wind wehte. Bald kam Cay in eine Gegend, wo niemand mehr seinen Vater kannte. Da suchte er sich Arbeit in den Dörfern. Manchmal blieb er für wenige Stunden, manchmal für drei, vier Tage. Er hatte Glück: Es gab zu tun für ihn.

Die erbarmungslose Hitze und Trockenheit dieses Sommers

hatten ihre Spuren hinterlassen. Vielerorts waren Hütten niedergebrannt, die jetzt wieder aufgebaut werden mussten, ehe die Kälte und die Dunkelheit hereinbrachen, und die Leute hatten nichts einzuwenden gegen ein paar geschickte, kräftige Hände, die mit anpackten. Es kam auch vor, dass eine Kuh oder eine Ziege oder ein Schaf verlorengegangen war. Die langen Monate, in denen Hekirs Glutatem das Land verdorren ließ, hatten die Menschen geschwächt. Manch ein Hirte war achtlos geworden in seiner Erschöpfung; zugleich war das Vieh jetzt wertvoller als je zuvor. Wenn dann einer des Weges kam, der noch die Kraft besaß, viele Stunden durch die Hügel zu laufen und in den Schluchten zu suchen, bis er die Kuh, die Ziege, das Schaf gefunden hatte, war das sehr willkommen.

Cay sprach nicht viel mit den Dörflern. Er fragte nach Arbeit, das war alles. Dennoch fanden ihn die Bauern freundlich und vertrauenerweckend. Mehr noch: Er schien eine Sehnsucht in den Herzen zu erwecken; die Sehnsucht, dass es etwas anderes geben müsse als das öde, mühselige Einerlei immergleicher Tage. Nicht nur die jungen Frauen blickten ihm bedauernd hinterher, wenn er weiterzog. Auch manche Männer fühlten sich, als hätten sie etwas verloren, nachdem Cay gegangen war; als hätten sie etwas verloren oder wären bitterlich betrogen worden.

Etwa drei Wochen nach Alvas Tod überschritt Cay tatsächlich die Grenze zu Benorien. Die Wächter ließen ihn passieren, als ob nichts Ungewöhnliches daran wäre, dass einer, der aussieht wie ein Bettler, zu Beginn des Herbstes auf Wanderschaft geht, ohne auch nur einen Mantel zu haben, mit dem er sich in den Nächten zudecken kann.

Cay kam nun in die Gegend von Tygart. Das Land hier war viel höher gelegen als die Windmarken. Es gab wilde, harsche, weglose Wälder, die sich über endlose Hügelketten zogen und in deren Mitte einsam Seen schlummerten. Die Wälder waren ein Reich des Zwielichts. Dunst und Nebel hüllten sie ein, und nachts klang Wolfsgeheul über ihre Wipfel. Cay folgte einer Straße, die in nördliche Richtung führte. Sie verlor sich mitten im Wald. Er versuchte, einen Weg durchs Unterholz zu finden. Doch er verirrte sich. Tagelang streunte er durchs Tannicht. Er fand kein Dorf, keinen Weiler; nicht einmal die Hütte eines Jägers oder Köhlers. Wenn er schlafen wollte, bedeckte er sich mit vorjährigem Laub. Aber die Dunkelheit war kalt und feindlich und er tat kaum ein Auge zu.

Schließlich fand er eine kleine, halbüberwucherte Straße. Dieser Straße folgte Cay. Als der Abend hereinbrach, sah er das Licht eines Lagerfeuers zwischen den Bäumen. Er ging auf das Feuer zu. In seinem wärmenden Schein hockte ein Mann. Der Mann trug einen Fellmantel über seinem Kettenhemd; neben ihm lag ein Bastardschwert; sein Pferd war an einem umgestürzten Baum festgebunden.

»Die Götter mit Euch«, sagte Cay, indem er die kleine Lichtung betrat.

»Und mit Euch«, erwiderte der Mann. Er hatte eine Wurst auf einen angespitzten Stock gesteckt, den er über die Flammen hielt. Weder unterbrach er seine Tätigkeit, noch sah er auf, als Cay zu ihm kam.

»Darf ich mich an Euer Feuer setzen?«, fragte Cay.

»Warum nicht?«, erwiderte der Mann.

Als die Wurst gebraten war, reichte er Cay den Stock. Er gab ihm auch einen Weinschlauch.

»Danke«, sagte Cay.

Der Mann schwieg.

Cay aß die Wurst und hielt den Schlauch an seinen Mund.

»Ich habe lange keinen Wein getrunken«, sagte er.

»Das kann ich nicht empfehlen«, antwortete der Mann. Er nahm den Weinschlauch und trank seinerseits.

Eine Weile saßen die beiden am Feuer, ohne eine Wort zu sprechen.

»Ich habe Euren Namen nicht verstanden«, sagte der Mann schließlich.

»Mein Name ist Cay«, sagte Cay.

»Und wer seid Ihr?«, fragte der Mann. Zum ersten Mal sah er seinem Gast in die Augen. Der Widerschein des Feuers fiel auf sein Gesicht, ließ rötliche Schatten darüber huschen.

»Ich bin niemand«, sagte Cay.

Der Mann steckte eine weitere Wurst auf den angespitzten Stock. »Seltsam …«, murmelte er. »Die meisten Männer sind niemand und behaupten, sie wären jemand. Ihr seid jemand und behauptet, Ihr wärt niemand.«

»Ich danke Euch für den Platz an Eurem Feuer«, sagte Cay. Er stand auf und ging weg.

Der Mann brummte und begann, die Wurst zu braten. Sein Mund war unter einem dichten schwarzen Bart verborgen. Vielleicht lag es daran, dass er sich ein Lächeln erlaubte.

Als Cay am nächsten Morgen seinen Weg fortsetzte, war es noch dunkel. Bald zog eine graue Dämmerung herauf. Cays Atem bildete Wölkchen, und seine Zähne klapperten. Einmal stolperte er über seine eigenen Füße. Doch er marschierte den ganzen Vormittag, ohne sich eine Pause zu gönnen.

Schließlich hörte er Hufgetrappel. Cay blieb stehen und drehte sich um. Der Mann, der ihm am Vorabend eine Wurst und etwas Wein geschenkt hatte, ritt auf ihn zu. Langsam, fast gemächlich ritt er, als wäre seine einzige Sorge, sich an der rauhen Schönheit des herbstlichen Waldes zu erfreuen.

»Die Götter mit Euch«, sagte er, indem er sein Pferd zügelte.

»Und mit Euch«, erwiderte Cay.

»Wohin führt Euch die Reise?«, fragte der Mann.

»Nirgendwohin«, antwortete Cay.

»Ein Niemand, unterwegs nach Nirgendwo.«

»Ja.«

»Wenn das Nirgendwo Euer Ziel ist, könntet Ihr mich genauso gut ein Stück begleiten.«

»Warum sollte ich das tun?«, fragte Cay und ging weiter.

»Ihr seht aus, als könntet Ihr Geld gebrauchen«, entgegnete der Mann, der neben ihm her ritt.

»Das stimmt«, sagte Cay. »Aber warum solltet Ihr mich mitnehmen?«

»Nun, ich könnte jemanden gebrauchen, der mir zur Hand geht.«

»Euch zur Hand geht – wobei?«

»Bei meiner Arbeit.«

»Und worin besteht Eure Arbeit?«

»Ich sorge für Ordnung.«

»Nein, Ihr sorgt nicht für Ordnung«, sagte Cay. »Niemand sorgt für Ordnung. Es gibt keine Ordnung.«

Der Mann lachte. Es war ein fröhliches Gelächter, das zugleich fast furchterregend klang in der Waldesstille.

»Da trifft es sich ja, dass Ihr Niemand seid!«, rief er.

Nun lachte auch Cay.

»Ihr wollt, dass ich Euch begleite. Dabei kennt Ihr gerade mal meinen Namen«, sagte er dann.

»Ich weiß alles, was ich wissen muss«, erwiderte der Mann.

»Aber ich weiß nicht alles, was ich wissen muss«, sagte Cay.

»Was müsst Ihr denn wissen?«

»Zum Beispiel muss ich wissen, welcher Art die Ordnung ist, für die Ihr sorgt.«

»Ihr tragt die Kleidung eines Bauern, also habt Ihr auch unter Bauern gelebt?«

»Ja.«

»Nun, dann wisst Ihr, wie es zugeht. Die Bauern geben den Zehnten an ihren Herren. Der Herr sollte sie dafür beschützen. Aber der Herr ist zu weit weg. Oder er hat nicht genügend Männer. Oder er ist mit der Jagd und seinen Konkubinen beschäftigt. Oder damit, vor einem höheren Herr zu katzbuckeln. Oder es schert ihn einfach nicht, was aus dem Land wird, über das er herrscht.«

»Und was hat das mit Euch zu tun?«

»Die Zeiten sind schlecht. Banden von Gesetzlosen machen die Straßen unsicher. Oder sie verkriechen sich in den Wäldern und erpressen die umliegenden Dörfer. Raubritter tun ihr Übriges, um den Leuten das Leben sauer zu machen.«

»Ich weiß noch immer nicht, was das mit Euch zu tun hat.«

»Ich ziehe übers Land und schaue, wo es Ärger gibt. Dann sorge ich dafür, dass der Ärger aufhört.«

»Einfach so?«

»Einfach so. Die Bauern zahlen mir, was sie können. Manchmal kommt auch nur ein Platz am Ofen für eine Woche dabei heraus. Reich wird man so nicht. Aber es macht Spaß.«

Der Mann grinste. Sein Gesicht war sehr weiß, beinah fahl, unter dem langen, dichten, schwarzen Bart und den langen, zotteligen, schwarzen Haaren. Auch seine Zähne waren sehr weiß. Doch das Blitzen in seinen Augen war fast ebenso dunkel wie sein Bart und seine Haare.

»Ich weiß nicht, ob wir dieselbe Vorstellung von Spaß haben«, sagte Cay.

»Ich auch nicht«, sagte der Mann. »Aber überlegt nur: Wenn zwei von unserer Sorte zur richtigen Zeit am richtigen Ort sind – meint Ihr nicht, dass sie einen Unterschied machen könnten?«

Cay schluckte schwer. Er senkte den Blick.

»Doch. Das könnten sie«, entgegnete er schließlich.

Ein Wind kam auf. Er raschelte in den Bäumen und trieb Blätter und Stöckchen über die Straße. Dann zog sich der Himmel zu. Kalter, peitschender Regen brach aus den Wolken hervor. Cay machte keine Anzeichen, eine Zuflucht zu suchen. Auch der Mann ritt einfach weiter, im gleichen geruhsamen, unbekümmerten Tempo wie zuvor. Der Regen endete so jäh, wie er begonnen hatte. Die Wolkendecke riss auf, und gleißend helle Sonnenspeere bohrten sich durch die Schlitze, Spalten und Lücken. Das Licht brachte die Pfützen zum Funkeln und tat den Augen weh.

Cay troff vor Nässe: sein Hemd und seine Hose, seine Haare und der Bart, der ihm zwischenzeitlich gewachsen war.

»Wir sollten dir andere Kleidung besorgen«, stellte der Mann fest, der die Kapuze seines Fellmantels übergezogen hatte.

»Wie heißt Ihr überhaupt?«, fragte Cay.

»Gunnmahr.«

Cay nickte.

»Hast du schon mal mit einem Schwert gekämpft?«, fragte der Mann.

Cay schüttelte den Kopf.
»Du wirst ein Schwert brauchen«, sagte der Mann.
»Gut«, sagte Cay.

3

ERSTE LEHREN

Cay

Die Straße führte sie schließlich nach Tygart. Hoch in den Hügeln lag die Stadt. Sie war von einer Mauer umgeben, und fast alles in ihr war aus Stein erbaut: Es gab kleine, düstere Häuser und steile, düstere Gassen, die zwischen den Häusern entlangführten. Als Cay und Gunnmahr in Tygart ankamen, dämmerte es bereits. Den ganzen Tag über hatte es geregnet und die Steinwälle, Steinhäuser und Steinstraßen der Stadt hatten einen schwarzen, feuchten Glanz. Im Wald waren die beiden an einigen verlassenen Dörfern vorbeigekommen: leere Hütten, in denen Unkraut und Büsche sprossen und die starr und trostlos ihrem Verfall entgegensahen.

Cay hatte sie mit nachdenklichem Blick gemustert, jene aufgegebenen, wilden Hunden und streunenden Gespenstern überlassenen Ortschaften. »Die Zeiten sind schon länger schlecht, oder?«, hatte er gesagt.

Gunnmahr hatte ihm mit einem Brummen geantwortet und viel mehr sprachen die beiden nicht, an diesem zweiten und letzten Tag ihrer ersten gemeinsamen Reise.

In Tygart nahmen sie sich Zimmer in der besten Herberge. Gunnmahr zahlte für die Zimmer, ebenso wie er für Cays Ausrüstung zahlte: ein Pferd, Kleidung und Waffen. Zurück in der Herberge, zog Cay die Stiefel, die Hose, die Handschuhe und den Brustpanzer aus gehärtetem Leder an. »Ich dachte, man wird nicht reich bei Eurer Arbeit«, sagte er und wog sein Schwert – die erste richtige Waffe, die er besaß – in den Händen.

»Ich war schon vorher reich«, erwiderte Gunnmahr und musterte seinen Schützling mit Wohlwollen.

Die beiden blieben eine Woche lang in Tygart. Gunnmahr verbrachte viel Zeit in Freudenhäusern; Cay nicht. Gemeinsam durchstreiften sie die Schenken. Sie sprachen mit fahrenden Händlern, Jägern, die in die Stadt gekommen waren, um Felle, Pelze und gepökeltes Fleisch zu verkaufen, Reisenden, die es aus den verschiedensten Gründen in diese Gegend verschlagen hatte. Nicht selten spendierte Gunnmahr einen Eimer Bier oder einen Krug Wein. »So kommt man an Arbeit«, behauptete er. Tatsächlich trank er mehr als alle anderen zusammen; einmal war er so besoffen, dass Cay ihn auf dem Rückweg zu ihrer Herberge stützen musste. Das hinderte ihn allerdings nicht daran, am nächsten Morgen beim ersten Sonnenlicht auf den Beinen zu sein und Cay im Schwertkampf zu unterweisen.

Denn das war es, was sie an den Vormittagen taten: Sie trainierten.

»Wie stellt Ihr Euch das vor? Ich weiß gerade mal, wie man ein Schwert hält«, sagte Cay, als sie zum ersten Mal den engen, mit allerlei Gerümpel vollgestellten Hof hinter der Herberge betraten.

»Irrtum. Du hast keine Ahnung, wie man ein Schwert hält«, entgegnete Gunnmahr.

Eine Stunde später nickte er zufrieden. »Du bist besser als mancher, der jahrelang auf die Kriegerakademie gegangen ist«, sagte er.

»Das ist unmöglich«, sagte Cay.

Gunnmahr zuckte die Schultern. »Ich weiß. Lass uns weitermachen.«

Am Ende ihrer Zeit in Tygart hatten sie herausgefunden, dass an der benorischen Westküste eine Bande von Sklavenhändlern ihr Unwesen trieb. Ein Händler hatte ihnen erzählt, dass einer seiner Knechte auf offener Straße geraubt worden sei. Offenbar geschah dergleichen öfter. Wenn man dem Händler Glauben schenkte, wagten die Leute in den Fischerdörfern kaum mehr, allein in den Nachbarort zu gehen; niemand fühlte sich seines Lebens sicher.

»Ich dachte, in Ahekrien ist Sklavenhandel verboten …«, wunderte sich Cay, als er mit Gunnmahr über die Geschichte des Händlers sprach.

»In Ahekrien schon. Aber in Lihanny und in Iskrien sieht man die Sache anders. Von Qheezan ganz zu schweigen. Außerdem – nur weil etwas verboten ist, heißt das ja nicht, dass man es nicht tut. Das sollte selbst ein Bauerntölpel wie du wissen.«

»Hm, was meint Ihr, wer hinter den Überfällen steckt? Vielleicht die Aynorr?«

»Nein, das glaube ich nicht. Wer im Kampf unterliegt, ohne einen ehrenvollen Tod zu sterben, gilt bei den Nordmännern weniger als ein Stück Vieh. So einen kann man ruhig als Sklaven nehmen. Bei den Frauen ist es ähnlich. Eine Frau, die einen schwachen Mann geheiratet hat – einen Mann, der nicht in der Lage ist, sie zu beschützen –, kann nicht viel wert sein. Und wenn ihr dann der Mut fehlt, sich den Dolch ins Herz zu rammen oder von der nächsten Klippe zu springen, hat sie eben Pech gehabt. Dann ist sie fortan jedermanns Zisterne. Was ich sagen will: Die Aynorr haben nichts gegen Sklaven. Aber wenn sie auf Plünderfahrt gehen, tun sie es nicht, um Sklaven zu erbeuten. Auch das wäre ehrlos. Die Sklaven kommen eher nebenbei.«

»Ich verstehe. Wer kann es dann gewesen sein?«

»Die Banden stammen vermutlich aus Lihanny. Sie bringen die armen Teufel heimlich über die Grenze. Vielleicht haben sie auch ein Schiff und nehmen den Seeweg. Aber am Ende läuft es aufs selbe hinaus. Die Beute wird in Alkessa verkauft. Da gibt es immer Bedarf an Sklaven. Wenn sie Glück haben, enden sie als Huren oder Lustknaben. Wenn sie Pech haben, in den Minen oder Gruben oder auf dem Altar irgendwelcher Blutgötter.«

»Und der benorische König lässt das einfach so geschehen?«

»Nun, vielleicht tut er ja etwas dagegen. Aber seine Möglichkeiten sind begrenzt. Die Küste von Benorien ist lang, das Land selbst einsam. Da gibt es unzählige Möglichkeiten, sich zu verstecken.«

»Wenn das so ist, was können wir dann ausrichten?«

»Wir, mein Freund, sind einfach zwei Reisende. Kein Kampftrupp unter königlicher Flagge. Wer hat schon Angst vor zwei Reisenden? Nein, die Sklavenhändler werden tun, was sie immer tun – auch wenn wir in der Nähe sind. Auf diese Weise werden wir ihr Versteck aufspüren.«

»Und dann?«

»Dann wird sich zeigen, wie gut du wirklich mit dem Schwert umgehen kannst.«

Auch an dem Tag, als Cay und Gunnmahr die Stadt verließen, regnete es. Von den Hügeln, auf denen Tygart lag, konnte man in dunkel bewaldete Täler hinabblicken. Zwischen den Fichten und Tannen quoll der Nebel hervor: Dichte, weiße, schwere Schwaden legten sich wie ein träge wallendes Tuch über die Senken und niedrigeren Anhöhen. Der Nebel saugte alle Geräusche auf; er nahm Mensch und Tier die Sicht. Gunnmahr ritt langsam. Cay folgte ihm. Er hatte zwar schon öfters auf einem Pferd gesessen – es gab in seinem Dorf nicht viele Pferde, aber die meisten davon waren in Brogars Besitz –, war jedoch keineswegs ein geübter Reiter. Dennoch hätte es für einen zufälligen Beobachter ausgesehen, als verstehe sich Cay auf Pferde. Keine Sekunde schien er sich darum zu sorgen, dass er einen Fehler machen könnte.

Die erste Woche ihrer Reise verlief ereignislos. Nachdem sie die Wälder um Tygart hinter sich gelassen hatten, kamen Cay und Gunnmahr gut voran. Im Wechsel von Regen und Sonnenschein durchquerten sie ein weites, flaches Land, das sich von den Windmarken vor allem dadurch unterschied, dass es weniger karg war. Endlose Wiesen und Weiden erstreckten sich zu beiden Seiten der Straße, und die großen Kuh- und Schafherden, die dort grasten, erfüllten die Luft mit ihrem vielstimmigen Muhen und Blöken. Ein weiterer Unterschied zu den Windmarken und den Höhen von Tygart bestand in dem deutlich milderen Wetter. Bei Tag herrschte eine weiche Kühle, und auch die Nächte brachten keinen Frost.

Einmal fragte Gunnmahr: »Warum hast du deine Heimat verlassen?«

Die beiden saßen am Lagerfeuer und hatten gerade gegessen. Die Mahlzeit – wiederum gebratene Würste, eine von Gunnmahrs Lieblingsspeisen, dazu Hartkäse, Schwarzbrot und Trockenfrüchte – hatten sie schweigend eingenommen, und zunächst hätte man meinen können, Cay habe gar nicht mitbekommen, dass ihm eine Frage gestellt worden war. Er betrachtete das Feuer, als berge das Zucken und Sich-Winden der Flammen ein Rätsel, das zu lösen ihm allein vorbehalten war.

Doch dann sagte er: »Es ist noch zu früh, um darüber zu reden.«

»Gut, wir haben Zeit«, erwiderte Gunnmahr.

Am nächsten Tag erreichten sie ein Dorf, in dem die Angst greifbar war – greifbar in den gesenkten Blicken, dem beklommenen Schweigen, den schweren, zugleich hastigen Bewegungen der Bauern. Das Dorf war nicht arm, es machte sogar einen recht wohlhabenden Eindruck; offenbar war es nicht der nahende Winter, der die Menschen in Furcht versetzt hatte.

»Ich glaube, es gibt Arbeit«, sagte Gunnmahr und ließ sein weißes Lächeln sehen. »Lass uns ein Bier trinken und schauen, was hier los ist.«

Sie waren schon fast bis ans Ende der Benorischen Ebene gekommen. Doch sie würden noch einige Tage im Sattel verbringen müssen, ehe sie die Küste erreichten. Dass die Sklavenhändler so weit ins Landesinnere vorgedrungen waren, kam Gunnmahr unwahrscheinlich vor. In der Dorfschenke fanden sie heraus, dass das Problem tatsächlich ein anderes war: Vor ein paar Wochen war eine Räuberbande in der Gegend aufgetaucht. Die Räuber waren ins Dorf gekommen und hatten verlangt, dass man einen Ochsen für sie schlachtete. Bei ihrem zweiten Überfall waren sie durch die Häuser gezogen, hatten einige Männer verprügelt, die Frauen bedrängt, Einrichtung zerschlagen und alles mitgenommen, was ihnen stehlenswert erschien.

Der Wirt war sich sicher, dass die Lumpen beim dritten Mal die hübschesten Mädchen des Dorfes rauben und zwei, drei junge Burschen aufknüpfen würden. Nachdem er seine Geschichte beendet hatte, musste er ein Krüglein Rachenputzer leeren, um sich wieder zu beruhigen.

»Wie viele sind es?«, fragte Gunnmahr.

Da sagte ihnen der Wirt, dass die Bande etwa zehn Köpfe zähle.

»So wenige?«, fragte Cay. »Es gibt hier im Dorf doch viele Dutzend Männer!«

Ja, dem sei so, bestätigte der Wirt. Aber dies sei ein friedfertiges Dorf; so lange er denken könne, habe es niemals einen Grund gegeben, die Waffen zu ergreifen. Woher sollte sie auf einmal kommen, die Wehrfähigkeit? Sie hätten ihren Lehnsherren um Hilfe angefleht; der hätte zugesagt, sich um die Sache zu kümmern. Allein, bislang sei nichts geschehen …

»Weiß man, wo die Bande ihren Unterschlupf hat?«, wollte Gunnmahr wissen.

Niemand sei lebensmüde genug gewesen, die Schurken zu verfolgen, erklärte der Wirt. Allerdings hätte der Jäger des Nachts Lichter in einem alten, verwitterten Herrenhaus gesehen; die Ruine läge höchstens eine Meile vom Dorf entfernt.

»Heute hast du etwas Wichtiges gelernt«, sagte Gunnmahr später zu Cay. »Es geht nicht um Zahlen. Ein Einzelner kann Hunderte unter seinen Willen zwingen, wenn er zu allem bereit ist. Merk dir das gut.«

In Benorien war es üblich, dass die wichtigsten Männer eines Dorfes – etwa der Schmied, der Heiler, der Geweihte und wohlhabende Bauern – aus ihrem Kreis einen Ältesten bestimmten. Nachdem Gunnmahr mit dem Dorfältesten gesprochen hatte, in diesem Fall war es der Schmied, kam er gutgelaunt auf Cays Zimmer.

»Halt noch ein Schläfchen, wenn du willst. Wir werden diesen Räubern nachher einen kleinen Besuch abstatten!«, verkündete er.

Cay nickte nur.

Das Herrenhaus zu finden war nicht schwer. Es lag auf einer Anhöhe im nahen Wald, umgeben von einer weiten Rodung. Und da die Nacht mondhell war, hätten sie nicht einmal die Lichter benötigt, die im Erdgeschoss der Ruine flackerten, um ihren Weg zu finden.

Cay und Gunnmahr duckten sich hinter eine Ulme am Rand der

Rodung. Sie hörten laute, grölende Stimmen; zuerst Gelächter, dann Streit, dann wieder Gelächter. Nachdem er das Herrenhaus eine Weile beobachtet hatte, murmelte Gunnmahr: »Was für Anfänger! Die haben nicht mal Wachen aufgestellt.«

»Ich frage mich, was das für Männer sind«, sagte Cay leise.

»Soldaten, die aus irgendeiner Armee geflohen sind? Piraten, denen das Leben auf See zu mühselig wurde? Knechte, die gerne mal Herren sein wollten? Was weiß ich. Es ist auch völlig unwichtig, oder willst du ihnen Händchen halten, wenn sie dir ihre traurigen Geschichten erzählen? Komm jetzt!«

Die beiden schlichen auf die Seite der Rodung, die im Schatten der Ruine lag, und näherten sich dann langsam dem Gebäude. Unterdessen waren die Stimmen im Inneren des Herrenhauses leiser geworden. Jemand sang; es klang nach einem Liebeslied.

»Wenn einer von ihnen fliehen will, muss er wohl den Haupteingang nehmen«, flüsterte Gunnmahr. »Stell dich dort auf. Aber sieh zu, dass du im Schatten bleibst, bis der Spaß losgeht.«

»Wollt Ihr alleine rein?«, fragte Cay.

Gunnmahr nickte. »Für dich ist es heute das erste Mal, mein Freund. Lass es langsam angehen.«

»Gut«, sagte Cay und huschte gebückt zur Vorderseite des Hauses. Es gab ein eingestürztes Säulendach. Die Trümmer des Daches hatte man längst weggeschafft, aber die umgestürzten Säulen lagen noch da. Cay setzte sich und lehnte den Rücken gegen die Hauswand. Leise zog er sein Schwert.

Zunächst blieb alles still. Nur der Gesang war zu hören. Plötzlich krachte es. Ein Schrei erklang. Dann mehrere Schreie.

Cay stand auf und stellte sich etwa drei Schritt vor den Eingang; seine Position war leicht versetzt, sodass man ihn nicht sofort sehen konnte, wenn man nach draußen hastete.

Kampfeslärm ertönte. Cay wartete.

Jemand stürmte ins Freie. Es war ein junger Mann, kaum älter als Cay. Seine Haare waren zerzaust, sein Gesicht verquollen vom Schlaf oder vom Wein. Als er Cay sah, blieb er so jäh stehen, dass er beinah über die eigenen Füße gestolpert wäre. Mit hektischen, fahrigen Bewegungen griff er an seinen Gürtel und versuchte, einen Dolch aus der Scheide zu ziehen.

Cay sagte nichts. Ruhig stand er da. Die Spitze seines Schwertes war auf den Boden gerichtet.

Einen Herzschlag lang trafen sich die Augen der zwei Männer. Da veränderte sich etwas im Gesicht des Räubers. An die Stelle der hilflosen und irgendwie empörten Verstörung, die es bisher gezeichnet hatte, trat eine Art todeswütige Panik. Der Räuber schrie und stürmte auf Cay los, obwohl er den Dolch immer noch nicht aus der Scheide gelöst hatte.

Es war, als triebe ihn eine fremde, grausame Macht an. Cay hob die Klinge. Der Räuber spießte sich selbst auf.

Nicht lange darauf kam Gunnmahr. Das Feuer, das noch immer im Inneren des Herrenhauses brannte, zeichnete seine Umrisse in die Leere des Eingangs.

»Sind sie tot?«, fragte Cay.

»Was sonst?«, entgegnete Gunnmahr und kratzte sich am Bart.

Dann warf er einen Blick auf die Leiche, die gekrümmt zu Cays Füßen lag. »Alles in Ordnung?«, fragte er.

Cay nickte. »Ja«, sagte er und betrachtete mit einem Ausdruck von Verwunderung die blutige Klinge in seiner Hand. »Alles in Ordnung.«

4

ERBARMEN

Cay

Die Bauern ließen sie hochleben. Gunnmahr gefiel das nicht schlecht. Was man ihm zahlte, schien ihm weniger wichtig. Aber die bewundernden, manchmal begehrenden Blicke der Frauen und die ehrfürchtigen, manchmal neidischen oder bestürzten oder ungläubigen Blicke der Männer, die genoss er.

Zur Feier ihres Sieges über die Räuberbande wurde ein Festmahl gehalten. Es gab alles, was das Dorf an Köstlichkeiten zu bieten hatte; dazu Musik und Tanz. Cay zog sich bei erster Gelegenheit auf sein Zimmer zurück, aber noch im Morgengrauen klang fröhlich-trunkenes Gelärme aus dem Schankraum.

Als Gunnmahr wieder ausgenüchtert war, setzten die beiden ihre Reise fort. Das Wetter blieb mild, die Straße war gut, und sie erreichten die Küste deutlich schneller, als Gunnmahr erwartet hatte.

Sie besuchten eine Reihe von Fischerdörfern, um herauszufinden, ob der Händler die Wahrheit gesagt hatte. Die Dörfer glichen einander: Die Häuser waren weißgetüncht und mit getrocknetem Stroh oder Riedgras gedeckt, und in kleinen, schlichten Häfen, über denen die Möwen kreisten, schaukelten Boote, während die Netze der Fi scher zum Trocknen an Stangen hingen. Strände von Sand und Kies erstreckten sich zwischen den Siedlungen.

Bald fanden sie heraus, dass die Geschichte des Händlers im Großen und Ganzen der Wahrheit entsprach. Allerdings hatte er ein wenig übertrieben. Es war nämlich keineswegs so, dass den Fischern landauf, landab die Knie schlotterten vor Angst. Der Menschenraub beschränkte sich bislang auf einen kleinen Teil der Küste; dort freilich war es in der Tat so, dass sich die Leute kaum getrauten, den Schutz ihrer Dörfer zu verlassen.

Gunnmahr war enttäuscht. »Ich hätte mehr erwartet«, brummte er. »Damit werden wir schnell fertig.«

»Wie wollen wir vorgehen?«, fragte Cay.

»Ganz einfach. Wir sehen uns in den Dörfern um und finden heraus, wo man die Geraubten zuletzt gesehen hat und was sie an dem Tag vorhatten, als sie verschwunden sind. Ich bin sicher, dass wir schon bald eine ziemlich genaue Vorstellung davon haben werden, wo sich die Sklavenhändler verkriechen. Dann müssen wir eigentlich nur noch ihren Unterschlupf finden. Ich hoffe nur, dass diese Burschen nicht solche Einfaltspinsel sind wie die Räuber aus dem Herrenhaus.«

»Sonst ist es kein Spaß?«

»Richtig. Sonst ist es kein Spaß.«

Aber Gunnmahr tat nichts von dem, was er angekündigt hatte. Zwar reisten sie in eines der Dörfer, die jemanden an die Sklavenhändler verloren hatten, doch Gunnmahr machte keine Anstalten, nach Spuren der Verschwundenen zu suchen. Als sie in einer Herberge eingekehrt waren, kaufte er sich einen Krug mit brennendscharfem Kräuterschnaps und begab sich auf sein Zimmer, um zu saufen. Tagelang soff er, erfüllt von einer grimmigen und erbitterten Entschlossenheit, und verließ sein Zimmer nur, um neuen Schnaps zu kaufen. Er sprach mit niemandem, und seinerseits unternahm Cay keinen Versuch herauszufinden, was der Grund dafür sein mochte, dass Gunnmahr ein Trinkgelage veranstaltete, dessen einziger Gast er selbst war.

Die Leute, die in den Fischerdörfern an der benorischen Küste lebten, hatten meist helles Haar und helle Augen, und die Männer trugen fast alle Bärte. Cay hatte blonde Haare und blaue Augen und sein Bart konnte sich mittlerweile sehen lassen; vor allem, wenn man bedachte, wie jung er war. Er kaufte Kleidung, wie sie die Fischer trugen: grobe, schwere, halbhohe Lederstiefel, Hemd und Hose aus dickem Leinenstoff, ein schlichtes Wollwams und eine Öltuchjacke. Während sich Gunnmahr in seinem Zimmer einschloss und bis zur Besinnungslosigkeit betrank, ging Cay zwischen den Dörfern hin und her; seine eigenen Sachen und sein Schwert ließ er in der Herberge.

Mal ging er über den Strand, mal wählte er die Straße, mal die Pfade, die entlang der Dünen führten. Manchmal setzte er sich in den Sand und blickte lange aufs Meer hinaus; manchmal versuchte er, mit den Leuten am Hafen ins Gespräch zu kommen, was sich allein schon deshalb als schwierig erwies, weil er das Ahekrisch, das an der benorischen Küste gesprochen wurde, kaum verstand. Da Gunnmahr nichts von dem mitbekam, was sich jenseits seiner Zimmertür ereignete, fragte ihn niemand, was er mit diesen Wanderungen bezweckte. Vielleicht bezweckte er überhaupt nichts, außer die Stunden zu füllen, in denen er nicht schlafen konnte. Cay verließ die Herberge im ersten Morgengrauen und kehrte erst nach Einbruch der Dunkelheit zurück, wenn die Hütten ringsum schon still und schwarz dalagen und die Frau des Wirts allein beim Schein einer Tranlampe hockte und Fische ausnahm.

Am Nachmittag des vierten Tages war Cay wieder einmal auf der Straße unterwegs, die etwas abseits der Küste durchs Land schnitt. Das Licht hatte einen schweren, goldenen Glanz, und plötzlich traten drei Männer auf die Straße und umringten ihn. Sie wirkten gelassen, selbstsicher, nicht unfreundlich.

»Komm mit«, sagte einer von ihnen. Dabei lächelte er, als hätte er sich einen kleinen Scherz erlaubt und würde Cay im Stillen darum bitten, doch so nett zu sein und mitzuspielen.

Cay lächelte nicht. Sein Körper erschlaffte. Nutzlos wie zwei Stücke Treibholz hingen die Arme an seiner Seite, und in seinen Blick trat eine Leere, weit wie das Land, das ihn umgab. Mag sein, dass ihn die dunklen Haare und die dunklere Haut der Lihannyer daran erinnerten, dass Alvas Vorfahren aus dem Süden stammten und irgendwann vor einem unbekannten Drangsal in die Windmarken geflohen waren. Mag sein, dass er daran dachte, wie er Alvas Haare und ihre Haut gestreichelt hatte.

Die Männer führten ihn weg wie ein Stück Vieh. Sie schlugen ihn nicht. Sie durchsuchten ihn nicht. Sie sprachen auch nicht mit ihm. Hätte jemand die Gruppe aus einiger Entfernung beobachtet, er wäre sicherlich zu dem Schluss gekommen, dass sich da ein paar Burschen zusammengetan hatten, um einen Skargatsspaß auszuhecken oder sonst einen Unfug zu treiben.

Sie gingen ins Landesinnere. Schon bald waren weit und breit keine Spuren mehr von Siedlungen zu entdecken. Manchmal sah man in einiger Entfernung ein paar Hütten, allerdings deutete nichts darauf hin, dass diese Hütten noch bewohnt waren. Die Gegend wurde zusehends sumpfiger, doch die Männer, die Cay führten, wussten offenbar, wohin sie ihre Schritte zu lenken hatten. Wenn sie untereinander ein paar Worte wechselten, bedienten sie sich der Sprache ihrer Heimat. Obwohl Lihanny kein Teil des Kaiserreichs war, beherrschte dort nahezu jeder das Ahekrische – oder eine eigenwillige Abart davon –, aber wahrscheinlich wollten die Sklavenhändler vermeiden, dass Cay verstand, was sie sagten.

Am Abend erreichten sie das Lager. Da hatte sich die Sonne bereits zum Rand des Horizonts hinabgesenkt; trübes Dämmerlicht lag über dem kleinen See, an dem die Lihannyer ihre Zelte errichtet hatten. Zwei Männer saßen am Lagerfeuer. Es gab etwa ein Dutzend Pferde und Ochsen, die bei einer Gruppe Weiden grasten, und ein paar Planwagen.

Um Cay wurde nicht viel Aufhebens gemacht. Einer der Sklavenhändler, die ihn hergebracht hatten, redete kurz mit den Männern am Feuer. Dann nahmen zwei seiner Bewacher ebenfalls Platz; der dritte fasste seinen Arm und führte ihn an den Zelten vorbei. Im Halbdunkel kam ihnen ein weiterer Mann entgegen. Er schubste eine Frau vor sich her; die Frau leistete keinen Widerstand, ihr Gang war schlurfend und stolpernd, ihre Züge erstarrt. Sie murmelte etwas, immer wieder.

Etwas abseits von den Zelten hatten die Lihannyer eine Art Pferch errichtet. Die Männer und Frauen, die darin lagen, es waren acht oder neun, hatte man an Händen und Füßen gefesselt. Wie Würmer krochen sie durch den Dreck. Der Gestank war unerträglich.

Ein Wächter hockte beim Eingang des Pferches. Er hatte sich von den Gefangenen abgewandt und ein Tuch vor den Mund gebunden. Vor ihm im Sand lagen Würfel, und er hatte ein Feuer entzündet, an dem er sich wärmen konnte, wenn mit der Dunkelheit die Kälte kam.

»Die sollten sich mal waschen«, sagte der Wächter zu seinem Kameraden, ohne Cay zu beachten. Auch er sprach Lihanny; seine Stimme klang dumpf durch das Tuch.

»Das hat Zeit. Hilf mir mit dem hier«, antwortete der Mann, der Cay führte.

Als die Gefangenen merkten, dass der Pferch geöffnet werden sollte, begann ein Klagen und Heulen.

»Bitte! Habt Erbarmen! Meine Kinder! Meine Kinder!«, wimmerte eine Frau. Sie versuchte, sich an einem Holzpfosten aufzurichten.

Der Wächter drehte sich zu der Frau um und zog eine Peitsche hervor. »Halt's Maul!«, schrie er, diesmal auf Ahekrisch. »Sonst setzt's was!«

Nun machte der andere Mann einen Schritt nach vorne, offenbar unschlüssig, ob er dem Wächter dabei helfen sollte, die Gefangenen zum Schweigen zu bringen. Er hielt Cays rechten Arm umfasst und stand rechts neben ihm.

Der Schlag traf ihn gegen den Kehlkopf. Er röchelte, taumelte zurück. Als die Peitsche über den Köpfen der Gefangenen knallte, hatte Cay bereits ein kleines, spitzes Messer, wie man es zum Ausweiden von Fischen benutzt, aus seinem Stiefel gezogen. Und als der Wächter mitbekam, dass etwas nicht stimmte, spritzte bereits das Blut aus der aufgestochenen Halsader seines Kameraden. Hastig drehte sich der Wächter um; gerade rechtzeitig, um zu sehen, dass der Tod zu ihm kam.

Man sagt, es sei schwer, jemanden mit einem Messer zu töten. Das macht die Nähe des Lebens, das man nimmt; man muss ganz nah ran an das Fleisch und das Blut und die Wärme. Bei Cay sah es nicht schwer aus.

Der Wächter zuckte noch einmal, lag dann still da. Cay griff sich den Kapuzenmantel, den der Mann getragen hatte, und das Kurzschwert, das an seinem Gürtel hing.

Die Gefangenen waren verstummt, überwältigt von der ebenso unverhofften wie unwahrscheinlichen Wendung ihres Geschicks.

»Macht noch ein wenig Lärm. Ich komme zurück«, sagte Cay in fast beiläufigem Tonfall.

Da begannen die Gefangenen wieder, zu klagen und zu flehen. Vielleicht weniger aufgrund der Anweisung, die Cay ihnen gegeben hatte, sondern weil sie merkten, dass er keineswegs vorhatte, sie sofort zu befreien.

Cay ging in die Hocke und nahm zwei Holzscheite, die aus dem Feuer ragten. Er fasste sie dort, wo die Flammen das Holz noch nicht eingehüllt hatten; dennoch versengte die Hitze seine Haut. Er biss die Zähne zusammen und lief an der Rückseite der Zelte vorbei zu der Wiese, wo die Pferde und Ochsen standen, und schleuderte die noch brennenden Scheite. Ein Pferd wurde am Hals getroffen, ein anderes am Rücken. Die Tiere schrien, stiegen auf die Hinterbeine, schlugen mit den Hufen. Auch die anderen Pferde wurden von Angst gepackt – als wäre die Angst selbst wie ein Feuer, das an einem heißen, trockenen Sommertag aufflackert, dann mit rasender Gier um sich greift. Aus dem Lager waren Rufe zu hören, und Cay trat in den Schatten zurück. Die Pferde waren nicht angebunden und trugen weder Sattel noch Zaumzeug; sie preschten davon. Die Ochsen brüllten und stampften mit den Hufen und setzten sich in Bewegung; erst schwerfällig, dann immer schneller.

Vier Männer rannten auf die Lichtung. Drei von ihnen folgten den Pferden; der letzte wollte ebenfalls hinter den flüchtigen Tieren hereilen, blieb jedoch plötzlich stehen. Er zögerte, betrachtete die glimmenden, rauchenden Holzscheite im vom Abendtau feuchten Gras. Schon riss er den Mund auf; Cay stürmte nach vorne und rammte dem Lihannyer die Klinge in den Rücken.

Dann lief er zurück ins Lager. Gerade kam ein Mann aus einem der Zelte gekrochen. Sein Oberkörper war nackt und er nestelte an dem Gürtel seiner Hose herum. Als er Cay sah, stieß er einen Schrei aus. Cay ging auf ihn zu. Der Mann hob flehentlich die Hände. »Nein! Bitte nicht!«, rief er und stolperte nach hinten, während ihm die Hose auf die Knöchel rutschte. Cay streckte ihn nieder.

Er lief zu dem Feuer, an dem die vier Männer gesessen hatten, nahm die Säbel und Kurzschwerter, die sie dort zurückgelassen hatten, lief weiter, erreichte den Pferch, betrat ihn, durchtrennte eilig die Fesseln der Männer.

Als die drei Sklavenhändler ins Lager zurückkehrten, wurden sie erwartet. Zwei von ihnen hatten keine Waffen, nicht einmal ein Messer. Es war ein kurzer Kampf.

5
DIE STRASSE

Cay

Obwohl die Gefangenen elend und schwach waren, bestanden sie darauf, noch in derselben Stunde heimzukehren. Cay war es recht. Der Rückweg war mühsam. Zwar hatten sie die Pferde und Ochsen der Sklavenhändler, aber die Nacht war dunkel und die Fischer konnten nicht reiten. Sie gingen zu Fuß und mussten viele Rasten einlegen, weil einer der ihren vor Erschöpfung umzufallen drohte. Doch sie schafften es, und als der zerlumpte Zug in dem Dorf eintraf, von wo Cay aufgebrochen war, fehlten noch einige Stunden bis zur Dämmerung. Diejenigen, die nicht hier lebten, wären am liebsten sofort weitermarschiert. Allein, sie waren mit ihrer Kraft am Ende. Also brachte Cay die Gefangenen, die keine Gefangenen mehr waren, in die Herberge, unter deren Dach Gunnmahr seinen Rausch ausschlief. Der Wirt und seine Frau konnten nicht fassen, was geschehen war. Sie verschenkten alles, was ihre Küche hergab. Bald hatte sich die Kunde von der Befreiung im ganzen Dorf verbreitet, und die kleine Schankstube füllte sich zum Bersten.

Lachende, erhitzte Gesichter umringten Cay. Immer wieder versuchte er, sich einen Weg ins Freie zu bahnen, wie ein Feldherr, der einen letzten Ausfall unternimmt, um den Ring der feindlichen Truppen zu durchbrechen. Doch er kam nicht an gegen die Übermacht der Freude, die ihn bestürmte.

Wären die Dörfler in der Lage gewesen, Cay zu sehen, sie hätten gemerkt, dass da etwas Dunkles und Gequältes in seinem Blick war. Aber sie sahen ihn nicht, und niemand konnte von ihnen verlangen, dass sie ihn sahen. Im Grunde existierte Cay nicht einmal für sie; er war einfach etwas, das sie brauchten, um glücklich zu sein; so wie man manchmal jemanden braucht, um unglücklich zu sein.

Schließlich tauchte Gunnmahr aus dem Dämmer auf, in den er sich versenkt hatte. Nur mit einem Lendenschurz bekleidet, trat er in den Schankraum. Sein Körper war sehnig, fast ausgemergelt, und sehr bleich. Ein Dutzend wulstige Narben überzogen seine Brust, seine Arme und seinen Rücken, wie fette, boshafte, ewig hungrige Blutegel. Mühelos bahnte er sich seinen Weg zu Cay.

»Du Idiot. Du verdammter Idiot«, sagte er.

»Ich wollte Euch nicht stören«, sagte Cay.

»Du verdammter Idiot«, sagte Gunnmahr.

Mehrere Tage lang währte das Fest der Befreiung. Die Fischer begingen es mit einer Hartnäckigkeit und Ausdauer, als fürchteten sie sein Ende. Auch Leute aus den Nachbardörfern kamen, um Cay zu sehen und ihm zu danken; die Familien derer, die er gerettet hatte, aber auch andere. Mehrmals am Tag bat er Gunnmahr, dass sie doch endlich aufbrechen mögen. Fast flehte er. Doch Gunnmahr wollte nichts davon wissen. Vielleicht dachte er, es sei eine geeignete Strafe für Cay, dass er sich jetzt feiern lassen musste.

Einmal kam ein Mädchen mit seinen Eltern in die Herberge. Das Mädchen hieß Esla. Esla war eine der Gefangenen gewesen. Sie hatte Glück gehabt: Jungfrauen brachten mehr ein, wenn sie Jungfrauen blieben. Sie wagte es nicht, Cay ins Gesicht zu sehen, doch in ihrem Blick lag eine wilde Zärtlichkeit. Diesmal hatte Gunnmahr Erbarmen. Er nahm den Vater beiseite und erklärte ihm, dass Cay vor Hekir den unverbrüchlichen Eid geschworen habe, keine Frau anzurühren, bis er das Heilige Schwert von Aswarta gefunden hätte.

Später fragte Cay ihn: »Was ist das Heilige Schwert von Aswarta?«

»Keine Ahnung«, sagte Gunnmahr.

Als Cay am nächsten Morgen die Schankstube betrat, hatte er sich den Bart abrasiert und seine Haare gekürzt, und Gunnmahr entschied, dass die Zeit zum Aufbruch gekommen sei. Die Hochrufe der Fischer begleiteten sie, bis sie hinter den Dünen verschwunden waren. Cay sah aus wie jemand, der aus einem Albtraum erwacht ist und noch nicht den Mut gefasst hat, der Wirklichkeit zu vertrauen.

Einige Stunden lang ritten die beiden schweigend. Schließlich kamen sie an eine Kreuzung. Eine Straße führte zurück ans Meer, eine nach Dohlravan, eine nach Tygart und eine in Richtung von Alkessa.

»Vorschläge?«, fragte Gunnmahr.

»Nein«, sagte Cay.

»Dann lass uns nach Süden reiten. Da ist der Winter wärmer.« Gunnmahr lächelte. »Diese Straße kenne ich noch nicht«, sagte er. »Mal sehen, wo sie uns hinbringen wird.«

»Ja«, sagte Cay. »Mal sehen.«

Die Straße war vier Jahre lang.

Sie führte von Lihanny nach Kutasi und Gythania, dann übers beskalische Meer, hinein in die Iskrischen Reiche und hinab nach Bel Qar, die Hauptstadt von Kaiserin Vathera. Von dort ging es weiter nach Süden, erneut übers Meer. Dann wandten sich Cay und Gunnmahr nach Westen, wo sie vorher in östliche Richtung gereist waren, und kamen so in die Stadtstaaten Qheezans: Pacheri, Szekaareb, Rhadulos, Alanver und Myghris. Von dort ging es nach Norden. Zum dritten Mal setzten sie übers Meer, die Küste Enjahlas tauchte auf und verschwand, und bald betraten sie wieder den Boden Eberas.

Ihr Leben blieb sich gleich, ganz egal, ob sie in Ahekrien, den Iskrischen Reichen oder den Stadtstaaten unterwegs waren: Sie besuchten einsame Dörfer und kleine, abgelegene Städte, hörten sich in den Tavernen und auf den Marktplätzen um. Manchmal vergingen Wochen, einmal sogar Monate, in denen sie nichts zu tun hatten. Manchmal mussten sie innerhalb weniger Tage mehrere Kämpfe bestehen. Es war stets dasselbe: Banden von Strauchdieben und Wegelagerern, Raubritter mit ihren Männern, Soldaten, die von irgendeinem vergessenen Krieg übrig geblieben waren und den Schrecken, der ihre Seele zerfraß, in die Welt hinaustrugen.

Gunnmahr liebte den Kampf. Er führte das Schwert mit einer unbekümmerten, draufgängerischen Wut. Tatsächlich war die Gefahr sein bevorzugtes Rauschmittel: Sie weckte in ihm einen noch größeren Durst als der Branntwein, und oft trug er kleinere Wunden davon. Cay wurde in ihrer gemeinsamen Zeit nicht ein einziges Mal verletzt. Im Kampf war er beherrscht bis zur Kälte, seltsam unbeteiligt, als wäre es in Wahrheit gar nicht er, der da kämpfte. Nur darin glich er Gunnmahr, dass es ihn zu drängen schien, seinen Hals zu riskieren. Er tat das so leichtfertig, wie er am Würfeltisch um ein paar Kupferstücke gewettet hätte.

Obwohl die beiden fast jeden Tag miteinander verbrachten, sprachen sie kaum je darüber, wie ihr Leben gewesen war, ehe sie sich getroffen hatten. Es dauerte fast zwei Jahre, bis Cay von Alvas Tod erzählte. Gunnmahr hörte sich seine Geschichte an, ohne irgendein Zeichen der Anteilnahme zu geben.

Schließlich sagte er: »Du wirst ihren Mördern früher oder später begegnen.«

»Wieso glaubt Ihr das?«, fragte Cay.

»Die Welt ist nun mal so. Alles, was du tust, kommt früher oder später zu dir zurück. Manchmal dauert es Jahre, manchmal Jahrzehnte. Aber das ändert nichts.«

Cay schwieg eine Weile. Dann sagte er, halb zu sich selbst: »Ein Leben ist nicht viel wert, oder?«

Gunnmahr schnaubte. »Ein Leben ist überhaupt nichts wert. Fleisch ist etwas wert. Das solltest du mittlerweile wissen.«

»Ist das der Grund, weshalb Ihr nicht Paladin geworden seid?«

»Wie bitte?«

»Nun, Ihr tut doch nichts lieber, als durch die Welt zu ziehen und das Böse zu bekämpfen. Könnte man da nicht genauso gut ein Paladin sein?«

»Wenn man dich kämpfen sieht, vergisst man leicht, wie jung du bist«, sagte Gunnmahr kopfschüttelnd. »Und wie einfältig«, fügte er in gereiztem Ton hinzu.

»Warum bin ich einfältig?«, fragte Cay, den tatsächlich so viele Jahre von Gunnmahr trennten, dass dieser ohne weiteres sein Vater hätte sein können.

»Nun, erstens wird man nicht Paladin, wie man meinetwegen Koch wird. Man muss in diese alberne Bruderschaft eintreten und obendrein müssen noch irgendwelche Zeichen geschehen, die erweisen, dass man Thaalas besondere Gunst genießt.«

»Ah«, sagte Cay.

»Zweitens soll ein Paladin gerade *keine* Lust am Kämpfen und Töten haben. Es soll für ihn ein Opfer sein. Deshalb ist er ja ein Paladin und nicht der Blutsäufer von Burg Schurkenheim.«

»Der Blutsäufer von Burg Schurkenheim?«

»Vergiss es. Drittens kämpfen *wir* nicht gegen das Böse. *Wir* kämpfen gegen alles und jeden, wenn man uns genug bezahlt. *Wir* sind wandernde Söldner und damit das Gegenteil von einem Paladin.«

»Sonderlich viel zahlen sie uns nicht.«

»Es geht ums Prinzip, du Tölpel.«

»Ich glaube, ich habe mich schlecht ausgedrückt. Ich weiß, dass wir nicht gegen das Böse kämpfen. So meinte ich es nicht.«

»Es ist mir gleich, wie du es meintest. Viertens bin ich nämlich völlig ungeeignet für die Art von Dienst, die der *Bruderschaft des Zweiten Todes* vorschwebt. Sag selbst, wie oft hast du mich mit einer Hure gesehen?«

»Oft«, sagte Cay. Er lächelte nicht.

»Eben.«

»Und die Paladine sind alle … würdig?«, fragte Cay zögernd.

»Nein, natürlich nicht. Wer, bei Skargats Finsternis, ist schon *würdig*? Aber ich nehme an, die meisten versuchen es wenigstens. Mir wäre das zu anstrengend. Außerdem habe ich keine Lust zu lügen.«

»Ich verstehe.«

»Das bezweifle ich. Halt jetzt den Mund und geh uns lieber einen Krug Wein holen.«

Einmal wurde Gunnmahr schwer verwundet. Da waren sie bereits nach Lihanny zurückgekehrt. Der Kampf, in dem das geschah, war eigentlich lächerlich. Es ging um ein paar Knechte, die sich am Eigentum ihres Herrn vergriffen hatten und nun als Gesetzlose in den Wäldern lebten. Um nicht zu verhungern, hatten sie Vieh gestohlen, und das mochten die Bauern nicht. Also übernahmen es Cay und Gunnmahr, die Diebe zur Verantwortung zu ziehen – etwas, das sie Dutzende von Malen getan hatten. Der einzige Unterscheid bestand darin, dass Gunnmahr dieses Mal sturzbetrunken war, als er sich in den Kampf warf. Für gewöhnlich soff er vorher oder nachher, sah aber zu, dass er einigermaßen ausgenüchtert war, wenn die Schwertarbeit begann. Dieses Mal war es anders. Dieses Mal wollte oder konnte er nicht rechtzeitig vom Schnaps lassen, sodass ihm ein verzweifelter, ausgemergelter, siecher Mann mit einem rostigen Messer den Bauch aufschlitzte, ehe ihm selbst der Schädel gespalten wurde.

Die Bauern pflegten Gunnmahr, so gut sie konnten. Aus den umliegenden Dörfern kamen Heiler und Geweihte. Wochen-, monatelang hing Gunnmahr zwischen Leben und Tod. Irgendwann zog Cay weiter. Das war im Frühsommer. Als er im Herbst zurückkam, war Gunnmahr verschwunden. Die Bauern sagten ihm, dass sein Freund eines Morgens aufs Pferd gestiegen und davongeritten war – obwohl er Fieber hatte und seine Wunde noch nicht völlig verheilt war. Er ließ Cay ausrichten, er wünsche viel Glück mit dem Heiligen Schwert von Aswarta.

Das war das Ende der gemeinsamen Zeit von Cay und Gunnmahr.

Cay kehrte in sein Dorf zurück. Er erfuhr, dass sein Vater gestorben war. Illiam, der Ellah-Geweihte, hatte sein Leben lang geglaubt, dass etwas unzerstörbar Gutes im menschlichen Herzen wohne. Was er im Tod glaubte, wusste niemand.

Etwa ein Jahr lang blieb Cay bei seiner Mutter. Dann starb auch sie. Cay verließ das Dorf, in dem er zuletzt wie ein Fremder, fast wie ein Aussätziger gelebt hatte, und trat in den Dienst des Grafen Erwig von Nordwiesen. Er führte ein ruhiges, schlichtes, unauffälliges Dasein – bis eines Tag der Sohn des Grafen zu ihm kam, um von einem fernen Sommertag zu erzählen, an dem Alva in den Wald gegangen war, um Brombeeren zu pflücken.

Dann war er tot: Rudrick von Nordwiesen, der Mörder von Alva, und Cay wurde in die Perle gebracht und in eine Kerkerzelle unterhalb der Feste des Dorn geworfen. Er leugnete nicht, was er getan hatte. Er versuchte auch nicht, seine Tat zu erklären oder zu rechtfertigen. Er wartete auf das Ende.

Doch ehe er den Folterknechten und Henkern übergeben wurde, bekam er Besuch in seiner Zelle. Es waren Justinius von Hagenow und Vanice Devecraux. Der eine war von seinem Vater, einem Baron, verstoßen worden, weil er nicht zulassen wollte, dass Rudrick und seine Spießgesellen ungestraft mordeten. Die andere hatte sich selbst aus einem Leben von lichtem Glanz verbannt, als sie mit sechzehn Jahren der Hunger nach Leichenfleisch überkam – ein Fluch, wie sie meinte –, und irrte seitdem durch ein Labyrinth der Trauer. Justinius und Vanice wollten mit dem Todgeweihten über Mykar und Rudrick und Alva reden. Das heißt, wahrscheinlich hätte Vanice am liebsten über etwas anderes mit Cay geredet, aber sie tat es nicht, und Cay hatte keine Ahnung, dass die Frage, ob diese etwas merkwürdige Frau lachte oder weinte, für ihn bald ebenso wichtig sein würde wie jene, ob die Sonne aufging oder nicht. Er wartete noch immer auf das Ende.

Dann allerdings kam ein weiterer Besucher zu ihm. Vanice hatte die Zelle überstürzt verlassen und Justinius war ihr hinterhergeeilt. »Passt doch auf, wo Ihr hinlauft!«, schnauzte er jenen neuen Besucher an, mit dem er in der Tür zusammenstieß. Und schon waren Justinius und Vanice verschwunden, und Gunnmahr stand in Cays Zelle. Er war jetzt ganz in Schwarz gekleidet: Stiefel, Hose, Gürtel, Umhang, Kettenhemd und Gugel – alles war schwarz. Aber seine Haut war nach wie vor sehr bleich, und sein Blick brannte, wie er es immer getan hatte. Er schloss die Tür hinter sich und betrachtete den Mann, mit dem er vier Jahre lang zusammen gereist war und gekämpft hatte.

»Was macht Ihr denn hier?«, fragte Cay verwundert.

»Dasselbe könnte ich dich fragen.«

»Nun, ich werde hingerichtet.«

»Das scheint dich ja nicht weiter zu bekümmern.«

»Ich fürchte, es wird sehr wehtun.«

»Und sonst?«

»Was sonst?«

»Willst du leben?«

»Nein, eigentlich nicht. Aber wisst Ihr was? Ihr hattet recht: Ich bin Alvas Mördern begegnet. Zumindest einem von ihnen.«

»Ja, ich weiß.«

»Ich denke, es ist gut, dass ich ihn getötet habe.«

»Vielleicht. Aber ich habe eine schlechte Nachricht für dich.«

»Wie? Schlechter als: Dir werden die Augen ausgestochen und die Zunge abgeschnitten, und dann wirst du bei lebendigem Leib verbrannt?«

»Kommt darauf an. Aus dem Sterben wird nämlich nichts. Nicht für dich, jedenfalls.«

»Was? Aber sie haben mich doch schon verurteilt?«

»Hast du schon mal vom *Stern der Mitternacht* gehört?«

»Nein, was ist das?«

»Ein geheimer Orden. Der Dorn hat ihn ins Leben gerufen. Er soll das Böse in die Schranken weisen.«

»Das Böse?«

»Ja.«

»Und Ihr habt etwas mit diesem Orden zu schaffen?«

»Weißt du was, Cay, du bist immer noch ein ziemlicher Tölpel. Wenn der Orden geheim ist und ich dir davon erzähle, kannst du doch davon ausgehen, dass ich etwas mit ihm zu schaffen habe. Sonst wäre er ja nicht geheim.«

»Ich habe gleich gesehen, dass Ihr Euch verändert habt. Ich hätte allerdings nicht gedacht, dass Ihr Euch so sehr verändert habt.«

Gunnmahr seufzte. »So sehr habe ich mich gar nicht verändert. Aber wie du dich erinnerst, lag ich im Sterben, als wir uns das letzte Mal gesehen haben. Da kann man schon ins Grübeln kommen. Ich habe also ein wenig gegrübelt und bin zu dem Schluss gekommen, dass ich Besseres mit meiner Zeit anfangen kann, als ein paar arme Teufel zu jagen.«

»Heißt das, Ihr habt die Huren und den Branntwein aufgegeben?«

»Nein. Das nun nicht gerade.«

»Aber Ihr habt Euch dem *Stern der Mitternacht* angeschlossen?«

»Ja.«

»Um das Böse in die Schranken zu weisen?«

»Ja.«

»Ich dachte, Ihr glaubt nicht an das Gute?«

»Erstens: Das habe ich nie gesagt. Und zweitens: Nur weil ich nicht an etwas glaube, heißt das noch lange nicht, dass ich nicht dafür kämpfen kann.«

Jetzt lachte Cay. »Ah, das ist wie mit dem Heiligen Schwert von Aswarta.«

»Lass mich mit dem verdammten Ding in Frieden!«, knurrte Gunnmahr. »Schließlich bist du derjenige, der es unbedingt finden will.« Er trat auf Cay zu und legte ihm die rechte Hand auf die Schulter: eine halb vertrauliche, halb ungeduldige Geste. »Und jetzt komm, Junge. Der Dorn will mit dir reden.«

6
EIN LEUCHTENDES SCHWERT

Cay

Zwielicht erfüllte den Thronsaal. Ob jenseits der hohen, mit Kriegsmosaiken aus dunkelbuntem Glas besetzten Bogenfenster die Sonne brannte oder ein Schneesturm tobte, schien keinen Unterschied zu machen. Es war, als hätte ein Gott den Saal, von dem aus der Dorn seit Jahrzehnten die Geschicke der Windmarken bestimmte, Zeit und Raum enthoben. Das Zwielicht gehörte ihm allein an. Ebenso wie die Stille, die Cay empfing, nachdem er den Saal betreten hatte.

Vor dem Podest, auf dem der mit Fellen behängte Steinthron des Dornes stand, sank er auf ein Knie. Gunnmahr, der ihn begleitet und vor der Audienz einen schwarzen Wappenrock mit einem leuchtend roten, sechseckigen, von einem roten Schwert durchzogenen Stern angezogen hatte, tat desgleichen.

»Steht auf«, sagte der Herrscher der Perle, und nachdem die beiden seinem Befehl gefolgt waren, stellte er Cay seine Fragen.

»Du bist es, der Rudrick von Nordwiesen getötet hat?«, begann er.

»Ja.«

»Warum hast du es getan?«

»Ich habe Rudrick getötet, weil er vor sieben Jahren meine Verlobte Alva ermordet hat«, sagte Cay, und da war kein Zittern in seiner Stimme.

»Bereust du deine Tat?«, fragte der Dorn.

»Nein.«

»Bist du bereit, für deine Tat zu sterben?«

»Ja.«

»Warum bist du bereit, für deine Tat zu sterben?«

»Es war richtig, Rudrick zu töten. Es war etwas, das getan werden musste. Wenn mein eigener Tod der Preis dafür ist, bin ich einverstanden. Rudrick hatte es verdient zu sterben – aber vielleicht haben wir alle verdient zu sterben.«

Der Dorn schien zufrieden mit Cays Antwort. »Du weißt, was der *Stern der Mitternacht* ist?«, fragte er.

»Ja. Gunnmahr hat mir davon erzählt.«

»Und weißt du auch, warum es den *Stern der Mitternacht* gibt?«

Einen Augenblick lang zögerte Cay. »Nein, Herr, nicht wirklich«, sagte er dann. »Warum gibt es den *Stern der Mitternacht?*«

Die tiefe Stimme des Dorn schien das schwere, lastende Halbdunkel bis in den letzten Winkel zu füllen, als er Cay antwortete: »Jede Nacht ist eine Nacht der Toten, also müssen wir dafür sorgen, dass jede Nacht die Feuer brennen.«

Cay betrachtete die mächtige, in eine Plattenrüstung gehüllte Gestalt, die vor ihm auf dem Thron saß: die rotgrauen, langen Haare, den rotgrauen Bart, das kalte, scharfe Blau der Augen.

»Ein Feuer, das wohl in jedem Fall brennen wird, ist das meines Scheiterhaufens«, sagte er.

Der Herrscher der Perle nickte. »Ja.«

»Das heißt: Wenn ich leben soll, muss ein anderer sterben.«

»Ja.«

»Ist das gerecht, Herr?«

»Nein«, antwortete er. »Aber darum geht es nicht. Derjenige, der an deiner statt sterben wird, war wie ein rostiges Messer. Mit einem rostigen Messer kann man ein Schwein abstechen oder einer alten Frau die Kehle durchschneiden. Aber was macht man mit einem rostigen Messer, wenn ein Drache kommt? Es wird an seinen Schuppen zerbrechen, und die Hand, die es führt, wird in seinem Feueratem verdorren. Wenn Gunnmahr die Wahrheit spricht, bist du kein rostiges Messer, sondern ein leuchtendes Schwert. Mit einem solchen Schwert kann man einen Drachen bezwingen.«

Cay sagte nichts. In der Stille, die den Worten des Dorn folgte, betrachtete er die Banner und Flaggen, die die Wände des Thronsaals schmückten: Es waren die zerlöcherten, versengten, mit Blut und Dreck und Tränen verschmierten Zeugen längst vergangener Schlachten, in denen der Herrscher der Perle – und diejenigen, die vor ihm den stachelbewehrten Kriegshammer derer von Durenwald schwangen – triumphiert hatte.

Dann wanderte Cays Blick zu dem Thron selbst. An seiner linken Seite lehnte das Wappen der Familie des Dorn: Es zeigte jenen Kriegshammer, stolz aufgerichtet unter einer Esche mit starken, weitgreifenden Ästen; ihm gegenüber, auf der rechten Seite, prangte die ahekrische Standarte: das Feldzeichen mit den fünf Schwertern, deren Spitzen sich in der Mitte eines Elaah-Kreises berührten.

»Willst du meine Waffe sein, Cay?«, fragte der Dorn schließlich.

Der Sohn des Elaah-Geweihten Illiam, dessen Geliebte und Freund beide am selben Tag ermordet worden waren und der mit bloßen Händen Rudrick von Nordwiesen erwürgt hatte, wandte langsam den Kopf.

»Ja«, sagte Cay.

»Gut«, sagte der Dorn und nickte. Dann sprach er von den Nekromanten der Perle und ihrem Anführer, Radulf von Rodingen, der seinen Freund und Meister Rudrick ebenso verraten hatte wie das Böse, dem er hätte dienen sollen.

»Das Böse, dem er hätte dienen sollen?«, fragte Cay.

»Ja.«

»Ich verstehe nicht – von welchem Bösen sprecht Ihr?«

Zum ersten Mal, seit Cay den Thronsaal betreten, zeigte das Gesicht des Dorn eine Regung. Es war eine kleine, fast unmerkliche Veränderung – als wäre eine der Öllampen erloschen, die dem Saal Licht spendeten, und die Schatten, die auf die Züge des Herrschers der Perle fielen, wären mit einem Mal ein wenig dunkler geworden.

»Ich wusste von den Verbrechen Rudricks von Nordwiesen, noch ehe das Mädchen, das du geliebt hast, ermordet worden ist«, sagte der Herrscher der Perle. »Und bald schon ahnte ich, dass es bei diesen Verbrechen um mehr ging als die Lust, zu quälen und zu vernichten.

Als dann die Ahnung zur Gewissheit wurde, begriff ich, dass Rudrick und seine Freunde nur der kalte Windstoß sind, der den Sturm ankündigt. Da rief ich meine Getreuen zusammen und begründete den *Stern der Mitternacht*. Denn ich wusste, dass eine Dunkelheit kommen würde, so groß, dass sie das Licht der Sonne auslöschen könnte. Diese Dunkelheit ist das Böse, dem Rudrick dient.«

»Ich verstehe immer noch nicht, was es mit diesem Bösen auf sich haben soll«, sagte Cay.

»Was wir darüber wissen, wissen wir aus dem Munde Radulfs«, entgegnete der Dorn. »Dieses Böse ist nicht von dieser Welt. Es verhöhnt das Gesetz des weißen Lichts ebenso wie das Gesetz des schwarzen Lichts. Und es will die Welt zu etwas machen, das so furchtbar ist, dass Skargat selbst vor Grauen erbleichen müsste.«

»Ich dachte immer, Skargat wäre das Böse?«, fragte Cay.

Der Herrscher der Perle gab ihm keine Antwort.

»Wie kommt es, dass Radulf Euch all das anvertraut hat?«, fragte Cay dann, nachdem einige Momente verstrichen waren.

»Er hat es nicht *mir* anvertraut. Einer aus dem Kreis der Nekromanten gehört in Wahrheit zum *Stern der Mitternacht*. Von ihm weiß ich auch, dass Radulf von Rodingen selbst Angst vor dem Bösen hat. Er liebt die Welt und die Freuden, die sie ihm schenkt. Und er wünscht nicht, dass sich die Welt in eine Hölle verwandelt. Darum hat er Rudrick verraten. Ja, Radulf hat sogar versucht, Waffen gegen das Böse zu finden.«

»Soll das heißen, Radulf von Rodingen ist Euer Verbündeter?«, fragte Cay, und es klang wie eine Drohung.

»Wenn einer wie Radulf Waffen gegen das Böse sucht, muss es damit enden, dass diese Waffen selbst noch dem Bösen dienen«, entgegnete der Dorn. »Nein, er ist nicht mein Verbündeter. Ich will, dass du ihn tötest.«

»Warum erledigt Euer Spion nicht diese Aufgabe?«

»Ein Meuchler kann scheitern. Mein Spion gehört zu den angesehensten Männern der Stadt. Ich brauche ihn noch. Und es gibt einen zweiten Grund: Wenn ein angesehener Mann plötzlich zum

Meuchler wird, wundern sich die Leute. Du hingegen bist ein Niemand. Viele kennen deinen Namen, aber kaum jemand weiß, wie du aussiehst. Deshalb wird auch kaum jemand Fragen stellen, wenn du stirbst; und diejenigen, die Fragen stellen, werden keine Antworten finden. Es ist sehr wichtig, dass es so ist. Denn ich will, dass der *Stern der Mitternacht* so lange wie möglich geheim bleibt; und ich will, dass der Frieden so lange wie möglich gewahrt bleibt.«

»Ich verstehe«, sagte Cay. »Ist das auch der Grund, warum Ihr Rudrick und die Nekromanten bis jetzt habt gewähren lassen? Um der Geheimhaltung und des Friedens willen?«

Der Dorn blickte Cay gerade in die Augen: »Willst du mich darüber belehren, wie ich zu herrschen habe?«, fragte er. Es lag weder Zorn noch Spott in seiner Stimme.

Cay hielt dem kalten, blauen Blick stand. »Nein. Ich will nur verstehen, warum Ihr tut, was Ihr tut.«

»Dann höre dies«, entgegnete der Dorn, »ein Herrscher, der versucht, alle Ungerechtigkeit in seinem Reich auszurotten, wird den Frieden der Folterkammern und Richtplätze schaffen.«

»Gut«, sagte Cay und nickte langsam.

»Wirst du meinen Auftrag annehmen?«, fragte der Dorn.

»Ja«, sagte Cay.

7
DIE ZEIT DAZWISCHEN

Cay

Die Audienz beim Dorn war beendet. Cay und Gunnmahr sanken erneut auf ein Knie; dann erhoben sie sich, wandten dem Herrscher der Perle den Rücken zu und verließen die düstere Stille des Thronsaals. Nachdem sich die Pforten des schweren Eingangsportals hinter ihnen geschlossen hatten, nahm sie ein Diener in Empfang. Wortlos führte sie der Mann – es war ein Alter mit schlohweißem Bart und strengen Zügen – durch die Feste, bis sie in einen großen, ebenerdigen Raum kamen, der gleich beim Hof gelegen war. Bei dem Raum handelte es sich um eine Wachstube; er war, wie auch die restliche Festung, karg eingerichtet und gegenwärtig völlig leer. Es roch nach Bier und kalter Asche.

Cay und Gunnmahr setzten sich an einen Tisch aus dunkler Eiche und warteten. Ein anderer Diener brachte ihnen Brot und Wein. Schweigend aßen und tranken sie.

Plötzlich schnaubte Gunnmahr in seinen Weinbecher. »*Vielleicht haben wir alle verdient zu sterben* – bei Elaahs Gnade, schreib ein Gedicht drüber, Cay!«

Cay blickte auf. »Ich kann keine Gedichte schreiben«, sagte er ruhig. »Außerdem stimmt es doch, oder?«

»Woher soll ich das wissen? Wenn ich jemanden töten muss, töte ich ihn. Da wir ja sowieso alle beide verdient haben zu sterben, kann genauso gut der andere verrecken.«

»So meinte ich es nicht.«

»Vielleicht hätte dir der Dorn wenigstens die Zunge rausschneiden sollen. Dann müsste ich mir diesen Unsinn nicht mehr anhören.«

»Wo wir gerade dabei sind: Warum hat er es nicht getan? Ich meine, warum hat er mich nicht hinrichten lassen? Ihr müsst ihm ja die wildesten Geschichten über mich erzählt haben.«

Gunnmahr nahm einen tiefen Zug aus seinem Becher und seufzte. »Ich habe ihm gesagt, dass du ein Erztölpel bist. Und dass du kämpfen kannst, als wärst du mit dem Schwert in der Hand geboren. Wahrscheinlich hat ihn auch deine vielgerühmte Gleichmut beeindruckt. Ich muss zugeben, ich habe nicht viele Männer gekannt, die Folter und Tod so gelassen entgegensahen wie du.«

»Das muss aber ein ziemlich kleines Schwert gewesen sein«, sagte Cay.

»Wie bitte?«

»Wenn ich mit einem Schwert in der Hand geboren bin, muss das ein ziemlich kleines Schwert gewesen sein.«

Gunnmahr seufzte wieder. »Überlass die Witze mir, Cay. Witze machen kannst du noch weniger als Gedichte schreiben.«

Cay rieb sich den Nacken. »Hm, ich dachte, es wäre ein guter Witz gewesen.«

»Nein, war es nicht.«

»Wirklich nicht?«

»Wirklich nicht.« Gunnmahr schüttelte den Kopf.

»Schade … Aber sagt mir etwas anderes: Die Dame Vanice von Raban, kennt Ihr sie?«

»Ob ich sie kenne? Nun, das Dämchen ist händeringend in mich reingerannt, als sie aus deiner Zelle gestolpert kam. Zählt das als kennen?«

»Eher nicht.«

»Jedenfalls scheinst du einen großen Eindruck auf sie gemacht zu haben. Das muss an deinen blauen Augen und dem Liebreiz deiner Stimme liegen. Andererseits bist du so dreckig, dass die Dame Vanice schon eine ausgesprochene Neigung zu Kloaken haben müsste, um an dir in diesem Zustand Gefallen zu finden. Was mich daran erinnert, dass du dringend ein Bad nehmen solltest. Du stinkst zum Göttererbarmen.«

»Ich würde ja gerne ein Bad nehmen. Aber es sieht so aus, als müssten wir warten, bis der Dorn oder irgendjemand sonst entscheidet, was jetzt geschehen soll.«

»So sieht es in der Tat aus. Du könntest mir in der Zwischenzeit erzählen, was diese Vanice und der Herr von Hagenow von dir wollten.«

»Haben sie das dem Dorn nicht gesagt?«

»Nein, nicht wirklich.«

»Nun, ganz sicher bin ich mir auch nicht. Ich habe weder die Dame Vanice noch den Herrn von Hagenow je zuvor gesehen. Allerdings kennen die beiden einen Freund von mir. Einen Freund von früher. Er heißt Mykar. Ich dachte, er wäre tot, aber anscheinend habe ich mich da geirrt. Ich glaube, Mykar hat gehofft, dass ich unschuldig wäre … dass sie mich irgendwie retten könnten …«

»Nun, du warst nicht unschuldig und sie konnten dich nicht retten. Vergiss nicht, dass du morgen Abend hingerichtet wirst. Niemand darf wissen, dass du lebst.«

»Ich weiß …«, murmelte Cay.

»Das gilt für diesen Mykar ebenso wie für den Herrn von Hagenow. Und auch für deine Vanice.«

Cay schreckte auf, als hätte man ihn unsanft aus Träumereien gerissen. »*Meine* Vanice?«

»Weißt du, Cay, mir war schon immer klar, dass du ein Tölpel sondergleichen bist. Und mir war auch klar, dass es ein Unglück geben würde, wenn du dich eines Tages entscheiden solltest, von deiner sorgsam gehüteten Jungfräulichkeit Abschied zu nehmen.«

»Von meiner … was?«

Gunnmahr beugte sich vor und schenkte Wein nach. »Halt den Mund, jetzt rede ich. Und ich bin im Begriff, dir eine gewichtige Lebensweisheit zu offenbaren … Wo war ich? Ach ja, beim Unglück. Also, ich dachte, es würde so laufen, dass du entweder der Tochter des Großtyrannen von Num'ar ein Kind machst oder dich in eine Vettel verliebst, die aussieht wie eine Kreuzung aus einem Warzenschwein und einem Aynorr. So ist es aber auch nicht viel besser. Weißt du, wenn es dich in der Hose juckt, schenke ich dir gerne einen Goldgulden. Dann kannst du dich in den Hurenhäusern der Perle austoben. Ich versichere dir, da hast du mehr von.«

»Ist das die Lebensweisheit, die Ihr mit mir teilen wolltet, Gunnmahr?«, fragte Cay und klang nun ein wenig ärgerlich.

»Nein. Die Lebensweisheit lautet: Halte dich von Frauen fern, die nur so dahinschmelzen, wenn sie dich in Ketten geschlagen sehen. Denk ein bisschen darüber nach. Sogar du solltest das begreifen können.«

»Ich bin nicht in die Dame Vanice verliebt.« Cay sprach sehr langsam. »Ich fand sie einfach … nett.«

»Du fandest sie nett?«

»Richtig«, sagte Cay.

»Nett?«

»Richtig«, wiederholte Cay.

Gunnmahr hob seinen Weinbecher, als wollte er zu einem Trinkspruch anheben. »Na, dann ist es ja gut«, sagte er und ließ sein weißes Raubtierlächeln sehen.

Die Dämmerung brach bereits herein, als die Männer des Dorn schließlich zu ihnen kamen. Ein Soldat, der sich Jurge nannte, erklärte, dass man Cay die Augen verbinden und die Hände fesseln würde. Solange er noch nicht in den *Stern der Mitternacht* aufgenommen worden war, durfte er nicht wissen, wo die Verstecke des Ordens waren. Gunnmahr protestierte halbherzig gegen diese Maßnahmen. Er sagte, er bürge für Cay und sein Wort sollte als Unterpfand reichen. Da Gunnmahr den Krug Wein beinah im Alleingang getrunken hatte, wäre sein Protest möglicherweise noch lauter geworden. Aber Cay erklärte, er sei mit allem einverstanden. Also wurden ihm die Augen verbunden und die Hände gefesselt.

»Geht es so?«, fragte Jurge, als alles getan war.

»Ja«, sagte Cay.

»Mach dir keine Sorgen«, knurrte Gunnmahr, nachdem er einen letzten Becher geleert hatte. »Schlimmer wird es nicht. Jedenfalls kann ich dir garantieren, dass du kein Brandzeichen bekommst, wenn sie dich in den Orden aufnehmen.«

Jurge lachte; und auch die anderen Männer lachten.

Es war kaum eine Stunde vergangen, da lachten sie nicht mehr. Da lagen sie in ihrem Blut, auf nassen, verschlammten Pflastersteinen, in einem von ausgebrannten Häusern umgebenen Hof, vier von ihnen, während Gunnmahr mit einem gespenstischen Meuchler kämpfte, der aus der schwarzen, stinkenden, regengepeitschten Nacht gekommen war und sich ohne zu zögern auf die Übermacht an Gegnern gestürzt hatte. Gunnmahr schlug den Meuchler in die Flucht, nachdem er ihm mehrere Wunden zugefügt hatte. Aber das machte die Soldaten des Dorn nicht wieder lebendig.

Vielleicht wäre alles, wirklich alles, anders gekommen, wenn Cays Augen nicht verbunden gewesen wären. Wenn er in der blutdurstigen, rachsüchtigen Nachtgestalt den kleinen Jungen hätte erkennen können, den er viele Jahre zuvor gegen die Gemeinheit anderer Jungen verteidigt hatte. Dann hätte er sagen können: »Es ist gut, Mykar, es ist alles gut.« Und vielleicht wäre tatsächlich alles gut gewesen. Aber Cays Augen waren verbunden, und er erkannte Mykar nicht.

Deshalb mussten viele sterben, die sonst gelebt hätten. Auch eine Handvoll arme Teufel, die den Fehler begangen hatten, sich in dieser Nacht in einer schäbigen Kellerkaschemme zum Saufen zu treffen. Und deshalb wuchs unter den Getreuen des Dorn noch einmal die Angst vor dem Feind, dem sie sich würden stellen müssen. Denn wenn Rudrick – und darüber, dass er hinter dem Angriff steckte, waren sich alle einig – jetzt schon über die Macht verfügte, solche Schergen gleichsam aus dem Nichts heraufzubeschwören … was sollte dann werden, wenn das Böse, dem er diente, tatsächlich die schwarze Sonne über Ahekrien aufgehen ließ?

Niemand wusste es.

Auch Cay nicht.

Doch Cay hatte keine Angst. Während der Wochen, die er in den Kellern der ausgebrannten Häuser verbrachte, die der *Stern der Mitternacht* zu einem seiner Unterschlupfe gemacht hatte, kam er allen, die mit ihm sprachen, so ruhig vor wie ein Mönch, der in klösterlicher Abgeschiedenheit über die göttlichen Wahrheiten sinniert.

Man gab ihm ein stumpfes Schwert und schickte Männer zu ihm, mit denen er sich messen sollte. Seit er in den Dienst des Grafen Erwig von Nordwiesen getreten war, hatte Cay keine Waffe mehr geführt. Dennoch fand sich niemand, der ihn bezwingen konnte. Schließlich trat auch Gunnmahr gegen seinen ehemaligen Schüler an.

»Ich werde alt. Früher hätte ich dir mit links den Hintern versohlt«, sagte er, nachdem Cay ihn entwaffnet hatte.

»Mir ist schon in der Nacht, als Ihr Rudricks Schergen vertrieben habt, aufgefallen, dass Ihr anders kämpft«, entgegnete Cay.

»Du meinst ›schlechter‹.«

»Nein, ich meine ›ruhiger‹.«

»Aha. Ich dachte, sie hätten dir die Augen verbunden.«

Cay lächelte. »Ja. Aber sie haben mir kein Wachs in die Ohren gestopft.«

Gunnmahr lächelte nicht. »Ich wünschte, sie hätten auf mich gehört. Dann wäre dieser Kampf anders verlaufen und der Dorn hätte nicht vier seiner Männer begraben müssen.«

Auch Cay war ernst geworden. »Ja, vielleicht.« Er kratzte sich an dem Bart, der ihm zu sprießen begann. »Gibt es viele von uns?«

»Uns?«

»Ich meine den *Stern der Mitternacht*.«

»Lass es mich so ausdrücken«, sagte Gunnmahr, »wenn du schon dein ganzes Leben lang davon geträumt haben solltest, Provinzial irgendeines Ordens zu werden – beim *Stern der Mitternacht* hast du die allerbesten Chancen.«

Er lächelte noch immer nicht.

Bald zeigte sich, dass das Versteck in den Kellern der ausgebrannten Häuser nicht zu halten war. In Teilen der Windmarken war die Ernte karg gewesen, und als sich nun die ersten Zeichen des nahenden Winters zeigten, kamen über hundert verarmte Bauern in die Perle. Sie hofften, die Stadt des Dorn würde ihnen ein neues Zuhause schenken. Was lag da näher, als jene leeren, rußgeschwärzten Gebäude wieder ihrem ursprünglichen Zweck zuzuführen? Selbst wenn es der Dorn gewollt hätte, hätte er dieses Ansinnen kaum zurückweisen können, ohne Verdacht zu erregen.

So kam es, dass Cay die Perle verlassen musste, noch ehe er seinen ersten Auftrag für den *Stern der Mitternacht* ausgeführt hatte. Eines Morgens wurde er von einer Kutsche abgeholt, als es noch dunkel war. Auch dieses Mal wusste Cay nicht, wohin er gebracht werden sollte.

»Will mir niemand die Augen verbinden?«, fragte er, bevor er in die Kutsche einstieg.

»Nein«, sagte einer der Soldaten des Dorn. »Aber lass die Vorhänge an den Wagenfenstern geschlossen.«

Cay verbrachte also mehrere Tage in einer eigentümlichen Scheindunkelheit, während die Kutsche, in der er fuhr, über die Reichsstraße einem unbekannten Ziel entgegenrumpelte. Wenn der Wagen durch ein Schlagloch fuhr oder aus sonst einem Grund durchgerüttelt wurde, hoben sich die schweren Vorhänge für einen Moment, und Sonnenstrahlen fielen ins Innere wie hastig zugerufene Grüße oder Verabschiedungen. Cay schien sich weder an der Dunkelheit noch den langen Fahrten noch der engen, stickigen Kabine zu stören. Er ließ kein Anzeichen von Ungeduld oder Langweile erkennen. Wenn er abends mit dem Kutscher in einem schlichten Dorfgasthaus einkehrte, wirkte er heiter, obgleich er nur wenige Worte verlor.

Nur einmal wurde Cay ganz plötzlich von Unruhe ergriffen. Da er allein in der Kabine saß, bemerkte niemand, welche Veränderung an ihm vorgegangen war. Vielleicht spürte er, wie nahe er seinem Heimatdorf gekommen war: dem Ort, auf dessen Friedhof sein Vater und seine Mutter und seine Verlobte begraben worden waren. Denn in diesem Moment trennten die Reichsstraße tatsächlich nur ein paar Kilometer Felder, Wiesen und Wald von Cays Dorf. Jedenfalls zog er einen der Vorhänge zurück und schaute nach draußen – ganz kurz nur, doch lange genug, damit Vanice, die keine fünfzig Schritte von ihm entfernt unter einer Buche stand, sein Gesicht erkennen konnte.

Cay aber sah sie nicht. Er schloss den Vorhang wieder, ließ sich gegen die Bank sinken und starrte in die Düsternis, als würde sich vor seinen Augen ein Schauspiel in grellen, blutigen Farben vollziehen.

Das Ziel von Cays Reise war die Burg eines Ritters namens Marius von Grünkamm. Marius hatte vor zwanzig Jahren in dem Großen Krieg gegen Iskrien an der Seite des Dorn gekämpft und war später mit dem Ritterschlag und einem kleinen Lehen belohnt worden. Die Burg war am Rand des Mahrwalds gelegen; sie stand auf einem gerodeten Hügel und drückte den Rücken gegen einen Felsen, der ihre Türme weit überragte. Es handelte sich um ein feuchtes, zugiges, halbverfallenes Gemäuer, das nur zur Hälfte bewohnbar war. Der Empfang, der Cay bereitet wurde, war allerdings sehr herzlich. Marius begrüßte ihn wie einen alten Freund: Er klopfte seinem Gast auf die Schulter, nötigte ihn, zwei Krüge Starkbier zu trinken (einen für die Reise und einen fürs Ankommen) und erzählte ihm mit lauter, kratziger Stimme Geschichten aus seiner Soldatenzeit. Auch sonst ging es auf Burg Grünkamm recht lustig zu: Marius hatte eine erstaunlich junge Frau und viele kleine Kinder, denen der Zustand ihres Heims endlose Möglichkeiten für abenteuerliches Spiel bot.

Es erwies sich, dass der Hausherr, seiner polternden, weinseligen Art zum Trotz, nicht nur über den *Stern der Mitternacht*, sondern auch über die Sorgen des Dorn, was das Kommen des Bösen betraf, durchaus im Bilde war. Marius hatte einen Freund, den Junker Gelfrat von der Thann, dessen ältere Tochter ein Opfer Rudricks geworden war, und wenn über diese Dinge gesprochen wurde, schwand jegliche Vergnügtheit aus den Zügen des Ritters.

Cay war nicht der einzige Gast auf Burg Grünkamm. Gunnmahr war ihm vorausgeritten; die beiden sollten miteinander trainieren, bis sie Nachricht vom Dorn erhielten. Der alte Ritter pflegte einen vertraulichen Umgang mit Gunnmahr – so vertraulich, wie man eben mit Gunnmahr sein konnte.

»Wenn ich nicht irre, seid Ihr dem Herrn Marius von früher bekannt«, sagte Cay einmal zu ihm.

»Du irrst nicht. Ausnahmsweise«, entgegnete Gunnmahr. »Mein

Vater zählte zu den engsten Freunden des Dorn. Er war auch einer von denen, die sich damals das Fell über die Ohren ziehen ließen, alles für den Ruhm und die Größe Ahekriens. In seinem Fall muss man das sogar ziemlich wörtlich nehmen. Die Iskrier haben manchmal einen unfreundlichen Umgang mit ihren Gefangenen.«

»Oh«, sagte Cay.

»Oh – in der Tat. Und ehe du fragst: Ja, das ist der Grund, weswegen ich den Dorn so gut kenne. Und ja, deshalb bin ich auf den Gedanken gekommen, beim *Stern der Mitternacht* mitzumischen.«

»Es ist seltsam …«, murmelte Cay.

»Was ist seltsam?«, fragte Gunnmahr.

»Wir sind so lange miteinander geritten, und ich weiß so gut wie nichts über Euch.«

»Nun, da ich dir so gut wie nichts über mich erzählt habe, ist das strenggenommen nicht seltsam. Aber wenn wir mal viel Zeit haben, hole ich das vielleicht nach.«

Sie hatten nicht viel Zeit. Cay und Gunnmahr lebten noch keine Woche auf Burg Grünkamm, als ein Bote des Dorn eintraf. Der Mann hatte fast sein Pferd zuschanden geritten, so dringlich war die Kunde, die er zu überbringen hatte. Sie betraf sowohl Cay als auch Gunnmahr. Zum einen war bekannt geworden, dass Radulf von Rodingen die Absicht hegte, sich auf eine längere Reise zu begeben. Es schien, dass der Nekromant nach Alkessa gehen wollte; und es war unklar, ob und wann er zurückkehren würde. Zum anderen hatte der Dorn in Erfahrung gebracht, dass mehrere Dutzend Streiter der *Bruderschaft des Zweiten Todes* die Ordensburg an den Tarr-Seen verlassen und die Reise nach Norden angetreten hatten. Die Führung der Mission hatte der Provinzial Galbahr vom Hohen Teich höchstpersönlich übernommen; Galbahr aber war ein Onkel von Laghras, einem Spießgesellen Rudricks, der sich versteckt hatte, weil er die Rache seines ehemaligen Freundes fürchtete.

Der Dorn hegte keinen Zweifel, dass es sich hierbei um keinen Zufall handelte. Deshalb sollte Gunnmahr unverzüglich nach Dreieichen reiten – denn die Spione des Dorn berichteten, dass dieses Städtchen an der Südseite des Fokris-Massivs das Ziel der Ordenskrieger war. Auch Cay hatte keine Zeit zu verlieren. Der Herrscher der Perle fürchtete, dass sich Radulf bald seinem Zugriff entzogen hätte, wenn er erst einmal nach Lihanny gelangt wäre. Also wurde Cay aufgetragen, in den Unterschlupf der Nekromanten einzudringen – eine der verlassenen, südlich der Perle gelegenen Minen – und Radulf von Rodingen zu töten; und zwar so schnell wie irgend möglich. Dabei standen die Chancen gut, dass er Radulf tatsächlich in der Mine antreffen würde; offenbar hatte der Anfühter der Nekromanten eine solche Angst vor seinem früheren Freund Rudrick, dass er sein Versteck überhaupt nicht mehr verließ.

So kam es, dass Cay und Gunnmahr einander eher Lebwohl sagten, als sie erwartet hatten.

Es lag etwas Feierliches, vielleicht sogar Wehmütiges in der Stimme des älteren Mannes, als er Cay die Hand zum Kriegergruß reichte.

»Also, mein Freund, lass dich nicht umbringen.«

Cay ergriff die ausgestreckte Hand. »Ihr Euch auch nicht.«

»Ach was«, sagte Gunnmahr. »Um nichts in der Welt würde ich mir deine Hochzeit entgehen lassen.«

Cay grinste, sagte aber nichts.

Marius von Grünkamm verließ die Burg am selben Tag wie die beiden Männer, die für kurze Zeit seine Gäste gewesen waren. Er war zu dem großen Bankett geladen, das Gelfrat von der Thann zum Blütenfest seiner jüngeren Tochter Tanya gab. Der alte Ritter reiste allein. Seine Kinder waren zu klein, um an einem Bankett teilzunehmen, und seine Frau fühlte sich unpässlich. Aber sie kam in den Hof, um ihren Gemahl, Cay und Gunnmahr zu verabschieden. Eingehüllt in einen warmen Fellmantel stand sie da und winkte, ein Lächeln auf dem bleichen Gesicht, während zarte, fast durchsichtige Schneeflocken aus dem grauen Himmel fielen und die drei Männer langsam durch das Burgtor ritten.

8
WAHRHEITEN

Cay

Der Bote des Dorn hatte Cay gesagt, er möge sich nach Norden begeben und in einem an der Reichsstraße gelegenen Gasthaus namens *Unter den Weiden* einkehren. Zu dem Gasthaus gehörte auch eine Relaisstation, und Cay sollte bei nächster Gelegenheit eine Reisekutsche zurück in die Perle nehmen. Weiterhin erhielt er die Anweisung, sich dem Wirt der *Weiden* als »Ulf von Schwarzenbach« vorzustellen.

Cay tat, wie ihm geheißen. Nachdem er sich noch einmal kurz von dem Ritter Marius und Gunnmar verabschiedet hatte, schlug er den Weg in die nördliche Richtung ein. Sie waren früh am Morgen aufgebrochen, und Cay – der kein Pferd hatte – marschierte bis zum Mittag, ehe er an die Reichsstraße kam. Es war ein kalter, grauer Tag; immer wieder peitschten harsche Windböen über die Wiesen und abgeernteten Felder, und es nieselte unentwegt. Aber der Pfad, dem Cay gefolgt war, führte geradewegs zu den *Weiden*, und nachdem er dem Wirt gesagt hatte, sein Name sei Ulf von Schwarzenbach und er bitte um ein Zimmer, wurden ihm ein Becher Glühwein und eine Schüssel Eintopf gereicht. Während der Wirt sein Zimmer bereitmachte, nahm Cay ein Bad, und als er sich dann in das ihm zugewiesene Gemach begab, erwartete ihn eine Überraschung.

Dort stand eine große Truhe, die offenbar vor nicht allzu langer Zeit zumindest ein kleines Stück weit durch den Regen getragen worden war; das Holz fühlte sich nämlich noch feucht an. Cay öffnete die Truhe: Im Innern lagen Hosen, Hemden, Westen, Wämser, mehrere Paar Stiefel, ein Mantel, ein Hut, Handschuhe, wollene

Strümpfe und Unterwäsche, Rasierzeug, Duftseife, Duftwasser, ein Kamm, Schwert und Dolch mit Scheide und Gürtel sowie ein großer, prall gefüllter Beutel bereit.

Cay kratzte sich am Kopf und nahm den Inhalt der Truhe genauer in Augenschein. Die Waffen waren, ebenso wie die Kleidung, von bester Qualität. Er zog das Schwert aus der Scheide und führte einige Schläge; mit feinem Sirren zerschnitt die Klinge die Luft. Als Nächstes probierte Cay eine Hose und ein Hemd an und stellte fest, dass beides so gut passte, als wäre es eigens für ihn gemacht worden – und tatsächlich war in den ersten Tagen seines Aufenthalts in den Kellern der ausgebrannten Häuser jemand zu ihm gekommen, um seine Maße zu nehmen. Schließlich holte Cay den Beutel hervor, löste die Schnüre, mit denen er verschlossen war, und ließ vier, fünf Goldmünzen in seine Hand fallen. Er stellte fest, dass diese Münzen nicht in der Perle geprägt worden waren; anstellte des Kriegshammers aus dem Wappen des Dorn zeigten sie einen Kreis von Schwertern, die eine Krone umgaben: das Siegel des Adelsrates von Mandris. Cay ließ die Münzen wieder in den Beutel fallen, legte den Beutel zurück in die Kiste, schloss die Kiste und streckte sich anschließend auf dem Bett aus, um ein Nickerchen zu halten.

Am Abend traf die Reisekutsche ein. Sie war leer, und während er im Schankraum der *Weiden* einen Krug Bier trank, erklärte der Kutscher, dass dies für ihn eine der letzten, vielleicht gar *die* letzte Fahrt vor Einbruch des Winters sei. Nachdem er ein halbes Jahr lang nahezu pausenlos unterwegs gewesen war, freute er sich jetzt darauf, die kalten Monate mit Familie und Freunden in der Perle zu verbringen.

»Endlich wieder daheim!«, rief der Kutscher und hob seinen Krug, als wollte er auf alle anstoßen, die lange, beschwerliche Wegen gehen müssen, um zurück nach Hause zu finden.

Cay setzte sich zu dem Kutscher und gab ihm einen weiteren Krug Bier, eine Schüssel Eintopf und ein paar Schnäpse aus. Falls sich der Kutscher darüber gewundert haben sollte, was der Edelmann Ulf von Schwarzenbach ganz allein in dieser abgeschiedenen Herberge verloren hatte, behielt er seine Zweifel für sich. Ebenso enthielt sich der Wirt jeder Bemerkung über die wundersame Verwandlung seines Gastes – die schlichte, etwas abgetragene Kleidung, die Cay noch vor wenigen Stunden getragen hatte, war nämlich durch braune, blitzsaubere Schaftstiefel, eine braune Lederhose mit breitem Gürtel, ein weißes Hemd aus feinstem Tuch und eine dunkelblaue Samtweste ersetzt worden.

Jedenfalls hatte der Kutscher nichts dagegen einzuwenden, Cay als Passagier mit in die Perle zu nehmen; und für die zwei Silbergulden, die ihm als zusätzlicher Lohn versprochen wurden, war der Mann auch gerne bereit, den kleinen Umweg zu fahren, um welchen ihn der freundliche, wenngleich ein wenig merkwürdige Adelige gebeten hatte.

So kam es, dass Cay am nächsten Morgen noch einmal – ein letztes Mal – bei dem Brombeerstrauch stand, wo Alva ermordet worden war, um für seine lang verlorene Geliebte zu beten. Mit gesenktem Kopf und vor dem Bauch gefalteten Händen stand er da, als Vanice den Ort erreichte, wo Mykars Geschichte, die immer mehr auch ihre eigene geworden war, in gewisser Weise begonnen hatte. Auf ihrer Flucht vor dem Paladin Tamelon von Brunnenthal war sie stundenlang durch den Wald gelaufen; sie war hungrig und durstig und erschöpft und durchgeschwitzt und hatte in den letzten vierundzwanzig Stunden mehr amouröse Händel erlebt als Cay in seinem ganzen bisherigen Leben. Den Mann, dem sie in ihren Träumen bereits hundertmal ihr Herz geschenkt hatte, hier stehen zu sehen, in ebenso zärtliche wie trauervolle Erinnerungen versunken (denn Vanice wusste sofort, dass es um Alva ging), war mehr, als sie ertragen konnte.

Wahrscheinlich hatte Cay, falls er sich ein Wiedersehen mit Vanice ausgemalt haben sollte, nicht unbedingt die Erwartung gehegt, dass sie ihn anschreien und beleidigen und ihm bitterste Vorwürfe machen würde.

Doch genauso war es.

Das änderte allerdings nichts daran, dass der Kutscher – der sich durch diese unvorhergesehene Entwicklung nicht aus der Ruhe bringen ließ – bald nicht nur jenen etwas rätselhaften Edelmann, sondern zusätzlich auch eine nicht minder rätselhafte Dame durch die Weiten der Windmarken fahren durfte.

Und es änderte nichts daran, dass Vanice am darauffolgenden Morgen den Entschluss fasste, Cay die ganze Wahrheit zu sagen (oder das, was sie für die ganze Wahrheit hielt); die ganze Wahrheit über sich, ihr Leben und ihren Fluch. Sie war es so müde, tagein, tagaus durch ein Labyrinth aus Lügen und Vorspiegelungen und Tränen zu irren; und dass sie selbst mitgebaut hatte an diesem Labyrinth, half ihr kein bisschen dabei, einen Ausweg zu finden. So entschied sie sich also dafür, alles in Schutt und Asche zu legen.

Und während die Bauern das Fest von Mingas Verhüllung begingen – jene widersinnige Feier, bei der Freudenfeuer, Musik und Gesang die Gespenster und Spukwesen auf Abstand halten sollen, die in der Nacht der Toten das Land durchstreifen –, hörte Cay auf das, was Vanice zu sagen hatte. Über eine Stunde erzählte sie ihm von ihrer Kindheit auf Enjahla, von dem Hunger auf Leichenfleisch, der sie seit ihrem sechzehnten Lebensjahr quälte, von ihrer Flucht in ein anderes Leben und der schrecklichen Gefangenschaft im Hause eines Mannes namens Kelmon. Die Kräfte verließen Vanice, lange bevor ihre Geschichte beendet war. Aber was sie Cay erzählt hatte, genügte. Es genügte, um zu sehen, dass er ihrer Wahrheit standhalten konnte.

In dieser Nacht der Toten fühlte Vanice zum ersten Mal seit vielen Jahren eine Hoffnung in sich aufsteigen: die Hoffnung, dass es ein Leben geben mochte, das mehr war als bloßes Existieren; ein Leben, das nicht einfach das Sterben vorwegnahm in der Erstarrung von Herz und Geist. Vielleicht mochte es das wirklich geben: die schlichte Freude, zu atmen, zu berühren und berührt zu werden – sogar für sie.

Nachdem er sich von Vanice verabschiedet hatte, ging Cay auf sein Zimmer im Wirtshaus *Zum Kranich*. Er zog sich aus und legte sich ins

Bett. Und während draußen das Festfeuer brannte, Fiedel, Flöte und Trommel ertönten, Freudenrufe und trunkenes Gelächter erklangen, schlief er ein.

In dieser Nacht hatte Cay einen Traum, der ihn über die Jahre hinweg immer wieder heimgesucht hatte. Er hörte Alva schreien und eilte, um ihr zu helfen. Keuchend brach er durch Gestrüpp und Unterholz, doch obwohl Alvas Schreie immer lauter und peinvoller wurden, fand er keine Spur von ihr. Dann plötzlich stand er vor dem Brombeerstrauch. Die Frau, die er liebte, lag dort, nackt und zerschunden, und er wusste sofort, dass er zu spät gekommen war. Vier Männer hockten bei ihr, tief über sie gebeugt. Doch die Männer waren keine Männer, sondern Schatten; und die Schatten waren keine Schatten, sondern bläuliche, gedunsene Würmer oder Blutegel, die sich an Alvas Wunden labten.

Nur, dass Alva nicht Alva war, sondern Vanice. Und wo Alva stets tot gewesen war in Cays Traum, lebte Vanice. Sie lebte, und sie schämte sich.

»Bitte, Cay, geh weg … Ich ertrage es nicht, dass du mich so siehst«, sagte sie.

Dann begann sie zu weinen und wandte den Blick ab.

Cay hörte die widerwärtigen Geräusche, die die Mann-Würmer machten, das Schmatzen und Saugen. Er wollte sagen: »Nein, ich lasse dich nicht allein.« Er wollte nach vorne stürmen und die Kreaturen zerschmettern.

Aber das war es nicht, was er sagte. Und das war es nicht, was er tat.

Stattdessen verzog er das Gesicht, spuckte aus, drehte sich um und ging weg.

Cay fand sich im Bett sitzend wieder. Er japste und keuchte wie jemand, der keine Luft mehr bekam. Die kühle Luft trocknete seine schweißnasse Haut. Er erhob sich, sackte aber wieder aufs Bett zurück. Sein ganzer Körper zitterte. Als er zur Ruhe gekommen war, zog Cay seine Kleider an und verließ das Zimmer. Leise ging er die Treppe hinauf, ins Obergeschoss des Wirtshauses. Vor der Tür von

Vanice' Zimmer blieb er stehen. Er zögerte. Schließlich drückte er die Klinke hinunter. Die Tür schwang auf.

Draußen auf dem Dorfplatz wurde noch immer gefeiert. Ein Widerschein des Feuers drang durch die dicken, halbdurchsichtigen Glasscheiben der Zimmerfenster. Im Zwielicht konnte er die Umrisse von Vanice' Gestalt erkennen. Sie lag im Bett und schlief, hatte die Decken über sich gezogen und drehte ihm den Rücken zu. Hell hoben sich ihre Haare gegen die Schatten ab, die sie umgaben.

Cay rührte sich nicht. Eine lange Zeit stand er da. Schließlich zog er die Tür zu, ganz sachte, und kehrte in sein eigenes Zimmer zurück.

9
VON HIMMELBETTEN, ZIMMERN UND KAMMERN

Vanice

Der Kutscher hieß Friedmar und war von heiterem, leutseligem Gemüt. Während unserer letzten Rast, ehe wir die Perle erreichten, empfahl er Cay, sich im *Schäumenden Kelch* ein Zimmer zu nehmen. Zu den Vorzügen dieses Gasthauses zählten, so sagte der gute Mann, nicht nur die Lage am Marktplatz, sondern auch die weithin gerühmte Küche und die geradezu sprichwörtliche Sauberkeit der Betten. Nun, ich erinnerte mich, dass zumindest der Wein trinkbar gewesen war.

Cay nahm den Rat gerne an. Als Friedmar dann aber daranging, die schwere Kiste mit seinen Habseligkeiten – oder vielmehr jenen des Herrn Ulf von Schwarzenbach, wie der Kutscher ihn nannte – in den *Schäumenden Kelch* zu schleppen, wollte er einschreiten.

Ich legte ihm eine Hand auf den Unterarm und deutete ein Kopfschütteln an: »Vergesst nicht, dass Ihr ein Adeliger seid«, flüsterte ich.

Cay machte eine gequälte Miene, ließ aber zu, dass sich der Kutscher mit der Kiste abmühte, bis ein Knecht aus dem *Schäumenden Kelch* geeilt kam, um ihm behilflich zu sein.

Während die beiden Männer die Kiste ins Innere das Gasthauses trugen, blieben Cay und ich vor der Eingangstür stehen. Passend zu meiner Verfassung war es ein grauer, regnerischer Tag mit tiefhängenden, dicht geballten Wolken.

»Dann ist es jetzt wohl Zeit, Abschied zu nehmen«, sagte ich und merkte selbst, dass ich dabei klang, als gedächte ich, mich demnächst von irgendeiner Klippe hinab in irgendwelche reißenden Fluten zu stürzen.

Cay sah mich verwundert an. »Abschied zu nehmen? Wieso denn das? Ihr wolltet mir doch dabei helfen, meinen Auftrag auszuführen.«

Es traf zu: In der Nacht der Toten hatte ich Cay meine Hilfe angeboten – oder vielmehr aufgedrängt –, als er mir von seinem Auftrag erzählte, Radulf von Rodingen, den Anführer der Nekromanten, zur Strecke zu bringen. Doch das war, ehe meine eigene Geschichte begann, und seitdem war viel geschehen.

Um genau zu sein: Es war nichts geschehen; zumindest nicht zwischen Cay und mir.

»Oh …«, machte ich. »Ich bin davon ausgegangen, dass Ihr meine Hilfe nicht mehr wollt.«

»Aber ich habe doch gesagt, dass ich sie will.«

»Ja, aber seit der Nacht der Toten habt Ihr kaum ein Wort mit mir gesprochen. Deshalb nahm ich an, Ihr hättet Eure Meinung geändert.«

Tatsächlich war Cay während der letzten anderthalb Tage unserer gemeinsamen Reise sehr schweigsam gewesen und hatte einen zerstreuten Eindruck gemacht. Nachdem ich ihm mein Herz ausgeschüttet hatte, hatte ich eigentlich anderes erwartet.

»Nein, nein …« Cay schüttelte den Kopf. »Es ist nur … Was Ihr mir erzählt habt, hat mir viel zu denken gegeben.«

Ich stieß ein freudloses Lachen aus. »Ich bin mir nicht sicher, ob ich wissen will, was genau das für Gedanken waren. Hört mich an, Cay, Ihr müsst Euch nicht mit mir abgeben. Wenn Euch meine Gesellschaft unange-«

In diesem Moment trat der Wirt des *Schäumenden Kelches* in die Eingangstür. Der Mann hatte sich nicht im Geringsten verändert: Er hatte immer noch dieselben schütteren Haare, dasselbe fliehende Kinn und dieselbe riesige Nase. Aber warum – und vor allem wann – hätte er sich auch verändert haben sollen? Es war ja kaum ein Monat vergangen, seit ich das letzte Mal in seinem Schankraum gesessen hatte.

»Sorin mit Euch, Euer Hochwohlgeboren. Was sind Eure Wünsche?«, sagte der Wirt und verneigte sich.

Ich fand nicht, dass Cay wie ein Adeliger aussah. Meiner Meinung nach benahm er sich auch nicht wie einer. Ganz abgesehen davon, war es höchst unüblich – um das Mindeste zu sagen –, dass ein Adeliger ohne Dienerschaft unterwegs war, obendrein in einer gewöhnlichen Reisekutsche. Das alles zählte aber nicht, weil Cay nämlich eine Sicherheit ausstrahlte, die auf der Welt eigentlich nur jene haben, die wissen, dass es ihr göttergegebenes Recht ist, über andere zu herrschen und bedient zu werden.

Oder aber jene, die in ihrer Wahrheit einen so festen Grund finden, dass sie die Wahrheiten der anderen nicht mehr als Bedrohung empfinden.

Einen Moment lang dachte ich darüber nach, wie viele Menschen ich wohl in meinem Leben kennengelernt hatte, auf die das zutraf. Neben Cay fiel mir zuallererst Scara ein, und das war eine Reihung, die mich dann doch etwas verwirrte.

Noch viel verwirrender waren allerdings die Worte, die ich Cay jetzt sprechen hörte.

»Ich hätte gerne Zimmer für mich und meine Gemahlin«, sagte er.

Er sagte das, als ob es das Selbstverständlichste auf der Welt wäre, und ich war überzeugt davon, dass ich augenblicklich in Ohnmacht fallen würde. Ich fiel nicht in Ohnmacht; allerdings begann ein derartiger Sturm von Gedanken und Gefühlen in meinem Inneren zu toben, dass ich kaum mitbekam, wie Friedmar uns Lebwohl sagte und der Wirt (der mich glücklicherweise nicht wiedererkannte) die Vorzüge seines Hauses anpries, während er verschiedene Vorschläge zu unserer Unterbringung machte.

Ich kam erst wieder zu mir, als ich mit Cay allein war. Wir standen in einem großen Raum, der mit Maktabar-Teppichen, einem mit Schnitzereien verzierten Tisch, zwei riesigen Sesseln und einem Kamin ausgestattet war, in dem eine Magd gerade ein Feuer entzündet hatte. Außerdem gab es ein umfängliches Himmelbett, das ich nicht anzusehen versuchte.

Cay war ans Fenster getreten. Er schien sich recht wohl zu fühlen, wie er da stand und auf den Marktplatz hinausblickte; mir hingegen war die Stille überaus unangenehm.

»Ihr habt gesagt, ich sei Eure Gemahlin«, stellte ich fest.

»Sonst wäre es doch kaum möglich gewesen, dass ich uns Zimmer miete, oder?«, entgegnete er.

»Wenn man sagt, man sei mit jemandem verheiratet, ist das eine ernste Sache, wisst Ihr?«

Cay nickte. »Ja, ich weiß«, sagte er.

Mir wurde wieder schwindelig. Aber leider fiel ich immer noch nicht in Ohnmacht. »Ich habe Kopfschmerzen. Ich glaube, ich muss mich hinlegen«, sagte ich.

»Ja, tut das«, antwortete Cay. »Wir haben noch etwas Zeit bis zum Mittagessen. Übrigens habe ich uns die ganze oberste Etage gemietet. Ich glaube, reisende Adelige machen das so. Es gibt noch eine Badestube, eine Art Arbeitszimmer und eine Kammer für die Diener. Wenn Ihr mich sucht, findet Ihr mich dort.«

»Habt Ihr den Verstand verloren, Cay?«, sagte ich und stemmte die Hände in die Hüften. »Ihr werdet selbstverständlich *nicht* in die Kammer für die Diener gehen.«

»Wie? Warum denn das nicht?«

»Weil es die Kammer für die Diener ist.«

»Na und? Außerdem, wohin sollte ich sonst gehen?«

»*Ihr* werdet hierbleiben. *Ich* gehe in die Kammer für die Diener.«

Cay lächelte. »Aber Vanice, ich kann doch nicht sagen, dass Ihr meine Gemahlin seid, und Euch dann in die Kammer für die Diener schicken. Außerdem passt dieses Himmelbett viel besser zu Euch.«

Ich spürte, wie ich errötete. »Was soll *das* denn jetzt heißen?«

»Nun, ich bin davon ausgegangen, dass Ihr solche Betten gewohnt seid.« Cay machte eine entschuldigende Geste, verlor aber nicht eine Unze seiner ganz zweifellos aus dem Fels gehauenen Gemütsruhe.

»Ihr scheint Euch ja einzubilden, mich sehr gut zu kennen, wenn Ihr sogar zu wissen meint, in was für Betten ich zu nächtigen pflege!«, giftete ich.

»Ich habe Euch verärgert, Vanice. Das tut mir leid.«

»Ihr habt mich überhaupt nicht verärgert. Ich weise Euch nur darauf hin, dass Ihr Unsinn redet. Ihr werdet allein deshalb schon nicht in die Kammer für die Diener gehen, weil Ihr die Zimmer bezahlt habt.«

»Um ehrlich zu sein, hat sie der Dorn bezahlt. Ich selbst müsste froh sein, wenn ich mir in einer solchen Herberge einen Krug Wein leisten könnte.«

»Darum geht es nicht, Cay. Übrigens, stellt Euch vor, ich habe kürzlich für Justinius von Hagenow ein paar Zimmer gemietet, gerade hier, im *Schäumenden Kelch*.« Warum ich das erwähnt hatte, war mir selbst nicht klar; manchmal redete ich allein deshalb, weil ich nicht schweigen wollte.

»Ach, wirklich?«

»Ja, wirklich. Und da bin ich auch nicht auf die Idee gekommen, die Kammer für die Diener zu beziehen.«

»Wie? Ihr habt Euch Zimmer mit dem Herrn von Hagenow geteilt?«

»Nein, natürlich nicht!«, rief ich empört. »Alles, was ich sage, ist, dass eine Kammer für die Diener eben eine Kammer für die Diener ist!«

»Ah … und was soll das heißen?«

»Das heißt, dass Ihr Euch ebenso gut wie ich in dieses schöne große Himmelbett legen könnt.«

Cay sah ein wenig ratlos aus. »Ich fürchte, ich habe keine Ahnung, worüber wir gerade reden, Vanice.«

»Schon gut«, seufzte ich und winkte ab. »Geht nur in Eure Kammer. Wir sind ja wirklich albern, uns über so etwas zu streiten, nicht wahr? Aber sagt nachher nicht, ich wäre mir dafür zu fein gewesen. Wir sehen uns beim Mittagessen.«

»Ja, gerne. Also, erholt Euch ein wenig.« Er zögerte. »Was ich noch sagen wollte – wenn Ihr nichts dagegen habt, würde ich Euch gerne ein paar Münzen geben, damit ihr Euch neu einkleiden und vielleicht noch andere Dinge kaufen könnt, die Ihr benötigt.«

»Danke, Cay«, sagte ich und musste auf einmal lächeln. »Ich könnte in der Tat dies und jenes gebrauchen und nehme Euer Angebot gerne an. Aber vergesst nicht, warum wir hier sind. Wann wollt Ihr eigentlich mit der Jagd auf den Nekromanten beginnen?«

»Heute noch, wenn es geht.«

»Ja, natürlich geht das. Lasst mich ein Stündchen schlafen, und ich bin wie neu.«

Auch Cay lächelte. Dann wandte er sich ab, verließ das Zimmer und schloss die Tür hinter sich. Ich blieb allein zurück. Aber anstatt mich ins Bett zu lagen, nahm ich auf einem der Sessel Platz. Die Magd, die das Feuer im Kamin angezündet hatte, hatte eine Karaffe Wein, einen Krug mit abgekochtem Wasser und zwei Silberpokale dagelassen. Ich goss ein paar Fingerbreit Wein in einen der Pokale, verdünnte ihn mit Wasser und trank einen Schluck.

Dann lehnte ich mich in dem Sessel zurück und betrachtete die knisternden Flammen: gelb und rot und blau.

Plötzlich begann ich zu kichern. Ich schlug eine Hand vor den Mund, weil ich fürchtete, Cay würde mich hören. Doch ich konnte nicht verhindern, dass ich immer wieder von kleinen Lachern geschüttelt wurde, die sich durch meine Finger zwängten wie ungehorsame Kinder, die an verbotenen Orten spielen.

TEIL II

Schlimmer als jede Niederlage sind die verlorenen Siege.
Gerhoch von Firnau, General unter Kaiser Bechtol IV.

I

BLUTREIGEN

Die Luziera

Das Dorf stand in Flammen. Lichterloh brannten die Hütten, hoch züngelten die Feuer. Schwarz von Ruß und rot von Blut war der Schnee. Rauchsäulen stiegen schwer in den schwarzen, weiten, sternlosen Nachthimmel auf.

Es gab solche, die behaupteten, bei den Sternen handele es sich um die Augen der Götter. Die Luziera wollte nicht wissen, wie Götter aussahen, die tausend und abertausend kalte, weiß-funkelnde Augen besaßen. Sie stellte sich gewaltige Berge versteinerten, wulstigen Fleisches vor, die nur aus Mäulern, Klauen und eben Augen zu bestehen schienen. Mit ihren Augen beobachteten sie diejenigen, die sie anbeteten, Tag und Nacht, Nacht und Tag. Sie mussten schließlich darüber wachen, dass niemand entkam. Wurden die Götter dann von Hunger gepackt, streckten sie die Klauen aus und spießten die kleinen, nichtswürdigen Menschlein auf, die immerhin saftige Happen abgaben, wenn sie in einem der unzähligen Mäuler verschwanden.

So war das mit den sternäugigen Göttern. In dieser Nacht aber war der Himmel derart dunkel, als hätte jemand ein gewaltiges Teertuch über die Welt gespannt. Die Vermutung lag also nahe, dass selbst jene gefräßigen, grausamen Götter nicht geneigt waren, die Schlachterei mit anzusehen, welche um die Luziera herum vonstatten ging.

Und eine Schlachterei war es, o ja.

Die Reiter der Horde erlegten sich keinerlei Zurückhaltung auf. Sie erinnerten die Luziera an eine Bande blutgieriger Lausbuben, die wissen, dass da kein Vater ist, dessen strafende Hand sie zu fürchten haben. Ihr Gejohle und Heulen übertönte noch die Schmerzensschreie, das angstvolle Flehen und gepeinigte Wimmern. Der eine nagelte einen Bauern mit seinem Spieß an die Wand einer Hütte; der zweite hackte mit dem Säbel auf eine Frau ein, als gelte es, Stücke für den Festbraten zurechtzuschneiden; der dritte erprobte die Klinge seines Beils an einem Kinderschädel. Andere vergnügten sich damit, die Häuser des Dorfes in Brand zu stecken, und vergaßen auch nicht, die Einwohner selbst – die ebenso herzzerreißend wie vergeblich um Gnade flehten – den Flammen zur Nahrung zu geben, sodass der Gestank von verbranntem Haar und verkohltem Fleisch die Nacht erfüllte.

Sogar die Tiere schienen von wilder Mordlust gepackt. Da waren die gewaltigen, schneeweißen Hunde mit ihren roten, gezackten Ohren und schwarzen Dolchzähnen. Sie preschten durch die Straßen, auf ihren drei oder vier Läufen, hetzten Männer und Frauen, die verzweifelt zu fliehen suchten, nur zu bald aber begreifen mussten, dass sie keinen Ort finden würden, der ihnen Schutz böte. Gewiss war es erleichternd, der Erschöpfung nachzugeben, sich fallen zu lassen und darauf zu warten, dass alles vorbei wäre! Was andererseits nicht hieß, dass es ein großer Spaß war, von geifernden Gespensterhunden in Stücke gerissen zu werden.

Und da waren die weißen Dämonenrösser, deren Augen und Hufe dunkelrot glühten, während Rauch aus ihren Nüstern stob. Von dem Blutrausch ihrer Herren angesteckt, trampelten sie die Dörfler nieder, erschlugen sie mit ihren Hufen, und noch die Haken und Zacken, die sich durch ihre Flanken bohrten, wurden zu furchtbaren Waffen.

Das war sie also, die *neue* Horde.

Eine zügellose Begierde; ein Verlangen nach Zerstörung, das umso größer wurde, je mehr es zerstörte; eine Wut und ein Hass, die ihren Grund und ihr Ziel in sich selbst fanden.

Denn warum hatte sich die Horde dieses Dorf ausgesucht, um es dem Erdboden gleich zu machen – und nicht etwa eines, das ein paar Meilen weiter nördlich oder südlich lag? Und warum hatte sie sich entschieden, in dieser Nacht zuzuschlagen – und nicht ein paar Nächte früher oder später?

Niemand wusste es. Niemand wollte es wissen. Derlei Fragen scherten keine Seele (nun, so sagte man ja wohl) in der neuen Horde.

Und am allerwenigsten scherten sie ihn, den großen, unbesiegbaren Anführer, dem früher nichts wichtiger gewesen war als die Befolgung jener altehrwürdigen, dunkel-geheiligten Regeln: dass man ausritt, wenn der Staubwind zum Giftwind wurde, keineswegs aber nach Westen zog, wenn der Nordwind blies; und hundert weitere sinnlose Anweisungen derselben Art, die den Schwarzen Jäger – und seinen Herrn Skargat – so kleinlich erscheinen ließen wie einen Krämer, der die Tür seiner Kammer sorgsam hinter sich verriegelt und dann mit Habichtaugen die Kupferstücke zählt, die er am Tag eingenommen hat.

Nun, *kleinlich* konnte man ihn nicht länger nennen, den Schwarzen Jäger, alles was recht ist. Wenn es nach ihm ging, durfte ruhig jede Nacht ein anderes Massaker stattfinden, ganz gleich, wie der Wind wehte. Und wenn der Mond auf einmal als Dreieck am Himmel gestanden hätte, hätte das den Anführer der Horde auch nicht daran gehindert, zur Jagd zu bitten und seine Reiter auf irgendwelche arglosen Bäuerlein loszulassen, die dann mit ihren eigenen Eingeweiden erdrosselt wurden, ehe sie noch *Elaah sei mir gnädig!* sagen konnten.

Ja, man erkannte den Schwarzen Jäger kaum noch wieder. Um bei der Wahrheit zu bleiben: Man erkannte ihn tatsächlich und im vollen Sinne des Wortes nicht wieder.

Die Verwandlung, die sich in der Nacht vollzogen hatte, als er zum Duell gegen Rudrick von Nordwiesen antrat und seinen ahnungslosen Feind vernichtete, war endgültig gewesen … und überaus folgenreich.

Denn den Anführer der Horde, der jahrhundertelang in seinem keilförmigen Wagen über den Nachthimmel gezogen war und einen gewaltigen, mit Zacken und Widerhaken bewehrten Spieß geführt hatte, dessen Haare wie Moos und Flechten und verfaultes Laub waren und der seine drei langen, gebogenen Hörner wie eine Krone trug, während sein Umhang aus Dornenranken hinter ihm herflatterte – dieses gefürchtete und geehrte Spukwesen, dieses sagenumwobene Gespenst, das jedes Kind kannte, gab es nicht länger.

Als der Schwarze Jäger seine Waffenhand abgehackt hatte, um den Bund mit seinem neuen Herrn zu besiegeln, war es gestorben. Der neue Herr, das war jenes namenlose, jenseitige Böse, das Rudrick von Nordwiesen wie einen stinkigen Lumpen weggeworfen hatte, als es ihn nicht mehr benötigte. Vom Schwarzen Jäger hatte es ein Opfer verlangt, das weit darüber hinausging, sein Leben oder seinen Namen zu geben. Fast buchstäblich hatte der Anführer der Horde sein Innerstes nach außen gekehrt: und alles vernichtet und verhöhnt, was seinem verfluchten Dasein über viele Generationen hinweg Sinn und Würde gegeben hatte.

Nun waren die drei Hörner umgebogen und verdreht, sodass sie seinen Rücken durchbohrten; der Umhang aus Dornenranken war in sein Fleisch hineingewachsen, spickte es mit unzähligen scharfen, schwarzen Nadeln; und wo die Hand, die den Jagdspieß schwang, gewesen war, pulste nun eine riesige, zuckende, peitschende Schlange, die dunkler war als die dunkelste Nacht.

Aber die äußerliche Verwandlung des Schwarzen Jägers – gräulich, wie sie war – kam der Luziera beinah belanglos vor im Vergleich zu dem, was sich in seinem Herzen verändert hatte. Ein Herz hatte er nämlich schon gehabt, der Schwarze Jäger, all die Jahrhunderte lang. Mochte es auch ein Herz aus Stein oder Eis oder Dornen gewesen sein. Nun bestand es wahrscheinlich aus blutigem, stinkendem Eiter, falls es überhaupt noch vorhanden war. Wobei die Vermutung nahelag, dass an seine Stelle ein Loch getreten war, das alles in seine Leere hineinsog.

Denn schon in der Nacht, die auf das Duell folgte, hatte es begonnen. Der Schwarze Jäger und die Seinen waren ausgezogen. Aber nicht für die Wanderer auf dunkler Straße; nicht für die Magd auf verlassener Heide; nicht für den Hirten in einsamen Hügeln; nicht für die

Verirrten und Verlorenen; und auch nicht für die, die immer schon ersehnt hatten – vielleicht ohne es zu wissen –, dass sich ihnen ein Weg auftun würde, der zu Skargats Thron des Mangels führte.

Nein, in jener Nacht hatte der Blutreigen begonnen, der die Horde von einem abgeschiedenen, götter- und menschenvergessenen Dorf zum nächsten führte. Die Schar der Tänzer hatte sich mit jedem Ausritt vermehrt, und die qualerfüllten Zuckungen, die sie vollführten, waren so entsetzlich gewesen, dass sie selbst der Luziera ein Stirnrunzeln entlockten. Am Ende freilich hatten die Tänzer – ob Männlein oder Weiblein, jung oder alt – nach ihrem kurzen Auftritt immer nur dazu gedient, dem stetig wachsenden Leichenberg ein Stück zerschundenes Fleisch beizugeben.

Wie lange ging das jetzt so? Drei Wochen? Vier Wochen?

Jedenfalls konnte die Luziera nicht behaupten, dass ihr das Treiben des Schwarzen Jägers langweilig wurde. Ganz im Gegenteil: Sie war so weit entfernt davon, sich zu langweilen, wie schon seit Jahrzehnten nicht mehr.

Und immer wieder musste sie sich eingestehen, mit mildem Erstaunen und etwas, das manchmal Kummer ähnelte, dass sie die alten Zeiten tatsächlich vermisste. Sogar die Langeweile. Sogar die Sturheit und Bräsigkeit des Schwarzen Jägers. Ja, sogar Rudrick vermisste sie ein klein wenig. Der hatte wenigstens einen kindlichen Eifer versprüht, wenn es um den Dienst an seinem Bösen ging – einen Eifer, der durch den heiligen Ernst, den er zugleich an den Tag (oder vielmehr die Nacht) legte, nur noch komischer wurde.

Bei dem neuen Schwarzen Jäger war nichts dergleichen zu spüren. Da war überhaupt nichts zu spüren. Im Gegensatz zu seinen Reitern schien ihm das Blutvergießen nicht die geringste Lust zu bereiten; ebenso wenig schlich er schweigsam und griesgrämig umher wie während der Wochen, als er sich auf das Duell mit Rudrick vorbereitet hatte. Nein, dem Anfüher der Horde schien nunmehr alles gleichgültig zu sein. Wer starb und warum und wie – nichts davon kümmerte den Schwarzen Jäger. Nur dass *irgendwer* starb, das war wichtig.

So recht gefallen wollte das der Luziera nicht. Ihr begann zu dämmern – noch eine gelinde Überraschung –, dass da etwas Böses war, das sie tatsächlich ablehnte; es hatte eine Menge mit dieser Art Gleichgültigkeit zu tun.

Seufzend wandte die Luziera die Augen von der Schlachterei ab. Betrachtete stattdessen die ausdruckslosen Züge des Schwarzen Jägers.

Sie beide waren die Einzigen, die sich niemals an dem Gemetzel beteiligten. Stets blieben sie am Rand des Feuerscheins, am Rand der Schreie. Wie Zuschauer im Theater waren sie, die ein eigentlich ansprechendes Stück in Ermangelung anderer Möglichkeiten so oft gesehen haben, dass es sie anzuöden beginnt.

»Wo soll das eigentlich hinführen, Herr Jäger? Willst du jetzt Nacht für Nacht so weitermachen?«, fragte die Luziera.

Die Stimme des Anführers der Horde war harsch und abweisend, doch sein Gesicht blieb ausdruckslos, als er knurrend antwortete: »Nenn mich nicht so. Ich habe es dir oft genug gesagt: Den Schwarzen Jäger gibt es nicht mehr. Es gibt nur noch den Nichter.«

Sie kicherte. »Ja, es stimmt, das hast du mir oft genug gesagt. Nur vergesse ich es leider immer wieder. Bin wohl zu alt für neue Namen. Muss bei ›Herr Jäger‹ bleiben.«

Der Schwarze Jäger schnaubte verächtlich. Er sah die Luziera nicht an, starrte nur mit harten, leeren Augen auf das Dorf, das die Seinen auslöschten. »Tu, was du willst«, sagte er schließlich. »Es ist sowieso gleichgültig.«

»Allerdings«, bestätigte die Luziera, »wie ich dich nenne, ist in der Tat gleichgültig. Auch, ob die Bauern da leben oder sterben, ist gleichgültig. Was ich gern von dir wissen würde: Ist eigentlich irgendetwas *nicht* gleichgültig?«

Der Anführer der Horde zog es vor zu schweigen.

Dann plötzlich sagte er: »Ist dir aufgefallen, dass sie uns jetzt sehen können? Die Menschen, meine ich. Sie sehen jetzt die Hand, die ihnen das Verderben bringt.«

Nachdenklich betrachtete die Luziera das brennende, sterbende

Dorf. Da war ein Mann: Er lag auf dem Rücken, versuchte nicht länger davonzulaufen; in einer zugleich abwehrenden und flehenden Geste hob er die Hände, während der Geisterreiter, der über ihm stand, grinsend mit dem Säbel ausholte.

»NEIN! BITTE NICHT!«, schrie der Mann.

Es bestand kein Zweifel, er konnte seinen Mörder sehen.

»Ja, das ist mir aufgefallen«, sagte die Luziera.

»Es ist das Werk meines Herrn«, fuhr der Schwarze Jäger fort. »Ich weiß nicht, was es bewirkt und wie es geschieht. Doch ich spüre, dass es von meinem Herrn kommt. Er wächst. Er wird mehr. Und die Regeln ändern sich.«

»So einiges hat sich geändert«, erwiderte die Luziera. »Die Regeln gehören offenbar dazu – wenigstens *deine* Regeln. Aber du hast meine Frage nicht beantwortet: Wohin soll das alles führen? Wer ist die Horde jetzt, da sie sich nicht mehr Skargats Jäger nennen darf? Und wer bist *du* eigentlich? Wie du dich nennst, ist mir gleich. Sag mir nur eines: Was willst du, Herr Jäger? Was willst du?«

Der Anführer der Horde hielt seinen Blick auf die lodernden Flammen, die einstürzenden Hütten, die zerhackten und durchbohrten und verbrannten Leichen gerichtet. Die Geisterreiter frohlockten; sie labten sich an dem Blut und dem Schmerz und der Angst – doch aus den Worten des Schwarzen Jägers klang kein Triumph, kein Jubel, als er sagte: »Du bist frei zu gehen, wenn es dir nicht gefällt, Luziera.«

Die Luziera nickte.

Ohne ein weiteres Wort zu sagen, drehte sie dem Massaker den Rücken zu, entfernte sich einige Schritte von dem Dorf. Es lag mitten in einem dunklen, weiten Tannenwald. In einem Umkreis vieler Meilen gab es nur Bäume und Schnee. Vielleicht wäre es gut, sich ein wenig die Beine zu vertreten.

Die Luziera wusste, dass sie nicht gehen würde. Nicht in dieser Nacht.

Aber während die Schreie verklangen und die Schwärze des Waldes den Widerschein der Flammen aufsog, dachte sie an das blonde

Mädchen, Vanice, wie sie es so oft getan hatte in letzter Zeit. Und sie dachte auch an sich selbst: an das Mädchen, das sie gewesen war, vor tausend Jahren und mehr, auf der Insel Fènroe. Und während die Stille des Waldes tiefer und schwerer wurde, wiederholte sie bei sich die Worte: *Bald schon. Sehr bald schon wird es so weit sein.*

2
HERREN UND DIENER

Mykar

Es war so weit. Ofrick, der Vorarbeiter, hatte nach dem Kampf in der Lagerhalle gesagt, ich solle ihn fünf Tage später im *Schlachter* treffen. Die fünf Tage waren um. Ich wusste zwar nicht, was er von mir wollte, war mir jedoch sicher, dass es etwas mit dem Hafenmeister Ludger zu tun haben würde. Dem Mann, den ich töten musste, damit mir der Elende Ede – jenes uralte, immer mürrische Gespenst, das mich im Gasthaus *Zum Fröhlichen Toten* erwartete – verriet, wie ich Rudrick von Nordwiesen besiegen konnte.

Manchmal dachte ich an Alva, an ihren zerbrochenen Leib auf dem Waldboden. Und an Cay, wie er sich auf dem Scheiterhaufen gewunden hatte, während die Flammen ihn verzehrten. Dann lechzte ich nach Rudricks Blut. Dann wollte ich meinen Feind und alle, die ihn beschützten – die Reiter der Horde, den Schwarzen Jäger selbst –, zermalmen, zerschmettern, in Stücke hacken.

Allein, ich dachte nicht mehr so häufig an Alva und Cay.

Etwas war geschehen in diesen Tagen. Cillia war geschehen. Cillia – eine Schaustellerin mit rotem Haar, heller Haut und einem spitzbübischen Lächeln; bezaubernd wie ein Traum und doch so wirklich wie der Salzwind, der vom Meer her kam.

Wirklich für mich.

Zu sagen, dass die Nacht, die ich mit ihr verbracht hatte, die schönste meines Lebens gewesen war, hieß nicht viel. Was hatte ich schon für schöne Nächte erlebt? Ich war mir aber sicher, dass unsere gemeinsamen Stunden ausgereicht hätten, um *jedes* Leben zu verzaubern. Und ich wollte mehr davon. Viel mehr.

Ich hatte Danje geopfert, um ganz mit Cillia zusammen sein zu können. Im Schutz der Dunkelheit war ich aus dem Zimmer geschlichen, hatte die *Zechende Puppe* – das Gasthaus von Frau Ceddra, ihrer Mutter – verlassen und war zur nächstbesten Brücke geschlichen. Dann hatte ich Danje ins Wasser geworfen: Still und leise war sie in der rauschenden Schwärze versunken. Doch ihr Schweigen täuschte mich nicht. Ich wusste, dass kein Fluss, kein Meer tief genug war, um ihren Zorn zu begraben. Sie würde nicht verzeihen, was ich ihr angetan hatte.

Aber das scherte mich nicht.

Alles, was mich scherte, war Cillia: der helle Klang ihrer Stimme, der Geschmack ihrer Lippen, der Duft ihrer Haare und ihrer Haut, der Druck ihrer Schenkel, die zarte Wärme ihrer Brüste, ihre Seufzer in der Nacht.

Wenn das so war, warum ließ ich Ofrick nicht allein im *Schlachter* hocken? Warum war ich entschlossen, die Verabredung einzuhalten?

Bis in den späten Nachmittag hinein blieb ich im Bett. Cillia hingegen war schon in der Dämmerung aufgestanden. Sie hatte ihrer Mutter versprochen, sie zum Markt zu begleiten, um Einkäufe zu erledigen. Die wenigen Stunden der Trennung reichten aus, um mir das Gefühl zu geben, ich hätte etwas unsagbar Kostbares verloren. Das machte mir Angst. War es immer so, wenn man jemanden wirklich gerne hatte?

Fast war ich froh, dass das Treffen mit dem Vorarbeiter nahte. Aber eben nur fast. Denn wenn Ofrick mich in einer Schenke treffen wollte, die fernab des Hafens gelegen war und *Schlachter* hieß, dann konnte es nur auf eines hinauslaufen: mehr Blut würde fließen.

Obwohl ich das wusste, stand ich auf und griff mir meine Kleider. Die Hose, das Hemd, die Weste waren immer noch dieselben, die ich am Tag des Kampfes getragen hatte: Sie waren schmutzig, zerrissen, mit getrocknetem Blut befleckt. Aber ich besaß keine anderen.

Ich hatte die Hose angezogen und war gerade dabei, Wasser in den Waschzuber zu gießen, da kam Cillia herein.

Ich erschrak, als ich sie sah: Sie war noch viel schöner, als ich es in Erinnerung gehabt hatte.

Cillia trat an mich heran. »Du schaust drein, als wäre ich Berthild das Warzenschwein«, sagte sie. »Sehe ich so scheußlich aus?«

»Du? Scheu-? N-nein … ich – ich meine … ganz im Gegenteil …«

»Ah, das soll wohl ein Kompliment sein, ja?«

Ich wusste nicht, wohin mit dem Wasserkrug. »Ja … du bist … also …«

»Sag das doch gleich«, grinste Cillia. Sie nahm mir den Krug aus den Händen, stellte ihn auf dem Tisch ab und küsste mich.

Mein Verlangen nach ihr war so stark, dass es wehtat; ich wagte kaum, sie zu berühren. Cillia hingegen drückte mich an sich. »Mhh …«, brummte sie. »Du hast mich also vermisst?«

»Ja«, flüsterte ich.

»Das ist schön«, sagte sie und schob mich ein kleines Stück weg. »Leider habe ich noch zu tun … Aber jetzt im Herbst sind die Nächte lang, nicht wahr? Übrigens – warum ziehst du dich eigentlich an?«

»Ich dachte, es wäre gut, ein bisschen rauszugehen«, murmelte ich. »Ich lag jetzt lange genug im Bett.«

»Sagen wir so: Du lagst lange genug *allein* im Bett«, verbesserte mich Cillia. »Aber vielleicht hast du recht. Ein bisschen rausgehen kann nicht schaden. Ein Jammer nur, dass deine Kleider so … na ja, du weißt schon. Wir sollten dir neue besorgen.«

»Für heute wird es reichen.«

»Ja, aber tue mir den Gefallen und zieh die Öltuchjacke drüber. Sonst denken die Leute noch, du hast kürzlich jemanden umgebracht.«

Ich sagte nichts.

»Und es wäre doch schade, wenn du die Nacht in der Gesellschaft irgendwelcher Kerkerratten verbringen müsstest … anstatt in meiner.«

Kurz sah ich zur Seite; dann schaffte ich es, Cillia anzulächeln. »Ja, das wäre wirklich sehr schade.«

»Siehst du? Dann sind wir uns ja einig.«

Mit diesen Worten drehte sie sich um und verließ das Zimmer. Obwohl ich wusste, dass Cillia in der Küche oder im Schankraum werkelte oder vielleicht Vorräte im Keller verstaute, war mir, als hätte sie sich um Jahre und Welten von mir entfernt.

Ich wusch mich, zog Hemd, Weste und Jacke an und machte mich auf den Weg zum *Schlachter.*

Als ich die Schenke erreichte, war es schon beinah dunkel. Sie lag in einem Viertel von Donost, das ich noch nie betreten hatte, und ich verlief mich ein paar Mal, ehe ich die richtige Straße fand. Hier war alles etwas verkommener und schmutziger als in der Gegend um den Fischmarkt und den Hafen, und die Leute, denen ich begegnete, hielten den Blick gesenkt und die Schultern hochgezogen.

Der alte Schlachthof lag wirklich gleich gegenüber der Schenke, die nach ihm benannt worden war. Im letzten Tageslicht erkannte ich die halb eingestürzte Mauer, die ihn umgab, und obwohl es schon manches Jahr her sein musste, seit hier gearbeitet worden war, meinte ich, das Blut und den Tod zu riechen.

Kein Schild, keine Malerei an der Wand verwies auf den *Schlachter.* Dass hier eine Wirtsstube war, erkannte man nur an der Gruppe von Männern, die vor dem Haus herumstanden und sich unterhielten, Tonbecher in der Hand. Und daran, dass zwischen den Ritzen der Holzläden, mit denen die Fenster im ersten Stock verschlossen waren, Licht hindurchschimmerte. Das restliche Haus schien nämlich leer und verwaist; ebenso wie die umliegenden Gebäude, die den Eindruck machten, man hätte sie dem Verfall preisgegeben, nachdem der Schlachthof geschlossen worden war.

Tatsächlich musste man eine Treppe hochsteigen, um in den Schankraum zu gelangen. Das überraschte mich. Ansonsten aber unterschied sich der *Schlachter* kaum von anderen Kaschemmen, die ich gesehen hatte: Die Luft war geschwängert von Schweiß, Rauch und Bierdünsten; die Unterhaltungen gingen lärmend vonstatten, und man wusste nicht recht, ob da noch gescherzt oder schon gestritten wurde; die einzigen Frauen waren Huren. Es war sehr voll und warm. Eine Theke gab es nicht. An einem Ende des Raums standen zwei Männer bei einem großen, geöffneten Fass. Sie schöpften das Bier mit Kellen und drückten den Zechern die Tonbecher in die Hand, nachdem sie ein paar Kupferstücke empfangen hatten.

Ich stellte mich an eine Wand und wartete.

Lange warten musste ich nicht. Bald erschien Ofrick. Er trug wieder die braune Lederhose und die braune Lederweste und die beiden goldenen Ohrringe. Im Zwielicht des *Schlachters* wirkten seine Tätowierungen, als hätten sich lange, schwarze, borstige Würmer um seine Arme gewickelt. Er sah mich, kam auf mich zu, fasste mich kurz an der Schulter. »Du bist wieder auf den Beinen, Mykar?«, rief er über den Lärm hinweg.

»Ja«, sagte ich.

»Das hört man gern. Warte kurz!« Ofrick bahnte sich einen Weg zu den Männern mit ihren Kellen und ihrem Fass, kam mit zwei Tonbechern zurück.

»Komm, lass uns draußen reden«, sagte er.

Ich nickte und folgte ihm.

Wir gingen die Treppe hinab, traten ins Freie und stellten uns an die Wand, ein Stück weit abseits der anderen Zecher.

»Bist du bereit, ein paar Arbeiten zu übernehmen?«, fragte Ofrick.

»Ja.«

»Gut. Weißt du mittlerweile, was das Haus der Tausend Farben ist?«

»Nein.«

Ich meinte, ihn im Halbdunkel lächeln zu sehen. »Du bist also nicht neugierig?«

»Warum sollte es mich kümmern, was das Haus der Tausend Farben ist?«

Ofrick lächelte noch immer. »Weil ich will, dass du im Auftrag des Hauses der Tausend Farben jemanden tötest.«

Ich zögerte kurz. »Wen?«, fragte ich dann.

»Willst du denn nicht einmal wissen, weshalb ich dich ausgewählt habe?«

»Ihr werdet Eure Gründe haben. Was ich wissen will, ist, wen ich töten soll.«

»Einen Mann. Wenn du die Straße hinabgehst, dort am Schlachthof vorbei, kommst du zu einem Wirtshaus. Es heißt *Zum Horn*. Der Mann, den du töten sollst, isst und trinkt dort fast jeden Abend.«

»Woran erkenne ich ihn?«

»Er ist groß, gut angezogen, trägt viel Schmuck, Gold und Silber. Er hat eine Glatze, einen langen geflochtenen Bart und den Bauch eines Fressers.«

»Das sollte reichen«, sagte ich.

»Du willst auch nicht wissen, warum du ihn töten sollst?«

»Nein«, sagte ich. »Aber ich will wissen, wann und wie ich ihn töten soll.«

»Wann? Nun, so schnell wie möglich. Wie du ihn tötest, ist mir gleich. Töte ihn so, dass er tot bleibt. Das ist die Hauptsache.«

Ich trank von meinem Bier; es schmeckte schal. »Und dann?«, fragte ich.

»Dann kommen wir wieder zu einer Plauderei zusammen«, antwortete er. »Sagen wir, in drei Tagen?«

Ich hob die Augen zum Himmel. Es war eine trübe, wolkenverhangene Nacht – eine gute Nacht, um jemanden zu töten.

»Von mir aus können wir uns auch morgen wiedertreffen«, sagte ich.

Jetzt lachte Ofrick. Auch wenn er lachte, klang seine Stimme rauh und schroff. »Du hast es aber eilig!«, rief er. »Sagen wir übermorgen. Ich habe noch anderes zu tun.«

Ich zuckte die Schultern. »Einverstanden.«

Zwei Nachtwächter, die mit ihren Sturmlaternen die Runde machten, kamen gerade am *Schlachter* vorbei. Für einige Momente wurden unsere Gesichter vom matten Kerzenschein erhellt.

Ofrick musterte mich nachdenklich. »Auch wenn dich das alles nicht kümmert, sollst du doch wissen, dass ich zufrieden bin mit meiner Wahl.«

Ich stutzte. »Wieso das? Ich habe doch noch gar nichts getan.«

Die Nachtwächter bogen um die Straßenecke; als sie verschwunden waren, kam mir die Dunkelheit noch ein wenig dunkler vor.

»Den Unterschied zwischen Herren und Dienern zu kennen, ist fast das Wichtigste auf der Welt. Und zu wissen, wo der eigene Platz ist …« Ofrick hob seinen Becher, wie um mir zuzuprosten. »Ich glaube, das hast du verstanden, Mykar«, sagte er.

3
AUF ZU NEUEN TATEN

Halig

W*as man nicht so alles erlebt!*, dachte Halig.

Ja, das war tatsächlich eine ganze Menge. Vor allem in Anbetracht der Tatsache, dass man (also er, Halig) nur ein einfacher Totengräber und obendrein ein Holzkopf war.

Angefangen hatte alles mit der (übrigens fluchwürdigen) Nacht von Firlenns Erwachen: Haligs vorzeitigem und allzu vergnügtem Abschied von der Elaah-gefälligen Feier war die Begegnung mit der Horde des Schwarzen Jägers gefolgt. Nicht lange darauf war er in die Fänge der Gespensterschenke *Zum Fröhlichen Toten* geraten, obgleich so eine Schenke strenggenommen natürlich weder Krallen noch Hauer oder sonstiges tierisches Mordwerkzeug besaß. Die Fänge waren also sozusagen bildhafter Natur, was sie nicht daran gehindert hatte, tüchtig zuzuschnappen. Viel hatte nicht gefehlt, und Halig wäre mit Haut und Haaren verschlungen worden!

Dazu trug natürlich auch der Anblick anderer Fänge, Krallen und Hauer bei. Jener nämlich, derer sich die Dame Vanice De– was auch immer bediente, um auf Haligs Friedhof (und das war schon allerhand) eine Leiche auszubuddeln und zu verspeisen. Zugegeben, da besagte Dame über beträchtlichen Liebreiz verfügte, war es vielleicht auch hier nicht ganz angebracht, von Fängen, Krallen und Hauern … Aber egal! *Leich' ist Leich' und Wurm ist Wurm*, wie Haligs Vorgänger als Totengräber, der ehrenwerte Plauranz, zu sagen pflegte. Zwar war gar nicht einfach zu verstehen, was das eigentlich bedeuten sollte. Es stimmte aber trotzdem. Jawohl!

Und abgesehen davon hatte es wahrlich nicht an Leichen (oder wenigstens Halb- und Dreiviertelleichen) gefehlt, seit jener Nacht, als Halig das zweifelhafte Vergnügen hatte, jene holde, blondgelockte Frau bei ihrem durchaus nicht holden und ganz sicher nicht blondgelockten Mahl zu beobachten.

Dann war der Herr Tamelon von Brunnenthal, seines Zeichens Paladin der *Bruderschaft des Zweiten Todes*, dahergekommen, und schon war es rundgegangen. Zunächst hatte Halig mitansehen müssen, wie Edmund von Hagenow (keinsfalls Hagebutte!) seines rechten Auges (oder war es das linke?) beraubt worden war. Und zwar von keinem Geringeren als Prinz Gereon, dem Thronerben des ahekrischen Reiches. Selbiger hatte es sich in den Kopf gesetzt, die Ehre der Dame Vanice zu verteidigen, welche Edmund ins Gefängnis werfen wollte (also die Dame, nicht die Ehre), und zu diesem Behuf recht rabiate Maßnahmen ergriffen, was dann den Verlust des hochwohlgeborenen Auges nach sich zog.

Etwa zehn Tage später hatte Prinz Gereon dann selbst etwas verloren, und zwar nicht nur ein Auge, sondern gleich den Kopf. Oder genauer gesagt, er war ihm abgeschlagen worden. Und zwar von dem Herrn Tamelon, der es nicht guthieß, dass der Prinz – da mochte er noch so sehr Prinz sein – einem seiner Ordensbrüder den Garaus gemacht hatte. Übrigens mit Hilfe desselben Messers, das er, Gereon, zuvor schon benutzt hatte, um sich selbst den Hals halb zu durchtrennen, sodass für den Paladin gar nicht mehr viel zu tun blieb.

Wenn man es recht bedachte, hätte der Totengräber eigentlich sehr gut auf das allermeiste verzichten können, was er in den letzten Wochen und Monaten erlebt hatte.

Es gab jedoch einen Grund, weshalb Halig dennoch von Herzen froh, ja geradezu glückselig war, dass sich alles so zugetragen hatte. Dieser Grund hieß *Scara* – und das war ein Name, den man eigentlich nur hauchen, seufzen, säuseln oder verzückt flüstern durfte.

In den Augen der Welt war Scara einfach die Magd des Herrn Justinius von Hagenow (und hatte es jemals eine tüchtigere, verständigere Magd gegeben?), dessen Landsitz dem bedauernswerten Edmund zum Krankenlager geworden war, wo er sich von den Misshandlungen durch den ahekrischen Thronerben erholen konnte. Für Halig aber war Scara … die Sonne.

Sie hatte ihm während der ebenso öden wie beschwerlichen Reise geleuchtet, die sie – also den Herrn Tamelon, Prinz Gereon, Scara und ihn selbst, den einfachen, rechtschaffenen Totengräber – vom Landsitz des Justinius von Hagenow nach Dreieichen geführt hatte. Sie vermochte auch, dem Schankraum des Gasthofes *Zur Hohen Straße* ein wenig Licht zu spenden; sogar noch, als die Versammlung, die die *Bruderschaft des Zweiten Todes* hier abhalten wollte, in dem grausigen Durcheinander geendet war, das den Prinzen und einen der Thaala-Streiter ihr Leben gekostet hatte.

Das war umso erstaunlicher, als Scara selbst gerade einen überaus bekümmerten Eindruck machte. Sie hielt den Blick gesenkt, und es sah so aus, als ob sie jede Sekunde in Tränen ausbrechen könnte. Halig hatte sie in eine Ecke des Schankraums geführt, möglichst weit weg von den zwei Leichen, dem abgetrennten Kopf und der umfänglichen Blutpfütze. Sie hatte sich führen lassen, was nicht unbedingt zu erwarten gewesen war. Nun allerdings wusste Halig nicht weiter. Er hätte Scara gern getröstet, fand jedoch leider keine Worte. Er hätte auch nichts dagegen gehabt, ein paar silbrige Tränlein von ihren Wangen zu küssen; aber zu seinem Bedauern konnte sie sich denn doch nicht dazu entschließen, in anmutiges Schluchzen zu verfallen.

So standen Halig und Scara also in ihrer Ecke und schwiegen. Um sich sowohl von den schrecklichen Bildern, die ihn heimsuchten, als auch von seiner eigenen Ratlosigkeit abzulenken, sah sich der Totengräber im Schankraum um. Selbiger bot einen höchst eigenartigen Anblick: Die hufeisenförmig zusammengestellten Tische waren nach wie vor beladen mit der Pracht eines Mahles, das niemals stattgefunden hatte. Da gab es Zinnkaraffen, die bis zum Rand mit Wein gefüllt waren, Krüge voller frischem Brunnenwasser, Platten mit knusprigem Brot, Wurst, Räucherschinken, Käse, eingelegten Gurken und Zwiebeln. All diese Köstlichkeiten machten einen einsamen und traurigen Eindruck. Ganz und gar verlassen waren sie; niemand hatte sie angerührt. Das heißt, das erlauchte Haupt von Prinz Gereon war auf eine der Platten gefallen, nachdem Tamelon es mit einem einzigen wohlgezielten Schwertstreich abgetrennt hatte. Ob das die Art der Zuwendung war, auf die so ein Stück Rotwurst hoffte, wagte Halig allerdings zu bezweifeln.

Seltsamer noch als der Zustand der Tafel war das Gebaren der ehrenwerten Thaala-Streiter. Die einen liefen kreuz und quer im Schankraum herum und erteilten Anweisungen, die kein Mensch befolgte. Die anderen verließen eilig das Wirtshaus, als hätten sie selbst dringende Befehle auszuführen. Wieder andere standen in Grüppchen zusammen; sie schienen erpicht darauf, den Eindruck zu erwecken, als würden sie die Ereignisse der vergangenen Stunde einer strengen, umsichtigen Prüfung unterziehen und so ergründen, was genau sich da zugetragen hatte. Tatsächlich aber – zumindest war das Haligs Eindruck – redeten sie wirr durcheinander, plapperten einfach drauflos. Das galt sogar für den Provinzial Galbahr vom Hohen Teich, der mit seiner schwarzen Robe und dem hohen Hut zwar nach wie vor eine erhabene Figur abgab, allerdings den wild umherhuschenden Blick eines Mannes hatte, der in größte Verwirrung geraten ist. Die beiden Würdenträger in schwarz-goldenem Wappenrock, die seinen Worten lauschten, waren nicht besser dran. Einer schüttelte unentwegt den Kopf, wie um zu überprüfen, ob selbiger auch wirklich festsaß; der zweite hatte begonnen, derart hartnäckig an seinen Nägeln zu kauen, dass er vermutlich bald keine mehr haben würde, wenn das so weiterging.

Der Einzige, der wirklich zu wissen schien, was er tat, war der Herr Tamelon. Mit Hilfe einer Schankmagd (einer Schankmagd! – das war vielleicht das Allerseltsamste) hatte er die Leichen von Prinz Gereon und seinem Ordensbruder beiseitegeschafft. Hatte auch Decken gefunden, um sie zu verhüllen.

Nun kam er zu Halig herüber. Selbiger besann sich seiner Pflicht, das Gute zu stärken und das Böse zu schwächen, und zwar nach Kräften, und rang sich dazu durch, vorübergehend von der Sonne an seiner Seite abzulassen.

»Herr Tamelon!«, sagte er in zackigem Tonfall. Womit er zu verstehen geben wollte, dass er ganz bei der Sache war.

Der Paladin sah ernst und streng aus. Aber auch nicht wesentlich ernster und strenger als sonst, wenn Halig das richtig beurteilte.

»Wie geht es dir, Halig?«, wollte Tamelon wissen.

»Oh … ähm … so weit …«

Diese in der Tat erschöpfende Auskunft stellte den Paladin offenbar zufrieden. Er nickte. Wandte sich dann Scara zu. »Was ist mit dir, Mädchen? Ist bei dir alles in Ordnung?«

Zur Überraschung des Totengräbers gab Scara sofort Antwort. »Es tut mir alles sehr leid, o edler Ritter«, sagte sie. »Um den armen Jungen tut es mir sogar ganz besonders leid. Ich bin jedoch wohlauf.«

Ihre Stimme klang ruhig und fest; obendrein sah sie nicht mehr so aus, als würde sie gleich zu weinen beginnen – der Anblick dieser jähen und recht unerwarteten Wendung brachte Halig dazu, sich am Kopf zu kratzen.

Tamelon aber war auch mit dieser Antwort zufrieden. »Ja, mir tut es ebenfalls leid«, sagte er. »Doch was geschehen ist, können wir nicht ungeschehen machen. Wir können nur unser Bestes tun, damit es sich nicht wiederholt.«

»Ja, o edler Ritter.«

»Also, ihr beiden – was, denkt ihr, hat sich heute Abend hier zugetragen?«

Halig ging dazu über, seinen Bart zu zupfen. »Was sich zugetragen hat? Hm … tja … wer weiß, wer weiß?«, sagte er.

»Etwas Böses«, sagte Scara.

Dankenswerterweise entschied sich der Paladin dafür, Haligs Antwort zu ignorieren. »Etwas Böses, ganz recht«, erwiderte er. »Das glaube ich auch. Ich bin mir jetzt sicher – allzu spät, vielleicht –, dass Prinz Gereon die Wahrheit gesprochen hat. Es steht allerdings zu befürchten, dass meine Brüder etwas anderes gesehen haben als du und ich, Scara.«

»Was sollten sie gesehen haben, o edler Ritter?«

»Ich weiß es nicht …« Tamelon schüttelte den Kopf. »Aber ich ahne, dass dieses Böse nicht gesehen werden *will*. Es gereicht ihm zum Vorteil, wenn es nicht gesehen wird. Darin unterscheidet es sich von dem Bösen, das Skargat wirkt – denn Skargat will, dass man die Spur seiner Werke erkennt. Dieses Böse aber scheint wie etwas zu sein, das man mit der Luft atmet, das durch die Haut sickert und geradewegs in die Seele dringt. Und so, wie die Krieger auf den Zinnen nur dann ihre Burg verteidigen können, wenn sie den Feind zur rechten Zeit erblicken, kann sich die Seele nur verteidigen, wenn sie –« Tamelon unterbrach sich. »Doch jetzt ist nicht die Zeit für viele Worte«, begann er von Neuem. »Ich fürchte jedenfalls, dass der Provinzial seine Hexenjagd fortsetzen wird, so wie er zu sich gekommen ist. Lange dauern wird das gewiss nicht. Deshalb müsst ihr jetzt gehen.«

»Gehen? Wir? A-a-also Scara und ich?«, stammelte der Totengräber, den bei der Vorstellung, allein mit seiner Sonne durch die Nacht zu streifen, eine sehr deutliche Verzückung und zugleich ein vager Schrecken befielen.

»Ganz recht«, bestätigte Tamelon. »Und zwar will ich, dass ihr zur Burg des Junkers Rhun von Ketten geht.«

»Aber wie? Also, ich meine – wieso?«

»Ich will, dass ihr versucht, bei dem Herrn von Ketten als Diener unterzukommen. Die Chancen, dass das gelingt, stehen nicht schlecht. Denn es ist bekannt, dass Rhun zum Jähzorn neigt, obendrein dem Trunk ergeben ist und seine Mägde und Knechte schlecht behandelt. Deshalb halten es die wenigsten lange bei ihm aus.«

»Ah … so ist das …«, murmelte Halig, der wenig Erfreuliches an dem Gedanken fand, vor einem tobsüchtigen, prügelnden Herrn zu buckeln.

»Wenn er euch aufgenommen hat, sollt ihr ihm nach besten Fähigkeiten dienen und versuchen, so viel wie möglich über Laghras herauszufinden. Schließlich haben wir keinen Beweis, dass er wirklich bei dem Herrn von Ketten untergekrochen ist. Unter keinen Umständen sollt ihr versuchen, selbst gegen Laghras vorzugehen. Bleibt einfach auf der Burg, bis ihr von mir hört. Egal, ob das eine Woche oder drei Monate dauert.«

»Auf zu neuen Taten, o edler Ritter«, sagte Scara, die nun plötzlich eine recht heitere Miene machte.

»Nun, man kann es wohl so ausdrücken, Mädchen«, entgegnete Tamelon. »Hör zu, ich will, dass du in den Stall gehst und eines der Maultiere fertig machst«, sagte er dann. »Ob Lorenz oder Kornelius, ist mir gleich.«

»Jetzt sofort?«, fragte Scara.

Der Paladin nickte. »Jetzt sofort.«

Erst, als die Sonne ihn verlassen hatte – mit anderen Worten: zur Tür des Gasthofs hinausspaziert war –, begriff Halig, was Tamelons Worte bedeuteten.

»Herr Tamelon …«, fragte er angstvoll, »s-soll das etwa heißen … sicher meint Ihr nicht …«

»Doch, Halig«, sagte der Paladin, »ihr sollt noch in dieser Stunde zur Burg des Herrn von Ketten aufbrechen.«

Dem Totengräber fiel wieder ein, dass er sich einen heißen Eintopf und ein Stück saftigen Braten, zudem manchen Krug Bier und Wein und vielleicht gar ein paar Schnäpse versprochen hatte, um die Plackerei der Reise durch ungezählte Meilen dunklen, nebligen und kalten Waldes vergessen zu machen. Außerdem erinnerten ihn sein schmerzender Hintern und sein steifer Rücken daran, wie viele Stunden er während ebendieser Reise auf dem Rücken eines Maultiers verbracht hatte.

»Aber Herr Tamelon … es ist doch schon spät …«, wandte er zaghaft ein.

»So spät ist es nun auch wieder nicht«, sagte der Paladin. »Die Sonne ist ja gerade erst untergegangen. Abgesehen davon ist der Herr von Ketten dafür bekannt, dass er bis spät in die Nacht zecht. Ich bin sicher, ihr werdet ihn nicht schlafend vorfinden.«

Halig warf einen sehnsüchtigen Blick auf die Köstlichkeiten, die noch immer unbeachtet die Tische beschwerten.

»Ob der Herr von Ketten wohl auch etwas zu essen für uns hätte …«, murmelte er.

Tamelon überging das. »Es gibt noch einen anderen Grund, weshalb ihr sofort aufbrechen solltet. Hör zu, Halig!«

Der Totengräber straffte sich. »I-ich höre, Herr Tamelon.«

»Ich hatte von Anfang an das Gefühl, als wäre mir Scara von irgendwoher bekannt«, sagte der Paladin. »Es ist mir dann bald eingefallen. Bislang schien es mir allerdings nicht geraten, mein Wissen mit dir zu teilen. Doch heute Abend hat sich einiges geändert. Also, ich bin Scara schon einmal begegnet, vor vielen Jahren …«

»Ja?« Halig war jetzt ganz Ohr; er vergaß sogar, wie hungrig und durstig er war.

»Ihre Mutter stand als Magd im Dienst des Baron Gernot von Hagenow, des Vaters von Justinius und Edmund.«

»Ja …?«, wiederholte Halig.

»Sie war sehr schön.«

»Das kann ich mir denken …«, hauchte Halig, ehe er sich zurückhalten konnte.

Tamelon warf ihm einen gereizten Blick zu, fuhr aber fort. »Sie war nicht nur schön. Sie war auch allein. Ihr Mann – Scaras Vater – starb nämlich schon in jungen Jahren bei einem Unfall. Wenn ich mich recht erinnere, hat ihn eine Wagendeichsel durchbohrt. Später hieß es, Scaras Mutter, Jila war ihr Name, hätte diesen Unfall selbst herbeigeführt. Mittels schwarzer Magie.«

Halig wusste, dass er ein Holzkopf war. Er hatte sich niemals eingebildet, viel zu verstehen vom Lauf der Welt. Dennoch begriff er mit einem Mal, worauf die Geschichte des Paladins hinauslief. Er öffnete den Mund. Wollte etwas sagen. Schwieg jedoch.

»Der Baron Gernot von Hagenow war in den ganzen Windmarken als Wüstling bekannt. Er nahm sich Jila als Geliebte. Ob das mit ihrem Einverständnis geschah, vermag ich nicht zu sagen. Dann wurde seine Gemahlin, Alena, plötzlich schwer krank. Innerhalb weniger Wochen welkte sie dahin. Als Alena auf dem Sterbebett lag, reute den Baron seine Lüsternheit. Doch anstatt in sich zu gehen und Buße zu tun für seine Sünden, gab er dem Mädchen, das er verführt hatte, die Schuld an ihrer Verführung. Um es kurz zu machen: Er ließ Jila als Hexe anklagen und brachte sie vor die Sonnenrichter.«

Halig schluckte schwer. Er sah zu Boden. Ein Gefühl von Scham und Traurigkeit erfüllte ihn.

»Obwohl sie der peinlichen Befragung unterzogen wurde, weigerte sich Jila, zu gestehen. Baron Gernot aber hielt an seiner Anklage fest und schaffte immer mehr Zeugen herbei, die gegen das Mädchen aussagten. Schließlich musste auch Scara vor die Sonnenrichter treten …«

Tamelon hielt einen Moment inne.

»Sie hat ihre Mutter beschuldigt«, flüsterte Halig. Er hob nicht die Augen.

»Ja«, sagte der Paladin. »Ich weiß nicht, welche Drohungen der Baron ausstieß oder was er Scara sonst angetan hat. Das Ganze ist über zehn Jahre her. Damals war ich ein junger Ordenskrieger. Die Herrin hatte mir noch nicht gezeigt, was mein Weg ist. Ich war als Beobachter bei dem Prozess, sollte zusammen mit einigen Brüdern darauf achten, dass die Regeln und Bestimmungen eingehalten werden. Das wurden sie. Aber ich werde niemals den Anblick dieses Kindes vergessen, das weinend und schluchzend seine Mutter verdammte. Und niemals werde ich die Liebe und das Mitleid in Jilas Augen vergessen.«

Wieder schwieg er.

»Warum erzählt Ihr mir das, Herr Tamelon?«, fragte Halig schließlich.

»Nun, Jila wurde als Hexe verbrannt. Doch ihre Tochter blieb auf Burg Hagenow. Vielleicht wollte der Baron auf diese Weise Wiedergutmachung leisten. Ich weiß es nicht. Jedenfalls hieß es damals, Scara sei dem Wahn verfallen – ihre Seele sei zerbrochen unter der Last ihres Schmerzes.«

»Ich glaube nicht, dass Scara verrückt ist«, sagte der Totengräber. Noch immer hob er nicht die Augen.

»Vielleicht ist sie es, vielleicht auch nicht«, erwiderte Tamelon. »Ganz sicher aber ist sie keine Hexe. Darum geht es. Wenn der Orden nämlich Hexen jagt, könnte sich einer meiner Brüder daran erinnern, was damals geschehen ist. Wie die Mutter so die Tochter, würde er sich vielleicht denken. Vielleicht würde er Scara sogar beim Provinzial anklagen. Das will ich uns allen ersparen.«

Jetzt sah Halig dem Paladin in die Augen. »Ich verstehe«, sagte er.

»Gut, Halig. Dann verstehst du auch, warum Eile geboten ist.«

»Aber, Herr Tamelon, was machen wir, wenn uns der Herr von Ketten nicht aufnimmt?«

»Dann gibst du mir Bescheid, und wir sehen zu, dass ihr morgen noch die Rückreise zum Landsitz des Herrn von Hagenow antretet.«

»Und was ist mit dem Provinzial? Wird er sich nicht wundern, wo wir geblieben sind?«

»Ich werde mir etwas einfallen lassen«, sagte Tamelon, und nun schwang Ungeduld in seiner Stimme. »Geh jetzt – die Götter mit dir, Halig!«

Ohne ein weiteres Wort zu sagen, drehte sich der Totengräber um und eilte zum Ausgang. Während er den Schankraum durchquerte, sah er etwas höchst Eigenartiges. Ein paar Krieger der Bruderschaft waren zu den Leichen von Prinz Gereon und dem unglücklichen Würdenträger gegangen. Sie fassten die Toten unter den Armen und an den Beinen und trugen sie in der Wirtsstube herum. Ihren Bruder legten sie ins Licht, den Prinzen hingegen warfen sie in eine dunkle, staubige Ecke. Dabei grinsten sie wie kleine Jungen, die einen lustigen Schabernack ausgeheckt haben.

Halig wandte sich schaudernd ab und beschleunigte seinen Schritt.

4
NACHTRITT

Justinius

Es war die schwärzeste Nacht, als wir in Dreieichen ankamen. Ich wusste nicht, wie lange der Ritt gedauert hatte. Vermutlich nur ein paar Stunden. Aber die Stunden hätten ebenso gut Jahre sein können.

Das Fieber schüttelte mich. Warf mich fast aus dem Sattel. Ließ mich mit den Zähnen klappern. Halb lag ich auf Rhalana, klammerte mich an ihr fest. Ich sog die Luft ein, stieß sie wieder aus. Unendlich langsam, unendlich mühsam. Jeder Atemzug war eine Qual. Meine Brust schmerzte. Und das Herz in meiner Brust schmerzte auch. Ich war so müde, so erschöpft. Hätte ich ein Königreich besessen, ich hätte es freudig gegen ein weiches Bett und einen langen, friedvollen Schlaf eingetauscht.

Aber ich besaß kein Königreich. Bett und Schlaf waren in weiter Ferne. Und von Frieden konnte sowieso keine Rede sein.

Immer wieder sah ich es vor mir: Aiona, wie sie ihr Messer in das eigene Fleisch bohrte und ihre Worte der Macht in die blassgoldene Dämmerung hinausschrie. Die Kämpfer der *Bruderschaft des Zweiten Todes,* wie sie auf die Knie fielen, ihre Gesichter in den Händen verbargen, sich krümmten und kreischten. Die Pferde, wie sie panisch zu wiehern begannen, an ihren Halftern zerrten, sich aufbäumten. Und das Abendsonnenlicht, wie es plötzlich die Farbe von Blut annahm.

Kurzum, Aiona hatte wohl ein paar Kleinigkeiten ausgelassen, als sie mir erklärte, was eine Schwarze Hexe war.

Oder auch nicht.

Sie hatte ja keineswegs verschwiegen, dass sie Flüche sprechen konnten. Ich hatte mir die Flüche einfach nicht … so verfickt fluchhaft vorgestellt.

Und ich hatte mir nicht vorgestellt, dass ich das, was ich gewonnen hatte, gleich wieder verlieren würde: Hoffnung, Zuversicht. Das Gefühl, dass man in diesem Leben tatsächlich irgendwo hinkommen konnte. Nicht hundert- und tausendmal die gleichen Kreise des Elends abschreiten musste.

Nun, Elend gab es eimer-, kisten- und karrenweise. Aber immerhin ritten wir nicht im Kreis. Zogen vielmehr eine dürre, kümmerliche Linie durch die Nacht. Allen voran Calyb. Dieser sogenannte Paladin. Auch er war ernst und schweigsam geworden. Hatte die neckische Folterlust, die er vorhin auszudrücken beliebte, gegen die Haltung eines düsteren Brütens eingetauscht.

Hinter dem Paladin ritt Aiona. Sie hockte auf Honigkuchen. Wurde von zwei Ordenskriegern flankiert. Ja, die Männer, die sie in die Knie gezwungen hatte, waren nicht die einzigen Streiter der Bruderschaft gewesen, die sich an der Jagd nach Ferla beteiligt hatten. Während Calyb die Weiße Hexe verhörte (oder ihr einfach aus Spaß an der Freud' ein paar in die Fresse gab), hatten seine Untergebenen das Dorf durchkämmt. Wohl um sicherzugehen, dass sich nicht noch mehr von Aionas Schwestern irgendwo versteckt hielten. Erst als alles vorbei war, kamen sie gelaufen, um ihrem Anführer zur Seite zu stehen – und obwohl der Fluch gar nicht ihnen gegolten hatte, waren ihre Züge von Schrecken verzerrt gewesen. Die Ordenskrieger hatten sich Aiona so vorsichtig genähert, als erwarteten sie, dass jeden Augenblick ein schwarzes, alles verschlingendes Feuer aus ihr hervorbrechen würde.

Aber da war Aionas Kraft bereits verbraucht gewesen. Und nun, während des langsamen, ermatteten Rittes durch die Nacht, hatte sie nichts Furchteinflößendes mehr an sich. Zusammengesunken, mit vor dem Bauch gefesselten Händen, saß sie im Sattel. Immer wieder musste einer der Männer sie stützen, wenn sie nach links oder rechts wegzukippen drohte.

Wir hatten keine Zeit mehr gehabt, miteinander zu sprechen, Aiona und ich.

»Ich bin da.« Das waren meine letzten Worte gewesen. Und sie hatte mir zugelächelt, auf eine abgezehrte, irgendwie entrückte Weise.

Ich bin da. Stimmte das? Wenn Calyb und seine Männer die Neigung verspürt hätten, Aiona grün und blau zu prügeln oder ihr an Ort und Stelle den Hals umzudrehen, ich wäre außerstande gewesen, sie daran zu hindern. Bestenfalls hätte ich mich ihnen vor die Füße gerollt und gehofft, dass sie über mich stolpern und sich dabei den Hals brechen würden.

Vermutlich musste man lange suchen, bis man einen Barden fand, der sich durch solche Taten zu einem Heldenlied angeregt fühlte.

Den Göttern sei Dank, kam es nicht so weit. Im Gegenteil: Calyb und die anderen Ordensleute behandelten Aiona seltsam zurückhaltend und respektvoll – als ob es sich bei ihr um einen hochgeschätzten, wenngleich nicht ganz vertrauenswürdigen Gast aus einem fernen Land handeln würde. Nun gut, für gewöhnlich fesselt man seine Gäste nicht. Ansonsten aber war Aiona wohlauf.

Jedenfalls ging es ihr besser als den beiden Männern, die sie zu kreischender Angst und lichtlosem Wahnsinn verurteilt hatte. Diese Zwei waren im Dorf geblieben, unter der Aufsicht ihrer restlichen Brüder. Elaah wusste, ob sie je einen Rückweg aus der Schwärze finden würden.

Wieder einmal musste ich mich in Rhalanas Mähne krallen, um nicht aus dem Sattel zu fallen. Sie wieherte unwillig. Ihr gefiel nichts von dem, was in den letzten Stunden vor sich gegangen war. Doch Rhalana war ein gutes Pferd. Das war sie wirklich. Ihre Angst und ihre Verunsicherung hinderten sie nicht daran, brav ihre Pflicht zu erfüllen.

Ich wünschte, ich hätte dasselbe von mir behaupten können.

Aber ich erfüllte meine Pflicht durchaus nicht. Ich wusste nicht einmal, was meine Pflicht war. Ich betrachtete die schwankenden, schwachen Lichter der Sturmlaternen, die der Paladin und die beiden

Krieger der *Bruderschaft des Zweiten Todes* hielten, und fragte mich, was nun geschehen würde.

Ich bin da. Konnte ich für Aiona da sein? Wollte ich es überhaupt? Was sie getan hatte, war durch nichts zu rechtfertigen, so sagte ich mir. Hexe hin, Hexe her – ich billigte es nicht, dass Aiona rumlief und die Leute verfluchte. Selbst wenn sie gute Gründe dafür haben mochte. Nein, ich billigte ihre Tat nicht. Kein bisschen. Nicht im Geringsten. Nur, dass das nichts änderte.

Ich bin da.

Ja, verdammte Scheiße. Ich war da.

Ein großer, fiebriger Mehlsack mit Rüstung, Schwert und Schild.

Dann Dreieichen. Unser Weg hatte die meiste Zeit durch den Wald geführt, und als sich die Bäume lichteten, war die Stadt plötzlich vor uns aufgetaucht. Unter gewöhnlichen Umständen hätte ich diesem Dreieichen sicherlich einiges abgewinnen können. Es gab hier schicke Holzhäuser, die überall mit Schnitzereien verziert waren und auf ebenso schicken, weißgetünchten Steinfundamenten ruhten. Es gab hübsche, runde Plätze mit hübschen, runden Brunnen und hübschen Pumpen, die vermutlich auch irgendwo rund waren. Schließlich gab es zahlreiche gemütliche Wirtshäuser, in denen – so stellte ich mir das vor – tagein, tagaus nicht minder gemütliche Schankmägde große, schwappende Bierkrüge an kleine, dicke Zecher verteilten, die zweifelsfrei die Gemütlichkeit selbst waren.

Leider hinderten mich ein paar Dinge daran, den Ort angemessen zu würdigen. Als da wären: das namenlose Böse, sein Lieblingsscherge Rudrick, der Schwarze Jäger und die Horde, mordlustige Paladine und die *Bruderschaft des Zweiten Todes,* flucheifrige Hexenköniginnen und ihre fidelen Schwestern – ganz gleich ob schwarz, weiß, schimmelpilzgrün oder regenbogenbunt –, der Junker Rhun von Ketten, der hier irgendwo auf seiner Burg hockte und Laghras vom Hohen Teich beherbergte, seines Zeichens Halsabschneider und Kinderfresser, nicht zu vergessen mein Fieber und meine allgemeine

Missvergnügtheit. Und, ach ja, erwähnte ich bereits das namenlose Böse?

Aus all diesen Gründen hielt sich meine Verzücktheit über Dreieichen, wie gesagt, in Grenzen. Und anstatt juchhe, juchei zu rufen, verwendete ich meine verbliebene Kraft darauf, mich mehr oder weniger grade im Sattel zu halten. Das klappte ganz gut. Bald fühlte ich mich fast so weit, dass ich eine Ode auf den Frühling angestimmt hätte, wenn mir nur eine eingefallen wäre.

Zu diesem Zeitpunkt hatten wir einen größeren Platz erreicht, und während die restliche Stadt still und dunkel dalag, war hier noch einiges los, was meine Aufmerksamkeit beanspruchte. Um genau zu sein: An dem Platz lag ein großer Gasthof namens *Zur Hohen Straße*, in dem trotz der späten Stunde noch der Bär steppte. Oder vielleicht hatte sich der Bär auch von seiner Kette losgerissen, alles kurz und klein geschlagen und zwischendurch ein paar Herr- und Damenschaften den Kopf abgerissen. Da konnte man sich nicht so sicher sein.

Die Ordenskrieger, die in kleinen Grüppchen vor dem hell erleuchteten Gasthof standen, machten jedenfalls keinen sonderlich heiteren Eindruck. Die Gesichter, soweit sie sich erkennen ließen, waren mindestens so finster wie die Nacht, die uns umgab. Und ich vermutete, dass die gemurmelten Gespräche auch nicht gerade Blumenwiesen und zwitschernde Vöglein zum Gegenstand hatten.

Calyb ließ sein Pferd vor dem Gasthof halten und stieg ab. Die beiden Ordenskrieger, die Aiona während des Ritts bewacht hatten, taten es ihm gleich und halfen dann ihrer Gefangenen aus dem Sattel. Nach einigem Ächzen, Stöhnen und Verrenken war es mir ebenfalls gelungen, meine Stiefel und den Erdboden einander vorzustellen. Zum Glück fiel ich nicht gleich auf die Schnauze, als ich mich nicht mehr an Rhalana festhalten konnte.

Unterdessen kam ein Stallbursche herbeigelaufen. Der war zwar auch nicht die Heiterkeit selbst. Dafür aber putzmunter. Kümmerte sich sogleich um die Pferde des Paladins und seiner Untergebenen. Meinerseits übergab ich Rhalana seiner Obhut. Nicht ohne vorher meinen Schild an mich genommen und der Stute ein paar Worte des Danks ins Ohr geflüstert zu haben. Dann holte ich tief Luft. Rückte meinen Gürtel zurecht. Und folgte Aiona und den Ordenskriegern ins Innere des Gasthofs.

5
GANZ EINFACH

Justinius

Wir kamen in einen großen Schankraum. Offenbar war hier alles so eingerichtet worden, dass es den Bedürfnissen der Bruderschaft entsprach. Man hatte die Tische hufeisenförmig aneinandergestellt, sodass sich die Ordenskrieger zu Versammlungen und Beratungen einfinden konnten. Und irgendwie wusste man gleich, dass die übrigen Gäste – wenn es denn zu dieser Jahreszeit noch welche gegeben hatte – mehr oder weniger freundlich aufgefordert worden waren, sich eine andere Bleibe zu suchen. Wohin ich auch blickte, überall sah ich Thaala-Streiter, mindestens ein Dutzend von ihnen. Ich war, gelinde gesagt, verwundert darüber, wie viele Männer der Bruderschaft sich in Dreieichen eingefunden hatten. Die waren ja kaum alle wegen *einer* Hexe hier, oder?

Wenn sich mein Kopf nicht so angefühlt hätte, als bestünde er aus morschem Holz, hätte ich mir vielleicht einen Reim auf die Sache machen können. So musste ich einstweilen damit vorliebnehmen, mich an dem Lichterglanz zu erfreuen, der den Schankraum erfüllte. Die *Hohe Straße* war nämlich eine Fackel, die die Finsternis vertreibt. Oder so ähnlich. Jedenfalls brannte eine Vielzahl von Kerzen, und obendrein knisterte ein Feuer im Kamin.

Allein die Kerzen mussten den Wirt ein kleines Vermögen kosten. Wenn er vorhatte, den ganzen Winter über so weiterzumachen, konnte er sich meiner Meinung nach gleich einen Bettelstab zulegen. Wahrscheinlicher war allerdings, dass das Gewese um Kerzen und Kamin etwas mit der Heiligkeit der Gäste zu tun hatte.

Oder aber mit dem, was in dieser Nacht vorgefallen war.

Denn zumindest an einem konnte kein Zweifel bestehen: Etwas war vorgefallen. Und zwar etwas Blutiges.

Wenn man sich im Schankraum umsah, wusste man nicht recht, ob das Wirtshaus für ein Festmahl oder für eine Hinrichtung bereitgemacht worden war. Auf den Tischen standen Zinnkaraffen mit Wein, Wasserkrüge, Platten mit Brot, Wurst, Schinken, Käse und Skargat weiß was sonst noch alles bereit. Aber am oberen Ende des Hufeisens war einiges bei der Anordnung von Speis und Trank durcheinandergeraten. Da waren umgefallene Karaffen und Krüge. Wurststücke, Schinken- und Käsescheiben sowie halbe Brotlaibe lagen wüst über die Tafel verteilt, als hätte eine Bande verzogener Kinder mit ihnen gespielt. Weitaus beunruhigender waren allerdings die dunklen, langsam trocknenden Pfützen, die sich auf dem Holzboden zwischen den Schenkeln des Hufeisens ausgebreitet hatten. Ich sah es ungern, wenn ein guter Tropfen verkam, wünschte aber, ich hätte glauben können, dass es sich bei diesen Pfützen um Rotwein handelte, der sozusagen im Eifer des Gefechts vergossen worden war.

Die Schmierstreifen, die von den Pfützen wegführten, ließen anderes befürchten. Und die Leichen bestätigten diese Befürchtungen. Es waren zwei. Von Tüchern bedeckt, natürlich. Aber dennoch unmissverständlich als das zu erkennen, was sie nun einmal waren. Die eine Leiche lag im lichten Teil der Wirtsstube. Gerade ausgestreckt lag sie da, und etwas an der Art, wie sie verhüllt worden war, zeugte von Ehrerbietung. Die andere Leiche hingegen war in die dunkelste Ecke des Raumes verbannt worden. Dennoch – oder gerade deshalb – konnte man sie nicht übersehen. Wie ein zusammengeknüllter Lumpen lag sie da. Eher ein Schandmal, das dem Blick entzogen werden sollte, als ein geschätzter Verstorbener, von dem man Abschied nehmen wollte.

Ich hielt inne, als ich das sah. Trotz meiner Erschöpfung, trotz meiner Sorge um Aiona, trotz des Grauens, das mir am Herzen nagte, und trotz meiner Wut auf den Paladin Calyb spürte ich etwas wie Mitleid mit den Männern der Bruderschaft. Es war offensichtlich, dass ihnen Thaala einen unerwarteten Besuch abgestattet hatte. Und manchmal konnte sich auch eine Herrin, der man voller Hingabe diente, als grausam erweisen.

Dann wurde mir klar, dass alles noch eigenartiger war, als ich angenommen hatte. Denn es war nicht einfach nur eine große Zahl von Ordenskriegern im Schankraum der *Hohen Straße* versammelt. Nein, die allerhöchsten Ränge gaben sich die Ehre.

Der Wappenrock mit dem von zwei gekreuzten Sicheln durchbrochenen Elaah-Kreis präsentierte sich nicht nur in dem Blau-Rot der einfachen Thaala-Streiter. Auch das Schwarz-Gold, das, wenn ich nicht irrte, den Prälaten vorbehalten war, konnte man bestaunen. Zu meiner Verwunderung – und zu meinem Schrecken – entdeckte ich schließlich, dass sogar ein Provinzial anwesend war.

Ich hätte den Mann gerne weggeblinzelt. Aber ganz unzweifelhaft war er da, den Leib gehüllt in eine tiefschwarze, reich verzierte Robe, den Kopf bedeckt von einem hochragenden, steifen Hut.

Der Provinzial war in ein durchaus hitziges Gespräch mit einem zweiten Paladin verstrickt – ich erkannte das an dem weißen Tuch des Wappenrocks, dem Schwarz des Elaah-Kreises und den gekreuzten Sicheln –, und die Art und Weise, wie dieser Paladin auf die Ankunft seines Bruders Calyb reagierte, war recht bemerkenswert.

Er wandte sich einen Moment lang von dem Provinzial ab, dem er ja eigentlich seine volle Aufmerksamkeit schuldete, und musterte jenen anderen Paladin mit einem Blick, der von mühsam (und schlecht) unterdrückter Gereiztheit und Widerwillen zeugte.

Calyb, der die ehrerbietigen Grüße seiner Brüder (»Möge Thaala Euch ein gutes Ende schenken!« – ein wahrlich herzerwärmender Wunsch) ignoriert hatte, ließ sich auf ein Knie sinken und rief: »Was geht hier vor, Hochwürdiger?«

Der Provinzial betrachtete ihn wohlwollend. »Ah, Calyb, es ist gut, dass Ihr da seid!«, sagte er mit einer Stimme, die so tief und klangvoll war, dass man sich in sie einkuscheln wollte wie in eine flauschige Decke. »Tamelon und ich haben soeben darüber gesprochen, was genau hier eigentlich vorgeht. Allerdings sind wir uns bislang nicht einig geworden.«

Auch abgesehen von seiner Stimme war der Provinzial eine stattliche Erscheinung. Eindrücklich war vor allem sein buschiger Schnauzer, aber auch das schulterlange, braun-graue Haar, der kurze Backenbart und die schwerlidrigen Augen entsprachen ungefähr dem, was man sich als nichtswürdiger Baronssohn unter einem wirklich großen Herren vorstellte.

Besser als der Provinzial gefiel mir allerdings der Mann, den er Tamelon genannt hatte. Tamelon kam mir ziemlich jung vor für einen Paladin. Er hatte kurze, dunkle Haare und einen kurzen, dunklen Bart. Und in seinen Augen lag eine Traurigkeit, die mir irgendwie aufrichtig vorkam. Vielleicht war es einfach das Fieber, das meine Sinne verwirrte – aber ich hatte vom ersten Moment an das Gefühl, dass hier jemand vor mir stand, der sich lieber eine Hand abhacken lassen würde, als wider besseres Wissen zu lügen.

Bemerkenswerterweise schien der Anblick von Blut und Leichen dafür zu sorgen, dass Calyb seine boshafte Heiterkeit wiederfand. Er erhob sich, ließ ein spöttisches Lächeln sehen und sagte: »Ja, es ist nicht leicht, sich mit Tamelon auf etwas zu einigen.«

Der Provinzial runzelte die Brauen. »Ich habe Euch nicht um Eure Meinung gebeten, Calyb«, dröhnte er und ließ seine Stimme noch ein Stück tiefer rutschen. »Sagt mir lieber, wie es Euch ergangen ist. Ist diese Frau da die Hexe Ferla?« Bei den letzten Worten wies er auf Aiona.

»Nein, das ist eine andere Hexe.« Noch immer grinsend schüttelte der Paladin den Kopf. »Wenn ich ihren Worten Glauben schenke, haben wir da einen guten Fang gemacht. Ihr Name ist Aiona und sie behauptet, sie sei die Königin der Schwarzen Hexen.«

Jetzt zog der Ordensobere eine Braue hoch. »Die Königin der Schwarzen Hexen? Soso.« Er wandte sich an Aiona, zeigte eine strenge Miene, sprach mit strenger Stimme. »Ist das wahr, Frau?«, fragte er.

Aiona sah ungefähr so aus, wie ich mich fühlte. Das heißt, vielleicht sah sie mit ihrem langen schwarzen Mantel, dem langen, schwarzen Haar und dem breitkrempigen schwarzen Hut auch eher aus wie ein Rachegeist, der auf den Hund gekommen ist. Oder der so lange umgehen musste, dass er sich einfach nur noch in einer kuscheligen Gruft verkriechen und seine Ruhe haben wollte.

Wie auch immer, als der Provinzial sie ansprach, geschah jedenfalls etwas mit ihr. Sie hob die Augen, straffte sich. Und ich sah, wie in ihrem Blick etwas von dem alten Feuer aufloderte. Sie blickte weder mich an noch Calyb, noch Tamelon. Nein, sie war ganz dem Ordensoberen zugewandt.

Und sie sagte: »Ja, es ist wahr. Ich bin Aiona, die Königin der Schwarzen Hexen.«

Mochte ihr Gesicht auch bleich und eingefallen sein, ihre Stimme klang ruhig, tief und rauchiggolden wie eh und je. Kein Zögern und kein Zaudern lagen darin. Kein Bangen und kein Ausweichen.

Ich war stolz auf Aiona. Ja, das war ich. Da stand sie der halben *Bruderschaft des Zweiten Todes* gegenüber, hatte einen Fuß in der Kerkerzelle und den anderen in der Folterkammer – und sie tat, als ob nichts von all dem sie anrühren könnte.

Zugleich war ich auch ziemlich sauer auf sie. Hätte ihr am liebsten ein paar geknallt, um ehrlich zu sein. War das etwa der richtige Moment für heldenmütige Bekenntnisse, in Dreidämonsnamen? Hätte sie den Provinzial nicht anlügen können? Oder einfach ihre Klappe halten?

Offenbar gab ich ein empörtes Schnauben von mir. Denn nun – nachdem er seinen Blick einen unheilschwangeren Moment lang mit dem von Aiona verhakt hatte – geruhte der Ordensobere, mir seine überaus geschätzte Aufmerksamkeit zu schenken.

»Ah … und wer ist dieser werte Herr?«, erkundigte er sich. Dabei gaben sein Mienenspiel und die Art seiner Ansprache eindeutig zu verstehen, dass er mich für alles Mögliche hielt, ganz sicher aber nicht für einen »werten Herrn«.

Doch selbst wenn ich ein einhörniger Ziegenbock in der Mauser gewesen wäre – ich trug immer noch mein Kettenhemd und meinen Helm, mein Schwert und meinen Schild. Und ich hatte nicht vor, mich von dem Provinzial auf den Topf setzen zu lassen.

»Mein Name ist Justinius von Hagenow«, knurrte ich.

Die Augenbrauen des Ordensoberen kamen einfach nicht zur Ruhe. Nun ließen sie mich an einen frühlingshaften See denken, der von einem lauen Wind gekräuselt wird.

»Der Sohn des Barons Gernot von Hagenow?«, fragte er.

»Derselbe«, bestätigte ich.

»Nun, ich bin Eurem Vater vor vielen Jahren einmal begegnet. Ich habe ihn als einen Ehrenmann in Erinnerung, der weiß, dass der Dienst an Krone und Kaiserreich zugleich ein Dienst an den Göttern ist. Aber ich höre, dass er seit längerer Zeit krank darniederliegt?«

»Das höre ich auch. Leider war Thaala bislang wohl anderweitig beschäftigt. Ich wäre dazu aufgelegt, eine vergnügte Grabrede zu halten.«

Die Stimme des Provinzials sank auf den Boden eines nebelerfüllten Abgrunds hinab, als er sagte: »Mir gefällt Euer Ton nicht, Herr von Hagenow. Es ist die Pflicht des Sohnes, den Vater zu ehren.«

»Ich danke Euch für die Ermahnung, Hochwürdiger. Irgendwann in den nächsten zehn Jahren werde ich sicherlich die Zeit finden, ein paar heiße Tränen der Reue zu vergießen. Wenn ich mich hier im Schankraum umsehe, scheint mir, dass es einstweilen Dringenderes gibt. Auch und gerade für Euch und Eure Leute. Oder sollten die beiden Herren dort unter den Decken friedlich entschlafen sein?«

»Wenn Ihr meint, der *Bruderschaft des Zweiten Todes* befehlen zu können, was sie zu tun und was zu lassen hat, irrt Ihr Euch sehr, Herr von Hagenow«, sagte der Ordensobere. »Vielmehr ist es an Euch, mir Rechenschaft abzulegen. Denn es ist doch sehr verwunderlich, dass Ihr mitten in der Nacht ganz plötzlich hier auftaucht.«

Calyb zwinkerte mir zu. »Tatsächlich ist uns der Herr von Hagenow bereits in dem Dorf begegnet, in dem wir dieses Dämonenweib gefangen genommen haben«, erklärte er dann.

»Ich bin sehr gespannt auf Euren Bericht, Calyb«, sagte der Provinzial. »Zunächst aber will ich aus Eurem Mund hören, Herr von Hagenow, was Ihr mit der Angelegenheit zu tun habt.«

»Die … Angelegenheit … wäre Aiona?«, fragte ich.

Selbige drehte sich nach mir um. »Nichts hat er mit mir zu tun«, flüsterte sie.

Die gute Aiona meinte offenbar, es sei ihr hexisches Vorrecht, sich um Kopf und Kragen zu reden und tapfer, stolz und einsam in den Tod zu gehen.

Doch da musste ich sie enttäuschen.

»Was ich mit ihr zu tun habe? Das ist ganz einfach …«, sagte ich und wusste in diesem Moment, dass eigentlich alles ganz einfach ist.

»Ja, Herr von Hagenow – wir hören?«, vermeldete der Provinzial aus einem besonders tiefen stimmlichen Stollen.

»Sie ist meine Frau«, sagte ich mit mildem Lächeln.

6
EINGEBUNGEN

Halig

Während sie durch die stillen, dunklen Straßen von Dreieichen gingen, dachte Halig über die Geschichte des Paladins nach. Genau genommen ging nur er, denn Scara hatte sich auf das Maultier gesetzt – es war Lorenz –, welches der Totengräber wiederum am Zügel führte. Das hinderte ihn allerdings nicht am Nachdenken. Im Gegenteil: Halig versuchte, den Rhythmus seiner eigenen Schritte mit dem Geklapper der Hufe in Einklang zu bringen, und das hatte etwas so Beruhigendes an sich, dass seine Gedanken, so meinte er, von Augenblick zu Augenblick klarer wurden.

Dazu trug mit Sicherheit auch die wachsende Entfernung vom Gasthof *Zur Hohen Straße* und den Streitern der *Bruderschaft des Zweiten Todes* bei. Was heute Abend geschehen war – der Tod von Prinz Gereon und dem Würdenträger, das anschließende, seltsam *beiläufige* Durcheinander –, war nicht nur grausig. Es hatte auch etwas Wirres und Verstörtes an sich, das Halig noch mehr Angst machte als der kreischende Irrsinn des Prinzen oder der gestrenge Zorn des Provinzials. Ihm fiel ein, dass er selbst gelacht und geweint hatte, nachdem Gereons Kopf gefallen war. Das hatte er ganz vergessen gehabt. Halig erinnerte sich seiner eigenen Handlungen wie etwas, das vor Jahren geschehen war. Sie schienen ihm ganz und gar unangemessen – als hätten sowohl sein Gelächter als auch seine Tränen zu jemand anderem gehört; jemandem, den er nicht kannte und auch gar nicht kennen wollte.

Da wusste er, dass auch er einen Teil an dem Wirren und Verstörten hatte, und beinah tat ihm der Herr Tamelon leid, weil er inmitten dieser gepeinigten Düsternis ausharren musste. Halig war sich nicht sicher, ob es angebracht war, dass er, Holzkopf und mitunter wenig strebsamer Totengräber, einen Paladin bemitleidete. Aber er vermutete, der Herr Tamelon hätte nichts dagegen gehabt.

Da war es viel schöner, über Scaras Geschichte nachzudenken. Das heißt, die Geschichte war natürlich überhaupt nicht schön. Aber Scara selbst – sie war dafür umso schöner. In Windeseile war Halig mit sich übereingekommen, dass Scara keineswegs verrückt oder gebrochen war, sondern im Gegenteil klüger und heiler als sie alle miteinander. Der Totengräber spürte, wie sich eine Wärme in seinem Herzen breitmachte, die die finstere Nacht um ihn herum zu etwas beinah Lauschigem machte.

Übrigens war die Nacht gar nicht so finster, wenn man es genau nahm. In vielen Wohnungen brannten Kerzen oder Öllampen; durch die Ritzen geschlossener Holzläden fiel Licht nach draußen und warf helle Streifen auf das dunkle, feuchte Straßenpflaster. Auch die Schenken und Wirtshäuser, an denen die beiden vorbeikamen, waren fast alle noch belebt, und Halig freute sich über jedes Lachen, das an sein Ohr drang, als wäre die Fröhlichkeit seine eigene.

Den Weg zur Burg des Junkers Rhun von Ketten zu finden, bereitete ihnen keine Mühe. Sie war auf einem Hügel gelegen, der über den Dächern der Stadt aufragte, und so groß, dass es viele Gelegenheiten gegeben hätte, sich zu verirren, war dieses Dreieichen nun auch wieder nicht.

Scara und Halig sprachen kein Wort, während sie sich der Burg näherten. Auch Lorenz ließ sich das gesellige Schweigen gefallen, und so bestand das einzige aufdringlichere Geräusch in dem Schnaufen des Totengräbers, als sie den Hügelweg erklommen. Eine Sturmlaterne, die Halig in der freien Hand trug, leuchtete ihnen, und irgendwie hatte es etwas Rührendes, dass ihr einsames Licht gleichsam einen Gefährten fand im Fackelschein, der von den Zinnen der Burg hinabflackerte.

Wobei Halig sagen musste, dass die Burg derer von Ketten gar nicht so gewaltig aussah, wie er gedacht (oder gefürchtet) hatte. Aus der Nähe besehen, war sie nicht größer als der Hof eines wohlhabenden Bauern. Nur, dass sie im Unterschied zu diesem natürlich über einen Turm und hohe Steinmauern verfügte. Nicht zu vergessen ein Gittertor.

Selbiges erweckte denn doch einen eher abweisenden Eindruck, sodass Halig in sicherer Entfernung von dem Bollwerk stehen blieb. Noch immer schwieg Scara. Ebenso wenig schien Lorenz die Absicht zu hegen, ihm geistreiche Ratschläge zu erteilen. Es blieb also dem bedauernswerten Totengräber überlassen, sich geeignete Worte zurechtzulegen, um Einlass in die Burg des Herrn von Ketten zu erbitten. Ein Vorhaben, das Haligs Geisteskräfte zur Gänze beanspruchte, weshalb er es zunächst kaum mitbekam, als ein Wächter ihn anrief.

Dann jedoch gab ihm Scara, die sich (zweifellos anmutig) im Sattel vorgebeugt hatte, einen sanften Klaps gegen den Hinterkopf und sagte: »Da redet jemand mit dir, Halig.«

Worauf der Totengräber aus der Tiefe seiner … nun … tiefsinnigen Überlegungen hochschreckte. »Jawohl! … Zur Stelle! … äh, wie meinen, der Herr?«, rief er.

»Bist du taub oder blöd, Mann?«, ertönte die knurrige, aber nicht wirklich unfreundliche Stimme des Wächters. »Ich sagte: Hekir mit euch! Und: Was zur Hölle habt ihr mitten in der Nacht hier verloren?!«

»Wir … äh … ha-haben gehört … also … man hat uns hi-hinterbracht … im S-Sinne von mitgeteilt, dass … äh … kurzum …«, stammelte Halig.

»Dass der Herr von Ketten fleißige und ehrliche Diener gebrauchen kann«, beendete Scara den Satz für ihn.

Der Wächter stieß ein halb amüsiertes, halb unwilliges Schnauben aus. »Zu dieser Stunde braucht der Herr von Ketten gewiss keine Diener.«

»Es ist doch gerade erst dunkel geworden«, murmelte Halig.

»Auch nachts scheint das Licht der Götter«, verkündete Scara.

Schweigen antwortete ihnen.

Dann: »Was hast du gesagt, Mädchen?«

Scara räusperte sich. »Auch nachts sch-«

»Ich habe dich schon beim ersten Mal verstanden!«, unterbrach der Wächter. »Ich will wissen, was in Dreidämonsnamen das zu bedeuten hat!«

»Es bedeutet: Gute Taten sind immer eine gute Sache«, erläuterte Scara.

Erneutes Schweigen.

Dann: »Ich werde den Herrn von Ketten fragen, ob er gewillt ist, euch zu empfangen.«

Bald darauf fanden sich Halig und Scara in einer Halle wieder. Die Halle war etwa so groß wie der Speisesaal im Landhaus des Herrn von Hagenow. Und eine lange Tafel deutete darauf hin, dass sie tatsächlich dazu diente, die Mahlzeiten einzunehmen. Im Übrigen allerdings erweckte sie eher den Eindruck, als wäre sie Schauplatz einer umfänglichen Schlägerei gewesen. Tonscherben bedeckten den rohen Steinboden, die Trümmer von Kisten, Schemeln und Bänken reihten sich entlang der Wände auf, und einige der (mottenzerfressenen, wie zu befürchten stand) Felle, welche die ansonsten kahlen Mauern zierten, waren heruntergerissen worden. Auch lagen allerlei Knochen herum, an denen ein paar träge, alte Hunde nagten, die, einigen zweifelhaften Pfützen (und dem Geruch) nach zu schließen, nur ausnahmsweise dazu angehalten wurden, die Halle zu verlassen.

Obendrein war es in der Burg derer von Ketten kalt, feucht und dunkel. Die paar Kerzen, die hier und dort brannten, waren auf verlorenem Posten gegen die Düsternis, und alles in allem fragte sich Halig, warum man sich sein Heim nicht gemütlicher einrichtete, wenn man schon ein hoher Herr war.

Rhun von Ketten selbst diese Frage zu stellen, hätte er sich allerdings nicht getraut. Denn der Junker machte einen mindestens ebenso finsteren Eindruck wie die Schatten, die seine Halle beherrschten. Ganz allein saß er in einem hohen, fellbedeckten Stuhl beim Kamin und trank Wein aus einem goldenen Becher.

Hier immerhin war es – dank eines tüchtig brennenden Feuers – hell und einigermaßen warm, wie Halig feststellte, als sie der Wächter seinem Herrn vorführte. Freilich hatte die Helligkeit den Nachteil, dass man das Gesicht des Junkers recht gut erkennen konnte, und das war nur bedingt ein schöner Anblick. Der Umstand, dass Rhuns zahllose Falten so aussahen, als hätte man sie ihm mit einem Dolch ins Fleisch geritzt, war da eher nebensächlich. Auch die breite, weiße, wulstige Narbe, die seine stoppelige Wange und sein Kinn zierte, gab nicht den Ausschlag. Eher war es die Art, wie er die Kiefer zusammenpresste, als wollte er ständig mit den Zähnen knirschen. Und natürlich der Ausdruck seinen Augen – in denen brannte ein Zorn, als wäre alles, was er sah, eine bittere, unverzeihliche Beleidigung für ihn.

»Hier sind die beiden, Rhun«, sagte der Wächter, und Halig war so beschäftigt damit, innerlich in die Knie zu gehen, dass ihm erst mit einigen Momenten Verzögerung klar wurde, dass der Mann seinen Herrn mit Namen angesprochen hatte.

»Das sehe ich«, erwiderte Rhun. Er hatte eine harte, aber erstaunlich wohlklingende Stimme, die dem Totengräber ein gewisses Zutrauen darin einflößte, dass er diese Burg vielleicht doch lebend verlassen würde.

Einen Moment lang musterte Rhun ihn und Scara. Dann sagte er: »Ihr beide wollt also meine Diener werden? Mhh?«

»In der Tat«, sagte Scara.

Lieber nicht, dachte Halig.

»Soso. Und was verschafft mir die Ehre?«

»Mich treibt der Wunsch, Gutes zu tun«, sagte Scara.

»Ja … Gutes … unbedingt«, ergänzte Halig.

»Gutes tun? Und das mitten in der Nacht?«

»Wie ich bereits dem Herrn Wächter erklärte, sehe ich keinen Grund, auf gute Taten zu verzichten, nur weil die Sonne untergegangen ist. Umgekehrt könnte man behaupten, es sei nachts doppelt nötig, gute Taten zu vollbringen.«

Der Junker verzog den Mund zu etwas, das Ähnlichkeit mit einem

Lächeln hatte. Dann goss er sich Wein nach (wobei die geplatzten Äderchen auf seiner Nase die Behauptung Tamelons bestätigten, dass er dies wohl gerne und häufig tat). »Nun, wie ihr seht, habe ich nicht mal jemanden, der mir einschenkt. Ich kann also Diener gebrauchen. Wie ist dein Name, Mädchen?«

»Scara«, sagte Scara.

»Und deiner?«

»Halig«, sagte Halig.

»Und ihr beide reist rein zufällig miteinander?«

Halig hatte eine jähe Eingebung, die seiner Meinung nach eindeutig göttlichen Ursprungs sein musste. »Nein, Herr – wir sind verheiratet!«, platzte er heraus.

Scara warf ihm einen langen Blick zu, vergaß auch nicht, eine Augenbraue hochzuziehen. »Es ist eine unglückliche Liebe«, ließ sie den Herrn von Ketten wissen.

Halig fühlte, wie ihm der Schweiß ausbrach. »Wir … äh … hoffen auf Versöhnung«, sagte er.

»Ehrlich gesagt gibt es da wenig Anlass zur Hoffnung«, sagte Scara.

Rhun machte ein Gesicht, als hätte jemand versucht, ihm einen halbtoten Esel (beispielsweise Schlappi) als Streitross zu verkaufen. »Seid ihr sicher, dass ihr nicht eher ein Auskommen als Hofnarren sucht?«, zischte er.

»Was mich betrifft, ich tauge nicht zum Hofnarren«, sagte Scara. »Dafür kann ich sonst eigentlich alles.«

Nun war es an Rhun, eine Augenbraue hochzuziehen. »Alles? Das ist aber eine ganz Menge.«

»Die Bescheidenheit darf nicht der Wahrheit im Wege stehen«, versetzte Scara.

»Soso.« Der Herr von Ketten wandte sich an Halig. »Und du? Kannst du auch alles?«

»Nein … ich … ähm … war … also bin … also war Totengräber … bis vor kurzem«, antwortete Halig, der sich kurz wunderte, ob das vielleicht tatsächlich ein Ausweis seiner Eignung zum Hofnarren darstellte.

»Ah, wirklich? Das heißt wohl, dass du zumindest anpacken kannst.«

»Jawohl, der Herr. Wenn's recht ist«, sagte Halig.

Rhun schüttelte den Kopf, als hätte er soeben etwas ganz und gar Unsinniges gehört. Dann brach er plötzlich in Gelächter aus. »Bei Skargats Finsternis, ihr zwei seid gerade das, was mir gefehlt hat, um meine alten Knochen noch einen Winter beisammen zu halten!«, rief er. »Viel habe ich nicht, aber um zwei Mäuler mehr durchzufüttern, wird es schon reichen. Wisst ihr was – ihr könnt gleich damit anfangen, diesen Saustall aufzuräumen!«

7
WARUM?

Mykar

Wieder lag ich im Bett neben der schlafenden Cillia. Sie hatte einen langen Tag hinter sich und war schnell eingeschlummert, nachdem wir uns … ich wusste gar nicht, was da das richtige Wort war. Ich hatte gefürchtet, es würde beim zweiten Mal weniger schön sein. Aber das war nicht so; ganz und gar nicht. Wenn es in der Liebe so etwas geben sollte wie Gewöhnung und Überdruss, war ich weit davon entfernt. Ich hoffte, das galt auch für Cillia.

Ich drehte mich auf die Seite, rückte noch näher an sie heran und lauschte ihrem Atem. Das hätte ich stundenlang machen können, ohne dass es mir langweilig geworden wäre. Nur, dass ich keine Stunden hatte. Ich musste aufstehen, mich aus dem Haus schleichen und jemanden töten.

Mir fiel Fissachs Witz über Cillia ein. Der Barde hatte gesagt, sie könnte selbst auf einem Schlachtfeld, von Kampflärm umgeben, süß träumen. Das war ein Glück für mich. Denn wie hätte ich ihr erklären sollen, dass ich mitten in der Nacht das Haus verließ, um durch die finsteren Straßen von Donost zu schleichen? Natürlich war dieses Glück nichts im Vergleich dazu, dass Cillia überhaupt da war. Noch immer hatte ich keine Ahnung, was sie in mir sah.

Eigentlich war das ein größeres Rätsel als die sieben Jahre, die ich in der Erde verbracht hatte, bewacht von der immergrünen, blutendroten Linde.

Wie gerne hätte ich über dieses Rätsel nachgegrübelt!

Schon hatte ich mich erhoben und angezogen. Schon war ich aus dem Zimmer geschlichen. Schon hatte ich den Schankraum durchquert und die Eingangstür der *Zechenden Puppe* aufgesperrt. Schon war ich auf dem Weg zum alten Schlachthof.

Nebel und Stille lagen über den Straßen von Donost. Selbst wenn ich die Ohren spitzte, hörte ich weder Schritte noch Hufgeklapper noch das Rumpeln eines Fuhrwerks. Auch sah ich niemanden. Nur einmal tauchte am anderen Ende einer Straße, die ich durchquerte, das Laternenlicht zweier Wächter auf. Es war, als würden verirrte Seelen in der Dunkelheit umherziehen.

Ich selbst war weit davon entfernt, mich zu verirren. Mit jedem Schritt, den ich machte, wurde die Nacht heller. Als ich das Gasthaus *Zum Horn* erreichte, sah ich alles so klar vor mir, als wären da keine Wolken am Himmel und der verborgene Mond in Wahrheit die Sonne.

Ich ging die Straße einige Schritte hinab, stellte mich dann in einen Hauseingang, sodass ich einen guten Blick auf das *Horn* hatte. Über der Tür der Herberge hing tatsächlich ein großes, gebogenes, holzgeschnitztes Horn. Ob das ein Trinkhorn darstellen sollte oder das Horn eines Stieres, wusste ich nicht. Ich musste auch an die drei Hörner des Schwarzen Jägers denken. Und an Rudrick – man hätte ihn mit einem solchen Horn aufspießen können.

Plötzlich wurde mir elend zumute. Denn ich ahnte ja, weshalb mir die Dunkelheit leuchtete. Es war das Vorgefühl des Mordes, den ich begehen würde. Ein Teil von mir wünschte sich nichts sehnlicher, als zurück zu Cillia ins Bett zu steigen. Ein anderer Teil aber verlangte danach, ein Leben zu nehmen.

Ich wollte, was ich nicht wollte; ich begehrte, was ich verabscheute.

Die Läden an den Fenstern des *Horn* standen ein Stück weit offen. Licht fiel auf die düstere Straße, und ich hörte dumpfe Stimmen aus dem Inneren. Manchmal lachte auch jemand. Vielleicht eine Handvoll späte Zecher saßen noch zusammen, dort im Schankraum.

Es begann zu regnen. Große, kalte Tropfen prasselten auf das Pflaster nieder; schon führten die Gossen schlammiges Wasser und Unrat.

Zwei Männer verließen das *Horn*. Sie trugen keine Hüte, zogen sich stattdessen die Mäntel über den Kopf. Keiner von beiden hatte eine Glatze. Sie tauschten ein paar Abschiedsworte und eilten davon, jeder in eine andere Richtung.

Noch durfte ich hoffen, dass ich in dieser Nacht nicht die Entscheidung treffen musste, ob ein Fremder lebte oder starb.

Dann aber verließ er das *Horn*. Ich wusste sofort, dass er es war. Sein geschlossener, fast bodenlanger Lodenmantel spannte über seinem Bauch; in die Zöpfe seines Bartes waren Silberringe eingeflochten und einen Moment lang sah ich seine Glatze, ehe er einen Dreispitz aufsetzte.

Nur eines hatte Ofrick nicht erwähnt. Der Mann, den ich töten sollte, hatte dunkle Haut. Vielleicht war er von Qheezan her übers Beskalische Meer gekommen.

Ich wusste es nicht und würde es auch niemals wissen.

Der Fremde schwankte leicht. Als er seines Weges ging, stützte er sich manchmal an der Hauswand ab. Ich folgte ihm, ohne mir viel Mühe zu geben, unauffällig zu sein. Gewiss war er zu besoffen, um es mitzubekommen, wenn sich jemand von hinten anschlich. Aber auch, wenn er keinen Schluck getrunken hätte, wäre er kaum rechtzeitig auf mich aufmerksam geworden. Denn das Rauschen des Regens war jetzt so laut, dass es das Geräusch meiner Schritte vollständig übertönte.

Warum war es so leicht?

Warum war es so leicht zu morden?

Und wer war der Fremde, der vor mir durch die Nacht ging? Was hatte er Ofrick getan – oder dem Hafenmeister Ludger oder dem Haus der Tausend Farben –, um den Tod zu verdienen? Oder hatte er überhaupt nichts getan? Und was hatte ihn nach Donost verschlagen? Hatte er eine Frau? Warteten Kinder auf ihn, hier oder in irgendeiner anderen Stadt? Oder ging er jeden Abend ins *Horn* und betrank sich, weil er ganz allein war? Woran dachte er in diesem Augenblick? Freute er sich auf den morgigen Tag – auf das herzhafte Frühstück, das er sich genehmigen würde? Oder fürchtete er ihn, weil er mühselige Arbeiten mit sich bringen würde? Vielleicht dachte er überhaupt nichts Besonderes und wollte einfach nur unter die Decken kriechen und schlafen?

All diese Fragen zählten nicht mehr, als ich mich auf ihn stürzte. Ich warf ihn zu Boden, hockte mich auf seinen Rücken. Er begann zu zappeln; natürlich half ihm das nichts. Wahrscheinlich hätte er auch geschrien, aber er war mit dem Gesicht in einer großen Pfütze gelandet. Sein Hut war ihm vom Kopf geflogen. Mit beiden Händen drückte ich sein Gesicht in das schmutzige, stinkende Wasser. Ich spürte, wie sein Fleisch an dem gesplitterten Pflaster, den kantigen, schartigen Steinen aufriss. Er blubberte und gurgelte. Sein Gezappel wurde wilder, krampfartiger, fahriger.

Dann rührte er sich nicht mehr.

Ich ließ den Fremden in der Pfütze liegen. Vielleicht würde derjenige, der ihn fand, sich wundern, wie viel Bier, Wein und Schnaps man wohl in sich hineinschütten musste, um in einer Pfütze zu ertrinken und sich dabei obendrein das Gesicht zu zerschneiden. Das war ein lustiger Gedanke.

Als ich den Schankraum der *Zechenden Puppe* betrat, fiel mir auf, dass meine Kleider triefend nass waren. Ich hätte besser daran gedacht, meine Öltuchjacke anzuziehen, dann wäre es nicht so schlimm gewesen. So hatte ich mir ein Problem eingehandelt, denn Cillia würde sicherlich bemerken, dass ich im Regen unterwegs gewesen war, wenn sie am Morgen aufstand.

Kopfschüttelnd machte ich mich daran, im Kamin des Schankraums ein Feuer zu entzünden. Als es brannte, begann ich, meine Hose, mein Hemd und meine Weste in der Flammenwärme zu trocknen. Nachdem das getan war, zog ich mich wieder an und sah dabei zu, wie das Feuer langsam zu Glut und Asche wurde.

Irgendwie schaffte ich es nicht, aufzustehen und ins Bett zu gehen – obwohl ich mich nach Cillias Nähe sehnte.

Ich wusste nicht, wie viel Zeit vergangen war, als ich eine Tür knarren hörte. Kurz darauf kam Cillia in den Schankraum. Sie hatte sich in eine Decke gewickelt und hielt eine Kerze in der Hand.

»Mykar? Was machst du denn hier?«

»Ich konnte nicht schlafen«, sagte ich leise. »Entschuldige …«

Cillia gähnte mit weit geöffnetem Mund, stellte ihre Kerze auf einem Tisch ab, zog einen Stuhl heran und setzte sich neben mich.

»Stimmt etwas nicht?«, fragte sie. Das Licht war noch hell genug, um ihre Augen zu erkennen. Ich fand in ihnen keine Spur von Schläfrigkeit.

»Nein … es ist eher umgekehrt … es stimmt alles …«

»Aha?«

»Ich meine … du … und …«

»Jaaa? Was ist mit mir?«

Ich versuchte mich an einem Witz. »Ich muss gar nicht mehr schlafen, weißt du. Du bist … wie ein Traum.«

Meine Stimme hatte nicht sehr lustig geklungen, und Cillia lachte auch nicht. Im Gegenteil, sie sah ziemlich ernst aus, als sie erwiderte: »Ein Traum bin ich? Es ist lieb, dass du das sagst, Mykar. Aber es stimmt nicht. Ich bin … nun ja, einfach ich. Du darfst nicht zu viel von mir erwarten.«

Ihr Worte gaben mir einen Stich ins Herz; ich zuckte zusammen.

Natürlich bemerkte sie das. »Nein, warte!«, sagte sie etwas lauter. »So meine ich es nicht. Ich meine nicht … Also, nicht so wie Fissach mit seinen Sprüchen von den Dutzend Geliebten. Ich meine einfach, dass niemand jemand anderen glücklich machen kann. Selbst wenn er es noch so sehr will.«

Ich war erleichtert. »Ach so! Nein, an Glück denke ich gar nicht. Ich – ich freue mich einfach, wenn du da bist.«

Jetzt lachte Cillia. »Nun, das können wir einrichten. Vorausgesetzt, du läufst mir nicht immer aus dem Bett davon.«

Auch ich lachte. »Übrigens – ist dir nicht kalt?«, fragte ich dann.

Sie wiegte den Kopf. »Nun, oben herum ist mir warm. Aber der Boden ist wirklich ziemlich kalt, und jetzt, wo du es sagst, fällt mir auf, dass meine Füße Eisklötze sind.«

Ich zauderte, aber nur ganz kurz. »Soll ich sie wärmen?«

»Darauf habe ich gewartet!«, rief Cillia. Sie lehnte sich im Stuhl zurück und schwang ihre Beine empor, sodass ihre Füße in meinen Schoß zu liegen kamen. Dann zupfte sie ihre Decke zurecht und sah mich erwartungsvoll an.

Ich begann, ihre Füße zu massieren. Sie waren Eisklötze, in der Tat, und ich freute mich, dass meine Hände warm waren. Daran änderten auch die schwarzen Fingernägel nichts.

Cillia legte den Kopf in den Nacken und schloss die Augen. »Mhh … das ist gut«, brummte sie wohlig. »Tu mir den Gefallen, wenn du das nächste Mal nicht schlafen kannst, bleib einfach im Bett liegen.«

»Wieso? Ich habe dich doch nicht geweckt, oder?«

Cillia hielt die Augen geschlossen; doch jetzt lächelte sie ihr spitzbübisches Lächeln. »Nein, hast du nicht«, sagte sie. »Aber ich wette, ich träume besser, wenn du da bist.«

8

EIN SPAZIERGANG ZWISCHEN DEN GRÄBERN

Cay

Über die Perle senkte sich eine purpurne Dämmerung hinab. Im Lauf des Nachmittags hatte sich der Himmel aufgeklart, doch noch immer ballten und türmten sich gewaltige Wolken über den Dächern der Stadt, grau oder stahlblau, wie Burgen, Schlösser und Paläste, die geheimnisvolle, götterähnliche Wesen in der Leere zwischen der Erde und den Sternen errichtet hatten.

Cay stand auf dem Platz vor dem Großen Thaala-Tempel. Er war ganz allein. Eine tiefe Stille lag über dem Rund des Platzes. Der Tempel selbst schien jene Stille auszustrahlen. Er war ein großes, aus weißem Stein errichtetes Gebäude, das man vom Platz aus über eine siebenstufige Treppe erreichen konnte. In seiner Mitte prangte eine schwarze Pforte. Zu beiden Seiten standen Statuen von Thaala: Sie zeigten eine riesenhafte, in eine Kapuzenkutte gehüllte Gestalt, die den Zeigefinger an die Lippen legte, in einer Geste, die Schweigen und Gehorsam befahl. Die übrigen Gebäude, die um den Platz herum erbaut waren, besaßen weder Fenster noch Türen: als hätten sie sich in stumme Blindheit gefügt, um der Weisung Folge zu leisten.

Mit auf dem Rücken zusammengelegten Händen stand Cay da. Es sah so aus, als betrachte er die Eingangspforte und die Statuen der Dunklen Göttin. Aber vielleicht sah er auch etwas ganz anderes. An diesem Abend trug er schwarze Lederstiefel, eine schwarze, weite Hose, ein schwarzes Wams und den schwarzen, fast bodenlangen Mantel mit dem steifen, hohen Kragen, dazu einen schwarzen, breitkrempigen Hut und schwarze Lederhandschuhe. Seine Haare waren wieder zu einem Zopf zusammengebunden.

Vor etwa einer halben Stunde war Vanice im Inneren des Tempels verschwunden. Sie hatte gesagt, sie wolle mit dem Geweihten Aluin reden – jenem Mann, der sie immer wieder gebeten hatte, ihm aus den Werken Bovens vom Wolfstritt vorzulesen –, um vielleicht etwas in Erfahrung zu bringen, was ihnen bei der Durchführung ihres Auftrages von Nutzen sein könnte.

Tatsächlich hatte sie so gesprochen, als wäre der Auftrag, den Nekromanten Radulf von Rodingen zu töten, nicht nur an Cay, sondern auch an sie selbst ergangen. Mehr noch: Die Einkäufe, die sie auf Cays Vorschlag hin getätigt hatte, wiesen ebenfalls darauf hin, dass sie gedachte, an seiner Seite gegen Radulf zu kämpfen.

Als sie am späten Nachmittag in den *Schäumenden Kelch* zurückgekehrt war, hatte Vanice halbhohe Wildlederstiefel und eine weiche, dunkle Wildlederhose getragen; dazu ein warmes Wollhemd, die Wildlederjacke und den schweren Mantel, die sie angehabt hatte, als sie Cay wiederbegegnet war.

»Ist das nicht … recht unübliche Kleidung für eine Dame?«, hatte Cay verwundert gefragt.

»Zugegeben, ich werde mich erst an die Hosen gewöhnen müssen«, hatte sie mit einem Lächeln geantwortet. »Aber ich habe auch etwas besorgt, womit Ihr Euch auf Bällen mit mir sehen lassen könnt, falls das nötig sein sollte.« Sie wies mit dem Kopf auf einige verschnürte Tuchpakete, die ein Diener, der unterdessen wieder verschwunden war, für sie aufs Zimmer getragen hatte. »Außerdem kommt der Herr Ulf von Schwarzenbach doch geradewegs aus Mandris, wenn ich die Münzen richtig deute, die Ihr mir gegeben habt?«

»Ja, ich denke schon.«

»Seht Ihr – dann kann ich im Zweifelsfall einfach sagen, in Mandris würden die Damen alle miteinander so herumlaufen. Wer weiß, vielleicht sind die Salons der Perle ja derart begeistert, dass die holde Weiblichkeit hier bald nur noch Lederhosen trägt.«

Cay hatte die Stirn gerunzelt, indes kein Wort mehr über die Angelegenheit verloren.

Doch der Blick, mit dem er Vanice – die ihre Haare unterdessen zu einem Knoten zusammengesteckt hatte – jetzt entgegensah, als sie den Großen Thaala-Tempel verließ und auf ihn zutrat, verriet seine Besorgnis.

»Und? Kann uns dieser Aluin weiterhelfen?«, fragte er.

»Nein, leider nicht«, sagte Vanice und schüttelte den Kopf. »Er hat zugegeben, dass die Nekromanten ein Abkommen mit Thaalas Schweigern geschlossen haben. Die einen drücken beide Augen zu, wenn Radulf und seine Leute die Ergebnisse ihrer Experimente in den Kellern unterhalb der Totenstadt abladen; die anderen verpflichten sich dafür, keine Leichen aus geweihter Erde zu rauben, sondern sich ihr … Material anderweitig zu besorgen.«

»Die Ergebnisse ihrer Experimente?«

»Ja, Cay. Lebende Leichen.«

»Die Geweihten lassen zu, dass dergleichen geschieht?«

»Was sollen sie machen? Es gibt hier nur eine Handvoll von ihnen, die Totenstadt der Perle ist riesig, und die Nekromanten verfügen über Macht und Einfluss. Aluin und seine Brüder und Schwestern haben sich sogar mit den Leichenfressern zusammengerauft, um das zu schützen, was ihnen anvertraut worden ist.«

»Ich dachte immer, Thaala hasst alle Nachtgestalten und Spukwesen.«

»Oh ja, das tut sie. Aber ihre Geweihten sind nun mal keine Buchstaben in irgendwelchen heiligen Schriftrollen, versteht Ihr?«

»Ja, ich denke schon.«

Vanice lachte. »Jetzt schaut doch nicht so sauertöpfisch, Cay! Ich hätte nicht gedacht, dass ich noch mal einem Mann begegne, der ein solcher Ausbund an Tugend und Rechtschaffenheit ist!«

Cay sah sie ernst an. »Ich bin ganz sicher kein Ausbund an Tugend und Rechtschaffenheit, Vanice«, sagte er leise. »Auch wenn Ihr mir das jetzt noch nicht glauben solltet – bald werdet Ihr es glauben müssen. Darüber wollte ich sowieso noch mit Euch reden.«

»Oh je, das klingt recht unheilschwanger.« Sie lachte nicht mehr. »Habe ich etwas falsch gemacht?«

»Nein, Ihr habt nichts falsch gemacht. Es ist nur –«

Vanice unterbrach ihn: »Entschuldigt, Cay«, sagte sie. »Aber wenn Ihr etwas Wichtiges mit mir besprechen wollt, wäre es mir lieber, wir würden zuerst diesen Platz verlassen. Er ist mir ein wenig unheimlich. Ob Ihr es glaubt oder nicht: Die Totenstadt finde ich dagegen eher anheimelnd.«

Cay sah sich kurz um. »Gut, einverstanden«, sagte er.

Die Dämmerung hatte sich mittlerweile zu einem zähen, tintigen Blau verdunkelt, das im Westen, knapp über den Dächern der Stadt, noch von leuchtenden Streifen roten und gelben Lichts durchzogen wurde.

Cay und Vanice lenkten ihre Schritte zu einem der eisernen Tore, die in die gewaltige Mauer eingelassen waren, welche sich links und rechts von Thaalas Heiligtum erhob. Als sie das Tor schon fast erreicht hatten, trat ein Geweihter durch die schwarze Tempelpforte ins Freie. Langsam schritt er den Halbkreis der tür- und fensterlosen Häuser ab, um die Laternen zu entzünden, die an den Wänden angebracht waren und während der dunklen Stunden brennen würden – als wollten sie den Seelen der Toten leuchten, die Gefahr liefen, sich zu verirren auf dem Weg durch die Nacht.

Der Friedhof der Perle war gewaltig. Zwischen turmhohen Pinien und Zypressen verliefen gepflasterte Straßen, die sich im Zwielicht verloren. Es gab Grüfte, die mehrere Stockwerke hoch und von Gärten und Mauern umgeben waren. Dazwischen erstreckten sich endlose Reihen von steinernen Elaah-Kreisen, die an das Leben und Sterben ungezählter Männer und Frauen erinnerten. Es war hier kühler als anderswo in der Perle, und ein süßlicher, feuchter Geruch durchdrang die Luft.

»Ich habe Euch noch gar nicht erzählt, wie ich Mykar kennengelernt habe«, sagte Vanice, nachdem sie das eiserne Tor hinter sich geschlossen hatte.

»Nein, das habt Ihr in der Tat nicht«, entgegnete Cay.

»Eines Nachts ist er mir gefolgt und hat mich angesprochen. Lasst uns bitte nicht darüber reden, was ich nachts in der Totenstadt der Perle zu schaffen hatte – Ihr kennt die Antwort ja ohnehin schon. Jedenfalls hat mir Mykar von Euch erzählt und mich gebeten, ihm zu helfen.«

»Einfach so?«

»Erstaunlich, nicht wahr? Übrigens hatten ihn Justinius von Hagenow und seine Magd Scara bereits auf dem Weg in die Perle begleitet. Wenn ich richtig verstehe, hat Mykar die beiden vor irgendwelchen Meuchlern gerettet. Da standen sie natürlich in seiner Schuld.«

Ein feiner Nebel stieg aus der Erde auf, umhüllte die Gräber und Grüfte, spann graue Fäden zwischen den Steinen, Bäumen und Sträuchern. Cay und Vanice folgten einer der großen Straßen, die den Friedhof durchzogen. Die beiden gingen nebeneinander her, und beinahe sah es aus, als würden sie einen kleinen Abendspaziergang machen.

»Wie ist er denn darauf gekommen, dass Ihr ihm helfen würdet, Vanice?«, fragte Cay, nachdem einige Momente verstrichen waren.

»Das würde ich auch gerne wissen. Ihr glaubt ja nicht an Zufall, also muss es wohl Schicksal gewesen sein.«

»Ich glaube auch nicht an Schicksal. Was ich glaube, ist, dass wir zwischen verschiedenen Wegen wählen können – jeden Tag, jede Stunde – und dass die Götter uns helfen wollen, die richtige Wahl zu treffen.«

Vanice schüttelte den Kopf. »Ich wünschte, ich hätte Euren Glauben.«

»Nun, an irgendetwas müsst Ihr doch glauben, sonst hättet Ihr Mykar wohl kaum beigestanden. Schließlich war ich nur ein Fremder für Euch. Nicht einmal das – nur ein Name.«

»Ja, das ist richtig … Aber um die Wahrheit zu sagen: Ich weiß wirklich nicht, warum ich es getan habe. Da war ein Gefühl … oder eine Ahnung …« Lachend unterbrach sie sich. »Bei Elaahs Gnade, hört nur, was ich wieder für einen Unfug rede!«

»Für mich klingt das nicht nach Unfug«, sagte Cay leise.

Mit einer jähen Bewegung blieb Vanice stehen. Sie drehte sich zu ihm um, und als sie sprach, lag etwas Wildes, Drängendes in ihrer Stimme. »O Cay, es mir auch völlig gleichgültig, ob es Zufall war oder Schicksal oder der Wille der Götter! Wenn ich daran denke, dass sie dich beinah hingerichtet hätten – und dann hätte ich dich niemals – niemals –«

Wieder unterbrach sie sich. Diesmal lachte sie nicht.

Auch Cay lachte nicht. Schweigend betrachtete er Vanice. Mittlerweile war die Sonne untergegangen; kein Mond und keine Sterne schienen, und es war so dunkel, dass er ihr Gesicht kaum noch erkennen konnte, auch wenn hier und da Kerzen bei den Gräbern brannten.

Schließlich nahm er ihre Hand und führte sie an seinen Mund, mit einer langsamen, weichen Bewegung. Ohne den Blick von Vanice abzuwenden, küsste er ihre Finger; einmal nur.

Er sagte nichts; auch sie sagte nichts.

Doch als die beiden weitergingen – vielleicht zwei, drei Minuten später –, hielten sie sich an der Hand.

»Wir werden jetzt diesem Xra einen Besuch abstatten, von dem du mir erzählt hast, nicht wahr?«, fragte Cay schließlich. »Wie war das gleich – er ist der Anführer der Leichenfresser?«

»Ja …«, sagte Vanice. »Ich hoffe, das wird nicht … allzu unangenehm für dich.«

»Warum sollte es unangenehm werden?«

»Es sind *Leichenfresser*, Cay. Die meisten Menschen würde schon bei ihrem Anblick das Grauen packen. Und wir müssen immerhin an die Orte gehen, wo sie leben.«

»Ich glaube, ich kann das ganz gut ertragen.«

Eine stille Verzagtheit klang in Vanice' Stimme. »Bist du sicher? Ich weiß nicht, was ich tun würde, wenn du … dich ekeln müsstest.«

»Mich ekeln? Vor dir?«

»Ja.«

»Aber warum sollte ich mich denn vor dir ekeln?«

»Hast du etwa vergessen, was ich dir gesagt habe? Ich muss verwestes Fleisch essen, am besten verwestes Menschenfleisch. Und wenn du die Leichenfresser anschaust, blickst du meiner Zukunft ins Gesicht.«

Cay und Vanice waren unterdessen in den verfallenen Teil der Totenstadt gekommen. Zwischen verwitterten, von Flechten und Ranken überwucherten Grüften, umgestürzten Elaah-Kreisen und verkrüppelten Statuen suchten sie sich ihren Weg. Hier brannten keine Kerzen mehr, aber mittlerweile leuchtete ihnen das Licht einer kleinen Laterne, die Cay an einer Stange vor ihnen hertrug.

»Und hier blickst du meiner Zukunft ins Gesicht«, sagte Cay und zeigte auf einen Totenschädel und einen Haufen Knochen, die bei den Trümmern eines Sarkophags lagen. »Was macht das heute schon für einen Unterschied? Außerdem ist keineswegs sicher, dass du dich in eine Leichenfresserin verwandelst.«

»Was sollte sonst mit mir geschehen?«

»Das weiß ich nicht. Aber wir sollten die Hoffnung nicht aufgeben, dass du wie jede andere Frau auch leben kannst. Und was den Hunger betrifft … Nach jenem Sommertag vor sieben Jahren, an dem Alva und, wie ich glaubte, auch Mykar gestorben sind, habe ich unser Dorf verlassen. Es ergab sich so, dass ich mich einem Krieger namens Gunnmahr anschloss, mit dem ich dann durch die Lande gezogen bin.«

»Ah … hast du so kämpfen gelernt?«

»Tja«, sagte Cay, »gekämpft haben wir jedenfalls. Viel sogar. Wir haben von den Bauern Geld genommen, dafür, dass wir sie vor Räuberbanden, Sklavenhändlern, Plünderern und dergleichen beschützten. Auf einer unserer Reisen sind wir auch nach Bel Qar gekommen. Warst du schon einmal da?«

»Nein, nach Iskrien habe ich es nie geschafft.«

»Nun, Gunnmahr und ich haben einige Monate dort verbracht. Er hatte sich in einem Kampf eine ernstere Wunde zugezogen und brauchte Ruhe. Wir besaßen ziemlich viel Geld, aber Gunnmahr wollte, dass wir uns in den Armenvierteln einquartieren. Ich glaube, das war eine Art Witz für ihn.«

»Ein Witz?«

»Er ist manchmal … eigen. Wie dem auch sei: In dem Jahr war die Ernte schlecht gewesen und der Winter zog sich endlos hin. Da verfügte Kaiserin Vathera, dass die Armen von den Tafeln der Reichen gespeist werden sollten. Du musst dir das so vorstellen, dass Bedienstete mit einem Wagen von einem Stadtpalast zum nächsten fuhren und die Reste von Banketten und Festmählern einsammelten. Dann fuhr der Wagen in die Armenviertel, und alles wurde auf einen großen Haufen geschüttet.«

»Das klingt ziemlich unappetitlich. Es ist aber etwas völlig anderes, als verwestes Menschenfleisch essen zu müssen.«

»Ich weiß, Vanice. Dennoch: Ich habe gesehen, wie zwei Männer einander an die Kehle gingen, weil beide ein Stück alten Käse haben wollten. Wer weiß, ob wir nicht alle verwestes Menschenfleisch essen würden, wenn unser Hunger groß genug wäre.«

Vanice senkte den Blick. »Ich danke den Göttern, dass du mich niemals gesehen hast, wenn mich *mein* Hunger überkam, Cay«, sagte sie traurig. »Und ich bete inständig, dass das auch niemals geschehen wird.«

Cay sagte nichts.

»Nun gut, es hilft ja alles nichts«, fuhr Vanice nach kurzem Schweigen fort. »Wir müssen in den Zypressenhain da vorne. Die Leichenfresser hausen in einem riesigen Grabmal, das vor vielen Jahren wahrscheinlich die Ruhestätte einer längst vergessenen Herrscherfamilie gewesen ist. Übrigens nenne ich sie eigentlich nicht Leichenfresser, sondern ›Unterirdische‹. Das klingt irgendwie freundlicher.«

»Gut.« Cay nickte, wie zu sich selbst, und hielt die Laterne etwas höher.

»Ich glaube, du wolltest noch über etwas Wichtiges mit mir reden, oder?«, sagte Vanice. »Jetzt wäre wohl der geeignete Zeitpunkt dafür.«

Sie entzog ihm ihre Hand und trat einen halben Schritt zurück.

Wieder nickte Cay. »Als ich dich heute Nachmittag in diesen Kleidern gesehen habe, habe ich mir gleich gedacht, dass du mich begleiten willst, wenn ich Radulf von Rodingen töte«, sagte er.

»Ja, das will ich. In der Nacht der Toten habe ich dir gesagt, dass ich dir helfen werde, Radulf zur Strecke zu bringen. Und genau das habe ich vor.«

»Du hast mir bereits geholfen. Ich weiß zwar, wo der Unterschlupf der Nekromanten ist. Aber etwas anderes, als mich dort einzuschleichen und auf eine günstige Gelegenheit zu hoffen, um an Radulf heranzukommen, wäre mir wahrscheinlich nicht eingefallen. Dein Plan ist da viel besser.«

»Zumindest spricht einiges dafür, dass die Leichenfresser uns helfen werden, wenn die Nekromanten nach wie vor Jagd auf sie machen. Zumal die Experimente, für die sie Xras Leute missbrauchen, wohl ziemlich grausig sind.«

»Ja. Und es sollte in der Tat möglich sein, dass ich ein paar von Radulfs Häschern ausschalte und mich als einer der ihren verkleide.«

»Nun, wenn mein Plan so gut ist, kann ich dich ebenso gut begleiten.«

»Ich will nicht, dass dir etwas zustößt, Vanice.«

Sie atmete tief ein und aus. »Sag mir, Cay, hast du schon einmal gegen lebende Leichen gekämpft?«

»Nein.«

»Gut. Hast du schon einmal gegen einen Geisterreiter der Horde gekämpft?«

»Nein.«

»Und warst du schon mal ein Sklave? Bei einem Herrn, der nichts anderes im Sinn hatte, als dich zu quälen und zu demütigen?«

Cay schüttelte den Kopf.

»Siehst du? All das und mehr ist mir ›zugestoßen‹. Und ich habe es irgendwie überlebt. Da werde ich es auch überleben, dich auf der Jagd nach Radulf von Rodingen zu begleiten.«

»Jemanden zu töten ist eine schmutzige Arbeit, Vanice.«

»Ich weiß. Verwestes Fleisch zu essen ist auch eine schmutzige Arbeit. Ich bilde mir nicht ein, dass wir zusammen ein großes Abenteuer erleben werden. Ich will dir helfen, weil …«

Sie beendete den Satz nicht.

Cay zögerte, ehe er sagte: »Einverstanden, wir gehen zusammen. Bitte verzeih, dass es mir anders lieber wäre.«

»Ja, ich glaube, das kann ich ganz gut verzeihen«, sagte Vanice lächelnd. »Aber wo wir gerade bei den Zweifeln sind, möchte ich noch gerne die meinen äußern. Ich habe nämlich auch nachgedacht und muss sagen, dass mir die ganze Sache nicht gefällt. Ich glaube, ich verstehe, warum der Dorn so lange damit gewartet hat, gegen die Nekromanten vorzugehen. Was ich nicht verstehe, ist, warum jetzt nur Radulf daran glauben soll. Ich weiß, dass die Nekromanten mächtig und einflussreich sind. Aber wenn man ihren Anführer tötet, kann man sich auch gleich mit dem Rest anlegen, oder? Außerdem würde ich gerne wissen, weshalb du dir so sicher bist, dass Radulf tatsächlich in diesem Unterschlupf zu finden ist – und nicht etwa daheim in einem warmen Bett liegt?«

»Die Antwort auf deine letzte Frage ist ganz einfach: Radulf hat anscheinend große Angst davor, dass Rudrick sich an ihm rächen könnte, weil er ihm nicht in den Tod gefolgt ist. In seinem Versteck scheint er sich sicher zu fühlen. Oder zumindest war das bislang so. Es scheint, dass er sich jetzt dazu entschieden hat, sowohl die Perle als auch die Windmarken zu verlassen. Er will wohl nach Alkessa. Aber wenn er so große Angst vor Rudrick hat, dass er seine Flucht plant, wird er seine letzten Tagen hier wohl kaum damit verbringen, über den Marktplatz zu spazieren oder durch die Schenken zu ziehen.«

»Ja, das macht Sinn. Willst du mir noch verraten, wo genau sich das Versteck befindet?«

»Der Unterschlupf der Nekromanten liegt in einer der Minen, die nach dem Ausbruch der Schwarzen Keuche aufgegeben wurden. Was deine anderen Fragen betrifft … Ich bin zu dem Schluss gekommen, dass der Dorn einen Unterschied zwischen Radulf und den restlichen Nekromanten macht.«

»Aha – und was soll das heißen?«

»Er hat mir gesagt, dass ein Mann wie Radulf niemals ein Verbündeter für ihn sein könnte. Aber vielleicht sieht die Sache bei den restlichen Nekromanten anders aus. Vielleicht hofft der Dorn darauf, dass sie ihm irgendwie nützlich sein werden, wenn das Böse kommt. Wenn ja, hat er in jedem Fall etwas gewonnen. Falls die Nekromanten ahnen, dass der Dorn Radulfs Tod befohlen hat, haben sie Grund, ihn zu fürchten. Falls sie denken, dass Rudrick seinem alten Freund den Garaus gemacht hat, haben sie Grund, den Dorn um seinen Schutz zu bitten.«

»So oder so – er hätte Macht über sie.«

»Ja.«

»Hmm … Das wirft natürlich die Frage auf, was genau sich der Dorn von den Nekromanten erhofft.«

»Mag sein. Und wenn wir morgen noch leben, haben wir reichlich Zeit, uns diese Frage zu stellen.«

Vanice lachte. »Du bist wirklich ein Rätsel, Cay!«

»Bin ich das?«

»Oh ja.«

»Gunnmahr hat immer gesagt, ich bin ein Tölpel. Wahrscheinlich ist ›Rätsel‹ da ein Fortschritt.«

Vanice lachte wieder. »Was meinst du, wollen wir gehen?«, fragte sie dann.

»Ja«, sagte Cay, »gehen wir. Übrigens – wohin?«

»Komm, ich zeige es dir«, sagte Vanice.

Sie nahm seine Hand und führte ihn in den Zypressenhain hinein. Kein Wind wehte, und noch immer bedeckten schwere Wolken den Himmel, sodass weder der Mond noch die Sterne zu sehen waren. Wie in einer Lichtkugel bewegten sich die beiden durch die Dunkelheit – umgeben von den hohen, immergrünen Bäume mit ihren weitragenden Ästen und der nächtlichen Stille, die nur manchmal von einem Käuzchenruf, Blätterrascheln oder dem Knacken eines Zweiges gestört wurde.

Vanice ging voran, und Cay hielt die Laterne so, dass sie ihren Weg zwischen den Zypressenstämmen finden konnte. Es dauerte eine

Weile, bis sie den Hain durchquert hatten. Dann lichteten sich die Bäume, und Vanice blieb stehen.

»Es ist wahrscheinlich besser, ich gehe allein weiter«, sagte sie. »Die Unterirdischen würden vielleicht wütend werden oder Angst bekommen, wenn mich ein Fremder begleitete. Ich schlage vor, ich erkläre Xra, weshalb wir hier sind, und komme dich dann holen.«

»Dagegen kann ich wohl nicht viel sagen.«

»Nein, kannst du nicht. Ist es in Ordnung, wenn ich die Laterne nehme?«

»Natürlich.«

»Danke. Es wäre doch schade, wenn ich mir den Hals brechen würde. Dann wäre unser schöner Plan dahin.«

»Dann wäre mehr dahin als unser schöner Plan.«

Vanice entgegnete nichts auf diese letzte Bemerkung. Sie lächelte Cay noch einmal an, ehe sie sich umdrehte und auf das gewaltige Mausoleum zuging, das die Unterirdischen zu ihrer Heimat gemacht hatten. Er sah ihr kurz nach, setzte sich dann auf die feuchte Erde, nahm den Hut vom Kopf, lehnte den Rücken gegen einen Baumstamm und schloss die Augen – wie ein Mann, der sich an einem schönen Sommertag auf eine Wanderung begeben hat und eine kleine Rast einlegt, um Kraft für die nächsten Meilen zu schöpfen.

Als das Licht der Laterne wieder näher kam, öffnete Cay die Augen und erhob sich. Er hielt seinen Hut in den Händen; sein Gesicht war ruhig, fast ausdruckslos. Daran änderte sich auch nichts, als er sah, dass Vanice nicht allein war. Zwei Kreaturen begleiteten sie, deren Gesichter zugleich an verhutzelte Greise und halbverhungerte Hunde denken ließen. Die Kreaturen gingen gekrümmt, mit seltsam hüpfenden, schlackrigen Bewegungen, und als sie Cay erblickten, gaben sie wilde Zisch- und Gurgellaute von sich. Das klang, als wollten sie den Fremden in Stücke reißen; doch alles, was sie taten, war, vor ihm auf und ab zu springen.

Vanice wartete, bis sich die Unterirdischen beruhigt hatten. »Das ist der Herr Ulf von Schwarzenbach«, sagte sie dann. »Denkt bitte daran, dass er hier ist, um euch zu helfen.«

Ob das Zischen und Gurgeln nach Vanice' Mahnung freundlicher klang, war schwer zu sagen – bald verstummten die beiden Kreaturen ohnedies.

Als Stille eingekehrt war, machte Cay einen Schritt nach vorne, sodass das Licht der Laterne voll auf ihn fiel. »Sorin mit Euch«, sagte er und verneigte sich.

9
ALLES, WAS NICHT DA IST

Cay

Cay hielt Wort. Wenn er sich vor den Leichenfressern ekelte – oder gar fürchtete –, ließ er sich nichts anmerken. Sein Gesicht blieb ruhig, gelassen und gleichmütig, als der kleine Zug auf das Mausoleum zuging und der schwache Laternenschein das Ausmaß der um den Portikus angeordneten Ruinen erahnen ließ. Es veränderte sich auch nicht, als ein süßlich-scharfer Gestank die Luft zu erfüllen begann. Und als Cay und Vanice dann, von den Unterirdischen geleitet, eine Treppe hinabstiegen, die in einen gewaltigen Keller führte, zeigten seine Züge höchstens Neugier.

Dieser Keller diente den Leichenfressern zugleich als Schenke, Marktplatz und Thronsaal. Er war so groß, dass die zahlreichen Lampen, die hier unten brannten, gerade hinreichten, das Gewölbe in rötliches Halbdunkel zu tauchen. Dennoch war es hell genug, um die Kochstellen zu erkennen, die in den Ecken des Raumes errichtet waren: Da waren Kessel, die über offenen Feuern hingen; und da waren die Überreste von einem Dutzend Leichen, die bei den Kesseln lagen und die Eintöpfe, die in ihnen blubberten, anreichern würden. Die Unterirdischen, die nicht mit Kochen beschäftigt waren, hatten sich in Grüppchen um eine Art Thron verteilt – das war ein lederbezogener Stuhl mit hoher, geschnitzter Lehne –, auf dem ihr Anführer Xra saß. Erwartungsvolles Schweigen herrschte; alle Augen schienen auf Cay gerichtet.

Vor dem Thron, der auf zwei Steinsarkophage gestellt war, hielt die Gruppe, und Cay verneigte sich vor dem Herrscher der Unterirdischen. Äußerlich gab es nichts, was Xra von den anderen Leichenfressern schied, wenn man davon absah, dass er – der stickigen, klebrigen Kellerhitze zum Trotz – einen mottenzerfressenen Fellumhang über die Schultern geworfen hatte. Doch in seinen Augen blitzte ein Licht, das in jenen der übrigen Leichenfresser längst schon verloschen war.

»Xra, das ist der Herr Ulf von Schwarzenbach, von dem ich dir erzählt habe«, sagte Vanice.

»Ich bin gekommen, um Euch meine Hilfe anzubieten, Herr«, sagte Cay, der seinen Hut nach wir vor in der Hand hielt.

Xra war offenbar nicht sehr beeindruckt von seinem Gast. »Und wer sssagt dir, dasss wir deine Hilfe brauchen?«, zischte er. Das war ein weiterer Unterschied zwischen ihm und den übrigen Leichenfressern: Er war der Sprache, derer er sich in einem früheren Leben bedient hatte, noch mächtig.

»Die Dame Vanice hat mir erklärt, dass die Nekromanten der Perle Jagd auf Eure Leute machen«, sagte Cay.

»Dasss issst richtig. Die Herren der Toooten haben die Meinen geraubt. Manchen Mooond lang. Aber nun nicht mehr.«

»Ich habe dir schon vorhin gesagt, dass sie jederzeit wieder damit anfangen könnten, Xra«, warf Vanice ein. »Wenn du willst, dass die Deinen wieder in Sicherheit leben, solltest du unsere Hilfe annehmen.«

Der Anführer der Unterirdischen warf ihr einen bitteren Blick zu. »Und ich habe dir gesssagt, dasss du dir wieder viel Zeit gelasssen hassst, Vanisss. Wärssst du früher gekoommen, hätten viele gerettet werden können.«

Er betrachtete sie noch kurz, wandte sich dann wieder Cay zu. »Warum willssst du unsss helfen, Kchrieger?«

»Ich habe den Auftrag, Radulf von Rodingen zu töten, den Anführer der Nekromanten. Ich dachte also, wir könnten uns gegenseitig helfen.«

Xra lachte; es klang wie das Röcheln eines Erstickenden. »Oh ja, dasss könnten wir! Ich bin nämlich nicht dumm! Und die Meinen sssind esss auch nicht! Wir haben herausssgefunden, dasss esss manche Ecken in den Kchellern gibt, wo die Toooten nicht hingehen.«

»Die Toten? Du meinst die lebenden Leichname, die die Nekromanten geschaffen haben?«, fragte Vanice.

Xra nickte. »Sie fürchten ihre Herren. Dessshalb meiden sie den Teil der Kcheller, wooo sie ihnen nah sssind. Vielleicht erinnern sssie sssich daran, wasss mit ihnen gemacht woorden issst.«

»Und habt ihr auch herausgefunden, welcher Weg von jenem Teil der Keller zum Versteck der Nekromanten führt?«

Xra nickte wieder. »Ja, dasss haben wir.« Auf einmal schaute er sehr ernst, beinah düster drein, und seltsamerweise sorgte seine bedrückte Miene dafür, dass er nicht mehr wie ein Mummelgreis, sondern wie ein kleines, unglückliches Kind aussah. »Schau dich um, Vanisss! Von unsss sssind nur nooch halb sooo viele da wie im Frühling. Die Herren der Toooten haben unsss bluuuten lasssen. Wir waren entschlooosssen, sie anzugreifen. Dann aber hat esss aufgehört, und jetzt weisss ich nicht, wasss das Bessste für die Meinen issst.«

»Mein Auftrag ist es, Radulf von Rodingen zur Strecke zu bringen. Aber wenn Ihr es wünscht, kann ich jeden töten, dem ich in seinem Versteck begegne«, sagte Cay. Seine Stimme war etwas heiser von der rauchigen Luft, doch sie klang so ruhig und sicher wie immer, als er das sagte.

»Du? Gansss allein?«, fragte Xra.

»Ja«, sagte Cay. »Ihr müsst mich nur zu ihrem Versteck bringen.«

»Und wer hat dir diesssen Auftrag gegeben?«

»Der Herr, dem ich diene«, sagte Cay.

Der Anführer der Unterirdischen starrte seinen Gast einige Momente lang an. Dann wandte er die Augen ab. Vanice folgte seinem Blick. Als Cay vom Töten sprach, hatte sich ein Schatten über ihr Gesicht gelegt. Nun konnte sie vielleicht zum ersten Mal sehen, was auch Xra sah: einen Raum, der doppelt so viele der Unterirdischen hätte fassen können; die Gesichter der Seinen, die nicht der Hunger, sondern die Angst hager gemacht hatte; eine Stille, die lastend und traurig war, weil sie von einer Abwesenheit zeugte – von allem, was nicht, oder nicht mehr, da war: zischendes Geschnatter, keuchendes Lachen, die schauerliche Musik, die die Leichenfresser ihren aus Knochen gefertigten Instrumenten entlockten.

Xra wandte sich erneut Cay zu. »Alsss Vanisss mir sssagte, dasss sssie jemanden mitgebracht hätte, dachte ich, ich musss dich tööööten. Ich dachte, du würdessst unsss verraten.«

»Die Dame Vanice würde keinen Verräter hierher bringen«, entgegnete Cay. »Aber ich kann Eure Sorge verstehen, Herr. Ich kann auch verstehen, dass Ihr mich töten wolltet.«

»Und? Hassst du keine Angssst?«

»Wenn ich so leicht Angst bekäme, wäre ich kaum der Richtige für die Aufgabe, die mich erwartet.«

»Aber du bissst der Richtige?«

Cay nickte. »Ich denke schon.«

Xra beugte sich auf seinem Thron vor und stützte das Kinn in die Handfläche. »Bissst du wirklich ein Adeliger namensss Ulf vooon Schwarzenbach?«, fragte er.

Vielleicht wusste Cay sogar, dass er dem Herrscher der Leichenfresser dieselbe Antwort gab, die auch Gunnmahr erhalten hatte, als dieser ihn danach fragte, wer er war, vor über sieben Jahre, an einem Abend in den dunklen, kalten, nebelverhüllten Wäldern von Tygart.

»Ich bin Niemand«, sagte er.

Und wenn Cay jetzt, im Keller der Unterirdischen, an jenen Abend zurückgedacht hätte, wäre ihm vielleicht klar geworden, dass er damals, an Gunnmahrs Lagerfeuer, tatsächlich begonnen hatte, derjenige zu werden, der nun vor Xra stand und sich weder vor den Leichenfressern noch vor den lebenden Toten noch vor den Nekromanten fürchtete. Denn als er Abschied von seinen Eltern und der toten Alva nahm und sein Dorf verließ, hätte er viele werden können – vielleicht sogar der Geweihte, den Illiam in ihm gesehen hatte.

»Deshalb bin ich auch der Richtige, um Radulf zu töten«, fuhr er fort.

Wieder lachte Xra sein röchelndes Lachen. »Guut, Herr Niemand«, sagte er. »Dann wooollen wir gehen und töööten.«

In diesem Moment sah er nur noch Cay. Deshalb bemerkte er auch nicht, dass Vanice dem Mann, den sie Ulf von Schwarzenbach genannt hatte, einen langen traurigen Blick zuwarf.

10
DURCH DIE KELLER

Cay

An einer Seite des Kellers hatten die Leichenfresser ein Loch in die Wand geschlagen. Das war der Durchgang in die Tunnel, die sich unter der Totenstadt der Perle erstreckten. Er war mit verblichenen Gobelins verhängt und führte in einen weiteren Keller. Zwei der Unterirdischen lüpften die Gobelins, mit ehrerbietigen Bewegungen, damit ihr Anführer durch das Loch steigen konnte. Cay und Vanice mussten sich tief bücken, um ihm zu folgen, und von dem alten Gewebe stieg ein modriger Geruch in ihre Nasen.

Der Kellerraum, den sie nun betraten, war von Fackeln erleuchtet. Er hatte drei Ausgänge, von denen zwei eingestürzt – oder von den Unterirdischen blockiert worden – waren. Bei dem dritten Ausgang standen ein paar Leichenfresser Wache. Einer der beiden hielt ein zerbrochenes Schwert, der andere einen verrosteten, schartigen Säbel.

»Früher habt ihr keine Waffen getragen«, murmelte Vanice.

»Früher sssind wir auch nicht gejagt woorden«, antwortete Xra.

Dann sagte er etwas zu den zwei Wächtern, in der zischenden, gurgelnden Sprache der Unterirdischen, die manchmal so klang, als würden sich Kinder einen Spaß daraus machen, das trunkene Lallen ihrer Väter zu veralbern.

»Diessse beiden werden euch begleiten. Sssie kchennen den Weg« erklärte er Cay und Vanice.

»Gut«, sagte Cay. »Gibt es noch etwas, das wir wissen sollten?«

»Ja«, entgegnete Xra. »Die Toooten ssssind immer huungrig.«

Zum dritten Mal ließ er ein röchelndes Lachen hören.

Cay nickte. Er setzte sich seinen Hut auf, nahm eine Fackel aus ihrer Halterung, und kurz darauf schlichen er und Vanice hinter den beiden Leichenfressern durch die Gewölbe unterhalb des Friedhofs. So heiß und stickig es in der Wohnstatt der Unterirdischen gewesen war, so kalt und klamm rührte sie die Luft an, welche die Tunnel erfüllte. Sie waren erstaunlich breit und hoch, diese Tunnel. Man konnte erahnen, dass sie vor Zeiten zu einem weit größeren Bauwerk gehört hatten.

Der Gestank der Verwesung erfüllte die Gänge. Und manchmal war ein kehliges, irgendwie kummervolles Seufzen zu hören. Die beiden Leichenfresser, die Cay und Vanice als Führer dienten, wirkten gehetzt und angespannt; manchmal zischten sie einander etwas zu, als stritten sie über den schnellsten oder sichersten Weg.

Einmal kam ihnen eine Gruppe der wandelnden, halb verfaulten Leichname aus einem Seitengang entgegen. Cay zog sein Schwert, als die hungrigen Toten die Hände nach Vanice und ihm ausstreckten, doch die Unterirdischen packten ihn am Arm und zerrten ihn in die entgegengesetzte Richtung. Obwohl die schlurfenden, ungelenkeiligen Schritte der lebenden Leichen noch für eine Weile zu hören waren und ihr Stöhnen ein Echo in den gierigen Lauten anderer Toter fand, die durch andere Gänge stolperten, kamen Cay, Vanice und ihre Führer kampflos davon.

Die vier mussten einen Umweg gehen, erreichten aber schließlich einen Teil des Gewölbes, wo die Gänge niedriger und enger wurden.

Die Leichenfresser wurden jetzt ein wenig ruhiger, auch wenn Cay sie immer wieder dadurch in Aufregung versetzte, dass er an jeder Abzweigung mit seinem Dolch einen Pfeil in die Wand kratzte. Ihr gereiztes Gurgeln und Fauchen brachte ihn aber nicht dazu, sich bei seinem Tun besonders zu beeilen.

Dann plötzlich stießen sie wieder auf die lebenden Toten. Es war eine Gruppe von vier Leichnamen, die ihnen den Weg versperrte. Die Toten standen still und unbewegt, nur ganz leicht schwankend, und wenn nicht der entsetzliche Verwesungsgestank gewesen wäre, der von ihnen ausging und die Keller schon die längste Zeit erfüllte, hätte man sie fast für Statuen halten können, die – Sorin mochte wissen, von wem – hier unten vergessen worden waren. Noch hatten die Toten sie nicht bemerkt.

Vanice erstarrte in der Bewegung, und die beiden Unterirdischen sahen einander ängstlich und ratlos an.

Cay gab ihr die Fackel. »Hier, leuchte mir«, sagte er.

»Was hast du vor?«, fragte sie erschrocken.

Er lächelte; es war, als bitte er sie mit seinem Lächeln um Verzeihung.

Der Gang war so eng, dass die Klinge von Cays Schwert gegen die Wand geschlagen wäre, wenn er damit ausgeholt hätte. Er ließ es in der Scheide und zog stattdessen seinen Dolch. Ohne zu zögern, ging er auf die lebenden Leichen zu; er bewegte sich weder besonders schnell, noch schien er darum bemüht, leise zu sein.

Langsam drehten sich die zwei hinteren Toten um. Ihre Gesichter zeigten Spuren eines Kampfes, oder vielleicht waren sie auch nur gestürzt. Bei dem einen war die Haut an den Wangen und der Stirn bis auf die Knochen abgeschürft; bei dem anderen lag das Kinn bloß. Beide Leichname schienen erblindet in der ewigen Dunkelheit: Ihre Augen waren von milchigem Weiß. Doch sie rochen Cay; und sie wollten sein warmes, lebendes Fleisch.

Cay packte den ersten Toten am Hals, drückte ihn gegen die Wand und bohrte ihm die Klinge ins Auge. Dann rammte er dem zweiten Toten, der sich schon über ihn gebeugt hatte, um die krummen, braunschwarzen Zähne in seinen Hals zu schlagen, den Ellbogen gegen das Nasenbein. Der Leichnam taumelte zurück und fiel auf den Hintern. Unterdessen hatten die anderen beiden Toten bemerkt, dass da etwas vor sich ging. Sie wären wohl herumgewirbelt, wenn sie gekonnt hätten. So war es eine ebenso drängende wie tollpatschig-schwankende Bewegung, die sie Auge in Auge mit Cay brachte. Und tatsächlich – Vanice konnte kaum glauben, was sie sah – wartete er, bis sich die beiden lebenden Leichen ihm zugewandt hatten, ehe er angriff.

Mit der behandschuhten Faust, die den Dolchgriff umfasst hielt, schlug er dem dritten Toten ins Gesicht. Zähne splitterten, Knochen krachten, und der Kopf des Leichnams hing nun so schief an seinem Hals, dass es wirklich zum Lachen gewesen wäre, wenn es sich um eine Gauklerposse gehandelt hätte. Den vierten Toten erstach Cay wieder durchs Auge, ehe er auch nur Zeit gehabt hatte, mit seinen gekrümmten Fingern nach ihm zu langen. Dann drehte er sich nach der Leiche um, der er den Ellbogen ins Gesicht gerammt hatte und die immer noch auf dem Hintern hockte. Mit dem Stiefelabsatz trat er zu, und der Hinterkopf des Toten zerplatzte an der Steinwand.

Cay steckte den Dolch in die Scheide, ohne ihn abzuwischen. Dann ging er zu Vanice zurück, während sich die zwei Leichenfresser mit ihrem gebrochenen Schwert und dem schartigen Säbel auf den verbliebenen Leichnam stürzten.

Aus Cays Zügen war keine Spur von Kampfeslust oder dem Triumphgefühl des Siegers zu lesen. Mit einem seltsam nachdenklichen, beinah rätselnden Blick betrachtete er Vanice; sie sah ihm in die Augen und versuchte zu lächeln. Keiner von beiden sagte etwas.

Indessen hatten die Unterirdischen den letzten Toten niedergemacht. Mit wiederholtem Zischen machten sie Cay und Vanice auf sich aufmerksam. Als die zwei an ihre Seite getreten waren, wiesen die Unterirdischen in die Richtung, die sie vor der Begegnung mit den lebenden Leichen eingeschlagen hatten.

»Ihr wollt nicht mehr weiter mitkommen?«, fragte Vanice.

Der Säbelträger schüttelte den Kopf.

»Wir müssen einfach diesem Gang folgen, ja? Sind wir denn bald da?«

Er nickte.

Vanice wandte sich Cay zu. »Was meinst du, wollen wir es hinter uns bringen?«

»Ja«, sagte er.

Schweigend setzten die beiden ihren Weg fort. Vanice hielt nun die Fackel; und als sich der Gang wieder weitete, zog Cay sein Schwert. Sie gingen langsam, als wüssten sie nicht recht, ob sie ihr Ziel überhaupt erreichen wollten.

11
DIE WEISHEIT DER STEINE

Cay

Der Gang endete in einem kreisrunden Raum, der etwa die Größe eines dörflichen Elaah-Tempels hatte. Der Raum war völlig leer, aber in seine Wände waren längliche Nischen eingelassen und an einer Seite klaffte ein über mannsgroßes Loch, das offenbar mit Gewalt in den Stein geschlagen worden war. Die Trümmer waren ins Innere des Raumes gefallen, was darauf schließen ließ, dass der Durchbruch von außen vollzogen worden war.

Cay legte den Kopf schief, als lausche er auf ein Geräusch, das nur er hören konnte. Dann trat er an den Durchbruch heran. Vanice stellte sich neben ihn und hielt die Fackel in das Loch; ein Luftzug ließ die Flammen erzitternd aufflackern, und die beiden konnten sehen, dass jenseits des kreisrunden Raumes keine weiteren Steingänge mehr folgten. Dort begann ein Stollen, der vielleicht ein Ausläufer einer aufgegebenen Mine war; oder aber man hatte ihn eigens angelegt, um die Verbindung zu den Kellern unterhalb der Totenstadt der Perle zu ermöglichen. Schwere Holzbalken stützten die Decke. Die Wände waren mit Brettern verschalt oder zeigten die nackte Erde.

»Nun, das sieht gemütlich aus«, stellte Cay fest.

»Ich wünschte, wir müssten da nicht reingehen«, murmelte Vanice.

»Du könntest hier auf mich warten. Die Fackel müsste ich allerdings mitnehmen.«

»Allein im Dunkeln mit der Gespensterhorde, die sich vermutlich in diesem Raum hier eingenistet hat? Nein, danke. Außerdem habe ich dir gesagt, dass ich dir helfen will, diese Sache durchzustehen. Daran hat sich nichts geändert.«

»Gut, dann lass uns gehen.«

Cay half Vanice dabei, über die Trümmer hinweg in den Stollen zu steigen. Er selbst folgte ihr, nachdem er noch einen letzten Blick über die Schulter geworfen hatte – wie um sich zu versichern, dass die Dunkelheit, die sie zurückließen, tatsächlich nur dies war: Dunkelheit.

Der Stollen führte in einer leichten Steigung nach oben. Auch hier haftete der feuchten, modrigen Luft der Geruch des Todes an. Bald passierten Cay und Vanice Abzweigungen, die sich zu beiden Seiten hin ins schwarze Erdreich bohrten. Immer wieder war sekundenlang das Rauschen des Windes in den Stollen zu vernehmen. Dann meinte Vanice, in jenen Lauten die Stimmen all der Verlorenen zu hören, die bei der Suche nach Kohle ums Leben gekommen waren: das Stöhnen und Klagen und Seufzen.

»Wir sind gewiss nicht tief unter der Erde«, sagte Cay leise. »Bald werden wir Radulfs Versteck erreicht haben.«

»Und dann?«, fragte Vanice. »Wäre es nicht vielleicht klüger, wir würden die Fackel löschen und uns an den Wänden vorantasten? So sieht doch jeder, dass wir kommen.«

»Ja, aber vielleicht haben sie uns ohnehin schon bemerkt. In dem Fall würden wir ohne Licht geradewegs –«

Als wäre eine unsichtbare Pforte geöffnet worden, befiel sie plötzlich ein stechend-scharfer, klebriger Verwesungsgestank, der um Vieles stärker war als Geruch, der von den lebenden Leichen ausgegangen war.

Cay begann zu husten und zu würgen. Eilig nahm er ein schwarzes Tuch aus seiner Hosentasche und band es sich vor Mund und Nase. Sogar Vanice konnte den Gestank kaum ertragen. Auch sie holte ein Tuch hervor – jenes Tuch, das Cay ihr in der Nacht der Toten gegeben hatte – und hielt es sich mit der freien Hand vors Gesicht.

»Was ist das?«, fragte sie.

»Ich habe keine Ahnung«, sagte Cay mühsam.

Dann wussten sie es.

Sie kamen in eine Art Lagerraum, in dem früher vielleicht Arbeitsgerät untergebracht worden war. Heute glich er einer Folterkammer oder einem Richtplatz oder einem Schlachthaus. Cay und Vanice erblickten die Leichen von wohl zwei Dutzend Unterirdischen. Sie waren in verschiedenen Zuständen der Verwesung und allesamt aufs Grausigste verstümmelt. Abhackte Gliedmaßen und Köpfe lagen in einem Haufen an der Wand; ein zweiter Haufen bestand aus madigen, schleimigen Eingeweiden. Und das war nicht alles: Auch die Überreste einiger Männer und Frauen verteilten sich über den Raum. Ob sie zu den wandelnden Toten zählten, die von den Nekromanten erschaffen worden waren, war unmöglich zu sagen. Jedenfalls waren sie ebenso furchtbar entstellt wie die Leichen der Unterirdischen – Haufen von geschundenem, zerschnittenem, versengtem Fleisch –, und Vanice hoffte inständig, dass weder Xras Leute noch irgendjemand sonst diese Marter bei lebendigem Leib hatte erdulden müssen.

Einige Momente betrachteten sie schweigend die abscheuliche Metzelei.

»Radulf hatte hier ein Laboratorium«, sagte Cay schließlich und zeigte auf Trümmer von Holz und Glas, die wohl einmal Tische, Schemel, Flaschen, Röhrchen und dergleichen mehr gewesen waren. Auch drei Feuerstellen und einen großen Ofen gab es.

Vanice musste sich sehr anstrengen, um die Worte zu verstehen, die Cay gesprochen hatte. Ihre Stimme klang ebenso dumpf wie seine, als sie durch das Tuch hindurch entgegnete: »Er hat alles zerstört – warum?«

»Das werden wir bald herausfinden.« Cay ging in die Richtung des Ausgangs, der an der entgegengesetzten Seite des Raumes gelegen war. Langsam und vorsichtig bewegte er sich, wachsam um sich blickend, das Schwert zum Schlag bereit. Vanice folgte ihm; sie versuchte, die Fackel so zu halten, dass die entsetzliche Szene möglichst gut erhellt war, und dabei weder auf eine Hand noch auf ein Bein zu treten.

Als sie hinter Cay ins Freie trat, war sie heilfroh. Sie nahm das Tuch vom Mund und atmete die kühle, frische Nachtluft in tiefen Zügen. Dann blickte sie sich um. Der Raum, den sie soeben verlassen hatten, nahm, wie sie jetzt sah, das Innere eines hölzernen, überdachten Vorbaus ein, der unmittelbar an den Hügel anschloss, unter dem sich die Stollen erstreckten. Vor ihnen lag eine verlassene Siedlung, in der früher einmal Minenarbeiter gewohnt hatten, ehe die Schwarze Keuche das Darr-Tal heimsuchte.

Ein frischer Nachtwind wehte. Er strich um leere Hütten und Ställe, klapperte mit den Fensterläden, ließ die Türen in den Angeln knarren und brachte das Wasser der Pfützen, die die schlammigen Wege und Plätze bedeckten, zum Kräuseln. Die Wolkendecke war unterdessen aufgerissen; in der Schwärze blinkten zahllose Sterne, deren fahler Schimmer der Siedlung etwas Geisterhaftes verlieh. Im Vergleich zu dem Raum, den sie gerade hinter sich gelassen hatten, wirkte sie aber freundlich und einladend. Wenn sie denn nur wirklich leer gewesen wäre.

Doch in einer der Hütten brannte Licht.

Auch Cay hatte bereits gesehen, dass die Siedlung nicht völlig verlassen war. »Das ist also das Versteck der Nekromanten. Ich muss sagen, ich hätte mir mehr erwartet«, verkündete er, nachdem er das schwarze Tuch wieder in seiner Tasche verstaut hatte. Dann machte er Anstalten, auf die erleuchtete Hütte zuzugehen.

»Warte! Es könnte eine Falle sein!«, sagte Vanice und legte ihm eine Hand auf den Arm. »Kommt es dir nicht seltsam vor, dass wir nicht dem geringsten Widerstand begegnen?«

Cay schüttelte den Kopf. »Sie hätten uns doch jederzeit im Stollen eine Falle stellen können. Vielleicht ist niemand mehr hier, um sich uns entgegenzustellen. Vielleicht hat Radulf aufgeben.«

Tatsächlich blitzten keine Klingen im Dunkeln, und weder Pfeile noch Armbrustbolzen sirrten, als sie an die Hütte herantraten. Auf den ersten Blick war an ihr nichts Besonderes. Es handelte sich einfach um eine jener ärmlichen Behausungen, in denen die Familien der Minenarbeiter früher ihre Tage gefristet hatten: ein Raum für sieben oder acht Menschen, und die Enge selbst muss für Wärme sorgen, wenn der Winter durch die Ritzen zwischen den Holzbalken kriecht.

Bei genauerem Hinsehen entdeckte man aber, dass die Hütte über und über mit arkanen Glyphen und Symbolen bemalt war – fast unsichtbar in der Nacht, aufgrund der schwarzen Kreide, die für die Zeichnungen verwendet worden war.

Mit einer Gelassenheit, als würde er bei einem alten Freund eintreten, öffnete Cay die Tür der Hütte. Widerwillig folgte ihm Vanice, nachdem sie die Fackel in einer der Pfützen gelöschte hatte, die den unebenen, löchrigen Weg säumten.

Die Hütte war nahezu leer. Es gab eine Pritsche, einen mit Pergamenten und Schriftrollen bedeckten Tisch sowie einen Schemel. Und es gab Lichter – nicht eines, sondern ein Dutzend: Der Innenraum der Hütte wurde von Kerzen, Öllampen und Funzeln erhellt.

Ein Mann hockte auf der Pritsche. Als Cay und Vanice die Hütte betraten, blickte er auf, sagte jedoch nichts.

Cay hielt sein Schwert so, dass die Klingenspitze auf den Boden zeigte. »Seid Ihr Radulf von Rodingen?«, fragte er.

»Der bin ich«, erwiderte der Mann. »Ich nehme an, Ihr seid gekommen, um mich zu töten?«

»Ja.«

»Gut. Ich bin froh, dass Ihr mich eher gefunden habt als Rudrick. Und ich muss sagen: Ich hätte nicht gedacht, dass der Tod in so ansprechender Gestalt zu mir kommen würde.«

Während er sprach, betrachtete Radulf abwechselnd Cay und Vanice, sodass unklar blieb, ob er ihn meinte oder sie oder alle beide.

»Ich weiß nicht, ob das einen Unterschied macht«, erwiderte Cay.

Radulf lachte leise. »Ich versichere Euch, es macht einen großen Unterschied. Zumindest für mich. Richtet dem Dorn meinen Dank aus!«

Der Anführer der Nekromanten war ein kleiner, zarter Mann mit einem feingeschnittenen, müden Gesicht. Die dunklen Ringe unter seinen Augen ließen vermuten, dass er in letzter Zeit wenig Schlaf gefunden hatte. Seine einfache, helle Kleidung war schmutzig und zerknittert, sein kurzes, angegrautes Haar ungekämmt. Fast bubenhafter Flaum spross auf Radulfs Wangen, und wenn ihm nicht eine schwer fassliche Ausstrahlung von Macht und Wissen zu eigen gewesen wäre, hätte man ihn schlicht für einen nicht mehr ganz jungen Mann halten können, dem die Götter wenig Glück geschenkt haben.

»Ihr wisst, in wessen Auftrag wir hier sind?«, fragte Cay.

»Oh ja, selbstverständlich. Mir war schon seit Jahren klar, dass einer meiner sogenannten Brüder in Wahrheit dem Herrn der Perle dient. Um wen genau es sich handelt, habe ich zwar bis heute nicht in Erfahrung gebracht, aber ehrlich gesagt kümmert mich das auch wenig. Allerdings habe ich mich manchmal gewundert, warum mich der Dorn bis jetzt gewähren ließ.«

»Ihr wisst also, dass Euch der Dorn seit langem auf der Spur ist.«

»Im Gegensatz zu Rudrick habe ich mich niemals in dem Glauben gewiegt, die restliche Welt bestünde aus erbärmlichen Schwächlingen und Dummköpfen. Diese Überzeugung hat ihn weit gebracht, aber ich fürchte – oder vielmehr: ich hoffe –, sie wird ihm eines Tages zum Verhängnis werden.« Radulf erhob sich von der Pritsche und tat einen Schritt in den Raum hinein. »Nun gut, wollen wir ein Ende machen?«

»Ihr scheint den Tod nicht zu fürchten«, sagte Cay.

»Nein, keineswegs. Ich sehne ihn herbei. Nichts fühlen und nichts denken müssen, wie die Steine, das ist mein letzter und größter Wunsch.« Radulf ließ ein kleines Lächeln sehen. »Was ich allerdings nicht ausstehen kann, sind Schmerzen. Deshalb würde ich Euch bitten, mich schnell und, wenn ich so sagen darf, sanft zu töten. Ich bin sicher, Ihr könnt das.«

Cays Züge wurden kalt und hart. Doch seine Augen brannten, als er flüsterte: »Ihr wagt es, mich um einen leichten Tod zu bitten? Habt Ihr die Bitten der Frauen erhört, die Ihr gequält und ermordet habt?«

Vanice sah ihn erschrocken an; Radulf hingegen lächelte noch immer. »Ob Ihr es glaubt oder nicht, ich habe keines der Mädchen je angerührt. Freilich habe ich ihnen auch nicht geholfen – das war mein

Verbrechen, und ich möchte nicht behaupten, dass es weniger schwer wiegt, als wenn ich höchstpersönlich … wie soll ich sagen? … Hand angelegt hätte. Aber wisst Ihr, im Rückblick entbehrt es nicht einer gewissen Komik, dass eigentlich nur Laghras Spaß an unseren Taten hatte. Für den Rest ging es stets um etwas anderes: um Macht oder Wissen – oder einfach darum, Rudrick zu gefallen. Rudrick selbst hat sich übrigens immer eingebildet, in Wahrheit wären gar nicht die Mädchen das Opfer, sondern *er* würde sich als Opfer darbringen, indem er ihre Freude und ihr Leben nahm. Eine eigentümliche Sichtweise, oder? Aber um Eure Frage zu beantworten: Zum einen gibt es ein paar Dinge, die ich Euch erzählen könnte, wenn Ihr mir versprecht, meine Bitte zu erfüllen. Ich wüsste auch noch einen zweiten Grund, weshalb Ihr Euch mir gegenüber in Freundlichkeit üben solltet. Aber dazu kommen wir später.«

Cay schwieg, doch Vanice entging nicht, dass die Knöchel an seiner Schwerthand weiß hervortraten.

»Ich hätte in der Tat ein paar Fragen«, sagte sie hastig.

Radulf sah sie freundlich an. »Gerne, meine Dame.«

»Zunächst einmal … äh … Rudricks Böses – das gibt es wirklich?«

»Ja.«

»Also ist alles wahr? Es gibt dieses Böse, es ist nach Ahekris gekommen und hat … einen Helfer in Prinz Kylion gefunden. Es will die Welt nach seinem Bild gestalten, was immer das heißen mag, und wird nicht ruhen, bis es sein Ziel erreicht hat. Rudrick hat seine Opfer mit einem furchtbaren Mal gezeichnet, gleichsam um Wegmarken für das Böse zu setzen. Und Ihr, Radulf, solltet Euch ebenso wie seine übrigen Freunde aus freien Stücken umbringen lassen, um ihm ins Geisterreich und am besten in die Horde des Schwarzen Jägers zu folgen. Allerdings wolltet Ihr Euch Rudricks Wunsch nicht fügen, ebenso wenig wie Laghras. Das alles stimmt?«

»Ja, so ist es. Ihr habt aufgepasst, meine Dame.«

Vanice schluckte schwer. »Dann bliebe die wichtigste Frage … wie kann man das Böse aufhalten?«

»Wie? Hat Euch das der Dorn nicht gesagt?« Radulfs Lächeln veränderte sich. »Ich habe selbst versucht, eine Antwort auf diese Frage zu finden.«

»Das … war mir nicht bekannt. Und habt Ihr sie gefunden … die Antwort?«

Radulf legte eine Hand auf sein Herz, als wäre er ein Schausteller auf der Bühne, der zu einem Liebesmonolog anhebt. »Meine Dame, schenkt mir einen Moment Eurer Zeit«, sagte er, »damit ich Euch die traurige Geschichte meines verpfuschten Lebens erzählen kann. Es ist die Geschichte eines Mannes, der stets nur eine echte Leidenschaft hatte: Erkenntnis. Ich gebe zu, ich habe immer edle Weine, schöne Gewänder und schöne Körper geliebt, aber wirklich wichtig war mir nichts von alledem. Wirklich wichtig war nur eines: mein Wissen über die Geheimnisse der Schöpfung zu mehren. Und ich begriff schon früh, dass man über die Grenzen der sichtbaren Welt hinausgehen muss, wenn man wahre Erkenntnis anstrebt. Als ich Rudrick von Nordwiesen traf, meinte ich, er könne mir den Weg zu meinem Ziel weisen. Tatsächlich lernte ich mit seiner Hilfe vieles, was mir sonst für immer verborgen geblieben wäre. Natürlich musste ich bald einsehen, dass er ein Teufel war – oder vielmehr ist. Aber lange Zeit hoffte ich, sein Böses würde sich am Ende als Wahngeburt erweisen. Später dann hoffte ich, irgendwer würde sich erbarmen und ihn umbringen, ehe es zu spät wäre. Als sich beide Hoffnungen zerschlugen, wollte ich immer noch daran glauben, dass es wenigstens für mich selbst eine Rettung gäbe. Deshalb bin ich in die Perle gegangen.«

»Soll das heißen, Ihr habt Euch den Nekromanten angeschlossen, um Rudrick zu entkommen?«

»Als ich in die Perle kam, *gab* es keine Nekromanten, meine Dame. Nur ein paar reiche Männer, die mit den schwarzen Künsten herumpfuschten, weil sie es unappetitlich fanden, dass ihnen dasselbe Los beschieden war wie einem hundskommunen Bauern: alt und hässlich und gebrechlich zu werden und am Ende sang- und klanglos zu sterben. Ich habe Rudrick davon überzeugt, dass ich viel Übles anrichten könnte, wenn ich mich dieser Herren annehmen würde.«

»Und Übles habt Ihr angerichtet«, sagte Vanice.

»In der Tat«, bestätigte Radulf. »Seht Ihr, totes Fleisch zum Leben zu erwecken, ist gar nicht so schwer. Sehr schwer, geradezu unmöglich ist es hingegen, das in ihm zu erhalten, was wir der Einfachheit halber Seele nennen wollen. Das hat noch niemand geschafft. Auch ich nicht, und deshalb waren die Herren Möchtegern-Nekromanten ein wenig enttäuscht von mir, um die Wahrheit zu sagen. Sie wollen ja nicht das trostlose Dasein einer langsam verwesenden Menschenhülle führen, sondern nach ihrem Gutdünken ein Leben in Saft und Kraft und Herrlichkeit fortsetzen.«

»Und was haben die Leichenfresser mit all dem zu tun?«

»Als ich den anderen sagte, sie könnten ihr Ziel vielleicht erreichen, wenn wir anfingen, mit den Leichenfressern zu experimentieren, habe ich sie getäuscht. In Wahrheit ging es da schon längst um etwas anderes für mich. Ich hatte gesehen, dass Rudricks Böses wirklich kommen würde. Und ich suchte verzweifelt nach einer Antwort auf die Frage, die auch Ihr mir gestellt habt, meine Dame: Wie kann man es aufhalten? Ich dachte, wenn es gelänge, eine Armee von lebenden Toten zu schaffen, die unempfänglich wären für die Verlockung des Bösen – denn es muss eine solche Verlockung geben –, die also einerseits nicht verführbar wären, andererseits aber genug Verstand hätten, um Befehlen zu gehorchen und einigermaßen geordnet zu kämpfen … ja, ich dachte, dass es dann vielleicht eine Chance gäbe, Rudricks Böses zu bekämpfen. Allein, eine solche Armee gibt es nicht, und es kann sie wohl auch nicht geben. Ich habe nicht nur meine Nekromanten-Brüder getäuscht, sondern auch mich selbst. Es war alles vergeblich.«

»Deshalb das Blutbad oben bei den Stollen?«

»Nun, das Blutbad, wie Ihr es nennt, war schon vorher angerichtet. Aber ja, was noch übrig war, habe ich zerstört, als ich die Sinnlosigkeit meines Tuns einsah. Das Böse wird kommen. Es lässt sich nicht aufhalten. Und ich habe genug von seinem Wesen verstanden, um zu wissen, dass ich nicht mehr da sein will, wenn es sein Eigentum zurückfordert.«

Cay schüttelte langsam den Kopf. »Die Welt ist nicht das Eigentum des Bösen«, sagte er.

»Seid Ihr Euch da so sicher?«, fragte Radulf mit weicher Stimme. »Vielleicht sollten wir hierzu die Frauen um ihre Meinung fragen, die Rudrick vergewaltigt und zu Tode gefoltert hat. Aber wie dem auch sei, ich habe jedenfalls genug von diesem Leben. Meine letzte Hoffnung war ein Meister der schwarzen Kunst, mit dem ich eine Zeitlang korrespondiert habe. Er lebt übrigens in Alkessa – deshalb sagte ich, ich würde dorthin reisen, um meine Geschichte glaubhafter zu machen. Nun ja, leider erweist es sich manchmal, dass auch die Meister unwissende Kinder sind. Wenn Ihr Euch davon überzeugen wollt, wie aussichtslos die Sache ist, könnt Ihr die Briefe gerne lesen; sie liegen auf dem Schreibtisch. Aber bitte erst nach meinem Tod, denn ich bin meiner selbst nun wirklich überdrüssig. Oder hättet Ihr noch Fragen, meine Dame?«

Vanice senkte den Blick. »Nein.«

»Ich hätte noch eine Frage«, sagte Cay. »Was war gleich der Grund, weshalb ich Euch nicht bei lebendigem Leib die Haut abziehen soll?«

Radulf lachte; es klang aufrichtig vergnügt, dieses Lachen, als hätte er zum ersten Mal seit langem wieder einen guten Witz gehört.

»Cay!«, rief Vanice entsetzt.

»Cay?« Der Nekromant lachte noch immer. »Moment! Solltet Ihr jener Cay sein, der Rudrick den Hals umgedreht hat? Dann hat Euch der Dorn also doch nicht hinrichten lassen – wie umsichtig von ihm! Eure Verlobte gehörte zu den Mädchen, die das Pech hatten, nähere Bekanntschaft mit dem alten ahekrischen Adel zu machen, nicht wahr? Nun, ich kann gut verstehen, weshalb Ihr mir »bei lebendigem Leib die Haut abziehen« wollt. Aber zum einen wäre das unhöflich, nachdem ich die Fragen Eurer bezaubernden Begleiterin so geduldig beantwortet habe. Und zum anderen – tja, zum anderen wäre es höchst ungesund.«

»Was soll das heißen?«, fragte Cay und hob sein Schwert an.

Radulf machte eine entschuldigende Geste. »Ihr müsst wissen, dass ich mich auch ein wenig mit Alchemie beschäftigt habe«, sagte er. »Vielleicht kennt Ihr die Vorurteile, die über diese Wissenschaft im Umlauf sind? Der wahre Alchemist verfolgt aber mitnichten das Ziel, Eisen in Gold zu verwandeln, und er sucht auch nicht Unsterblichkeit. Nein, was ihn antreibt, ist der Wunsch … wie soll ich es ausdrücken? … die *Essenz* des Seienden zu greifen. Versteht Ihr, er will die Urform der Dinge finden, will das, was existiert, in seiner wahren, unverfälschten Gestalt fassen.«

»Für jemanden, der seiner selbst, der Welt und des Lebens überdrüssig ist, redet Ihr eine ganze Menge«, stellte Cay fest.

»Oh, entschuldigt bitte. Ist es Euch lieber, wenn ich mich kurz fasse? Euer Wunsch ist mir Befehl! Also: Leider sind die Fortschritte, die die Alchemie in ihrem Erkenntnisstreben gemacht hat, alles in allem recht klein. Ein paar Geheimnisse hat sie der Natur aber doch entreißen können …« Radulf griff in sein Wams und holte ein kleines Fläschlein hervor. »Nehmt zum Beispiel dieses unscheinbare Behältnis … darin befindet sich ein wenig Emberfeuer. Und, die Dame, der Herr, Emberfeuer ist nichts anderes als reines Feuer – sozusagen die Seele des Feuers.«

Vanice stieß einen kleinen Schrei aus. Sie machte einen Schritt auf Cay zu und fasste ihn am Arm.

Cay presste die Kiefer zusammen; er sagte nichts.

»Erahnt Ihr die Mysterien der Transmutation? Wer hätte je gedacht, dass die Urgestalt des Feuers *flüssig* ist?« Radulfs Lächeln, das die ganze Zeit nicht von seinem Gesicht gewichen war, hatte jetzt etwas beinah Jungenhaft-Begeistertes. »Aber ich soll mich ja kurz fassen, richtig? Nun denn, Ihr ahnt sicherlich schon, dass die vielen Lichter, die in diesem Raum brennen, nicht allein dazu dienten, Euch zu mir zu führen. An sich ist Emberfeuer völlig harmlos. Aber wenn auch nur ein Tröpfchen davon mit dem allerkleinsten Flämmlein in Berührung kommt, wirkt es wie der Funke, der einen Brand entfacht. Daher übrigens der Name.«

»Mit anderen Worten: Wenn ich nicht tue, was Ihr sagt, werden wir drei in Flammen aufgehen«, sagte Cay.

»Ihr habt es erfasst«, bestätigte Radulf und deutete eine Verneigung an. »Zu Eurem Glück ist es mir ernst damit, dass ich sterben möchte. Alles, was ich von Euch will, ist ein schneller, sanfter Tod. Und ein Zweites: dass Ihr meine Leiche noch vor Einbruch der kommenden Nacht in den Thaala-Tempel bringt. Ich kann mir wenig Abgeschmackteres vorstellen als ein Dasein in der Geisterwelt. Ganz abgesehen davon verspüre ich keinerlei Lust, Rudrick jenseits des Grabes wieder zu begegnen. Das ist übrigens auch der Grund, weshalb ich mich nicht einfach selbst entleibe. Denn Euch ist vielleicht bekannt, dass diejenigen, die ihr eigenes Leben nehmen, im Tod umso schwerer davon lassen können. Kurzum: Mein Ende soll endgültig sein, und wenn es irgendjemanden gibt, der dafür sorgen kann, dass man nicht in dieser oder jener Gestalt umgeht, sind es die Diener der Dunklen Göttin. Wenn Ihr meine Wünsche erfüllt, Cay, kommt Ihr und die liebreizende Dame an Eurer Seite mit dem Leben davon. Und das Fläschlein Emberfeuer schenke ich Euch als Andenken.«

Ohne zu zögern steckte Cay sein Schwert in die Scheide. »Gut, ich werde tun, was Ihr von mir verlangt«, sagte er.

»Hab ich Euer Wort?«, fragte der Nekromant.

»Ja.« Cay nickte.

Einige Momente lang betrachtete Radulf den Mann, durch dessen Hand er sterben sollte. Dann nickte auch er. »Ich glaube Euch«, sagte er und stellte das Glasfläschlein auf dem Tisch ab.

Cay ging zu ihm hinüber. »Seid Ihr bereit?«, fragte er.

»Oh ja. Ich bin schon lange, lange bereit.« Nun endlich hörte Radulf auf zu lächeln. Er verneigte sich noch einmal in die Richtung von Vanice. »Es war mir eine Ehre, meine letzte Stunde in Eurer Gesellschaft verbracht zu haben, meine Dame«, erklärte er. Dann wandte sich der Nekromant wieder Cay zu. Er schwieg jetzt, öffnete nur ganz leicht die Lippen, als würde er einen Kuss erwarten.

»Mögen die Götter Euch gnädig sein«, sagte Cay.

Vanice drehte sich weg.

Als sie sich wieder umwandte, war es bereits vorbei. Cay hatte die

Leiche des Nekromanten auf die Pritsche gelegt. Er war gestorben, ohne einen Laut von sich zu geben.

»Was jetzt?«, fragte Vanice mit tonloser Stimme.

»Nun, du hast ja gehört, was ich ihm versprochen habe. Ich werde die Geweihten bitten, seine Leiche zu holen und seiner Seele den Frieden zu geben, den sie geben können.«

»Davon rede ich nicht. Ich meine das Böse. Was ist, wenn Radulf recht hat? Wenn es keine Waffe gegen das Böse gibt?«

Cay nahm eine grobe, verdreckte Decke vom Boden auf und breitete sie über den Toten. »Dass ein Mann, der nur an das Böse glaubt, keine Waffe gegen das Böse findet, überrascht mich nicht«, sagte er.

Vanice stieß ein Lachen aus, das in ihren eigenen Ohren hässlich und bitter klang. Dennoch sagte sie: »Du musst verzeihen. Das sind seltsame Worte für jemanden, der gerade ohne mit der Wimper zu zucken getötet hat.«

»Es tut mir leid, dass du das mit ansehen musstest, Vanice. Als ich dir gesagt habe, dass ich kein Ausbund an Tugend und Rechtschaffenheit bin, war es mir ernst. Wir können einander nur als diejenigen begegnen, die wir in Wahrheit sind.«

Anstatt zu antworten, machte Vanice ein paar ziellose Schritte durch den Raum. Dann ging sie zum Schreibtisch und nahm einen der Briefe, die dort verteilt lagen, wie um sich von den Bildern abzulenken, die durch ihren Kopf wirbelten.

»Vielleicht findest du darin ja etwas, das uns weiterhilft«, sagte Cay.

»Ja, vielleicht. Und sei es auch nur, dass wir herausfinden, was alles nichts bringt, wenn wir – bei allen Göttern … bei allen Göttern …«

Vanice ließ den Brief fallen und wich einen Schritt zurück. Dann noch einen. Im Licht der vielen kleinen Lichter, die die Hütte erhellten, konnte Cay sehen, dass ihr Gesicht zu wächserner Bleiche erstarrt war, als trüge sie eine Maske, die nach ihren eigenen Zügen geformt war.

»Bei allen Göttern …«, wiederholte sie immer wieder. »Bei allen Göttern.«

Zum ersten Mal in dieser Nacht sah Cay verängstigt und hilflos aus. »Was ist Vanice?«, fragte er hastig, indem er an sie herantrat. »Was hast du?«

Sie zitterte und stammelte, wie jemand, der sich mit letzter Kraft aus einem Schneesturm gerettet hat und den keine Wärme mehr zu erreichen scheint. »D-d-die Br-Briefe … Es – es ist K-k-kelmon, dem er ge-geschrieben hat.«

Als Vanice zu schluchzen begann, zog Cay sie an sich. Eine lange Zeit hielt er sie umarmt. Mehrmals hob er an, etwas zu sagen. Doch er schwieg.

12
MÖRDER

Mykar

Nun, das hat ja ganz gut geklappt!«, sagte Ofrick.

Wieder hatten wir uns im *Schlachter* getroffen. Dieses Mal war der Schankraum aber ziemlich leer. Wir hatten Platz an einem Ecktisch gefunden, saßen nun mit unseren Tonbechern da, übers schmierige Holz gebeugt.

»Ja«, sagte ich. Was hätte ich sonst sagen sollen?

»Und du willst immer noch nicht wissen, wer der Mann ist, den du getötet hast?«

»Nein.«

Ofrick lächelte. Vielleicht verspottete er mich im Stillen. Wahrscheinlicher war, dass er sich zu der Entscheidung beglückwünschte, mich ausgewählt zu haben.

»Aber du bist bereit, weitere Arbeiten zu erledigen.«

Ich nickte. »Ja, das bin ich.«

In der Tat, ich war bereit. Ich wünschte, es wäre anders gewesen. Aber etwas in mir freute sich darauf, erneut zu töten. Wenn ich daran zurückdachte, wie ich den dunklen Mann mit dem geflochtenen Bart und dem dicken Bauch in der Pfütze ersäuft hatte, verspürte ich ein wohliges Kribbeln. Da waren auch Widerwille und Abscheu – doch diese Gefühle schienen jemand anderem zu gehören.

»Gut, dann hör zu …«, sagte Ofrick und neigte den Kopf zu mir.

So kam es, dass ich weiter mordete: für Ofrick, für den Hafenmeister Ludger, für das Haus der Tausend Farben. Manchmal vergaß ich eine Zeitlang, warum ich das eigentlich tat und nicht einfach bei Cillia im Bett blieb. Dann erinnerte ich mich: Es geschah, weil ich nicht zulassen konnte, dass der Tod von Cay und Alva ungesühnt blieb; es geschah, weil ich wollte, dass Rudrick von Nordwiesen endlich büßte für seine Taten.

Mit seinem Blut würde er büßen.

Doch zunächst musste das Blut anderer fließen.

Beim zweiten Mal ging es noch leichter. Der Mann, den ich töten sollte, war ein Hafenarbeiter. Ich hatte ihn manches Mal gesehen, wenn ich Kisten und Fässer und Ballen zwischen dem Lagerhaus und den Schiffen hin- und herschleppte. Seinen Namen kannte ich nicht; mir war auch nie etwas Besonderes an ihm aufgefallen. Das war ein kleines Spiel, welches ich mit mir selbst spielte: Während ich auf eine günstige Gelegenheit wartete, den Hafenarbeiter zu töten, versuchte ich mir auszudenken, was sein Vergehen gewesen sein mochte. Glücklicherweise musste ich nicht lange warten, denn das Spiel wurde bald langweilig. Ofrick hatte gesagt, der Mann gehe regelmäßig zu einer Hure, die ihre Freier bei sich in der Wohnung empfing. Er tat das gleich nach der Arbeit, am späten Nachmittag, sodass ich darum herumkam, mich nachts aus dem Haus zu schleichen. Ich sagte Cillia einfach, ich wolle mir noch ein wenig die Beine vertreten, und da die *Zechende Puppe* in den Abendstunden gut gefüllt war, hatte sie viel zu tun und keine Zeit, mich zu begleiten.

An welchen Tagen der Mann zu seiner Hure ging, wusste ich natürlich nicht, und ich freute mich, dass ich ihn schon beim zweiten Versuch erwischte. Als er mit seiner Vergnügung fertig war, dämmerte es bereits, und die Straßen hatten sich weitgehend geleert. Der Hafenarbeiter war nicht mehr jung. Er hatte graue, strubbelige Haare, war hochgewachsen und sehnig. Einen glücklichen Eindruck machte er nicht, weder vor noch nach seinem Besuch bei der Dirne; seine Bewegungen waren langsam und müde, und beim Gehen hielt er den Blick gesenkt, so als wälze er schwere Gedanken.

Ich zerrte ihn in eine der zahlreichen dunklen, engen und schmutzigen Seitengassen, die es in diesem Viertel gab. Dann hielt ich ihm den Mund zu und ehe er wusste, wie ihm geschah, hatte ich ihm schon ein Messer in die Seite gerammt. Das Messer gehörte Frau

Ceddra; sie benutzte es, wenn sie Fische zerteilte und ausnahm. Sie hatte aber mehrere Messer von dieser Sorte und würde das eine nicht so schnell vermissen. Mir leistete es gute Dienste, scharf und spitz wie es war. Ich hatte solchen Spaß dabei zu spüren, wie sich die Klinge durch die Haut und das Fleisch in die Eingeweide bohrte, dass ich bestimmt ein Dutzend Mal zustach.

Der dritte Mord folgte bald darauf. Wieder handelte es sich um einen Mann – darüber war ich froh, denn ich wollte eigentlich keine Frauen töten –, doch dieses Mal war es jemand, bei dem ich mir sogar vorstellen konnte, dass ihn Ofrick oder der Hafenmeister Ludger als Gegner ernst nahmen. Dieser Mann war nämlich reich. Er wohnte in einer der Villen, die in die Felsen am Meer gebaut waren. Vom unteren Teil Donosts führte eine kleine, gewundene Straße die Anhöhe hinauf. Den ganzen Tag über wurde sie von Fuhrwerken befahren, die den Herren der Stadt alles brachten, was sie für ihr Wohlleben benötigten. Natürlich gab es auch Wächter hinter den Mauern ihrer Villen. Ofrick fragte, ob das ein Problem für mich war. Ich verneinte.

»Gut«, sagte er. »Wir wollen nämlich, dass du ein Zeichen setzt.«

»Ein Zeichen?«

»Ja. Wir wollen, dass die Freunde dieses ehrbaren Herrn ein wenig Angst bekommen. Verstehst du?«

»Ich denke schon.«

»Gut«, sagte Ofrick noch einmal.

Das war ein Auftrag, den ich nur in den dunkelsten Stunden erledigen konnte. Um sicherzugehen, dass Cillia nicht misstrauisch wurde, hatte ich sie vorgewarnt. Ich sagte ihr, dass die Erinnerungen daran, wie ich von den Männern, die mich für den Tod meiner Verlobten verantwortlich gemacht hatten, gejagt und zusammengeschlagen worden war, manchmal unerträglich wurden. Dann kam es vor, dass ich ins Freie fliehen musste – auch mitten in der Nacht.

Sie hatte mich mit einem mitfühlenden Blick angesehen und mir mit dem Handrücken über die Wange gestreichelt.

Ich fand mich schäbig, dass ich sie anlog. Aber was konnte ich anderes tun? Ihr die Wahrheit zu sagen – über mich und mein Leben und mein Sterben und meine Rache –, hätte bedeutet, sie zu verlieren. Und das war ein Gedanke, den ich längst schon nicht mehr ertragen konnte.

Am Ende ging auch der dritte Mord ganz leicht. Wegen der Hunde hatte ich mir Sorgen gemacht. Aber nachdem ich über die Mauer geklettert war, stellte sich heraus, dass sie mich nicht wittern konnten. Als ich die Wächter tötete, die offensichtlich nicht mit einem Angriff gerechnet hatten, liefen die Hunde winselnd davon. Ich ließ sie leben. Ofrick hatte mir beschrieben, wie ich am schnellsten ins Schlafgemach des reichen Mannes gelangte, wenn ich erst einmal in die Villa eingedrungen war. Im Erdgeschoss begegnete ich einem Diener, der das Pech hatte, ausgerechnet jetzt den Abort aufsuchen zu müssen. Der Diener hatte ein freundliches Gesicht, und es tat mir leid, ihn umzubringen. Der reiche Mann selbst war dann eine Enttäuschung. Er war zu alt und zu schwach, um sich zu wehren. Ich knebelte und verprügelte ihn. Dann zog ich mein Messer, um an ihm herumzuschnippeln. Das hielt er nicht aus. Bald schon atmete er nicht mehr. Damit es besser aussah, legte ich ihn auf sein Bett, schnitt ihm den Hals von einem Ohr zum anderen durch und ließ ihn bluten.

Nachher sagte ich mir, dass ich Glück gehabt hatte. Es hätte schließlich gut sein können, dass mir in der Villa des Reichen eine Frau oder sogar ein Kind über den Weg gelaufen wäre.

Ich fragte mich, ob man jemanden so töten konnte, dass er keine Zeit hatte, um Schmerz oder Angst zu spüren. Wahrscheinlich schon. Aber ich hatte immer den Eindruck gehabt, dass es einen Augenblick gab, in dem alle ganz genau begriffen, was und wie ihnen geschah.

Vielleicht konnte so ein Augenblick ein halbes Leben dauern.

Seit etwa einem Monat lebte ich jetzt in Donost; und vor ungefähr zweieinhalb Monaten war ich vom *Fröhlichen Toten* zu meiner großen Reise aufgebrochen. Langsam nahte Elaahs Lichtfest, und mit ihm das Jahresende.

Ich war mir sicher, dass mich Ofrick früher oder später mit dem Hafenmeister Ludger zusammenbringen würde, wenn ich weiter fleißig für ihn mordete. Es bereitete mir Unbehagen, daran zu denken. Denn was würde ich tun, wenn ich mein Ziel erreicht hatte? Sollte ich Cillia verlassen? Das war unvorstellbar! Aber ich konnte sie ja kaum in die Windmarken mitnehmen. Würde sie auf mich warten, während ich ein letztes Mal in meine alte Heimat zurückkehrte? Und würde ich Frieden finden, wenn meine Rache vollendet war?

Noch war es zu früh, um über diese Dinge nachzudenken. Noch konnte ich mein gewohntes Leben mit Cillia, ihrem Bruder Alwin und Frau Ceddra fortsetzen.

Von dem Geld, das ich bei dem Kampf im Lagerhaus gewonnen hatte, hatte ich mir längst schon neue Kleider gekauft. Ich hatte Frau Ceddra auch für mehrere Monate im Voraus die Miete bezahlt. In meinen Alkoven war ich allerdings nicht zurückgekehrt. Ich lebte jetzt in dem Zimmer, wo Cillia mich gepflegt hatte. Wir verbrachten beinah jede Nacht miteinander. Aber wir redeten nicht sehr viel – schon gar nicht über uns. Einerseits fand ich das schön; es fühlte sich immer wieder so an, als wären wir uns gerade erst begegnet. Andererseits hätte ich sie gerne besser kennengelernt. Ich wusste ja so gut wie nichts über sie.

Manchmal fürchtete ich auch, dass ich ihr langweilig werden könnte. Davon war zwar nichts zu spüren, aber ich fand mich ja selbst ein bisschen langweilig und dachte, das würde den anderen bestimmt auch so gehen.

Alwin und Frau Ceddra konnte natürlich nicht entgangen sein, dass Cillia und ich … ich wagte kaum, es zu denken … zusammen waren. Doch sie behandelten mich, als ob alles beim Alten geblieben wäre. Sie machten keinerlei Andeutungen, und wenn es forschende, prüfende oder argwöhnische Blicke gab, bemerkte ich sie nicht. Dafür war ich sehr dankbar. Zumal ja jeder sehen konnte, dass ich nicht gut genug war für Cillia. Warum sich dennoch alle so benahmen, als ob ich dazugehören würde, war ein weiteres Rätsel.

Da ich kaum etwas zu tun hatte, hatte ich angefangen, Frau Ceddra zur Hand zu gehen. Ihr war es recht. Die Tage waren jetzt kurz, grau und verregnet, und die Spielleute gaben viele Aufführungen in den

Häusern wohlhabender Donoster. Frau Ceddra konnte also nicht auf ihre Kinder zählen, und ehe sie einem Fremden Geld gab, scheuchte sie lieber mich herum. Ich ließ mich gern von ihr scheuchen. In der Dämmerung ging ich auf den Markt, um nach ihren Anweisungen Einkäufe zu tätigen. Ich fegte den Schankraum, schrubbte Kessel und Töpfe, räumte Bierkrüge ab und schälte Kartoffeln.

Nach getaner Arbeit kamen Cillia, Fissach, Alwin und Marlo, der Bruder von Frau Ceddra, oft in die *Zechende Puppe*, um etwas zu trinken und den restlichen Abend zu verplaudern. Ich freute mich, wenn wir alle zusammen waren. Das gab mir ein Gefühl von Heimat. Fissach sah ein wenig erschöpft aus, und sein Gesicht war noch kantiger als sonst. Was ihn aber nicht daran hinderte, für zwei zu zechen, lauthals zu lachen und wüste Geschichten zu erzählen, die sich meist darum drehten, wie irgendwer mit irgendwem ins Bett ging und dann feststellte, dass das ein Fehler gewesen sei. Alwin und Marlo waren schweigsam, schienen darum aber nicht weniger gut gelaunt zu sein. Und Cillia – nun, Cillia leuchtete. Ihre Haare schienen täglich röter zu werden, und am liebsten hätte ich jede einzelne ihrer Sommersprossen gezählt. Bei ihren Augen war ich mir nie sicher, ob sie grau oder blau waren; manchmal dachte ich auch, sie seien grün.

Die Abende, an denen wir zusammen mit Fissach, Alwin und Marlo im Schankraum saßen, waren die einzigen Gelegenheiten, bei denen Cillia und ich uns vor anderen berührten. Viel war es nicht: Wir fassten uns kurz an der Hand, oder ich strich durch ihre Haare. Ich hätte mich nie getraut, Cillia vor den anderen zu küssen. Das fand ich unschicklich.

Bei einer dieser Gelegenheiten kamen wir auf das Haus der Tausend Farben zu sprechen. Das heißt, ich warf die Frage in die Runde, ob mir jemand erklären könnte, was das Haus der Tausend Farben ist.

»Wie kommst du denn darauf?«, wollte Marlo wissen.

»Ich habe den Namen öfters am Hafen gehört. Das Haus der Tausend Farben hat etwas mit Handel zu tun, oder?«

Fissach lachte. »Hat etwas mit Handel zu tun – ein guter Witz, Freund! Das Haus der Tausend Farben *ist* der Handel. Zumindest in unserem Teil der Welt.«

»Ah – und was genau hat es damit auf sich?«, wollte ich wissen.

»Hier endet meine Weisheit«, sagte der Barde mit einem Schulterzucken. »Wenn ich Ahnung von Handel hätte, würde ich nicht für die Reichen spielen. Dann wäre ich selber reich.«

Auf einmal kam mir Fissach sehr bekümmert vor; ich fragte mich, ob es besser wäre, von etwas anderem zu reden.

»Nun ja, man muss sich nicht mit Handel auskennen, um ein bisschen etwas über das Haus der Tausend Farben zu wissen, oder?«, sagte Alwin.

»Dann belehre uns, Bruderherz«, warf Cillia ein.

»Das Haus der Tausend Farben ist ein Zusammenschluss von einflussreichen Händlern, wenn ich nicht irre. Sie haben im Norden Qheezans angefangen, aber auch rund ums Beskalische Meer und an der Südküste Eberas großen Einfluss.«

»Das weiß nun wirklich jedes Kind«, sagte Fissach. »Ich hatte gedacht, unser Mykar würde sich mehr für die philosophischen Fragen interessieren, gescheit wie er ist. Das *Warum* und das *Wozu*.«

»Vergiss nicht das *Woher* und das *Wohin*«, seufzte Cillia mit gespielter Wehmut, indem sie das Kinn in die Hand stützte.

»Es ist doch ganz einfach …«, brummte Marlo. »Was ist ein Händler?«, fragte er dann an mich gewandt.

»Was ein Händler ist?« Ich stutzte; es war mir ein Rätsel, worauf er hinauswollte. »Äh … ein Händler … ist … ein Händler?«

Cillia lachte, und Fissach deutete eine Verneigung an. »Wahrlich ein Philosoph!«, hauchte er ehrfürchtig.

»Genau. Ein Händler ist ein Händler. Du hast es erfasst«, sagte Marlo. »Dann sag mir auch das: Was sind hundert Händler?«

Ich machte eine entschuldigende Geste. »Ich weiß nicht … wirklich nicht …«, entgegnete ich und fühlte mich sehr dumm.

»Hundert Händler sind eine Macht«, beantwortete Marlo seine eigene Frage. »Wenn ich allein bin und einen Sack Salz für … was weiß ich … sieben Silbergulden verkaufen will, kann es mir leicht passieren, dass jemand anderes daherkommt und dieselbe Menge Salz für sechs Silbergulden anbietet. Ich alleine würde es mir kaum leisten können, mich auf fünf Silbergulden herunterhandeln zu lassen. Wenn hinter mir neunundneunzig weitere Händler stehen, können wir das Salz aber nötigenfalls auch für drei Silbergulden verkaufen und die Verluste wegstecken, bis der andere klein beigegeben hat.«

»Und die Preise dann wieder erhöhen«, murmelte Cillia, die aufmerksam zugehört hatte.

»Genau«, bestätigte Marlo.

»Oder aber ihr sorgt dafür, dass der andere sein Salz gar nicht erst anbietet«, sagte Frau Ceddra mit ihrer tiefen, knarrigen Stimme.

Sie war mit einem Eimer Bier und einer Kelle in den Schankraum gekommen, um unsere leeren Krüge aufzufüllen. Dass sich Frau Ceddra in die Unterhaltung einmischte, kam so selten vor, dass ich ihre Worte gar nicht richtig verstand vor lauter Staunen.

Marlo nickte. »Oder das.«

»Du willst wissen, was das Haus der Tausend Farben ist, Mykar?«, fragte sie, während sie die dunkle, sämige Flüssigkeit in meinen Krug schöpfte. »Ich sage es dir. Es sind Diebe und Mörder.«

Fissach verschränkte die Arme hinterm Kopf. »Dem Haus der Tausend Farben gehört die halbe Welt, Frau Ceddra. *Natürlich* sind es Diebe und Mörder.«

Er lächelte; Frau Ceddra lächelte nicht.

Ohne ein weiteres Wort zu verlieren, zog sie sich wieder in ihre Küche zu ihren Katzen zurück.

Für einige Momente schwiegen wir.

»Und woher der Name?«, fragte Cillia dann. »Ich meine, warum heißt das Haus der Tausend Farben, wie es heißt?«

»Das Haus der zweieinhalb Farben würde weniger eindrucksvoll klingen, nicht wahr?«, gab Fissach zu bedenken.

Marlo kratzte sich am Bart. »Ich habe gehört, dass sie an den Orten, wo sie wirklich stark sind … wie nennt man das? …nun, sie haben innerhalb der Städte eigene kleine Städte errichtet, mit Reedereien, Kontoren, Wohnhäusern und Geschäften …«

»Nicht zu vergessen: Puffs und Schenken«, warf Fissach ein.

» …nun, eben mit allem, was eine Stadt ausmacht. Die Herren des Hauses der Tausend Farben leben in diesen Städten. Sie bewohnen Paläste, die aus bunt bemaltem Stein gebaut sind. Daher der Name. Außerdem haben sie natürlich Verbindungen zu Hunderten von Adelshäusern und bieten Waren aus aller Welt an. Waren, die sozusagen tausend Farben haben …« Marlo hob die Achseln. »Soweit ich weiß, kommt der Name daher.«

»In Donost gibt es aber keine solche Stadt, oder?«, fragte ich.

»Nein«, antwortete er. »Bei uns hat das Haus der Tausend Farben bislang nicht richtig Fuß gefasst. Zu viele wichtige Leute haben etwas dagegen. Deshalb wundert es mich, dass du den Namen am Hafen so oft gehört hast. Aber vielleicht ändert sich da auch gerade etwas. Die reichen Händler von Donost können es sich wohl nicht leisten, gegen das Haus der Tausend Farben aufzubegehren. Zumindest nicht, wenn sie reich bleiben wollen.«

»Mhh …«, machte ich. Ich dachte, dass ich zu begreifen begann, was es mit den Morden auf sich hatte, die ich für den Hafenmeister Ludger verübte.

»Wie lange gibt es dieses Haus der Tausend Farben eigentlich schon?«, fragte Alwin.

»Als ich ein Kind war, war es jedenfalls schon da«, sagte Marlo. Er schien ganz erschöpft vom vielen Reden und nahm einen großen Schluck Dunkelbier.

»Vielleicht war es immer schon da?«, schlug Cillia vor. Offenbar fand sie den Gedanken aufregend; ihre Augen glänzten und waren jetzt ganz eindeutig blau. »So wie die Könige – die gab es doch auch irgendwie immer schon, oder?«

Fissach ließ einen tiefen Seufzer hören. »Meine Holde«, sagte er, »wenn im Winter Rosen blühen – dann beginnt Immer-schon.«

Mitten in der Nacht schreckte ich aus dem Schlaf. Mir war, als würde eine Bande Dämonen kreischend durch das Zimmer toben. Dann begriff ich, was mich geweckt hatte: Das Fenster wies auf einen kleinen Hinterhof, in dem manchmal die Kinder des Viertels spielten. Es gab dort auch Katzen – nicht zuletzt die von Frau Ceddra –, und ein paar dieser Katzen mussten aus irgendeinem Grund in einen Streit geraten sein. Fauchend und keifend hatten sie sich aufeinander gestürzt. Das waren meine Dämonen.

Obwohl ich nun wusste, dass alles in Ordnung war, fühlte ich mich doch nicht ganz beruhigt. Eine kleine, ungreifbare Angst befiel mich – ein dräuendes Gefühl; die Ahnung von nahendem Grauen.

Einen Augenblck lang war ich wieder der kleine Junge, der sich zu den Ziegen legen muss und sich vor den anderen Kindern fürchtet.

Mir wurde klar, dass ich in dieser Nacht vergeblich darauf hoffen würde, wieder einzuschlummern. Ich wäre gerne aufgestanden und in den Schankraum gegangen. Aber ich hatte Cillia ja versprochen, dass ich, wenn es irgend ging, bei ihr im Bett bleiben würde, wenn ich keinen Schlaf fand.

Ich wünschte ihr nur die süßesten Träume, und wenn ich etwas dazu beitragen konnte, dass sie solche Träume hatte, wollte ich das tun. Also drehte ich mich auf den Rücken und versuchte, an all die schönen Dinge zu denken, die Cillia und ich erleben würden; an die Zukunft, die uns erwartete.

Du hast keine Zukunft, zischte Danjes Stimme in meinem Kopf. *Deine Zukunft ist längst vorbei.*

Ich erstarrte. Mir war, als bekäme ich keine Luft mehr.

»Mykar – bist du wach?«, flüsterte Cillia.

Innerhalb eines Herzschlags holte mich ihre Stimme von dem dunklen, leeren Ort zurück, an den ich mich verirrt hatte.

»Cillia …« Ich schluckte. »Habe ich – habe ich dich geweckt?«

»Nein, ich bin schon ganz lange wach«, flüsterte sie.

»Oh … wieso das denn?«, fragte ich und drehte mich zu ihr um.

Auch sie rollte sich auf die Seite; das Bett knarrte. »Ich weiß nicht, ist eben so. Du bist ja schließlich nicht der Einzige, der ein Recht auf Schlaflosigkeit hat, oder?«

»So meinte ich es nicht … ich meinte –«

»Ich weiß schon«, sagte Cillia und legte eine Hand auf die meine. »Du willst, dass ich mich jede Nacht in sanften Träumen wiege. Du bist süß. Aber leider klappt das so nicht. Ich habe auch Sorgen, weißt du.«

»Sorgen? Was für Sorgen?«

Ich hörte das Schulterzucken in ihrer Stimme. »Sorgen eben … Übrigens, warum flüstern wir eigentlich?«

Sie lachte; da lachte ich ebenfalls.

»Weißt du, unsere Unterhaltung über das Haus der Tausend Farben hat mich nachdenklich gemacht«, fuhr sie etwas lauter fort. »Ich meine, müsste man nicht etwas mit seinem Leben anfangen?«

»Was – was willst du denn mit deinem Leben anfangen?«, fragte ich zögernd.

»Keine Ahnung …irgendwas. Es ist nicht so, dass ich keinen Spaß hätte. Aber … es kommt mir manchmal alles so *ziellos* vor, verstehst du? Heute hier, morgen da, noch eine Aufführung, noch ein Krug Wein. Soll es das gewesen sein? Mir ist schon klar, dass Macht, Reichtum und Wissen nicht für unsereins sind. Aber ein bisschen mehr von irgendwas – das wäre schon fein, oder? Ich bin ja ein paar Jährchen älter als du, da muss man sich schon mal solche Fragen stellen.«

»Mir reicht es eigentlich … wenn du da bist«, sagte ich kleinlaut. Ein wenig schämte ich mich, dass mir nichts Besseres einfiel. Aber es war nun mal die Wahrheit.

Cillia entgegnete nichts. Es war zu dunkel im Zimmer, als dass ich ihr Gesicht hätte erkennen können. Ich hoffte nur, sie war nicht böse auf mich. Nach einem Moment des Schweigens gab sie mir einen Kuss auf die Lippen, dann noch einen. Ich streichelte ihre Haare und ihren Nacken.

»Was würdest du eigentlich tun, wenn dir der Mörder deiner Verlobten über den Weg liefe?«, fragte Cillia plötzlich.

»Ich würde ihn töten«, sagte ich, ohne nachzudenken.

»Du und töten!« Cillia kicherte und boxte mir gegen die Schulter. »Du bist ziemlich stark, zugegeben. Aber du hast ja selbst vor Tintenfischen Angst – du kannst es ruhig zugeben. Ich habe das sowieso längst gemerkt!«

Mit einem Mal wusste ich, was ich zu tun hatte: Ich würde Cillia sagen, wer ich wirklich war. Ich würde ihr von Cay, Alva und Rudrick erzählen. Ich würde ihr erklären, warum ich nach Donost gekommen war. Ich würde ihr die Wahrheit sagen, so gut ich es verstand. Vielleicht war das der Weg in die Freiheit.

Die Worte lagen mir bereits auf den Lippen. Doch dann verzagte ich.

»Du hast recht«, sagte ich. »Außerdem weiß ich ja gar nicht, wer der Mörder meiner Verlobten ist. Wenn ich es wüsste, würde ich hoffen, dass Stadtwachen in der Nähe sind, falls ich ihm begegne.«

»Das ist auch besser so«, murmelte Cillia. »Mord und Totschlag machen eigentlich nur auf dem Theater Spaß.«

Sie kuschelte sich an mich. Ich umarmte sie, hielt sie. Ich spürte ihre Wärme, ihr Leben.

»Du bist alles, was ich will«, flüsterte ich.

Zum Glück war Cillia da schon eingeschlafen.

13
HELDENMUT UND HELDENMUS

Justinius

Leider riefen meine Worte nicht ganz die Wirkung hervor, auf die ich gehofft hatte. Es ertönten keine Fanfaren. Und soweit ich das beurteilen konnte, ließ auch der Donnerschlag, der die Wolken aufreißen würde, auf sich warten. Immerhin stieß Calyb ein hämisches Gelächter aus. Und Aiona begann umgehend, wild zu protestieren. Sie fing sogar wieder damit an, dass sie mich verhext hätte. Ich nahm das als Zeichen ihrer Zuneigung, wurde aber trotzdem wütend. »Hör auf, so einen götterverdammten Schwachsinn zu reden!«, schnauzte ich. Daraufhin steigerte sich Calybs Vergnügtheit zu einem dröhnenden Wiehern. Schließlich wurde es dem Provinzial zu viel: »Ruhe!«, herrschte er, und von mir aus hätte er noch ein bisschen weiter schreien können, weil ich davon so ein wohliges Kribbeln in der Magengrube bekam.

Er musste aber gar nicht weiter schreien. Calyb verstummte nämlich auf Befehl des Ordensoberen. Als hätte jemand seinem Gelächter den Kopf abgeschlagen, sozusagen. Ihrerseits schien sich Aiona in das überaus bittere Schicksal zu fügen, dass ich nicht gedachte, sie im Stich zu lassen. Und was mich betraf: Zwar hätte ich gerne noch so einiges zum Besten geben – ich fühlte eine große Rede in mir aufsteigen, die sich dem Zusammenhang zwischen Heldenmut und Heldenmus widmen würde –, allein, ich konnte nicht mehr.

Das Fieber hatte eine ganze Weile mit mir gespielt wie die Katze mit der Maus. Jetzt machte es ernst. Ich spürte seine Krallen. Wobei das die Sache nicht ganz trifft. Ich fühlte mich eher, als hätten mir riesige, unsichtbare Stechmücken innerhalb weniger Sekunden das Mark aus den Knochen gesaugt. Sackte auf einem Schemel zusammen. Betrachtete alles, was um mich herum vor sich ging, nunmehr wie ein unbeteiligter Zuschauer, der in ein höchst eigenartiges und eher mäßig interessantes Theaterstück hineingeraten ist.

Ich bekam mit, wie Calyb Bericht erstattete über das, was in Ferlas Dorf geschehen war. Ich war sogar noch in der Lage, so etwas wie gelinde Überraschung zu verspüren, als er freimütig zugab, dass er Aiona unterschätzt hatte und Ferla nicht zuletzt deshalb entkommen konnte. Aiona selbst war plötzlich verschwunden. Mir war klar, dass man sie abgeführt und vermutlich in irgendein Verlies gesperrt hatte. Ich wollte das nicht. Ich fand das falsch. Aber mir fehlte die Kraft, gegen die Verfügungen der Ordenskrieger aufzubegehren. Dann wurden mir selbst ein paar Fragen gestellt, die ich, genau wie meine Antworten, sofort wieder vergaß. Halb erwartete ich, jetzt ebenfalls im Kerker zu landen. Doch das geschah nicht. Stattdessen fand ich mich in einem schönen, warmen, weichen Bett wieder. Ich wusste zwar nicht, wie ich in das Bett hineingekommen war. Das änderte allerdings nichts daran, dass es unter den Decken recht gemütlich war.

Es gab wichtige, überaus dringende Dinge, die ich zu erledigen hatte. Ich musste Entscheidungen treffen. Handeln. Das war eine Frage von Leben und Tod. Zumindest redete mir eine hartnäckige Stimme ein, dass es so war. Keineswegs beharrte ich darauf, dass die Stimme log. Beschloss einfach, die Entscheidung darüber, was zu tun war, auf später zu verschieben.

Auf sehr viel später.

Eigentlich hatte ich nämlich nicht vor, meinen Platz so bald – sagen wir in den nächsten hundert Jahren – wieder zu räumen. Was gab es Schöneres, als sich kuschelig zusammenzurollen und ein wenig zu schlummern?

Genau das tat ich.

Doch plötzlich wachte ich auf und stellte fest, dass trübes, graues Morgenlicht durch das Zimmerfenster fiel. Mir war, als läge ich bereits seit Tagen im Bett, und Panik überkam mich. Sicherlich wurde Aiona der Prozess gemacht, gerade jetzt! Die Götter wussten, was die Bruderschaft alles mit ihr anstellen mochte, um ein Geständnis zu erzwingen! Und ich? Was tat ich? Schnarchen und träumen!

Schon war ich aus den Federn gestiegen. Ich bibberte vor Kälte. Zugleich lief mir der Schweiß in Strömen über den Körper. Wie sich das gehörte, wenn man Fieber hatte. Hastig blickte ich mich um. Es war ein schickes, kleines Zimmer, in das ich da verladen worden war. In einer Ecke stand ein metallener Rundofen. Der Boden war mit einem dicken, staubigen Teppich bedeckt, der meine nackten Füße kitzelte. Und am Fensterglas rannen dicke Tropfen hinab. Ich taumelte zum Fenster. Öffnete es mit zittrigen Fingern. Mein Zimmer lag im Obergeschoss. Doch draußen war es so nebelig, dass ich kaum die andere Seite des Platzes erkennen konnte. Und es regnete in Strömen. Kein Mensch war zu sehen. Mich plagte das Schreckensbild, dass sämtliche Einwohner von Dreieichen zusammengekommen waren, um über Aiona Gericht zu halten.

Ich wollte das Fenster wieder schließen. Fand die Kraft dazu nicht. Drehte mich um. Schwankte nun zur Tür. Unterwegs – und es war ein langer, mühseliger Weg von drei bis fünf Schritten – wurde mir klar, dass ich nur einen Lendenschurz trug. Sollte ich vielleicht …? Ach was, wer zur Hölle brauchte schon Kleider! Auch von meinem Schwert und meiner Rüstung war weit und breit nichts zu sehen. Aber da ich sowieso viel zu schwach war, um eine Waffe zu führen, war das eigentlich kein großer Verlust. Es gelang mir, die Tür zu öffnen. Sie führte auf einen Gang. Von dem Gang gingen weitere Zimmer ab. Nun, was erwartete ich? Schließlich war ich in einem Gasthof. Ich sah mich um. Irgendwo musste hier eine Treppe sein. Ich würde sie finden, ja, das würde ich! Obgleich ich mir bei dem Gedanken daran, diesen Gang hier abzuschreiten, ungefähr so vorkam, als hätte man von mir verlangt, mit auf dem Rücken zusammengebundenen Händen das Fokris-Massiv zu erklimmen. Ich atmete durch. Und ging los.

Dann fand ich mich auf dem Boden wieder. Das entsprach nicht meinem Plan. Andererseits war es hier recht gemütlich. Zwar kamen mir die Holzbohlen kühl und klebrig vor. Dafür hatte man viel Platz. Ich streckte die Arme und Beine aus. Schloss die Augen. Ich wollte mich kurz ausruhen. Dann die nächste Wegstrecke in Angriff nehmen.

Als ich die Augen öffnete, lag ich wieder in meinem Bett. Dieses Mal war ich nicht allein. Der Paladin Tamelon stand vor mir. Und eine alte Frau in grauem Gewand und grauem Kopftuch – eine Sorin-Geweihte? – war gerade dabei, ein Tuch in einem Waschbassin auszuwringen. Es roch nach Ölen und Kräutern. Mir war schlecht.

»I-i-ich muss …«, krächzte ich.

»Ihr seid krank, Herr von Hagenow«, sagte Tamelon. »Und Ihr habt einige schlecht verheilte Wunden. Ihr müsst Euch schonen.«

Ich wollte aufspringen, den Paladin und die Heilerin zur Seite stoßen, aus dem Zimmer rennen. Doch meine Arme und Beine schmerzten. Außerdem waren sie so schwer, als hätte ich zehn Stunden lang ununterbrochen mit Schwert und Schild trainiert.

Ich brachte gerade mal ein Kopfschütteln zustande.

»Aiona …«

Tamelon schüttelte ebenfalls den Kopf. »Es gibt nichts, was Ihr für sie tun könnt, Herr von Hagenow.«

Er half mir mich aufzusetzen, sodass mir die Heilerin eine Schüssel mit einer dampfenden Flüssigkeit an den Mund halten konnte.

»Trinkt«, sagte sie.

Ich sah die Heilerin an. Sie war wirklich sehr alt. Ihr Gesicht schien nur aus Runzeln und Falten zu bestehen. Doch sie hatte seltsam helle, klare Augen – Kinderaugen.

»Trinkt«, wiederholte sie mit sanfter, müder Stimme.

Ich tat, wie mir geheißen. Fragte mich einen Moment lang, ob dieses Zeug hier auch eines der heilenden Gifte war, die mir Aiona verabreicht hatte. Jedenfalls schmeckte es nur unwesentlich besser.

Dennoch leerte ich die Schüssel. Mit kleinen, schlürfenden Schlucken. Ich musste wieder zu Kräften kommen. Und zwar bald. Das war die einzige Chance, die Aiona hatte. Die wir beide hatten.

»Wie viel … wie viel Zeit bleibt mir?«, fragte ich Tamelon, als ich aufs Kissen zurücksank.

Entweder gab er mir keine Antwort, oder ich hörte schon nicht mehr, was er mir sagte.

Tiefer, schwarzer Schlaf umfing mich.

Als ich das nächste Mal aufwachte, war es Nacht. Ich war allein. Oder aber eine kleine Heerschar von Dämonen trippelte um mein Bett herum und wartete auf den günstigsten Moment, meine Seele zu zerreißen.

Ich blinzelte dreimal, und es war Tag. Hell und sonnig obendrein. Dennoch schneite es, was ich einigermaßen seltsam fand – irgendwo musste der Schnee ja herkommen. Anstatt mir den Kopf über derart müßige Fragen zu zerbrechen, betrachtete ich die Flocken, die zu Hunderten und Tausenden an meinem Fenster vorbeirieselten. Die Morgensonne brachte sie zum Glitzern, wie schwebende Kristalle oder Edelsteine. Ich dachte, dass es seltsam war, dass die Götter der Welt so viel Schönheit geschenkt hatten. Es war doch alles ein Hauen, Stechen und Zähnefletschen. Wäre es da nicht passender gewesen, uns eine Blutsonne zu geben, madige Sterne, Wolken aus rohem Fleisch und Erde aus stinkenden Eingeweiden?

Ich versuchte, mich zu erheben. Zu meiner Überraschung klappte das. Auf einem Schemel lagen meine Kleider bereit, und an einem Haken hing ein warmer, langer Mantel. Auch meine Stiefel warteten auf mich. Von dem (offenkundig neuen) Mantel abgesehen, war alles gesäubert worden. Das hielt ich für ein schlechtes Zeichen. Ich fuhr mir mit der Hand über die Wange. Dort sprossen mehr als nur die zarten Anfänge eines Bartes. Ein noch schlechteres Zeichen.

Langsam zog ich mich an. Die Angst trieb mich zur Eile. Aber ich fürchtete, dass ich in Ohnmacht fallen würde, wenn ich eine hastige Bewegung machte. Schließlich war ich fertig. Undeutlich erinnerte ich mich daran, dass ich ein paar Mal gewaschen worden war, von der Sorin-Geweihten oder irgendwem sonst. Vermutlich gab ich trotzdem eine ziemlich erbärmliche Erscheinung ab. Doch daran ließ sich jetzt nichts ändern. Es hätte ja auch wenig gebracht, wenn ich einherstolziert wäre wie Elgart der Unbesiegte persönlich.

Immerhin schaffte ich es dieses Mal, das Zimmer zu verlassen und den Gang zu durchqueren und die Treppe hinabzusteigen und den Schankraum zu betreten.

Die *Hohe Straße* war noch immer angefüllt mit Ordenskriegern. Wo hätten sie auch hingehen sollen, die Männer der Bruderschaft? Den Provinzial und seine Prälaten konnte ich nicht entdecken. Vielleicht hatten sich die Herren zu einer morgendlichen Beratung zurückgezogen. Dafür sah ich die beiden Paladine. Während die meisten ihrer Brüder friedlich beim Frühstück saßen, waren Tamelon und Calyb in einen Streit vertieft, der zwar leise, darum aber nicht weniger erbittert geführt wurde. Die übrigen Thaala-Streiter hielten es anscheinend für geraten, den Zwist zwischen ihren Vorzeigerecken zu ignorieren, und sogar in meinem Zustand begriff ich, dass diese kleine Meinungsverschiedenheit mindestens so alt war wie Großvaters Ohrenschmalz.

»Was ist so schlimm daran, wenn ich Freude an meiner Berufung habe?«, hörte ich Calyb sagen. »Warum sollte alles immer mühsam und schwer sein?«

»Weil wir anderen Leid zufügen, darum«, erwiderte Tamelon.

Der eine (Calyb) tat sein Bestes, um aufgeräumt zu klingen. Der andere (Tamelon) sprach überaus beherrscht und nüchtern. Doch in beiden brodelte die Wut, das war nicht zu übersehen.

»Wir reden hier von Hexen, Nekromanten und Dämonenanbetern! Diese Leute haben kein Mitleid verdient. Sie sind *böse,* Tamelon. Ist das so schwer zu begreifen?« Calyb zog ein Gesicht, als hätte er einen Witz gemacht und erwarte das beifällige Gelächter einer umfänglichen Zuhörerschaft.

»Es geht nicht darum, wer was verdient hat«, zischte Tamelon.

»Und die Entscheidung, wer gut ist und wer böse, obliegt allein den Göttern. Unsere Aufgabe ist es, über Taten zu urteilen. Über *Taten*, sage ich! Die Mittel, die wir anwenden, müssen manchmal harsch sein. Das bezweifle ich nicht. Aber wenn wir Gefallen an ihnen finden, werden wir eine Beute der Dunkelheit, die wir zu bekämpfen haben.«

Ich war ein paar Schritte vor dem Tisch der zwei Thaala-Krieger stehen geblieben. Doch ich ahnte, dass Calyb und Tamelon noch stundenlang so weitermachen würden, wenn ich sie ließ. Ich hatte aber keine Stunden. Vielleicht hatte ich nicht einmal Minuten.

»Ich will mit Aiona sprechen«, sagte ich, indem ich vortrat.

Calyb rückte seinen Stuhl ein Stück weit zurück. Er strahlte mich an. »Ah, der Herr von Hagenow! Guten Morgen und Elaah zum Gruße! Ihr seht aus, als hättet Ihr Euch auf dem Weg zum Friedhof verirrt. Soll ich Euch behilflich sein?«

»Ich will mit Aiona sprechen«, wiederholte ich. »Wo ist sie?«

»Warum so eilig, Herr von Hagenow? Wie Ihr seht, genehmigen wir uns gerade ein kleines Frühstück. Es ist unser zweites, um genau zu sein. Wir sind schon lange auf, müsst Ihr wissen. Skargat und seine Brut schlafen nicht.«

Missmutig betrachtete ich den Kartoffelbrei und die Speckscheiben auf den Tellern der beiden Paladine. Ich dachte, dass es mit Sicherheit gut wäre, etwas zu essen. Zugleich spürte ich, dass ich keinen Bissen hinunterbekommen würde.

»Ich bin sicher, dass Ihr über Skargats Gepflogenheiten bestens unterrichtet seid«, knurrte ich. »Gewiss habt Ihr schon manches Glas mit ihm geleert. Würdet Ihr mir jetzt endlich sagen, wo ich Aiona finde?«

Calyb faltete die Hände vor dem Bauch und betrachtete mich mit mildem Lächeln. »Ihr wollt doch wohl nicht etwa andeuten, dass ich mich dem schwarzen Licht verschrieben habe, Herr von Hagenow? Das wäre höchst ehrenrührig, müsst Ihr wissen.«

»Ich bringe Euch zu Aiona«, sagte Tamelon. Ruckartig stand er auf und ging zum Ausgang des Gasthauses, ohne ein weiteres

Wort zu verlieren oder sich nach seinem Mit-Paladin und mir umzudrehen.

»Nun denn … Lasst es Euch schmecken!«, sagte ich zu Calyb, der mich nach wie vor freundlich und erwartungsvoll ansah. »Ich stelle mir vor, dass man recht hungrig wird vom Foltern und Morden.«

Er lachte nur.

14
WIE EIN FLÜSTERN IM WIND

Vanice

Danke, es geht schon … danke«, sagte ich zu Cay und wischte mir die Tränen ab. Dann löste ich mich vorsichtig aus seiner Umarmung.

Natürlich war das eine Lüge: Es ging überhaupt nicht.

In der Sekunde, als ich begriff, dass Kelmon jener »Meister der schwarzen Kunst« aus Alkessa war, mit dem Radulf von Rodingen korrespondiert hatte, stürzte sich mein Herz in eine dunkle, von eisigen Winden gepeitschte Schlucht. Sie war zehn Jahre tief, und mein Fall endete geradewegs in dem Haus mit zwei Monden. Ich bildete mir ein, ich könnte sie dort liegen sehen, meinen zerbrochenen Körper und meine zersplitterte Seele. Und ich wusste wieder, mit aller grausamen, erbarmungslosen Klarheit, was ich niemals wirklich vergessen hatte: dass das, was damals zerstört worden war, nicht mehr heilen würde.

Cay lächelte mich an. Einen Moment lang hielt er meine Oberarme umfasst, dann wandte er sich ab. »Ich schaue, ob ich noch etwas finde, das uns weiterhelfen könnte«, sagte er.

Ich nickte und ließ mich auf den Schemel beim Schreibtisch sinken. Die Augen hielt ich starr abgewandt von den Briefen. Er hatte mit »Kelmon« unterschrieben; kein »von so und so«, einfach *Kelmon*. Das kam mir vor wie eine Drohung, die geradewegs an mich gerichtet war: als wollte er mir zu verstehen geben, dass er nach wie vor da war; dass er alle Zeit der Welt hatte; und dass ich mir keine Illusionen machen sollte: früher oder später würde ich in die Falle tappen, die er mir gestellt hatte.

Cay verließ die Hütte, und ich blieb allein zurück. Doch kaum, dass er zur Tür hinausgegangen war, überkam mich schreckliche Angst. Obwohl mehr als ein Dutzend Kerzen und Lampen den Raum erhellten, fürchtete ich mich vor der Dunkelheit; mir war, als würde mich Cay in einer feindseligen Wildnis aussetzen.

»Warte!«, rief ich und lief ihm hinterher.

Er drehte sich um. »Ja?«

»Meinst du nicht, dass das einzige Hilfreiche, was wir hier finden werden, die Briefe und Schriftrollen auf dem Schreibtisch sind? Warum packen wir sie nicht einfach ein und sehen zu, dass wir wieder in die Perle kommen?«

»Gut«, sagte Cay und betrat erneut die Hütte.

Ich folgte ihm und beschloss, mich später dafür zu verachten, dass ich wie ein kleines, verhuschtes Mädchen an seinem Mantelzipfel hing.

Cay nahm einen Sack, in dem noch ein paar verschrumpelte Kartoffeln lagen. Er schüttete die Kartoffeln auf den Boden, beförderte die Schriftrollen und Briefe ins Innere des Sacks und warf ihn über die Schulter. Mit der freien Hand griff er sich eine Laterne, die einigermaßen zuverlässig aussah.

Ich begann, die übrigen Lichter zu löschen. »Sonst bricht am Ende ein Feuer aus«, sagte ich. »Dann könntest du dein Versprechen nicht halten.«

Cay nickte nur, und bald darauf machten wir uns auf den Rückweg zur Perle. Wir folgten einem schmalen Pfad, der aus der Siedlung hinaus und durch einen Hain zu einer größeren Straße führte. Es war nicht sehr weit. Man konnte die Perle schon sehen: die Stadtmauern, die sich aus der ebenen Erde erhoben, und die vielen kleinen Lichter, die in Häusern, Türmen und Palästen brannten und die Nacht wie ein Leuchtfeuer erhellten. Wir näherten uns vom Südwesten her. Linkerhand, vielleicht eine halbe Meile entfernt, floss der Daarado; mit dumpfem Rauschen wälzte er seine Wasser durch die Ausläufer der Windmarken. Unser Weg führte an einigen winzigen Weilern vorbei, wo längst schon alles schlief, obwohl es – wenn ich richtig schätzte –

nicht einmal Mitternacht war. Gelegentlich brach ein Wachhund in wütendes Gekläff aus; das war alles, was die Ruhe störte.

Cay schien über irgendetwas nachzudenken. Jedenfalls sagte er kein Wort, während wir dem Lichtschein der Laterne folgten, die er am ausgestreckten Arm vor sich hielt.

Auch ich schwieg. Ich fühlte mich erschöpft und verzagt. Wenn Cay irgendwelche Zweifel daran gehegt haben sollte, wie es um mich bestellt war – jetzt hatte er die Gewissheit, dass ich wirklich so kaputt war, wie ich behauptet hatte. Schlimmer noch: Er hatte mit eigenen Augen gesehen, wie unverbrüchlich stark das Band war, das mich mit Kelmon verband. Auf eine bittere, grauenvoll verdrehte Weise war es, als hätte ich einen Liebesschwur geleistet, den ich halten musste bis in den Tod. Nicht einmal Cay hatte eine Chance gegen diesen unsichtbaren, übermächtigen Gegner. Ich war mir sicher, dass er das wusste. Sicherlich schwieg er so lange, weil er darüber nachdachte, wie er mich möglichst elegant loswerden konnte, ohne einen neuerlichen Anfall meinerseits heraufzubeschwören.

Andererseits wusste ich, dass ich noch immer als das galt, was man gemeinhin »eine schöne Frau« nennt. Und mir war nicht entgangen, wie mich Cay ansah. Da war durchaus Begehren zu spüren. Für ein paar Nächte würde es schon reichen. Ich wusste zwar, dass Cay als Liebhaber völlig unbeleckt war, aber ich traute ihm auch auf diesem Gebiet einige Begabung zu. Bevor sich unsere Wege trennten, standen mir also einige schöne Stunden bevor, wenn ich es geschickt anstellte. Freilich musste ich mir ein für alle Mal diese idiotischen Liebesträume aus dem Kopf schlagen, mit denen ich mich unentwegt quälte. Ich taugte zum Ficken, nicht zum Lieben. Wenn ich in den letzten zehn Jahren etwas gelernt haben sollte, dann doch wohl das.

»Wir haben Glück, dass Nachtmarkt ist«, sagte Cay.

Ich schreckte aus meinen Gedanken hoch. »Wie bitte?«, fragte ich.

Mittlerweile waren wir bei der Perle angekommen und Cay zeigte auf die geöffneten Stadttore. »Für gewöhnlich machen sie die doch zu, wenn es Nacht wird. Daran habe ich gar nicht gedacht.« Er lächelte mich an. »Wahrscheinlich haben mich die letzten paar Stunden doch ein wenig durchgerüttelt.«

»Du und durchgerüttelt? Machst du Witze?«

Sein Lächeln wurde breiter. »Ich bin wohl zarter besaitet als du denkst. *Du* hast mich jedenfalls tüchtig durchgerüttelt.«

Ich nahm seine Worte als Zeichen dafür, dass ich mit meiner Einschätzung recht gehabt hatte und wandte die Augen ab, ohne auf seine letzte Bemerkung einzugehen. Die Torwächter warfen uns den üblichen misstrauischen Blick zu, und eigentlich erwartete ich, dass sie uns anhalten würden. In der Perle durften ja nur Adelige Schwerter tragen, und auch wenn der Edelmann Ulf von Schwarzenbach natürlich zu jenem erlesenen Kreis zählte, sahen Cay und ich gegenwärtig eher aus wie umherziehende Abenteurer. Erstaunlicherweise ließ man uns passieren, und bald schoben wir uns durch den Strom von Bauern und kleinen Händlern, die ihre Stände abgebaut hatten und den Heimweg antraten – dem Markplatz der Perle und dem *Schäumenden Kelch* entgegen.

In unserem Gasthof wurden schon die Tische abgewischt, und wir begaben uns ohne Umschweife auf unsere Zimmer. Cay schlief tatsächlich in der Dienerkammer, ich im Himmelbett. Nachdem wir uns eine gute Nacht gewünscht hatten, lag ich noch lange wach. Ich fürchtete, dass mich Kelmon jenseits der Grenze des Schlafes erwartete. Doch als mich die Müdigkeit schließlich überwältigte, träumte ich von einem langen, weißen, einsamen Strand. Sanft rauschten die Wellen, und obwohl ich eine kleine Ewigkeit an dem Strand entlang spazierte, begegnete ich keinem anderen Menschen.

Am nächsten Morgen bat mich Cay, an seiner Statt mit den Thaala-Geweihten zu reden. Es war ihm ernst mit dem Versprechen, das er Radulf gegeben hatte, aber er selbst konnte schlecht dafür sorgen, dass der letzte Wunsch des Toten in Erfüllung ging. Genaugenommen existierte Cay ja gar nicht – oder nur in der Erinnerung einer Handvoll zufälliger Männer und Frauen –, und auch der Herr Ulf von Schwarzenbach war in dieser Hinsicht ungeeignet, da so ein Edelmann natürlich keinen Umgang mit Nekromanten pflegte.

Die Sache blieb also an mir hängen. Ich hegte zwar keinen Wunsch, Aluin wiederzusehen, wollte Cay aber gerne zeigen, dass auf mich Verlass war. Außerdem beabsichtigte er, sich den Vormittag über in Kelmons Briefe zu vertiefen, und es war mir lieber, nicht in seiner Nähe zu sein, wenn er das tat.

Während mich eine Kutsche zum Thaala-Tempel brachte, dachte ich über Aluin nach. Von allen merkwürdigen Beziehungen zu Männern, in die ich mich verstrickt hatte, war dies vielleicht die Merkwürdigste. Als mich der Geweihte damals dabei beobachtet hatte, wie ich mit einem der Unterirdischen sprach, war ich davon überzeugt gewesen, er würde im Gegenzug für sein Schweigen die üblichen Liebesdienste fordern. Stattdessen hatte er sich gewünscht, dass ich ihm die schwermütigen Gedichte eines längst verstorbenen benorischen Poeten namens Boven vom Wolfstritt vorlas, während er seinen Kopf in meinen Schoß legte.

Im Lauf der Jahre hatte er mir manch einen Goldgulden geschenkt und des Öfteren geholfen, zwischen den Leichenfressern und seinen Brüdern und Schwestern zu vermitteln – aber er hatte sich nie danach erkundigt, wer oder was ich war. Und er hatte mir auch nie erklärt, was es mit seiner Neigung zu wehmütiger Lyrik auf sich hatte.

Eine Zeitlang hatten wir uns heimlich getroffen, an verschiedenen Orten in der Totenstadt, da die anderen Geweihten Aluins Umgang mit mir missbilligten. Aber damit war Schluss: Ich hatte weder Lust noch Muße, ein Stelldichein zwischen den Gräbern, Grüften und Standbildern zu arrangieren. Gestern war ich schnurstracks in Thaalas Heiligtum marschiert, und heute hielt ich es genauso.

Die tiefe, dunkle Stille des Tempels schien das Geräusch meiner Stiefelschritte aufzusaugen. Ein paar Gläubige hockten in den Bänken, aber wie es der Brauch verlangte, beteten sie schweigend. Auch die Geweihte, die vor dem Altar am Ende der Halle kniete, hielt stille Andacht. Kurz betrachtete ich den schwarzen Obelisken, der jenseits des Altars errichtet war – wenn ich nicht irrte, sollte er die Unergründlichkeit des Todes symbolisieren –, dann wandte ich mich an die Geweihte.

»Verzeiht, Ehrwürden …«, flüsterte ich. »Würdet Ihr bitte zu Aluin gehen und ihn fragen, ob er Zeit hat, mich zu empfangen? Meine Name ist Vanice von Raban.«

Die Geweihte nickte; sie hob aber weder die Augen, noch unterbrach sie ihr Beten. Ich trat einen Schritt zurück, atmete den betörend-geheimnisvollen Duft der Weihrauchperlen ein, die um den Altar herum in blattförmigen Metallschalen verbrannt wurden, und wartete.

Nach einer Weile erhob sich die Geweihte. Sie verließ die Gebetshalle durch einen schmalen Durchgang, kam kurz darauf zurück und deutete mit einem weiteren Nicken an, dass ich ihr folgen solle.

Früher hatte Aluin eine Zelle im Kellergeschoss des Tempels bewohnt. Jetzt empfing er mich in einem oberirdisch gelegenen Raum. Das Gelass war völlig schmucklos, strahlte aber dank eines Bücherregals und einer Ottomane eine gewisse Gemütlichkeit aus; außerdem verfügte es über ein kleines, verglastes Fenster, das den Blick auf eine Gruppe Zypressen freigab.

»Vanice … ich hätte nicht gedacht, dass ich Euch so bald wiedersehe«, sagte Aluin, nachdem sich die Geweihte zurückgezogen hatte.

»Ehrlich gesagt hätte ich nicht gedacht, dass ich Euch überhaupt wiedersehe«, versetzte ich. »Ihr wart gestern nicht sehr hilfreich.«

Aluin schien aufrichtig betrübt. »Es tut mir leid, dass ich Euch nicht helfen konnte«, sagte er. »Aber ich habe getan, was in meinen Möglichkeiten stand.«

Ich schüttelte den Kopf. »Entschuldigt bitte, ich bin nicht gekommen, um Euch Vorwürfe zu machen. Vielleicht könnt Ihr mir ja heute helfen. Ihr sollt wissen, dass der Anführer der Nekromanten, Radulf von Rodingen, tot ist.«

»Oh«, machte Aluin. Es wirkte nicht so, als würde die Neuigkeit sein Gemüt aufwühlen.

»Ja, in der Tat«, fuhr ich fort. »Und sein letzter Wunsch war, dass sich Thaalas Schweiger seines Leichnams annehmen mögen. Ihr sollt dafür sorgen, dass er im Tod bleibt.«

»Ein erfrischender Wunsch … für einen Nekromanten«, stellte Aluin fest, und ich meinte, einen Hauch Spott in seiner Stimme zu hören. »Nun, unser Dienst gilt allen Menschen. Ich werde mit meinen Brüdern und Schwestern reden. Wo finden wir Radulfs Leiche?«

»In einer der verlassenen Minensiedlungen südwestlich der Stadt.«

Ich beschrieb Aluin den Weg. Dann wusste ich nicht mehr, was ich noch sagen sollte. Wir hatten im Stehen miteinander gesprochen, und ich machte schon Anstalten, mich zu verabschieden, als mich der Geweihte bat, auf der Ottomane Platz zu nehmen.

»Es gibt etwas, das Ihr wissen solltet«, erklärte er, indem er sich an meine Seite setzte.

»Aha. Und das wäre?«

»Ich werde bald sterben.«

Ich zog die Brauen zusammen. »Ihr werdet bald sterben? Wie kommt Ihr denn darauf? Seid Ihr krank?«

Aluin machte auf mich keinen moribunden Eindruck. Seit ich ihn zum ersten Mal gesehen hatte, waren seine schlohweißen Haare zwar noch etwas schütterer und sein Gang noch etwas gebeugter geworden, aber für einen Mann, der schon so viele Winter gesehen hatte, schien er mir recht rüstig.

»Nein, es geht mir gut. Dennoch: Ich werde bald sterben. Glaubt mir, wenn man so viel Umgang mit dem Tod hatte, spürt man auch das eigene Ende nahen.«

»Das … tut mir leid …«, sagte ich zögernd.

»Es muss Euch nicht leid tun, Vanice. Ich habe ein langes Leben gehabt, ein langes und gutes Leben. Vielmehr frage ich mich, ob *mir* etwas leid tun sollte. Ich weiß nicht, ob es richtig war, dass ich Euch so oft gebeten habe, zu mir zu kommen.«

»Nun«, erwiderte ich in kühlem Tonfall, »man könnte vermutlich sagen, dass Ihr meine Notlage ausgenutzt habt. Allerdings hättet Ihr ganz andere Dinge von mir verlangen können. Es gibt Schlimmeres auf der Welt, als Gedichte vorzulesen und dabei Tee zu trinken.«

»Das ist wohl so. Dennoch bitte ich Euch um Verzeihung, wenn ich Unrecht an Euch getan habe.«

»Die Entschuldigung nehme ich gerne an, auch wenn sie wohl überflüssig ist … Was mich allerdings interessieren würde – warum wart Ihr so versessen darauf, dass ich Euch vorlese?«

Aluin lächelte. »Könnt Ihr Euch das nicht denken?«

»Denken kann ich mir eine Menge«, sagte ich und klang dabei ungeduldiger, als es meine Absicht gewesen war. »Aber ich würde es gerne aus Eurem Mund hören.«

»Wie Ihr wünscht, Vanice«, entgegnete der Geweihte. »Nun, als junger Mann war ich in eine Frau namens Lucille verliebt.«

»Und ich sehe dieser Lucille ähnlich?«

»Ja, sehr ähnlich sogar. Oder vielleicht sollte ich sagen, Ihr seht meiner Erinnerung an sie ähnlich. Denn es ist über fünfzig Jahre her, seit ich das letzte Mal mit ihr gesprochen habe.«

»Und sagt bloß, diese Lucille hat Euch die Lyrik des Boven vom Wolfstritt vorgelesen, während Ihr Euren Kopf in ihren Schoß gebettet habt?«

»Ja, so ist es. Wir wollten heiraten, Lucille und ich. Wir waren sogar schon verlobt. Dann plötzlich habe ich begriffen, was meine wahre Berufung ist. Das war wie ein Blitz, der in meine Seele fuhr. Danach wurde alles anders.«

Ich stieß ein kleines, amüsiertes Schnauben aus. »Dann ist das Ganze ja wirklich so abgeschmackt, wie ich es mir vorgestellt habe«, sagte ich – und fragte mich zugleich, warum ich auf einmal einen schwer zu bezähmenden Drang danach verspürte, den alten Geweihten zu verletzen.

Aluin beantwortete meine Beleidigung mit einem Lachen. »Abgeschmackt? Wahrscheinlich ist es das in der Tat«, sagte er. »Ich weiß aber nicht, ob ich mir das vorwerfen sollte. Mir scheint, es liegt immer etwas Abgeschmacktes im menschlichen Sehnen, und ich glaube, wir täten gut daran, diese Abgeschmacktheit anzunehmen.«

Er erhob sich, langsam und mühsam, und trat ans Fenster. Mit auf dem Rücken zusammengelegten Händen blickte er nach draußen. Es hatte zu nieseln begonnen, doch ein paar Sonnenstrahlen fanden ihren Weg durch die Wolken und brachten den Dunst zum Leuchten, der sich um die Stämme der immergrünen Bäume wand.

Ich hatte keine Lust, mich für meine Grobheit zu entschuldigen. »Das menschliche Sehnen?«, fragte ich stattdessen. »Heißt das, Ihr bereut Eure Entscheidung, ein Geweihter geworden zu sein?«

Was mich betraf, so konnte ich mir nur schwer vorstellen, wie es möglich sein sollte, die Entscheidung, ein Geweihter zu werden – zumal ein Geweihter Thaalas –, *nicht* zu bereuen; dennoch, und meiner Gehässigkeit zum Trotz, spürte ich einen Stich im Herzen bei dem Gedanken daran, dass Aluin ein in seinen Augen vergeudetes Leben geführt haben könnte.

Er aber schüttelte den Kopf. »Nein, ich bereue meine Entscheidung nicht«, sagte er. »Wenn ich erneut vor die Wahl gestellt wäre, würde ich sie wieder so treffen.«

»Dennoch sehnt Ihr Euch nach Eurer Lucille«, stellte ich fest.

»Ja, das tue ich. Ich sehne mich nach dem Gefühl, das ich hatte, wenn ich in ihre Augen blickte. Und ich sehne mich danach, wie vor jedem Wiedersehen mein Herz klopfte.« Ich hörte das Lächeln in Aluins Stimme, als er fortfuhr. »Wahrscheinlich könntet Ihr sagen, dass ich mich nach der Sehnsucht sehne. In diesem Sinn gibt es wohl kein Leben ohne Reue. Aber diese Art Reue ist etwas Gutes, versteht Ihr, Vanice? Sie ist wie ein Flüstern im Wind; sie erinnert uns daran, dass es noch etwas anderes gibt. Etwas, das wir auf der Welt niemals haben können. Insofern ist die Reue eigentlich gar keine Reue, sondern Hoffnung – eine Hoffnung, die die Gewänder des Schmerzes anlegt, weil sie um all das weiß, was immer schon verloren war. Manchmal rührt sie mich an, wenn ich zum ersten Mal wieder den Duft es Frühlings rieche. Oder wenn ich spielende, fröhliche Kinder sehe. Oder wenn ich Gedichten aus einer längst vergangenen Zeit lausche und an eine andere, längst vergangene Zeit denke: meine Jugend mit ihrem Kummer und ihrer Freude.«

Darauf sagte er nichts mehr. Auch ich schwieg. Ich weiß nicht, wie lange wir die Stille teilten: er am Fenster, ich auf der Ottomane, während eine Unzahl winziger Tropfen zur Erde fiel und das Sonnenlicht immer mehr verblasste.

Schließlich erhob ich mich und trat an die Tür. »Lebt wohl, Aluin«, hörte ich mich murmeln.

Jetzt erst drehte sich der alte Geweihte nach mir um. Etwas Sanftes, fast Zärtliches lag in dem Blick, mit dem er mich betrachtete.

»Mögen die Götter Euch beschützen, Vanice«, sagte er und hob die Hand zum Abschied.

15
DIE ZEIT, DIE BLEIBT

Justinius

Während meiner Krankheit war es Winter geworden. Auch im Herbst konnte Schnee fallen. Aber die Luft, die ich atmete, als ich vor die Tür der *Hohen Straße* trat, roch eindeutig nach Winter. Sie hatte jene Kälte und Härte und rauchige Reinheit, die ihr nur in der Thaala geweihten Jahreszeit zu eigen ist.

Tatsächlich war es der schönste Morgen, den ich seit langem erlebt hatte. Von bleichem Gold war das Licht der Sonne. Sie schien von einem weiten, klaren Himmel herab und brachte die weiße Welt zum Leuchten. Nun, ganz weiß war die Welt freilich nicht. Der Schnee, der den Platz bedeckte, war von Wagenspuren gefurcht, von Hundepisse gesprenkelt und vom Dreck zahlloser Stiefelsohlen beschmutzt.

Das war es aber nicht, was mir die Schönheit des frühwinterlichen Morgens bitter machte.

Nein, es waren die zwei Scheiterhaufen, die in der Mitte des Platzes errichtet wurden.

Die Arbeiter hatten eine große Menge Holz herbeigekarrt. Waren dabei, es aufzuschichten. Und auch die Pfähle, an denen die Verurteilten festgebunden werden sollten, sah ich bereits.

Mir wurde schwindelig. Ich musste mich an der Wand des Gasthauses abstützen.

Tamelon betrachtete mich mit ernstem Blick. »Es tut mir leid, Justinius«, sagte er.

Ich stöhnte. Einen Moment lang konnte ich nur an die kleinen Wölkchen denken, die ich beim Atmen ausstieß. Was wäre, wenn unsere Seelen versuchen würden, uns auf diese Weise zu entrinnen?

Wenn sie sich in unserem Atem verstecken würden, um all dem Hass und den Lügen zu entweichen?

Verdammte Scheiße, wahrscheinlich hatte ich immer noch Fieber.

»Wann ist es so weit?«, brachte ich schließlich hervor.

»Morgen früh«, sagte Tamelon.

»Warum … warum zwei Scheiterhaufen?«

»Der andere ist für Ferla.«

»*Ferla?* A-aber ich dachte …«

Der Paladin schüttelte den Kopf. »Sie hat Calybs … Befragung nicht gut verkraftet. Sie ist im Wald zusammengebrochen und dort haben meine Brüder sie noch in derselben Nacht gefunden.«

Ich starrte den Boden zu meinen Füßen an. Hier, so nah an der Wand der *Hohen Straße*, war der Schnee beinah unberührt. »Also war alles umsonst …«, murmelte ich.

»In Vielem bin ich nicht mit Calyb einverstanden«, sagte Tamelon langsam. »Aber was die Hexe Aiona getan hat, ist etwas sehr Böses. Mit ihrem Fluch hat sie zwei gute Männer zerstört. Sie sind hier in Dreieichen, in der Obhut des Sorin-Tempels. Ihr könnt sie sehen, wenn Ihr Euch davon überzeugen wollt, über welch furchtbare Macht diese Frau verfügt.«

»Ich weiß, dass sie über furchtbare Macht verfügt!«, brauste ich auf. »Ich bin nicht blind, in Dreidämonsnamen!«

»Dann sollte Euch klar sein, warum die *Bruderschaft des Zweiten Todes* nicht zulassen kann, dass Aiona weiter ihr Unheil wirkt.«

»Eure feine Bruderschaft lässt den Leuten die Fingernägel herausreißen, um die sogenannte Wahrheit aufzudecken. Warum seid Ihr auf einmal so verdammt pingelig?!«

Ich hatte fast geschrien. Aber Tamleon schüttelte nur den Kopf. Er tat das ein bisschen oft für meinen Geschmack. Man bekam den Eindruck, er hätte etwas verloren oder aufgegeben, was man nicht verlieren oder aufgeben sollte. Schon gar nicht als Paladin.

»Hört zu …«, begann ich noch einmal. »Auch ich bin nicht gerade begeistert davon, dass Aiona Eure Männer verflucht hat. Ich wünschte, sie hätte das nicht getan. Aber sie hat mich nicht nach meiner Meinung gefragt. Und ich bin mir ziemlich sicher, dass sie es wieder tun würde. Nicht, weil sie böse wäre. Sondern weil sie aus irgendwelchen Gründen davon überzeugt ist, dass diese Ferla unbedingt gerettet werden muss. Ein Feldherr, der Krieg führt, darf nicht vor Grausamkeiten zurückschrecken, wenn er keine andere Möglichkeit sieht, den Feind zu schlagen. Er wird vielleicht Hunderte seiner eigenen Soldaten opfern oder das Leiden Unschuldiger in Kauf nehmen. Ich sage nicht, dass das richtig ist. Aber ich habe keine Ahnung, wie es anders geht. Wir werden aus dieser Sache nicht herauskommen, ohne uns die Hände schmutzig zu machen. Bei Elaahs Gnade, wir können verdammt dankbar sein, wenn wir überhaupt irgendwie aus dieser Sache herauskommen!«

Tamelon betrachtete mich mit nachdenklichem Blick. »Was für eine Sache, Justinius? Was für ein Krieg?«, fragte er leise.

Wieder wurde mir schwindelig. Wieder musste ich mich an der Hauswand abstützen. Ich rieb mir die Augen.

»Geht es Euch gut, Justinius?«

Jetzt war es an mir, den Kopf zu schütteln. »Nein, zur Hölle, es geht mir nicht gut!«, murmelte ich. Schon wurden die Pfähle der Scheiterhaufen aufgerichtet. Einen Herzschlag lang meinte ich, den Gestank von verkohltem Fleisch zu riechen.

Würde bald die ganze Welt ein einziger, lodernder Scheiterhaufen sein? Würden wir alle brennen?

»Aiona hat etwas gesehen«, sagte ich schließlich. »Sie hat gesehen, dass ein jenseitiges Böses nach Ahekrien gekommen ist. Fragt mich nicht, was es mit diesem Bösen auf sich hat. Ich weiß es nicht. Ich weiß nur, dass es wirklich ist. Und dass es jeden Einzelnen von uns bedroht. Diese Bedrohung ist weit schlimmer ist als Eure Hexen, Nekromanten und Dämonenanbeter. Aiona hat das bereits gesehen, als alle anderen noch blind waren für diese Wahrheit. Deshalb solltet Ihr Euch anhören, was sie zu sagen hat, ehe Ihr sie verurteilt.«

Ich hatte erwartet, dass Tamelon ein ungläubiges Lächeln aufsetzen oder angewidert das Gesicht verziehen würde. Er tat nichts dergleichen.

»Im Wachhaus gibt es ein paar Kerkerzellen«, entgegnete er stattdessen. »Dort sind die Hexen unterbracht. Kommt, Justinius, unterwegs können wir weiterreden.«

Mit diesen Worten drehte er sich um.

Nun, für den Anfang nicht schlecht, dachte ich. Und ging hinter dem Paladin her.

Es waren ziemlich wenige Leute auf der Straße. Obwohl ich mit meinen Gedanken woanders war, entging mir das nicht. Ein wenig wunderte ich mich darüber. Schließlich begann mit der zweiten Totennacht die Weihezeit Thaalas. Da freute man sich eigentlich, wenn man sich sein Näschen noch mal von der Sonne bescheinen lassen konnte.

Dann sah ich, wie eine Dame im gelben Kleid, die von einer Magd bei ihren morgendlichen Einkäufen begleitet wurde, zu Fall kam. Ein Herr in einer auffällig roten Hose kam herbeigeeilt, um der Gestürzten auf die Beine zu helfen. Plötzlich war mir, als müsste sich das kleine, von den meisten gewiss übersehene Unglück immer wieder aufs Neue ereignen, als würde es niemals wieder aufhören und wäre von nichts und niemandem mehr gutzumachen.

Ruhig Blut, Justinius – es ist das Fieber, sagte ich mir.

Und fiel im nächsten Augenblick selbst fast auf die Schnauze. Tamelon fasste mich am Arm. »Vorsicht, Justinus!«, mahnte er überflüssigerweise. »Es hat in den letzten Tagen stark geregnet. Dann kam der Frost und jetzt liegt Eis unter dem Schnee.«

»Danke für den Hinweis«, knurrte ich und zupfte meinen Mantel zurecht. Jetzt bemerkte ich auch, dass viele der Diener, Mägde und Herrschaften, die unterwegs waren, einen eigenartig trippeligen Gang pflegten.

»Ihr müsst wissen, dass ich bei Aionas Prozess dabei war«, sagte Tamelon plötzlich.

»Ah …«, machte ich.

»Da hat sie nichts von dem Bösen gesagt. Sie hat überhaupt nichts zu ihrer Rechtfertigung gesagt, sondern sofort alles zugegeben.«

Ich war zugleich entsetzt und erleichtert, als ich das hörte. »Das heißt, Ihr habt sie nicht der … wie nennt Ihr das? …peinlichen Befragung unterzogen.«

»Nein. Auch die Hexe Ferla hat ein Geständnis abgelegt.«

»Nun, das ändert nichts an dem, was ich Euch gesagt habe. Vielleicht hatte Aiona wenig Hoffnung, dass Eure Brüder ihr Glauben schenken würden. Vielleicht hat sie deshalb von dem Bösen geschwiegen.«

»Ich bedauere sehr, dass es so ist«, sagte Tamelon. »Ich hätte ihr nämlich geglaubt.«

»Wie bitte?« Vor lauter Schreck rutschte ich fast wieder aus.

Der Paladin blieb stehen. »Ja, und ich glaube, ich weiß auch, warum sie nicht einmal versucht hat, uns zu überzeugen.«

Ich sah ihn gespannt an. Schwieg aber.

»Der Provinzial hat den Vorsitz über den Prozess geführt …«

»Ja …? Und …?«, fragte ich nun.

»Sein Name ist Galbahr vom Hohen Teich.«

»Galbahr vom – verfickte Scheiße!«, platzte ich heraus.

Ich hatte gewusst, dass ein Oheim des guten Laghras innerhalb der *Bruderschaft des Zweiten Todes* einen bedeutenden Rang einnahm, wäre aber nie auf den Gedanken gekommen –

»Moment!«, sagte ich hastig. »Heißt das, Ihr wisst von Rudrick und der Horde?«

»Ich weiß genug«, bestätigte Tamelon.

»Aber woher?«

Nun ließ der Paladin ein seltsam wehmütiges Lächeln sehen. Dann begann er zu erzählen. So erfuhr ich, wie er die Bekanntschaft des Totengräbers Halig gemacht hatte, der seinerseits unfreiwilligerweise auf Tuchfühlung mit dem Schwarzen Jäger gegangen war. Ich erfuhr, wie Tamelon mit dem Totengräber ausgezogen war, um die Gespensterschenke *Zum Fröhlichen Toten* dichtzumachen. Wie er unterwegs Vanice begegnet war, die es in ihrer unnachahmlichen Art geschafft hatte, sowohl Prinz Gereon als auch den lieben guten Edmund in die zweifellos vielköpfige Schar ihrer Freier einzugliedern.

Ich erfuhr, dass Blondlöckchen spurlos verschwunden war, nachdem sich Edmund mit dem Prinzen gerauft und dabei sein Auge verloren hatte. Erfuhr, dass mein Bruder diesen Verlust jetzt vermutlich auf meinem Landsitz betrauerte. Erfuhr weiterhin, dass Tamelon mittlerweile jede Menge Zeit gehabt hatte, sich von den Vorzügen meiner unvergleichlichen Magd Scara zu überzeugen, die bekanntlich mindestens so zahlreich waren wie Vanice' Verehrer. Erfuhr schließlich, dass Scara und Halig im Auftrag des Paladins zu Rhun von Ketten gegangen waren, um sich dort als Diener einzurichten – und dass man seit über einer Woche nichts von ihnen gehört hatte. Auch von dem grausigen Ende, das der ahekrische Thronerbe gefunden hatte, berichtete mir der Paladin. Und er bekannte, dass er nicht nur in Gereons Todesstunde die Macht des Bösen gespürt hatte.

Das war ein ganzer Haufen Neuigkeiten.

Ich musste zugeben, dass mir die Worte fehlten.

»Mir fehlen die Worte«, gab ich also zu.

Tamelon nickte. »Das verstehe ich gut.«

»Und was jetzt?«, fragte ich, ohne mir viel Hoffnung zu machen, dass er eine Antwort für mich hätte.

»Ich weiß es nicht«, sagte der Paladin. Er sah traurig und müde aus, als er das sagte. »Ich schulde dem Provinzial Gehorsam. Das ist ein Schwur, den ich geleistet habe. Ich breche diesen Schwur ständig. Ich breche ihn bereits, indem ich mit Euch rede. Aber alles muss eine Grenze haben …«

»Ich verstehe, dass Ihr Euch in einer schwierigen Lage befindet, aber –«

»Nein, Justinius. Da gibt es kein Aber. Als ich Halig und Scara weg geschickt habe, fürchtete ich, eine quälende Auseinandersetzung mit dem Provinzial wäre unvermeidlich. Ich hatte mir allerlei Erklärungen für mein Handeln zurechtgelegt. Ich war bereit, mich zu verteidigen. Ja, ich war sogar bereit, den Provinzial anzulügen – die Herrin möge mir verzeihen.«

»Wie gesagt, ich ver-«

»Wartet, Justinius, hört mich an. Wie gesagt, ich war auf einen schmerzlichen Streit eingestellt. Was dann geschah, war aber noch viel schlimmer. Der Provinzial erwähnte Halig und Scara mit keinem Wort mehr. Versteht Ihr? *Mit keinem Wort!* Als hätte er vergessen, dass er je mit ihnen gesprochen hatte. Als wären sie überhaupt nie im Gasthof *Zur Hohen Straße* gewesen. Und noch etwas: Mit gutem Recht hätte der Provinzial auch mir harte Fragen stellen können. Schließlich habe ich den Prinzen zu ihm gebracht. Wenn ich die Lage nicht völlig falsch eingeschätzt hätte, wäre uns allen das Grauen jener Nacht möglicherweise erspart geblieben. Für Halig und Scara hätte ich gekämpft. Aber was mich selbst betrifft, wäre mir nichts anderes übrig geblieben, als meine Schuld einzugestehen. Doch auch darüber hat der Provinzial kein Wort verloren. Weder er noch einer meiner Brüder erwähnte mein Versagen, das doch für alle offen zutage lag.«

»Ich glaube, ich verstehe nicht, was Ihr mir sagen wollt …«

»Es ist ganz einfach, Justinius. Etwas Schreckliches geht hier vor sich, etwas, das ich nicht begreifen kann. Ich weiß nur eines: Provinzial Galbahr ist in Not. Eine dunkle, furchtbare Drohung schwebt über seinem Haupt. Und das gilt nicht nur für ihn. Der ganze Orden ist in Not. Umso wichtiger ist es, dass ich zu meinen Brüdern stehe. Bitte verzeiht mir, Justinius, aber das ist das Allerwichtigste. Ich muss jetzt jeden Zweifel in meinem Herzen ersticken …«

Angstvoll erwartete ich, was als Nächstes kommen würde. Und tatsächlich sagte Tamelon: »Selbst wenn jedes Eurer Worte wahr ist – ich kann Aiona und Ferla nicht helfen. Niemand kann das. Die Bruderschaft hat ihr Urteil gesprochen. Es muss vollzogen werden.«

Die Zelle war klein, aber sauber. Den Boden hatte man mit Stroh ausgelegt, und durch ein Gitterfenster in der Steinwand fiel etwas Licht ins Innere. Ich sah sofort, dass Aiona unversehrt war. Man hatte ihr nicht einmal die Haare geschoren – sogar die blauen und roten Bänder waren noch da. Dafür war ich dankbar. Sie trug auch keine Ketten. Allerdings war ihr ein Reif aus schwerem, dunklem Metall um den Hals gelegt worden. Das gefiel mir nicht. Wenn ich es recht bedachte, gefiel mir überhaupt nichts von dem, was ich sah.

Bei dem Gedanken daran, dass Aiona seit einer Woche in diesem kalten, feuchten Loch eingesperrt war, hätte ich am liebsten mit den Zähnen geknirscht.

Ganz zu schweigen von dem, was am morgigen Tag geschehen sollte.

»Justinius!«, rief Aiona, als sie mich sah. Sie hatte in ein paar grobe Rosshaardecken gehüllt an der Wand gehockt. Jetzt sprang sie auf.

Knarrend schloss sich die schwere, eisenbeschlagene Holztür hinter mir. Ich hörte, wie der Wärter den Schlüssel im Schloss umdrehte.

Ich nahm Aiona in den Arm. Küsste sie.

Einen Moment lang standen wir da, hielten einander bei den Händen und sahen uns an.

»Ich hätte nicht gedacht, dass sie dich zu mir lassen würden«, sagte Aiona dann.

»Der Paladin Tamelon hat mir geholfen. Er ist ein guter Mann, glaube ich.«

»Ja, das glaube ich auch. Du warst krank, nicht wahr?«

Ich nickte. »Das verdammte Fieber. Aber jetzt bin ich wohlauf. Stark wie ein junger Stier.«

Sie lachte. »Was meinst du, sind alle Stiere so schlechte Lügner? Ich freue mich jedenfalls, dass ich dich noch einmal sehe.«

Ihre Worte gaben mir einen Stich ins Herz. »Was ist das eigentlich für ein Ding, das du um den Hals trägst?«, fragte ich hastig.

»Hübsch, nicht wahr?«, entgegnete sie grinsend und strich mit zwei Fingern über den Metallreif. »Schmuck für die Hexe von Welt.«

»Aiona – ich glaube nicht, dass jetzt die Zeit für Scherze ist«, sagte ich langsam. Meine Stimme war plötzlich belegt. Es fehlte nicht viel, und ich hätte angefangen zu heulen. Wollte mich ohrfeigen. Konnte es aber nicht ändern.

»Gerade jetzt ist die Zeit für Scherze«, entgegnete Aiona. »Aber um deine Frage zu beantworten: Das hier ist ein hohes Heiligtum des Ordens. Sie nennen es Thaalas Gnade. Es nimmt bösen Hexen wie mir die Zauberkräfte. Ich habe auch gehört, der geweihte Stahl würde das Fleisch der Fluchwürdigen verbrennen. Nun, wie du siehst, stimmt das nicht, Lemarah sei Dank. Das Ding ist allerdings ziemlich schwer und beim Schlafen überaus hinderlich. Ich habe seit einer Woche einen steifen Hals.«

Ich ballte die Fäuste. Bebte vor Wut. »Die Dreckskerle«, zischte ich.

Aiona zuckte die Schultern. »Ich weiß nicht, Justinius«, sagte sie. »Sie müssen ihrer Wahrheit folgen. Wie wir alle.«

Irgendwie kränkte mich ihre Gelassenheit. »Du klingst verdammt entspannt für jemanden, der morgen auf den Scheiterhaufen gestellt wird …«, murmelte ich.

»Oh, ich bin nicht entspannt. Keineswegs.« Sie schüttelte den Kopf. »Aber ich habe aufrecht gelebt und will auch ebenso sterben. Manchmal ist das alles, was wir noch tun können.«

Ich sagte nichts.

»Das ist einer der Gründe, weshalb ich gestanden habe«, fuhr sie fort. »Bei der Folter kann man nicht gewinnen. Ich nehme an, das weißt du, Justinius? Bestenfalls stirbt man, ohne jemanden verraten zu haben. Wahrscheinlicher ist, dass man zerbricht, ehe es vorbei ist, und diejenigen anklagt, die man am meisten liebt.«

»Du bist eine Königin«, protestierte ich schwach. »Du kannst dich nicht einfach so aufgeben.«

»Eben weil ich eine Königin bin, musste ich so handeln. Ich habe die Pflicht, meine Schwestern zu schützen. Das habe ich getan. Denn die Regeln der Bruderschaft verbieten es, einen geständigen Angeklagten zu foltern. Ich habe ihnen gesagt, was sie hören wollten. So musste ich keine meiner Schwestern preisgeben. Außerdem – was wäre das für eine Königin, die als blutiges, wimmerndes, gekrümmtes Bündel auf dem Scheiterhaufen steht.«

Unwirsch wandte ich mich ab. Machte einige stampfende Schritte in der kleinen Zelle. »Verdammt noch mal, Aiona!«, rief ich. »Sie wollen dich bei lebendigem Leib verbrennen! Ich wünschte, da würde ein blutiges, wimmerndes Bündel übrig bleiben!«

»Du vergisst, dass ich alles gestanden habe. Mein Lohn ist, dass mir die Flammen erspart bleiben. Sie werden mich erdrosseln, ehe sie das Feuer entzünden. Wenn ich nicht irre, verwenden sie ein Würgeeisen. Da geht es ziemlich schnell, weißt du. Die *Bruderschaft des Zweiten Todes* wünscht keine unnötigen Quälereien. Ich glaube, damit ist es ihnen ernst.«

Ein Bild schoss durch meinen Kopf: Tanya in ihrem Todeskampf. Ich sah Gelfrats Tochter, wie sie am Seil baumelte, zuckte, zappelte, verzweifelt an der Schlinge zerrte. Und ich stellte mir Aionas Gesicht vor: die blutigen Augen, die schwärzliche, gedunsene Haut, die dicke, geschwollene Zunge.

Mir wurde übel.

»Justinius – stimmt etwas nicht?«

Es fehlte nicht viel, und ich hätte aufgelacht. »Ob etwas nicht stimmt?«, sagte ich, indem ich mich zu ihr umdrehte. »Soll das ein Witz sein? Es stimmt überhaupt nichts, Aiona! Die ganze Welt ist ein einziger Scheißhaufen – ein riesiges Plumpsklo für die Götter und nichts weiter!«

Sie kicherte. Es klang nicht einmal gezwungen. »Ein Plumpsklo für die Götter … Das muss ich mir merken!«

»Du wirst es dir nicht allzu lange merken müssen, davon rede ich ja …«, knirschte ich.

»Dann lass uns die Zeit, die mir bleibt, nicht vergeuden«, sagte sie, ernst werdend. »Es gibt noch einen anderen Grund, weshalb ich geständig war. Du musst wissen, dass der Provinzial –«

»Ich weiß«, knurrte ich. »Er heißt Galbahr vom Hohen Teich und ist ein Oheim unseres alten Freundes Laghras. Tamelon hat es mir gesagt. Da fällt mir ein – ich habe dir noch gar nicht erzählt, dass ich sowieso vorhatte, diesem Dreieichen früher oder später mal einen Besuch abzustatten. Laghras hält sich nämlich hier versteckt. Er ist in der Burg eines alten Junkers namens Rhun von Ketten untergekrochen.«

»Was für ein Zufall.«

»Allerdings. Ich weiß das von meinem Bruder, dem lieben, guten Edmund. Laghras hat versucht, ihn dazu zu bringen, sich gemeinsam mit ihm zu verstecken. Offenbar ist da ein großes Muffensausen ausgebrochen, weil Rudricks ehemalige Spielkameraden allesamt glauben, er hätte es jetzt auf sie abgesehen.«

»Wahrscheinlich zu Recht.«

»Ja, wahrscheinlich. Was machen wir jetzt eigentlich mit Rudrick und dem Schwarzen Jäger? Daraus, den beiden in ihrem schicken verfluchten Bergdorf einen Besuch abzustatten, ist ja leider nichts geworden. Und jetzt ist schon wieder eine Woche vergangen. Wer weiß, vielleicht haben sich die beiden mittlerweile gegenseitig den Schädel eingeschlagen …«

Es tat mir gut, einfach drauflos zu plappern. Und so zu tun, als ob alles irgendwie beim Alten wäre: Als ob Aiona und ich gemeinsam Pläne schmieden und Strategien aushecken könnten. Als ob wir eine Zukunft hätten. Als ob morgen nicht alles vorbei wäre.

Leider erlaubte mir Aiona nicht, dieses kleine Ausweichmanöver fortzusetzen.

»Vielleicht haben sie sich gegenseitig den Schädel eingeschlagen«, unterbrach sie mich. »Vielleicht sind sie unterdessen auch wieder versöhnt. Ich weiß es nicht. Du wirst es herausfinden müssen. Du, Justinius.« Aiona trat ganz nahe an mich heran, furchte die wilden Brauen, blickte mir fest in die Augen und ergriff meine Hände. Ich wollte diesen Moment festhalten. Ich wünschte, sie hätte nicht weitergesprochen.

»Hör mir jetzt gut zu«, sagte Aiona. »Es ist wahr, dass ich gar nicht versucht habe, die Bruderschaft zu überzeugen, weil die Gefahr zu groß war, dass der Provinzial Galbahr irgendwie in Rudricks Machenschaften verstrickt ist. Aber wenn die Feuer der Scheiterhaufen erloschen sind, zählt das alles nicht mehr. Du wirst keine Zeit haben, mich zu betrauern. Du wirst auch keine Zeit haben, um kindische Rachegedanken zu hegen. Es gibt so viel, was du tun musst: Du musst einen Weg finden, mit dem Schwarzen Jäger zu reden und ihn zu warnen. Du musst Rudrick zur Strecke bringen. Du musst die Herren von Ahekrien dazu bringen, der Wahrheit ins Auge zu sehen. Und das ist erst der Anfang. Der Provinzial Galbahr und die *Bruderschaft des Zweiten Todes* sind nur von Bedeutung, wenn du sie als

Verbündete gewinnen kannst, oder wenn sie offenbart haben, dass sie zu unserem Feind gehören. Nur dann, verstehst du? Denn darum geht es: Du musst das Böse aufhalten. Nichts anderes darf dir wichtig sein.«

Ich schluckte schwer. Sah zu Boden. »Ich … ich kann das nicht, Aiona.«

»Doch. Du kannst das. Du musst. Es gibt nur dich.«

»Nein!«, schrie ich. Wimmerte dann: »Ach, verdammte Scheiße!«

»Es tut mir leid«, sagte Aiona leise. »Ich wünschte, ich könnte dir helfen.« Sie strich mir mit der Hand über die Wange. Plötzlich fiel mir ein, dass ich ihr ohne Bart besser gefiel. Und alles, was ich denken konnte, war: *Warum hast du dich nicht rasiert, du elender Trottel?*

»Aber ich weiß, dass du es schaffen wirst, Justinius. Du bist stark. Viel stärker, als du denkst.«

Ich fühlte mich ungefähr so stark wie eine Schüssel Quark, die drei Wochen an der Sonne gestanden hat. Trotzdem flackerte irgendwo in mir ein Funken Heldentum auf – oder vielleicht waren es auch einfach nur Trotz, Wut und Bitterkeit.

»Ich lasse das nicht zu …«, zischte ich. »Ich lasse nicht zu, dass sie dich verbrennen! Ich werde das verhindern! Ich werde –«

Wieder unterbrach mich Aiona. »Ich habe gehofft, dass du das sagen würdest. Aber ich will nicht wissen, was du vorhast. Bestimmt ist es ein Wahnsinn. Und ich müsste versuchen, es dir auszureden. Eines musst du mir jedoch versprechen: Was immer du tust – tu es nicht für mich, tu es für Ferla.«

Ich starrte sie an. »*Was?!*«, keuchte ich.

»Wenn du eine von uns beiden retten kannst, dann Ferla«, sagte Aiona ruhig. »Ich weiß, dass dir das nicht gefällt. Doch es geht nicht anders.«

»Einen Gehörnten werde ich tun!«, schrie ich und trat gegen die Wand. Wie man das so macht, als zukünftiger Weltenretter. »Deine Ferla schert mich einen Dreck! Von mir aus kann die Bruderschaft sie köpfen, erhängen, vierteilen, aufs Rand spannen und verbrennen – in welcher Reihenfolge auch immer!«

»Du verstehst nicht, Justinius …«

»Oh doch, ich verstehe sehr wohl! Ich bin nämlich nicht blöd, weißt du!«

»Justinius, hör mich an. I-«

Dieses Mal hatte ich die Freude, sie zu unterbrechen. »Ferla ist die Schwester von Danje. Das habe ich mir gleich gedacht, als du von ihr erzählt hast. Du hast ein schlechtes Gewissen, weil du mit einem deiner schicken Flüche ihre halbe Familie zur Hölle geschickt hast. Deshalb willst du sie jetzt retten. Aber nicht mit mir! Nicht mit mir!«

»Das alles ist wahr. Es ist wahr, und es tut nichts zur Sache«, sagte Aiona streng. »Wirst du mir jetzt zuhören, Justinius?«

Ich schnaubte. Stemmte die Fäuste in die Hüften. Und wartete.

»Ferla ist die Schwester von Danje, das ist richtig«, begann Aiona. »Und ja, ich habe mich damals schuldig gemacht. Auch das ist richtig. Doch hier geht es nicht um mich, sondern um deinen Auftrag. Nachdem ich ihre Familie ermordet habe, hat Ferla bei Bechtil ein neues Zuhause gefunden. Bechtil ist die Königin der Weißen Hexen. Sie ist schon sehr lange Königin, mehr als ein halbes Jahrhundert, und in ganz Ebera gibt es keine Hexe, keinen Hexer und keinen Zauberer, der ihren Namen nicht kennt. Von ihren Feinden wird sie geehrt und ihre Freunde preisen ihre Weisheit und Güte.«

»Muss ja ein überaus schnuckeliges Großmütterchen sein, diese Bechtil«, fauchte ich. »Nur wüsste ich nicht, was das mit uns zu tun hat.«

»Ganz einfach: Wenn die Königin der Weißen Hexen an deiner Seite ist, wirst du viele Verbündete im Kampf gegen das Böse gewinnen. Ist sie nicht an deiner Seite, wird es schwer werden. Ich habe schon lange versucht, sie davon zu überzeugen, dass wir uns zusammenschließen müssen. Aber sie misstraut mir. Wegen dem, was ich Danje und ihren Eltern angetan habe. Doch auch sonst ist sie mir nicht gewogen. Sie meint, ich liebäugele mit der Dunkelheit. Und sie findet mich harsch.«

Ich gickerte verzweifelt. »Was? Wie kommt sie denn darauf?«

Aiona fuhr ungerührt fort: »Wenn bekannt wird, was du getan hast – dass du auf meine Bitte hin Ferla an meiner Statt gerettet hast, wird Bechtil wissen, dass es mir ernst war. Dann wird sie dich anhören. Sie lebt in einem Dorf ein paar Tagesreisen östlich von hier. Es heißt Storchheide.«

»Wie bitte!?«, rief ich. »Ich soll mich auch noch mit irgendwelchen Hexenköniginnen rumschlagen?«

»Ich wünschte, ich könnte dir etwas anderes hinterlassen als all diese Mühe und Verantwortung. Aber so wird es sein, ja.« Aiona holte tief Luft. »Also – habe ich dein Wort?«

Ich sagte nichts. Nickte nur.

Eine Weile lang standen wir da und schwiegen. Im Kerker war es sehr still. Aber von draußen drangen die Geräusche der Stadt an mein Ohr: Stimmen, Hufgetrappel, das Bimmeln einer Glocke. Alltägliches Leben. Auch übermorgen, wenn von Aiona nur noch ein Häuflein Asche übrig war, würden diese Geräusche zu hören sein.

»Übrigens, ich wusste gar nicht, dass wir verheiratet sind …« Aiona grinste mich an, und auf einmal lag etwas Junges, Mädchenhaftes in ihrer Stimme: ein Necken und Locken.

»Es ist jedenfalls wahrer, als dass wir nichts miteinander zu tun haben«, murmelte ich.

»Du musst in Zukunft ein bisschen aufpassen, was du sagst. Wenn ich bei meinem Geständnis nicht darauf beharrt hätte, dass wir uns nicht kennen und du im Fieber gesprochen hast, säßest du jetzt vielleicht auch hier drinnen.«

»Einen Baronssohn kann man nicht so leicht einkerkern. Außerdem …« Ich zuckte die Achseln. »Wenn ich hier drinsäße – wäre das so schlimm?«

Da trat Aiona an mich heran. Sie umarmte mich, legte ihren Kopf an meinen. Ich spürte ihren Atem, ihre Wärme. Roch ihren Duft.

»Weißt du, Justinius, es ist gar kein großes Unglück, dass wir Menschen sterben müssen«, flüsterte sie. »Ein Unglück ist, dass wir an den völlig falschen Orten nach Liebe suchen.«

Ich konnte jetzt endgültig nicht mehr. Begann zu weinen. »Was zur Hölle soll das werden?«, schniefte ich. »Letzte Weisheiten vor dem Scheiterhaufen?«

Aiona löste ihre Umarmung. Trat einen halben Schritt zurück. Hielt ihre Hände aber an meinem Nacken. »Eigentlich wollte ich dir etwas anderes sagen …« Auch sie hatte Tränen in den Augen. »Ich wollte dir sagen … ich bin sehr froh … dass ich einmal an dem richtigen Ort gesucht habe.«

Ich blickte sie an. Lange, fest. Fühlte mich auf einmal sehr ruhig. »Das bin ich auch«, erwiderte ich.

Dann küssten wir uns.

16
NIEMALS GENUG

Mykar

Zum vierten Mal traf ich Ofrick im *Schlachter.* Wieder gab es schales Bier aus tönernen Bechern; wieder saßen wir an einem schmierigen Ecktisch. Mir fiel auf, dass die Männer, die den Zechern einschenkten – es waren immer dieselben, soweit ich das beurteilen konnte –, niemals das kleinste Zeichen des Erkennens gaben, wenn Ofrick uns etwas zu trinken holte. Das kam mir seltsam vor, weil er die Schenke ja fast täglich zu besuchen schien. Vielleicht hatte das etwas damit zu tun, wie das Haus der Tausend Farben seine Angelegenheiten regelte.

»Und?«, fragte Ofrick, nachdem auch er einen Schluck getrunken hatte.

»Was – und?«, fragte ich meinerseits.

»Du hast innerhalb von einer Woche dreimal für mich getötet.«

»Viermal, wenn man den Mann im Lagerhaus mitzählt. Aber das war einige Tage vorher.«

Ofrick lachte. »Gut, dann eben viermal. Was ich wissen will: Wie geht es dir damit?«

Ich zuckte die Schultern. »Wie soll es mir damit gehen?«

»Nun, manch einer wird von Reue gequält, wenn er Unschuldige getötet hat.«

»Waren diese Männer denn unschuldig?«

»Du hast niemals gefragt, wer oder was sie waren. Das hat dich nicht geschert.«

»Es schert mich noch immer nicht.«

»Dann bist du wohl der, für den ich dich gehalten habe.« Ofrick nickte ernst; fast hätte man meinen können, er sei sich unsicher, ob es wirklich ein Grund zur Freude war, dass er sich nicht in mir geirrt hatte.

»Das heißt, Ihr seid zufrieden mit mir?«, fragte ich.

»Ja …« Er nickte wieder. »Das Zeichen ist gesetzt. Die Botschaft ist angekommen.«

Ich wartete darauf, dass Ofrick noch mehr sagen würde. Er tat es nicht.

»Ich weiß jetzt, was das Haus der Tausend Farben ist«, murmelte ich, während ich in meinen Becher blickte.

»Ach? Dann hat dich doch die Neugier gepackt?«

Ich hob nicht die Augen. »Nein … Eigentlich will ich nur eines wissen: Warum ich?«

»Warum du …?« Ofricks Stimme klang sinnierend, fast verträumt. »Tja, wenn du weißt, was das Haus der Tausend Farben ist, dann weißt du wahrscheinlich auch, dass wir es in Donost bislang nicht leicht hatten. Viele gute Leute, die wir hätten gebrauchen können, wollten nicht mit uns arbeiten. Aus Vorsicht oder Angst oder einfach weil sie … sich gebunden fühlten. Als du zu mir kamst, um nach Arbeit zu fragen, konnte jeder sehen, dass du neu in der Stadt bist. Und dass es dich nicht kümmert, wie die Dinge hier laufen … Und ich habe noch etwas anderes gesehen. Als du den Anker getragen hast, und dann beim Kampf in der Lagerhalle.«

Jetzt sah ich auf. In Ofricks kleinen, grauen Augen lag eine Herausforderung; er suchte meinen Blick.

»Was?«, fragte ich.

»Hass«, antwortete er. »Eine besondere Art Hass. Er ist zugleich kalt und heiß, beherrscht und zügellos. Es ist der Hass von jemandem, der es vielleicht nicht darauf anlegt, die Welt brennen zu sehen, aber auch nichts dagegen hat, wenn sie es tut.« Ofrick unterbrach sich. »Das schien mir vielversprechend«, schloss er dann.

Ich sagte nichts.

Schweigend tranken wir unser Bier.

Ich wusste, was jetzt kommen würde.

»Wie dem auch sei«, begann Ofrick wieder. »Jedenfalls hast du dich so weit bewährt. Deshalb habe ich eine neue Aufgabe für dich. Es ist eigentlich weniger eine Aufgabe als eine Auszeichnung. Oder sagen wir: ein Zeichen unserer Anerkennung.«

Seine Stimme war tonlos; ich sagte noch immer nichts.

»Der Hafenmeister Ludger lädt einige Gäste in sein Haus. Wichtige Gäste. Sie sollen einen schönen Abend haben, die Gäste. Ohne Ärger, ohne Zwischenfälle. Es könnte in Donost Leute geben, die gerade das nicht wollen. Diese Leute könnten die Absicht hegen, dem Hafenmeister und seinen Gästen den Abend zu verderben. Ich halte es für unwahrscheinlich, dass etwas passiert – aber sicher ist sicher. Deshalb brauchen wir ein paar Männer, die nach dem Rechten sehen, wenn Ludger seine Gäste empfängt. Du sollst einer von ihnen sein.«

Ich nickte. »Gut«, sagte ich.

Jetzt grinste Ofrick. »Gut? Das ist alles?«

»Ja.«

»Hm, dann ist es mit deiner Neugier wohl doch nicht allzu weit her.«

»Nein. Wahrscheinlich nicht«, sagte ich und drehte meinen Becher zwischen den Fingern.

In dieser Nacht ging ich noch lange in den Straßen von Donost umher, nachdem wir uns verabschiedet hatten, Ofrick und ich. Einige Tage lang hatte es unentwegt geregnet; jetzt aber war der Himmel klar und wolkenlos. Wenn die Pfützen groß genug waren, konnte man sehen, wie sich der Mond und die Sterne in ihnen spiegelten.

Ich dachte an eine andere, sternenklare Nacht. Viele Jahre war das jetzt her. Alva war damals noch am Leben gewesen. Auch Cay und ich selbst waren damals noch am Leben gewesen. Ich hatte im Hof hinter der Hütte meiner Eltern gelegen und schlaflos den Himmel betrachtet. Im Stillen hatte ich Cay um Verzeihung gebeten: dafür, dass ich ihn so beneidete – um seine Stärke, seinen Mut, seine Schönheit. Und um Alva.

Ich hatte geschworen, dass ich bis ans Ende der Welt ziehen würde, um Cay zu retten, wenn er denn jemals gerettet werden müsste. Aber ich hatte ihn nicht gerettet. Auch Alva hatte ich nicht gerettet. Die beiden waren tot. Niemand würde jemals wieder ihre Stimme hören; niemand würde sie jemals mehr lachen sehen; niemand würde jemals wissen, was für ein Geschenk sie gewesen wären, hätten sie leben dürfen.

Ich war bis ans Ende der Welt gezogen – wofür?

Irgendwann kam ich an den Hafen. Ich roch das Meer, sah die Schiffe. Auch nachts wurde hier gearbeitet; im Licht von Kohlefeuern, die in Metallbecken brannten, wurden Kisten geschleppt, Waren verzeichnet, Karren beladen. Vielleicht hätte ich auf einem der Schiffe, die bei Donost vor Anker lagen, anheuern können. Dort draußen gab es so viele Städte und Häfen, so viele Länder; tausend mal tausend Männer und Frauen, die noch niemals von Rudrick von Nordwiesen oder dem Schwarzen Jäger gehört hatten.

Aber es half nichts. Wir selbst waren unser Gefängnis. Das hatte ich jetzt begriffen.

Als ich die *Zechende Puppe* betrat, waren Cillia und Alwin noch nicht zurückgekehrt. Die beiden hatten an diesem Abend eine Aufführung. In der Wirtsstube saß eine Gruppe von Seeleuten beisammen, die wohl irgendwo einen Lobgesang auf Frau Ceddras Fischsuppe gehört hatten, und ich half dabei, die Männer mit Essen und Trinken zu versorgen. Wie immer war die Mutter von Cillia und Alwin schweigsam und unwirsch. Doch es war schön, an ihrer Seite zu werkeln.

Irgendwann waren die letzten Gäste gegangen. Frau Ceddra legte sich schlafen. Ich machte im Schankraum sauber, wischte die Tische, rückte die Stühle und Schemel zurecht. Das alles war zwar nicht unbedingt nötig, aber ich wollte etwas zu tun haben.

Schließlich blieb mir nichts anderes mehr übrig, als ins Bett zu gehen. Zu meiner Überraschung schlief ich schnell ein. Es war schon spät – oder bereits früh –, als Cillia heimkam. Sie hatte wohl einen oder zwei Becher Wein zuviel getrunken und machte ein wenig Lärm, während sie im Zimmer herumstolperte. Ich erwachte davon, wie sie im Dunkeln gegen den Schreibtisch stieß und einige gemurmelte Flüche ausstieß. Cillia sollte nicht mitkriegen, dass ich wach war. Ich schwieg und hielt die Augen geschlossen, als sie ins Bett stieg. Die restliche Nacht verbrachte ich damit, an ihrer Seite zu liegen und ihren Atem zu fühlen.

Im Morgengrauen erhob ich mich. Wie immer schlief Cillia ungerührt weiter. Ich zog mich leise an, verließ das Zimmer und ging in den Hof, zum Stall. Schecke war bereits wach. Seit ich in der *Zechenden Puppe* lebte, hatte ich ihn nur selten gesehen. Das hieß nicht, dass er müßig blieb. Frau Ceddra nutzte ihn für größere Einkäufe, Alwin und Cillia ritten ihn, wenn sie in der Stadt unterwegs waren, und manchmal löste er einen der beiden Esel ab, die den Wagen der Schausteller zogen.

Wir beide hatten allerdings wenig miteinander zu tun gehabt. Das lag natürlich nicht an ihm, sondern an mir. Um ehrlich zu sein, ich hatte ihn gemieden, seit ich Danje im Fluss versenkt hatte. Ich bildete mir ein, er wisse um meine Tat. Und würde sie nicht gutheißen.

Vielleicht stimmte das sogar. Dennoch begrüßte mich Schecke mit seinem fröhlichen »Möh!«, als ich den Stall betrat, und ließ sich von mir streicheln. Ich hatte etwas Zucker aus der Küche von Frau Ceddra stibitzt, weil ich ihm eine Freude machen wollte. Das ließ er sich gerne gefallen.

Es tat gut, wieder in der Gesellschaft von Schecke zu sein, der ja über lange Wochen hinweg der treue Gefährte von Danje und mir gewesen war. Ohne ihn wäre ich nie so weit gekommen, das war klar. Wahrscheinlich hätte ich bereits aufgeben müssen, als mich die rohe, stinkende Dunkelheit von Mandris umfing, wenn er nicht gewesen wäre.

So aber hatte ich es geschafft.

Das Ziel meiner Reise.

Der Hafenmeister Ludger.

Noch ein Mord.

Schecke legte die Ohren an und betrachtete mich sorgenvoll. Er spürte, dass mein Herz schwer war. Ich ahnte, was er mir vorschlagen wollte. Tatsächlich, auch das wäre eine Möglichkeit gewesen – ihn loszubinden, jetzt sofort, aufzusitzen und davonzureiten.

Wie seltsam … vor Cillia wegzulaufen, um mit ihr zusammen sein zu können … ja, wie seltsam.

Sie ist alles, was du willst. Aber es ist nicht genug, oder? Es ist niemals genug.

Die Stimme von Danje. So deutlich drangen die Worte an mein Ohr, als stünde sie leibhaftig neben mir. Dieses Mal klang sie nicht böse oder gehässig. Sie klang sehr traurig.

Ich ließ mich bei Schecke auf den Boden sinken und weinte.

17
EIN MOMENT NUR

Vanice

Innerhalb weniger Minuten war aus dem Nieseln ein Regenguss geworden. Über der Perle ballten sich jetzt graue Wolken, und ein kalter Wind pfiff durch die Straßen. Es hatte mich mein bezauberndstes Lächeln und obendrein ein paar Münzen gekostet, den Kutscher davon zu überzeugen, dass er auf dem leeren, abweisenden Platz vor dem Thaala-Tempel auf mich warten sollte. Ich war aber froh, dass ich den Aufwand nicht gescheut hatte, denn schon nachdem ich die wenigen Meter vom Tempeltor zum Wagenverschlag im undamenhaften Laufschritt zurückgelegt hatte, war ich gründlich durchnässt.

Während der Rückfahrt zum *Schäumenden Kelch* blickte ich nach draußen. Ich betrachtete all die Menschen, die auf der Suche nach einem Unterschlupf durch die Straßen eilten. Ihre hastigen Schritte ließen das Wasser der Pfützen aufspritzen, und es kam mir vor, als würden sie vor etwas weit Dunklerem und Furchtbarerem fliehen als einem herbstlichen Schauer.

Die Stadt des Dorn wirkte jetzt schäbig auf mich – schäbig, traurig und einsam. Sie schien die Trostlosigkeit von unzähligen vergeudeten, begrabenen Leben auszustrahlen, und ich fragte mich, ob so ein schmutziger Regen nicht vielleicht all die Lügen wegwusch, die wir uns darüber erzählen, wie wir die Welt eingerichtet haben.

Glücklicherweise gab es im Schankraum des *Schäumenden Kelch* einen großen, gemauerten Kamin, in dem behaglich ein Feuer knisterte; es gab eine Handvoll Gäste, die sich trotz des scheußlichen Wetters vergnügt über ihren Eintopf hermachten und angeregt plauderten; und es gab Cay, der an einem Fenstertisch saß, allein mit einem Krug Bier. Als er mich sah, stand er auf, um mir einen Stuhl zurechtzurücken.

»Hallo Cay … und danke«, begrüßte ich ihn.

»Da bist du wohl mitten in den Regen geraten. Das tut mir leid.«

»Ich muss schrecklich aussehen«, seufzte ich, indem ich Platz nahm.

»Nein, nur nass. Willst du dich umziehen?«

»Ach, es geht schon, hier drinnen ist es ja warm und trocken. Aber eine Schüssel Eintopf wäre nicht schlecht. Und einen Becher Glühwein nähme ich auch.« Ich blickte mich in der Wirtsstube um. »Seltsam, ich dachte, ich wäre nur ein paar Minuten im Tempel gewesen, aber es muss wohl über eine Stunde gewesen sein. Es ist ja schon Mittag.«

»Ich kenne das«, sagte Cay. »Warte, ich bestelle uns etwas.«

Er stand auf, trat an die Theke, wechselte ein paar Worte mit einer Schankmagd und kam an unseren Tisch zurück.

»Sind die Geweihten bereit, sich um die Leiche zu kümmern?«, fragte er.

»Ja, ich denke schon. Ich habe ihnen beschrieben, wo sie Radulf finden können, und wenn ich richtig verstehe, werden sie wohl jemanden schicken, um ihn zu holen.«

»Danke, Vanice. Es ist gut, dass er nicht dort draußen liegen bleibt und langsam verrottet. Wer weiß, welche neuen Übel daraus erwachsen wären? Aber sag mir, war es schwer, Thaalas Schweiger zu überzeugen?«

Ich verspürte wenig Neigung, Cay von Aluins Jugendliebe oder dem angeblich nahen Tod des Geweihten und seiner Abschiedsrede zu erzählen. »Nein«, sagte ich. »Ich musste einfach eine Weile warten, bis sie Zeit für mich hatten.«

Cay nickte. »Gut. Eines noch: Was ist mit Xra?«

»Was soll mit ihm sein?«

»Wäre es angemessen, dass wir noch einmal zu ihm gehen und berichten, was geschehen ist?«

»Nein, ich denke nicht. Er wird schon merken, dass Radulf tot ist. Wir haben für ihn und die Seinen getan, was wir konnten.«

Ich beschloss, nun meinerseits die unausweichliche Frage zu stellen. »Was ist mit Kelmons Briefen? Hast du darin etwas gefunden, das uns weiterhilft?«

Cay zögerte kurz. »Ich nehme an, du willst nur das Wichtigste wissen?«

»Ja«, bestätigte ich.

»Nun, Radulfs Briefe kenne ich ja nicht, aber die Antworten Kelmons legen nahe, dass der Nekromant die Wahrheit gesprochen hat. Es scheint, dass er wirklich nach einem Weg gesucht hat, das Böse zu bekämpfen. Aber Kelmon weist all seine Vorschläge und Überlegungen zurück. Er wisse nur von einem Weg, es aufzuhalten, sagt er. Dieser Weg sei der Tod.«

Cays Bericht war nicht gerade dazu angetan, meine Stimmung zu erhellen. »Ist das alles?«, fragte ich tonlos.

»Nein, nicht ganz. Kelmon schreibt auch, selbst die, die dabei gewesen seien, könnten Radulf nichts anderes sagen als er.«

»Selbst die, die dabei gewesen seien? Wen meint er denn damit? Und wo dabei überhaupt?«

»Ich weiß es nicht. Vielleicht hat der Dorn eine Ahnung, wir werden sehen.«

»Wann gehst du denn zu ihm?«

»Zum Dorn? Auch das weiß ich nicht. Eigentlich wäre es naheliegend, als Ulf von Schwarzenbach um eine Audienz zu bitten. Aber ich habe keine Anweisungen erhalten, das zu tun. Deshalb denke ich, dass sie wahrscheinlich zu mir kommen werden.«

»Man müsste meinen, der Dorn hätte ein Interesse daran zu erfahren, wie es dir mit Radulf ergangen ist.«

»Ja, ich vermute, er wird mich nicht allzu lange warten lassen.« Cay lehnte sich zurück und verschränkte die Arme hinter dem Kopf. »Ein bisschen Zeit haben wir aber wohl noch …«, sagte er lächelnd. »Deshalb wollte ich dich fragen, ob du einen besonders guten Gasthof hier in der Stadt kennst?«

Ich zog eine Augenbraue hoch. »Einen besonders guten Gasthof? Tja, *Lynnars Perle* ist ziemlich berühmt. Weißt du, Arno von Durenwald war der Vater des Dorn, und sie haben den Gasthof nach Arnos Bruder benannt. Es war Lynnar, der –«

»Ich bin zwar nur der Sohn eines Dorfgeweihten, aber ich kenne die Geschichte«, unterbrach mich Cay. »Ich kenne sogar das Lied, das sie über seinen Ritt nach Mandris geschrieben haben. Leider kann ich nicht singen, sonst würde ich es zum Besten geben.«

»Entschuldige bitte. Manchmal meine ich, ich müsste die Leute belehren, ich weiß selbst nicht warum … Aber sag mir, was willst du denn mit einem besonders guten Gasthof anfangen?«

»Dich dorthin einladen. Heute Abend, zum Beispiel. Ich dachte, wenn demnächst die Welt untergeht, könnten wir uns vorher noch etwas Schönes gönnen.«

»Oh, du willst mich einladen?« Ich war ehrlich überrascht, obwohl Cays Vorschlag weder ausgefallen noch abwegig war. »Danke«, sagte ich. Mehr fiel mir nicht ein.

»Schön«, sagte Cay. »Dann wollen wir also heute Abend *Lynnars Perle* einen Besuch abstatten. Und wer weiß: Vielleicht singe ich ja doch noch, wenn ich erst genug Wein getrunken habe.«

Ich lachte. »Ja, das würde ich gern hören …«

In diesem Moment trat eine Schankmagd an unseren Tisch. Sie brachte zwei Schüsseln mit Linseneintopf, zwei Becher Glühwein und einen Korb mit frischgebackenem Brot. In dem Eintopf, der mit Essig gekocht war, schwammen einige Stücke Räucherwurst, und der Glühwein war süß und stark. Es tat mir wohl, etwas Warmes in den Bauch zu bekommen, und als ich die Schüssel geleert hatte, bestellte ich noch einen kleinen Nachschlag.

Während des Essens wechselten wir nur ein paar Worte, und auch, als die Schankmagd das Geschirr abgeräumt hatte, saßen wir schweigend beisammen. Ich stellte fest, dass Cay einer der wenigen Menschen war, die ich bislang getroffen hatte, mit denen ich Stille teilen konnte. Wir ließen uns je einen zweiten Becher Glühwein bringen, sprachen kurz über das Wetter und die wundersamen Gerichte, die wir am Abend genießen würden, schwiegen dann wieder.

Auf einmal war ich glücklich, und wie so oft schon stellte ich fest, dass die schönsten Momente im Leben eigentlich immer solche waren, in denen überhaupt nichts Besonderes geschah – ganz plötzlich und unerwartet fühlte sich die Welt richtig an, gerade weil es eigentlich keinen Grund dafür gab.

Leider dauern sie niemals sehr lange, diese Momente. Und später dann, als ich allein in unseren Gemächern war – Cay hatte den Gasthof verlassen, um Die-Götter-wissen-was zu erledigen –, gesellte sich wieder jener Trübsinn zu mir, der fast mein stetiger Begleiter war.

Eigentlich hatte ich vorgehabt, mich nur kurz auf das Himmelbett zu legen, um ein wenig zu verdauen und meinen Kopf zu beruhigen, der von den zwei Bechern Glühwein leicht schwummerig war. Aber ich musste feststellen, dass es mir schwerfiel, wieder aufzustehen.

Warum nur? Alles lief doch so, wie ich vorhergesehen hatte.

Ich war mir sicher, dass es heute Nacht passieren würde. Zunächst durchströmten mich Triumphgefühle, bei dem Gedanken daran, dass ich – *ich*, nicht Alva oder sonst wer – Cays erste Geliebte sein würde. Vielleicht war es niederträchtig von mir, dass ich mich als Siegerin über die halbe Damenwelt fühlte, aber ich platzte dennoch vor Stolz. Allein, die Triumphgefühle hielten ebenso wenig an wie der Moment stillen Glücks, den Cay und ich geteilt hatten. An ihre Stelle traten Trostlosigkeit und Überdruss.

Ich spürte, wie die Zeit verrann. Mir war, als neige sich der Nachmittag bereits dem Abend entgegen. Ich musste mich erheben und ein Bad nehmen. Dann musste ich meine spärliche und nicht eben aufregende Garderobe nach etwas hinreichend Kleidsamem durchsuchen. Ich musste meine Haare machen, mich schminken, Schmuck anlegen.

Das alles kam mir so erschöpfend vor, als erwartete mich ich ein

Lauf von hundert Meilen, den ich mit einem Sack Steinen auf dem Rücken bewältigen musste.

Anstatt mich in eine verführerische Geliebte zu verwandeln, döste ich ein.

18
WOFÜR WIR STERBEN

Justinius

In dieser Nacht träumte ich. Das war ein schöner Traum. Jemand gab ein großes Fest, und wir alle waren eingeladen: Ich sah Tamelon, Mykar und Cay. Scara, Vanice und Ferla. Und Aiona. Auch Prinz Gereon war da. Sogar Edmund entdeckte ich unter den Feiernden. Er hob seinen Becher, um mir zuzuprosten. Das Fest fand unter freiem Himmel statt. Es begann um die Mittagsstunde und endete auch nicht, als sich die Sonne senkte. Feuer wurden entzündet. Ein heller Mond schien auf uns herab. Es wurde getanzt, gesungen und gelacht. Ich hatte keine Angst, dass Rudrick oder der Schwarze Jäger kommen würden. Ich hatte überhaupt keine Angst mehr.

Als ich erwachte, war es noch dunkel. Jemand durchschritt den Gang vor meiner Zimmertür. Ich hörte das Knarren der Holzbohlen. Ansonsten war es still. In meinem Herzen waren Sehnsucht und Traurigkeit. Ich wünschte, das Fest hätte nie geendet.

Bald stand ich auf. Ich entzündete eine Kerze. Wusch mich sorgfältig. Rasierte mich. Zog mich an. Gestern Abend hatte man mir meine restlichen Sachen gebracht: den wattierten Waffenrock und das Kettenhemd. Den Gorget, den Visierhelm und die Panzerhandschuhe. Das Schwert und den Schild. Alles war gut gepflegt worden.

Als ich fertig war, setzte ich mich aufs Bett. Was sollte ich jetzt tun? Beten? Ich suchte nach Worten und fand sie nicht. Warten? Dafür war meine Unruhe denn doch zu groß. Ich entschied, mich ein wenig vorzubereiten. Vollzog einige Schwertübungen. Hatte in meinem Zimmer gerade genug Platz dafür. Also: Schildstoß, Stich nach vorne, Stich seitlich … Anfangs ging es gut. Doch bald spürte ich sie: die Schnitte und Schläge. Das Fieber und die Erschöpfung.

Ich sank wieder aufs Bett. Atmete schwer. Nun, es ging besser, als ich gefürchtet, und schlechter, als ich gehofft hatte. Aber am Ende war das gleichgültig. Denn ich hatte meine Entscheidung längst getroffen.

Ich stand auf und trat ans Fenster. Die Hinrichtung würde vollzogen werden, so wie es hell geworden war. Noch zeigte sich nicht der kleinste Lichtstreifen über den Dächern von Dreieichen. Doch die Scheiterhaufen standen bereit. Und auch die Zuschauer ließen nicht auf sich warten. So eine Hexenverbrennung war eben ein Hauptspaß. Da wälzte man sich gerne mal ein paar Stunden früher aus den Federn. Wobei – vielleicht war ich ungerecht. Die Leute machten nämlich keinen blutgierigen Eindruck. Wirkten keineswegs vorfreudig. Eher still und ernst. Beinah feierlich. Als wäre es ihre heilige Pflicht, hier auf dem Platz zu stehen und darauf zu warten, dass die kalte, schwarze Nacht in eine kalte, bleiche Dämmerung überging. Und dann den Tod von Aiona und Ferla zu bezeugen.

Ich zog einen Schemel heran. Setzte mich. Ließ meine Gedanken schweifen.

Schließlich wurde es hell. Langsam kam etwas Farbe in die Welt. Ich stand auf, sah wieder aus dem Fenster. Zwischenzeitlich hatten die Ordenskrieger einen Kreis um die Scheiterhaufen gezogen. Acht Männer zählte ich. Sie trugen ihre blau-roten Wappenröcke und Fackeln. Weitere Thaala-Streiter hatten sich unter die Zuschauer gemischt. Wohl um zu verhindern, dass jemand übermütig wurde.

Ich schloss die Augen. Als ich sie wieder öffnete, brannten die Fackeln. Gelb war ihr Licht, schwarz der Rauch, der von ihnen aufstieg und sich in den Dämmerhimmel erhob. Unterdessen hatte sich die Stimmung auf dem Platz etwas gelöst. Die Zuschauer plauderten gedämpft. Manche stampften mit den Füßen, um sich zu wärmen. Andere hatten etwas zu essen von daheim mitgebracht, in Tuch gewickeltes Brot, Käse, Wurst. Ich sah sogar einen Mann, der einen Handkarren, auf dem ein geöffnetes Fass stand, durch die Menge schob. Man wurde hungrig, man wurde durstig, man fror, man langweilte sich – wer konnte es den Leuten verdenken?

Der Himmel hatte jetzt die Farbe von schmutzigem Eis. Es war so weit. Ich wandte mich ab. Griff nach meinem Helm. Zog ihn ab. Befestigte ihn am Gorget. Nahm schließlich Schwert und Schild. Verließ das Zimmer.

Der Schankraum der *Hohen Straße* war völlig verwaist. Kein Wunder – wer zur *Bruderschaft des Zweiten Todes* zählte, hatte an diesem Morgen zu tun. Und der Wirt und die Schankmägde wollten sich die Hinrichtung bestimmt auch nicht entgehen lassen.

Ich ging hinter die Theke. Zapfte mir einen Krug Bier. So viel Zeit musste sein. Trank. Schnitt mir ein Stück von einem großen, runden Brotlaib ab. Aß. Kurz betrachtete ich die Reste von Schaum und Flüssigkeit im Tonkrug, die Krumen auf dem Holzteller. Ich fragte mich, was Aionas letzte Mahlzeit gewesen war. Ich wusste noch nicht einmal, was ihre Lieblingsspeisen waren. Von Honigkuchen abgesehen. Was war eigentlich aus dem Rappen geworden? Noch eine von diesen Fragen.

Ich seufzte. Stellte beides zur Seite, Krug und Teller. Schritt zum Ausgang des Wirtshauses. Öffnete die Tür. Und trat ins Freie.

Die Morgenluft war kalt. Sie drang durch Metall und Wolle und kitzelte die Haut mit Frostfingern. Ich fand, das war ein schönes Gefühl. Mittlerweile war die Sonne vollständig aufgegangen. Man erahnte, dass auch dieser Tag klar und leuchtend werden würde. Man hätte einen Spaziergang machen können, entlang weißer Felder und kahler Bäume. Verdammt, man hätte eine Schneeballschlacht machen können.

Ich begann, mir einen Weg durch die Menge zu bahnen. Das war nicht schwer. Rüstung, Schwert und Schild verschafften einem ganz von selbst Respekt – zumindest bei denjenigen, die nichts von all dem hatten. Abgesehen davon konnten mir die Leute natürlich dankbar sein. Ich würde dafür sorgen, dass sie eine rechte Gaudi erlebten. Ob die Ordenskrieger mir ebenfalls dankbar sein würden, war eine andere Frage. Die misstrauischen Blicke, die mir einige von ihnen zuwarfen, erweckten den Eindruck, dass sie daran schon jetzt zweifelten.

Als ich den Rand der Menge erreichte, fiel mir ein Mann ins Auge, der ebenfalls ganz vorne stand. Er war eher wie ein wohlhabender Händler gekleidet als wie ein Krieger, trug einen schweren, fellbesetzten Lodenmantel. Aber etwas an seiner Aufmachung wirkte wie eine Verkleidung. Außerdem kam er mir irgendwie bekannt vor: die schwarzen Haare, der schwarze Bart, der schwarze, brennende Blick und die fahle Haut … Mein Blick traf den des Fremden. Er verzog keine Miene.

Ich hatte keine Zeit, mich damit zu beschäftigen, wo ich diesem Mann schon einmal begegnet war, wer er sein mochte und was er in Dreieichen verloren hatte. Später würde ich das nachholen. Falls es ein Später für mich gab.

Nun aber hatte ich anderes zu tun. Denn nun kamen sie.

Der Provinzial Galbahr vom Hohen Teich führte den Zug an. Er war wieder die Hochwürdigkeit selbst. Ebenso wie die Prälaten, die ihm folgten. Schwarz in Schwarz, Schwarz und Gold. Dann kamen Tamelon und Calyb. Es folgten die übrigen Thaala-Streiter, die Aiona und Ferla zu ihrem Tod geleiteten. Auch ein paar ergraute Bärtige in reich verzierten Gewändern und Umhängen sah ich. Wahrscheinlich waren das irgendwelche Stadtoberen. Viel zu sagen hatten sie bestimmt nicht. Immerhin war ihnen erlaubt worden, ein paar ihrer eigenen Männer mitzubringen: wackere Wächter im Wappenrock von Dreieichen: drei schwarze, prächtige Bäume, keilförmig angeordnet auf grünem Grund. Sie gingen neben den Ordenskriegern her und versuchten, gewichtige Mienen zu ziehen.

Es gab keinen Gesang, keine Trommeln. Das eigentlich unvermeidliche Geraune oder Jubeln von Seiten der Zuschauerschaft blieb ebenfalls aus. Niemand beschimpfte oder bespuckte die Hexen. Niemand schrie nach ihrem Blut oder bewarf sie mit Unrat. Alles vollzog sich in einer weiten, leeren Stille, die nur von ein paar Krähenrufen durchbrochen wurde.

Nein – keine Krähenrufe. Es waren die klagenden Schreie eines Raben.

Jacomo hockte auf dem steinernen Beckenrand eines nun trockenen Zierbrunnens, nicht weit von den Scheiterhaufen entfernt. Ich fühlte etwas wie Scham, dass ich ihn vergessen hatte. Ich fragte mich, was wohl in ihm vorging.

Und ich fragte mich, was in Aiona und Ferla vorging – was sie denken und fühlen mochten. Wenn in ihrem Geist und ihren Herzen überhaupt noch Raum war für etwas anderes als die Angst.

Jetzt sah ich sie. Die beiden trugen graue, unförmige, mit Pech bestrichene Gewänder und ebensolche Kopftücher. Aiona hielt das Versprechen, das sie sich gegeben hatte. Stolz und aufrecht schritt sie einher. Wenn sich unter den Zuschauern auf dem Platz Schwestern von ihr befanden, dann sahen sie tatsächlich eine Königin. Hingegen waren Ferlas Züge zu einer Maske von Grauen erstarrt. Eigentlich war sie ziemlich hübsch mit ihren roten Haaren, den hohen Wangenknochen und den großen, hellen Augen. Doch die langen, einsamen Tage, während derer sie ihren Tod erwartet hatte, der unerbittlich näher rückte, hatten alle Sinnlichkeit, alles Leben aus ihrem Gesicht geätzt.

Bei den Scheiterhaufen waren kleine Gerüste errichtet worden. Schon führten zwei Ordenskrieger die Hexen zu den Pfählen. Banden sie fest. Ich sah, dass die Männer tatsächlich Würgeeisen bei sich trugen. Und ich fragte mich, ob es Thaala-Streiter gab, die sich freiwillig für diese Art Dienst meldeten, vielleicht sogar ein Gefühl grimmiger Rechtschaffenheit dabei verspürten. Oder ob das Los bestimmte, wer Hand anlegen und die Verurteilten aus der Welt schaffen musste.

Der Provinzial und sein Gefolge stellten sich auf der anderen Seite der Scheiterhaufen auf, sodass Galbahr den Hexen ins Gesicht blicken konnte. Jetzt bemerkte ich auch, dass man rund um die Richtstatt Sägemehl im Schnee ausgestreut hatte. Ich fand das überaus umsichtig und gedankenvoll. Es wäre ja wirklich ein Jammer gewesen, wenn beispielsweise Aiona ausgerutscht wäre und sich den Hals gebrochen hätte, ehe man sie erwürgen und verbrennen konnte, wie sich das gehörte.

Nun sprach Galbahr: »Möge Thaala euch ein langes Leben und einen friedvollen Tod gewähren, ihr Männer und Frauen von Dreieichen!«, begann er, und ich konnte förmlich vor mir sehen, wie irgendwo in dem Städtchen ein armer Alter, der seinen Rausch ausschlief, plötzlich senkrecht im Bett stand und sich den Kopf anstieß, als ihn das erhabene Gewitterwolkendröhnen des Ordensoberen aus dem Schlummer riss.

»Ihr Männer und Frauen von Dreieichen!«, rief Galbahr noch einmal. »Wir sind heute Morgen hier zusammengekommen, um im Lichte Elaahs zu bezeugen, wie zwei arme, sündige Seelen durch die Flammen gereinigt werden! Ihre Leiber mögen vergehen – das aber, was an ihnen unvergänglich ist, wird durch ihre Buße bereit gemacht, Elaahs Gnade zu empfangen! Die Hexen Aiona und Ferla sind durch Skargat zum Pfad des schwarzen Lichts verführt worden! Sie haben gestanden, die Schwarzen Künste geübt und dem Bösen gedient zu haben! Sie haben eure Felder verflucht, auf dass das Korn faulig werde! Sie haben euer Vieh verflucht, auf dass die Milch zu Blut werde! Sie haben eure Lenden verflucht, ihr Männer, auf dass euer Same sich in Gift verwandle – und sie haben eure Schöße verflucht, ihr Frauen, auf dass ihr nicht länger das Leben, sondern nur noch den Tod gebären könnt! Und sie haben noch viel mehr getan. Sie haben –«

Während Galbahrs Rede versuchte ich immer wieder, Aionas Blick zu fangen. Doch sie hielt die Augen unverwandt auf den Provinzial gerichtet. Wollte niemanden sehen als den Mann, der sie zum Tode verurteilt hatte. Ferla hingegen wand sich in ihren Fesseln. Immer wieder schüttelte sie den Kopf, schaute hastig um sich, als suche sie nach Rettung.

Ich begriff, dass Aiona nicht anders handeln konnte. Dass sie all ihre Kraft brauchte, um bis zuletzt diejenige zu sein, die sie sein wollte und sein musste. Dass auch für mich nichts mehr übrig blieb.

Ich senkte den Blick. Wartete darauf, dass der Provinzial verstummte.

Doch dann trat Tamelon an meine Seite. Er hatte seinen Platz im Rücken des Ordensoberen verlassen, um mit mir zu reden. Ich konnte mir kaum vorstellen, dass ihm das erlaubt war. Getan hatte er es trotzdem.

»Justinius«, sagte er ebenso leise wie eindringlich, »ich weiß, was Ihr vorhabt. Und ich beschwöre Euch: Tut es nicht!«

Ich sah ihn an. Betrachtete einen Moment lang seine strengen, traurigen Züge. »Ich danke Euch, Tamelon. Wirklich. Aber ich habe keine Wahl«, erwiderte ich. »Das heißt, ich habe natürlich schon eine Wahl. Ich könnte mich auch dafür entscheiden, dass ich lieber den Rest meines Lebens kotzen will, wenn ich mich im Spiegel ansehe.«

Der Paladin schüttelte den Kopf. »Ihr habt keine Chance zu gewinnen. Alles, was Ihr tut, ist die Zahl der Toten um eins zu erhöhen.«

Ich zögerte kurz. Sagte dann: »Ich bin kein weiser Mann. Ich bin auch kein guter Mann. Die Götter wissen, dass ich immer nur Scheiße gebaut habe. Aber eines habe ich doch gelernt …«

»Und das wäre?«, fragte Tamelon. Dabei schaute er womöglich noch ein bisschen trauriger drein.

»Wofür wir leben und wofür wir sterben – manchmal ist es ein und dasselbe«, sagte ich.

Vielleicht hätte mir Tamelon noch etwas entgegnet. Vielleicht wäre das etwas sehr Kluges gewesen – etwas, das mir geholfen hätte, zu tun, was ich zu tun hatte. Oder aber, eine ganz andere Sache zu tun.

Doch ich hörte den Provinzial sagen: »…und so übergeben wir diese reuigen Sünderinnen dem Feuer und beten, dass die Götter sich ihrer erbarmen mögen!«

Da wusste ich, dass meine Zeit gekommen war.

Ich machte einen Schritt nach vorne. »Wartet, Hochwürdiger!«

Galbahr hielt inne. Wandte sich mir zu. Betrachtete mich mit einem unwilligen Blick. Als ob ich ein Lausebengel wäre, der ihm einen Streich gespielt hatte.

Dennoch sagte der Provinzial: »Tretet vor und sprecht. Wir hören!«

Ich war bereits vorgetreten. Blieb deshalb an Ort und Stelle stehen.

Richtete mich allerdings zu voller Größe auf. Und hoffte, dass meine Stimme annähernd so eindrucksvoll war die von Galbahr, vielleicht auch einen Greis aus dem Bett schmiss, als ich rief: »Mein Name ist Justinius von Hagenow, und ich fordere ein Göttergericht – es soll über Schuld oder Unschuld der Hexe Ferla entscheiden!«

Nun endlich kam es, das Raunen der Menge. Jubeln tat leider nach wie vor niemand.

»Herr von Hagenow, die Hexe Ferla hat ihre Schuld bereits bekannt und ihre Strafe angenommen. Das Urteil der Bruderschaft ist über jeden Zweifel erhaben.«

Ich hatte damit gerechnet, dass etwas in der Art kommen würde. »Mit Verlaub, Hochwürdiger, die Gerechtigkeit der Götter ist nicht dieselbe wie die Gerechtigkeit der Menschen«, sagte ich. »Und ich würde mich doch sehr wundern, wenn Elaah heute morgen zum Frühstück vorbeigeschaut hätte, um Euch seinen Willen zu offenbaren.«

Dieser selten geistreiche Witz wurde mit einem Kichern belohnt. Leider kam es von Calyb. Durchaus erfreulich war hingegen, dass das Gesicht des Provinzials in der Nasengegend eine käsige Farbe annahm.

»Gut, so sei es. Ihr sollt Euer Göttergericht bekommen«, grollte Galbahr.

Ich nickte. So weit konnte ich zufrieden damit sein, wie sich die Dinge entwickelten. Dumm war nur, dass sich Galbahr zu den beiden Paladinen umdrehte, kaum dass er gesprochen hatte. Und mit einer Handbewegung Calyb anwies, mir entgegenzutreten. Aber was hatte ich erwartet? Übrigens machte Tamelon zunächst einen erleichterten, dann einen verwirrten Eindruck, als die Wahl des Provinzials auf Calyb gefallen war. Zweifellos fragte er sich, warum ich für Ferla kämpfte.

Tja, da war er nicht der Einzige.

Ich spürte, dass Aiona mich ansah. Jetzt war es an mir, ihrem Blick auszuweichen. Ich fürchtete, sie würde in meinen Augen etwas anderes entdecken als Tapferkeit und Zuversicht. Allerdings erlaubte ich mir, mich kurz nach Ferla umzuschauen. Die starrte mich an. War sich vielleicht nicht ganz sicher, ob ich ihr Retter war oder nur ein schlechter Komödiant. Ganz sicher war ich mir da auch nicht, um ehrlich zu sein. Immerhin reichte es, damit etwas wie bange Hoffnung in ihrem Gesicht aufleuchtete.

Wie grausam, wenn ich diese Hoffnung enttäuschen würde – wenn Ferla eine kurze Zeit glauben dürfte, sie werde vielleicht doch mit dem Leben davonkommen, nur um dann wieder in schwarzer Verzweiflung zu versinken!

Ich hoffte, ich konnte das ihr und mir selbst ersparen.

Calyb kam auf mich zu. Langsam, gelassen. Wieder einmal ließ er sein höhnisches Grinsen sehen. Die schwarzen Haare hatte er zu einem Zopf zusammengebunden. Und er war frisch rasiert. Immerhin eine Gemeinsamkeit zwischen uns.

»Es sieht so aus, als bekämen wird endlich eine Gelegenheit, unser kleines Duell nachzuholen«, sagte er.

»O Glück«, knurrte ich.

»Aber Herr von Hagenow!«, lachte er, »Ihr habt es doch so gewollt!«

»Falsch«, entgegnete ich. »Was ich will, ist, dass Aiona und Ferla von den Scheiterhaufen herabsteigen. Was Euch betrifft – es wäre mir am liebsten, Ihr würdet einfach tot umfallen.«

»Ich fürchte, den Gefallen kann ich Euch nicht tun«, sagte er, noch immer grinsend, und zog sein Schwert.

Offenbar hatte er nicht vor, einen Schild zu benutzen. Trug auch keinen Helm. Aber natürlich lugte unter dem weißen Wappenrock mit dem schwarzen Elaah-Kreis und den schwarzen, gekreuzten Sicheln ein Kettenhemd hervor. Eines, das zweifelsohne von dem besten Schmied gefertigt war, der sich zwischen Ahekris und Alkessa finden ließ. Ganz im Gegensatz zu meinem.

Auch ich zog das Schwert. Umfasste den Griff des Schildes fester.

Ich war mir unsicher gewesen, wie so ein Göttergericht ablaufen würde. Schließlich machte man das ja nicht alle Tage. Jetzt erwies es sich, dass keine Gebete oder Gesänge vorgesehen waren. Ebenso wenig wie ein rituelles Purzelbaumschlagen oder ein neckischer Tanz, bei dem wir uns alle gegenseitig an den Ohren zogen.

Nein, es gab nur den Kampf.

Umso besser.

»Justinius von Hagenow, Sohn des Barons Gernot von Hagenow, tritt an gegen Calyb, Paladin der *Bruderschaft des Zweiten Todes*«, rief der Provinzial. »Gewinnt der eine, so ist die Unschuld der Hexe Ferla erwiesen. Gewinnt der andere, muss Ferla sterben. Möge die Wahrheit ans Licht kommen!«

Calyb verneigte sich.

Ich tat desgleichen.

Und das Duell begann.

Der Paladin führte seinen Angriff so schnell, dass ich gerade noch den Schild hochreißen konnte. Die Wucht des Schlages rüttelte jeden Knochen in meinem Leib durch. Ich ächzte. Ein weiterer Hieb. Dieses Mal parierte ich mit der Klinge. Funken stoben.

Ich holte aus. Führte meinen Gegenangriff. Leider hätte Calyb in die *Hohe Straße* spazieren, ein Bier trinken und sich fünfmal am Sack kratzen können, ehe mein Schwert auch nur in die Nähe seiner edlen Gliedmaßen kam.

So hatte ich mir das nicht vorgestellt.

Nun war der Paladin wieder dran. Und wieder gelang es mir im letzten Moment, meinen Schild zwischen mich und mein vorzeitiges, überaus unrühmliches Ende zu bringen. Ein Stück Holz splitterte ab. Woher nahm dieser dürre Kerl nur eine solche Kraft? Über diese Frage würde ich in aller Ruhe nachdenken, wenn ich in die Ewigkeit eingegangen war. Es stand zu befürchten, dass das nicht mehr allzu lange dauern würde.

Meinen nächsten Hieb musste Calyb immerhin parieren. Nicht, dass ihn das ins Schwitzen gebracht hätte. Mir hingegen lief die Brühe in Strömen übers Gesicht, die Brust und den Rücken.

Noch zwei Mal ging es hin und her. Mein Ächzen verwandelte sich in Keuchen. Die Arme und Beine wurden mir schwer. Bei allen Höllen, auf dem Höhepunkt meiner Stärke, Schnelligkeit und Ausdauer hätte ich *vielleicht* gegen Calyb gewinnen können. Vorausgesetzt er wäre derjenige von uns beiden gewesen, der eine Woche lang im Fieber darniedergelegen hatte.

Ich führte einen Schlag von oben. Der Paladin wich zur Seite aus. Ich geriet kurz aus dem Gleichgewicht. Musste meinen müden Körper zwingen, das Schwert sofort wieder hochzureißen. Für die Dauer von ein, zwei Sekunden verweigerte mir mein Arm die Gefolgschaft. Ein, zwei Sekunden nur. Doch es reichte.

Die Klinge durchtrennte die Kettenglieder, riss den Stoff auf, schnitt ins Fleisch. Ich schrie. Ließ den Schild fallen. Sank auf die Knie. Blut floss aus der Wunde. Es rann an meinem Arm hinab. Tropfte zu Boden. Färbte den zermatschten Schnee und die Sägespäne rot.

Calyb hätte es hier und jetzt beenden können. Doch das wollte er nicht. Oder möglicherweise entsprach es einfach den Anstandsregeln der Bruderschaft, dass man einem unterlegenen Gegner die Möglichkeit gab, seine Waffen zu strecken.

»Ihr könnt jederzeit aufgeben, Herr von Hagenow«, sagte der Paladin. Gelassen stand er vor mir. Eine Hand hatte er an die Hüfte gelegt. In der anderen hielt er das Schwert. Die Klingenspitze zeigte auf den Boden. Ein wenig Blut klebte daran.

Ich fürchtete, es würde noch mehr werden.

»Skargat soll Euch holen!«, zischte ich.

Und rappelte mich hoch.

»Es scheint, dass Euch diese Ehre deutlich vor mir zuteil werden wird«, entgegnete er lächelnd.

»Warten wir's ab!«

Mein verwundeter Arm schmerzte dermaßen, dass ich die Zähne zusammenbeißen musste. Zugleich begann er, sich taub anzufühlen. Meinen Schild konnte ich also vergessen. Stattdessen würde ich das Schwert nun zweihändig führen. Wie Calyb.

Leider konnte er das besser.

Fünfmal hintereinander attackierte der Paladin, in einer sirrenden, blitzenden Folge. Ich schaffte es, jeden Schlag zu parieren. Doch ich musste immer weiter zurückweichen. Die Zuschauerreihen teilten sich. Rasch wichen die Leute aus. Ich hörte Gemurmel und Rufe. Erregter Schrecken. Entsetzte Lust.

Kämpfend entfernten wir uns von den Scheiterhaufen. Hier gab es kein Sägemehl auf dem Boden. Wo der Schnee von Dutzenden Füßen zerdrückt und vermatscht worden war, trat ich auf Eis. Mehrmals geriet ich ins Schliddern. Schaffte es gerade noch, mich auf den Beinen zu halten. Calyb hingegen war die Sicherheit selbst. Machte kleine, präzise, kraftvolle Bewegungen.

Noch konnte ich mich zur Wehr setzen. Noch konnte ich angreifen. Und einmal gelang es mir fast, den Paladin zu treffen.

Einmal. Fast.

Allein, das änderte nichts. Ich war erledigt. Schwitzendes, zitterndes Fleisch. Pfeifender Atem. Jeder konnte sehen, wie es um mich stand. Ich wusste es. Calyb wusste es. Der Provinzial, seine Prälaten und Ordenskrieger wussten es. Die verehrte Zuschauerschaft wusste es. Aiona und Ferla wussten es. Und Opa Bertel, der an den Tarr-Seen hockte und fischte, wusste es wahrscheinlich auch.

Eine weitere Attacke. Eine weitere Parade. Ein Gegenangriff. Ein tänzelnder Ausweichschritt des Paladins.

Und plötzlich war er verschwunden … Was? Wie? Mein Kopf dröhnte. Das Blut rauschte in meinen Ohren. Bunte Flecken wirbelten vor meinen Augen. Der Helm erstickte mich, und das Visier nahm mir die Sicht. Ich klappte es hoch … Röchelte … Drehte mich hierhin und dorthin …

»Justinius! Nein!«, hörte ich Aiona schreien.

Ihr Schrei war sogar noch lauter als mein eigener. Calybs Schwert schnitt mir die Seite auf. Es war ein Schmerz, als ob meine Seele zerbersten würde. Ich taumelte zurück. Hätte beinah das Schwert fallenlassen. Ich presste die Lider zusammen. Knirschte mit den Zähnen. Dann sah ich den Paladin an.

Er stand drei, vier Schritte von mir entfernt. Jetzt grinste er nicht mehr. Ruhig und aufmerksam betrachtete er mich. Wartete darauf, was ich als Nächstes tun würde. Ob ich überhaupt noch etwas tun würde. Jedenfalls war dieser Kampf in seinen Augen zu Ende. Recht hatte er. So wie ich blutete, würde ich in wenigen Minuten das Bewusstsein verlieren. Darauf würde Calyb allerdings kaum warten. Nein, er würde mich mit Freuden erledigen. Wenn ich nicht mein Schwert wegwarf und um Gnade flehte.

Aber ehe ich vor diesem Dreckskerl kuschte, würde ich lieber meinen Helm verspeisen. Und mein Kettenhemd dazu – in Schmalz und mit Zwiebelringen gebraten.

Ich nahm meine verbliebene Kraft zusammen. Fragte mich, ob es reichen würde. Wusste nicht einmal genau, wofür es eigentlich reichen sollte. Dennoch stürmte ich los. Warf mich nach vorne, dem Paladin entgegen. Ich meinte, gesehen zu haben, dass er sein Schwert ein wenig zu hoch hielt, wenn er einen von oben geführten Schlag parierte. Vielleicht, wenn mir eine Finte gelang … und ich dann irgendwie …

Ich riss die Klinge über den Kopf. Das Dümmste, was man tun konnte. Stieß einen Kampfschrei aus. Noch eine Dummheit. Egal. Calyb und ich, wir sahen uns in die Augen. Und ich erkannte, dass er wusste, was ich vorhatte. Scheiße, was jetzt? Es war zu spät. Ich konnte nicht mehr anhalten. Konnte überhaupt nichts mehr. Hatte keine Kraft mehr. Ein letzter Angriff noch. Ein allerletzter.

Ich wollte zuschlagen.

Und trat auf Eis.

Ich rutschte, schlingerte. Hatte plötzlich keinen Boden mehr unter den Füßen. Fiel der Länge nach auf die Schnauze. Mit dem Schwert voran.

Hart knallte ich gegen die gefrorene Erde. Blieb ein paar Herzschläge lang liegen. So, wie ich gefallen war. Der Schnee kühlte mein verschwitztes, glühendes Gesicht, und ich erwartete Calybs Todesstreich.

Er kam nicht.

Vielleicht wollte er mir ins Gesicht sehen, wenn er mich niedermachte. Wohlan. Ich stützte mich auf einen Ellbogen. Tastete nach meinem Schwert. Fand es. Dann war ich auf einem Knie. Dann stand ich. Schwankend. Aber ich stand.

Und blickte auf meinen sterbenden Gegner hinab. Im Fallen hatte ich ihn getroffen. Und wie. Die Klinge hatte seine Hüfte und seinen Oberschenkel zerschlitzt. Ein klaffender Riss im Fleisch, aus dem dunkles Lebensblut pulste. Schon hatte sich eine Pfütze unter Calyb gebildet.

Er starrte mich an. Stieß ein empörtes, zugleich amüsiertes Kichern aus. »Das ist wirklich lächerlich!«, sagte er.

Ich nickte. Betrachtete ihn noch einen Augenblick. Stellte fest, dass ich nichts zu sagen hatte.

Langsam, langsam ging ich zurück zur Richtstätte.

Ein paar Ordenskrieger eilten an mir vorbei, hin zu ihrem verwundeten Bruder. Ansonsten schien es, als hätte der Frost des klirrend kalten, gleißend hellen Wintermorgens die Menschen gefrieren lassen. Die Augen und Münder waren so rund wie Silbergulden. Und ich wusste nicht, was in den Gesichtern zu lesen stand: Überraschung? Ehrfurcht? Schrecken?

Um die Wahrheit zu sagen – es war mir auch ziemlich gleichgültig. Ich hatte genug damit zu tun, mich auf den Beinen zu halten. Und nicht mehr viel Zeit.

Vor den Scheiterhaufen blieb ich stehen. Drehte mich zu dem Provinzial Galbahr vom Hohen Teich um, langsam, langsam, und verneigte mich. Der Ordensobere erwiderte die Verneigung. Ich war mir sicher, dass er mir lieber den Kopf abgerissen hätte, und das bereitete mir nun doch ein wenig Genugtuung.

»Der Kampf ist entschieden«, sagte Galbahr tonlos. »Justinius von Hagenow hat den Paladin Calyb geschlagen. Die göttliche Gerechtigkeit hat gewaltet – die Hexe Ferla ist unschuldig. Bindet sie los!«

Ich nickte. Atmete tief ein und aus.

Tamelon kam zu mir. »Justinius – Ihr seid schwer verwundet«, sagte er. »Ihr braucht dringend einen Heiler«

Seine Stimme klang leise, sanft und ernst. Wie immer. Sie ließ keinerlei Schluss zu, ob er sich über den Ausgang des Duells freute oder es doch vorgezogen hätte, wenn sein Ordensbruder und Mit-Paladin als Sieger vom Platz gegangen wäre.

»Noch nicht«, erwiderte ich und hob abwehrend die Hand. »Noch nicht.«

Ferla war frei. Mit unsicheren, zaghaften Bewegungen ging sie über den Richtplatz, als könnte sie immer noch nicht fassen, wie ihr geschehen war.

»Danke …«, sagte sie leise zu mir, »danke …«

Ich nickte. Doch in Wahrheit bemerkte ich kaum, dass sie da war.

Ich hob die Augen zu dem zweiten Scheiterhaufen. Dort stand Aiona. Sie war immer noch an den Pfahl gebunden. Und noch immer wartete der Tod auf sie.

Dennoch lächelte sie mir zu. Da waren Stolz und Dankbarkeit in ihrem Blick. Zugleich Mitleid. Als wäre ich derjenige von uns beiden, der demnächst hingerichtet werden sollte. Hastig wandte ich mich ab.

Im selben Moment hob der Provinzial wieder an zu sprechen: »Kommen wir nun zur zweiten Angeklagten«, rief er. »Diese Frau, Aiona mit Namen, bezeichnet sich selbst als Königin der Schwarzen Hexen. Allein die Anmaßung dieses Titels ist ein Verbrechen gegen die göttliche Ordnung. Doch ist dieses Verbrechen eines der geringsten, die die Hexe Aiona begangen hat. Sie –«

Ich hob die Hand. »Halt!«, rief ich.

Galbahr erstarrte. Die übrigen Ordenskrieger schienen von einem gemeinschaftlichen Zusammenzucken ergriffen zu werden. Sogar Tamelon wich einen halben Schritt zurück.

»Was ist denn noch, Herr von Hagenow?«, fragte der Provinzial. Seine Stimme war nach wie vor ruhig und beherrscht. Doch seine Augen funkelten.

»Ich verlange … ein Göttergericht … für Aiona«, sagte ich mühsam.

Meinen Worten folgten einige Sekunden Stille.

Galbahr ließ ein wütendes Schnauben hören. »Beliebt Ihr zu scherzen, Herr von Hagenow?«, knurrte er. »Ihr seid ja mehr tot als lebendig.«

Tamelon schüttelte den Kopf. »Nein, Justinius … Bitte nicht …«

»Ich verlange ein Göttergericht! Für Aiona!« Ich presste die Worte hervor, heiser und kehlig.

Wieder Stille.

Dann machte der Provinzial eine ärgerliche, wegwerfende Handbewegung. »Ihr habt den Herrn von Hagenow gehört, Tamelon!«

Der Paladin sah entsetzt aus. »Hochwürdiger! Dieser Mann ist in keinem Zu-«

»Ihr werdet im Namen der Bruderschaft gegen den Herrn von Hagenow kämpfen, Tamelon!«, donnerte der Ordensobere. »Das ist ein Befehl!«

Aiona begann, an ihren Fesseln zu zerren. Mein Auftritt musste ziemlich beeindruckend gewesen sein, wenn es ihr für einige Momente die Sprache verschlagen hatte. Jetzt aber schrie sie: »Nein! Nein! Herr Provinzial! Tamelon! Das könnt Ihr nicht zulassen! Ihr müsst es verbieten!« Dann riss sie den Kopf herum. Starrte mich an. »Justinius, lass das! Das ist Wahnsinn! Ich will das nicht! Hörst du?! Ich will das nicht!«

Ich sah ihr in die Augen. Nickte. Wandte mich dann dem Paladin zu. »Kommt, Tamelon, bringen wir es hinter uns«, sagte ich und hob das Schwert.

Das heißt, ich versuchte es. Aber irgendwie schien das verdammte Ding zehnmal so viel zu wiegen wie noch vor wenigen Minuten.

»Wollt Ihr das wirklich, Justinius?«, fragte Tamelon. Sein Gesicht war hart geworden. Er flüsterte jetzt fast.

»Ja, das tue ich. Ich hoffe nur, Ihr Jungs seid nicht alle so gut mit der Klinge wie unser Freund dahinten?« Ich wies in die Richtung, wo Calyb lag. Sah meine eigene Blutspur, die von dem Ort wegführte, an dem er gefallen war. Rot und weiß, braun und rot.

»Nein«, erwiderte Tamelon. »Ich bin besser als er.«

»Oh. Na dann …«

Ich hob die Augen. Der Himmel war so hell, dass er fast weiß erschien. Keine Wolke war zu sehen. Die Sonne kam mir sehr groß vor. Aber ihre Strahlen waren kalt und harsch.

Ich verneigte mich vor Tamelon.

Er erwiderte die Verneigung.

Ich griff an. Halb erwartete ich, über meine eigenen Füße zu stolpern. Aber irgendwie gelang es.

Natürlich war mir klar, dass Tamelon einen solchen Hieb mit verbundenen Augen, verstopften Ohren und zusammengebundenen Füßen pariert hätte, solange man ihm etwas in die Hand drückte, was ungefähr so kampftauglich war wie ein angekokelter Kienspan.

Allein, der Paladin wollte nicht parieren. Plötzlich ließ er das Schwert sinken. Es gelang mir gerade noch, meinen eigenen Hieb umzulenken. Aber die Wucht des Schlages riss mich von den Beinen.

Nicht schon wieder, dachte ich, als ich flach auf dem Rücken landete und damit eine Haltung einnahm, in die mich mein unermüdliches Streben nach wahrem Heldentum in letzter Zeit öfters gebracht hatte.

Nur, dass ich mir dieses Mal unsicher war, ob ich so schnell noch mal auf die Beine kommen würde. Sagen wir, in den nächsten zehn oder hundert Jahren.

Tamelon trat an meine Seite. Er blickte auf mich herab und sagte: »Ich gebe auf, Justinius.«

Ich schaffte es mit Müh' und Not, den Kopf weit genug zu heben, um ihm in die Augen zu blicken. »Ihr … was?«, ächzte ich.

Wie aus großer Ferne hörte ich den Provinzial. Eigentlich war es gar nicht schwer, ihn zu hören – er tobte nämlich, dass das Holz der Scheiterhaufen wackelte. In seinem Gebrüll konnte ich die Worte »Pflicht« und »Gehorsam« ausmachen. Ich vermutete, dass er mit Tamelons Auffassung, er hätte den Kampf verloren, nicht ganz einverstanden war.

Davon ließ sich der Paladin allerdings nicht beirren. »Ich gebe auf«, wiederholte er.

»Oh … wirklich? Danke …«, murmelte ich und fragte mich, wovon ich eigentlich redete.

Tamelon hatte sich unterdessen zu dem Ordensoberen umgedreht. »Dafür bin ich nicht Paladin geworden«, sagte er.

Ich sah, wie sein Schwert in den Schnee fiel.

Sah einen Vogel, der mit kraftvollem Flügelschlag Kreise über der Richtstätte zog. War mir fast sicher, dass es Jacomo war.

Dann schloss ich die Augen. Langsam, langsam versank ich in einem Traum. Ich hoffte, er würde so schön sein wie der, den ich in der vergangenen Nacht gehabt hatte. Auch wenn ich mich nicht mehr daran erinnern konnte, worum es in diesem Traum gegangen war.

Dann kam Aiona. Ich spürte, dass sie da war. Ich hatte zwar gerade keine Lust, die Augen zu öffnen, erkannte aber ihre Stimme. Die war zwar kaum mehr als ein Blätterrascheln oder Windsäuseln in meinen Ohren. Aber doch unverwechselbar. Vor allem, wenn sie, wie jetzt, einen Ton anschlug, der bei aller rauchiggoldenen Lieblichkeit gut zu einem Oberst an der Kriegerakademie gepasst hätte.

Offenbar ging es darum, dass sie nach einem Heiler verlangte. Und Verbandszeug. Und einem Bett.

Alles für mich. Und zwar schnell.

Kaum vom Scheiterhaufen runter und schon die Leute herumkommandieren, dachte ich lächelnd, während sie meinen Kopf in ihren Schoß legte. *Das ist mein Mädchen.*

19
HALAFAR

Vanice

Ich erwachte erst, als Cay zurückkam.

Halb benommen vom Schlaf, halb entsetzt über meine Saumseligkeit schreckte ich hoch, als ich seine Stimme hörte: »Vanice? Ist alles in Ordnung?«

»Oh, Cay … i-ich … Entschuldige … ist es – ist es spät?«, stammelte ich.

Wie als Antwort auf meine Frage zog Cay seinen nassen Hut und Mantel aus und legte beides über einen der Sessel. Dann ging er zu dem Kamin, in dem das Feuer, das eine Magd um die Mittagstunde entzündet hatte, bis auf die glimmende Asche heruntergebrannt war.

»Es ist kühl hier drinnen … Ich hoffe, du bist nicht krank?«, fragte er.

»Nein … ich … ich muss eingeschlafen sein«, erklärte ich überflüssigweise und erhob mich von dem Himmelbett.

»Nun, das ist kein Wunder. Ich stelle mir vor, dass die letzten Wochen ziemlich anstrengend für dich gewesen sind«, sagte Cay, der sich damit beschäftigte, das Feuer wieder zu entfachen und mir den Rücken zudrehte.

Ich stieß ein freudloses Lachen aus. »Die letzten Wochen? Eher die letzten zehn Jahre.«

Dann beschloss ich, das Unvermeidliche nicht länger aufzuschieben und wandte mich dem Wandspiegel zu. Was ich im matten Kerzenschein erblickte, bestätigte meine Befürchtungen: Meine Haare waren eine Katastrophe, mein Gesicht verquollen, das grobe Wollhemd und die Wildlederhose, die ich noch immer trug, standen mir – vorsichtig ausgedrückt – nicht übermäßig gut, und die dicken, deutlich zu großen Strümpfe, die ich wegen der neuen Stiefel angezogen hatte, sahen einfach zum Lachen aus.

Ich holte eines der getrockneten Minzblätter hervor, die ich gewohnheitsmäßig bei mir trug, und zerkaute es, um wenigstens den schalen Geschmack in meinem Mund zu bekämpfen.

Das änderte allerdings nichts daran, dass ich auf Cay ungefähr so verheißungsvoll wirken musste wie Scaras altersschwacher Esel Schlappi auf eine heißblütige Stutendame – kein Wunder, dass er mir noch immer den Rücken zukehrte und sich mit beachtlicher Hartnäckigkeit an dem Feuer zu schaffen machte.

Draußen regnete es schon wieder; oder immer noch. Ich blickte in das trübe Halbdunkel hinaus und betrachtete die Schlieren an den Fensterscheiben. In diesem Moment, ganz unerwartet für mich selbst, traf ich den Entschluss, dass ich Cay ziehen lassen würde. Ich würde nicht mit ihm ins Bett gehen und keine Spiele mit ihm spielen, derer ich selbst schon längst überdrüssig war.

Er hatte Alva sieben Jahre lang die Treue gehalten; jetzt sollte er sich selbst die Treue halten, bis er jemanden fand, den er wirklich liebte.

»Ich fürchte, unser Abendessen muss ausfallen«, sagte ich. »Es geht mir nicht gut.«

Cay stand auf und drehte sich zu mir um. »Ja, das sehe ich«, sagte er. In seiner Stimme klang Besorgnis. »Nun, *Lynnars Perle* läuft uns nicht davon. Soll ich nach unten gehen und den Wirt bitten, dass er uns etwas aufs Zimmer kommen lässt?«

»Ja, gerne ...« Ich atmete tief ein und aus. »Aber vorher möchte ich noch über etwas mit dir reden.«

Cay machte einen Schritt auf mich zu. »Du willst über etwas mit mir reden? Wie sagtest du kürzlich – oh je, das klingt aber unheilschwanger.«

Ohne es zu wollen, musste ich lächeln. »Keine Sorge, Cay, so schlimm ist es nicht.«

Ich stellte fest, dass ich mich jetzt ruhiger fühlte – ruhiger und beinah sicher. Ich würde Cay sagen, dass ich zu Justinius' Landsitz zurückkehren musste, um dort nach meinen Freunden zu sehen. Wir würden einen Weg finden, wie wir uns freundlich und respektvoll voneinander verabschieden konnten. Und dann könnte ich mir in Zukunft wenigstens zugute halten, dass ich dem Mann, den ich liebte, nicht die Last meines Fluches und meiner zerstörten Seele aufgebürdet hatte.

»Es geht darum, wie wir weitermachen. Mir scheint, dein Weg wird dich nach Alkessa führen, und das ist eine lange Reise.«

»Ich habe auch so eine Ahnung, dass ich nach Alkessa gehen muss«, erwiderte er. »Aber gib mir noch ein paar Sekunden, ehe wir über lange Reisen sprechen. Ich habe etwas für dich.«

Cay machte einen weiteren Schritt auf mich zu, sodass er nun genau vor mir stand. Für seinen Gang in die Perle hatte er wieder die Kleidung eines Edelmanns gewählt. Er trug die braune Lederhose, die wattierte Samtweste und ein weißes Hemd mit gebauschten Ärmeln. Ehe er den *Schäumenden Kelch* verließ, hatte er außerdem ein Bad genommen und sich rasiert, und obgleich mein Entschluss fest und unverrückbar war, erweckte seine Nähe eine Sehnsucht in mir.

Mein Herz begann, heftig zu klopfen. »Du hast etwas für mich?«, murmelte ich.

»Ich fürchte, ich bin nicht gut in diesen Dingen«, sagte Cay und lächelte auf eine jungenhaft, beinah schüchterne Art, die mein heftig klopfendes Herz obendrein zum Schmelzen brachte – und so dumm und ungelenk wie das klingt, fühlte ich mich auch. »Ich bin stundenlang durch die Perle gelaufen, habe aber einfach nichts gefunden, was mir gefiel. Am Ende habe ich dann auf den Ring verzichtet. Ich hoffe, das hier tut es auch.«

Er holte eine schlichte, silberne Kette hervor, an der ein schlichter, silberner Elaah-Kreis hing. Die Buchstaben H, A, L, A, F, A und R waren in das Metall eingraviert. *Halafar* – das altmandurische Wort für Hoffnung.

Das Durcheinander in meinem Kopf war so groß, dass es völliger

Leere gleichkam. Gleichsam ohne mein Zutun nahm ich die Kette. »Für mich?«, fragte ich.

Cay nickte.

»A-aber wieso?«

Er zuckte die Schultern, lächelte wieder. »Ich dachte, ein kleines Geschenk ist angemessen, wenn man jemandem einen Antrag macht.«

»Einen … einen Antrag? W-was für einen *Antrag*?«

Cay legte eine Hand auf die meine. Er blickte mir in die Augen. »Ich möchte dich fragen, ob du meine Frau werden willst, Vanice«, sagte er ruhig.

Es war, als hätten mir seine Worte einen Stoß gegeben, der mich aus mir selbst hinausschleuderte. Ich sah mich da stehen, in dieser albernen Abenteurerinnenkleidung, sah meine zerzausten Haare und mein fahles Gesicht, und ich meinte, die Heillosigkeit meines Lebens würde mich einhüllen wie dünner, gräulicher Schleim.

Ich ließ die Kette fallen. »Bitte tu das nicht, Cay … bitte nicht …« Langsam schüttelte ich den Kopf.

»Was soll ich nicht tun? Dir einen Antrag machen?« Er schien mich nicht ernst zu nehmen, denn er lächelte noch immer.

»Verhöhn mich nicht … bitte … das darfst du nicht …«, flüsterte ich.

Jetzt lächelte Cay nicht mehr. »Ich verhöhne dich nicht«, sagte er. »Ich will, dass du meine Frau wirst.«

Während er das sagte, strich er mir mit zwei Fingern über die Wange.

Diese sanfte Berührung war alles, was ich jemals gewollt hatte.

Ich konnte es keinen Augenblick lang ertragen.

»VERHÖHN MICH NICHT!«, schrie ich und schlug seine Hand weg.

Das heißt, ich wollte seine Hand wegschlagen. Stattdessen begann ich, wild auf ihn einzuhauen.

»VERHÖHN MICH NICHT!«, schrie ich wieder und wieder.

Cay wehrte sich nicht gegen meine Schläge. Er versuchte nicht einmal, mich festzuhalten.

Endlich sah ich, was ich getan hatte. Meine Krallen hatten ihn im Gesicht getroffen; drei blutige Striemen zogen sich über seine Wange.

Ich riss die Augen weit auf, legte eine Hand auf den Mund, wich langsam zurück. Ich wusste, wenn Cay mit mir fertig war, würde ich mich umbringen, noch heute Nacht. Dieses Mal musste es sein. Dieses Mal gab es kein Zurück und keine Rettung.

Cay berührte seine Wange, betrachtete dann mit einem überraschten Ausdruck die Röte an seinen Fingerspitzen.

»Hmm …«, machte er und setzte eine nachdenkliche Miene auf. »Daran, dass du mich anschreist, habe ich mich mittlerweile gewöhnt. Ich denke, wenn du mich gelegentlich verprügeln willst, geht das schon in Ordnung.«

Ich begann zu lachen. Schon nach zwei Sekunden wusste ich nicht mehr, ob ich lachte oder schluchzte. Cay trat an mich heran. Ich umarmte ihn, legte sogar den Kopf an seine Brust: kichernd, schniefend, was immer.

Nach einer Weile schob er mich sachte von sich weg. »Ähm, um noch mal auf meinen Antrag zurückzukommen …«, sagte er.

Ich starrte ihn ungläubig an. »Bist du verrückt geworden, Cay?«, brachte ich hervor.

»Es kann schon sein, dass ich verrückt bin. Ich hoffe, das ist kein Grund, mich nicht zu heiraten.«

»Cay, du *kannst* mich nicht heiraten!«, rief ich empört. »Oder vielmehr: Du *willst* nicht. Hast du nicht gehört, was ich dir in der Nacht der Toten erzählt habe? Und siehst du nicht, wie ich mich die ganze Zeit aufführe?«

»Das macht nichts«, sagte er.

»*Natürlich* macht das etwas. Ich könnte dir noch mehr Geschichten aus meinem ruhmreichen Dasein erzählen. Weißt du, dass ich mich jahrelang durch sämtliche Betten gewälzt habe, einfach so, aus purer Langweile?«

»Was solltest du machen, wenn du dich eben gelangweilt hast?«

»Es ist mir ernst, Cay.«

»Mir auch. Ich hoffe nur, du wirst dich mit mir nicht langweilen.«

Ich schüttelte den Kopf und mühte mich, streng dreinzuschauen. »Jetzt mal ganz abgesehen von den Männern – wenn du wirklich über mich im Bilde wärst, würdest du schreiend davonlaufen. Habe ich dir zum Beispiel schon mal erzählt, wie ich meine Krallen bekommen habe?«

»Wenn wir verheiratet sind, hast du jede Menge Zeit, mir all das zu erzählen.«

Wieder schüttelte ich den Kopf. »Lass uns bitte vernünftig über die Sache reden, ja? Überleg doch selbst, warum solltest du mich heiraten wollen? Erstens kennst du mich erst seit ein paar Tagen …«

»Ich weiß. Aber es kommt mir sehr viel länger vor.«

»Zweitens bin ich keine angenehme Frau. So richtig mag mich eigentlich niemand.«

Cay lachte. Es klang fröhlich und unbekümmert.

Dennoch war ich gekränkt. »Wie – du lachst mich aus?«

»Nein, Vanice, ich lache dich nicht aus. Es ist nur so, dass ich mir das ein bisschen anders vorgestellt habe. Ich hätte nicht gedacht, dass die Frau, der ich einen Antrag stelle, alles tun würde, um mich davon abzubringen.«

»*Die* Frau, der du einen Antrag stellst? Und was ist mit Alva?«, fragte ich. Ich wusste, dass ich ganz und gar unmöglich war, aber ich konnte mich nicht zurückhalten.

»Es gab damals keinen Antrag. Wir waren zu jung; unsere Eltern haben das für uns geregelt«, sagte Cay.

Plötzlich empfand ich keinen Neid und keine Eifersucht mehr, wenn ich an Alva dachte. Ich meinte, ihre Sehnsucht, ihre Freude und ihre Liebe zu spüren, als hätte jemand die Gefühle dieses Mädchens, das seit über sieben Jahren tot war, in mein eigenes Herz gelegt. Und noch etwas spürte ich: die Qualen ihres einsamen, bitteren Todes.

Eine Weile lang schwiegen wir, Cay und ich. Dann bückte ich mich, um die Kette aufzuheben, die ich hatte fallen lassen. Ich betrachtete den silbernen Elaah-Kreis, der im Widerschein des Kaminfeuers matt schimmerte.

Halafar.

»Du missverstehst mich, Cay«, sagte ich leise. »Es geht nicht um mich und meine Gefühle … wirklich nicht. Die Wahrheit ist … die Wahrheit ist, dass ich schrecklich wenig von mir halte. Ich misstraue mir auf Schritt und Tritt, und ich möchte nicht, dass du meinetwegen unglücklich wirst.«

Als ich den Blick hob, um ihm in die Augen zu sehen, stellte ich zu meiner Überraschung fest, dass er breit grinste.

»Ist das ein ›Ja‹?«, fragte er.

20
DAS LICHT ERLISCHT

Mykar

An dem Tag, als ich in das Haus des Hafenmeisters Ludger kommen sollte, schien die Sonne. Es war das blasse, zugleich strahlendhelle Licht des späten Herbstes. Seit ich in Donost angekommen war, hatte ich nicht so schönes Wetter erlebt. War das ein Zeichen? Und wenn ja, wofür?

In den frühen Morgenstunden kam ein Bote zur *Zechenden Puppe*. Er hatte ein Bündel dabei. Es war für mich bestimmt. Ofrick hatte mir gesagt, er werde dafür sorgen, dass ich geeignete Kleidung hätte. Ehe wir uns verabschiedeten, hatte er sogar ein Maßband hervorgeholt. Da das aber gerade mal zwei Tage her war, hätte wohl kein Schneider der Welt genügend Zeit gehabt, um eigens für mich etwas anzufertigen. Die Sachen, die Ofrick hatte bringen lassen, passten trotzdem recht gut: Es waren eine schwarze Hose und ein schwarzes Hemd aus feinem Tuch; dazu schwarze Lederstiefel, ein schwarzer Ledergürtel mit silberner Schnalle, eine schwarze Lederweste mit silbernen Knöpfen und schwarze Lederhandschuhe. Die Stiefel drückten ein wenig, und die Weste spannte, wenn ich sie zuknöpfte. Abgesehen davon fühlte sich alles an, als wäre es tatsächlich für mich gemacht worden.

Nachdem ich die Sachen angezogen hatte, hockte ich eine Weile auf dem Bett. Ich hatte ja keinen Spiegel. Allerdings wollte ich sowieso nicht wissen, wie ich aussah. Plötzlich kam es mir wie eine ungeheuere Anstrengung vor, die schwarze Kleidung wieder abzulegen. Zum Glück schaffte ich es rechtzeitig, bevor Cillia zurückkam. Sie war wieder einmal mit ihrer Mutter zum Markt gegangen, um allerlei Einkäufe zu erledigen. Wo Alwin steckte, wusste ich nicht.

Den Vormittag über war ich sehr schweigsam. Frau Ceddra konnte Hilfe in der Küche gebrauchen, darüber war ich froh. Cillia ihrerseits war in den Hof gegangen; sie war entschlossen, sich noch einmal die Sonne ins Gesicht scheinen zu lassen, ehe endgültig der Winter kam, und hatte eine Decke mitgenommen, für den Fall, dass die Lichtstrahlen nicht mehr genügend Kraft besitzen würden, um sie zu wärmen.

Am frühen Nachmittag verabschiedete sich Cillia von mir. Die Schausteller hatten wieder eine Aufführung. Mir war es recht. So musste ich keine Fragen darüber beantworten, wo und wie ich den Abend verbrachte.

»Dann bis heut Nacht!«, sagte Cillia mit einem Augenzwinkern, gab mir einen Kuss auf die Wange und verschwand.

Mit ganzem Herzen und ganzer Seele wünschte ich, dass es so sein würde: dass wir auch in dieser Nacht beieinander liegen würden; dass ich sie auch in dieser Nacht würde berühren dürfen.

Doch in Wahrheit ahnte ich, dass ich sie niemals wiedersehen würde. Ich versuchte, den Augenblick festzuhalten, als sie durch die Tür des Zimmers verschwand, das wir einige Wochen miteinander geteilt hatten. Sie trug dieselbe Kleidung wie in jener Nacht, als sie mich dazu aufgefordert hatte, mit ihr zu tanzen: ein grünes, an der Brust verschnürtes Hemd mit bauschigen Ärmeln, eine fellbesetzte Weste aus gelbem Leder, nun gegen die kühle Luft geschlossen, weite, schwarze Tuchhosen, braune Schaftstiefel und einen braunen Gürtel mit goldener Schnalle; die roten Haare hatte sie zu einem Zopf zusammengebunden.

Wie wenig Zeit hatten wir doch gehabt. Und wie viel von diesem Wenigen hatte ich vergeudet.

Bald war es so weit, dass auch ich gehen musste. Noch einmal sah ich mich im Zimmer um, sah das breite Bett, den Schreibtisch mit den zwei Schemeln, den Kleiderschrank, den Waschzuber. Ofrick hatte mir einen Beutel voller Kupfer- und Silberstücke gegeben – wie viel es war, wusste ich nicht –, den ich auf den Tisch legte. Dann klemmte ich mir das Bündel unter den Arm, trat in den Gang hinaus und schloss die Tür hinter mir.

Frau Ceddra war damit beschäftigt, Fische auszunehmen. Sie stand in ihrer Küche, über eine Anrichte gebeugt, während die zwei schwarzen Katzen, deren Namen ich nie in Erfahrung gebracht hatte, um ihre Beine strichen.

»Auf Wiedersehen, Frau Ceddra. Ich habe in der Stadt zu tun.«

Sie sagte nichts, brummte nur.

Ich zögerte. »Danke für alles«, fügte ich leise hinzu.

Jetzt drehte sich Frau Ceddra nach mir um. »Gern geschehen, Junge«, sagte sie.

Ich meinte sogar, den Hauch eines Lächelns auf ihrem Gesicht erscheinen zu sehen und hoffte, ich hatte mir das eingebildet.

Noch einmal zu Schecke in den Stall zu gehen, wagte ich nicht.

Bald darauf hatte ich das Haus des Hafenmeisters Ludger erreicht. Er wohnte nicht bei den hohen Herren, die ihre Villen in den Felsen und Hügel über der Stadt errichtet hatten. Sein Haus lag in einer kleinen Straße, die am Fluss entlangführte. Es war hoch und schmal gebaut und unterschied sich gar nicht so sehr von den anderen Gebäuden in diesem Teil der Stadt – nur, dass es Bleiglasfenster hatte und einen hohen, spitzen Giebel.

Vom Fluss stieg an diesem Tag ein süß-fauliger Geruch auf. Aber das schien niemanden zu stören. Ich sah zahlreiche Männer und Frauen, die müßig am Uferweg entlangspazierten und sich daran freuten, wie die Sonne glitzernde Lichtwellen über das dunkle Wasser huschen ließ.

Gerade kam ein Fuhrwerk, das Fässer geladen hatte, am Haus des Hafenmeisters vorbei; der Kutscher kratzte sich am Bart; die Hufe des Pferdes klapperten auf dem Pflaster; es ließ einen Apfel fallen.

Kurz sah ich dem Fuhrwerk hinterher. Dann trat ich an die Eingangstür heran und klopfte.

Ofrick selbst öffnete mir. Er führte mich in eine Abstellkammer, wo ich mich umzog. Als ich fertig war, gingen wir in ein Zimmer, wo sich bereits fünf andere Männer aufhielten. Offenbar hatte man mein Eintreffen erwartet. Ofrick verschwendete keine Zeit mit Vorstellungen. In knappen Worten schilderte er, was wir zu tun hatten: Zwei von uns sollten die Eingangstür bewachen; der Rest würde den ganzen Abend über in der Nähe des Hafenmeisters Ludger bleiben. Darauf, was für Gefahren er erwartete, ging Ofrick nicht ein. Allerdings ließ er zwei Diener kommen, die uns Kurzschwerter und Dolche aushändigten.

Während wir die Waffen anlegten, musterte ich die anderen Männer. Ich erkannte keinen von ihnen. Aber es war wie am Hafen: Alle waren größer und breiter als ich.

Irgendwie brachte mich das zum Schmunzeln.

»Was ist so lustig, Mykar?«, fragte Ofrick.

»Nichts«, sagte ich, ohne mit dem Schmunzeln aufzuhören.

»Schön, dass du Spaß hast«, knurrte er. Dann gab er den anderen Männern einen Wink. »Kommt, wir wollen uns die Sache mal anschauen«, rief er.

Als Erstes betraten wir den Speisesaal. Hier war natürlich alles viel kleiner als etwa auf Justinius' Landsitz. Dennoch bot die Tafel genügend Platz, um ein Dutzend Gäste zu bewirten. Ansonsten gab es nichts Auffälliges am Speisesaal: Auf dem Boden lag ein dicker, verblichener Teppich, und ein paar buntbestickte Tücher zierten die Wände; über der Tafel hing ein Kronleuchter, und eine Magd war damit beschäftigt, die Kerzenständer in den Zimmerecken zu entzünden.

Das war auch nötig. Selbst am helllichten Tag blieben die Donoster Häuser mit ihren schmalen Fenstern ins Halbdunkel getaucht, und draußen senkte sich bereits die Sonne.

Nachdem wir uns den Speisesaal angesehen hatten, vergewisserte sich Ofrick – gewiss nicht zum ersten Mal –, dass die Schlösser und Riegel an der Eingangstür verlässlich waren.

Dann stiegen wir die enge, knarrende Treppe empor. Die Männer tauschten ein paar belanglose Worte. Ich ging gleich hinter Ofrick und fragte ihn: »Was gibt es oben?«

»Die Gäste sollen sich doch nicht langweilen«, sagte er, ohne sich nach mir umzudrehen. »Da haben wir für etwas Unterhaltung gesorgt.«

»Unterhaltung?«, wiederholte ich.

In meinem Kopf blitzte ein Bild der toten Alva auf, wie sie verkrümmt auf dem Waldboden lag. Ich sah grausame Hände, die ein Kleid zerrissen, blutige Klingen, die sich in nacktes Fleisch bohrten.

Mittlerweile durchschritten wir einen Gang im ersten Stock. »Was für Unterhaltung?«, fragte ich zögernd.

Ofrick warf mir einen halb amüsierten, halb gereizten Blick zu. »Bei Elaahs Gnade, Mykar! Du schaust drein, als hätte ich von dir verlangt, eine Jungfrau zu schlachten!«

Im selben Moment hörte ich die Stimmen.

Da begriff ich, dass es viel schlimmer war als alles, was ich mir vorgestellt hatte.

Beinah wäre Cillia in uns hineingelaufen. Schwungvoll riss sie die Tür auf, die am Ende des Ganges gelegen war, kam mit hüpfenden Schritten auf Ofrick und mich zu, indem sie etwas über die Schulter rief.

»Vorsicht, Mädchen!«, sagte Ofrick.

Cillia zuckte zusammen, bremste sich, sah den Vorarbeiter an, errötete. »Oh, Ver-verzeihung Herr! Ich w-wollte nur fragen –«, stammelte sie, und es kostete mich einige Mühe zu begreifen, dass sie Angst davor hatte, Ofricks Unmut zu erregen.

Seltsam, ich hatte immer gedacht, Cillia würde sich eigentlich vor überhaupt nichts fürchten.

Dann sah sie mich. »Mykar?!«, platzte sie heraus. »Was machst du denn hier?«

Ich fand keine Worte.

Ofrick betrachtete uns mit einem wägenden Blick. »Ihr kennt euch?«

»Ja, ich wohne in der Herberge von Cillias Mutter«, murmelte ich.

»Ah, Cillia heißt du?«, sagte Ofrick. »Nun, was liegt an, Mädchen?«

Sie räusperte sich. »Nichts weiter, Herr. Ich wollte nur Bescheid geben, dass wir fertig sind. Und fragen, ob es recht so ist.«

»Nun, da bin ich aber gespannt!« Plötzlich klang Ofrick aufgeräumt und gönnerhaft; er legte Cillia sogar eine Hand auf die Schulter.

Wir betraten ein Zimmer, das etwa halb so groß war wie der Speisesaal im Erdgeschoss. Der Boden und die Wände waren holzgedeckt, und irgendwie sah man sofort, dass das Zimmer für den heutigen Anlass leer geräumt worden war. An einer Wand hatten Cillia, Fissach, Marlo und Alwin ihren Schaukasten aufgestellt. Er war deutlich kleiner als der, den ich im Gasthof zu Auenbrück gesehen hatte, hatte aber ebenfalls einen roten Vorhang, und um ihn herum war dasselbe dunkelblaue Tuch gespannt wie damals. Die Puppen entdeckte ich nicht; wahrscheinlich waren sie bereits hinter dem Tuch verborgen, ebenso wie die restliche Ausrüstung der Spielleute. Ich bemerkte, dass es nach Staub und Essig roch.

Fissach, Marlo und Alwin standen beieinander und unterhielten sich. Als wir hereinkamen, nahmen sie Haltung an, was recht komisch wirkte. Der Barde war der Einzige, der sich nicht darüber zu wundern schien, dass ich hier war. Alwin und sein Onkel schauten kurz verdutzt drein, setzten dann aber geschäftsmäßige Mienen auf.

Während Ofrick den Kasten und die Verhängung begutachtete und ein paar Fragen stellte, sahen sich seine Männer mehr oder weniger aufmerksam im Zimmer um. Ich selbst trat an die Fenster. Sie waren weit größer als die im Erdgeschoss und wiesen auf die Straße und den Fluss. Man konnte allerdings nicht viel von der Welt draußen erkennen, und umgekehrt kam auch kaum Licht herein, da die Fenster mit bunten Malereien verziert waren, die Könige, Ritter, Prinzessinnen und Drachen darstellten.

Es erwies sich, dass Ofrick mit der Arbeit der Spielleute zufrieden war. Bald verließen wir das Zimmer, um in den Speisesaal zurückzukehren. Im Gehen warf ich Cillia noch einen kurzen Blick zu. Sie lächelte mich an, ein wenig verwirrt vielleicht; auch ich versuchte zu lächeln.

Bald jedoch verging mir das Lächeln. Während wir den Gang entlang schritten, beugte sich Ofrick zu mir herunter und sagte in vertraulichem Tonfall: »Ein hübsches Mädchen … *Dein* Mädchen?«

Ich schluckte schwer. »Nein …«, brachte ich hervor. »Ich kenne sie kaum.«

»Ah«, machte Ofrick. »Und ich dachte schon …«

Er wusste, dass ich log. Das war mir klar. Und mir war klar, dass ich mit meiner Lüge alles noch schlimmer gemacht hatte. Denn jetzt wusste er auch, wie viel Angst ich davor hatte, dass jemand Cillia wehtun könnte.

Dabei war es ohnedies schlimm genug.

Ich war fest entschlossen gewesen, den Hafenmeister Ludger noch in dieser Nacht zu töten. Und an diesem Entschluss hatte sich nichts geändert. Jede Stunde, die ich mit Cillia zusammen war, ließ meinen Willen zur Rache schwinden. Bald würde es so weit kommen, dass ich nicht mehr wusste, wie Rudrick von Nordwiesen aussah – und was er mir angetan hatte. Das durfte nicht geschehen! Ich schuldete es Cay. Ich schuldete es Alva. Ich schuldete es mir selbst. Rache nehmen. Ihn vernichten. Ihn zerschmettern. Das war alles, was zählte. Und vielleicht würde ich niemals wieder die Kraft finden, Edes Auftrag zu erfüllen, wenn ich heute unverrichteter Dinge heimging und mich in Cillias Arme flüchtete.

Nein, es musste sein.

Es musste sein.

Rache.

Ich bekam kaum mit, wie Ludger und die Gäste erschienen. Der Hafenmeister war sehr schlank, fast dürr, und kaum größer als sich. Er hatte blondes, an den Schläfen ergrautes Haar und einen blonden Rauschebart. Sein Gesicht kam mir nicht sehr angenehm vor; wie ein Schurke sah er allerdings auch nicht aus. Das Auffälligste an ihm war seine helle, wohlklingende Stimme.

Die Gäste stammten offensichtlich aus Qheezan. Sie hatten dunkle Haut, dunkles Haar und dunkle, geölte Bärte; dafür waren ihre weiten Gewänder bunt wie der Regenbogen. Ofrick hatte erzählt, sein Herr würde die Südländer am Hafen abholen, sie dann in ein Badehaus begleiten und anschließend in sein Heim bringen. Nun waren sie da, und der Abend ließ sich so unaufgeregt an, als ob ich in der Schankstube der *Zechenden Puppe* gesessen und auf meinen Fischeintopf und mein Dunkelbier gewartet hätte.

Die Herren – Ofrick eingeschlossen – versammelten sich an der Tafel. Diener füllten die Gläser mit Wein und tischten eine Suppe auf. Die Gespräche wurden in einer Sprache geführt, die ich nicht verstand; Numerisch, wie ich annahm. Vielleicht war das eine Vorsichtsmaßnahme, um sicherzugehen, dass nur diejenigen verstanden, worum es ging, die es auch wirklich verstehen sollten. Ich scherte mich freilich nicht darum, was die Herren zu bereden hatten.

Während sie ihre Suppe aßen und plauderten und draußen die Nacht hereinbrach, suchte ich Gründe, den Hafenmeister Ludger zu hassen. Ich fand keine, und als der zweite Gang – gebratener Fisch, der in Butter schwamm – serviert wurde, sagte ich mir, dass ich auch keine brauchte. Schließlich hatte ich ein halbes Dutzend Männer getötet, von denen ich nicht einmal den Namen kannte, seit ich in Donost angekommen war. Auch der Hafenmeister Ludger konnte ein beliebiger Fremder bleiben. Ich musste ihn nicht hassen; ich musste nur sein Leben nehmen.

Am liebsten hätte ich es sofort getan. Aber Ofrick hatte uns Wächter in den vier Zimmerecken positioniert, und ich stand am falschen Ende der Tafel. Also wartete ich, bis die Mahlzeit, die sich über zwei weitere Gänge und einen Nachtisch hinzog, beendet war. Der Hafenmeister schickte sich nun an, seine Gäste in den ersten Stock zu führen, wo Cillia, Fissach, Marlo und Alwin ihren Auftritt erwarteten.

Mit ungläubigem Schrecken wurde mir klar, dass ich die Spielleute völlig vergessen hatte, während ich über Ludgers Tod nachgrübelte. Wie war das möglich? Cillia war doch mein ein und alles! Verwirrt rieb ich mir die Augen. Jetzt wusste ich auch wieder, weshalb ich solche Angst bekommen hatte bei dem Gedanken, dass Ofrick ahnen könnte, wie viel sie mir bedeutete. Unter keinen Umständen durfte Cillia etwas geschehen! Aber wenn ich den Hafenmeister jetzt tötete und dann aus Donost verschwand … war sie dann nicht in Gefahr?

Vielleicht würde Ofrick sie für meine Tat büßen lassen … Oder er würde meinen, sie wüsste, wohin ich gegangen war … und versuchen, dieses Wissen aus ihr herauszupressen …

Einen Moment lang verzagte ich. Wenn Cillia den Preis für meine Rache bezahlte, war alles sinnlos und vergeblich. Das konnte, das durfte ich nicht riskieren. Also musste ich Ludger leben lassen, zumindest heute Nacht. Aber wann würde ich das nächste Mal so nahe an ihn herankommen? Und würde ich es dann noch schaffen, einen weiteren Mord zu begehen?

Doch schon, als wir die Treppe emporstiegen – zwei der Wächter gingen voran, dann folgten der Hafenmeister, Ofrick und die Südländer, am Schluss kamen ein weiterer Mann und ich –, wusste ich, was die Lösung war. Plötzlich kam mir das vielfache Knarren der Holzstufen unter unseren Schritten unsagbar komisch vor. Beinah hätte ich aufgelacht – es war einfach, so einfach!

Ich würde *alle* töten. Nicht nur den Hafenmeister. Sondern auch Ofrick, die Gäste und die Diener. Ludgers Frau und Kinder, falls er welche hatte. Wenn sie alle tot waren, würde niemand verraten können, dass ich Cillia liebte. Es würde nicht einmal jemand übrig bleiben, der wusste, dass die Puppenspieler an diesem Abend überhaupt im Haus des Hafenmeisters gewesen waren.

Ich fühlte, wie ich ruhig wurde, fast heiter. Ich wusste jetzt, was ich zu tun hatte.

Zwischenzeitlich hatten die Diener von irgendwoher Stühle geholt und in dem Raum aufgestellt, wo die Vorführung stattfinden sollte. Unter freudigem Geplauder nahmen die Gäste Platz. Zwei der Wächter traten ans Fenster; ich blieb mit dem vierten Mann bei der Tür stehen. Mägde gingen umher und verteilten goldene Weinpokale, die matt schimmerten im Kerzenlicht.

Von den Puppenspielern war nichts zu sehen und zu hören. Der rote Vorhang war noch geschlossen; das blaue Tuch hing unbewegt. Plötzlich trat Fissach hervor, der bislang in einer dunklen Zimmerecke gestanden hatte. Er hatte sich umgezogen und trug jetzt dasselbe rote Hemd mit dem breiten Rüschenkragen wie an dem Abend in Auenbrück; die Laute hing um seinen Hals. Die Gespräche verstummten, als er sich vor dem Schaukasten aufstellte.

Der Barde machte keine Verneigung, hielt auch keine Ansprache, sondern begann umstandslos zu singen. Er überraschte mich damit, dass er ein Lied auf Numerisch anstimmte – zumindest vermutete ich, dass es Numerisch war, weil die Sprache so klang wie die, welcher sich Ludger, Ofrick und die Südländer bedient hatten.

Ich aber hörte etwas anderes; ein paar Zeilen aus einem Lied, das irgendwer irgendwann einmal für mich gesungen hatte, es musste sehr lange her sein:

Es kommt ein Ritter hoch zu Ross,
Der hat manchen Kampf gesehen.

Aber seltsam: Die Zeilen wurden gar nicht gesungen, sondern geflüstert. Wie ein Gebet oder ein Fluch oder eine Klage.

Alle Augen waren auf Fissach gerichtet. Ich fragte mich, ob sein Lied zu dem Stück gehörte, das die Schausteller heute aufführen wollten, oder eine Art Geschenk an die Gäste aus Qheezan sein sollte.

Ich würde es niemals wissen.

Ich nahm meinen Dolch und stieß ihn dem Mann neben mir in den Hals. Während er gurgelnd zusammenbrach, hatte ich schon das Kurzschwert aus der Scheide gezogen. Ich trat vor, packte einen der Südländer, warf ihn von seinem Stuhl, der knallend umfiel. Der Hafenmeister Ludger sprang auf, wirbelte herum. Für die Dauer eines Herzschlages trafen sich unsere Blicke. Ich rammte das Schwert in seinen Bauch.

Fissach hörte auf zu singen. Nun waren Schreien und Kreischen um mich herum; entsetzte Männer- und Frauenstimmen. Ich hob das Schwert, ließ es niedersausen. Wieder und wieder. Eine Magd sank blutend in sich zusammen; die Leichen zweier Qheezaner klappten aufeinander. Jemand krallte sich an dem dunkelblauen Tuch fest und riss es im Fallen zu Boden.

»Rennt!«, rief ich und hoffte, dass die Spielleute verstehen würden.

Einer der Wächter kam auf mich zugestürmt. Er fletschte die Zähne und hielt die Klinge über den Kopf. Ich schleuderte den Dolch, traf den Mann im Auge. Sein Gebrüll verstummte; er krachte in ein paar Stühle.

Jetzt galt es, Ofrick zu töten. Ich sah, wie er an mir vorbei hastete, wandte mich zur Tür, um ihn aufzuhalten.

Aber es war nicht seine Absicht gewesen, zu fliehen.

Cillia versuchte, hinter einem Südländer und einer Magd aus dem Raum zu laufen. Sie war nicht schnell genug. Ofrick packte sie am Arm. Sie schrie, schlug um sich, doch er zerrte sie zurück, hielt ihr den Dolch an den Hals.

»Mykar!«, brüllte Ofrick. »Weg mit dem Schwert!«

Ich erstarrte; die Waffe fiel aus meinen Händen, als hätte ich keine Kraft mehr, sie zu halten.

»Cillia! Nein!« Fissach wollte sich auf Ofrick stürzen. In diesem Moment kam einer der beiden Wächter, die die Eingangstür bewacht hatten, ins Zimmer gelaufen. Er war schnell genug, um dem Barden die Klinge in die Seite zu bohren. Lautlos ging Fissach zu Boden und rührte sich nicht mehr. Da war Blut, so viel Blut.

Wieder schrie Cillia; dann wandte sie den Blick ab, schloss die Augen und begann zu wimmern. Die beiden verbliebenen Wächter stellten sich neben Ofrick auf, Schwert und Dolch in den Händen.

Wir waren jetzt allein im Raum; die Südländer und Mägde, die noch lebten, waren geflohen. Auch von Marlo und Alwin war nichts zu sehen. Unten im Haus hörte ich Rufe, Gerumpel, eilige Schritte. Doch hier war es sehr still.

Ich hob die Hände. »Tu ihr nichts, Ofrick …«, sagte ich leise. »Tu ihr nichts …«, wiederholte ich.

Er starrte mich an. Seine grauen Augen waren hart und fühllos wie Schieferstücke. »Du wirst mir jetzt sagen, für wen du arbeitest.«

»Ofrick …«, sagte ich noch einmal.

Cillia öffnete die Augen; unsere Blicke trafen sich. »Mykar … bitte … hilf mir … bitte …«, flüsterte sie. Die Tränen liefen ihr übers Gesicht.

»Wer hat dir den Auftrag gegeben, Ludger zu töten?«, knirschte Ofrick.

»Niemand«, begann ich. »Niemand hat mich be-«

Er schnitt Cillia die Kehle durch.

Dann ließ er sie los.

Sie taumelte auf mich zu, brach zusammen. Ich sank auf die Knie, legte die Finger an ihren Hals, versuchte, den Blutfluss zu stillen.

»Nein … nein … nein …«

Cillia versuchte, etwas zu sagen. Es ging nicht. Ich küsste sie, strich ihr durch die Haare.

»Nein … nein … nein …«

Sie fasste meine Hand. Dann ließ sie mich los.

Ich sah, wie das Licht in ihren Augen erlosch.

Alles erlosch.

Sanft ließ ich ihren Kopf auf den Boden sinken. Mit den Fingerkuppen schloss ich ihre Lider. Als Ofrick sprach, erhob ich mich langsam.

»Wir versuchen das jetzt noch einmal«, zischte er. »Wenn du mir alles sagst, was ich wissen will, darfst du so schnell sterben wie sie.«

Ich sah ihn an. Etwas in seinem Gesicht veränderte sich; er erbleichte.

»Tötet ihn!«, sagte er zu den Wächtern, und sie griffen mich an.

Als sich sein Stahl zwischen meine Rippen bohrte, zerquetschte ich dem linken Mann den Kehlkopf; dem rechten Mann brach ich das Genick, nachdem er mir den Dolch ins Herz gestoßen hatte.

Ofrick wollte davonlaufen. Ich bekam ihn zu fassen, ehe er durch die Tür war, schleuderte ihn quer durch Raum. Er krachte in ein paar Stühle, war aber sofort wieder auf den Beinen. Ich zog die Klingen aus meinem Leib, warf Schwert und Dolch zur Seite. Dann stürzte ich mich auf Ofrick.

Er schrie, hob abwehrend die Hände. Ich rammte gegen ihn, hielt ihn fest und engumschlungen krachten wir durch die bunten Glasfenster. Kalte Nachtluft umfing uns, und inmitten der Splitter von

Königen und Rittern, Prinzessinnen und Drachen stürzten wir, schlugen hart auf das Pflaster.

Ich kam auf Ofrick zum Liegen. Sein Schädel war geplatzt, doch er röchelte noch. Ich nahm seinen Kopf, schlug ihn auf den Stein, bis alles, was von ihm übrig blieb, ein Gematsche aus Blut, Knochen, Hirn und Haaren war.

Um mich herum waren Schreie, doch niemand wagte es, mir nahezukommen.

Dann rannte ich durch die Nacht.

Die Nacht war Grauen. Ich war Grauen.

TEIL III

Ein Mann hatte einen Schatz.
Er fürchtete sich vor Räubern; also wollte er ihn nicht in seinem Haus aufbewahren. Er fürchtete sich vor Verlust; also wollte er ihn nicht nutzen, um Handel zu treiben. Er fürchtete sich vor der Bosheit und Narretei der Menschen; also wollte er ihn nicht verschenken.
Schließlich ging er in den Wald, grub eine tiefe Grube und tat seinen Schatz hinein. Und er sagte zu sich: »Ich habe recht getan.«
Doch als er wiederkehrte, war die Erde verbrannt und die Bäume waren Asche. Das, was früher gewesen war, war verloren und fand sich nicht mehr.
Jerzt sagt mir: Was lehrt euch diese Geschichte?

Talbides, *Von gestürzten Thronen*

I
SCHWARZER SEGEN

Die Luziera

Die Gespensterschenke lag auf einem Friedhof. Genauer gesagt war eine Kapelle nebst der dazugehörigen Krypta so eingerichtet worden, dass sie als Wirtshaus dienen konnte. Für gewöhnlich ging das natürlich nicht an; schließlich waren auch (und gerade) die Nachtgestalten und Spukwesen wenig erpicht darauf, es sich mit den Göttern zu verscherzen. Man folgte im Geisterreich zwar nicht unbedingt ihren Regeln, versuchte aber, den offenen Aufstand zu vermeiden. Den Pelz waschen, ohne ihn nasszumachen – das war wohl die Haltung der meisten Wiedergänger und friedlosen Toten, wenn es um die Ewigen ging.

In diesem Fall aber stellte es keine Schwierigkeit dar, die Kapelle einem unheiligen Zweck zuzuführen. Sie war nämlich, ebenso wie der restliche Friedhof, längst schon entweiht worden. Beides gehörte zu einem Dorf, von dem seit vielen Jahren nur noch ein paar Ruinen standen. Und über das Dorf hatte ein Herrenhaus gewacht, das bei einem großen Unglück, dessen niemand mehr gedachte, bis auf die Grundmauern niedergebrannt war.

Was immer für ein Leben die Menschen hier gehabt haben, was immer ihre Liebe, ihre Freude und ihr Kummer gewesen sein mochten – all das war höchstens noch ein fernes Echo eines Gedankens oder Gefühls, das in den Seelen einiger Enkel und Urenkel widerhallte, die mittlerweile selbst Greise waren.

Die Luziera mochte sie: jene verlassenen, verfallenen Orte im Nirgendwo. Das Nirgendwo war in diesem Fall eine Hügelkette am Fuß des Fokris-Massivs, auf halbem Weg zwischen Dreieichen und der

Perle. Es war ein guter Ort, um eine Gespensterschenke zu eröffnen. Denn die Einsamkeit war so groß, dass man davon ausgehen konnte, dass sich auch vorwitzige Geweihte, die Sonnenrichter und ihre Gesandten und selbst die Paladine der *Bruderschaft des Zweiten Todes* nur sehr selten hierher verirrten.

Freilich schützte auch die größte Einsamkeit nicht vor den Nachstellungen des Schwarzen Jägers.

Das war noch eine Sache, die sich verändert hatte, seit der Anführer der Horde einen neuen Herrn gefunden hatte und sich »der Nichter« nannte. Abgesehen von den Metzeleien an ebenso harm- wie wehrlosen Bauern war es nun die Hauptbeschäftigung der Geisterreiter, anderen Nachtgestalten und Spukwesen das Unleben schwer zu machen. Die Mannen des Schwarzen Jägers suchten Gespenstergasthöfe heim in der Art, wie ruchlose Räuberbanden ein Dorf oder ein Kloster überfielen. Ohne jede Vorwarnung stürmten sie zur Tür herein, schlugen Tische, Bänke und Schemel in Stücke und machten alle nieder, die sich ihnen widersetzten. Nur dass ihr Ziel nicht darin bestand, irgendwelche Reichtümer zu erbeuten. Nein, ihnen ging es darum, neue Spießgesellen zu finden. Oder vielmehr – sie gewaltsam zu schaffen.

War es früher eine Auszeichung gewesen, in die Wilde Horde aufgenommen zu werden, eine Ehre, derer man sich unter großen Mühen und Entbehrungen als würdig erweisen musste (Rudrick von Nordwiesen und seine Kumpane hätten ein Lied davon singen können), galt nun das Gegenteil. Der Schwarze Jäger wollte, dass die Reihen seiner Getreuen anschwollen, da war ihm jedes Mittel recht, und wer keine Lust hatte, sich den Geisterreitern beizugesellen, ihnen gar Widerstand leistete, der endete als Schleimlache auf dem Boden.

Nun war es in der Welt der Spukwesen, Nachtgestalten und friedlosen Toten eine unerhörte Sache, ein Frevel gar, gegen die eigenen Leute die Hand zu erheben. Dies durfte nur in seltenen Ausnahmefällen geschehen, wenn besondere Umstände vorlagen und ein Prinzipal – wie man die Dämonen nannte, die den Gespensterversammlungen vorstanden – die Erlaubnis gab.

Der Schwarze Jäger aber machte das Unerhörte zum Gewöhnlichen, den Frevel zur Pflicht und die Ausnahme zur Regel. Selbst die Luziera hatte es erstaunt, dass die Geisterreiter ohne zu murren, gar mit einigem Eifer, dem Wort ihres Anführers gefolgt waren, als dieser damit anfing, Überfälle auf unheilige Schenken zu befehlen.

Aber so war es. Das Neue hatte gezeigt – auch, was das betraf –, dass ihm das Alte nicht einmal Hohn und Spott wert war.

Und nach jener Nacht, in der das Massaker an dem Dorf im Wald stattgefunden hatte, hatte sich die Anzahl jener Überfälle noch einmal erhöht, war die Entschiedenheit, mit denen der Schwarze Jäger zu ihnen drängte, noch unbedingter geworden. Als wäre dies seine Antwort auf die Frage, die ihm die Luziera gestellt hatte: *Wohin soll das alles führen?*

Nun, gegenwärtig führte es dazu, dass der Unterschlupf der Horde, noch immer hauste sie in dem verfluchten Bergweiler, kaum noch Platz bot für all die unglücklichen, verängstigten und verwirrten Gespenster und Spukwesen, die dazu gezwungen worden waren, Teil von etwas zu werden, das nichts zu tun hatte mit dem Dasein, das sie bislang im Tod geführt hatten.

Was den Schwarzen Jäger freilich nicht daran hinderte, seine neuen Mannen (immerhin bei dieser Regel blieb es: nur Männer wurden in die Horde aufgenommen) dazu anzuhalten, an den Blutbädern teilzunehmen, die beinah allnächtlich in irgendwelchen Bauerndörfern begangen wurden.

Die Luziera betrachtete das Treiben des Herrn Jägers – oder des Herrn Nichters, was er sicherlich vorziehen würde – mit wachsendem Unmut. Ihre Sehnsucht nach dem Neuen war ebenso verflogen wie ihr Wunsch, von der Langeweile befreit zu sein. Zugegeben, etwas wie Faszination empfand sie wohl auch in Anbetracht der Verwandlung des Schwarzen Jägers. Dennoch, der Unmut überwog.

Von ihr selbst (und natürlich den unfreiwilligen Neuzugängen) abgesehen, war es wohl nur Garoy, der nicht recht froh wurde an dem ruchlos-blutigen Weg, den sein Herr gewählt hatte. Seit der Wolf von seiner Reise nach Ahekris zurückgekehrt war – jener atemlosen, gehetzten Reise durch die Nacht, die er im Auftrag des Schwarzen Jägers unternommen und von der er die Kunde mitgebracht hatte, dass Rudricks namenloses Böse wirklich war –, kam er der Luziera immer häufiger vor wie ein armes, ungeliebtes Hündchen, das mit traurigen Augen in die Welt blickte und jemanden suchte, der es fütterte und streichelte. Da Garoy, auf allen Vieren gehend, etwa dieselbe Schulterhöhe hatte wie ein nicht allzu kleiner Mann, dazu rotglimmende Augen und rote, riesige Zähne, entbehrte das nicht der Komik. Dennoch tat ihr der Wolf leid; sogar die kerbigen Knochensplitter, die sich durch sein weißes, zotteliges Fell bohrten, schienen in letzter Zeit ein wenig erschlafft zu sein.

Die Luziera hätte gerne gewusst, was in ihm vorging. Rang er mit sich, weil er den überaus un-wölfischen Drang verspürte, sich gegen seinen Herrn aufzulehnen? Litt er darunter, dass das, was die Horde jetzt tat, nicht in Einklang zu bringen war mit seinen umgekehrt höchst wölfischen Vorstellungen von Ehre, die ja über Jahrhunderte hinweg durchaus denen des Schwarzen Jägers entsprochen hatten?

Sie vermochte es nicht zu sagen. Denn die Stimmen, die sie seit unvordenklichen Zeiten umgeben und jeden Augenblick ihres Daseins, jede Sekunde des Wachens und Träumens, begleitet hatten, mit ihrem Flüstern und ihrem Schreien, ihrem Säuseln und Drohen, ihrer Geschwätzigkeit und ihrem wortkargen Murmeln – sie waren beinah vollständig verstummt.

Das Einzige, was sie ihr noch zutrugen (nicht, dass die Luziera das ständige Geplapper vermisst hätte), waren Geschichten und Bilder von Vanice. Aus dem, was sie über das blonde Mädchen erfuhr – manchmal kam sie ihr wie eine zärtlich geliebte Schwester vor, manchmal wie ein Kind, das erzogen werden musste, manchmal wie eine Geliebte, in deren süßen Umarmungen sie versinken wollte –, was sie sah und hörte, schloss die Luziera, dass es in der Tat bald so weit war, dass sie Abschied nehmen musste von der Horde und dem Schwarzen Jäger. Dieses *Bald* begleitete sie nun schon seit einem Monat, aber es wurde immer drängender, näherte sich immer mehr, und immer schneller, dem *Jetzt* an.

Vielleicht auch, weil die Luziera sehr wohl begriff, dass die Faszination für das grelle, blutige Durcheinander, das der Herr Jäger entfesselte, in Wahrheit nur eine Maske war, hinter der sich die Lust auf das Nichts verbarg.

In dieser Stunde aber tat die Luziera noch einmal – vielleicht zum letzten Mal –, was sie hundert und tausend und zehntausend Mal zuvor getan hatte. Sie begleitete den Schwarzen Jäger, wenn er auszog in die Nacht.

Im Vergleich zu diesem Dorf hier befand sich der Bergweiler, der ihnen nun schon eine ganze Weile Heimat war, in allerbestem Zustand. Von den Hütten, die aus Holz gefertigt waren, ließen sich nur noch ein paar morsche Balken erkennen, die hier und da aus der Erde ragten. Im Fall der Steinhäuser waren wenigstens ein paar Mauerreste übrig geblieben. Der Schnee aber hatte alles zugedeckt, sodass jemand, der nicht ohnedies schon wusste, dass sich hier die Reste einer Siedlung befanden, vielleicht nur ein weiteres Stück Brachland gesehen hätte.

Der Schwarze Jäger, Garoy und die Luziera gingen voran. Ihnen folgten etwa zwei Dutzend Geisterreiter. Die Dämonenrösser und Gespensterhunde waren an dem Eingang des Dorfes zurückgeblieben, der dem Friedhof gegenüberlag. Im Gegensatz zu früheren Zeiten pflegte der Anführer der Horde jetzt mitunter ein wenig Heimlichtuerei; die Seinen sollten sich ruhig erst anpirschen, anstatt lärmend und tobend loszustürmen. Zumindest, wenn Überfälle auf Gespensterschenken anstanden, hielt es der Herr Jäger gerne so. Wahrscheinlich wollte er verhüten, dass seine Beute – in diesem Fall unglückliche Nachtgestalten und Spukwesen – die Flucht ergriff, ehe er ihrer habhaft werden konnte.

Bislang hatte der Schwarze Jäger geschwiegen, während er die Geisterreiter durch die Überbleibsel des verlassenen Dorfes führte.

Jetzt aber sprach er. »Von nun an wird es anders sein«, sagte er ganz plötzlich.

»Was wird anders sein, Herr Jäger?«, fragte die Luziera, wiewohl sie

Zweifel hegte, ob der Anführer der Horde zu ihr – oder überhaupt zu irgendjemandem – gesprochen hatte.

»Es dauert zu lange«, entgegnete er. »Wir müssen mehr tun. Und es muss schneller gehen.«

»Wie? Mehr Blutbäder? Schnellere Überfälle?«, erkundigte sich die Luziera.

»Richtig«, sagte der Schwarze Jäger, dessen Sinn für Humor noch nie besonders ausgeprägt gewesen war. »Wir haben nicht viel Zeit«, fügte er hinzu.

»Wofür haben wir nicht viel Zeit?«

»Um das Kommen meines Herrn vorzubereiten.«

»Ah – das ist es also, was wir tun!«, rief die Luziera aus.

»Was sollten wir sonst tun?«, grollte der Schwarze Jäger. »Wir werden die Armee meines Herrn sein. Der Stiefel, der zertritt. Die Faust, die zerschmettert.«

Garoy legte die Ohren an und senkte die Rute. Offenbar schaffte er es nur mit Müh' und Not, ein Winseln zu unterdrücken. Er war wirklich zu bedauern, der Wolf.

»Und was ist, wenn deine Reiter keine Lust haben, deines Herrn Stiefel und Faust zu sein?«, fragte die Luziera.

»Es ist völlig gleichgültig, was sie wollen!«, schnaubte der Schwarze Jäger. »Die wahre Freiheit besteht gerade darin, zu tun, was man nicht tun will!«

»Jetzt klingst du wie unser guter Rudrick – möge Skargat ihm die Feuer der Verdammnis leuchten lassen.«

»Ich klinge immer nur wie ich.«

»Na, wenn das so ist …« Die Luziera zuckte die Achseln. »Was genau soll jetzt übrigens anders werden? Entschuldige – in meinem Alter braucht man manchmal ein bisschen länger, um so schwierige Dinge die wie wahre Freiheit zu begreifen.«

»Von jetzt dürfen meine Reiter alleine ausziehen, oder zu zweit, oder zu zehnt. Sie müssen nicht auf mein Wort warten und dürfen jeden Winkel der Nacht heimsuchen. Nur ausziehen müssen sie. Und dem Willen meines Herrn dienen – auch das müssen sie.«

Nun ließ Garoy tatsächlich ein Winseln hören. Wenn der Leitwolf sein Rudel allein ließ, wurde es in der Tat arg.

»Ich verstehe. Und was wirst du derweil tun?«, wollte die Luziera wissen.

»Ich tue, was ich immer getan habe.«

»Ach, so ist das!«, kicherte sie. »Und ich habe immer gedacht, du hättest die Horde angeführt!«

Darauf gab der Schwarze Jäger keine Antwort; nur Garoy warf ihr einen kummervollen und irgendwie sehnsüchtigen Blick zu. Ein weiteres Mal zuckte die Luziera die Achseln. Auch sie hatte nichts mehr zu sagen.

Abgesehen davon, war es jetzt sowieso nicht am Platz, zu sprechen. Denn der Zug des Schwarzen Jägers hatte unterdessen den Friedhof erreicht. Und der Anführer der Horde wollte ja nicht, dass die ganze schöne Überraschung zunichte wurde, nur weil jemand sein Plappermäulchen nicht halten konnte.

Die paar Elaah-Kreise, die hier noch standen, waren nahezu unkenntlich unter den Schneeverwehungen. Sie hätten genauso gut Büsche, Gesträuch oder Baumstümpfe sein können. Aber einige wenige Grüfte hatten der Zeit mit ihren Winden und Stürmen getrotzt. Die verwitterten Säulen, Bögen, Tore und Statuen ließen noch etwas von der vergangenen Pracht erkennen, und manchmal fiel das kalte Sternenlicht so auf sie herab, dass der uralte Stein zu glimmen schien, als wären die Grüfte in Wahrheit aus Kristall gefertigt.

Auch die Kapelle, die nunmehr als Gespensterschenke diente, war noch recht ansehnlich. Das heißt, was ein Wandersmann erblickt hätte, der zufällig bei Tageslicht hier vorbeikam, wusste die Luziera natürlich nicht; vielleicht nicht mehr als einen kläglichen Geröllhaufen. Diejenigen, die der Nacht zugehörten, sahen jedenfalls einen flachen Steinbau mit schwerer, säulengesäumter Holzpforte, über der sich ein spitzer, weit vorragender Giebel erhob – ja, diese Kapelle war von der gleichen Machart wie jene andere, in der Rudrick von Nordwiesen vor einer Handvoll Wochen den Geweihten Hindrik ermordet hatte. Mit tatkräftiger Hilfe der Luziera, wohlgemerkt, die jene

Unterstützung vielleicht nicht gerade bedauerte, sich ihrer aber auch gewiss nicht gerühmt hätte.

Mit ruhigem, festem Schritt hielt der Schwarze Jäger auf die Eingangspforte zu. Die Luziera schwieg; ebenso Garoy und die Geisterreiter, von denen allerdings jene erregte Gespanntheit ausging, die eine handfeste Keilerei anzukündigen pflegte.

Nun war auch das Schild erkennbar, das über dem Eingang der Gespensterschenke angebracht war: *Zum Klappernden Knochen,* stand da zu lesen, und die Luziera vermutete, dass in dieser Nacht tatsächlich einige Knochen klappern würden.

Der Schwarze Jäger jedenfalls machte nicht viel Federlesens. Er wartete nicht einmal, bis die Geisterreiter hinter ihm Stellung bezogen hatten. Plötzlich schoss die schwarze Schlange aus seinem Armstumpf hervor, die sich die meiste Zeit darin verkrochen hielt wie der Skorpion in seinem Erdloch, und im selben Moment riss er die Tür zur Wirtsstube auf und trat ins Innere.

Erschrockene, angsterfüllte Rufe waren zu hören; irgendjemand ließ einen Trinkkrug fallen – offenbar hatte sich bereits herumgesprochen, dass von dem Schwarzen Jäger und seinen Überraschungsbesuchen nichts Gutes zu erwarten war.

Die Luziera folgte dem Anführer der Horde. Sie blickte in einen durchaus schmucken Schankraum. Die Theke stand dort, wo früher der Altar gewesen war; Zecher, die an langen Bänken hockten, ersetzten die Betenden, und alles wurde von bläulich brennenden Fackeln, die an Säulen befestigt waren, in ein angenehm jenseitiges Licht getaucht. Man konnte nur hoffen, dass von der ganzen Pracht etwas übrig bleiben würde, wenn der Schwarze Jäger und seine Mannen mit dem *Klappernden Knochen* fertig waren. Die versammelten Spukwesen und Nachtgestalten schienen sich da, wie gesagt, keineswegs sicher zu sein. Ebenso wenig wie die Wirtin; ein winziges, verhutzeltes, dunkel behaartes Gespensterweiblein.

»Heda! Was sind denn das für Manieren!«, rief sie mit rauher, strenger und überaus lauter Stimme.

Der Schwarze Jäger ließ sich freilich nicht beirren. »Ich bin der

Nichter! Schließt euch mir an – oder geht zugrunde!«, donnerte er und streckte die Hand aus, als wollte er die versammelten Zecher segnen.

Er hatte kaum zu Ende gesprochen, da stürmten seine Geisterreiter bereits ins Innere. Spitzige Schatten wurden zusammengeschlagen, weißhaarige Frauen zu Boden gezerrt und getreten, hagere, in Leichentücher gewickelte Greise bespuckt und verlacht.

»Nein! Lasst das!«, schrie die Wirtin. »Das ist meine Schenke!«

Aber sie irrte sich. Der *Klappernde Knochen* war nicht länger ihre Schenke. Vermutlich begriff das auch die Wirtin selbst, als ihr einer der Geisterreiter die Faust ins Gesicht rammte.

Ja, in der Tat: Der Schwarze Jäger hatte seinen Segen erteilt.

Zusammen mit Garoy war die Luziera beim Eingang geblieben. An den Massakern in den Bauerndörfern hatte sich der Wolf noch widerwillig beteiligt; jetzt hockte er da, machte sich so klein, wie es ging, hielt die Blutaugen auf die Steinplatten gerichtet, mit denen der Boden der Kapelle ausgelegt war. Offenbar schämte sich Garoy, und das, fand die Luziera, war ihm hoch anzurechnen, auch wenn sie selbst für derartige Gefühle wenig Verwendung hatte.

Was allerdings nichts daran änderte, dass auch ihr zunehmend die Lust verging, sich das Treiben des Schwarzen Jägers anzuschauen. Das Ganze hatte etwas Abgeschmacktes und Unappetitliches und war obendrein schrecklich dumm. Zurück blieb ein Gefühl des Überdrusses und die Sehnsucht nach dem *einen* Neuen, das vielleicht tatsächlich noch eine Überraschung für sie bereithielt: das Nichts.

Da traf es sich, dass die Stimmen in diesem Moment zu ihr flüsterten; ohne sich zu rühren, ohne auch nur die Augen zu schließen, war die Luziera in einen Traum entrückt. In dem Traum sah sie das blonde Mädchen: ihre Schwester und Freundin, ihre Tochter und Geliebte. Sie war in Gesellschaft eines Mannes – eines schönen, rätselhaften Mannes, den ein Schweigen umgab, das selbst die Stimmen, die zwischen den Zeiten und Welten zu Hause waren, nicht durchdringen konnten.

Was die Luziera da sah, gefiel ihr gar nicht: Denn sie wusste, dass

Vanice, die so oft schon von der Welt hatte Abschied nehmen wollen, im Begriff stand, ihr Herz unwiderruflich an dieses Leben zu binden: an seine Freuden und Leiden und seine kümmerliche Wahrheit.

Nun gab es keinen Zweifel mehr: Es war Zeit, zu gehen.

Jetzt, dachte die Luziera.

Jetzt.

Kurz kraulte sie Garoy zwischen den Ohren. Dann war sie verschwunden.

2
REINES GEWISSEN, GUTER WEIN

Halig

So kam es also, dass sich Halig ganz unverhofft im Dienst des Junkers Rhun von Ketten wiederfand. Scara und er wurden in zwei kleinen Kammern untergebracht. Das entsprach zwar weder seinen Wünschen noch dem hohen Sinn der göttlichen Eingebung, die er empfangen hatte. Aber leider zog es die Sonne vor, für sich allein zu leuchten, und Haligs zaghafte Versuche, sie umzustimmen, beantwortete sie mit erhabenem Schweigen. Der Herr von Ketten kümmerte sich übrigens nicht um die Frage, wie seine neuen Bediensteten untergebracht werden sollten. Auch war es ihm gleichgültig, ob Halig und Scara tatsächlich einen heiligen Bund unter den Augen der Ewigen geschlossen hatten. Nachdem er entschieden hatte, die beiden in seinen Dienst zu nehmen, widmete er sich wieder dem Weine. Und Haligs heldenhafte Bemühungen, Knochen und Tonsplitter aufzulesen, unterbrach er bald darauf mit einem harschen: »Für heute ist's genug! Ich will meine Ruhe haben!«

Das war ein bisschen verwunderlich, weil Rhun ja noch vor wenigen Minuten verlangt hatte, dass der Totengräber und Scara ihre Tauglichkeit unter Beweis stellten, indem sie die Halle aufräumten. Aber Halig war wohl bewusst, dass die Gedanken der hohen Herren auf ganz eigenen, geheimnisvollen Pfaden wandelten, die einem gemeinen Totengräber und Holzkopf wohl auf ewig verschlossen bleiben würden.

Nachvollziehbarer war da schon, was den Wächter Gurth umtrieb (ach, er hieß genauso wie der Bauer, bei dem Halig immer seinen Räucherschinken gekauft hatte … daheim … daheim …), als er die beiden aus der Halle schob. »Macht schon! Wir haben nicht die ganze verdammte Nacht Zeit!«, grollte er, und bald darauf fand sich Halig in besagter Kammer wieder.

Jetzt, wo sich ihm die Sonne entzogen hatte, kam ihm die Burg des Herrn von Ketten noch ungemütlicher vor, und seine Kammer machte leider keine Ausnahme. Aber immerhin gab es ein Bett, ein Tischlein mit Schemel, eine Waschschüssel und einen Kerzenleuchter. Da das Bett außerdem über eine Rosshaarmatratze und warme, wenngleich leicht kratzige, Wolldecken verfügte, fiel es Halig nicht allzu schwer, sich mit einer (großzügig gehäkelten) Mütze Schlaf über seine missliche Lage hinwegzutrösten.

Bald stellte sich heraus, dass er gut daran getan hatte, seine Kräfte zu sammeln. Auf der Burg des Junkers gab es nämlich reichlich zu tun für ihn. Aus unerfindlichen Gründen hatte man es versäumt, eine genügende Menge Feuerholz für den Winter herbeizuschaffen. So war es Haligs Aufgabe, mit geschulterter Axt in das Stückchen Wald zu marschieren, das dem Herrn von Ketten gehörte, und dort gleichsam Hand anzulegen. Nun hatte der jahrelange Umgang mit Leichen, Särgen und Gräbern dafür gesorgt, dass Halig starke Arme und einen nicht minder starken Rücken sein eigen nennen konnte, worauf er nicht wenig stolz war. Dennoch war es eine Herausforderung – um nicht zu sagen: eine Plage – ganz alleine Buchen, Birken, Kiefern und Lärchen umzuhauen und in ofen- und kamingerechte Scheite zu zerhacken. Zumal es der Himmel jetzt selten unterließ, ihn entweder mit Schnee oder Regen oder Schneeregen oder zumindest kalten Winden zu bedenken, und Gevatter Grautuch fast täglich die Welt einhüllte. Wenigstens sorgte Gurth dafür, dass der vielgeprüfte Totengräber warme Kleidung und obendrein stärkende Nahrung sowie stärkende Getränke in erklecklicher Menge bekam.

Für sein leibliches Wohl war dabei eine alte, jedoch sehr schwungvolle Magd namens Karwa zuständig, die, wenn der Mittag nahte, zu Halig in den Wald hinauskam, um ihn mit Speis und Trank zu versorgen. Das waren schöne Stunden. Halig nutzte Karwas Besuch nämlich nicht nur dazu, seinen erschöpften Gliedern etwas Ruhe zu gönnen und sich an Eintopf, Brot und Bier zu laben, sondern plauderte auch gerne mit der Magd. Es erwies sich, dass Karwa ihr ganzes Leben im Dienst derer von Ketten zugebracht hatte. Gurth war ihr Sohn, und auch er kannte nichts anderes als die Burg des Junkers und seine Aufgaben dortselbst.

Trotz Rhuns Neigung zur Tobsucht und zum Trunk – die wohl nicht geleugnet werden konnte – war Karwa ihrem Herren in tiefer Zuneigung verbunden. Dieser durchaus wunderliche Umstand weckte Haligs Neugier. Er versuchte also, den Gesprächen mit der Magd einen kleinen Schubs zu geben, sodass sie sich der Frage näherten, wer dieser Rhun von Ketten eigentlich war. Vermutlich stellte er sich dabei nicht übermäßig geschickt an (das ewige Los des Holzkopfes), aber Karwa war keineswegs abgeneigt, über ihren Herrn zu reden. Sie erzählte, dass Rhun in jungen Jahren ein Bild von einem Edelmann gewesen sei: hochherzig, götterfürchtig und gerecht. Er habe niemandem Rat und Hilfe verweigert, der solches von ihm erbat, und sei in den ganzen Windmarken hochgeachtet gewesen, obgleich die Familie von Ketten zwar alt, keineswegs aber bedeutend war. Die Götter schienen Rhuns Anstand mit einem rechtschaffenen Glück zu lohnen, dessen Krönung die Hochzeit mit der Dame Belinda war.

Was Belinda betraf, so schwieg sich Karwa weitgehend aus. Sie war selbstredend schön und tugendhaft; mehr aber brachte Halig nicht in Erfahrung. Vielleicht lag das daran, dass die Gemahlin des Rhun von Ketten ein schlimmes Ende gefunden hatte – und das, welch üble Laune des Schicksals!, obendrein durch das Verschulden des Junkers. Die beiden waren zu einer Hochzeit auf Burg Luchterbruch geladen; der älteste Sohn des Grafen Ottel vermählte sich. An einem solchen Fest teilnehmen zu dürfen, war natürlich eine Ehre, und keineswegs wollte Rhun den Grafen beleidigen, indem er sich etwa verspätete. Nun sorgte Skargat in seiner Boshaftigkeit dafür, dass in der Nacht vor der Abreise des Junkers und seiner Gemahlin ein heftiges Gewitter über die Ausläufer der Fokris-Berge dahinzog. Ein Baum, der im Hof von Rhuns Burg stand, wurde von einem Blitz getroffen und schlug im Fallen durch das Dach der Stallungen. Am nächsten Morgen musste Rhun die Reparaturarbeiten anleiten, sodass er und Belinda erst in ihre Kutsche steigen konnten, als die Sonne bereits hoch am Himmel stand.

Eigentlich war es keine weite Reise zum Stammsitz derer von Luchterbruch. Doch die Feierlichkeiten sollten noch am Abend eröffnet werden, und Rhun fürchtete, dass er es nicht schaffen würde, zur rechten Zeit auf der Burg des Grafen einzutreffen. Unermüdlich, unerbittlich trieb er den Kutscher zur Eile an. Als sie eine Straße entlangpreschten, die durch die Hügel führte, streckte Skargat zum zweiten Mal seine Klauen nach dem Junker und seiner Gemahlin aus. In einer steilen Kurve gerieten die Kutschräder über den Straßenrand, und der Wagen stürzte einen Abhang hinunter. Rhun blieb nahezu unverletzt, seine Frau und der Kutscher aber starben bei dem Unglück. In dieser Stunde hallten die Niederhöllen sicherlich wider vom Gelächter des Bösen – denn um das Maß des Elends vollzumachen, war Belinda schwanger, als sie ihr trauriges Ende fand.

Es fiel Halig nicht schwer zu verstehen, wie ein ehrbarer Mann auf Abwege geraten konnte, nachdem ihm etwas derart Furchtbares zugestoßen war. Ein wenig Mühe hatte er indessen damit, sich vorzustellen, dass der Schmerz, wie groß er auch sein mochte, Jahrzehnte später noch seine Herrschaft über die Seele des Junkers Rhun von Ketten ausübte. Aber da der Totengräber seine eigenen Beschränkungen in dieser Hinsicht kannte (»Du bist nicht nur ein Holzkopf; wahrscheinlich ist auch dein Herz aus Holz!«, hatte seine Mutter – Elaah habe sie selig! – oft und gern zu ihm gesagt), und Karwa selbst während ihrer Erzählung immer wieder aufschluchzte, hütete er sich, seiner Verwunderung Ausdruck zu verleihen.

Jedenfalls meinte er, nach den Gesprächen mit der alten Magd einigermaßen zu begreifen, was den Niedergang derer von Ketten bewirkt hatte. Da ging ihm das Holzhacken gleich leichter von der Hand. Zum einen freute er sich, dass er etwas tun konnte, damit es der arme Herr von Ketten wenigstens ein bisschen warm hatte. Zum anderen erleichterte Halig der Gedanke, dass ihm selbst niemals ein solches Unglück widerfahren würde: Denn erstens käme wohl kein Graf je auf den Gedanken, einen schlichten Totengräber zu einer Hochzeit einzuladen; und zum anderen besaß Halig keine Kutsche, die von der Straße abkommen und irgendwo runterfallen konnte.

Es dauerte nicht lange, und der Totengräber hatte sich an sein neues Leben gewöhnt. Dieses Leben war zwar hart und entbehrte der Freuden und Genüsse, bot dafür aber den Lohn eines reinen Gewissens. Halig stand in der Dämmerung auf, kehrte bei Einbruch der Dunkelheit zurück und war meist so erschöpft, dass er nach einem stärkenden Nachtmahl nur noch ins Bett wollte.

Ehrlicherweise musste man zugeben, dass es auch wenig gab, womit er sich sonst die Zeit vertreiben konnte. Die Burg des Herrn von Ketten kam ihm so leer vor wie ein frisch ausgehobenes Grab, und etwa eine Woche lang war er im Zweifel, ob außer ihm, Scara, Gurth und Karwa überhaupt noch jemand im Dienst des Junkers stand. Und was nun die Sonne betraf – von ihr bekam Halig in der ersten Zeit wenig mit. Immer, wenn er an ihr Türchen klopfte, hielt sie sich anderswo auf; auch traf er sie niemals in der Küche an, obwohl das eigentlich der Ort war, wo sie Karwa zufolge vorwiegend beschäftigt war.

Dafür konnte Halig eine wundersame Verwandlung der großen Halle bezeugen, die zweifelsfrei auf Scaras Wirken zurückging: die Tonscherben, Knochen und Holztrümmer verschwanden; die Felle wurden wieder aufgehängt und – wo sie allzu unansehnlich waren – durch Wandteppiche ersetzt; irgendwie gab es auf einmal auch mehr Kerzen und sogar die Hunde benahmen sich jetzt manierlich. Mit einem Wort: Alles wurde heller, sauberer und behaglicher.

Ja, es durfte sich glücklich schätzen, wer auf eine Magd wie Scara zählen konnte! Auf seinem Landsitz in den Windmarken beklagte Justinius von Hagenow sicherlich tagein, tagaus ihr Fehlen.

Halig war so eingenommen von seiner Tätigkeit als Holzfäller, dass er beinah vergaß, weshalb er und Scara eigentlich in den Dienst des Herrn von Ketten getreten waren. Zu seiner Ehrenrettung musste man sagen, dass es auch leicht war, dergleichen zu vergessen. Denn Dreieichen war weit weg. Das heißt, um genau zu sein, trennte die Burg des Junkers nur ein etwa einstündiger Fußmarsch von der Stadt. Aber wer machte schon ohne Not einen solchen Weg, jetzt, da immer häufiger Schnee fiel? Der Totengräber jedenfalls hatte keine Ahnung, was der Herr Tamelon und die *Bruderschaft des Zweiten Todes* dort unten trieben. Irgendwann stellte er fest, dass mit einer gewissen Regelmäßigkeit große, dunkle Rauchwolken über der Stadt aufstiegen, die nicht von Kaminen herzurühren schienen – aber das konnte ja alles und nichts bedeuten, oder?

Erschwerend kam hinzu, dass sich Laghras vom Hohen Teich überaus rar machte. Um genau zu sein: Halig bekam den Edelmann, der ja im eigentlichen Sinn der Grund ihres Hierseins war, überhaupt nie zu Gesicht. Die Vermutung hätte nahegelegen, dass er sich schlicht und einfach nicht in der Burg des Herrn von Ketten aufhielt.

Hätte nahegelegen – aber der Totengräber hatte Anzeichen entdeckt, die ihrerseits nahelegten, dass das Naheliegende mitunter fernlag, wenn man sich so ausdrücken durfte. Halig mochte zwar ein Holzkopf sein, er hatte aber keine Kohlblätter auf den Augen, und so war ihm durchaus nicht entgangen, dass in dem Turmzimmer der Burg allabendlich ein Licht leuchtete, wenn er die Axt ruhen ließ und heimkehrte. Auch stellte er nach einer Weile fest, dass es doch noch eine zweite Dienerin (oder eine dritte, wenn man Scara mitzählte) gab, die zwar womöglich noch älter als Karwa, aber mindestens ebenso rüstig war. Selbige nun flitzte mit einer atemberaubenden Geschwindigkeit durch die Burg, und nicht selten beobachtete Halig, wie sie in die Richtung des Turmes eilte. Bei diesen Gängen trug sie ein Tablett in den dürren Händen, auf dem etwa eine Schüssel Eintopf und ein paar Krüge standen. Und auch, wenn er es niemals schaffte, mit der greisen Dienerin zu reden – seine müden Glieder ließen des Abends keine großen Anstrengungen mehr zu, und die Frau ihrerseits zeigte wenig Neigung, sich mit ihm abzugeben –, stand doch außer Zweifel, dass sie einen Gast des Herrn von Ketten bewirtete, der es vorzog, für sich zu bleiben.

Wenn es sich bei diesem Gast tatsächlich um Laghras vom Hohen Teich handelte, war diese Neigung auch keineswegs verwunderlich. Der gute (oder auch weniger gute) Mann hatte sich die Burg derer von Ketten ja als Unterschlupf und Versteck erwählt, und wenn man sich versteckte (vor allem vor einem derart abgefeimten Schurken, wie es Rudrick von Nordwiesen offenbar war), wollte man ja nahliegenderweise nicht, dass einen alle Welt zu Gesicht bekam. Obgleich alle Welt in diesem Fall zugegebenermaßen aus annähernd niemandem bestand.

Haligs Vermutungen bestätigten sich auf unerwartete Weise. Als nämlich nach etwa drei Wochen genügend Holz zerkleinert (und mit Kiepe und Schlitten in die Burg gebracht) worden war, fand Rhun von Ketten sofort eine neue Aufgabe für den emsigen Totengräber, welche darin bestand, ihm bei seinem Nachtmahl aufzuwarten. Oder, um genau zu sein, den Junker mit Bier, Wein und Schnaps zu versorgen, wenn er sich im Anschluss an das Essen nach Herzenslust betrank. Das tat er eigentlich jeden Abend, und zwar, soweit Halig das beurteilen konnte, mit ungebrochener Begeisterung.

Die Begeisterung des Totengräbers hielt sich dagegen in Grenzen. Freilich hatte er keinerlei Einwände gegen die Zecherei; aber dass er sich nicht an selbiger beteiligen konnte, machte ihm doch zu schaffen. Manchesmal leckte er sich die trockenen Lippen, warf einen sehnsüchtigen Blick auf die Kannen und Krüge, die er für den Herrn von Ketten bereithielt – aber niemals vergaß er die Mahnung Tamelons, dass er das Gute stärken und das Böse schwächen solle, und zwar nach Kräften. Dass ein Diener mit dem Herrn trank, ging da natürlich nicht an. Schließlich gab es Gesetze, Regeln, eine Ordnung …

Umso erstaunter war der Totengräber, als ihn Rhun eines Abends – wiederum war ungefähr eine Woche ins Land gezogen – aufforderte, sich ebenfalls einen Becher (wenngleich keinen goldenen) zu füllen.

»Trink!«, sagte er.

Diese Aufforderung, die vielleicht gar ein Befehl war, kam derart unerwartet, dass Halig einige Momente lang nur starren konnte: und zwar starrte er abwechselnd das harte Gesicht des Herrn von Ketten und den Tonkrug in seinen Händen an.

Rhun hatte zu diesem Zeitpunkt bereits zwei andere Krüge geleert, während das Kaminfeuer langsam herunterbrannte, die Schatten länger wurden und die Halle kälter. Auch mit dem dritten Krug war der Junker schon gut vorangekommen. Wie es seine Art war, hatte er schweigend getrunken. Heute saß er dabei ausnahmsweise nicht in seinem Stuhl beim Kamin, sondern hatte am Tisch Platz genommen. Wenn er gerade keinen Wein in sich hineinschüttete, bohrte er die Klinge seines Messers in die Tischplatte, ohne dass für Halig erkennbar gewesen wäre, was der Junker mit dieser Übung bezweckte.

Für gewöhnlich sorgten die ausgedehnten Trinkereien Rhuns dafür, dass sich seine Laune ein wenig hob. Halig erkannte das daran, dass er gelegentlich ein heiseres Lachen ausstieß oder den Mund aus unerfindlichen Gründen zu einem Grinsen verzog, das die weinfleckigen Zähne entblößte. Zwar mochte dieses Gebaren, wenn man es recht bedachte, sehr wohl von einer nur bedingt vergnügten Gemütslage zeugen; es gefiel Halig aber allemal besser als der steinerne Ingrimm, den die Miene des Junkers an bewusstem Abend offenbarte und der seine Augen heller und heißer lodern ließ als das Feuer im Kamin.

Woher diese ungute Gestimmtheit kam, vermochte Halig nicht zu sagen. Indessen schien sie ihm schlecht zu einer unverhofften Geste der Großmut gegenüber einem unbedeutenden, nichtswürdigen Totengräber zu passen.

Auch deshalb zögerte Halig, der Aufforderung seines Herrn Folge zu leisten.

»Trink«, wiederholte Rhun.

»I-ich weiß gar nicht, ob durstig bin … will sagen: der Wein … kurzum: Vie-vielleicht sollte ich besser –«

»TRINK!«, brüllte Rhun und hieb mit der Faust auf den Tisch, dass sein eigener Becher beinah umgefallen wäre; womöglich auf den

Kopf des schläfrigen alten Hundes, der zu Füßen des Junkers ruhte und den das Geschrei immerhin veranlasste, kurz den Kopf zu heben und herzhaft zu gähnen.

»Ja-jawohl! W-w-wie der Herr belieben!« Hastig griff Halig nach einem der Holzbecher, die immer auf dem Tisch bereitstanden, als würde der Herr von Ketten allabendlich erwarten, dass sich eine lustige Runde ebenso handfester wie zechfreudiger Männer zu ihm gesellte.

Mit zitternden Fingern goss sich Halig ein. Dann trank er.

»Und? Schmeckt dir mein Wein?«, knirschte Rhun.

»Ja! Sehr!«, rief Halig, der in diesem Augenblick wahrscheinlich keinen Unterschied gemerkt hätte, wenn abgestandenes Wasser, in dem ein paar Silbergulden verrostet waren, seine Kehle hinuntergeflossen wäre.

»Gut! Dann setz dich und trink noch einen Becher!«, befahl Rhun.

Halig tat, wie ihm geheißen, und der zweite Becher mundete ihm einiges besser als der erste, wie er erleichtert feststellte.

»Weißt du, warum du mit mir trinken sollst?«, fragte der Junker in einem Ton, als wäre er soeben tödlich beleidigt worden.

»N-nein«, entgegnete Halig zaghaft.

»Weil ich es satt bin – SATT! Verstehst du!! –, allein zu trinken.«

»Ah …«

»Gurth trinkt keinen Wein.«

»Ach ...«

»Und so was will ein KERL sein!!!«

»Nein, wirklich …«

»Und der andere … mit dem ist überhaupt nichts anzufangen!«

Trotz seines Unbehagens entging Halig nicht, dass das Gespräch – wenn man es so nennen konnte – möglicherweise im Begriff war, eine bemerkenswerte Wendung zu nehmen. Er spitzte die Ohren und versuchte, den Herrn von Ketten nicht in seinem Redefluss zu stören.

»Sitzt einfach nur in seinem Zimmer, frisst und säuft und wird fett!«

»Dinge gibt's«, murmelte Halig, als ihn Rhun erwartungsvoll ansah.

»Dinge gibt's! Bei Skargats Finsternis, ein wahres Wort, Bursche!«

Halig, der seines Wissens noch nie »Bursche« genannt worden war, nickte und schwieg.

»Woche um Woche geht das so! Saufen tut er schon, alles was recht ist! Aber nicht mit mir! Beim Schwanz des Gehörnten, was sagst du dazu?!«

»Potztausend.«

»Allerdings, Bursche! Hat zu viel Angst! Wagt es nicht mal, aus seinem Zimmer zu kommen!«

»A-aber wovor könnte man denn Angst haben? Ich – ich meine, w-wenn man auf so einer Burg lebt … Kurzum: die Mauer … das Tor …«

Rhun winkte ab. »Ach, das ist so eine lächerliche Gespenstergeschichte! Er hat Angst, dass sein alter Freund Rudrick, den irgendein Bauerntrottel erschlagen hat, aus dem Grab zurückkehren und ihn heimsuchen könnte. Nicht den Bauerntrottel, den haben sie natürlich längst hingerichtet. Nein, ihn – Laghras!«

Halig war jetzt hellwach, saß kerzengerade auf seinem Schemel. »Warum s-sollte dieser … dieser … mit einem Wort: der Herr Rudrick so etwas tun … also, ich meine, wenn der andere Herr s-sein Freund war.«

Wieder hieb Rhun mit der Faust auf den Tisch. Der bedauernswerte Totengräber, der meinte, er habe den Ummut des Junkers erregt, zuckte zurück und machte Anstalten, sein Gesicht vor den erwarteten Schlägen zu schützen. Doch der Herr von Ketten hatte sich nicht über ihn ereifert.

»Das würde ich auch gerne wissen!«, rief er. »Aus Laghras kriegt man nichts heraus – das kannst du vergessen! Hat einmal was von Verrat und Rache gebrabbelt. Das Einzige, was ich weiß, ist, dass er die Hosen gestrichen voll hat! Gestrichen – verstehst du? Ein Tropfen mehr, und sie platzen!« An dieser Stelle stieß Rhun sein bellendes Lachen aus, was ganz beträchtlich zu Haligs Erheiterung und Beruhigung beitrug. »Stell dir vor, Bursche«, fuhr er dann fort, »er hat sogar seinem Onkel geschrieben … gleich nach seiner Ankunft … Gurth hat den Brief nach Dreieichen gebracht …«

»Seinem Onkel?«, fragte Halig, obwohl er ja genaugenommen darüber im Bilde war, was es mit dem Onkel auf sich hatte.

»Das ist so ein aufgeblasener Fatzke …«, grollte Rhun, »…mischt bei dieser Bande heiliger Halsabschneider mit … die *Bruderschaft des Zweiten Todes*, oder wie sie sich schimpfen … und stell dir vor, als Gurth das letzte Mal in der Stadt war, sieht er da Scheiterhaufen brennen!«

»Sch-sch-sch-«

»Ja, ganz recht! Der feine Onkel ist tatsächlich anmarschiert mit seinen tugendhaften Folterknechten. Hätte ich das gewusst, ich hätte den Brief in tausend Stücke zerrissen!«

»Ist denn das die Mög-«

»TRINKEN SOLLST DU!«

Wieder einmal brachte die hochwohlgeborene Faust den Tisch zum Erbeben, und Halig, der vor lauter Aufregung ganz vergessen hatte, sich erneut einzugießen, beeilte sich nun, dieses Versäumnis nachzuholen.

Und, bei Elaahs Gnade, der dritte Becher schmeckte sogar *noch* besser als der zweite. Sie stimmte eben doch, die Weisheit des guten, alten Plauranz: *Ist das Gewissen rein, schmeckt auch der Wein – und zur Hölle mit dem Reim.*

Allerdings hatte Halig keine Muße, sich des Weines oder seines reinen Gewissens zu erfreuen, denn der Junker sprach schon wieder: »Laghras hat mir sogar die Diener verjagt. Nicht Gurth, Karwa oder Emla …« (*Ah, so heißt die Vettel,* dachte Halig.) »…die sind treue Seelen – die kriegt nicht mal Skargat selbst von mir weg! Aber die anderen, die jungen … Wenn ihm jemand was zu fressen oder zu saufen gebracht hat und irgendwas nicht nach seiner Nase ging, dachte er gleich, es ist eine Falle Rudricks … und hat angefangen zu toben. Das haben sie nicht lange ausgehalten! Euer Glück übrigens … euer Glück – sonst hätte ich euch gleich wieder verjagt …«

Mit einem Mal schien etwas wie reuevolle Wehmut die Seele Rhuns einzuhüllen; er beugte sich weit vor, stierte mit trübem Blick in seinen Becher. »Früher hab ich das auch gut gekonnt …«, murmelte er, »… war immer zornig … wurde bei der kleinsten Kleinigkeit wütend … hab geschimpft und geprügelt … hab manchen guten Diener verloren auf die Weise … hab meine Welt leer gemacht, verstehst du, leer und tot …«

Halig hielt es für geraten, etwas Unverbindliches zu brummen.

»Vor allem um das Mädchen tut es mir leid«, sagte Rhun jetzt.

»Welches Mädchen …?«, wagte der Totengräber zu fragen.

»Ferla hieß sie. War ein hübsches Mädchen. Ziemlich hübsch sogar. Und eine gute Magd. Fleißig. Immer freundlich. Aber einmal, als ich ausgeritten bin, habe ich sie gesehen … Das war im Herbst, weißt du, und sie hat bei einem dieser Dankaltare geopfert, die dumme, verblendete Bauern für die Dämonin Lemarah errichten … Und sie hat nicht einfach ein paar Äpfel und eine Schüssel Milch hingestellt … nein, das war ein richtiges Gebet … eine Handvoll junge Weiber standen zusammen mit ihr beim Altar … ich hab mich angeschlichen, ist schon ein paar Jahre her, da konnte ich das noch … hab mich angeschlichen und gesehen, wie das lief: Ferla hat etwas gesagt oder gesungen, in einer Sprache, die ich nicht verstand, und die anderen haben geantwortet … Da hab ich gewusst, dass Ferla eine Hexe ist. Bei allen Höllen, wie bin ich wütend geworden … fühlte mich getäuscht und betrogen … die anderen sind weggelaufen, aber nicht Ferla … hat gezittert vor Angst, ist aber nicht weggelaufen. Ich habe sie tüchtig verprügelt, hätte beinah noch Schlimmeres getan … sie ist dann in ihr Dorf zurückgekehrt … ich geb's zu … war ein bisschen verliebt in sie … das einzige Mal seit Belinda … hab auch Laghras davon erzählt … wollte, dass er etwas versteht … hat sich sehr für die Geschichte interessiert, hat ganz genau nachgefragt: wie Ferla aussieht, wo sich ihr Dorf befindet, wie lang sie bei mir war … hat dann gleich wieder einen seiner verdammten Briefe geschrieben … wahrscheinlich hätte ich besser das Maul gehalten … aber was soll ich machen? Gast ist Gast …«

Halig war nicht entgangen, dass die Rede des Herrn von Ketten immer fahriger, sein Blick immer glasiger wurde. Er wagte kaum zu atmen – und erst recht nicht, etwas zu sagen –, aus Angst, den dünnen Faden zu zerreißen, der Rhuns Gedanken zusammenhielt. Aber als er bemerkte, dass der Becher des Junkers schon wieder leer war, fühlte er sich denn doch bei seiner Ehre als Diener gepackt und erkühnte sich, seinem Herrn vorsichtig nachzuschenken.

Da hob Rhun die Augen und sah ihn an. Der Totengräber ließ zaghaft den Krug sinken, versuchte sich an einem entschuldigenden Lächeln, das ihm nicht recht gelingen wollte. Doch wiederum hatte er den Junker missdeutet.

»Du fragst dich jetzt sicher, warum ich Laghras überhaupt beherberge, wenn er mir so zuwider ist?«, wollte der Herr von Ketten wissen, und auf einmal klang seine Stimme klar und fest.

»In der Tat«, brachte Halig hervor.

Rhun wandte die Augen erneut ab. Eine kleine Weile lang schwieg er; man hörte das Knacken der Scheite im Kamin, das Prasseln der Flammen, und den Wind, der um die Burg heulte.

»Es ist wegen seines Vaters«, sagte Rhun. »Als Belinda und unser ungeborenes Kind gestorben waren … durch meine Schuld … wollte auch ich nicht mehr leben. Damals hatte ich noch viele Freunde … zumindest dachte ich das. Doch plötzlich waren sie alle verschwunden. Niemand wollte mehr etwas mit mir zu tun haben. Ob ich in meiner Burg verrecke, war allen gleichgültig – allen, bis auf den Baron vom Hohen Teich. Merwin kam mich besuchen, nicht einmal, sondern immer wieder. Er beleidigte mich nicht mit erbaulichen Reden oder göttergefälligen Belehrungen. Wenn er nichts anderes tun konnte, soff er einfach mit mir … Verstehst du, Bursche? Er war da. Das ist alles. Es hat nicht gereicht, um meine Seele wieder geradezubiegen. Aber, bei Elaahs Gnade, das war nicht Merwins Schuld. Später dann, als es für ihn ans Sterben ging, habe ich versucht, ihm meine Dankbarkeit zu zeigen. Habe ihn meinerseits besucht und viele Stunden an seinem Krankenlager gesessen. Er hat sich Sorgen gemacht … wegen Laghras … weil sein einziger Sohn so viel Zeit mit

Abschaum wie diesem Rudrick von Nordwiesen verbrachte. Da habe ich's ihm versprochen – habe ihm versprochen, dass ich für Laghras tun würde, was immer in meiner Macht steht, wenn er je meine Hilfe benötigte. Nun, und jetzt hat sich Merwins Sohn an meine Worte erinnert.« Rhun zuckte die Schultern; ein wenig ratlos sah das aus. »Ich hab's versprochen. Begreifst du das?«

Halig meinte, er begreife.

Ganz sachte füllte er den Becher seines Herrn mit Wein.

3

DREI ARTEN ZWIEBELN

Halig

Als der letzte Krug geleert und das Feuer im Kamin fast zur Gänze heruntergebrannt war, erhob sich Rhun von der Tafel. Wortlos drehte er sich um und verließ die Halle, gefolgt von dem alten, faulen Hund, der offenbar keine Lust hatte, die Nacht allein zu verbringen.

Halig, der unterdessen auch vier oder fünf Becher getrunken hatte (wer zählte schon?), stand ebenfalls auf. Leicht unsicher war er auf den Beinen. Doch das schrieb er nicht dem Wein zu, sondern der Anstrengung des wochenlangen Holzhackens. So oder so, es reichte noch, um sich in die Küche zu begeben. Und genau das hatte der Totengräber vor.

Denn, bei Sorins Weisheit, irgendwann *musste* Scara ja in der Küche anzutreffen sein. Zu solch später Stunde hatte es Halig noch nie versucht. Also griff er sich einen Kerzenständer und machte sich auf den Weg durch die kalten, nächtlichen Gänge und Kammern der Burg derer von Ketten. Allzu weit hatte Halig nicht zu gehen; das Gemäuer war zwar alt, feucht und zugig, aber den Göttern sei Dank recht übersichtlich. Dennoch machte sein Herz einen kleinen Freudensprung, als er die Küche mit ihrem Licht und ihrer Wärme erreichte (Friedhöfe ängstigten ihn selbstredend zu keiner Stunde und bei keinem Wetter; leere, düstere Burgen waren da etwas anderes …), in der es obendrein ganz köstlich duftete. Selbiger Duft war dem Umstand zuzuschreiben, dass gerade frisches Brot gebacken wurde. Und da es sich bei der Bäckerin tatsächlich um Scara handelte, wurde aus dem kleinen, zaghaften Freudensprung ein gewaltiger Hüpfer, der Haligs

Herz zweifellos auf den höchsten Gipfel des Fokris-Massivs befördert hätte, wenn es denn angegangen wäre, dass so ein Herz mal eben die dazugehörige Brust verließ.

Nun konnte der redliche Totengräber plötzlich gar nicht mehr verstehen, wie es zugegangen war, dass er sich wochenlang kaum je im Licht seiner Sonne gewärmt hatte. Und er nahm sich fest vor, dass dergleichen nicht wieder vorkommen sollte – so wahr Halig Halig hieß (im Gegensatz etwa zu Hulig oder Palig oder gar Ahlig).

»Einen gesegneten Abend wünsche ich dir, Scara«, säuselte er, nachdem er an dem großen, gemauerten Ofen und ein paar sauber geschrubbten, an metallenen Halterungen befestigten Kesseln vorbeigetänzelt war.

»Hallo«, sagte Scara, ohne von ihrer Arbeit aufzusehen.

Sie war nämlich nicht nur der Liebreiz und die Tugend, sondern auch der Fleiß und die Strebsamkeit selbst. Kaum hatte sie die Brote in den Ofen geschoben, widmete sie sich schon der nächsten Aufgabe. Halig erschnupperte einen herb-säuerlichen Geruch nach Essig und Gewürzen, der aus einem gusseisernen Topf emporstieg, und schloss daraus, dass es sich bei dieser Aufgabe um das Einlegen von Fleisch handelte. Dafür sprach auch die Tatsache, dass Scara gerade eine größere Menge an Zwiebeln schnitt. Um genau zu sein, handelte es sich um mehrere verschiedene Sorten von Zwiebeln: weiße, rote und blaue. Die beißenden Dämpfe, die dieses von Halig hoch geschätzte (und gern auch roh verspeiste) Gemüse verbreitete, hatten Scaras Augen feucht gemacht. Das hinderte sie aber nicht daran, mit der denkbar gleichmütigsten und entspanntesten Stimme zu sprechen.

»Was meinst du, was ich gerade gemacht habe?«, fragte Halig, der, ohne es eigentlich zu wollen, einen neckischen Ton angeschlagen hatte.

»Du hast Wein getrunken. Und nicht zu wenig«, erwiderte Scara, die sich nach wie vor ihren Zwiebeln (namentlich den blauen) widmete.

Halig meinte, eine zarte Zurechtweisung in ihren Worten zu hören, war gerade aber so beglückt, dass er beschloss, sich nicht weiter darum zu kümmern.

»Auch«, gab er zu. »Vor allem aber habe ich mit dem Herrn von Ketten gesprochen.«

»Ich bin sicher, er wird dieser Stunde lange gedenken.«

»Das wissen nur die Götter«, ließ Halig verlauten und freute sich der eigenen Bescheidenheit. »Ich hingegen weiß etwas anderes. Nämlich, dass sich Laghras tatsächlich hier in der Burg aufhält! Ich weiß sogar, wo!«

Jetzt unterbrach Scara das Schnippeln der Zwiebeln. Sie drehte sich zu dem Totengräber um, wischte die Hände an ihrer Schürze ab, zupfte das Kopftuch zurecht, das sie als reinliche Köchin trug, und verschränkte die Arme vor der Brust (ach, diese Brust!).

»Soso«, sagte sie.

Solcherart ermutigt, begann Halig, von seiner Unterhaltung mit dem Junker zu berichten. Nicht die kleinste Kleinigkeit ließ er aus – zumindest so lange nicht, bis Scara mit einem herzhaften Gähnen andeutete, dass sie die Erzählung des Erzählers weniger fesselnd fand als dieser selbst; ein harsches Urteil, das schon mancher Barde über sich ergehen lassen musste, worauf nicht wenige Lauten zerbrochen wurden oder an dem sprichwörtlichen Nagel endeten. Da Halig aber weder über Lauten noch Nägel verfügte, zog er aus Scaras Ungeduld den einfachen Schluss, sich ein wenig zu beeilen.

Als er geendigt hatte, sah er die Sonne erwartungsvoll an, die indessen ein zweites, übrigens ganz entzückendes, Gähnen nicht unterdrücken konnte.

»Das ist ja alles schön und gut«, sagte Scara, nachdem sie fertig gegähnt hatte. »Leider erzählst du mir nichts Neues. Oder vielmehr: zum Glück. Denn wenn ich einen Monat auf der Burg des Herrn von Ketten gelebt hätte, ohne herausgefunden zu haben, dass sich der gute Laghras im Turmzimmer versteckt hält und von Emla bedient wird – mit der ich übrigens täglich zu plaudern pflege –, müsste ich doch an mir zweifeln. Ich weiß sogar noch mehr. Emla, eine wirklich entzückende alte Dame, hat mir nämlich erzählt, dass der gute

Laghras manchmal nachts, wenn alle ihre Äuglein geschlossen haben, durch die Burg irrt. Emla freilich entgeht das nicht, weil man eben Wichtigeres zu tun hat als schlafen, wenn man den Ruf der Götter erwartet. Zu welchem Zweck der gute Laghras diese nächtlichen Gänge antritt, kann sie aber leider nicht sagen. Übrigens bin auch ich selbst lange munter, wenn noch ein Brot im Ofen ist, der gute Laghras ist mir allerdings noch nicht begegnet.«

Halig spürte, wie die Haare seines Ziegenbarts erschlafften, sodass es war, als hätte er einen nassen Lappen am Kinn hängen. »Und das mit der Dienerin Ferla …? Und die Freundschaft zwischen dem Herrn von Ketten und dem Vater von Laghras?«, fragte er entmutigt.

»Nun, diese beiden Kleinigkeiten sind mir neu«, räumte Scara ein. »Ich weiß allerdings nicht, ob sie etwas zur Sache tun.«

»Ich glaube schon …«, widersprach Halig; zögernd, aber doch auch entschieden (insofern es möglich ist, zugleich zögernd und entschieden zu widersprechen), »…denn so wissen wir, dass der Junker … nun … im Grunde kein übler Mann ist.«

Scara wiegte den Kopf. »So weit würde ich vielleicht nicht gehen«, sagte sie, »aber du hast recht. Es ist nicht ganz unwesentlich, dass wir über den Herrn von Ketten im Bilde sind.«

Die Haare des Kinnbarts richteten sich wieder auf, und Halig spürte, dass er insgesamt grader und gewissermaßen reckenhafter dastand.

»Es ist natürlich nicht auszuschließen, dass es sich mit dem Herrn von Ketten wie mit diesen Zwiebeln hier verhält …«, ergänzte Scara und wies mit der Hand auf die kleingeschnittenen blauen, roten und weißen Stückchen.

»Wie mit den … Zwiebeln?«, wunderte sich Halig.

»Gewiss, das sagte ich ja gerade«, entgegnete Scara. »Schau her, auf meinem Brett liegen drei Arten Zwiebeln. Die einen sind weiß, die anderen blau, die dritten rot. Sie sehen verschieden aus. Sie schmecken auch verschieden. Trotzdem nennen wir die einen wie die anderen ›Zwiebeln‹. Tun wir recht daran? Ich denke schon. Wir müssen die Zwiebel als Zwiebel würdigen, ohne zu leugnen, dass da durchaus Unterschiede bestehen.«

Halig hatte zwar nicht die geringste Ahnung, was das alles mit dem Herrn von Ketten zu schaffen hatte, spürte aber dennoch eine sozusagen schüchterne Begeisterung in sich aufsteigen. Denn Scara rührte hier an seine geheimsten Gedanken: Es war, als hätte sie seine Seele aufgeschlossen und etwas daraus hervorgeholt, was Halig (schließlich war er nur ein einfacher Totengräber, nicht zu vergessen ein Holzkopf) immer verborgen gehalten hatte. Nach kurzem Überlegen beschloss er, gleichsam aus der Deckung hervorzutreten.

»Was du über die Zwiebeln sagst, gilt ebenso für Würste«, begann er; Halig nämlich liebte eine gute Wurst über alles und traute sich, was das betraf, gewisse Kenntnisse zu.

»Aha …«, sagte Scara und schenkte ihm einen aufmerksamen Blick.

»Nicht wahr, man kann Würste kochen, braten und räuchern«, gab er zu bedenken.

»Das ist in der Tat wahr«, bekannte sie.

»Jetzt stell dir vor, man nimmt eine Wurst und teilt sie in drei Stücke«, fuhr Halig fort, dessen Herz vor Aufregung laut klopfte. »Einen Teil der Wurst kocht man, den zweiten brät man, den dritten räuchert man. Ist es dann *ein- und dieselbe Wurst*, oder sind es *drei verschiedene Würste?*«

Scara strahlte ihn an. »Ich sehe, du hast es begriffen«, lobte sie.

Es wäre Halig schwergefallen zu sagen, was genau er Scaras Meinung nach begriffen haben mochte. Das änderte allerdings nichts daran, dass er mit einem Mal überglücklich war; er konnte gar nicht an sich halten vor Glück. »O Sonne! Lass mich deine Füße küssen!«, rief er deshalb. Dabei breitete er die Arme aus, als wollte er die ganze Welt, oder doch zumindest Scara, umarmen.

»Meine Füße?«, fragte selbige verwundert.

»Ja, die Füßchen …«, zwitscherte Halig.

Scara strich sich nachdenklich mit den Fingern übers Kinn. »Hm, der Boden ist ziemlich kalt«, sagte sie. »Ich fürchte, ich werde mich verkühlen, wenn ich die Schuhe ausziehe. Wie wäre es mit den Knien?«

Der Totengräber rang verzückt die Hände, nickte eifrig, worauf Scara ihren Rock ein Stück weit hochzog – mit einer nüchternen, sachgemäßen Bewegung – und solcherart zwei dicke, lange Wollstrümpfe und zwei zarte, weiße Knie entblößte.

Halig ließ sich nun seinerseits auf die Knie sinken; er hauchte zwei Küsse, hob dann den Blick zur Sonne. »Und vielleicht die Händchen?«, gurrte er.

»Von mir aus«, sagte Scara und hielt ihm zwei kühle, überraschend weiche, nach Zwiebeln, zerdrückten Senfkörnern und Sellerie duftende Hände hin.

Wiederum hauchte der Totengräber zwei Küsse. »Und das Mündchen?«, schnurrte er daraufhin.

»Wir wollen es nicht übertreiben«, sagte Scara.

Halig war nur ein klein wenig enttäuscht, dass ihm das Ziel seiner Sehnsucht vorenthalten blieb. Vor allem fühlte er eine Seligkeit in sich, dass er am liebsten gar nicht mehr aufgestanden wäre.

»O Sonne, o Sonne!«, murmelte er immer wieder.

4
HOPPLA

Halig

Auch später dann, als Halig in seinem Bett lag und an die Ereignisse des Abends zurückdachte, konnte er sein Glück kaum fassen. Nicht nur, dass er etwas in Erfahrung gebracht hatte, was sich vielleicht als nützlich erweisen würde; obendrein und vor allen Dingen hatte er sich der Sonne angenähert, und zwar mit großen Schritten. Wobei diese Annäherung zugegebenermaßen weniger mit seinen Füßen, als vielmehr mit seinen Lippen zu tun hatte. Immer wieder sah er es vor seinem geistigen Auge: Scara, wie sie ihren Rock ein wenig lüpfte; ihre Kniechen und Händlein.

Da lag es wahrscheinlich in der Natur der Sache ... hieß gleichsam, dem Ruf der Natur zu folgen ... war sozusagen naturnotwendig ... Mit einem Wort: Haligs geistiges Auge schwenkte ein wenig ab von Scaras Knien und Händen, begab sich stattdessen auf einen kleinen Streifzug, der es an alle jene, ebenso geheimnis- wie verheißungsvollen Orte führte, die unter dem Rock und den übrigen Kleidungsstücken verborgen geblieben waren. Was gab es da nicht alles zu entdecken! Auen und Wiesen, weite Ebenen, prächtige Hügel (wenn nicht gar Berge) und verlockende Täler ...

Ein Lächeln umspielte Haligs Lippen. Er seufzte. Seufzte noch einmal. Und hörte auf zu lächeln.

Sapperlot. Schockschwerenot. Ach nein, musste das denn ... Nun gut, es war schwer zu vermeiden ... die Natur, wie gesagt, die Natur!

Kurzum: Halig war ein gewaltiges Skargatshorn gewachsen.

Das hatte man nun davon. Die allerbesten Absichten und ein reines Herz schützten nicht vor ...

Halig seufzte zum dritten Mal. Etwas gequälter nun.

Was jetzt?

Natürlich war es möglich, so ein Horn gewissermaßen abzubrechen. Der bemitleidenswerte Totengräber wusste durchaus, was er zu tun gehabt hätte! Allein, er sah nicht länger Scaras liebliches Antlitz vor seinem geistigen Auge, noch ihren honigsüßen Leib. Stattdessen sah er sich nun den gestrengen, wenig lieblichen und schon gar nicht honigsüßen Zügen Tamelons gegenüber.

Irgendwie zweifelte Halig daran, dass der Paladin es gutheißen würde, wenn er … Wohlan, da mussten andere Mittel und Wege gefunden werden! Und was gab es Besseres, wenn man so ein vorwitziges Skargatshorn schrumpfen wollte, als ein bisschen Kälte!

Halig seufzte zum vierten Mal. Schlug seine kuschelig-warmen Wolldecken zurück. Und stieg aus dem Bett.

Auf der Burg des Herrn von Ketten verhielt es sich so, dass die Zimmer der Diener grundsätzlich nicht beheizt wurden. Das heißt, vielleicht wurde in den Zimmern von Gurth, Karwa, Emla oder Scara geheizt. Das vermochte Halig nicht zu sagen. Sein eigener Ofen jedenfalls hatte kalt zu bleiben, wie Gurth unmissverständlich klar gemacht hatte – außer vielleicht, wenn sich der Schnee meterhoch türmte und das Wasser im Brunnen gefror, was gegenwärtig allerdings nicht der Fall war.

Um dem Ungemach, das durch die ausbleibende Ofenwärme entstand, etwas Abhilfe zu schaffen, hatte der Wächter einen ganzen Stapel besagter, kuschelig-warmer Wolldecken bereitgestellt, welche sich der ebensfalls warmen (wenngleich leicht kratzigen) Decke zugesellten, die von Anfang an auf Haligs Bett gelegen hatte. Obendrein hatte er ein knöchellanges Nachthemd, eine Schlafmütze mit Zipfel und warme, lange Wollstrümpfe bekommen.

Letztere leisteten Halig gute Dienste, als er die Füße auf den frierend kalten Holzboden setzte. Schon nach wenigen Momenten verlangte es ihn danach, zurück ins Bett zu kriechen. Allerdings ließ sich das Skargathorn nicht so leicht einschüchtern: keck – um nicht zu sagen unverschämt – vorgereckt blieb es.

Auf dem Tisch stand ein Krüglein Schnaps, das Halig für Notfälle aufbewahrt hatte. Ein solcher war nun zweifelsfrei gegeben, und im Sinne einer Stärkung des Guten beschloss der Totengräber, zunächst einmal sich selbst zu stärken. Er trank einen Schluck, fühlte das wohlige Brennen im Hals und im Bauch.

Nachdem er sich diese kleine Wohltat erwiesen hatte, war Halig bereit, ernstlich den Kampf gegen das Skargathorn aufzunehmen. Sein Schlachtplan sah vor, dass er sein zwar ungeheiztes, aber immerhin kleines und gemütliches Zimmer verlassen und auf den Gang hinaustreten würde. Dort gab es einige Fensteröffnungen, die bislang niemand mit Fellen oder Wachstuch verschlossen hatte, weshalb der Winterwind nach Herzenslust durch sie hereinwehen und im Inneren der Burg herumtollen konnte. Davon, dass er das mit Vorliebe tat, hatte sich der Totengräber an diesem und manch anderem Abend überzeugt. Jetzt sollte der Wind, der ihn sonst mit zahllosen winzigen Eiszähnen und -krallen piesackte, sein Verbündeter sein.

Tatsächlich fühlte sich Halig, als wäre eine Horde boshafter Frostgeister über ihn hergefallen, kaum dass er das Zimmer verlassen hatte. Doch er widerstand; mit klappernden Zähnen und schlotternden Knien widerstand er und trat sogar an ein Fenster! Halig wünschte, der Herr Tamelon hätte ihn sehen können in diesem vielleicht heldischsten Moment seines Lebens. Um genau zu sein, gab er mit der zipfeligen Schlafmütze, dem vom Skargathorn gewölbten Nachthemd und den Wollstrümpfen vermutlich keine übermäßig würdige Erscheinung ab, weshalb er wahrscheinlich froh sein konnte, dass der Paladin fern war. Dennoch verspürte Halig einen gewissen Stolz auf sein entschiedenes, aufopferungsvolles Vorgehen. Mit breiter, von kühnem Wagemut geschwellter Brust, eine Hand an den gemauerten Fensterbogen gelegt, stand er da, während die Heere des Windes an seiner Schlafmütze zerrten, sein Nachthemd bauschten und Elaah sei Dank auch die Trutzburg des Skargathorns attackierten.

Da es allerdings doch arg kalt war, dort am Fenster, versuchte sich der wackere Totengräber abzulenken, indem er die Schönheiten der

Winternacht würdigte. Von diesen gab es einige, daran bestand kein Zweifel. Das Fenster, an dem Halig tapfer ausharrte, wies nach Norden. Die Nacht war klar, von Mondenschein erhellt, und die schneebedeckten Wipfel des Waldes, welcher jenseits der Burgmauern begann, leuchteten in bleichem Schimmer. Dahinter erhob sich die düstere Unermesslichkeit des Fokris-Massivs; auf den Gipfeln, Karen und Graten glänzte es weiß, dass man hätte meinen können, dort droben würden sich Türme, Mauern und Häuser erheben – die Überreste einer gespenstischen Stadt, die vor Zeiten in einer Ferne erbaut worden war, die kein Mensch je erreichte.

Und über allem funkelten die Sterne. Zahllos waren sie; entrückt und erhaben, voll von göttlichem Geheimnis.

Ja, die Sterne, die Sterne …, dachte Halig, der sich einen Lidschlag Ruhe von der unerbittlichen Schlacht gegen das Skargatshorn gönnen und in der Stille der Thaala-geweihten Nacht über die wahrhaft bedeutsamen Dinge nachsinnen wollte. Man musste sich nur die Sterne anschauen; da standen sie und glitzerten sie, es war, die Götter wussten es, der ganze Himmel voll. Die Menschen hatten vielleicht die Streitaxt erfunden und den Schröpfkopf, die Weinkelter und den Hundezwinger, den Backofen und den Donnerbalken und so viele andere Errungenschaften. Aber wenn man da hinaufsah, so musste man doch erkennen und verstehen, dass man im Grunde Gewürm war, elendes Gewürm und nichts weiter …

Man schrumpfte nur so, wenn man die Sterne betrachtete.

Dieser demutsvolle Gedanke brachte Halig dazu, anstatt zu den Sternen hinauf-, an sich selbst hinabzuschauen. Dort konnte von Schrumpfen leider keine Rede sein – ein Umstand, der den tugendhaften Totengräber dazu veranlasste, ein weiteres Mal zu seufzen.

Er fragte sich gerade, ob er vielleicht in das Zimmer zurückkehren und seine Kampfkraft abermals mit einem Schluck Schnaps stärken sollte, als ihn ein matter Lichtschein erreichte, der eindeutig weder von dem Mond noch von den Sternen herrührte, sondern von einer ganz gewöhnlichen Ölfunzel. Obendrein hörte er eine murmelnde

Stimme, ohne jedoch verstehen zu können, was für Worte da gemurmelt wurden.

Diese unerwartete Wendung weckte natürlich Haligs Neugierde. Für den Moment vergaß er die Erhabenheit des Nachthimmels ebenso wie die Widrigkeit zwischen seinen Beinen. Ehe er sichs versah, hatte er dem Fenster den Rücken gekehrt und einige Schritte in Richtung des schwankenden, unsteten Lichts gemacht.

Eine kleine Treppe führte zur Halle hinab, und dort, am Fußende der langen Tafel, entdeckte er ihn: Laghras.

Zumindest konnte sich der Totengräber nicht ausdenken, wer es sonst sein sollte. Und auch das merkwürdige Gebaren des Mannes schien für diese Vermutung zu sprechen, hatte Scara doch erwähnt, dass Rhuns ungeliebter Gast zu nächtlichen Spaziergängen neigte. Halig witterte sogleich seine Chance, das Böse zu schwächen und das Gute zu stärken, und zwar nach Kräften, wenn er Laghras unauffällig folgte und solcherart herausfand, welche Bewandtnis es mit diesen einsamen Gängen zu Elaah-ungefälliger Stunde auf sich haben mochte.

Das tat er also. Auf Zehenspitzen schlich er die Treppe hinab und heftete sich an die Fersen des Baronssohns. Dabei kam er ihm nah genug, um Verschiedenes herauszufinden: Zum einen schien Laghras seit längerem darauf verzichtet zu haben, sich zu waschen. Der Geruch nach altem Schweiß, Schmutz und saurem Wein war so stark, dass sogar Halig, der ja von seinen Leichen einiges gewöhnt war, eine Neigung verspürte, sich die Nase zuzuhalten. Dazu passte der übrige Zustand des Herrn vom Hohen Teich: Seine eigentlich edle Kleidung war nämlich – zweitens – so fleckig und verdreckt, dass sich die Vermutung aufdrängte, jenes feingewobene Wams, jene sorgsam gegerbte Lederhose wären gleichsam mit dem Fleisch verwachsen. Was Halig von Laghras' Gesicht erkennen konnte, machte – drittens – einen irgendwie geblähten und gedunsenen Eindruck, der wiederum an die geschätzten Verstorbenen gemahnte; namentlich an solche, die zu lange in der Sonne gelegen hatten.

Insgesamt durfte man wohl annehmen, dass der Sohn des Barons

Merwin bessere Tage gesehen hatte. Zu dieser Einschätzung trug schließlich die Tatsache bei, dass Laghras, während er schlurrenden Schrittes die Halle durchquerte, unentwegt vor sich hin brabbelte. Jetzt konnte Halig auch verstehen, was er sagte: »Hehe ... das werden wir ja sehen ... immer weg damit, sage ich ... hehe ... die sollen sich nur trauen!«

Der Totengräber versuchte gar nicht erst, sich einen Reim auf die Worte des Herrn vom Hohen Teich zu machen, stellte aber fest, dass sein »Hehe« ähnlich heiter klang wie die Anrufung Elaahs, die ein Gepeinigter auf der Streckbank von sich geben mochte.

Umso verwunderter war Halig, als er begriff, wohin der nicht mehr übermäßig edle Edelmann seine Schritte lenkte. Zunächst schien es, als wollte er die Küche ansteuern, in der Scara immer noch bei dieser oder jener Arbeit zu Gange war (sie hatte ihm bald nach jenen glücklichen, sozusagen kussseligen Momenten mit freundlichen, aber bestimmten Worten die Tür gewiesen). Halig sah sich schon, wie er wild mit seiner Schlafmütze auf Laghras einprügelte, um den Unhold daran zu hindern, sich an der anmutig kreischenden Scara zu vergreifen. Dann aber bog der Herr vom Hohen Teich vor der Küchentür, unter der ein wenig Licht hindurchschimmerte, nach links ab und begab sich – zur Speisekammer.

Halig wollte es nicht riskieren, Rhuns wunderlichem Gast bis zur Tür der Speisekammer zu folgen. Das war aber auch nicht nötig, um zu schlussfolgern, dass Laghras nichts Grausigeres und Unheiligeres im Schilde führte, als sich für ein Mitternachtsmahl mit Räucherwurst, Trockenkäse und womöglich einem Krug Obstbrand einzudecken. Ein wenig enttäuschend fand er das schon.

Dann aber sagte er sich, dass er die Gelegenheit ebenso gut dazu nutzen konnte, dem Baronssohn nachzuschleichen, wenn er sich auf den Rückweg zu seinem Reich, dem abgelegenen, zweifellos geheimnisumwitterten Turmzimmer, begab. Vielleicht ließ sich aus seinem Gemurmel doch noch etwas heraushören, was dazu angetan war, das Böse zu schwächen und das Gute zu stärken (nach Kräften, versteht sich), oder ein Blick in das Turmzimmer selbst würde nicht nur vergammelte Essensreste offenbaren, sondern auf irgendeine Weise demselben Zweck dienen (das Böse zu schwächen, das Gute undsoweiter).

Also huschte Halig zurück in die Halle, drückte sich mit dem Rücken gegen die Wand und wartete darauf, dass der Herr vom Hohen Teich seinen Raubzug in der Speisekammer beendete. Lange warten musste er nicht. Bald sah er wieder den trüben, huschenden Lichtschein, hörte das merkwürdige und irgendwie auch unheimliche Brabbeln: »Passt nur auf! Hehe … da ist das letzte Wort noch nicht gesprochen … wer zuletzt lacht … hehe!«

Halig hielt sich versteckt, bis Laghras das Fußende der Tafel erreicht, die Halle somit zur Hälfte durchquert hatte. Dann nahm er die Verfolgung auf. Indem er das tat, stellte er fest, dass das hartnäckige Skargathorn unterdessen klein beigegeben hatte, wenn man sich so ausdrücken durfte; ein Gutes war also schon mal bei der nächtlichen Unternehmung herausgekommen. Diese Einsicht bestärkte Halig in seinem Vorhaben. Er holte also tief Luft und schlich behende hinter Laghras her, wobei er sich auf einmal so beschwingt fühlte, dass ein zufälliger Beobachter sein Schleichen für den zaghaften Versuch eines Springtanzes hätte halten können.

Aber ach! – selbst Scara konnte gelegentlich etwas übersehen. In diesem Fall hatte sie (falls ihr denn tatsächlich die Aufgabe zugefallen war, die Halle zu fegen), einen kleinen, spitzen Knochen übersehen. Und das Unglück wollte es, dass dieser Knochen gerade dort lag, wo Haligs bestrumpfter Fuß auftrat. Die wärmende Wolle half zwar gegen kaltes Holz und eisigen Stein, bot aber kaum Schutz vor übellaunigen, scharfkantigen oder eben spitzigen Überbleibseln.

Mit einem Wort: Der Knochen bohrte sich durch den Strumpf und durch die Haut, mitten hinein in Haligs Fuß.

Da konnte der vielgeprüfte Totengräber nur aufjaulen.

Laghras seinerseits beantwortete das Jaulen mit einem herzhaften Geheul und ließ die erbeuteten Vorräte fallen, worauf – da hatte Halig richtig vermutet –, ein Knall ertönte und ein süß-scharfer Geruch nach Pflaumenschnaps die Luft erfüllte.

Seine Lampe hatte der Baronssohn leider nicht fallen lassen, sodass er den noch immer jaulenden, auf einem Bein hüpfenden, seinen gemarterten Fuss haltenden Totengräber allzu gut erkennen konnte (mitsamt Zipfelmütze und Nachthemd), als er hastig herumwirbelte. Was ihn allerdings nicht daran hinderte, die Lage zugleich auch zu verkennen.

»Ah! Da bist du ja endlich! Dich hat Rudrick geschickt!«, schrie er.

»Auu! Aaa!«, schrie Halig.

»Du bist gekommen, um mich zu holen, nicht wahr?«, fuhr Laghras fort.

»Ooooh! Uuuuh!«, entgegnete der Totengräber.

»Aber du sollst wissen, dass ich meine Schuld bezahlt habe! Ich habe mich freigekauft! In Dreieichen sterben Unschuldige! Auf dem Scheiterhaufen sterben sie, und es ist, als ob ich die Fackel ans Holz hielte! Ein Leben für ein Leben, so heißt es doch, nicht wahr? Ich habe schon zehn Leben für das meine gegeben. Sag das Rudrick! Sag es ihm!«

Halig, der es mittlerweile fertiggebracht hatte, den Knochen aus seiner Fußsohle zu entfernen, ließ ein erleichtertes Ächzen vernehmen.

Auch das missdeutete Laghras. »Du verlachst mich!? Ist es das?! Dann höre: Ich habe noch mehr getan. Du kennst meinen Onkel, ja? Du weißt auch, dass er es ist, der unten im Tal die Hexen jagt? Ich – *ich* habe ihn zum Bluthund gemacht! Es ist wahr: Er war stets davon überzeugt, das Richtige zu tun, egal wen er zum Tode verurteilte. Doch zugleich wusste ich auch, dass nur ein Kleines – verstehst du, nur ein *Kleines* – fehlte, damit seine Seele kippen würde. Und dann würde es keine Hexen mehr brauchen, damit die Scheiterhaufen lodern. Dieses Kleine habe ich ihm gegeben! *Ich*!!! Sag das Rudrick! Sag es ihm!«

Jetzt, wo der Schmerz nachließ, überwand sich Halig, in das Gesicht das Herrn vom Hohen Teich zu blicken. Was er dort sah, ließ ihn zusammenzucken. Angst, Zorn und Wahnsinn verzerrten Laghras' aufgedunsene Züge, die im Licht der Ölfunzel tatsächlich eine leichenhafte Fahlheit hatten. So unglücklich, so fern von Trost und Hoffnung kam ihm der Edelmann vor, dass Halig tatsächlich Mitleid fühlte – trotz allem.

»Ich – ich kenne diesen Rudrick überhaupt nicht«, krächzte er. »Ich bin hier nur der Totengräber … a-also der Holzhacker … will sagen: der Diener.«

Ein Ausdruck von stumpfsinniger Blödheit senkte sich über Laghras' Gesicht. Schweigend glotzte er, und Halig (dem dämmerte, dass er möglicherweise einen Fehler begangen hatte) glotzte schweigend zurück. Dann trat etwas wie gekränkte Empörung an die Stelle der Blödheit.

Und dann plötzlich brüllte Laghras: »DU SAU! ICH MACH DICH TOT!!!«

Zu seinem großen Missbehagen stellte Halig fest, dass der Baronssohn nicht nur eine Öllampe, sondern auch ein Kurzschwert bei sich trug, Letzteres riss er jetzt aus der Scheide.

»ICH MACH DICH TOT!!!!!«, wiederholte er überflüssigerweise und schwenkte die Klinge über dem Kopf.

Der Totengräber kam mit sich überein, dass es höchste Zeit war, das Hasenpanier zu ergreifen. Dummerweise versperrte ihm Laghras den Weg zu seinem Zimmer, in dem er sich hätte verschanzen können. Und in die Küche zu flüchten, kam aus naheliegenden Gründen nicht in Frage – Halig war zwar offensichtlich ein Holzkopf, aber irgendwie doch auch ein Ehrenmann, und unter keinen Umständen wollte er Scara in Gefahr bringen. Also spurtete er zum Kopfende der Tafel, hin zum Kamin, wo er noch vor wenigen Stunden mit dem Herrn von Ketten zusammengesessen hatte. Laghras setzte ihm brüllend und fuchtelnd nach. Schon war Halig beim Kamin angekommen. Schon rannte er wieder auf das Fußende der Tafel zu, mit wehendem Nachthemd und steil gebogenem Mützenzipfel. Immer noch war ihm Laghras auf den Fersen. Und obwohl er schon hechelte wie ein Hund in der Wüste, brüllte er noch immer: »ICH – MACH – DICH – TOT! DU – DU – SAUUUUU!«

Es erwies sich, dass Halig sehr viel schneller laufen konnte als der

Baronssohn. Ob man tagein, tagaus im Turmzimmer hockte oder Bäume fällte, machte wohl doch einen Unterschied. Allerdings hatte der Totengräber in diesem Moment auch sehr viel mehr Angst als sein Verfolger. Bei der ersten Runde vergaß er schlicht, zu seinem Zimmer abzubiegen. Bei der zweiten Runde dachte er daran, ebendieses zu tun, fürchtete aber, er werde stolpern und so zur Beute des Hohen Teich'schen Kurzschwerts werden, zog es also vor, weiterzurennen wie gehabt.

Unterdessen war Scara aus der Küche gekommen. Im nunmehr schwindelnd hin- und her jagenden Licht von Laghras' Öllampe erkannte Halig, dass sie auf einen Besen gestützt dastand und eine verwunderte Miene zog.

»Halig, mein Bester, was machst du da?«, fragte sie, als er das nächste Mal an ihr vorbeikam.

»Scara! Versteck dich!«, rief der Totengräber, der nun zusätzlich von der Sorge um die Sonne gepeinigt wurde.

»ICH … MACH … DICH … TOT!«, keuchte Laghras brüllend, oder brüllte er keuchend, je nachdem.

»Seid Ihr der Herr vom Hohen Teich?«, erkundigte sich Scara. »Vielleicht könnt Ihr Euer Schwert wegstecken und kurz stehenbleiben? Ich hätte ein paar Fragen an Euch.«

Als Halig einen Blick über die Schulter warf, stellte er zu seinem Entsetzen fest, dass der Wüterich tatsächlich stehengeblieben war. Sein Schwert allerdings hatte er nicht weggesteckt. Ganz im Gegenteil. Er bohrte es drohend in die Luft, als er sich Scara zuwandte.

»DU SOLLST VERRECKEN, HEXE!«, tobte er.

»Hier muss ein Irrtum vorliegen«, sagte Scara. »Ich bin als Köchin im Dienst des Herrn von Ketten. Nicht als Hexe. Zugegeben, manchmal putze ich auch. Aber das ist etwas anderes. Bei Gelegenheit erkläre ich es Euch.«

»UAAARGH!«, machte Laghras und stürmte auf Scara zu.

»AAAAAAH!«, machte Halig und stürmte auf den Herrn von Ketten zu.

Scara ihrerseits trat zur Seite und hielt den Besenstiel in den Lauf des Baronssohns. Man hätte meinen können, Laghras würde über den Besen springen. Oder anhalten. Oder einfach an ihm vorbeirennen. Er tat nichts von alldem.

»UAAARGH!«, schrie er noch einmal. Und beschleunigte seinen Schritt. Und flog plötzlich in hohem Bogen durch die Luft – zumindest schien es Halig so, der atemlos verfolgte, was sich da vor seinen Augen abspielte.

Als Nächstes war ein Geräusch zu hören, das ihn daran erinnerte, wie es klang, wenn man mit dem Knöchel an Holz klopfte, zur Abwehr von Pech und Unheil und nötigenfalls auch dem bösen Blick. Nur lauter und sehr viel schmerzhafter war dieses Geräusch hier.

»Hoppla«, sagte Scara.

Auf einmal war der wackere Totengräber am Ende seiner Kräfte. Er schwankte, taumelte zu Scara hinüber. Als er bei ihr angekommen war, hatte sich schon eine beträchtliche Blutpfütze um den erlauchten Schädel des Herrn vom Hohen Teich herum gebildet.

Scara hob die Funzel auf, die erstaunlicherweise noch immer brannte. Sie sah Halig an; Halig sah sie an.

Stille senkte sich über die Halle.

Sie wurde erst durch die eiligen Schritte von Rhun und Gurth gebrochen, die bald darauf in der Halle eintrafen. Beide trugen Fackeln, und zu seiner Überraschung stellte Halig fest, dass sie zwar keine zipfeligen Mützen anhatten, dafür aber Nachthemden, die dem seinen durchaus ähnelten.

Mit vom Schlaf verklebten und vom Wein geröteten Augen starrte der Junker den toten Laghras an.

»Was habt ihr getan? Was habt ihr nur getan?«, fragte er ungläubig.

»Eigentlich nichts«, sagte Scara.

»Wirklich nicht«, sagte Halig.

»Ihr Elenden!«, murmelte der Herr von Ketten. »Er war mein Gast, bei allen Höllen! *Er war mein Gast!*«

Dabei sah er ziemlich unglücklich aus.

Und irgendwie wusste Halig, dass auch er selbst sich bald so fühlen würde.

5
DER WEG NACH HAUSE

Mykar

Ich rannte und rannte.

Donost hatte sich in ein Labyrinth aus haushohen Grabsteinen und hungrigen Dämonen verwandelt. Die Grabsteine schwankten, als wollten sie über mir einstürzen; die Dämonen zeigten mit dem Finger auf mich und höhnten. Für einige Wochen hatte sich die Stadt fast wie eine Heimat angefühlt. Jetzt war alles Blut und Dunkelheit.

Wohin sollte ich mich wenden? Selbst wenn es die *Zechende Puppe* noch gab, irgendwo in diesem steinernen Albtraum – ich würde niemals dorthin zurückkehren. Wie könnte ich Frau Ceddra und Schecke unter die Augen treten? Was sollte ich zu Marlo und Alwin sagen, falls sie überlebt hatten?

Also rannte ich. Ich rannte durch Straßen und Gassen, über Plätze und Höfe. Verzweifelt suchte ich einen Ausgang. Schließlich fand ich ihn.

Als ich Donost hinter mir gelassen hatte, verlangsamte ich meine Schritte. Ich war jetzt in dem flachen, leeren von Hochmooren und kleinen Weilern durchzogenen Land, das ich bereits von der Hinreise kannte. Damals, vor kaum einem Monat, hatte ich das Meer noch nicht gekannt; ich hatte nur vom Hörensagen gewusst, was ein Hafen ist; und ich hatte noch nie eine Frau berührt. Cillia war eine Ahnung gewesen, voll zarter und banger Verheißungen.

Jetzt war sie tot. Und auch Fissach war tot.

Immer wieder sah ich, wie der Barde niedergemacht, wie meiner Geliebten die Kehle durchgeschnitten wurde.

Ebenso gut hätte ich selbst Hand anlegen und sie ermorden können.

Es war meine Schuld. Meine Schuld. Alles war meine Schuld. Es gab keine Hoffnung auf Wiedergutmachung oder Vergebung. Es gab überhaupt keine Hoffnung mehr. Das Bewusstsein dessen, was ich getan hatte, war ein Schmerz, der über den Schmerz hinausging. Er löschte sich selbst aus. Er löschte alles aus. Es blieb die Leere zwischen den Sternen. Ich erinnerte mich: Früher einmal hatte ich gedacht, es könne leicht geschehen, dass man in diese Leere hineinstürzte. Jetzt wünschte ich, ich würde in ihr verschwinden und mich irgendwo in der Unendlichkeit auflösen.

Ich taumelte weiter. Der Wind vom Meer war kalt und böig. Er bog mich ebenso wie die krallenartigen Bäume, die unter seinem stetigen Ansturm gewachsen waren. Ich hatte keinen Ort, den ich erreichen wollte, kein Ziel, dem ich zustrebte. Aber ich wusste, dass ich nicht anhalten durfte. Stehen zu bleiben hieße, bald nicht einmal die Erschöpfung als Schutz gegen die Schuld und die Qual zu haben.

Also ging ich nach Osten, mit schleppenden, schwankenden, unausgesetzten Schritten. Ich blutete aus mehreren schweren Wunden. Ein Kurzschwert hatte meine Seite, ein Dolch mein Herz durchbohrt. Ich fragte mich, wie viel Blut in einen Körper hineinpasste. Und wie viel noch in meinem war. Es schien zu reichen.

Ich marschierte die ganze Nacht hindurch. Und auch, als sich der Himmel aufzuhellen begann, hielt ich nicht inne. Es war, als könnte ich das, was im Haus des Hafenmeisters Ludger geschehen war, aus der Welt schaffen, indem ich immer mehr Meilen zwischen mich und Donost brachte. Natürlich war mir klar, dass das nicht stimmte. Nichts würde Cillias Tod jemals aus der Welt schaffen. Dennoch lag etwas wie Trost darin, zu sehen, wie sich die Landschaft veränderte: Wiesen und Weideland traten an die Stelle der Moore, die Bäume wuchsen wieder aufrecht, es gab jetzt niedrige Hügel und Anhöhen. Der Wind hatte sich gelegt, und ich konnte das Meer nicht mehr riechen.

Ich mied die Dörfer und von Palisaden umgebenen Gehöfte, ging einfach immer weiter. Ich fühlte längst nichts mehr. Mein Körper und meine Seele waren dumpf und taub – wie ausgelaugt. Das war ein Geschenk. Und auch, dass ich keinem anderen Reisenden begegnete, war ein Geschenk. Indessen hatten meine Wunden aufgehört zu bluten. Ich wusste nicht, ob das daran lag, dass sie zu verheilen begannen, oder ob schlicht kein Blut mehr übrig geblieben war, das aus ihnen hätte herausfließen können. Es kümmerte mich auch nicht.

Irgendwie schaffte ich es, mich den ganzen Tag über auf den Beinen zu halten. Ich gönnte mir keine Rast. Ich ging einfach immer weiter.

Den Morgen über war der Himmel von einem hellen Grau. Hinter der Wolkendecke glomm die Sonne. Als der Abend nahte, verfinsterte sich alles. Erneut wehte ein schneidender Wind. Es begann, in Strömen zu regen. Die Nacht wurde dann so dunkel, dass ich die Hand nicht mehr vor Augen sah. Ich kam von der Straße ab, taumelte über die Wiesen, blieb mit dem Fuß in Erdlöchern hängen, fiel in kalten Matsch, rappelte mich wieder auf, nur um gleich darauf eine Böschung hinunterzustolpern.

Plötzlich spürte ich, dass ich am Ende meiner Kraft angekommen war. Meine Beine wollten sich nicht mehr bewegen. Ich wusste nicht, wo ich mich befand, hatte aber den Eindruck, ich sei durch einen Hain gekommen und nun am Rand eines Dorfes angelangt. Ich meinte, in der Dunkelheit die Umrisse von Häusern zu erkennen, und bildete mir ein, ich hätte über das Rauschen und Pladdern des Regens hinweg einen Hund bellen gehört. Es wäre besser gewesen, noch weiterzugehen und mich irgendwo in der Wildnis niederzulegen.

Aber ich konnte einfach nicht mehr. Ich sackte zusammen, sank in den Schlamm. Alles war nass, der Boden, die Luft, meine Kleider, meine Haut; und die Nachtluft schien harsch wie Thaalas Atem.

Dennoch schloss ich die Augen und schlief ein.

Als ich wieder erwachte, war es immer noch tiefste Nacht. Ich hatte nicht lange geschlafen. Aber in dieser kurzen Zeit hatte sich die Welt völlig verändert. Anstelle von Regen fiel jetzt Schnee auf mich herab. Die Erde und die Bäume und die Dächer der Häuser waren weiß. Ja, ich war tatsächlich in eine Siedlung gekommen; der Schnee machte die Nacht so hell, dass ich meine Umgebung erkennen konnte. Allerdings stellte ich verwundert fest, dass ich nicht am Rand des Weilers lag, sondern mitten auf dem Dorfplatz. Ich stand auf und war überrascht, wie leicht das ging. Meine Erschöpfung war verschwunden. Ich wollte den Schnee von meinen Kleidern klopfen; merkwürdigerweise war da keiner. Noch merkwürdiger war, dass ich keine Kälte spürte; irgendwie ausgehöhlt fühlte ich mich.

Ich rieb mir die Augen und blickte mich um. Allzu viel konnte ich natürlich trotz des Schnees nicht sehen. Es reichte aber, um zu begreifen, dass es mich in eine ärmliche Siedlung verschlagen hatte. Die Hütten waren klein und karg, aus Holz oder Lehm gebaut und mit Strohdächern versehen. Ich meinte am Rand des Dorfplatzes einen kleinen Elaah-Tempel zu erkennen; dennoch hatte ich nicht den Eindruck, dass die Ortschaft mehr als ein paar Dutzend Häuser umfasste. War ich auf dem Weg nach Donost schon einmal hier gewesen? Das glaubte ich nicht. Trotzdem kam mir der Weiler irgendwie bekannt vor.

Ich begann, mich im Dorf umzusehen. Wenn ich nicht erfrieren wollte, war es geraten, dass ich mir ein Dach über dem Kopf suchte. Vielleicht gab es hier eine Schenke, wo man mir einen Platz am Ofen bereiten würde. Geld hatte ich keines; aber die Lederhandschuhe, die mir Ofrick gegeben hatte, waren gewiss wertvoller als das meiste, was ein armer Bauer besaß.

Tatsachlich fand ich ein Haus, in dem noch Licht brannte. Die Schenke hatte anscheinend keinen Namen, aber immerhin war sie geöffnet. Ich trat ins Innere und schloss die Tür hinter mir. Ein wenig enttäuscht war ich, dass ich keinen Unterschied zu draußen spürte. Ich hatte mich auf das Gefühl gefreut, wenn Wärme die verfrorenen Glieder umfängt. Noch während ich das dachte, zuckte ich entsetzt zusammen: Cillia und Fissach waren tot, ich hatte sie getötet, und ich jammerte darüber, dass mir nicht recht behaglich zumute war!

Ich stöhnte, ließ mich beim erstbesten Tisch auf einen Schemel sinken und vergrub mein Gesicht in den Händen. Eine lange Zeit blieb ich so sitzen. Als ich es schaffte aufzusehen, erwartete ich, dass mich der halbe Schankraum anstarren würde. Doch niemand starrte mich an. Ein weiterer Tisch war besetzt. Vier Männer hockten dort. Sie hatten große Holzkrüge vor sich und schienen guter Dinge. Mich beachteten sie nicht. Auch die Schankmagd beachtete mich nicht. Am Durchgang zur Küche stand sie, bei einem Fass, aus dem sie Bier schöpfte. Sie war jung, sah müde aus und blickte ins Leere.

In der Wirtsstube war es ziemlich dunkel. Nur ein paar Talglampen spendeten Licht. Dennoch wunderte ich mich, dass die Schankmagd gar nicht mitzubekommen schien, dass ich da war. Ich hob die Hand, um sie auf mich aufmerksam zu machen. Aber da wandte sie sich ab und ging in die Küche. Ich hatte zwar keinen Durst, wollte aber dennoch etwas trinken.

Also stand ich auf und machte die paar Schritte zur Küche hinüber. Dort war es noch dunkler als in der Wirtsstube. Die Schankmagd war damit beschäftigt, Holzgeschirr auf einem Tisch anzuordnen, damit alles für den morgigen Tag bereit war. Der zitternde Schein einer Kerze erhellte ihre erschöpften Züge.

»Ich hätte gerne ein Bier«, sagte ich. Fast überraschte es mich, dass ich noch genügend Kraft hatte, um die Worte zu formen. Zu einem »Sorin mit Euch« reichte es freilich nicht.

Die Schankmagd blickte zögernd in meine Richtung. Sie furchte die Brauen, spähte angestrengt ins Halbdunkel.

Ich fragte mich, ob sie sich einen Witz mit mir erlaubte. Ich hatte laut genug gesprochen, um in der ganzen Wirtsstube gehört zu werden, und stand keine zwei Meter von ihr entfernt.

»Ich hätte gerne ein Bier«, wiederholte ich und stellte fest, dass sich etwas Drohendes in meine Stimme geschlichen hatte.

Noch einen Moment lang betrachtete mich die Schankmagd – mit einem verwirrten Ausdruck, als wäre da, wo ich stand, nur leere Luft –, dann wandte sie sich wieder ihren Holzkrügen und -tellern zu.

Sie verspottete mich. Sie wagte es, mich zu verspotten. Wut stieg in mir auf. Ich bekam Lust, die Schankmagd an den Haaren zu packen und ihren Kopf gegen die Wand zu schlagen. Vielleicht würde das ihr Gehör schärfen.

»Ich will ein Bier, habe ich gesagt!«, zischte ich.

»Sicher. Und die Kuh will Flügel«, hörte ich eine Stimme hinter mir.

Ich zuckte zusammen. Angst überkam mich. Ich kannte diese Stimme. Es war die Stimme einer Frau; oder eines Mädchens … Langsam drehte ich mich um …

Da stand sie. Zugleich ein Traum und das Ende aller Träume. Ihre Haare waren rot wie Blut; ihre Haut weiß wie der Schnee, der draußen durch den Nachthimmel trieb; ihr Gewand schwarz wie das Grab und ihre Augen zwei kleine, dunkel glühende Feuer.

Sie war kein kleines Mädchen mehr.

»Danje …«, keuchte ich.

»Du merkst auch alles«, sagte sie.

Danje hatte sich gegen einen Tisch gelehnt. Sie hielt die Arme vor der Brust verschränkt und sah mich mit einem Blick an, der zornige Belustigung war.

Ich wollte auf sie zugehen. Ich rührte mich nicht vom Fleck.

»Was machst du hier?«, flüsterte ich.

»Lass mich überlegen …« Danje strich sich nachdenklich übers Kinn. »Ah, richtig!«, rief sie dann aus. »Nachdem du mich zusammen mit deinem stinkenden Wolfsumhang und deinen verdreckten Kleidern im Fluss versenkt hast, bin ich hier im Wald zu mir gekommen.«

»Hier? Warum hier?«

Sie lachte. »Mykar – nicht einmal du kannst so dumm sein.«

»Ich … ich verstehe überhaupt nichts …«, murmelte ich. Im selben Moment überkam mich eine schreckliche Ahnung.

»Es ist ganz einfach«, sagte Danje. »Wir sind daheim.«

»Da-daheim?«, stammelte ich.

»Hast du es immer noch nicht begriffen, Mykar?« Sie machte eine weit ausholende Geste. »Das hier ist dein Dorf. Du kennst diese Schenke. Die Kerle da am Tisch waren bestimmt auch schon vor sieben Jahren hier, und das Mädchen in der Küche zählte vielleicht zu denen, die dich ausgelacht haben, als du noch ein Kind warst.«

»Aber warum?«, brachte ich hervor.

»Warum? Tja, ich kann es nicht beschwören, aber ich vermute, nachdem du zugesehen hast, wie deine kleine Schlampe über die Klinge sprang, hat es dir gereicht. Da wolltest du wohl nicht mehr. Und bist gestorben. Dieses Mal richtig. Und endgültig.«

Die Gedanken in meinem Kopf rasten: Natürlich ... der Dorfplatz ... dort hatte mir Brogar den Schädel eingeschlagen, an jenem Tag, als Alva ...

Doch was ich sagte, war etwas anderes. »Du weißt, was im Haus des Hafenmeisters Ludger geschehen ist? Aber woher ...?«

Danje schnaubte. »Nur weil du mich vergessen hast, heißt das noch lange nicht, dass es auch umgekehrt so ist«, sagte sie, und ich hörte bittere Traurigkeit in ihrer Stimme.

Ich senkte die Augen. Kopfschüttelnd ging ich zur Tür der Schenke, während ich den mit Sägemehl bestreuten Lehmboden vor meinen Füßen betrachtete. *Ich bin tot,* dachte ich. *Dieses Mal richtig. Dieses Mal endgültig.*

Wenn das stimmte, war ich ein Geist.

Erst jetzt fiel mir auf, dass ich die Worte der Männer, die beim Bier zusammen saßen, gar nicht richtig verstanden hatte. Und ebenso wenig hatte ich die Kälte gespürt, nachdem ich auf dem Dorfplatz erwacht war. Ich hatte mir nur *eingebildet,* ich würde frieren. Tatsächlich fühlte ich überhaupt nichts. Nein, das stimmte nicht. Da war ein unauslöschlicher Schmerz in mir, der sich wenig darum scherte, ob ich lebte oder tot war.

Die Welt schien wie mit einem schwarzen Schleier verhängt. Er war noch dunkler als die Nacht; dunkler sogar als Danjes Augen.

Halb erwartete ich, dass ich jetzt, wo ich wusste, wie es um mich stand, durch die Tür hindurchschweben würde. Aber ich musste sie öffnen, wie eh und je. Natürlich, die Gespenster und Spukwesen waren nicht völlig getrennt von der Wirklichkeit der Menschen. Ich meinte, mich zu erinnern, wie ich als kleiner Junge manchmal in den

Augenwinkeln eine Bewegung erspäht hatte. Etwas wie ein huschender Schatten, das sofort verschwand, wenn ich mich ihm zuwandte.

War es das, was die Zecher am Tisch jetzt sahen, als ich die Tür aufzog?

Draußen schneite es noch immer. Ich begann, ziellos das Dorf zu durchschreiten, in dem ich geboren worden war und vor sieben Jahren hätte sterben sollen. Da war kein Knirschen zu hören. Ich atmete zwar – oder meinte zu atmen –, doch vor meinem Mund bildeten sich keine Wölkchen. Allerdings wurde die Nacht von Sekunde zu Sekunde heller. Sie war jetzt endgültig mein Zuhause. Mir wurde klar, dass ich niemals wieder das Licht der Sonne sehen, niemals wieder ihre Wärme auf meiner Haut spüren würde, und ein Gefühl unendlicher Wehmut ergriff mich.

Plötzlich musste ich an Marun und Casta denken, die beiden kinderlosen Alten, die ich am Abend von Alvas Seelenruf gesehen hatte, wie sie schweigend in ihrer Hütte beieinander saßen. Jetzt lagen sie wohl gemeinsam im Bett, vielleicht träumend, vielleicht wachend. Vielleicht erwarteten sie nur noch den Tod, vielleicht freuten sie sich ihres kümmerlichen Lebens.

Ich beneidete sie.

Auch an meine Mutter und meine Brüder, Janne und Ebra, musste ich denken. Ob sie sich meiner noch erinnerten? Ob sie sich wohl je wünschten, dass alles anders gekommen wäre?

Ich würde sie ebenso wenig wiedersehen wie die Sonne. Vielleicht waren sie niemals meine Familie gewesen. Jetzt hatte ich jedenfalls eine andere Familie. Ihr gehörten all jene an, die wie ich zur Nacht verdammt waren.

Auch Danje.

Sie ging an meiner Seite.

»Du bist also dorthin zurückgekommen, wo du … wo du gestorben bist?«, fragte ich.

»Ja.«

»Ich verstehe das alles nicht. Wie ist das möglich?«

»Es ist ganz einfach, Mykar«, entgegnete sie. »Bis wir uns kennengelernt haben, war ich nur ein totes Mädchen. Ich konnte weder in der Welt bleiben, noch von ihr Abschied nehmen. Als du zurückgekehrt bist, hast du mich mitgenommen. Dann hast du mich wieder in den Tod geschickt, weil du lieber zwischen die Schenkel von diesem Luder kriechen wolltest, anstatt mit mir zusammen zu sein. Aber eines hast du nicht bedacht: Ich bin unterdessen stärker geworden. Stark genug, um meinen Weg allein zu gehen. Stark genug für meine Rache.«

Entsetzt sah ich sie an. »Nein, Danje, nein! Vergiss deine Rache! Schau nur, was aus mir geworden ist. Ich habe alles verloren, weil ich –«

»Ach? Heißt das, du willst Rudrick nicht mehr töten?«

Verzagt schüttelte ich den Kopf. »Was bleibt mir anderes übrig? Sonst wäre doch alles sinnlos … Aber wenn ich nur nie –«

»Erspar mir das Gewäsch!«, fauchte sie mich an. »Du warst immer ein Jammerlappen und ein Schwächling! Wie habe ich mich in dir geirrt! Du bist wie ein Brandstifter, der das Haus ansteckt und gleich darauf ›Feuer!‹ schreit!«

»Danje – ich …«

»Ich aber, ich will *alles* brennen sehen: das Haus, die Stadt, die Welt! Also erzähl mir nichts vom Preis der Rache! Und damit du es weißt: Ich habe mich gekrümmt vor Lachen, als deine Schlampe verreckt ist. Ich bedauere nur, dass es so schnell gegangen ist. Man hätte ihr so viel *mehr* antun können!«

Ich wollte wütend werden. Ich fand nur Trostlosigkeit in mir. »Red nicht so über Cillia …«, sagte ich leise.

»Sonst?«, höhnte Danje.

»Red nicht so über sie …«, sagte ich noch einmal.

Danje packte mich am Hals und rammte mich gegen die Wand der nächstbesten Hütte. Ich schrie auf. Sie war wirklich stark – stärker, als ich es je gewesen war.

»Glaub bloß nicht, dass ich dir verziehen habe!«, zischte Danje, während sie mich am ausgestreckten Arm in der Luft hielt. »Ich habe dir nicht verziehen! Ich werde dir *nie* verzeihen! Ich bin nur hier, um zu sehen, wie du zugrunde gehst! Bei Skargats Finsternis, *ich* werde diejenige sein, die dich zugrunde richtet!«

Sie ließ mich los und ich fiel zu Boden. Eine kleine Weile blieb ich liegen und starrte die kalte, weiße Erde an.

Dann hob ich die Augen. Danje sah aus wie Cillia; Cillia sah aus wie Danje. Und beide waren sie tot. Für immer verloren.

Ich war mir sicher, ich würde wahnsinnig werden.

Plötzlich schien sich Danje vor mir zu fürchten. Sie wich einen Schritt zurück, blickte zur Seite.

Es war sehr still im Dorf: Das große Schweigen der Winternächte hielt es umfasst.

»Komm, wir wollen zum *Fröhlichen Toten* gehen«, sagte Danje schließlich. »Ich bin sicher, Ede erwartet uns bereits.«

6
NOCH EINMAL

Justinius

Dann das Fieber. Auch das natürlich eine Wiederholung. In letzter Zeit schien mein Leben nur noch darin zu bestehen, dass ich eins in die Fresse bekam. Eine Weile flachlag. Dabei mehr oder weniger knapp am Tod vorbeischrammte. Mich aufrappelte, wie sich das für einen braven, reckenhaften Volldeppen gehört. Und gleich wieder umgehauen wurde.

Wahrscheinlich war das meine ganz persönliche Ausdeutung des ewigen Kreislaufs von Werden und Vergehen. Oder so.

Dieses Mal aber war etwas anders. Das lag wohl daran, dass mir ein Meister seines Fachs ein paar Schwerthiebe mit auf den Weg gegeben hatte. Und ich nicht einfach nur halbherzig gefoltert oder verprügelt worden war, von Edmunds unfähigen Schergen oder knurrigen Leibwächtern. Selbst Rudrick hatte sich ja nicht so richtig ins Zeug gelegt, als er mich mit dem Messer bearbeitete. Nur zu verständlich, seine Absicht war schließlich gewesen, dass etwas von mir übrigblieb. Derlei Neigungen konnte man Calyb bestimmt nicht unterstellen.

Wie auch immer, dieses Mal hatte mich das Fieber jedenfalls so richtig in seinen Krallen. Und der Tod war ein überaus hartnäckiger, wenngleich ungern gesehener Gast an meinem Lager.

Nicht, dass ich viel davon mitbekommen hätte. Die meiste Zeit verbrachte ich in tiefem Seelendämmer. Gar nicht mal unangenehm war das. Ich hatte keine Schmerzen. Fühlte keine Not, keinen Kummer. Nicht einmal Hunger und Durst. Mir war, als schwebte ich über weite, nächtliche Lande – beinah leere Ebenen oder Steppen, in denen hier und da ein geheimnisvolles Licht brannte. Es stellte sich heraus, dass man eine lange, lange Zeit so herumschweben konnte. Über Tage und Wochen hinweg.

Gelegentlich bekam ich aber doch eine Ahnung, wie es um mich stand. Und was in Dreieichen geschah, während ich – oder mein Geist oder meine Seele oder die Götter wissen was –, still darüber nachgrübelte, ob es sich wohl lohnte, dieses merkwürdige Leben fortzusetzen.

Als ich das erste Mal wach wurde, sah ich Tamelon und die alte Sorin-Geweihte an meinem Bett stehen. Noch eine Wiederholung.

»Justinius – Ihr seid wach?«, fragte der Paladin überflüssigerweise, als ich ihm mein bestes So-schnell-kriegen-sie-mich-nicht-klein-Grinsen schenkte.

»Wach und bereit, dem Bösen in den Arsch zu treten!«, sagte ich. Oder versuchte es. Sank allerdings zurück in mein kuscheliges Schweben und Träumen, ehe ich auch nur ein Krächzen hervorbringen konnte.

Als ich das zweite Mal wach wurde, war Ferla bei mir. Ich stellte fest – und mit durchaus wohlgefälliger Anerkennung –, dass sie sich recht gut von Kerker und Scheiterhaufen erholt zu haben schien. Ja, es war der Schönheit eben doch abträglich, wenn man Todesangst zu erdulden hatte und die grausigsten Qualen erwartete. Nun aber sah Ferla wieder aus wie das blühende Leben, und ich freute mich gleich doppelt, dass ich sie gerettet hatte.

Weniger erfreulich war, dass sie sich damit beschäftigte, mich zu waschen. Also, das warme Seifenwasser auf meiner Haut fühlte sich schon erfreulich an. Aber selbst in meinem Zustand schien es mir etwas unpassend, dass ich splitterfasernackt und schlaff (jaja, schon gut) auf dem Bett herumlag, während mich eine hübsche, knackige Frau mit einem Lappen bearbeitete.

Unter gewöhnlichen Umständen hätte ich das vielleicht zum Anlass für einige wüste Träumereien genommen. So fühlte ich mich vage beschämt. Zugleich fand ich das Ganze irgendwie rührend.

Und zwischen diese Gefühle drängte sich eine schlichte, aber nicht ganz unwesentliche Frage: Was in Dreidämonsnamen machte Ferla eigentlich hier? Hätte sie nicht längst ihren Raben (oder ihre schwarze Katze oder ihre Kröte oder wenigstens ihren Besen) unter den Arm klemmen und das Weite suchen sollen?

Ich nahm Anlauf, ihr diese Frage zu stellen. Leider erwies es sich, dass der Anlauf ziemlich lange war. Einen kleinen Umweg über meine ebenso düsteren wie anheimelnden Steppen brauchte es, ehe ich den Mund aufkriegte.

Als ich das nächste Mal – vielleicht war es auch das überüberüberübernächste Mal, aber wer zählte schon? – die Augen öffnete, platzte ich gleich heraus mit meiner Frage.

Wie der Zufall es wollte, passte sie ebenso gut wie bei Ferlas Besuch.

Sogar noch besser.

Denn über mich gebeugt saß Aiona.

»Was … in Dreidämonsnamen … machst du … hier?«, fragte ich, wie ich es mir fest vorgenommen habe.

Sie zog eine Braue hoch. »Schön, dass du wach bist, Justinius«, sagte sie.

Ich dachte kurz nach. Stellte dann fest, dass meine Frage in der Tat berechtigt war. Wiederholte sie also noch mal. Mit leicht verändertem Zungenschlag.

»Ich meine … wäre es nicht sicherer … anderswo?«

Jetzt lächelte Aiona. Das war ein zärtliches Lächeln. Es gab ihrem Gesicht etwas ungewohnt Weiches. Überhaupt kam sie mir irgendwie jünger vor. Erschöpft zwar, aber … was eigentlich? Froher? Nein. Sanfter? Wohl kaum. Vielleicht lag es auch einfach an dem Licht. Schließlich brannten in dem Zimmer nur ein paar Kerzen. Die tauchten alles in ein lauschiges, leicht unwirkliches Zwielicht. Und da konnten die Dinge ja leicht anders wirken, als sie eigentlich waren …

Aiona unterbrach meine überaus tiefgründigen, sinnreichen Überlegungen. »Nein, Justinius, in Dreieichen ist es jetzt sicher für Ferla und mich. Dank dir.«

Ich schwöre, der Grund, weshalb ich sie verständnislos ansah, war nicht der, dass ich Honig um den Bart (der inzwischen natürlich wieder spross) gepinselt bekommen wollte. Einen Moment lang konnte ich mich tatsächlich nicht erinnern.

»Das Göttergericht, weißt du?«, half mir Aiona auf die Sprünge.

»Ach so …«, sagte ich. »Erkennt der Provinzial es an?«

»Da hat er keine Wahl. Schließlich ist es ein *Götter*gericht. Man kann nicht behaupten, dass sie uns auf einmal ins Herz geschlossen hätten. Aber sie lassen uns in Ruhe.«

»Gut …«, murmelte ich. War ziemlich sicher, dass sie mir nur die halbe Wahrheit sagte. »Wichtig ist jetzt, dass du dich ausruhst. Du bist noch sehr schwach und ehrlich gesagt war ich mir nicht sicher, ob du es schaffen würdest«, fuhr sie fort.

Ich grinste. »Hatten wir das nicht schon mal?«, fragte ich.

»Doch.«

»Ich stelle fest, dass ich in letzter Zeit ständig zu Mus geschlagen werde.«

»Nun, das kommt davon.«

»Das kommt wovon?«

Aiona gab mir keine Antwort. Beugte sich nur vor und küsste mich.

»Mhh …«, machte ich. »Ich glaube, ich sollte dir öfters das Leben retten. Das zahlt sich offenbar aus.«

»Bilde dir nicht zu viel darauf ein. Was du da getan hast, war das Dümmste, was ich je gesehen habe.«

Ich verzog das Gesicht. »Da hast du aber Glück, dass ich so ein Esel bin«, maulte ich.

»Ja, allerdings«, sagte sie leise und strich mir eine schweißverklebte Haarsträhne aus der Stirn.

»Aha, du gibst es also zu.«

Aiona kicherte. »Ich gebe zu, was immer du willst. Als Hexe bin ich ja geübt darin, falsche Bekenntnisse abzulegen.«

»Übrigens habe ich nie behauptet, besonders schlau zu sein.«

Jetzt lächelte sie wieder auf diese ungewohnte, seltsam zarte Weise.

»Nein, das hast du nicht. Man kann über Justinius von Hagenow sagen, was man will – ein Lügner ist er nicht.«

Immerhin das wäre also geklärt.

Mit diesem Gedanken schlief ich wieder ein.

Durchaus zufrieden.

Dann hörte ich die Schreie. Eine Minute oder einen Tag später. Sofort war ich aus dem Bett. Überrascht davon, wie schnell das ging. Offenbar hatte ich Fortschritte gemacht, was das Ausruhen betraf. Das Zimmer – es schien dasselbe zu sein, in dem ich meine erste Dreieichener Woche verbracht hatte – wurde von einer Öllampe erhellt. Kurz musste ich gegen Schwindel ankämpfen. Er verschwand, als die Schreie wieder ertönten, lauter, peinvoller diesmal.

Woher kamen sie?

Ich hielt inne. Versuchte, mich zu konzentrieren. Wankte dann zum Fenster. Öffnete es. Stieß auch die Holzläden auf. Blickte nach draußen.

Eisig-glühende Luft umfing mich. Sie trug den Frost des Winters ins Zimmer. Und Funken, die von den lodernden Scheiterhaufen in die Dunkelheit gespien wurden. Ja, sie brannten. Auf dem Platz, wo ich um das Leben von Aiona und Ferla (nicht zu vergessen mein eigenes) gekämpft hatte. Nicht zwei, drei waren es. Darum herum, im Widerschein der Flammen, konnte ich einige Thaala-Streiter erkennen. Und, wie eine Ansammlung von Toten, die Einwohner von Dreieichen.

Ich erstarrte. Mein erster Gedanke war: Aiona hat sich geirrt. Die *Bruderschaft des Zweiten Todes* hat entschieden, das Göttergericht doch nicht anzuerkennen.

Die Schreie stachen mir mit fingerlangen, spitzen Nadeln in die Ohren und ins Herz. Sie waren kaum auszuhalten. Verdammt, ich hätte nicht einmal mit Sicherheit sagen können, ob sie von Männern oder Frauen stammten. So schrill, so gequält klangen sie. Und die zuckenden, sich windenden Gestalten an den Pfählen waren einfach nur verkokelndes Fleisch.

Ich sackte am Fenster zusammen. Heulte. Schluchzte.

Es war umsonst, dachte ich, *es war alles umsonst.*

Dachte es, obwohl ich irgendwie wusste, dass es *nicht* Aiona und Ferla waren, die dort bei lebendigem Leibe verbrannt wurden.

Dann wusste ich, was ich zu tun hatte. Ich musste kämpfen. Noch einmal oder hundertmal. Ein göttliches Gericht. Wieder und wieder. Bis es aufhörte. Bis es endlich vorbei war. Ein für alle Mal.

Zitternd kroch ich über den Boden des Zimmers. Wo war mein Schwert? Wo mein Schild? Mein Helm, mein Kettenhemd? Die Kraft, die ich eben noch in mir gespürt hatte, war verschwunden. Das Zimmer hatte sich in eine gräbergefurchte Ödnis verwandelt, dunkler und einsamer als die Steppen meiner Träume.

Dann plötzlich lag ich wieder in meinem Bett. Wieder war es dunkel. Wieder hörte ich Schreie. Nein, keine Schreie – Gelächter. Aber, bei Elaahs Gnade, dieses Gelächter klang furchtbarer als das Geheul verfluchter Seelen. Und einmal mehr schleppte ich mich zum Fenster. Stieß einmal mehr die Läden auf. Es war die schwärzeste Nacht. Um den Platz herum waren alle Häuser dunkel. Das einzige Licht kam von dem blassen Mond – und der Ölfunzel, die Provinzial Galbahr bei sich hatte.

Da stand er. Vor dem Eingang der *Hohen Straße.* Ganz allein. Und lachte. Und lachte. Hielt sich die Seiten vor Lachen. Krümmte sich. Beinah fiel ihm die Lampe aus der Hand. Er aber hörte nicht auf zu lachen. Als wäre da ein unsichtbarer Witzbold an seiner Seite, der ihm die allerergötzlichsten Geschichten ins Ohr raunte.

Mir wurde schwarz vor Augen.

Mein Bett. Zum fünfhundertsiebenundachtzigsten Mal. Mit einiger Mühe schaffte ich es, die müden Guckerchen zu öffnen. Dachte, dass ich mir Kienspäne unter die Lider schieben sollte. Wurde dann doch von allein munter.

Denn ich war nicht mehr allein.

Ganz im Gegenteil.

Um mich herum hockten Aiona, Ferla und Tamelon. Und nicht nur sie. Zu meiner gelinden Überraschung war auch der Fremde mit den schwarzen Haaren, der bleichen Haut und dem stechenden Blick da.

Sie alle sahen erschöpft und sorgenvoll aus. Schienen zugleich nur darauf gewartet zu haben, dass ich zu Bewusstsein kam.

Schön, wenn man so geschätzt wird.

»Was bei allen Höllen geht hier vor sich?«, krächzte ich.

»Darüber wollten wir mit dir reden, Justinius«, sagte Aiona und fasste meine Hand. »Es ist gut, dass du wach bist. Fühlst du dich stark genug?«

»Stark genug wofür?«, fragte ich mühsam.

»Wir müssen eine Entscheidung treffen«, erwiderte Tamelon. »Und wir haben nicht viel Zeit.«

Ich verstand kein Wort. Nickte aber. Entzog Aiona sachte meine Hand. Und stützte mich auf die Ellbogen. »Tja, ich weiß nicht, ob ich in diesem Leben noch mal stärker werde«, sagte ich. »Von mir aus können wir also loslegen. Aber erst brauche ich noch einen schönen, großen Krug Bier …«

Aiona lächelte. »Gut …«

»… und ich will verdammt noch mal wissen, wer diese Vogelscheuche da ist!«

Ich sah dem rätselhaften Herrn, dem meine Worte gegolten hatten, gerade in die Augen.

Der schenkte mir ein weißes Raubtierlächeln. »Mein Name ist Gunnmahr«, ließ er vernehmen.

»Gunn – was?«

»Sagen wir, ich bin der Freund eines Freundes.« Das Raubtierlächeln wurde noch breiter.

7
IN KNAPPEN WORTEN

Justinius

Das Leben steckte doch voller Überraschungen.

Da tauchte so ein Kerl namens Gunnmahr auf. Eine Erzvogelscheuche, wenn es jemals eine gegeben hatte (im Gegensatz beispielsweise zu Mykar, der eine Feld-, Wald- und Wiesenvogelscheuche war). Und erklärte mir, dass mein Freund Cay – von dessen Freundschaft ich bislang freilich nichts gewusst hatte – nach wie vor unter den Lebenden weilte. Und es wurde noch besser: Nicht nur hatte der Dorn darauf verzichtet, den guten Cay auf dem Scheiterhaufen zu rösten. Er hatte ihn sogar in einem Geheimbund willkommen geheißen, der den hübschen Namen *Stern der Mitternacht* trug. Gunnmahr selbst mischte da ebenfalls mit.

Und während der eine, nachdem er eine Runde Verstecken gespielt hatte, in die Perle zurückgekehrt war, um Rudricks altem Kumpel Radulf den Garaus zu machen, hatte der andere die Reise nach Dreieichen angetreten. Denn dem Dorn war nicht verborgen geblieben, dass der Provinzial Galbahr vom Hohen Teich das Städtchen zum Ziel einer kleinen Lustreise auserkoren hatte. Und da der Herrscher der Perle außerdem wusste, dass sich Galbahrs Neffe Laghras hier versteckt hielt, war er aus naheliegenden Gründen misstrauisch geworden.

So fügten sich die Dinge zusammen.

Jetzt verstand ich auch, warum der Dorn mich gefragt hatte, ob ich den Stern der Mitternacht kenne – Blondlöckchen hatte recht gehabt mit ihrer Vermutung. Wer hätte das gedacht.

Es war zweifellos eine Ehre, dass der Herrscher der Perle erwogen hatte, mich in den Kreis seiner auserwählten Streiter aufzunehmen. Auch wenn ich mich im Stillen wunderte, ob der gute Cay nicht am Ende doch einfach ein Bauerntrottel war. Und dem Herrn Gunnmahr sowieso nicht weiter über den Weg traute, als ich ein trächtiges Pferd werfen konnte.

»Wisst ihr was, bringt mir gleich zwei Krüge Bier«, sagte ich zu dem Paladin und der Erzvogelscheuche, als sich die beiden anschickten, das Zimmer zu verlassen, um uns mit Erzeugnissen der Brauereikunst zu versorgen. Ferla begleitete die Herrschaften, und so blieben Aiona und ich allein zurück.

Zunächst nötigte sie mich, einen Teller Hühnereintopf zu essen. Dann half sie mir dabei, mich anzuziehen. Es gab keinen Spiegel in dem Zimmer. Aber ich stellte fest, dass meine Hose ziemlich schlockerte. Und auch mein Wams hatte schon mal strammer gesessen.

Wenn man das dringende Bedürfnis verspürte, rank und schlank zu werden, musste man es einfach machen wie ich und sich regelmäßig halbtot schlagen lassen.

Leider war nicht nur der Schwabbelspeck geschwunden. Sondern auch die Muskeln. Mein Schwert kam mir ungefähr so handlich vor wie besagtes Pferd. Keine gute Voraussetzung für Duelle, Lanzengänge und dergleichen Heldentaten.

»Scheiße …«, murmelte ich und ließ mich auf einen Stuhl sinken. »Mein nächster Gegner sollte besser an Schwindsucht leiden. Oder sich die letzten paar Jahre von Regenwürmern ernährt haben.«

»Ich fürchte, das wird nicht so sein«, sagte Aiona. Dabei sah sie sehr ernst aus – als hätte sie eine ziemlich genaue Vorstellung davon, wie es stattdessen sein würde.

»Danke, du kannst einem Mut machen«, sagte ich, indem ich mich mit meinen Stiefeln abmühte.

Sie gab mir keine Antwort. Also schwiegen wir. Was mir entgegenkam, da ich nach dem Kampf mit meinen Kleidern eine kleine Verschnaufpause gut gebrauchen konnte.

Bald darauf, kamen Tamelon, Gunnmahr und Ferla wieder. Tatsächlich hatten sie Bier dabei. Immerhin etwas.

Während ich mir einige wohlschmeckende und hoffentlich stärkende Schlucke genehmigte, verteilte sich der Rest übers Zimmer. Ferla nahm auf dem Bett Platz. Aiona lehnte sich gegen eine Wand und verschränkte die Arme vor der Brust. Tamelon bezog am Fenster Position, ebenfalls mit verschränkten Armen. Und Gunnmahr machte sich auf dem zweiten Stuhl breit.

»Nun gut …«, sagte ich. »Beginnen wir mal mit dem Einfachsten: Wie lange lag ich eigentlich flach?«

»Etwas mehr als einen Monat«, erwiderte Aiona.

»Mehr als ein Monat!«, ächzte ich. »Beim Schwanz des Gehörnten!«

»Ja.«

»Und was habt ihr die ganze Zeit über getrieben? Den Bart des Provinzials bewundert?«

»Ferla und ich waren recht schwach. Wir brauchten zunächst selber Ruhe«, sagte Aiona. »Dann haben wir dich gepflegt. Außerdem haben Tamelon und ich viel Zeit im Gespräch zugebracht. So haben wir herausgefunden, dass es … durchaus Verbindendes zwischen uns gibt.«

»Aha … und das wäre?«

Tamelon zuckte die Schultern. »Wir glauben an verschiedene Dinge. Aber wir wollen dasselbe.«

»Zum Beispiel wollen wir, dass Provinzial Galbahr seine Hexenjagd beendet«, fuhr Aiona fort.

»Lustig brennen die Scheiterhaufen«, sagte ich. »Das habe sogar ich mitbekommen.«

»Das Schlimmste ist – es sind nicht einmal Hexen, die er hinrichten lässt«, sagte Ferla leise.

Die Schreie der Brennenden hallten in meinem Schädel wider. »Warum ist das so schlimm?«, wollte ich wissen. »Solltet ihr nicht froh sein, dass eure Schwestern verschont bleiben?«

»Überleg doch, Justinius«, entgegnete Aiona in strengem Tonfall. »Die Verhaftungen und Hinrichtungen geschehen willkürlich. Warum sollten wir uns darüber freuen? Der Provinzial hat in den letzten Wochen sieben Frauen und vier Männer verbrennen lassen. Es ist reiner Zufall, dass kein Hexer, keine Hexe darunter war. Es könnte jeden erwischen.«

»Hmm«, machte ich. »Die *Bruderschaft des Zweiten Todes* war bislang nicht für ihre Willkür bekannt.«

»Das ist es, was mich am meisten besorgt«, sagte der Paladin. »Provinzial Galbahr und ich, wir waren niemals Freunde. Aber was er jetzt tut … so handelt ein Oberer unseres Ordens einfach nicht.«

»Was ist mit Euren Brüdern?«, wollte ich wissen. »Machen die einfach mit?«

»Sie schulden dem Provinzial Gehorsam …« Tamelon sah nicht sehr glücklich aus. »Sie haben keine Wahl.«

Erst jetzt wurde mir klar, dass er nach wie vor seinen weiß-schwarzen Wappenrock trug. »Seid Ihr Euch da sicher, Tamelon?«, fragte ich. »Hättet Ihr Galbahr nicht ebenfalls gehorchen müssen? Ihr habt es nicht getan.«

»Das ist etwas anderes«, sagte der Paladin. »Es gibt nur sehr wenige meiner Weihe. Und wir sind von der Herrin selbst erwählt. Galbahr würde mich gerne bestrafen, aber das geht nicht so einfach. Dafür braucht es einen Prozess, an dem mindestens drei Provinziale teilnehmen müssen. Wenn ich allerdings jemals nach Burg Tarrwall zurückkehren sollte, werde ich mich dem stellen müssen.«

»Nun denn, ich bin froh, dass ich Euch nicht vollends ins Unglück gestürzt habe …« Ich zögerte kurz. »Und natürlich bin ich auch froh, dass Ihr mich damals auf dem Richtplatz nicht einfach niedergehauen habt. Ich glaube, ich hatte noch keine Gelegenheit mich dafür zu bedanken …«

Tamelon schüttelte den Kopf. »Eher ist es an mir, Euch zu danken, Justinius«, sagte er. »Ihr habt mich dazu gezwungen, eine Entscheidung zu treffen, für die ich selbst zu schwach war. Manchmal brauchen wir jemanden, der uns daran erinnert, wer und was wir eigentlich sind.«

»Das ist ja alles sehr schön und rührend«, knurrte Gunnmahr. »Aber wie wir von Entscheidungen sprechen, fällt mir ein, dass wir auch noch eine zu treffen hätten, nicht wahr? Und habt Ihr nicht vorhin selbst gesagt, wir hätten keine Zeit zu verlieren, Herr Paladin?«

Ich wandte mich der Erzvogelscheuche zu. Knurrte ebenfalls: »Diese weisen, mahnenden Worte kommen von jemandem, der den letzten Monat damit zugebracht hat, seinen Daumen in den Arsch zu stecken. Sehe ich das richtig?«

»Nein, das seht Ihr falsch«, erwiderte Gunnmahr. »Erstens bin ich ein reinlicher Mensch. Wenn überhaupt lutsche ich am Daumen. Ihn mir in den Arsch zu stecken, läge mir fern.«

»Sehr komisch.«

»Zweitens habe ich durchaus etwas getan, Herr von Hagenow. Zum Beispiel habe ich den einen oder anderen Plausch mit den Hexendamen hier geführt. Auch Tamelon und ich haben uns öfters unterhalten. Schließlich habe ich ein paar Briefe in die Perle geschickt. Und sogar Antwort erhalten. Sodass ich mir einbilde, recht gut Bescheid zu wissen, was wir zu tun haben.«

»Und das wäre?«

»In knappen Worten? Den Provinzial zur Vernunft bringen oder ihn töten.«

»Geht es vielleicht ein bisschen weniger knapp?«

Gunnmahr grinste. »Aber gewiss doch. Also hört zu: Der Dorn ist sich sicher, dass Galbahr Nachricht von seinem Neffen Laghras erhalten hat«, fuhr Gunnmahr ungerührt fort. »Diese Nachricht hat ihn dazu bewogen, die Bruderschaft nach Dreieichen zu führen. Das heißt, was immer er hier tut, es geschieht nicht im Dienste Thaalas. Wahrscheinlich ist Rudrick letztlich der Nutznießer. Laghras scheißt sich ja offenbar in die Hosen beim Gedanken an seinen alten Freund. Sicherlich wird er alles daran setzen, ihn zu versöhnen.«

»Ich kann nicht zulassen, dass ein Oberer meines Ordens ermordet wird«, sagte Tamelon, »Was immer mein Zwist mit ihm sein mag.«

»Dann solltet Ihr beten, dass es uns gelingt, ihn zu Vernunft zu bringen«, erwiderte Gunnmahr. »Und hier kommt Ihr ins Spiel, Herr von Hagenow.«

»Ist das so?«, fragte ich.

»Ja, Justinius, das ist so«, bestätigte Aiona. »Du bist ein Adeliger. Der Provinzial muss dich anhören. Er hat keine Wahl.«

»Gut. Einverstanden. Aber was soll ich ihm sagen?«

»Halt ihm entgegen, was wir über Laghras wissen. Droh ihm. Die Provinz Tarrwall und die Ordensburg gehören zu den Windmarken. Sag ihm, du wirst ihn beim Dorn anklagen und alle Welt wissen lassen, dass er seines Amtes unwürdig ist.«

Ich hatte meine Zweifel, ob das Galbahr beeindrucken würde. Nickte aber. »Ich kann es versuchen«, sagte ich. »Aber warum die Eile? Schließlich habt Ihr mich einen Monat lang hindämmern lassen.«

»Ich hätte dir gerne noch mehr Zeit gegeben«, antwortete Aiona. »Doch du bist jetzt wieder stark genug, um zu handeln. Und handeln musst du. Noch in dieser Stunde.«

»Einverstanden, wie gesagt. Nur würde ich gerne wissen, was los ist.«

Aiona tauschte einen Blick mit Tamelon und Ferla. Dann wandte sie sich wieder mir zu. »Gestern Nacht ist Rhun von Ketten nach Dreieichen gekommen. Scara und der Totengräber waren bei ihm – als seine Gefangenen.«

»Der Junker beschuldigt sie, Laghras vom Hohen Teich ermordet zu haben«, sagte Tamelon. »Heute morgen ist er zu dem Provinzial gekommen, um ihn über den Tod seines Neffen zu unterrichten. Das schien Galbahr nicht sehr zu betrüben, aber er wollte die beiden trotzdem verhören. Eigentlich ist das eine Sache für die Sonnenrichter; die *Bruderschaft des Zweiten Todes* kümmert sich nicht um weltliche Verbrechen. Aber wer sollte den Provinzial daran hindern, zu tun, was er tun will?«

Ich hatte meinen ersten Bierkrug geleert. Wollte gerade den zweiten an die Lippen setzen. Nachdem ich wochenlang keinen Tropfen getrunken hatte, schmeckte das Zeug so köstlich, als hätte Jelkar selbst eingeschenkt. Doch dann hörte ich Aionas Worte. Und hatte plötzlich einen Geschmack nach fauligen Pilzen und saurer Milch im Mund.

»Was – sagt – ihr – da?«, keuchte ich.

»Es tut mir leid, Justinius.« Aiona sah mir in die Augen. »Mir ist klar, dass dir Scara nicht gleichgültig ist. Vor allem aber wissen die beiden zu viel. Falls der Provinzial wirklich mit Rudrick unter einer Decke steckt, könnte es sehr gefährlich sein, nicht nur für uns, wenn er Scara und Halig zum Reden bringt.«

»Der Nachmittag ist bereits herangerückt«, sagte Tamelon. »Ich weiß nicht, ob sich Galbahr bereits im Wachhaus aufhält. Was ich weiß, ist, dass er zunächst einige Hexen verhören wollte …«

Bei den letzten Worten des Paladins senkte Ferla den Blick und biss sich auf die Lippen. Kurz legte ihr Aiona eine Hand an den Arm.

»Scara und Halig bleibt also wahrscheinlich noch etwas Zeit. Aber wenn wir uns beeilen, können wir vielleicht auch diesen armen Frauen helfen.«

Ich stellte den Bierkrug ab. Erhob mich. Ballte die Fäuste. »Na, dann mal los«, knirschte ich.

8
FRIEDEN

Mykar

Die Herberge *Zum Fröhlichen Toten* war gut besucht in dieser Nacht. Alles war so, wie ich es in Erinnerung hatte: Der Boden bestand aus gestampftem Lehm; im Kamin züngelte ein veilchenblaues, rauchloses Feuer und die Tische, Bänke und Stühle waren willkürlich über den Schankraum verteilt.

Die Gäste waren ebenfalls dieselben wie damals, als ich Groleks Schenke zum ersten Mal betreten hatte: da waren schwarzäugige Babys, die mit kleinen, fahlgelben Wölfen zechten; hagere Greise in ihren vermoderten Grabtüchern; weinende, schneeweiße Frauen, deren Aussehen sich von Sekunde zu Sekunde änderte. Und natürlich fehlten die dürren, spitzigen Schatten nicht, in deren Brust es grün und rot, gelb und blau glomm.

Doch die Spukwesen, die im *Fröhlichen Toten* versammelt waren, schienen wenig heiter zu sein. Viele saßen allein und in sich gekehrt da, hielten die Köpfe und Blicke gesenkt; und anstelle von Gelächter und Geplauder gab es bedrücktes Gemurmel.

Eine Ausnahme war die große, schlanke Schankmagd mit dem neckischen Lächeln und dem klaffenden Schnitt im Hals. Sie huschte auch heute wieder in der Wirtsstube umher und verteilte die Krüge und Becher; munter und schwungvoll, als wäre das die schönste Sache auf der Welt. Alles war gleich; und alles war anders.

»Ah, Mykar, mein Freund, da bist du ja wieder!«, rief Grolek, als ich an der Theke vorbeiging. Er war so roh-vergnügt wie immer. Zur Begrüßung schwenkte er einen Tonkrug und bleckte die Pfeilspitzenzähne in einem breiten Grinsen.

»Und wer ist deine holde Begleitung?«, fuhr der Wirt fort. »Hallo, meine Schöne! Du beehrst mein Haus zum ersten Mal, nicht wahr?«

Weder Danje noch ich beachteten ihn.

Denn wir hatten längst denjenigen entdeckt, wegen dem wir hergekommen waren.

Allein an einem Ecktisch hockte der Elende Ede. Auch er hatte sich nicht verändert: Er war noch immer nahezu durchsichtig; noch immer trug er seine alte verschlissene Bauernkleidung – Leinenhemd, sackige Hose und Holzschuhe –; und noch immer hatte er ein unwahrscheinlich langes Gesicht, in dem alles herabhing: die Mundwinkel und die Nase, die Tränensäcke und die Lider, die Stirnfalten und das mausgraue Haar.

Ich trat an seinen Tisch: »Da bin ich wieder«, sagte ich.

Langsam, unendlich langsam hob Ede die Augen.

»Horch, horch«, sagte er.

Mir war, als hätte ich das alles schon einmal erlebt.

Danje rückte sich einen Schemel zurecht und nahm Platz. »Komm, bringen wir es hinter uns«, sagte sie.

Ich setzte mich ebenfalls.

»Euer Auftrag … ich habe ihn erfüllt«, murmelte ich.

Ede betrachtete mich mit diesem Ausdruck grenzenloser Gleichgültigkeit, den ich nur zu gut in Erinnerung hatte. Dann jedoch lächelte er. »Ich weiß«, sagte er. »Du hast das Deine getan.«

»Ja, das habe ich«, flüsterte ich. »Jetzt seid Ihr dran.«

Ede nickte.

In diesem Moment kam die Schankmagd herbeigeeilt. Sie fragte nicht nach unseren Wünschen; sie stellte einfach drei Krüglein vor uns auf den Tisch.

»Wohl bekomm's!«, rief sie und verschwand sofort wieder.

»Du erinnerst dich an die Geschichte, die ich dir erzählt habe?«, fragte Ede, nachdem er einen Schluck getrunken hatte.

»Ja«, sagte ich. »Es ging um dieses Mädchen … Charis, nicht wahr? Ihre Eltern waren Händler, die einen Pakt mit einem Dämon geschlossen hatten, um an Reichtum zu gelangen. Der Dämon –«

»Der Hungerer«, unterbrach Ede. »Das ist der Name des Dämons. Der Hungerer.«

Ich seufzte. »Der Hungerer wollte, dass die Händler in jeder Generation ein paar ihrer Kinder opferten. Charis hatte einen kleinen Bruder … den Namen habe ich vergessen.«

»Owein«, sagte Ede.

»Owein«, wiederholte ich. »Nun, sie konnte den Gedanken nicht ertragen, dass ihr Bruder dem Dämon zum Opfer fallen sollte und ist zusammen mit ihm geflohen. So war es doch?«

»Richtig«, bestätigte Ede. »Und weißt du auch noch, wie es weiterging?«

Ich dachte kurz nach, nippte an meinem Krug. Überrascht stellte ich fest, dass er mit Blut gefüllt war – und dass das Blut wie Wein schmeckte. Ich nahm noch einen Schluck.

»Ja«, antwortete ich. »Auf ihrer Flucht sind Charis und Owein in die Windmarken gekommen. Dort fanden sie Unterschlupf bei einem Jäger.«

»Irvar«, sagte Ede.

Ich zuckte die Schultern. »Von mir aus. Jedenfalls verliebten sich das Mädchen und der Jäger ineinander. Aber irgendwann kamen Charis zwei ihrer Brüder auf die Spur. An dieser Stelle habt Ihr Eure Erzählung unterbrochen.«

»Nicht ganz«, erwiderte Ede. »Ich sagte, dass Charis an einem Frühlingstag in das nahegelegene Dorf ging, um von Irvar erlegtes Wild gegen Mehl, Milch und Eier zu tauschen. Auf dem Dorfplatz sah sie ihre Brüder, Odrehan und Saegar. Die beiden hatten sich als fahrende Händler getarnt. Von Schrecken ergriffen lief Charis zurück zu der Hütte im Wald, wo sie, Irvar und ihr Bruder lebten, und bekannte dem Jäger die Wahrheit. Willst du wissen, wie es dann weiterging?«

Ich beugte mich vor. »Ich bin nicht hier, um alte Geschichten zu hören, Ede. Ich bin hier, um die Antwort auf meine Frage zu bekommen. Sagt mir, wie ich Rudrick töten kann. Das ist alles, was ich wissen will.«

Wieder lächelte Ede. »Du willst wissen, wie du Rudrick töten kannst? Horch, horch. Manchmal ist es besser, alte Geschichten zu hören. Manchmal sind die Geschichten selbst die Antwort.«

Ich ballte die Fäuste, presste die Wörter durch zusammengebissene Zähne hervor: »Werdet Ihr mir sagen, was ich wissen will, oder nicht?«

»Ja, das werde ich.« Er lächelte noch immer. »Aber du musst mir zuhören. Sonst wirst du nie verstehen.«

»Warum nicht? Wir haben schließlich die ganze Nacht Zeit«, sagte Danje, schob ihren Schemel ein Stück weit zurück und verschränkte die Arme vor der Brust.

Kurz sah ich sie an. Dann nickte ich. »Gut, ich höre.«

Ede sagte: »Furcht und Entsetzen griffen Irvar ans Herz, als er erfuhr, dass die Frau, die er liebte, von ihrer eigenen Familie gejagt wurde – und dass der Junge, den er wie einen Sohn angenommen hatte, einem Dämon geopfert werden sollte. Doch er war entschlossen, Charis und Owein zu helfen. Der Jäger kannte den Wald besser als jeder andere und wusste um ein Versteck, in das er die beiden bringen konnte. Eine kleine Höhle, in der längst kein Tier mehr hauste, und deren Eingang von Wurzeln und Ranken verdeckt war. Mit Vorräten und Decken ausgestattet, verkrochen sich Charis und Owein in dem Unterschlupf. Der Jäger gebot ihnen, die Höhle nicht eher zu verlassen, bis er zurückgekehrt sei. Er wollte ihre Spuren verwischen und im nächsten größeren Dorf die Hilfe eines Geweihten suchen.

Unterdessen hatten Odrehan und Saegar herausgefunden, dass ihre Schwester nah war. Sie hatten Umschau gehalten, welcher von den Dorfbewohnern so bitter und vergrämt wirkte, dass ihm zuzutrauen sei, für einen Goldgulden alles zu tun. Dabei waren sie auf einen Mann gestoßen, dessen Eltern einen großen Hof gehabt hatten, der allerdings durch Pech und Misswirtschaft heruntergekommen war. Dieser Mann missgönnte jedem alles, noch der Katze den Sonnenstrahl, in dessen Wärme sie schlief, und war stets so übellaunig, dass er sich im Dorf den Spottnamen Elender Ede verdient hatte.«

Ich blinzelte überrascht. Doch Ede sprach weiter, als wäre nichts dabei, dass er gerade in seiner eigenen Geschichte aufgetaucht war.

»Als ihm die Brüder ihre Schwester beschrieben und ihm Geld boten, dafür, dass er ihnen zeigte, wo sie wohnte, zögerte der Elende Ede nicht. Er wies ihnen den Weg, wollte aber selber nicht mitkommen zur Hütte im Wald; vielleicht aus Feigheit, vielleicht aus einer bösen Vorahnung heraus.

Die Brüder jedenfalls kamen gerade in dem Moment auf die Lichtung, als der Jäger zum zweiten Mal seine Hütte verließ, wo er versucht hatte, die Spuren von Charis und Owein zu tilgen. Gemeinsam überwältigten die Brüder den Mann; sie wollten ihn zwingen zu verraten, wo er ihre Geschwister versteckt hatte. Als Irvar sich weigerte, stellten sie ihn an eine große Linde, die auf der Lichtung wuchs, und marterten ihn. Doch so groß war seine Liebe, dass er bis in den Tod treu blieb. Sterbend bat er Elaah, die Frau und das Kind zu schützen, die ihm gezeigt hatten, was Glück war.

Als der Jäger aber gestorben war, brach unter Odrehan und Saegar erbitterter Streit aus. Plötzlich schien ihnen, dass sie ihre letzte Chance verspielt hatten, den zum Opfer bestimmten Jungen zurückzuholen. Hätten sie nachgedacht, vielleicht wäre ihnen klar geworden, dass ihre Lage durchaus nicht so aussichtslos war. Doch mag sein, dass sie von der langen Reise erschöpft waren; mag sein, dass die Angst vor dem Hungerer ihnen den Geist verwirrte; mag sein, dass Elaah beschlossen hatte, den letzten Wunsch eines Sterbenden zu erfüllen. Jedenfalls gingen sie mit Messern aufeinander los, und der jüngere Bruder erstach den älteren. An demselben Baum, wo der Jäger den Tod gefunden hatte, sank er nieder, und das Blut der beiden vermischte sich. Grauen vor seiner Tat packte den überlebenden Bruder, und er ergriff wild die Flucht.

Einige Tage vergingen. Als Irvar nicht zurückkehrte, sah Charis keine andere Möglichkeit mehr, als ihr Versteck zu verlassen. Ihr

Weg führte sie zu der Lichtung, auf der sie anderthalb Jahre lang in Frieden hatte leben dürfen; dort fand sie die Leichen ihres Geliebten und ihres Bruders, schon von wilden Tieren angefressen. Charis vergoss bittere Tränen über die Toten, denn auch ihren Bruder hatte sie geliebt, trotz allem, und sie wusste sich nicht anders zu helfen, als beide Leichen zu begraben, dort unter der Linde – in der Hoffnung, dass die Seelen der Verstorbenen bei Elaah Gnade finden mochten. Wie sie weinend und schluchzend die Gräber aushob, kam auch Ede auf die Lichtung, der es endlich nicht mehr aushielt, nachdem er tagelang keine Neuigkeiten von Odrehan und Saegar oder der Gesuchten gehört hatte. Als er begriff, was geschehen war und was er zu verantworten hatte, kehrte er in tiefer Verzweiflung ins Dorf zurück.

Niemand weiß, was aus Charis und Owein wurde. Feststeht, dass dieser Junge nicht dem Hungerer zum Opfer fiel.

In dem Elenden Ede aber fand der Dämon eine neue Beute. Zwar reute Ede seine Tat, doch sein Herz war verstockt, und er konnte nicht von seiner Gier lassen. Der Hungerer, dem Ede bereits so nah gekommen war, machte sich einen Spaß daraus, den unglücklichen Mann auf seine Pfade zu führen. Er versprach ihm bescheidenen Reichtum, der seiner Familie erhalten bliebe, solange alle zwei Generationen ein Kind geopfert würde – beginnend mit seiner, Edes, eigener Nachkommenschaft. Ede willigte ein, und wie immer hielt der Dämon sein Wort. Doch er, der den Pakt geschlossen hatte, wurde nicht glücklich damit. Als die ersten Früchte des Dämondienstes reiften und es mit dem Hof seiner Eltern wieder aufwärts ging, wurde Ede hochmütig und gehässig. Eine Schlägerei in der Dorfschenke, die er durch seine Herablassung herbeiführte, nahm ein böses Ende: Ede zog sich eine Messerwunde zu, die Wunde schwärte, und schließlich raffte ihn das Fieber dahin. Auf dem Sterbebett begriff Ede endlich, was er getan hatte, und er verfluchte sich selbst. In den kommenden Jahren und Jahrzehnten suchte er als Wiedergänger sein Dorf heim, hin- und hergerissen zwischen seiner bitteren Boshaftigkeit und der Reue, die ihn mehr und mehr quälte. Und da es ihm nicht gelang, sich selbst zu verzeihen, konnte seine Seele keinen Frieden finden. Für lange, lange Zeit blieb das so.«

Mit diesen Worten beendete Ede seine Geschichte.

Danje betrachtete ihren Tonkrug. Sie war sehr ernst geworden und sah plötzlich jung und verletzlich aus.

Ich dachte eine Weile darüber nach, was ich gerade gehört hatte. Schließlich fragte ich: »Aber jetzt hat es sich geändert, oder? Jetzt kann der Elende Ede Frieden finden?«

Er nickte.

»Liegt das daran, dass ich den Hafenmeister Ludger getötet habe?«

Wieder nickte er. »Ja. Der Hafenmeister Ludger war ein Nachkomme Edes. Auch zu ihm ist der Hungerer gekommen. Auch er war bereit, sein Kind zu opfern.«

»Ich habe in seinem Haus weder eine Frau noch Kinder gesehen«, sagte ich.

»Nun, verwundert dich das? Wenn man einem Dämon opfert, geschieht das im Verborgenen. Was zählt, ist Ludgers Tod. Damit ist der Kreis gebrochen. Edes Blut ist nicht länger durch den Hungerer befleckt. Was immer das Los seiner Nachkommen sein wird, der Dämon wird sie nicht mehr anrühren.«

»Glückwunsch«, sagte Danje, indem sie aufblickte. »Aber was hat das alles mit Mykar und mir zu tun?«

Erst jetzt wurde mir klar, dass Ede gar nicht danach gefragt hatte, wer mich begleitete. Offenbar war das nicht nötig. Er sagte: »Der Baum, an dem Irvar und Odrehan gestorben sind – das war eure Linde; die Linde, die euch zu sich genommen und beschützt hat.«

Mein Mund klappte auf.

Danje aber lächelte. »Ja, natürlich«, sagte sie leise.

In einem Zug leerte ich meinen Krug; einfach, um irgendetwas zu tun. Ich stellte fest, dass Blut nicht nur wie Wein schmeckte. Es war auch ebenso berauschend.

»Ich habe jetzt genug von deinen Geschichten und Rätseln!«, fuhr ich Ede an. »Du und deine Nachkommen, ihr könnt meinetwegen allesamt zur Hölle fahren! Rudrick – ich will Rudrick! Sag mir, wie ich ihn töten kann! Sofort! Oder es wird dir schlecht ergehen.«

Mein Ausbruch änderte nichts an Edes Gleichmut. Er faltete sogar die Hände vor dem Bauch. »Du wirst Rudrick nicht töten«, entgegnete er.

Ich sprang auf, presste die geballten Fäuste gegen die Tischplatte. »Was soll das heißen?«, fragte ich. »Wag es nicht, dich über mich lustig zu machen!«

Da war jetzt eine heitere Milde in Edes Zügen. »Du wirst Rudrick nicht töten«, sagte er noch einmal. »Du wirst ihn nicht töten, denn er ist bereits tot.«

Ich sah Cillia vor mir auf dem Boden liegen; das Blut pulste aus ihrer durchgeschnittenen Kehle, ihr Blick verlor sich im Nichts. Ich sah Cay auf dem Scheiterhaufen, zuckend in seinen Fesseln, brüllend vor Schmerz; sein rot-schwarzes Fleisch warf Blasen, platzte auf. Ich sah Alva, geschändet und gebrochen bei dem Brombeerstrauch; die höhnische, grausame Blume erblühte auf ihrer Brust.

»Nein«, flüsterte ich.

»Der Schwarze Jäger hat ihn im Duell getötet«, fuhr Ede fort. »Rudrick wollte der neue Anführer der Horde werden. Aber der Schwarze Jäger war stärker.«

»Nein«, flüsterte ich wieder.

In meinem Schädel dröhnte ein Schweigen; ein Schweigen so gewaltig, dass es jedes Geräusch verschlang – nur Danjes Kichern reichte hinein in diese Stille.

Ich schleuderte den Tisch zur Seite, hörte ihn dumpf aufschlagen, hörte die Tonkrüge klirren: das waren die Echos eines Echos, und Danjes fröhliches Gelächter durchbohrte ihn mit eisigen Klingen: den Hohlraum, den sie füllten.

Ich stürzte mich auf Ede. Er versuchte nicht einmal, sich zu wehren. Meine Hände schlossen sich um seinen Hals. Zuerst war es, als würde man in Federflaum hineingreifen. Dann aber spürte ich etwas Festes, einen Widerstand. Ich drückte zu, würgte, presste den letzten Rest untoten Lebens aus Ede heraus. Dabei blickten wir uns in die Augen: Seine grauen, blassen, durchsichtigen Pupillen spiegelten mein eigenes, hassverzerrtes Gesicht.

Bis zuletzt war da ein Ausdruck von Friede und Heiterkeit in ihnen.

9
ETWAS WIE GLÜCK

Mykar

Der Elende Ede war nur noch schwarzer, klebriger Schleim, der von meinen Fingern troff und sich in einer Lache auf dem Boden sammelte. Kurz betrachtete ich die Lache. Da war ein bläulicher Schlieren, und ich fragte mich, ob Edes Seele vielleicht so aussah. Dann erhob ich mich langsam.

Das Schweigen war nicht länger in mir. Niemand sprach mehr im Gasthof *Zum Fröhlichen Toten.* Selbst Danjes Gelächter war verstummt. Erwartungsvoll sah sie mich an.

Ich wandte mich der Theke zu. Grolek stand da wie erstarrt. Er hielt einen Krug in der einen Hand, einen Becher in der anderen. Als hätte er vergessen, wie man einschenkt. Auch der Gast, der auf sein Blut wartete – einer der hageren, in Leichentücher gehüllten Greise –, rührte sich nicht. Und dasselbe galt für die schwarzäugigen Babys, die kleinen, fahlgelben Wölfe, die weinenden, schneeweißen Frauen und die dürren, spitzigen Schatten.

Alle Gesichter waren von Schrecken gezeichnet. Allein die schlanke Schankmagd hatte noch immer ihr neckisches Lächeln aufgesetzt. Mag sein, dass sie dazu verdammt war, lächelnd ins Nichts einzugehen.

»Ist es wahr?«, sagte ich zu Grolek. »Ist Rudrick wirklich tot?«

»Das hättest du nicht tun dürfen, Mykar«, entgegnete der Wirt leise. »Dafür brauchen wir eine Erlaubnis. Das ist die erste Regel.«

»Du hast meine Frage nicht beantwortet«, zischte ich.

»Ja, er ist tot.« Grolek nickte. »Der Schwarze Jäger hat ihn getötet. Was hatte Ede damit zu tun?«

»Ist es auch wahr, dass Rudrick der neue Anführer der Horde werden wollte?«

»Ja, so ist es. Aber er hat sich mit dem Falschen angelegt.«

Ich trat näher an Grolek heran. Er war groß, haarig, wuchtig, von wilder, gewaltsamer Hässlichkeit. Doch in diesem Moment kam er mir hilflos und schmächtig vor, wie ein Küken oder ein neugeborenes, blindes Kätzchen. Es war kaum zu glauben, dass ich einmal Angst vor ihm gehabt hatte.

»Warum wollte Rudrick den Platz des Schwarzen Jägers einnehmen? Was hatte er vor?«

Grolek schluckte. Ehe er antwortete, stellte er Krug und Becher auf der Theke ab – so vorsichtig, als ob es sich dabei um etwas unendlich Kostbares und Zerbrechliches handeln würde.

»Es ist das Böse, von dem die Hexe Aiona gesprochen hat, in jener Nacht, als der Schwarze Jäger und der Prinzipal –«

Danje stieß ein wütendes Zischen aus, als sie den Namen der Hexe hörte. Ich beeilte mich weiterzusprechen: »Ich weiß, ich war dabei. Weiter! Was ist mit dem Bösen?«

»Es gibt dieses Böse wirklich. Irgendwie wird es stärker … es breitet sich aus. Etwas verändert sich.« Er machte eine Geste, die den Schankraum umfasste. »Schau dich nur um – wir alle haben Angst.«

Ich schaute mich nicht um. »Es stimmt also, dass Rudrick dem Bösen gedient hat?«, fragte ich.

»Ja, und jetzt dient ihm der Schwarze Jäger.«

»Ach, wirklich?«

»Ja. Er – er hat sich verändert. Und nicht nur er. Das Gesetz der Jagd gilt nicht mehr. Die Horde wütet jetzt auch unter den Nachtgeistern und Spukwesen. Die einen tötet der Schwarze Jäger, die anderen zwingt er, sich ihm anzuschließen.«

Ich nickte zu Groleks Worten. Doch es fiel mir schwer, ihm zuzuhören. In Wahrheit war mir das Böse gleichgültig. Auch was aus den Schatten wurde, war mir gleichgültig. Ganz zu schweigen von der Welt der Menschen.

Alles, was ich gewollt hatte, war Rache. Aber ich war betrogen worden. Der Schwarze Jäger hatte mir meine Rache gestohlen. Was sollte ich jetzt tun? Sollte ich mich am Schwarzen Jäger rächen, weil er meinen Feind an meiner Statt getötet hatte? Oder sollte ich ihm danken, weil er getan hatte, wofür ich zu schwach gewesen war?

In diesem Moment wurde mir klar, dass ich Rudricks Gesicht nur ein einziges Mal gesehen hatte, für wenige kurze Augenblicke. Ich konnte mich kaum an ihn erinnern. Und Cay? Wenn ich an ihn dachte, sah ich schreiendes, zuckendes, brennendes Fleisch. Ich wusste, dass er weizenblondes Haar und blaue Augen hatte. Und sonst?

Wie lange würde es dauern, bis ich Cillia vergessen hatte?

Plötzlich wusste ich, dass es vorbei war.

Was blieb mir? Eine letzte Sache noch.

Ich drehte mich um und ging zum Ausgang des *Fröhlichen Toten*. Ich war mir sicher, dass ich Groleks Schenke niemals wieder betreten würde. Fast tat es mir leid, dass ich die Gelegenheit versäumt hatte, einen Schluck Thaalas Tau zu kosten.

»Mykar – wo willst du hin?«, rief der Wirt hinter mir.

Ich gab ihm keine Antwort.

»Ich – ich muss dich anklagen … beim Prinzipal.«

Ich zuckte die Schultern.

Dann öffnete ich die Tür und trat hinaus in die Nacht.

Unterdessen hatte es aufgehört zu schneien, und die Wolkendecke war aufgerissen. Bleich fiel das Licht der Sterne auf die weiße, stille Welt herab. Der zunehmende Mond hielt sich in irgendeinem dunklen Winkel des Himmels verborgen, und ich dachte, dass die Hügelkette, die sich nördlich von uns erstreckte, wie riesige, abgenagte Knochen aussah.

Bald hatte Danje zu mir aufgeschlossen.

»Wohin gehst du?«, fragte sie.

Ohne ein Wort zu sagen, wandte ich ihr den Blick zu. Sie war sehr schön. Die Boshaftigkeit schmückte sie wie Gold und Silber.

»Wohin gehst du?«, fragte sie noch einmal.

»Zur Linde«, antwortete ich.

»Ich gehe nicht mehr dorthin«, sagte sie.

»Mach, was du willst.«

Danje beugte sich vor und gab mir einen Kuss auf die Wange. »Ich hasse dich«, sagte sie.

»Ich weiß«, sagte ich.

Lachend nahm sie meine Hand; ich entzog sie ihr nicht.

Während wir zum Wald gingen – jenem Wald, wo Alva gestorben war –, schwiegen wir. Ich erinnerte mich daran, dass mein Dorf früher einmal eine ganze Welt für mich gewesen war: eine Welt voller Gefahren und Geheimnisse. Die Gefahren und die Geheimnisse waren verschwunden. Und die Welt war es auch.

Jetzt waren alle Wege kurz; und sie alle führten zum selben Ziel.

Bald breitete sich das kahle Geäst starrer, karger Bäume über uns aus. Es war, als würden Gestrüpp und Unterholz von selbst zurückweichen, wenn wir nahten.

Dann blieb Danje stehen. »Sie wird dir nicht helfen, die Linde. Das ist dir klar, oder?«, fragte sie.

Ich sah das Weiß ihres Gesichts, das Rot ihrer Haare, das Schwarz ihrer Augen. »Wir werden sehen«, sagte ich.

»Ich weiß, was du willst. Du willst Antworten. Aber die Linde hat keine Antworten.«

»Ede hat gesagt, er hätte alle Antworten. Er hatte keine einzige. Irgendjemand muss die Antworten haben.«

Wieder einmal kicherte Danje. »Oh, vielleicht hätte er ja sogar ein paar Antworten für dich gehabt. Dummerweise hast du ihn umgebracht, bevor wir das herausfinden konnten.«

»Er hatte keine Antworten«, wiederholte ich.

»Vielleicht hatte er wirklich keine. Vielleicht hat niemand welche. Hast du dir das schon mal überlegt?«

Ich wandte mich ab und ging weiter. Es war, als ob ich über den Schnee schweben würde.

»Du kommst zu mir zurück, oder?«, fragte Danje zaghaft.

Ich blieb stehen. »Ja«, sagte ich.

Auch die Lichtung war, wie ich sie in Erinnerung hatte. Da war die Hütte mit dem eingestürzten Dach, in der Danje, ihre Eltern und ihre Schwester gelebt hatten. Da war der kleine, verfallene Stall, in dem sie irgendwelche Tiere gehalten hatten. Da war der Steinkreis, in dem sie ihre Feuer entzündet hatten, an warmen, duftenden Abenden.

Und da war die Linde – die mächtige, uralte Linde mit ihrem blutfarbenen Stamm und ihrem leuchtend grünen, prächtigen Blätterkleid.

Hoher Schnee bedeckte die Lichtung, und der Anblick des blühenden Baumes war ganz und gar unwirklich; ganz und gar zauberisch.

Ich ging auf die Linde zu. Ich fragte mich, wo genau ich meinen siebenjährigen Schlaf gehalten hatte. Natürlich war das völlig unwichtig. Aber ich verspürte eine schmerzliche Sehnsucht, wenn ich an mein Träumen in der Erde dachte. Hätte es doch nie geendet.

Dann dachte ich daran, wie ich Danjes Knochen gefunden hatte. Ich hatte ihr bunte Steine und Kastanien geschenkt; ich hatte ihr einen Kranz aus Blumen geflochten und auf den Kopf gesetzt. Das war schön gewesen.

Vor der Linde blieb ich stehen. Ich hörte das leise Summen, das von ihr ausging. In dieser Nacht sang sie mir ein trauriges Liebeslied. Ich senkte den Blick und berührte ihren Stamm mit den Fingerspitzen.

»Nimm mich zurück«, flüsterte ich. »Bitte nimm mich zurück.«

Die Linde gab mir keine Antwort.

»Nimm mich zurück!«, schrie ich. »Ich kann nicht mehr!«

Und dann wurde ich hineingesogen in den Strom der Bilder. Ich sah wieder, was ich in jener ersten Nacht gesehen hatte, als ich die Meuchler im Speisesaal von Justinius' Landsitz angriff:

Die Männer und Frauen und Kinder, die weinend, betend auf der Lichtung kauerten, im Schatten meiner Linde, während die Soldaten daran gingen, sie niederzumachen: einen nach dem anderen.

Auf einmal verstand ich, was ich da sah: Es waren Anhänger der

Erdgöttin Lemarah, die von den Soldaten des Blutigen Elgart zusammengetrieben und abgeschlachtet wurden.

Und ich sah noch mehr: Ich sah einen Altar aus Stein, auf dem ein nackter Junge lag. Der Altar war wenige Schritte von der Linde entfernt errichtet worden, die ganz allein auf weitem, freiem Feld prangte. Um ihn herum standen drei Männer. Sie waren in Felle gekleidet, mit Knochen behängt, trugen Masken aus Tierschädeln, Hörnern und Geweihen. Und sie reckten Steindolche in die Höhe.

Dann sah ich, wie eine Schlacht bei der Linde tobte. Da waren Krieger in Lederrüstungen, die Äxte und Keulen schwangen; zwischen zerhackten, zertrümmerten Leibern kämpften sie, schliddernd über Blut und Eingeweide.

Dann sah ich Hochzeiten, die unter den Ästen der Linde gefeiert wurden; Liebende, die sich den Baum als Ort für ein geheimes Stelldichein erwählt hatten; brennende Scheiterhaufen, deren Flammen Unschuldige verzehrten; Kinder, die um die Linde herum Fangen spielten; mehr Hochzeiten, mehr Gemetzel, mehr Zärtlichkeit, mehr Martern.

Mal war der Himmel von sommerlichem Blau, mal vom Grau des Herbstes; mal war das Licht golden wie Honig, mal purpurn wie schwerer, süßer Wein; mal schneite es, mal fiel Regen, mal scheuchte ein ungestümer Wind die Sonnenstrahlen zwischen den Blättern umher. Langsam wuchs der Wald um die Linde, schwand dann wieder, nur um von Neuem zu sprießen.

Zuletzt sah ich auch das Mädchen Charis, wie sie weinend bei den Leichen ihres Bruders und ihres Geliebten kniete.

Da begriff ich: die Linde war wie ein Haus – nein, ein Dorf, eine ganze Stadt – voller Gespenster, die endlos umgehen mussten, während die unerlöste Vergangenheit in ihren Herzen schwelte. Sie wurde heimgesucht von einem Jahrtausend Schmerz und Liebe, Hass und Trauer.

All das hatte sie in sich aufgesogen wie das Wasser aus der Erde. Und war darüber zu etwas anderem geworden.

Doch Danje hatte recht gehabt. Meine Linde hatte keine Antworten. Und sie hatte nichts zu geben. Nur eben dies: Schmerz und Liebe, Hass und Trauer.

Ich sank auf die Knie.

»Nimm mich zurück«, sagte ich ein letztes Mal. Noch immer berührten meine Finger den Stamm der Linde; ihre Rinde war warm und weich – wie eine ausgestreckte Hand.

Ich dachte an uns beide, Danje und mich, die jüngsten Kinder des uralten Baumes, der vor mir in die Winternacht aufragte, die er schon gekannt hatte, als unsere Götter und Dämonen der Welt noch fremd waren.

Es stimmte, was Ede mir gesagt hatte, an jenem Abend, der erst wenige Monate und doch schon ein Zeitalter zurücklag: Danje und ich gehörten zusammen. Wir waren unauflöslich verbunden, in unserem Zorn und unserer Sehnsucht. In beidem konnten wir uns stärken, und es war an uns gewesen, eine Entscheidung zu treffen.

Wofür hatten wir uns entschieden?

Als ich die Schreie hörte, kannte ich die Antwort. Ja, plötzlich kannte ich alle Antworten.

Die Schreie kamen aus meinem Dorf. Ich sprang auf, rannte los. Und ich fühlte etwas wie Glück im Herzen. Denn nun endlich hatte das Ende begonnen.

10
GIBT ES NICHT

Justinius

Dreieichen hatte sich verändert. Das begriff ich sofort, als wir, in dicke Mäntel gehüllt, aus der Eingangstür der *Hohen Straße* traten. Schnee bedeckte den Platz und die anliegenden Straßen, die Dächer, Firste und Balkone. Aus den schweren Wolken fielen unzählige Flocken herab, die ein schneidender Wind zerstob. Wie winzige Nadeln zerstachen sie mein Gesicht, und ich war froh, dass mir der Bart, der in den Wochen meiner Schwäche gesprossen war, etwas Schutz verschaffte. Dennoch fühlten sich meine Wangen bereits nach wenigen Schritten taub an. Meine Ohren brannten. Und auch meine Lungen brannten.

Thaalas Frostatem ließ die Welt bibbern. Aber es war nicht die Kälte, die die wenigen Menschen zu huschenden, fliehenden Gespenstern machte. Und es lag nicht am Einbruch des Winters, dass mir die ganze Stadt vorkam wie ein halbgefrorener Kadaver, über dem sich der fahl-weiße Himmel als Leichentuch ausbreitete.

Nein, etwas Fremderes, Dunkleres hatte Dreieichen im Griff. Ich spürte es. War sicher, dass die anderen es ebenfalls spürten. Dass es sogar der alte Gaul spürte, der einen mit Kisten beladenen Wagen an der *Hohen Straße* vorbeizog und gerade ein paar dampfende Äpfel hatte fallenlassen. Es war wie ein Dunst, wie ein feiner, beinah unsichtbarer Nebel, der alles verzerrte. Sodass mir war, als könnte ich in den Häusern und Straßen den schwarzen Widerschein anderer Häuser und Straßen erkennen. Leerer, toter Häuser und Straßen aus verfaultem Stein und schwärendem Holz.

Ich legte die Hand auf den Schwertgriff. Biss die Zähne zusammen.

Wir schwiegen, während wir den Platz überquerten. Ich sah die verkohlten, noch rauchenden Überreste der beiden Scheiterhaufen. Bildete mir ein, dass es nach brennendem Haar und schmelzendem Fleisch stank. Auch als wir unseren Weg in die Richtung des Wachhauses fortsetzten, schwiegen wir. Aiona, Tamelon, Ferla, Gunnmahr und ich – eine Handvoll Schatten unter anderen Schatten.

Bald hielt ich die Stille nicht mehr aus. Wahrscheinlich war das der Grund, weshalb ich mich an die Erzvogelscheuche wandte. »Ihr sagt, Ihr habt dem Dorn ein paar Briefe geschrieben?«, fragte ich.

»Ja«, bestätigte Gunnmahr.

»Und habt Ihr auch herausgefunden, wie sich der gute Cay geschlagen hat?«

»Wie er sich geschlagen hat? Nun, er hat Radulf von Rodingen getötet, wenn Ihr das meint.«

»Ach, wirklich?« Ich wunderte mich, dass ich so wenig Freude oder wenigstens Befriedigung über die Nachricht von Radulfs Tod empfand.

»Ja. Wirklich. Dann ist er nach Alkessa weitergereist, um das Gespräch mit einem Mann zu suchen, der vielleicht etwas über das Böse weiß.«

»Was für ein Mann?«

»Fragt nicht.«

»Gut, ich frage nicht. Übrigens – wir sind uns schon einmal begegnet, nicht wahr?«

Er nickte. »Das glaube ich auch.«

»Das war, als ich Cay in seiner Zelle einen Besuch abgestattet habe. Meine alte Freundin Vanice war auch dabei. Ich glaube, sie ist in Euch hineingestolpert, als sie die Zelle verlassen hat.«

Gunnmahr verzog das Gesicht. Offenbar war er nicht der größte Anhänger von Blondlöckchens Liebreiz.

Ich drehte mich zu Tamelon um. »Und was ist mit Scara und diesem Totengräber?«, wollte ich wissen. »Habt Ihr eine Ahnung, wie es den beiden ergangen ist? Ich meine, ehe Rhun sie in den Kerker hat werfen lassen.«

»Nein. Ich hatte keine Gelegenheit, mit ihnen zu reden.«

»Glaubt Ihr wirklich, dass sie Laghras getötet haben? Ich traue Scara ja eine Menge zu – aber das? Nein.«

»Ich weiß es nicht, Justinius. Halig ist sicherlich kein gewalttätiger Mann. Aber die beiden waren über einen Monat auf der Burg derer von Ketten. Da kann viel passieren. Jedenfalls steht fest, dass Laghras vom Hohen Teich gestern Nacht nicht nach Dreieichen gekommen ist. Und dass sich der Junker den Tod seines Gastes ausgedacht hat, kommt mir unwahrscheinlich vor.«

»Hmm, wie seid Ihr eigentlich auf den Gedanken gekommen, ausgerechnet meine verblödete Dienerin und diesen Totengräber, der ja – wenn ich Euren Erzählungen Glauben schenken darf – auch nicht der Hellste ist, auf Rhuns Burg zu schicken?«

»Was hätte ich sonst tun sollen?«, sagte Tamelon. Er sprach so leise, dass ich ihn über den Wind hinweg kaum verstehen konnte. »Nach dem Tod des Prinzen wurden meine Brüder von Angst und Verwirrung ergriffen. Ich bin mir sicher, auch der Provinzial spürte in diesen Stunden etwas von der Wahrheit des Bösen. Dennoch hatte mir meine Unterredung mit Galbahr klargemacht, dass ich in dieser Sache nicht auf den Orden würde zählen können. Das hieß auch, dass ich keine Wahl hatte als in Dreieichen zu bleiben. Und ich war zu dem Schluss gekommen, dass man Scara und Halig etwas zutrauen durfte.«

»Nun, Ihr seid … wie soll ich sagen? …ein großzügiger Mann.«

Tamelon lächelte. »Nein, das bin ich nicht«, sagte er. »Aber manchmal muss man Vertrauen haben.«

»Das klingt, als hätte man es eher nicht.«

Der Paladin sah mich nachdenklich an. »Vielleicht, Justinius. Lasst uns einfach hoffen, dass meine Entscheidung die richtige war.«

Ich wusste nicht, was ich dazu hätte sagen sollen. Überhaupt fiel mir das Sprechen immer schwerer. Das Schneetreiben war noch dichter geworden, und der Wind kam mir von Sekunde zu Sekunde stärker vor.

Ich drehte mich nach Aiona und Ferla um.

Die beiden waren ein Stück zurückgeblieben und redeten über irgendetwas, das wahrscheinlich nur Hexen anging.

Plötzlich wurde mir klar, dass ich kaum ein Wort mit Aiona gewechselt hatte, seit ich wieder zu mir gekommen war. Dabei gab es so vieles, was ich wissen musste: Zum Beispiel, wie das vor sich gegangen war, dass sie und der Paladin sich zusammengerauft hatten.

Was hielt sie von Gunnmahr? Weit wichtiger noch: Was war mit dem Schwarzen Jäger und Rudrick? Hatte Aiona im Verlauf der letzten Wochen etwas darüber in Erfahrung gebracht, wie der Pisswettstreit bei der Horde ausgegangen war? Hatte sie vielleicht Jacomo noch einmal zu dem verfluchten Bergdorf geschickt?

All diese Fragen verblassten aber neben dem schlichten Umstand, dass wir uns die ganze Zeit über kein einziges Mal geküsst hatten. Waren wir eigentlich noch zu retten?

Am liebsten hätte ich das sofort nachgeholt. Aber mir war klar, dass derlei Vergnügungen noch eine ganze Weile warten mussten.

Denn nun hatten wir das Wachhaus erreicht.

Es lag an einem kleinen Platz, auf dem Elaah sei Dank keine Scheiterhaufen standen. War von einer Mauer umgeben, in die ein Tor eingelassen war. Das Tor stand offen. Der Schnee um den Eingang herum war zerwühlt und vermatscht. Trotz des heftigen Flockenfalls waren die Spuren noch gut zu erkennen. Der Provinzial und sein Gefolge waren also nicht lange vor uns zum Wachhaus gekommen.

Das hieß, er hatte noch nicht viel Zeit gehabt, sich bei irgendwelchen Verhören zu verlustieren. Darüber war ich froh. Mein Bedarf an Blut, Schmerz und Tod war gründlich gedeckt.

Vor dem Wachhaus hatte man einen kleinen Hof angelegt. Als ich zum ersten Mal hierher kam, war ich derart in Sorge um Aiona gewesen, dass ich kaum mitgekriegt hatte, wie das Gebäude selbst aussah. Jetzt aber freute ich mich so sehr darauf, Schutz vor dem Wind und dem Schnee und der Kälte zu finden, dass ich Hof und Haus ohne zu zögern einen Krug Wein ausgegeben hätte, wenn das nach ihrem Geschmack gewesen wäre.

Kurz vor dem Tor blieben wir noch einmal stehen.

»Seid Ihr bereit, Justinius?«, fragte Tamelon.

»Aber sicher«, erwiderte ich. »Einem Provinzial der *Bruderschaft des Zweiten Todes* zeigen, wie Grumber das Korn drischt – meine leichteste Übung.«

Tatsächlich fror ich so stark, dass meine Lippen bibberten. Hatte schon Mühe damit, dem Paladin eine schmissige Antwort zu geben. Aber vielleicht bemerkte das ja niemand.

»Gut, dann wollen wir mal«, sagte Gunnmahr.

Die beiden Hexen hatten zu uns aufgeschlossen, und während wir alle miteinander in schönster Eintracht das Tor durchschritten, berührten Aionas Finger kurz die meinen. Sie trug Wollhandschuhe, die meinen waren gepanzert. Aber besser als nichts war es allemal.

Ich lächelte Aiona an. Sie lächelte zurück.

Dann erstarb ihr Lächeln.

Einen Herzschlag später sah ich, was sie sah.

Der Provinzial Galbahr und ein halbes Dutzend Thaala-Streiter standen im Kreis auf dem Hof. Trotz des harschen Windes und des heftigen Schneefalls erweckten die Männer den Eindruck, als hätten sie es recht behaglich. Sie blickten etwas an, das vor ihnen auf dem Boden lag, und machten irgendwie scharrende Bewegungen mit den Füßen, als wollten sie Schnee aufschütten. Ein paar Stadtwachen hatten sich dem seltsamen Spiel angeschlossen – ich sah den grünen Wappenrock mit den drei schwarzen, blühenden Bäumen neben jenem mit dem Elaah-Kreis und den gekreuzten Sicheln.

»Die Herrin habe Erbarmen …«, flüsterte Tamelon.

Ferla stieß etwas wie einen unterdrückten Schrei oder ein Schluchzen aus.

Gunnmahr sagte nichts.

Auch Aiona sagte nichts.

Langsam ging sie auf den Provinzial und die Ordenskrieger zu.

Der Wind hatte sich mittlerweile zu einem Heulen gesteigert, als würde er ein Echo all der gequälten Schreie in sich tragen, die während der vergangenen Wochen in diesem hübschen, kleinen Städtchen erklungen waren. Eigentlich war es unmöglich, dass Galbahr uns gehört haben konnte. Dennoch drehte er sich um.

»Ah, Tamelon, da seid Ihr ja!«, rief der Provinzial. »Ich habe gehofft, dass Ihr kommen würdet!« Er machte einen heiteren, geradezu vergnügten Eindruck. Der Hut war ihm vom Kopf gefallen. Seine Haare und sein Bart waren weiß vom Schnee. Aber das schien ihn nicht zu stören.

»Und wie ich sehe, habt Ihr Eure Hexen und den Herrn von Hagenow mitgebracht!«, fuhr Galbahr fort.

Mit breitem Lächeln wandte er sich mir zu. »Justinius, ich fürchte, ich habe es versäumt, Euch zu Eurem Sieg über Calyb zu gratulieren. Er liegt jetzt schon seit einem Monat unter der Erde, und Ihr seid noch da. Wer hätte das gedacht?«

Während der Ordensobere sprach, trat er so nah an mich heran, als wollte er sich an einer herzhaften Umarmung versuchen. Auf seiner schwarzen Robe sah man das Blut kaum. In seinem bleichen Gesicht sah man es dafür umso besser. Aber auch das schien ihn nicht zu stören.

Die Thaala-Streiter und Stadtwachen ließen von ihrem Tun ab und drehten sich ebenfalls nach uns um. Freundlich war das Lächeln in ihren von Blut und Hass und Wahn gezeichneten Gesichtern.

In der Mitte des Kreises, den sie gebildet hatten, lag eine Frau. Zumindest legten die langen Haare die Vermutung nahe, dass es eine Frau war. Vom Gesicht war nichts übriggeblieben. Ihr Kleid war in Fetzen, der Körper eine einzige Wunde.

»Was bei Elaahs Gnade tut Ihr da?«, fragte Tamelon. Es klang, als wären die Wörter schartige Eisenstücke, die er ausspucken musste. Man wusste nicht recht, ob er brüllen oder flüstern wollte.

»Nun, wonach sieht es aus?«, entgegnete der Provinzial aufgeräumt. »Ich führe ein Verhör durch.«

»Die Frau ist längst tot«, sagte Aiona. Ihre Stimme war laut und kräftig. Das Zittern darin ließ sich leicht überhören.

»Das schon«, flötete einer der Ordenskrieger. »Aber sie hat nicht gestanden.«

Wir waren zu spät gekommen. Nicht um Minuten oder Stunden. Sondern um Jahre, vielleicht Jahrzehnte. Das begriff ich nun.

Was für einen Sinn hatte es jetzt noch herauszufinden, warum Galbahr vom Hohen Teich der Bitte seines Neffen gefolgt war? Was sein Ziel, was seine Absichten gewesen sein mochten?

Ich sollte versuchen, den Provinzial zur Vernunft zu bringen, hatte Gunnmahr gesagt. Nun, ich zweifelte nicht daran, dass er die Vernunft selbst war.

»Hochwürdiger …«, sagte ich mühsam. »Was ist mit den beiden Gefangenen, die letzte Nacht in die Stadt gebracht worden sind?«

»Oh, die warten in ihrer Zelle, dass sie an die Reihe kommen, Herr von Hagenow«, erwiderte Galbahr. Plötzlich nahm sein Gesicht einen bekümmerten, nahezu wehmütigen Ausdruck an. »Ich musste mich ja erst um die Hexen kümmern. Wobei – da ist nicht viel für mich zu tun geblieben. Man hat schon ohne mich angefangen. Eigentlich geht das ja nicht, aber was soll man machen, bei so viel rechtschaffenem Eifer.« Er zwinkerte mir zu, fuhr dann ernst fort. »Was nun die Diener des Junkers Rhun von Ketten betrifft – ich bete zu den Göttern, dass sie unschuldig sein mögen. Allein, ich fürchte, es gibt keine Unschuld auf der Welt.«

In diesem Moment sah ich es: Auf der Brust der Toten – wer sie wohl gewesen war? Eine Kräuterfrau? Eine Bäuerin? Die Gemahlin eines kleinen Händlers? –, zwischen all dem Blut, jenseits der Schmerzen: der rotgezackte Höllenstern, die grausame, höhnische Blume …

Das Zeichen des Bösen. Jetzt war es das eine, jetzt das andere, jetzt ein drittes, jetzt überhaupt nichts.

Ich hatte gedacht, dass es irgendwie zu Rudrick gehören würde. Aber das stimmte nicht. Es gehörte nichts und niemandem.

»Also ist es wahr …«, murmelte ich.

»Was soll wahr sein, Herr von Hagenow?«, fragte der Ordensobere, noch immer in leutseligem Tonfall.

Ich sah ihm in die Augen. Fragte mich, ob das, was da vor mir stand, noch immer Galbahr vom Hohen Teich war. Fürchtete mich vor der Antwort.

»Also ist es wahr, dass Ihr dem Bösen dient«, sagte ich.

Der Provinzial brach in schallendes Gelächter aus. Schwungvoll klopfte er mir auf die Schulter. »Ihr seid mir einer, Justinius!«, gickerte er. »Ein Witzbold durch und durch!«

»Mir ist nicht nach Witzen zumute«, entgegnete ich.

»Bei Sorins Weisheit, dann machte auch keine!«

Aiona hatte mich am Arm gefasst. Sie wollte mich wegziehen. Aber ich ließ mich nicht ziehen. Blieb stehen, wo ich war. »Dürfte ich fragen, was der Witz ist?«, fragte ich leise, während ich spürte, wie glühender Zorn in mir aufstieg.

»Was der Witz ist?«, schmunzelte der Provinzial. »Nun, das will ich Euch gerne sagen: Das Böse ist der Witz. Mittlerweile solltet Ihr es doch begriffen haben: Das Böse gibt es nicht.«

»Gibt es nicht. Gibt es nicht«, sagten die Thaala-Streiter mit nachsichtigem Lächeln.

»Gibt es nicht. Gibt es nicht«, kicherten die Stadtwachen.

»GIBT ES NICHT!«, brüllte Galbahr mit weit aufgerissenen Augen.

»GIBT ES NICHT!«, schrien seine Männer, während ihre Gesichter zu Masken irrer Vergnügtheit erstarrten.

»Zurück!«, rief Tamelon und riss das Schwert aus der Scheide.

11
VERGELTUNG

Mykar

Als ich beim Dorf ankam, erblühte das Ende.

Einige der Hütten brannten. Hoch loderten die Flammen; sie zeichneten rot und golden leuchtende Zungen in die Dunkelheit. Ich war den Weg von der Lichtung im Wald hierher gerannt, doch ich spürte keine Anstrengung. Jetzt begriff ich auch, warum ich mich so beeilt hatte. Nicht aus Angst; sondern aus Vorfreude.

Bald sah ich, dass Danje Gesellschaft bekommen hatte. Während ich in den Träumen und Erinnerungen der Linde herumgeirrt war, minuten- oder stundenlang, hatte sie neue Freunde gefunden. Es waren eine Handvoll Geisterreiter der Horde. Sie unterschieden sich in nichts von denen, die Vanice und ich auf dem Friedhof der Perle bekämpft hatten: Schartig waren sie, schwarz von Kopf bis Fuß, gehüllt in Felle, die mit ihren Körpern zu verschmelzen schienen. Und sie trugen riesige, grausame Jagdwaffen: Beil und Spieß, Speer und Säbel. Auch die weißen, von fahlen Zacken durchbohrten Dämonenpferde mit ihren schwarzrot glühenden Augen und Hufen sah ich.

Dieses Mal aber hieß ich die Gefolgschaft des Schwarzen Jägers im Herzen willkommen; still bei mir begrüßte ich sie wie alte Gefährten.

Die Geisterreiter hatten die Einwohner des Dorfes beim Elaah-Tempel zusammengetrieben, auf dem Platz, wo ich gestorben war. Ich sah den jungen Geweihten mit den strengen Zügen und dem sauber geschnittenen Bart, der bei Alvas Seelenruf davon gesprochen hatte, wie sich die Pforten von Elaahs Reich dereinst für die Gerechten und Unschuldigen öffnen würden. Nun, für ihn hatten sie sich bereits geöffnet: Ehrwürden Dagian – so hatten ihn die Bauern doch genannt? – hockte auf der Schwelle seines Tempels; seine Kehle war durchtrennt, und er stierte mit leeren Augen ins Dunkle.

Er war nicht der Einzige, der in dieser Nacht geblutet hatte. Wohl ein Dutzend Dörfler, Männer und Frauen, Greise und Kinder, lagen verkrümmt im Schnee. Es war nicht zu erkennen, was sie getan hatten, um die beiläufige Gnadenlosigkeit dieser Hinrichtung herauszufordern. Wahrscheinlich überhaupt nichts.

Die überlebenden Einwohner kauerten in einem Halbkreis beieinander. Viele weinten oder wimmerten in Todesangst. Mütter umarmten ihre Kinder, Männer ihre Frauen; die meisten Augen aber waren starr und furchtsam auf die Geisterreiter gerichtet. Ich begriff, dass die Dörfler ihre Peiniger *sehen* konnten – sie waren keine Schatten, die sich nur als undeutliche Umrisse in der Luft abzeichneten und doch irgendwie die Macht besaßen, Leben zu zerstören. Nein, sie waren so wirklich wie atmende Menschen aus Fleisch und Blut.

Das war neu. Etwas hatte sich verändert.

Ich wusste nicht, was es war. Es war mir auch gleichgültig.

Danje hüpfte lachend um die Kauernden herum, vollführte einen Tanz, wie um das Grauen und die bittere Not zu feiern, welche die Herzen der Dörfler beherrschten. Auch sie erwarteten das Ende; aber anders als ich sehnten sie es nicht herbei.

Als Danje mich erblickte, eilte sie in meine Richtung. »Mykar!«, rief sie. »Da bist du ja!«

Ich sagte nichts.

»Nachdem du mich wieder mal allein gelassen hattest, wurde ich so wütend, dass ich Lust darauf bekam, jemandem wehzutun. Da kam mir der Einfall, doch mal bei deinem Dorf vorbeizuschauen.«

Sie blieb vor mir stehen, strahlte mich an und fasste meine Hände.

Ich sagte noch immer nichts.

»Unterwegs bin ich diesen Herren begegnet.« Sie wies mit dem Kopf auf die Geisterreiter. »Eigentlich wollten sie mich mitnehmen. Es ist nämlich wirklich so, wie der Wirt gesagt hat: Der Schwarze Jäger schickt seine Leute aus wie ein Graf, der die Bauern in den Krieg zwingen will. Das ist witzig, oder?«

»Ja«, sagte ich. »Sehr witzig.«

»Wir haben uns gleich gut verstanden. Ich habe ja auch überhaupt nichts dagegen, in den Krieg zu ziehen. Aber vorher wollte ich noch ein bisschen Spaß haben. Das ist doch mein gutes Recht, nicht wahr?«

»Ja«, sagte ich. »Das ist es.«

»Siehst du!« Danje quiekte vor Vergnügen. »Das habe ich mir auch gedacht. Und stell dir vor – die Herren Geisterreiter hatten nichts dagegen, zusammen mit mir ein bisschen Spaß zu haben. So sind wir also hier.«

Ich nickte.

Plötzlich machte Danje ein bekümmertes Gesicht. »Warum ist es eigentlich so schwer, Spaß zu haben, Mykar?«

»Ich weiß es nicht«, entgegnete ich.

»Früher hatte ich nie Spaß. Das heißt: *ganz* früher schon. Aber dann nicht mehr. Und du?«

»Du weißt sehr gut, dass ich keinen Spaß hatte.«

Danje legte den Kopf schief. »Ja, ich weiß«, sagte sie und strich mir mit dem Handrücken über die Wange. »Mein armer Kleiner – vielleicht ist es nicht ganz gerecht, dass ich dich so verabscheue. Was meinst du?«

»Doch, das ist gerecht«, entgegnete ich. »Aber erinnerst du dich daran, wie wir bei Meyk und Rilge waren, im Gasthof *Zur Alten Brücke*? Ich glaube, damals hatte ich Spaß.«

Sie zog grüblerisch die Brauen zusammen. »Hmm … das war schön, ja … aber auch ein bisschen langweilig.« Sie rollte die Schultern, wie um eine Last abzuwerfen, und rief: »Aber sei es drum! Komm jetzt!«

Danje lief zurück auf den Platz. Ich folgte ihr.

Zwei der Geisterreiter bewachten die Dörfler; die übrigen waren damit beschäftigt, ein paar schlaue Bäuerlein, die sich irgendwo verkrochen hatten, aus ihren Verstecken zu zerren.

Als wir an die Männer des Schwarzen Jägers herantraten, drehte sich einer von ihnen nach uns um. Er hatte einen langen, in fünf Zöpfe geflochtenen Bart und musterte mich mit seinen schwarzen Augen.

»Ah, wir haben dich schon erwartet!«, sagte er. »Danje hat gesagt, du wärst einer für den Krieg.«

»Ja«, bestätigte ich.

Einen langen Moment betrachtete mich der Geisterreiter. Was er sah, schien ihn zu überzeugen. »Mein Name ist Clas«, sagte er und legte eine Faust gegen die Brust.

»Ich bin Mykar«, erwiderte ich.

Seine Miene verfinsterte sich. »Mykar? Das kommt mir bekannt vor …«

Ich musste grinsen. »Hat euch Danje das nicht erzählt? Ich wollte Rudrick von Nordwiesen töten. Und auch den Schwarzen Jäger, weil er ihn beschützt hat. Um ehrlich zu sein, hätte ich euch alle getötet, um an Rudrick heranzukommen.«

Während ich das sagte, sah ich Clas in die Augen. Es ging ganz leicht – wo waren sie nur hin, all die Angst, all der Kummer?

Die Kiefer des Geisterreiters mahlten. »Du bist zu spät«, sagte er schließlich. »Der schwarze Rudrick ist tot.«

»Ich weiß.«

»Auch der Schwarze Jäger ist tot.«

»Ach, wirklich?«

Clas nickte. »Ja. Es gibt nur noch den Nichter.«

Ich zögerte keine Sekunde. »Es ist mir egal, wie sich euer Anführer nennt«, sagte ich. »Es ist mir auch egal, wem er dient. Ich will Krieg. Das ist alles.«

Plötzlich lachte er. »Krieg wirst du bekommen!«, rief er.

Auch die übrigen Geisterreiter lachten. Sie standen jetzt alle bei mir. Offenbar gefiel ich ihnen ganz gut. Dabei war ich immer noch ich – und wenn wir uns vor ein paar Wochen, oder auch nur ein paar Tagen, begegnet wären, hätten sie versucht, mich zu zerstören.

»Danje sagt, das hier sind deine Leute …« Clas wies mit der Hand auf die Dörfler. »Sag uns, Mykar, was soll mit ihnen geschehen?«

Ich trat einen Schritt vor und blickte in die Gesichter der Männer und Frauen, Greise und Kinder, die dort bibbernd, weinend und wimmernd im Schnee kauerten. Sie waren im Schlaf überrascht worden und trugen nur ihre groben, schmutzigen Nachthemden. Ganz blau vor Kälte waren die Gesichter, Hände und Füße.

Niemand wagte es, mich anzusehen.

Ich konnte weder Marun noch Casta entdecken. Vielleicht hatten die Geisterreiter keine Geduld mit der gichtigen Langsamkeit der beiden Alten gehabt und sie in ihrem Bett erschlagen. Auch meine Brüder fanden sich nicht unter den Kauernden – oder vielleicht waren Janne und Ebra sehr wohl auf dem Platz, und es verhielt sich einfach so, dass ich sie nicht erkannte.

Schon wurde ich der Sache überdrüssig.

Da erblickte ich meine Mutter.

Natürlich, *ihr* Gesicht würde ich niemals vergessen. Sie kniete im Schnee; an ihrer Seite waren eine andere, jüngere Frau, die einen schreienden Säugling wiegte, und ein Mann, der beide schützend zu umarmen suchte. Ich kümmerte mich nicht um die drei, trat stattdessen an meine Mutter heran.

Wie alt sie geworden war – grau und spröde waren ihre Haare; dünn und blutleer die Lippen. Doch ich erinnerte mich daran, wie sie jung und schön gewesen war. Ich erinnerte mich all der Abende, an denen sie mit einer Schüssel Grütze zu mir auf den Hof gekommen war. Und ich erinnerte mich daran, wie sie mir die Geschichte meiner Geburt erzählt hatte, immer wieder.

»Es gibt keine Skargat-Kinder«, hatte Illiam gesagt. Der Elaah-Geweihte; Cays Vater – auch er lebte schon lange nicht mehr … nur eine andere Schneeflocke in der Nacht.

Langsam hob meine Mutter die Augen. Unsere Blicke trafen sich. Ich sah ihren Schmerz und ihre Reue, ihre Angst und ihre Liebe, ihre Bitterkeit und ihre Hoffnung.

Ich wusste, dass sie mich erkannt hatte, noch ehe sie sprach.

»Mein Junge …«,flüsterte sie. »Mein Junge …«

Dann weinte sie. Zwei, drei Tränen nur, die langsam über ihre faltigen, eingesunkenen Wangen liefen.

Ich lächelte.

Lächelnd drehte ich mich zu Danje um.

»Tötet sie alle«, sagte ich.

12
HEIMAT

Vanice

Ist das ein »Ja«?«

Cay wiederholte seine Frage nicht. Aber die Worte hallten in meinem Kopf wieder, bis sie nicht mehr in seiner, sondern meiner eigenen Stimme erklangen.

Ist das ein »Ja«?

Ich nahm Cays Hand, oder vielleicht nahm er meine. Ich schluckte schwer. Meine Knie begannen zu zitterten; eigentlich zitterte alles. Nun lächelte Cay. Es war ein warmes, vertrauensvolles Lächeln. Auf einmal hatte ich keine Angst mehr. Ich blickte ihm in die Augen.

»Ja«, flüsterte ich.

Als sich Cay zu mir herabbeugte, zögerte er kurz. Auch sonst konnte man ihm anmerken, dass er keine Erfahrung mit Frauen hatte. Aber das war gleichgültig. Seine Küsse waren nicht gut. Sie waren viel mehr; sie waren Liebesküsse.

Kleine Blitze der Wonne schlugen in meinen Körper ein. Ich hätte nichts dagegen gehabt, wenn es die nächsten hundert Jahre so weitergegangen wäre.

Leider ging das nicht.

Nach einer Weile setzten wir uns in die Sessel, die beim Kamin standen, sodass wir einander berühren konnten. Das Feuer, das Cay erneut entfacht hatte, tauchte den Raum in warmes, rot-gelbes Zwielicht. Wir hatten noch etwas Wein und teilten uns einen Becher. Ich hielt Cays Finger umfasst; manchmal streichelte er meine Wange; ich glaube, wir schwiegen. Eine Stunde verging. Vielleicht mehr, vielleicht weniger. Irgendwann begannen wir wieder, uns zu küssen. Ich hätte gerne mehr gehabt, und ich spürte Cays Verlangen. Aber ich spürte auch einen gewissen Widerwillen.

»Weißt du, Cay, ich bin keine Jungfrau mehr«, sagte ich.

Dieses Mal ließ er ein halb entschuldigendes, halb unverschämtes Grinsen sehen. »Du vielleicht nicht … aber ich.«

Ich musste lachen. »Richtig, ich vergaß. Und was heißt das jetzt?«

»Nun, dass wir uns morgen früh einen Elaah-Geweihten suchen, denke ich.«

»Du willst so lange warten?«, neckte ich.

»Es ist jetzt bereits seit einer Weile dunkel, und wenn ich die Tür eintrete und den Geweihten an den Haaren aus dem Bett schleife, wird er uns vielleicht nur ungern den Segen spenden.«

Ich lachte wieder. »Gut, das mag sein. Und wie soll es jetzt weitergehen? Wenn du dir einbildest, ich lasse dich in der Dienerkammer schlafen, bist du auf dem Holzweg, mein Lieber.«

»Ich möchte auch nicht in der Dienerkammer schlafen. Ich möchte bei dir liegen.«

»Bei mir liegen? Einfach so?«

»Ja, einfach so.«

Ich gab ihm einen Kuss auf die Wange und zog ich mich hinter die benorische Wand zurück, um mich zum Schlafen bereitzumachen. Erst als ich aus den Kleidern geschlüpft war und mein Nachthemd überzog, bemerkte ich, dass ich mir irgendwann zwischenzeitlich Cays Halskette umgehängt hatte. Ich hielt inne, strich mit den Fingern über den silbernen Elaah-Kreis und das darin eingravierte Wort – und am liebsten wäre ich auf die Knie gefallen, um irgendjemandem oder irgendetwas dafür zu danken, dass ich diese Stunde erleben durfte.

Stattdessen wusch ich mich, bürstete meine Haare und trat wieder ins Zimmer. Ich hatte mir Zeit gelassen; das Feuer im Kamin war in sich zusammengesunken und verbreitete nur noch ein rötliches Glimmen; kühl und feucht war die herbstliche Nachtluft.

Cay lag auf dem Bett. Er hatte sich bis auf den Lendenschurz ausgezogen, hielt die Arme hinterm Kopf verschränkt und betrachtete die Unterseite des Baldachins, der sich über ihm spannte. Ich muss gestehen, dass mir manche meiner reichen Geliebten allzu weich und wohlgenährt vorgekommen waren; Cay hatte den Körper eines Kriegers, und mir wurde ein wenig schwummerig, wie ich ihn da liegen sah, halbnackt auf den Decken ausgestreckt.

»Vanice«, sagte Cay lächelnd, als ich zu ihm ins Bett stieg.

Ich lächelte ebenfalls, schwieg aber.

»Du bist sehr schön«, flüsterte er.

Und du erst, wollte ich entgegnen. Stattdessen murmelte ich: »Und was jetzt?«

»Am besten schlafen wir jetzt schnell«, sagte er. »Ich kann den Morgen kaum erwarten.«

»Schlafen? Du willst wirklich schlafen?«, fragte ich und gab mir Mühe, möglichst unbeteiligt zu klingen.

Keine fünf Minuten später hörte ich Cays ruhige, tiefe Atemzüge. Er war unter die Decken gekrochen, hatte sich zu mir herübergebeugt und mir einen Kuss auf die Stirn gegeben. »Gute Nacht, Vanice«, hatte er gesagt und sich dann auf seine Seite des Bettes zurückgezogen.

Jetzt lag ich da, blickte ins Halbdunkel des Zimmers, das sich schnell weiter verdüsterte, lauschte auf das Knarren von altem Holz und fragte mich, was in den letzten Stunden geschehen war.

Mit einem Seufzer drehte ich mich auf die Seite. Cay hatte mir im Schlaf den Rücken zugewandt. Im schwindenden Licht konnte ich die Muskeln an seinen Schultern erkennen. Ich hätte ihn gerne gestreichelt, mich gerne an ihn gekuschelt. Aber es war ohnedies schon schwer genug, zur Ruhe zu kommen, und ich wenn ich an meinem Hochzeitstag nicht aussehen wollte wie eine Wasserleiche, war es wahrscheinlich geraten, zwischendurch ein wenig zu schlafen.

Kurz spürte ich eine gewisse Gekränktheit, ja sogar Empörung, dass es Cay tatsächlich fertiggebracht hatte, »einfach so« bei mir zu liegen und obendrein »einfach so« einzuschlafen, nachdem ich liebesbereit zu ihm ins Bett gestiegen war.

Dann fragte ich mich, was ich morgen überhaupt anziehen sollte. Viel hatte ich ja nicht. War mein weinrotes Kleid für diesen Anlass tauglich?

Und dann spürte ich, dass wir nicht mehr allein waren, Cay und ich. Jemand anderes war zu uns ins Zimmer gekommen.

Mir stockte der Atem. Panik griff mir ans Herz. Ich wollte Cay rütteln, ihn wecken. Doch irgendwie begriff ich, noch während ich die Hand nach ihm ausstreckte, dass das nicht möglich sein würde. Tatsächlich schlief er einfach weiter, als ich ihn anstieß. Schlimmer noch: Ich hörte ihn nicht mehr atmen.

Halb gegen meinen Willen schlug ich die Decken zurück und stand auf. Ich schwitzte und zitterte. Krampfhaft hielt ich Cays Geschenk umklammert: die silberne Halskette mit dem silbernen Elaah-Kreis.

»Wer – wer ist da?«, fragte ich stockend, während ich angsterfüllt in die verschatteten Ecken und Winkel des Gemachs spähte.

»Nur ich, Mädchen.«

Die Stimme einer Greisin; rauh, leicht krächzend. Sie kam vom Kamin. Erst jetzt sah ich es: Dort, in einem der Sessel, wo vor einer Stunde noch Cay gesessen und meine Hand gehalten hatte: eine Gestalt, schwarz und gespenstisch im Schimmer des sterbenden Feuers; eine Gestalt in einem schweren Kapuzengewand; sie hatte die dürren Hände im Schoß gefaltet, ein Stab lehnte an dem Sessel.

»Die Luziera …«, keuchte ich.

Ich war ihr noch nie begegnet. Aber ich wusste, dass es niemand anderes sein konnte. Und ich wusste, dass ich verloren war.

»Ebendiese«, kicherte die Greisin. »Ich sehe, wir verstehen uns, Mädchen. Komm her und setz dich zu mir! Leiste einer alten Frau ein wenig Gesellschaft.«

Ich folgte der Aufforderung und kam mir dabei vor wie eine Marionette, die nach den Launen des Spielmanns sich streckt und zappelt. Schon saß ich im Sessel. Um die Luziera nicht ansehen zu müssen, wandte ich meinen Blick dem Kamin zu. Da stellte ich fest, dass die niedrigen, züngelnden Flämmlein, die aus dem verkohlten Holz und der Glut emporstiegen, wie gefroren waren. Ich rutschte auf dem

Sessel herum; kein Knarren war zu vernehmen. Ungläubig tappte ich mit einer Kralle gegen das Holz der Armlehne … wieder nichts.

Was mich umgab, war nicht einfach nächtliche Stille. Vielmehr kam es mir vor, als wären sämtliche Geräusche aus dem Zimmer *verbannt* worden.

Jetzt konnte ich nicht anders – entsetzt starrte ich das Spukwesen an, das mir gegenüber hockte.

»Was geht hier vor sich?«, flüsterte ich.

»Was soll vor sich gehen? Ich statte dir einen Besuch ab. Ist doch nett von mir, oder?«

»Wie … wie kommt Ihr hier herein … und was habt Ihr – was habt Ihr mit dem Zimmer gemacht?«

»Mit dem Zimmer?«, wiederholte die Luziera. »Nichts habe ich mit dem Zimmer gemacht. Ist übrigens recht kuschelig, das Zimmer.«

Es verwirrte mich, dass die Luziera in einem derart freundlichen, beinah zärtlichen Ton mit mir sprach. Nach allem, was ich über sie gehört hatte, war sie unsagbar alt, mächtig und grausam. Wenn ihr der Sinn danach stand, würde sie Cay und mich zerquetschen, als ob wir winzige, huschende Käfer wären. Und doch benahm sie sich, als ob wir Freundinnen wären. Ich hatte versucht, mir eine stolze Miene abzuringen. In Wahrheit aber empfand ich nichts als Schmerz und Ohnmacht.

»Warum schläft Cay noch?«, fragte ich, während Verzweiflung in mir aufstieg. »Er müsste uns doch hören!«

»Cay …? Ah, der Junge, der bei dir im Bett liegt. Recht knackig, gebe ich zu. Habe so was selbst gern vernascht, als ich noch jünger war. Hm, vernasche so was eigentlich immer noch ganz gern.«

Als ich hörte, wie die Luziera das Wort »vernaschen« aussprach, packte mich eisiges Grauen. »Bitte … bitte … tut ihm nichts …«, flehte ich, während mir die Tränen übers Gesicht liefen. »Macht mit mir, was Ihr wollt, aber bitte lasst ihn leben!«

»Mädchen! Wo denkst du hin?!«, entgegnete die Luziera in tadelndem Tonfall. »Warum sollte ich ihn denn nicht leben lassen?« Nun kicherte sie wieder. »Bin doch kein Ungeheuer!«

Ich wischte mir die Augen und sagte nichts.

»Nun, vielleicht beruhigst du dich erstmal«, fuhr die Luziera fort. »Sei so gut und gib mir derweil ein bisschen Wein.«

Ich tat wie mir geheißen, goss den restlichen Wein in den Becher ein, den Cay und ich nicht benutzt hatten, und reichte ihn der Luziera, wobei ich darauf achtete, sie nicht zu berühren.

»Danke«, sagte sie, was mich nicht wenig überraschte.

Dann sagte sie nichts mehr, nippte nur schweigend an ihrem Wein und betrachtete das erstarrte Glimmen im Kamin.

Schließlich hielt ich es nicht mehr aus. »Wollt Ihr mir nicht endlich sagen, was Ihr mit mir vorhabt?!«, rief ich.

Die Luziera schreckte aus ihren Gedanken hoch. Einen Moment lang hatte ich die absurde Vorstellung, sie wäre ein schläfriges Mütterchen und ich die quengelnde, ungeduldige Enkelin, die ganz dringend einen Schluck Dickmilch haben möchte.

»Aber das habe ich dir doch schon gesagt«, antwortete sie. »Ich will mit dir plaudern.«

»Ihr wollt mich töten, richtig? Was sollte es sonst sein? Rudrick hat Euch geschickt, nicht wahr?«

Unter der weit überhängenden Kapuze konnte ich das Gesicht der Luziera kaum erkennen. Doch ich meinte, ihr vergnügt-spöttisches Lächeln zu sehen.

»Rudrick soll mich geschickt haben? Das ist ganz und gar unsinnig, Mädchen. Du ahnst gar nicht, *wie* unsinnig. Vielleicht erkläre ich es dir bei Gelegenheit.«

»Dann war es der Schwarze Jäger! Aber am Ende kommt es aufs Selbe hinaus, oder?«

»Wieso sollte mich überhaupt jemand geschickt haben?«, entgegnete die Luziera, und jetzt lag etwas Herausforderndes in ihrer Stimme. »Kannst du dir gar nicht vorstellen, dass ich auf eigene Rechnung hier bin? Wirst du armes Ding denn von allen herumkommandiert? Darfst niemals tun, was *du* willst?«

»Bei Elaahs Gnade, was soll das alles, wenn Euch niemand geschickt hat? Was wollt Ihr von mir?«

»Nun, was ich jedenfalls *nicht* will, ist dich töten. Neinnein, ganz im Gegenteil: Ich will dir ein Leben schenken.«

Ratlos schüttelte ich den Kopf. »Ich verstehe kein Wort.«

»Eile mit Weile, Mädchen, eile mit Weile …«, sagte die Luziera und stand auf. »Komm! Wir wollen ein Stück miteinander gehen.«

»Wohin wollt Ihr denn gehen? Schwebt Euch ein Nachtspaziergang durch die Perle vor?«

»Das wirst du bald sehen, was mir vorschwebt. Aber vielleicht ziehst du dir erst etwas an.«

Ich blickte an mir hinab und erinnerte mich, dass ich in der Tat nur mein Nachthemd trug. Ohne ein Wort zu sagen, trat ich hinter den Paravent, öffnete den Schrank, holte das weinrote Kleid, frische Unterwäsche und Strümpfe heraus, zog mich an, griff mir gewohnheitsmäßig auch ein paar Ringe, und schlüpfte schließlich in meine Stiefel.

Als ich fertig war, trat ich ans Bett. Steif und leblos lag Cay da. Ich beugte mich vor und küsste ihn auf die Wange. Ebenso gut hätte ich sein steinernes Abbild liebkosen können. Ich richtete mich wieder auf, ging um das Bett herum, schnitt mir mit meinen Krallen eine Locke ab und legte sie auf mein Kissen. Während ich das tat, begann ich wieder zu weinen.

»Wie rührend«, murmelte die Luziera. Fast klang es, als wäre sie wirklich, nun ja, gerührt.

Ich straffte mich, versuchte, die Tränen zu unterdrücken, und trat an sie heran. »Ich bin bereit«, sagte ich.

»Das ist gut«, erwiderte die Luziera. »Denn wir beide haben viel vor heute Nacht.«

Mit diesen Worten streckte sie mir die langen, knochigen Finger mit den schwarzen, gesplitterten Nägeln entgegen.

»Ich finde den Weg auch, wenn Ihr mich nicht führt«, sagte ich.

»Bitte, tu einer alten Frau die Liebe«, sagte die Luziera.

So herzlich-neckend ihre Stimme klang, so unabweislich war der Befehl in ihren Worten. Ich wusste, dass ich mich ihrem Wunsch fügen musste. Ich schluckte schwer, schloss die Augen und reichte der Luziera die Hand

Ich hatte erwartet, ihre Haut wäre von leichenhafter Kälte; stattdessen fühlte sie sich warm und weich an.

Plötzlich strich ein Windhauch über mein Gesicht.

Verwirrt öffnete ich die Augen – und stieß einen kleinen Schrei aus.

Wir standen auf einem Hügel. Eine weite, wilde Berglandschaft umgab uns; in harscher Majestät ragten die Gipfel empor, von einem vollen Mond beschienen, und der wolkenlose Nachthimmel war mit unzähligen Sternen gesprenkelt.

»W-w-was ist passiert?! Das – d-d-das ist unmöglich!«, stammelte ich entsetzt.

»Wenn du mal so alt bist wie ich, wirst du wissen, dass eigentlich alles möglich ist«, sagte die Luziera milde. Sie stand vor mir, den Stab in der Linken, und machte einen vollendet geruhsamen Eindruck.

»*Wo sind wir?*«, fragte ich atemlos.

»Dreh dich um, dann weißt du es.«

Langsam, zögernd drehte ich mich um – und wieder fühlte ich mich, als wäre ich in Wahrheit eine Puppe, gänzlich den Launen eines fremden Willens unterworfen.

Dann sah ich: den schwarzen Spiegel des Meeres, eine dunkel-glitzernde Unendlichkeit, auf der hier und da kleine Fischerboote umher fuhren, Seelen gleich, die sich in den Weiten des Todes verloren haben; und ich sah: einen gemauerten Leuchtturm, viele Dutzend Meter hoch, dessen Feuer einen rötlichen Schimmer ausstrahlten, der wie ein gewaltiger Schleier in der Nacht hing; und ich sah: eine Stadt, hingekauert zwischen die Hügel und die Küste, hundert mal hundert helle, flache Dächer und einige wenige Paläste.

Ich sah. Und begriff.

Mein Mund klappte auf. Ich taumelte einen Schritt zurück.

»Willkommen daheim, Mädchen«, sagte die Luziera.

13
GESCHICHTEN VON DER LIEBE

Vanice

Die Luziera führte mich auf einen Trampelpfad, der sich die Flanke des Hügels entlangzog. Wie benommen folgte ich ihr. Ich schmeckte das Meer in der Luft, das Salz und die Fäulnis, roch den Duft der *Macchia*, die im Herbst ihre zweite Blüte erlebte, Zistrosen, Myrte, Oleander, Thymian, Ginster – eine herbe, betörende Süße.

Es waren der Geschmack und der Duft Enjahlas.

Ich war heimgekehrt. Nach über zehn Jahren war ich heimgekehrt. Dabei hatte ich die Hoffnung längst aufgegeben, dass ich das Land meiner Väter je wiedersehen würde. Jetzt war es so weit. Ausgerechnet jetzt, in einer Nacht, wo ich, wider alle Erwartung und Hoffnung, eine andere Heimat gefunden hatte: eine Heimat aus Fleisch und Blut. Während ungezählter Tage, Wochen und Monate hatte ich mich danach gesehnt, die Erde Enjahlas zu berühren, diese Luft zu atmen, diesen Wind auf der Haut zu fühlen.

Und nun war ich hier.

Allein, ich wollte nicht mehr. Alles, was ich wollte, war, mich wieder zu Cay ins Bett zu legen. Ich wollte seine Wärme spüren und seine Lippen kosten; ich wollte seine Hand in der meinen halten und seine Stimme hören; ich wollte ihn berühren und von ihm berührt werden, wollte mich ihm ganz schenken.

Was hatte ich auf dieser Insel verloren? Meine Heimat war in der Perle, im *Schäumenden Kelch* – Tausende Meilen entfernt.

Abgesehen davon hatte sich ja nichts geändert. Der Grund, weshalb ich mich selbst von Enjahla verbannt hatte, war mein Fluch.

Niemand hatte mich von dem Fluch befreit; niemand würde mich je von ihm befreien. Unmöglich konnte ich als Tochter einer der Großen Familien auf Enjahla leben. Wäre es anders gewesen, hätte ich doch überhaupt nie die Flucht angetreten. Dann wäre mir Kelmon und sein Haus mit zwei Monden erspart geblieben, und so viel anderes mehr …

Weshalb also hatte mich die Luziera hierher gebracht? Wollte sie mich meinen Eltern zurückgeben? Aber was hätte sie davon?

Ich wunderte mich schon gar nicht mehr darüber, *wie* sie es angestellt hatte, mich hierher zu bringen. Wenn man binnen zweier Sekunden von den Windmarken zur mygherischen Meerenge gelangt, ist das so unglaublich, dass einem das Fragen vergeht. Mein Verstand konnte ohnehin nicht erfassen, was mir widerfahren war. Daran hegte ich keinen Zweifel. Und es gab noch etwas, woran ich keinen Zweifel hegte: dass die Luziera ein übles Spiel mit mir spielte, bei dem ich nur verlieren konnte.

Meine Benommenheit schwand. Ich fühlte Wut in mir aufsteigen.

»Magst du die Nacht, Mädchen?«, fragte die Luziera, ohne anzuhalten oder sich nach mir umzudrehen.

»Ich heiße *Vanice*, nicht *Mädchen*«, erwiderte ich gereizt.

»Oh, natürlich!«, kicherte sie. »Magst du die Nacht, *Vanice*?«

»Warme, sternenklare Sommernächte mag ich, ja.«

»Heute Nacht ist es vielleicht ein bisschen kühl?«

»Danke, es geht schon.«

»Du klingst recht grimmig. Bist böse auf mich, mhh?«

»Ob ich böse auf Euch bin? Wisst Ihr eigentlich, was Ihr getan habt? Morgen wollte ich heiraten!«

»Ja, das ist mir wohl bewusst. Deshalb habe ich mir ja erlaubt, dich zu besuchen. Dachte, es wäre höchste Zeit, dir die Augen zu öffnen.«

»Mir die Augen öffnen? Was gibt es denn, was ich Eurer Meinung nach sehen sollte? Die Schlechtigkeit der Welt? Die Bosheit der Männer?«

»Ja, etwas in der Art.«

Ich schnaubte. »Ihr habt offenbar keine Ahnung, wer ich bin, sonst wüsstet Ihr, wie lächerlich das ist.«

»Da irrst du dich gleich zweimal. Ich kenne dich ziemlich gut, und das hier ist keinesfalls lächerlich.«

»Aha – wollt Ihr mir dann verraten, wer ich Eurer Meinung nach bin?«

Die Luziera blieb noch immer nicht stehen; und noch immer wandte sie mir nicht den Blick zu.

»Wer du bist? Tja … Musst Leichenfleisch essen. Hältst dich deshalb für verflucht. Bist oft schlecht behandelt worden. Hast dich selbst noch öfters schlecht behandelt. Träumst aber immer noch deine Kleinmädchenträume.«

Dass die Luziera tatsächlich einiges über mich zu wissen schien, überraschte mich im Grunde nicht. Wenn sie sich Raum und Zeit unterwerfen konnte, war es ihr wohl ein Leichtes, in die Herzen und Seelen der Menschen zu blicken. Beeindruckt war ich dennoch nicht.

»Ich träume überhaupt keine Träume mehr«, zischte ich. »In den letzten zehn Jahren ist kein Tag vergangen, an dem ich mir nicht gewünscht hätte, ich wäre tot. Es ist schade, dass Ihr mich nicht umbringen wollt – Ihr hättet mir einen Gefallen getan.«

Die Luziera beantwortete meine düsteren Worte mit einem Lachen. »Ich bedauere, Mädchen, aber das war jetzt ein wenig plump. Nur weil man sterben will, heißt das doch nicht, dass man das Leben verachtet. Im Gegenteil. Du zum Beispiel stinkst nach Lebensgier, meine Liebe. Bist bereit, deine hübschen Krallen ganz tief ins Leben reinzustoßen, damit dich ja niemand davon wegreißt.«

Ich blieb stehen. Der Trampelpfad, den wir beschritten, führte jetzt hügelabwärts. Ich sah das dunkle Meer und den Strand, der im Mondlicht grau-weiß schimmerte. Auch der Buschwald, der uns umgab, war dunkel. Der Wind hatte sich gelegt, und kein Geräusch war zu hören. Ich fragte mich, ob es hier auf Enjahla genauso spät war wie in der Perle. Ich fragte mich, ob Cay mittlerweile erwacht war und was er denken würde, wenn er meine Locke auf dem Kissen fand; wenn er feststellte, dass die Frau, die er hatte heiraten wollen, spurlos verschwunden war. Und ich fragte mich, ob ich ihn je wiedersehen würde.

Es fiel mir schwer, daran zu glauben.

Ich verspürte keine Wut mehr. Ich war einfach müde – sehr, sehr müde.

»Vielleicht habt Ihr recht …«, murmelte ich. »Oder Ihr hättet recht gehabt, wenn Ihr das vor ein paar Stunden zu mir gesagt hättet … Aber jetzt? Ich weiß nicht … wirklich nicht …«

Es dauerte einige Momente, ehe ich bemerkte, dass die Luziera neben mir stand. Sie betrachtete mich aufmerksam; prüfend, wie mir schien.

»Hat es so wehgetan, ihn zu verlassen?«, fragte sie leise. »Glaubst du wirklich an die Liebe?«

Ich sprach bereits, ehe ich auch nur einen Augenblick Zeit gehabt hätte, meine Antwort zu bedenken, sodass es war, als würde eine andere an meiner Stelle reden. »Ich glaube, dass es etwas anderes gibt als den Schmerz«, hörte ich mich sagen. »Und ich glaube, dass es auf der Welt einen Ort gibt, wo man glücklich sein kann. Aber nicht für mich. Das weiß ich schon lange, und immer, wenn ich es vergesse, werde ich sehr bald daran erinnert.«

Die Luziera strich mir mit einem ihrer knochigen, alten Finger über die Wange. »Ich verspreche dir, du wirst alles vergessen. Den Schmerz und die Hoffnung. Alles. Und bald schon wird niemand mehr da sein, um dich daran zu erinnern. Wirklich, ich verspreche es.«

Ich wusste nicht, was das bedeuten sollte. Aber ich nickte zu ihren Worten.

»Dann lasst uns gehen«, sagte ich.

Langsam setzten wir unseren Weg fort. Die Hügelflanke war nicht steil, man konnte ohne große Mühe zum Strand hinabsteigen. Das taten wir. Als Kind war es mir verboten gewesen, im Meer zu baden; das mochte sich für Fischerstöchter schicken, nicht aber für eine Devecraux. Nah bei unserer Villa gab es einen kleinen See. Dort hatte ich schwimmen dürfen – aber natürlich nur unter Aufsicht von

Siya und einer kleinen Schar Diener. Jetzt, wo meine Stiefel in den weichen, weißen Sand sanken, verspürte ich Lust darauf, mich auszuziehen und ins Wasser zu laufen. Zugleich wusste ich, dass ich das nicht tun würde. Zwar hatte mein Leben während der letzten zehn Jahren nicht im Geringsten dem entsprochen, was man sich von einer Tochter der Großen Familien erwartete, aber jetzt, wo ich wieder auf Enjahla war, konnte ich mir leicht einbilden, Siya würde mich auf Schritt und Tritt begleiten, um sicherzustellen, dass ich die Würde meines Namens achtete.

Was wohl aus ihr geworden war?

Ob es sie sehr geschmerzt hatte, mich zu verlieren? Ob sie noch manchmal an mich dachte?

Ob sie überhaupt noch lebte?

Natürlich war es nicht Siya, die bei mir stand und aufs dunkle Meer hinausblickte, sondern die Luziera.

»An so einem Strand bin ich gestorben …«, sagte sie leise. Offenbar hatte auch sie sich in Erinnerungen und Träumereien verloren; altem Leiden und alten Sehnsüchten – wenn sie dergleichen denn kannte.

»Ja …?«, sagte ich zögernd. Ich hatte niemals einen Grund gehabt, über die Luziera nachzudenken; die Vorstellung, dass sie früher eine ganz gewöhnliche Frau gewesen sein mochte, berührte mich auf eine seltsame Weise.

»Nun, es war nicht wirklich *so* ein Strand. Und ich bin auch nicht wirklich gestorben. Aber dennoch …«

»Ah …«, sagte ich.

»Willst du die Geschichte hören, Mädchen?«

»Ich habe Euch schon mal gesagt, dass mein Name ›Vanice‹ ist.«

»Vielleicht neige ich dazu, deinen Namen zu vergessen, weil du ihn selbst bald vergessen haben wirst.«

»Eben hieß es, ich würde bald meinen Schmerz und meine Hoffnung vergessen. Jetzt obendrein noch meinen Namen. Ich fürchte, ich kann Euch nicht folgen.«

»Ehe die Nacht um ist, wirst du alles verstehen«, antwortete die

Luziera. »Noch aber haben wir ein wenig Zeit. Zeit für eine Geschichte. Oder vielmehr zwei. Denn sicherlich ist dir bekannt, dass man Macht über jemanden gewinnt, wenn man seine Geschichte kennt. Da ist es nur recht und billig, dass auch ich etwas über dich erfahre.«

»Erstens habe ich gar nicht gesagt, dass ich Eure Geschichte hören will …«

»Oh, du willst sie hören!«

»…und zweitens dachte ich, Ihr wüsstet sowieso alles über mich.«

»Keineswegs weiß ich *alles* über dich. Ich weiß nur, was mir gewisse Vögelein zuzwitschern, die mich ständig umflattern. Viel schöner ist es doch, die Geschichte aus dem Mund derjenigen zu hören, die sie erlebt hat. Schöner und auch wahrer – so wahr, wie es nur unsere liebsten Lügen sind.«

Merkwürdigerweise bereitete mir die Vorstellung, der Luziera mein Leben preiszugeben, keinerlei Unbehagen. Wenn ich daran dachte, wie es mich gepeinigt hatte, Cay von dem verwesten Hirtenhund, meiner Flucht und dem Grauen des Hauses mit zwei Monden zu erzählen, war das doch recht verwunderlich. Ob sie mich mit einem Zauber belegt hatte? Auch das kümmerte mich nicht besonders.

»Ich habe zwar keine Ahnung, was Ihr Euch davon versprecht, aber bitte sehr …« Ich zuckte die Schultern. »Was wollt Ihr denn wissen?«

»Später, Mädchen. Zuerst bin ich dran.«

Wieder zuckte ich die Schultern. »Meinetwegen. Ich höre.«

Kurz schwiegen wir.

»Fènroe – sagt dir der Name etwas?«, fragte die Luziera dann.

»Sicher«, entgegnete ich. »Das ist eine der Firfjen-Inseln, die kleinste und ärmste, wenn ich nicht irre.«

»Firfjen-Inseln … richtig, so nennt ihr sie heute«, murmelte die Luziera.

»Sagt bloß, Ihr stammt von dieser Insel?«, wollte ich wissen.

»Ja, das tue ich. Da haben wir etwas gemein, nicht wahr? Sind beide Inselmädchen. Auch wenn man die Pracht von Enjahla kaum mit der Kargheit von Fènroe vergleichen kann.«

»Nun, Enjahla war nicht immer so reich wie heute.«

»Das ist richtig. Fènroe aber war *immer* arm. Meine Leute waren Fischer. Sie liebten und hassten das Meer. Es hat sie ernährt und zerstört, wie es immer und überall seine Art ist. Aber damals war das Leben für die Fischer noch mühseliger als heute.«

»Damals? Wie lange ist das her?«

»Tausend Jahre und mehr.«

»Tausend Jahre und mehr?«, wiederholte ich. Mir war klar gewesen, dass die Luziera einem anderen Weltalter entstammte. Aber ein Jahrtausend? Ich wusste nicht einmal, ob Ebera in jener Zeit bereits so genannt worden war.

»Ja. Kommt mir selbst manchmal unglaublich vor. Ist aber wahr. Und noch etwas ist wahr. Ich war einmal ein Mädchen, das nichts kannte außer dem Gesetz seiner Familie.«

»Musstet auch Ihr … Eure Heimat verlassen?«

»Nein. Ich habe mein ganzes, kurzes Leben auf Fènroe verbracht.«

»Was ist passiert?«

Die Luziera stützte sich schwer auf ihren Stab, als würde sie plötzlich die Last der unzähligen Jahre verspüren, die sie gelebt hatte. »Meine Insel, das waren damals zwei Fischerdörfer«, sagte sie, und aus ihrer Stimme klang eine sanfte Wehmut. »Heute mögen es fünf oder sechs sein. Die Menschen von Fènroe führen ein hartes, harsches Leben. Die Zeit, die ihnen gegeben ist, vergeht in stetem Kampf mit den Wellen und dem Sturm. Die meisten werden alt, ehe sie jung gewesen sind. An all dem hat sich nichts geändert. Aber ich war glücklich auf meiner Insel. Ich hatte ja keine andere Heimat, und was ich an Schönheit fand, bewahrte ich im Herzen. Aber wusstest du, dass es auch in den kleinsten Dörfern Könige und Diener geben kann, solche, die befehlen, und solche, die dienen müssen?«

»Wo wäre das jemals anders?«

»Täusche dich nicht, Mädchen, es kann anders sein. In meinem Dorf aber gab es Herren und Knechte, und es traf sich, dass mein Vater ein Herr war – der kleine König eines winzigen Reiches. Auch im anderen Dorf gab es einen kleinen König. Du ahnst, dass sich die beiden Könige von Fènroe nicht wohl gesonnen waren?«

»Ja«, sagte ich. »Und ich ahne, dass die Geschichte nicht gut ausgeht.«

Tatsächlich spürte ich, wie eine drückende Beklommenheit auf meiner Seele lastete. Aber weshalb sollte ich Mitleid mit einem uralten Spukwesen haben, das sogar im Geisterreich gefürchtet war?

»Nein, das tut sie nicht.« Die Luziera lachte leise. »Sonst wäre ich kaum hier. Oder, Mädchen?«

Darauf wusste ich nichts zu antworten.

»Es gibt noch etwas, das wir gemein haben«, fuhr sie fort. »Wo mein Vater ein kleiner König war, war ich eine kleine Prinzessin. Das schönste Mädchen auf der Insel. Zugegeben, es gab nicht so viele andere. Aber ich glaube, ich war wirklich recht hübsch. Nun hatte der andere kleine König einen Sohn, der nur wenig älter war als ich …«

»Sagt nicht, Ihr habt Euch ineinander verliebt«, unterbrach ich.

»Habe mich in ihn verliebt, so viel ist wahr. Dachte, er wäre auch in mich verliebt.«

»Oh je.«

»Unterdessen hatte sich die Gegnerschaft der beiden kleinen Könige in bitteren Hass gewandelt. Habe nie begriffen, warum das so sein musste. Ist vielleicht auch gleichgültig. Das Dorf des je anderen Königs war nun jedenfalls Feindesland für die Bewohner der Insel. Es wurde Blut vergossen; es gab Tote. Aber ich wollte nicht ablassen von meiner Liebe – das verstehst du sicher.«

»Ja, das verstehe ich.«

»Wir trafen uns an einem Ort, der ungefähr auf halbem Wege zwischen den beiden Dörfern gelegen war. Das war ein Felsen, der mir riesig vorkam, weil die Insel ja so flach und leer war. Bei dem Felsen gab es einen kleinen Hain, dorthin zogen wir uns zurück. Haben nichts Wüstes gemacht. Nur harmlose Dinge. Verboten war's trotzdem. Ich dachte, wir würden von Fènroe fliehen, irgendwo anders hingehen und dort heiraten, mein Prinz und ich. War ziemlich einfältig von mir, nicht wahr?«

Ich sagte nichts.

»Einmal, als ich zu unserem Stelldichein kam, wartete dort nicht mein Prinz auf mich. Sondern eine Handvoll Männer seines Vaters. Habe versucht wegzurennen. Hat nicht geklappt. Als sie mit mir fertig waren, war ich nicht mehr so schön. Schaffte es gerade noch, mich zu meinem Vater zu schleppen. Suchte Schutz und Trost. Da wurde aber nichts draus. Es fehlte nicht viel, und er hätte mich an Ort und Stelle totgeschlagen, mein Vater. Meine Mutter war auch dafür. Der Oheim hat sie aufgehalten – seltsam, nicht? So wurde ich nur beschimpft und verjagt. Machte aber keinen Unterschied. War ja eine Insel mit zwei Dörfern. Und Winter war's obendrein. Sind kalt da oben, die Winter. Ich ging also an den Strand, und als es dunkel wurde, legte ich mich hin zum Sterben.«

Ehe ich mich zurückhalten konnte, legte ich der Luziera eine Hand auf die Schulter. »Das ist ja schrecklich«, flüsterte ich. »Es tut mir leid, dass Euch eine solche Grausamkeit widerfahren ist.«

»Ja. Schrecklich und grausam war's. Gestorben bin ich aber nicht. Denn dann kam sie – die Luziera.«

Verwirrt schüttelte ich den Kopf »Die *Luziera* …? Ich dachte … ich dachte, *Ihr* wärt die Luziera?«

»Mädchen, ich verrate dir ein Geheimnis …« Sie umfasste meine Hand; jetzt war ihre Berührung kalt und hart.

Ich versuchte, mich ihrer Berührung zu entziehen. »Ich will Euer Geheimnis nicht hören!«, rief ich, lauter und schroffer, als es meine Absicht gewesen war.

»*Niemand* ist die Luziera; *viele* können sie sein – Lebende und Tote –; *jemand* muss sie sein. Die Luziera ist eigentlich ein Amt, so wie es am Hof des Kaisers einen Marschall, einen Kämmerer und einen Mundschenk geben muss. Verstehst du?«

Ich wich zwei Schritte zurück und schüttelte den Kopf. »Nein, ich verstehe nicht!«, sagte ich. »Und ich will es auch gar nicht verstehen!«

Plötzlich ahnte ich, weshalb mir die Luziera ihre kurze, traurige Geschichte erzählt hatte: Ein entsetzlicher Gedanke formte sich in meinem Kopf, nahm innerhalb von wenigen Sekunden Gestalt an und … löste sich auf.

»Willst nicht hören, willst auch nicht verstehen; hörst und verstehst am Ende aber doch!«, gickelte die Luziera; auf einmal klang sie wieder vergnügt und boshaft. »Nun denn, als ich ganz allein dalag, in der Kälte und der Dunkelheit, und mich ans Sterben machte, spürte ich einen Zorn und eine Bitterkeit in mir, die zum Himmel schrien. Da ist jene *andere* gekommen. Sie hat mir ein paar Fragen gestellt, und ich habe ein paar Antworten gegeben. Dann begann ich, die zu werden, die ich heute bin.«

»Also hat die Geschichte doch ein gutes Ende«, versetzte ich und gab mir Mühe, dabei möglichst spöttisch zu klingen.

»Wenn du so willst, Mädchen …«, entgegnete die Luziera. »Aber sag mir, was meinst du, hat mein Prinz mich damals aus freien Stücken verraten, oder ist ihm sein Vater auf die Schliche gekommen und hat ihn gezwungen, mich zu verraten? Hätte es herausfinden können. Wollte aber nicht.«

»Er ist gezwungen worden«, erklärte ich ohne zu zögern. »Dass er nicht dabei war, als sie Euch quälten, zeigt doch, wie sehr er sich geschämt hat. Vielleicht haben sie ihn auch eingesperrt, damit er Euch nicht warnt.«

»Ah, so siehst du das …«, murmelte die Luziera. »Habe dir doch gesagt, dass du immer noch deine Kleinmädchenträume träumst.«

Ich gab keine Antwort.

»Aber sei es drum«, fuhr sie fort. »Jetzt bist du jedenfalls dran!«

»Ich bin dran?«

»Sicher. Eine Geschichte für eine Geschichte – wie vereinbart. Die meine haben wir gehört. Jetzt kommt die deine!«

»Von mir aus, wenn Ihr darauf besteht …«, seufzte ich unwillig. »Aber was wollt Ihr denn hören? Ich wüsste nicht, was an meinem Leben von Interesse für Euch sein könnte.«

»Eine Geschichte von der Liebe«, sagte die Luziera. »Erzähl mir eine Geschichte von der Liebe.«

14
ALTE FREUNDE

Cay

Cay schlug die Augen auf. Von der ersten Sekunde an war sein Blick wach, gespannt und sorgenvoll. Er lag auf dem Rücken, betrachtete den Baldachin über dem Himmelbett und rührte sich nicht. Es war, als fürchte er, dass jede noch so kleine Bewegung ein Unglück hervorrufen könnte.

Schließlich streckte er die Hand aus, noch immer, ohne sich zu rühren und ohne den Blick vom Dach des Himmelbetts abzuwenden. Als er eingeschlafen war, hatte Vanice zu seiner Linken gelegen. Nun war ihr Platz leer, und die Decken und die Matratze waren kühl.

Langsam drehte sich Cay auf die Seite. Im fahl-grauen Licht des frühen Morgens sah er, dass eine blonde Locke auf Vanice' Kopfkissen lag. Das war alles.

Die Vorhänge des Himmelbetts waren nicht zugezogen. Mit langsamen, vorsichtigen Bewegungen erhob sich Cay. Fast als fürchte er, unsichtbare Schläfer zu wecken. Er ging um das Bett herum, dorthin, wo er seine Kleidung abgelegt hatte. Er trug nur einen Lendenschurz, doch er griff nicht nach Hose, Hemd und Stiefeln. Stattdessen zog er sein Schwert aus der Scheide, wiederum mit langsamen, vorsichtigen Bewegungen.

Dann durchschritt Cay die Gemächer, die er gemietet hatte: das Arbeitszimmer, die Badestube und den Dieneralkoven. Alles war leer und dunkel: Nirgendwo brannte eine Kerze oder eine Lampe; niemand hielt sich in den Schatten versteckt. Nachdem er in den Hauptraum zurückgekehrt war, überprüfte er, ob Vanice' Habseligkeiten nach wie vor an ihrem Platz waren. Er fand die Wildlederstiefel, die Wildlederhose, das Wollhemd und die Wildlederjacke. Im Schrank hinter der benorischen Wand, wo sie sich umzuziehen pflegte, hingen ein paar neue, ungetragene Kleider, Nachthemden, Unterkleider und Unterwäsche. Auch Schmuck und Schminke fehlten nicht – vielleicht mit der Ausnahme von ein paar Ringen –; ebenso wenig ihr schwerer Mantel (der eigentlich Mykars Mantel war) und das warme Halstuch, die sie bei ihrer Begegnung mit Cay am Waldrand getragen hatte.

Allein das weinrote Kleid war verschwunden. Und die silberne Halskette mit dem Elaah-Kreis.

Cay ließ sein Schwert sinken. Er legte sich auf das Himmelbett und schloss die Augen. Man hätte meinen können, er habe entschieden, noch ein Nickerchen zu halten. Doch sein Atem ging mühsam, wie bei einem Mann, der unter einer Krankheit leidet oder eine große Anstrengung unternimmt.

Als Cay wieder aufstand, war es etwas heller geworden. Aber die Luft in den Gemächern schmeckte noch immer nach kaltem Rauch und kalter Asche. Und sehr still war es in dem Gasthof *Zum Schäumenden Kelch* und auf dem anliegenden Marktplatz – fast, als wäre nicht nur Vanice spurlos verschwunden, sondern alle Einwohner der Perle hätten den Schutz der Dunkelheit genutzt, um klammheimlich die Reise in ein fernes, vielleicht glücklicheres Land anzutreten.

Cay hob die Haarlocke von dem Kissen auf. Zögernd hielt er sie in seiner Handfläche, als wäre er im Zweifel, ob es sich bei der Locke wirklich um eine Locke handelte. Schließlich nahm er Vanice' Halstuch, wickelte das Tuch um die Locke und schob es in seine Manteltasche.

Dann griff er nach seinen Kleidern – es waren dieselben wie am Vortag – und zog sich an. Als er fertig war, ging er hinunter in den Schankraum. Tatsächlich war der *Schäumende Kelch* keineswegs leer. Eine Handvoll Gäste war beim Frühstück. Cay nahm an dem Tisch Platz, wo Vanice und er beisammen gesessen und Glühwein getrunken hatten. Er bestellte Rührei, warmes Brot und einen Krug Dunkelbier und blickte zum Fenster hinaus. Auch auf dem Marktplatz ging es recht lebhaft zu. Die ersten Stände waren bereits aufgebaut, und trotz des Nieselregens fehlte es nicht an Mägden und Knechten, die im Auftrag ihrer Herrschaft Einkäufe tätigten.

Cay blieb er an seinem Platz sitzen, nachdem er gegessen und getrunken hatte. Einmal kam der Wirt des *Schäumenden Kelches* zu ihm und erkundigte sich, ob alles zur Zufriedenheit seiner Hochwohlgeboren sei. Cay bejahte die Frage und lächelte abwesend. Der Wirt war sehr erfreut über das Lob seines Gastes; und falls er sich gewundert haben sollte, wo die schöne Gemahlin des Herrn Ulf von Schwarzenbach abgeblieben war, ließ er sich nichts anmerken.

Cay bestellte einen zweiten Krug Dunkelbier. Er schien irgendjemanden oder irgendetwas zu erwarten. Doch es geschah nichts.

Der Morgen neigte sich dem Mittag zu, und der Himmel klarte auf. Wie es manchmal nach starken Regenfällen ist, fiel ein ganz reines, glänzendes Licht durch die fliehenden Wolken und brachte die Pfützen zum Leuchten, die den Marktplatz der Perle sprenkelten.

Da öffnete sich die Tür zur Schankstube, und ein schlanker, hochgewachsener Edelmann mit hellbraunem Haar und einem jünglingshaften Bart kam herein.

»Bei allen Göttern, wenn das nicht Ulf von Schwarzenbach ist!«, rief er, wobei er die Stimme so weit hob, dass nicht nur die paar Händler, die ihren Mittagswein tranken, sondern auch der Wirt, der hinter der Theke stand und ein Fass Bier anschlug, sowie die Magd, die in der Küche Kartoffeln schälte, jene freudig-überraschte Begrüßung hörten.

Der Edelmann ging schnurstracks auf Cays Tisch zu. »An meine Brust, alter Freund!«, rief er und breitete die Arme aus.

Cay erhob sich und umarmte seinen »alten Freund«, den er im Leben noch nicht gesehen hatte, so herzlich, wie es der Anlass verlangte.

»Wenn das nicht …«, begann er.

»Arnwald ist, ganz genau!«, beendete der Edelmann den Satz für ihn. »Wie lange haben wir uns nicht gesehen? Das müssen fünf, sechs Jahre sein, oder? Ach, was waren das für Zeiten, damals in Mandris!«

Arnwald lachte; auch Cay lachte. Dann drehte er sich zur Theke um. »Herr Wirt, bringt uns einen Krug von Eurem besten Wein!«, sagte er.

»Den Allerbesten, wenn's recht ist!«, rief Arnwald. »Unser Wiedersehen muss gefeiert werden, so wahr Hekir der Herr der Klingen ist.«

Bald darauf ließen sich die beiden Edelmänner einen Lihannyschen Roten schmecken und tauschten Erinnerungen an frühere Tage aus. Um genau zu sein: Arnwald redete, sprach von wüsten Bummeleien und nicht minder wüsten Duellen, dem herrlichen Leben in der großen Stadt und der quälenden Langweile des Offiziersdienstes im Hinterland des Reiches – und Cay nickte gelegentlich, murmelte etwas Bestätigendes oder lachte zur rechten Zeit.

»Was meinst du?«, fragte Arnwald schließlich. »Wollen wir es nicht ausnutzen, dass sich die Sonne mal fünf Minuten zeigt, und einen kleinen Wettritt machen, so wie in alten Zeiten?«

»Wo willst du denn reiten?«

»Na, vor den Toren der Stadt, wo sonst? Platz ist da ja wahrlich genug.«

»Ich würde gerne, Freund, leider reise ich mit der Kutsche und habe kein Pferd.«

Arnwald winkte ab. »Das macht nichts – nimm einfach eins von meinen! Ich wohne gleich gegenüber, im *Amboss*. Was meinst du, wollen wir aufbrechen, ehe uns Minga wieder mit ihren Tränen ertränkt?«

»Warum nicht?«, sagte Cay, leerte seinen Becher und erhob sich.

Bald darauf ritten die beiden über die Ebene östlich der Perle. Sie folgten einer Straße, die zum Rande des Daar-Tals führte. An diesem Tag war kaum jemand unterwegs. Cay und Arnwald konnten die Straße also tatsächlich als Rennstrecke nutzen. Hoch spritzte das Schlammwasser, wenn die Hufe ihrer Pferde – Cay ritt einen Fuchs, Arnwald einen Rappen – in die Pfützen schlugen, die sich in den Unebenheiten des Weges gesammelt hatten. Ein frischer Wind kam vom Norden her und trieb bauchige, grau-weiße Wolken über die Ebene, die sich ihrerseits in einem Wettstreit zu befinden schienen, wer schneller durch die Lüfte flog. Arnwald hatte einen großen Vorsprung; er preschte durch die Schatten der Wolken und die Lichtfelder, die sich zwischen den dunkleren Flecken ausbreiteten.

Als er seinen Rappen halten ließ, um auf Cay zu warten, war die Perle schon Meilen entfernt, sodass sich ihre Mauern nurmehr wenige Fingerbreit über den Horizont erhoben.

»Ihr habt gewonnen«, stellte Cay fest, als er sein Pferd zügelte.

»›*Ihr*?‹« Arnwald zog eine Augenbraue hoch. »Seit wann scheren sich alte Freunde um Etikette?«

»Alte Freunde, die sich erst ein paar Stunden kennen, sollten nicht zu vertraulich werden«, entgegnete Cay. »Wie, sagtet Ihr gleich, ist Euer Name?«

»Arnwald.«

»Ah.«

»Arnwald von Firnau, um genau zu sein. Meine Familie entstammt der Gegend von Mandris.«

»Ich vermute, Euer Vater war im Großen Krieg gegen Iskrien ein Waffengefährte des Dorn.«

»Bei Sorins Weisheit – wie habt Ihr das bloß erraten?«, fragte Arnwald schmunzelnd. »Seid Ihr ein Hellseher?«

»Das wäre mir neu.«

»Nun, dafür könnt Ihr gut mit dem Schwert umgehen, nach allem, was man hört.«

»Nach allem, was man hört? Das heißt, Ihr wisst, wer ich bin?«

»So ungefähr. Vor allem weiß ich, dass Ihr eine wichtige Arbeit verrichtet.«

»Bislang bestand die einzige Arbeit, die ich verrichtet habe, darin, einen Mann zu töten, der ohnehin sterben wollte.«

»Einem armen Teufel den letzten Wunsch erfüllen …« Arnwald seufzte. »… wer sagt, dass das keine wichtige Arbeit ist?«

»Ich bin nicht in Stimmung für Eure Witze«, sagte Cay. Seine blauen Augen blickten kalt und hart.

»Seht Ihr, da bin ich doch gleich noch einem Irrtum erlegen! Ich dachte nämlich auch, unter alten Freunden könnte man sich den einen oder anderen Scherz erlauben.« Arnwald hob entschuldigend die Hände, lächelte aber. »Nun denn, wollt Ihr weiterreiten?«

Cay sah zur Seite. Schmerz verdunkelte sein Gesicht, doch seine Stimme klang ruhig, als er sagte: »Ja, das will ich.«

Arnwald nickte und drückte seine Schenkel in die Seiten des Rappen. Er ritt voraus, nicht allzu schnell; Cay folgte mit kleinem Abstand.

Bald verdunkelte sich der Himmel, und der Wind wehte jetzt stärker. Aber kein Regen fiel. Arnwald bog auf einen matschigen, von Wagenspuren gefurchten Feldweg ab. Die beiden Reiter durchquerten eine Handvoll Dörfer; vorbei an Weideland und kleinen Seen ging es. Dann kamen sie in einen Laubwald, der von Axthieben widerhallte. Einmal hörten sie, wie krachend ein Baum umstürzte, und kurz davor den Warnruf eines Holzfällers. Obwohl die rauhe Stimme des Mannes klang, als käme sie aus nächster Nähe, sah man niemanden zwischen den Stämmen der Buchen und Linden. Manchmal, wenn ein Windstoß durch den Wald fuhr, fielen gelb-bräunliche Blätter auf die Schultern der Reiter und die Hälse und Kruppen ihrer Pferde.

Hinter dem Wald stieg der Weg an. Er führte in die Hügel am Rande des Daar-Tales.

»Es ist nicht mehr weit«, sagte Arnwald, obwohl Cay nicht danach gefragt hatte, wie lange sie noch reiten mussten.

Der Dorn erwartete sie auf einer Anhöhe, von der man an klaren Tagen sicherlich das halbe Tal überblicken konnte. Doch unterdessen hatte es erneut zu nieseln begonnen. Dunst umhüllte die Dörfer und Seen und Wälder, und Nebel stieg in dichten Schwaden aus der Erde.

Vom Rücken eines mächtigen Schimmels aus betrachtete der Herrscher der Perle das weißverschleierte Tal. Es war, als würde er versuchen, in dem wogenden Wrasen eine geheime Botschaft zu entschlüsseln. Er war nicht allein. Ein halbes Dutzend Soldaten in Kettenzeug begleiteten ihn. Die Männer waren ebenfalls nicht aus dem Sattel gestiegen. In einigen Schritten Entfernung von ihrem Herrn warteten sie, während ihre Pferde grasten. Ein gelegentliches Schnauben oder Wiehern und das leise Rauschen des Regens und des Windes waren die einzigen Geräusche. Die Soldaten schwiegen; sie schwiegen noch immer, als Cay und Arnwald herankamen; man hätte meinen können, ihnen wäre befohlen worden, dem Geschehen als stumme, regungslose Zeugen beizuwohnen.

Arnwald brachte seinen Rappen zum Stehen. »Bitte sehr, alter Freund«, sagte er und wies mit der Hand auf den Dorn.

Cay nickte. Er stieg ab, warf den Soldaten einen kurzen Blick zu, trat dann an den Rand der Anhöhe, wo der Herrscher der Perle seiner harrte.

Er verneigte sich. »Herr«, sagte er.

Der Dorn trug einen Lederharnisch und einen Fellumhang; fellbesetzte Stiefel und eine Lederhose; an seinem Gürtel hing ein Schwert. Seine bloßen, mächtigen Arme schienen so bleich wie der Nebel, der das Daar-Tal verdeckte, und obwohl er mittlerweile fast ein Greis war, strahlte er eine harsche, unüberwindliche Stärke aus. Es war, als würde er sich anschicken, seine Truppen gegen einen im Dunst verborgenen Feind zu führen – und vielleicht lebte er tatsächlich in Erwartung der nächsten Schlacht, des nächsten Krieges, die früher oder später kommen mussten; unvermeidlich wie der Herbstregen.

»Hast du deinen Auftrag ausgeführt?«, fragte der Herrscher der Perle, ohne Cay anzusehen.

»Ja«, sagte Cay.

»Gibt es etwas, das ich wissen sollte?«

Cay berichtete alles, was sich in Radulfs Hütte zugetragen hatte. Wie er zum Unterschlupf des Nekromanten gelangt war – und mit wessen Hilfe –, verschwieg er allerdings. Und auch von dem Emberfeuer sagte er nichts. Schließlich kam er auf die Briefe zu sprechen, die Radulf und Kelmon getauscht hatten.

»Radulf von Rodingen hat tatsächlich versucht, eine Waffe gegen das Böse zu finden, und sich deshalb an diesen Kelmon gewandt«, schloss er seinen Bericht. »Das ist wohl ein sehr mächtiger Schwarzkünstler. Aber er konnte oder wollte Radulf nicht helfen. Wenn man Kelmon Glauben schenkt, gibt es keine Waffe gegen das Böse.«

Die Züge des Dorn zeigten weder Überraschung noch Sorge. »Ist das alles?«, fragte er.

Gedankenverloren berührte Cay seine Wange, strich über die drei schorfigen Kratzer. »Nein«, entgegnete er. »In einem Brief macht Kelmon eine merkwürdige Andeutung. Er schreibt, selbst diejenigen, die dabei waren, könnten Radulf nichts anderes sagen als er. Wisst Ihr, was das bedeutet?«

»Es scheint, dass das Böse schon einmal nach Ebera gekommen ist«, sagte der Dorn.

Cay nickte. »Ja.«

»Du wirst nach Alkessa gehen und herausfinden, was der Sinn dieser Andeutung ist«, sagte der Herrscher der Perle nach kurzem Nachdenken. »Du wirst als mein Gesandter reisen. Ich gebe dir Gold mit. Männer wie Kelmon sind leicht zu kaufen.«

»Ihr sprecht, als würdet Ihr ihn kennen.«

»Ich bin ein alter Mann«, sagte der Dorn. »Auch Kelmon von Alkessa ist ein alter Mann.«

»Ich verstehe«, sagte Cay. »Wollt Ihr, dass ich Euch die Briefe gebe, ehe ich abreise?«, fragte er dann.

»Du kannst Arnwald zu einem Glas Wein auf dein Zimmer einladen, wenn ihr von eurem Ausritt zurückgekehrt seid. Er wird die Briefe an sich nehmen.«

»Gut«, sagte Cay.

Jetzt wandte ihm der Dorn den Blick zu. »Du bist nicht überrascht, dass ich dich nach Alkessa schicke?«

»Nein«, entgegnete Cay. »Ich an Eurer Stelle hätte auch jemanden geschickt, der herauszufinden versucht, was Kelmon wirklich weiß – jemanden, den Ihr nötigenfalls entbehren könnt. Denn niemand vermag zu sagen, wie gefährlich dieser Meister der schwarzen Kunst ist.«

Kurz, ganz kurz nur, lächelte der Herrscher der Perle. »Macht es dich wütend, dass du entbehrlich bist? Oder traurig?«

Cay zögerte nicht, ehe er sagte: »Nein. Es ist gut, entbehrlich zu sein.«

»Und du hast keine Angst vor Kelmon von Alkessa?«

Der wabernde Nebel erfüllte das Tal nun zur Gänze und kroch langsam die Hügel empor.

»Im Gegenteil«, antwortete Cay. »Ich kann es kaum erwarten, ihm zu begegnen.«

15
DIE DUNKELHEIT VON TAUSEND JAHREN

Cay

Der Dorn bestand darauf, dass Cay mit dem Schiff nach Alkessa reiste. Er selbst hätte die Strecke sehr viel lieber zu Pferd – oder nötigenfalls in der Kutsche – zurückgelegt und sagte das auch. Aber der Herrscher der Perle machte deutlich, dass Cays Meinung in dieser Angelegenheit nicht gefragt war.

Nachdem sie in die Perle zurückgekehrt waren, tranken Cay und Arnwald tatsächlich noch einen Becher Wein. Glühwein, um genau zu sein; denn der Regen war zwischenzeitlich so stark geworden, dass die beiden durchnässt und verfroren in der Stadt ankamen. Cay gab Arnwald die Briefe und verabschiedete sich von seinem alten Freund.

Fünf Tage später verließ er die Perle. Zuvor hatte er dem Wirt des *Schäumenden Kelches* die von Vanice zurückgelassene Kleidung und Schmuckstücke überreicht. Er gab ihm auch einen Hammer und bat ihn, auf die Sachen achtzugeben, bis er oder seine Gemahlin wiederkehren würde. Der Wirt nahm die Münze, versprach, das ihm Anvertraute wie seinen Augapfel zu hüten, und stellte ansonsten keine Fragen.

Südlich der Perle war der Daarado das ganze Jahr über schiffbar. Sein Lauf führte ihn durch die tagurische Ebene und hinab nach Lihanny, wo er sich in mehrere kleinere Ströme aufteilte, deren einer bei Alkessa ins Meer floss. Unter gewöhnlichen Bedingungen nahm die Reise etwa eine Woche in Anspruch. Das wusste Cay von dem Kapitän des Schiffes, dessen Passagier er sein sollte. Als Gesandter und Bevollmächtigter des Dorn – er trug den Siegelring derer von

Durenwald und hatte mehrere Schriftrollen bei sich, die seine Stellung bestätigten – genoss er eine Behandlung, die sonst Adeligen vorbehalten war.

Das heißt, ob Cay die bevorzugte Behandlung wirklich »genoss«, war schwer zu sagen, da er auf das ehrerbietige Scharwenzeln des Kapitäns nicht anders reagierte, als er den barschen Pöbeleien eines trunkenen Wirts begegnet wäre, der ihm im Schlafsaal einen stinkenden Strohsack zuwies: mit gleichmütiger Höflichkeit nämlich.

Freilich änderte das nichts daran, dass er reiste wie ein großer Herr. Sein Schiff, die *Nordstern,* fuhr unter der Flagge des Dorn – der Kriegshammer, über dem sich die Äste einer Esche ausbreiteten, schmückte das Segel – und hatte den Hafen der Perle allein zu dem Zweck verlassen, Cay, oder vielmehr: Ulf von Schwarzenbach, in den Süden zu bringen. Er hatte auch hinnehmen müssen, dass ihn ein paar Diener begleiteten, die sehr um sein leibliches Wohl besorgt waren und nur ungern von seiner Seite wichen. Ja, sogar ein Leibwache, die aus zwei Soldaten des Dorn bestand, hatte Cay nun.

Die letztgenannte Maßnahme diente allerdings eher dazu, die Bedeutung seiner Person und seines Auftrags zu unterstreichen. Denn die Fahrt von der Stadt des Dorn nach Lihanny verlief völlig ereignislos. Nur ein paar Gewitter unterbrachen den gleichförmigen, geruhsamen Alltag der Flussfahrt. Und einmal hätte man meinen können, die *Nordstern* wäre irgendwie auf offene See geraten: Der Daarado, der hinter Tagur ohnedies beinah eine Meile breit war, war durch heftige Regenfälle weiter angeschwollen, sodass während mehrerer Stunden nirgendwo ein Ufer sichtbar war.

Das war aber schon die größte Aufregung, die Cay und die Schifferleute zu gewärtigen hatten, und als er in Alkessa an Land ging, strahlte er die drängende Ungeduld eines Mannes aus, der dazu gezwungen worden ist, viel Zeit mit Nebensächlichkeiten zu vergeuden.

Dennoch wartete er drei Tage, ehe er Kelmon aufsuchte. Zunächst mussten Cay, seine Diener und seine Leibwächter den Stadtpalast beziehen, den der Dorn zur Verfügung gestellt hatte. Hier warteten weitere Diener, die offenbar bereits über die Ankunft des hohen Gastes in Kenntnis gesetzt worden waren. Nachdem sich Cay eingerichtet hatte, unternahm er einen langen Spaziergang durch die Straßen Alkessas. In Begleitung seiner Leibwächter ging er an endlosen Kanälen entlang, überquerte Dutzende von Steinbrücken, betrachtete den verfallenen Prunk uralter Häuser und atmete die faulig-süße Luft, die jeden Winkel der Stadt zu erfüllen schien.

Während der Jahre, die er mit Gunnmahr verbracht hatte, war Cay zweimal hier gewesen. Bei jenen Aufenthalten hatte er allerdings nicht den Passierschein besessen, den man benötigte, um die Teile der Stadt zu betreten, die den Reichen und Mächtigen vorbehalten waren. Nun besaß er ihn, dank der lihannyschen Bediensteten, die sich bestens auf sein Kommen vorbereitet hatten; und die Wächter, die an den zahlreichen Eisentoren warteten, welche die Kanäle säumten, machten ihm ehrerbietig den Weg frei. Auf seinem Spaziergang kam Cay sogar an dem Haus mit zwei Monden vorbei. Doch wenn er erkannt haben sollte, um wessen Heim es sich hier handelte, ließ er sich nichts von den Gedanken und Gefühlen anmerken, die dieses Wissen heraufbeschworen haben mochte.

Die nächsten zwei Tage verbrachte Cay damit, sich im Schwertkampf zu üben. Bei Einbruch der Dämmerung stand er auf und ging in den Garten, der zu dem Stadtpalast gehörte. Von einigen Ruhepausen unterbrochen trainierte er bis zum späten Vormittag. Dann schlief er eine Stunde und setzte anschließend sein Training fort. Die Soldaten des Dorn, seine Leibwächter, forderte er dazu auf, im Duell gegen ihn anzutreten – wobei sie freilich Turnierwaffen verwendeten. Anfangs zögerten die Männer, ihren Herren herauszufordern; als sie begriffen, was für ein guter Schwertkämpfer Cay war, fühlten sie sich zuerst beschämt, waren dann aber mit Eifer bei der Sache. Gegen Abend nahm Cay ein Bad, aß und verbrachte ein paar Stunden damit, den Sängern und Musikanten zu lauschen, die die Diener zu seiner Unterhaltung bestellt hatten. Danach ging er noch eine Weile im Garten auf und ab, offenbar tief in Gedanken versunken.

Am Morgen des dritten Tages war Cay so weit, dem Haus mit zwei Monden einen Besuch abzustatten. Es war Brauch in Alkessa, dass der Fremde dem Herrn, den er zu besuchen wünschte, seinen Siegelring überreichen ließ und solcherart um die Gunst bat, empfangen zu werden. Cay schickte einen Diener zu Kelmon, der diese Aufgabe übernehmen und ihn vorstellen sollte. Er gab ihm den Ring des Dorn.

Während der Diener fort war, legte Cay seine beste Kleidung an: dunkler Samt, helle Seide, bestes Tuch und glänzendes Leder. Als der Mann dann mit der erwarteten Antwort zurückkehrte, bestieg er eine der Gondeln, die die Kanäle Alkessas befuhren. Denn auch dies war Brauch: dass ein Edelmann, wenn er den anderen besuchte, den Weg keinesfalls zu Fuß zurücklegte, sondern über das dunkle, ölige Wasser zu seinem Ziel glitt.

Der Morgen war ungewöhnlich warm für den späten Herbst: Eine frische Brise vom Meer durchzog die kraftvollen Sonnenstrahlen, und die uralte Hafenstadt zeigte ihr schönstes Gesicht. Man hörte viel Gelächter an diesem Morgen, doch Cays Blick war streng und verschlossen. Erst als die Gondel an der Anlegestelle hielt, die zu Kelmons Villa gehörte, setzte er eine freundlichere Miene auf.

Zwei Diener nahmen ihn und seine Leibwächter in Empfang.

Ein Kiesweg führte durch einen kleinen Vorgarten zum Eingangsportal. In das Gesims über der Tür waren zwei einander zugewandte Sichelmonde eingemeißelt; das Haus selbst war wuchtig und dunkel. Die Pforten schwangen auf, und die beiden Diener – sie trugen helle, weite Gewänder, sprachen kaum ein Wort und hatten seltsam ausdrucks-, ja beinah wesenslose Züge – geleiteten Cay und seine Leibwachen in eine Vorhalle.

Einen Moment lang blieb er stehen; sein Blick folgte der Flucht der Treppe, als erwarte er, Vanice würde dort auf der obersten Stufe erscheinen. Aber alles, was er sah, waren Schatten: schwere, körperhafte Schatten, die sich schlecht zu dem hellen Herbsttag fügen wollten, der außerhalb der Mauern von Kelmons Villa seinen Lauf nahm. Überhaupt war das Innere des Hauses mit zwei Monden nicht nur düster, sondern vor allem sehr still – als würden es nicht nur ein paar Meter von dem hektischen Treiben Alkessas trennen.

Die Diener brachten ihre Gäste in einen kleinen, fensterlosen Vorraum, der außer ein paar hochlehnigen, lederbezogenen Stühlen und einem brennenden Kerzenständer leer war. Die Männer, die Cay begleiteten, sollten hier warten; er selbst wurde gebeten, sein Schwert abzulegen.

Nachdem Cay getan hatte, wie ihm geheißen worden war, öffneten ihm die Diener die Tür zu einem weiteren Zimmer. Dieses Zimmer hatte weißgetünchte, mit iskrischen Flechtteppichen behängte Wände. Auf dem Holzboden, der unter Cays Schritten knarrte, lagen Felle ausgebreitet, und Felle hingen auch vor den zwei Fensteröffnungen. Eine Handvoll Kerzen sorgte für ein wenig Helligkeit. Außerdem brannte ein Feuer in dem gemauerten Kamin, der den halben Raum einzunehmen schien. Vor dem Kamin standen ein Tisch und zwei samtbezogene Sessel; und in einem der beidem Sessel hatte es sich Kelmon bequem gemacht.

»Die Götter mit Euch«, sagte Cay und deutete eine Verneigung an.

»Nun, zumindest scheinen sie nicht zu wollen, dass ich mich langweile. Ein Gesandter des Dorn – das gibt es nicht alle Tage!«

Kelmon war, wie ihn Vanice beschrieben hatte. Obwohl er saß, konnte man erkennen, dass er ungewöhnlich groß und von kräftiger Statur war. Die graubraunen Haare fielen ihm bis auf die Schultern und waren ebenso gepflegt wie sein langer Schnurrbart. Ein Lächeln umspielte seinen Mund und fand auch den Weg in die dunklen Augen. Seine Stimme war tief und klingend; kein Schwanken, kein Zaudern, kein Zweifel waren in ihr zu hören; sie schien tauglich, um Feldherren und Fürsten Befehle zu geben.

»Ich hoffe, ich und mein Ansinnen werden Euch nicht enttäuschen«, sagte Cay.

Kelmon lachte. »Nein, das glaube ich nicht! Nehmt doch Platz und trinkt ein Glas mit mir.«

Cay folgte der Aufforderung, und nachdem er sich gesetzt hatte, goss Kelmon dunklen Wein in zwei Kristallpokale, führte einen der beiden Pokale zum Mund und nahm einen tiefen Schluck.

»Also, was führt Euch zu mir?«, fragte er dann.

»Ihr habt einige Briefe mit einem Nekromanten namens Radulf von Rodingen getauscht, nicht wahr?«

Kelmon lachte. »Ihr seid kein Mann, der viele Worte verliert, alles was recht ist!«

»Wozu sollte das gut sein? Der Dorn weiß, wer und was Ihr seid, und ich nehme an, Ihr habt Euch bereits gedacht, dass mein Besuch etwas mit Radulf zu tun hat.«

»Ihr wisst, wer und was ich bin?« Kelmon lehnte sich in seinem Sessel zurück, sodass sein Gesicht halb im Schatten versank. »Jetzt habt Ihr mich aber neugierig gemacht; wer und was bin ich denn?«

»Ihr seid ebenfalls ein Nekromant … ein Nekromant, ein Schwarzkünstler, ein Dämonenbeschwörer.«

»Vielleicht hätte der Dorn jemand schicken sollen, der sich besser auskennt. Es gibt da nämlich Unterschiede.«

»Nun, er hat mich geschickt«, stellte Cay fest. »Und mir sind die Unterschiede gleichgültig. Mir geht es darum, was Ihr für meinen Herrn tun könnt.«

Kelmon stellte den Kristallpokal ab, schlug ein Bein über das andere und faltete die Hände vor dem Bauch. »Ehe wir zu dieser Frage kommen, würde mich noch etwas interessieren. Und zwar wer *Ihr* seid. *Ulf von Schwarzenbach* – ich muss bekennen, ich habe noch nie von Euch oder von Eurer Familie gehört.«

»Es gibt keinen Grund, weshalb Ihr von mir oder meiner Familie gehört haben solltet. Meine Familie ist unbedeutend, und auch ich bin unbedeutend«, sagte Cay. Er sprach ruhig und leise.

»Der Dorn schickt einen unbedeutenden, völlig ahnungslosen Edelmann, um mit einem Nekromanten zu verhandeln? Das ist … tja, recht überraschend, wenn man bedenkt, in welchem Ruf Euer Herr steht.«

»Als ich heute Morgen aufgestanden bin, habe ich festgestellt, dass die Luft nach Frühling riecht. Das fand ich auch recht überraschend.«

Wieder lachte Kelmon. »Ihr mögt unbedeutend und ahnungslos sein, aber Ihr habt zweifellos das Zeug zum Philosophen!«

Cay lachte nicht. »Was meint Ihr – wollen wir zur Sache kommen?«, fragte er.

»Wir sind erst seit ein paar Minuten miteinander bekannt und schon jetzt habt Ihr mir einiges Amüsement bereitet. Da sollte ich nicht undankbar sein, oder? Reden wir also über Euer Anliegen!«

»Es ist ganz einfach«, sagte Cay. »Der Dorn will wissen, was Ihr ihm über das Böse sagen könnt.«

»Das ›Böse‹? Es wird immer philosophischer!«

»Radulf von Rodingen schien nicht der Meinung zu sein, dass es hier um Philosophie geht. Er wusste, dass das Böse kommt. Und er hatte Angst vor ihm. Deshalb hat er Euch geschrieben. Er suchte eine Waffe gegen das Böse und hat Euch um Hilfe gebeten. Als Ihr ihm die Hilfe verweigert habt, floh er in den Tod.«

»Radulf lebt nicht mehr?« Kelmon lächelte. »Wie bedauerlich.«

»Der Dorn ist im Besitz der Briefe, die Ihr an Radulf geschrieben habt«, fuhr Cay fort. »Und er hat den Eindruck gewonnen, dass Ihr mehr wisst, als Ihr preisgebt.«

»Selbst wenn das zutrifft: Warum sollte ich dem Dorn etwas verraten, das ich Radulf verschwiegen habe?«

»Mein Herr hat mir eine Kiste voll Gold übergeben. Wenn Ihr mir sagt, was ich wissen will, gehört sie Euch.«

Kelmon griff nach dem Weinpokal. Mit der freien Hand beschrieb er einen Kreis in der Luft. »Mache ich auf Euch den Eindruck, als wäre ich ein armer Mann?«, fragte er.

»Nein«, entgegnete Cay. »Aber Ihr macht auf mich den Eindruck, als wärt Ihr ein Mann, der nichts dagegen hat, noch reicher zu werden.«

»Also gut, lassen wir die Spiele.« Plötzlich wurde Kelmon ernst; etwas wie Überdruss klang aus seiner Stimme. »Alles, was Ihr sagt, Herr von Schwarzenbach, trifft zu. Mein Wissen über dieses sogenannte Böse ist jedoch sehr bescheiden. Wenn das dem Dorn eine Kiste voll Gold wert ist, bitte sehr.«

»Nun, es ist eine kleine Kiste.«

Zum dritten Mal lachte Kelmon, doch sein Lachen klang nun anders. »Vielleicht habe ich mich geirrt und Ihr würdet am Ende einen besseren Hofnarr als Philosophen abgeben! Aber sei es drum. Für das, was ich Euch sagen kann, ist auch eine kleine Kiste voll Gold eine angemessene Bezahlung.«

»Ich höre«, sagte Cay.

»Vor langer, langer Zeit ist das Böse – der Einfachheit halber will ich es so nennen, auch wenn ich den Begriff höchst untauglich finde –, ist das Böse schon einmal nach Ebera gekommen, genauer gesagt nach Alkessa. Übrigens trug die Stadt bereits damals diesen Namen, falls Euch das interessiert.«

»Nicht sonderlich.«

»In der Tat, es tut wenig zur Sache. Aber Ihr wollt sicherlich wissen, was in jenen Tagen geschehen ist?«

»Ja.«

Kelmon hob entschuldigend die Hände. »Zu meinem Bedauern muss ich Euch sagen, dass ich es nicht weiß. Das Leben der Menschen ist kurz, und ihr Gedächtnis währt nicht viel länger. Alles, woran sich die Großmutter nicht mehr erinnern kann, ist Fabel und Legende. Niemand weiß, wer oder was Euer Böses damals heraufbeschworen hat – oder soll ich sagen: eingeladen? Niemand weiß, was es eigentlich mit diesem Bösen auf sich hat. Woher es kommt und ob es überhaupt *irgendwo* her kommt. Und niemand weiß, wel–«

»Das alles ist auch nicht wichtig«, unterbrach Cay.

»Wie bitte?« Kelmon zog eine Augenbraue hoch.

»In Euren Briefen an Radulf sagt Ihr, man könne das Böse nicht bekämpfen. Aber offenbar kann man das doch. Sonst wäre es ja nach wie vor hier, hier in Alkessa. Alles was ich wissen will, ist, wie man diesen Kampf führt.«

»Ihr habt die Briefe nicht genau gelesen, mein offenbar doch nicht so philosophischer Freund!«, sagte Kelmon in milde tadelndem Tonfall. »Ich habe nie gesagt, dass man das Böse nicht bekämpfen kann. Ich habe gesagt, dass Radulfs Vorschläge, es zu bekämpfen, untauglich sind. Eine Armee von lebenden Leichen – ich bitte Euch, was für eine Kinderei! Ganz abgesehen von dem aberwitzigen Aufwand, den man betreiben müsste, um eine solche Armee zu schaffen, stellt sich ja die Frage, wie man sie dazu bringen sollte, auch nur dem schlichtesten Befehl zu gehorchen. Wie Ihr Euch vielleicht erinnert, habe ich versucht, Radulf begreiflich zu machen, dass dieses Vorhaben vollkommen sinnlos ist. Auch seine Vorstellung, die Untoten wären gegen das Böse gefeit, weil sie eben untot sind, zeugt nicht gerade von tiefer Einsicht. Als ob das ›Böse‹ – und bitte beachtet, dass ich immer noch von Eurer Warte aus spreche – unseres Verstandes bedürfte! Als ob ihm nicht, in all seinen Gestalten, unser Begehren vollauf genügen würde! Und wer sagt, dass die Toten nicht begehren? Ihnen bleibt doch überhaupt nichts als ihr Begehren!«

»Ich weiß wohl, was Ihr geschrieben habt. Ihr weist Radulfs Überlegungen zurück und sagt, der einzige Weg, das Böse zu bekämpfen, sei der Tod. Das soll wohl heißen, dass alle Versuche, sich dem Bösen entgegenzustellen, zum Scheitern verurteilt sind. Deshalb wollte Radulf ja sterben.«

»Oh nein, das heißt es durchaus nicht. Da war der gute Radulf etwas voreilig. Wie bedauerlich für ihn.«

Plötzlich schien Cay von Unruhe ergriffen. »Wenn es *nicht* heißt, dass man das Böse nicht bekämpfen kann – was dann?«, fragte er.

Kelmon zuckte die Schultern. »Genau das, was ich geschrieben habe. In Wahrheit ist es sehr einfach, Herr von Schwarzenbach. Ihr müsst alle töten, die von dem Bösen berührt worden sind, Männer, Frauen, Kinder, Greise. Alle – ausnahmslos. Wenn Ihr damit fertig seid, werdet Ihr wohl als Nächstes Eure Leute töten müssen, oder doch die meisten von ihnen, denn sie sind dem Bösen ja sehr nahe gekommen, nicht zuletzt durch ihr eigenes Tun. Am Ende müsst Ihr dann vermutlich Euch selber töten. Ist das geschehen, sollte das Böse wohl … nun ja, sagen wir *besiegt* sein. Mir scheint, es verhält sich mit diesem Bösen nicht viel anders als mit Xynadras Pestdämonen – wenn niemand da ist, in den sie einfahren können, müssen sie die Welt verlassen. Ihr seht also, Radulf hatte keinen Grund zu verzagen.

Er hätte einfach nur ein paar wackere Krieger gebraucht, die ihm die mühsame Arbeit des Tötens und Sterbens abnehmen.«

Cay schwieg. Erst als sich Kelmon neuen Wein eingegossen, getrunken und einen behaglichen Seufzer ausgestoßen hatte, sprach er wieder. »Woher wisst Ihr, dass das Böse auf diese Weise besiegt werden kann?«, fragte er. »Ich dachte, niemand erinnert sich daran, was damals geschehen ist.«

»Zu Eurem Glück bin ich … wie sagt Ihr so schön? … ein Nekromant, ein Schwarzkünstler, ein Dämonenbeschwörer, ein Magier. Ich gehe an Orte, die ehrbare Männer meiden. Darum habe ich mit eigenen Augen gesehen, was damals geschehen ist. Oder doch die Folgen dieser Geschehnisse.«

»Ich … verstehe nicht …«, sagte Cay zögernd. »Habt Ihr nicht eben gesagt, das Böse wäre aus der Welt verschwunden?«

»Nein, nein, da ging es um Xynadras Pestdämonen! Vielleicht habe ich den Vergleich schlecht gewählt … Seht Ihr, das Böse ist nicht von dieser Welt; es gehört weder zum weißen noch zum schwarzen Licht, richtig? Das heißt auch, in gewisser Weise existiert es nicht. Es ist da, aber es hat keinen Anteil an der Ordnung der Dinge. Eben dies gilt auch für diejenigen, die sich dem Bösen … vermählen – wenn Ihr den Ausdruck gestattet.«

»Ich verstehe immer noch nicht.«

»Aber es ist doch simpler als die simpelste Rechenaufgabe! Denkt nach! Was nicht lebt, kann auch nicht sterben. Das heißt, wenn sich das Böse aus der Welt zurückzieht, hinterlässt es einen Ort, der ist und doch auch nicht ist. Dorthin gehen alle, die ihm gefolgt sind. Und dort müssen sie bleiben bis ans Ende der Zeit. Denn wo sie sind, gibt es schon längst keine Zeit mehr.«

»Ihr habt diesen … Ort … gesehen?«, fragte Cay. Er sprach jetzt sehr langsam, als bereite es ihm Mühe, die Worte zu formen.

»Oh ja, das habe ich.«

»Und auch ich – auch ich könnte ihn … betreten?«

»Das könntet Ihr. Ich würde es Euch nicht empfehlen. Aber Ihr könntet.«

»Ist er weit von hier, dieser Ort?«

»Oh nein! Er ist ganz nah, Ihr müsstet nur einen kleinen Abstieg wagen.«

Cay schluckte. »Einen Abstieg – wohin?«

»Was meint Ihr, wo findet sie sich wohl, die Hinterlassenschaft des Bösen?« Kelmon lachte erneut; und erneut hatte sich sein Lachen verändert. »In der Dunkelheit, natürlich! In einer großen, alten Dunkelheit, um genau zu sein – der Dunkelheit von tausend Jahren.«

16
EIN NEUES LEBEN

Vanice

Die Reise von Alkessa nach Syrathanis verging wie ein Traum. Damit meine ich nicht, dass sie »traumhaft schön« war, sondern dass ich kaum wahrnahm, wie die Stunden aufeinander folgten, sodass ich am Ende nicht hätte sagen können, ob die *Schwertfisch* zwei oder fünf Tage für die Durchquerung der mygherischen Meerenge benötigt hatte. Die meiste Zeit verbrachte ich in der winzigen Kabine, die mir als (reichlich) zahlender Passagierin zustand. Ich lag auf meiner Pritsche, spürte, wie der Seegang die Karavelle sacht hin- und herschaukeln ließ und starrte die Decke an.

Es war Hochsommer, und die Luft in der Kabine war heiß und stickig. Nach meiner langen Gefangenschaft hätte man meinen können, dass ich mir nichts dringlicher ersehnte, als den blauen Himmel und die Weite des Meeres zu betrachten und mich daran zu erfreuen, wie sich die unzähligen Sonnenstrahlen funkelnd im Wasser brachen. Aber abgesehen davon, dass die Matrosen es nicht schätzten, wenn ich mich an Deck verlustierte – ich hatte durch meinen Vater von dem rätselhaften Aberglauben erfahren, der Frauen so weit als möglich von Schiffen verbannen wollte –, stand mir der Sinn auch nicht danach.

Ich genoss das Gefühl, wieder mir selbst zu gehören. Meine Kabine war verschlossen und niemand durfte sie ohne mein Einverständnis betreten. Niemand beobachtete und bewachte mich. Niemand nahm etwas von mir, das ich nicht geben wollte.

Außerdem war ich unsagbar müde. Man konnte ja wahrlich nicht behaupten, dass ich in Kelmons Haus mit zwei Monden viel zu tun gehabt hätte. Dessen ungeachtet fühlte ich mich, als wäre ich ein Jahr lang um jede Stunde Schlaf betrogen worden. Also lag ich nackt auf meiner Pritsche, ließ mich von der Hitze und den leichten Wellen einlullen und versuchte, in irgendein Märchenreich einzutauchen, in dem das Gestern nicht unwiederbringlich verloren ist, sondern sich so leicht erreichen lässt wie der Raum auf der anderen Seite einer weit geöffneten Tür.

Erst als wir Syrathanis erreichten, kam ich zu mir. Die Hauptstadt Gythanias liegt beinah am Südzipfel von Ebera, und wenn man sich ihr vom Meer her nähert, kommt sie einem fast unwirklich schön vor mit ihren hohen, weißen, zinnenbewehrten Mauern, ihren unzähligen kleinen, eng aneinandergedrückten Häusern und ihren prachtvollen, von Palmen gesäumten Uferpromenaden. Ist man dann an Land gegangen, erschrickt man vielleicht über die Armut und den Schmutz, die all diese Schönheit in sich birgt. In den Vierteln, die am Hafen liegen, wimmelt es nur so von Bettlern und Straßenkindern, und in vielen der hübschen, weiß getünchten Häusern geht es zu wie auf dem Marktplatz, weil sich drei, vier Familien eine Handvoll enge Räume teilen. Dennoch sprüht Syrathanis vor Leben: Am Straßenrand hocken Jungen, die Fische auf Kohlefeuern braten. Handwerker stehen vor ihren Kellerläden, preisen ihre Dienste an oder schwatzen mit ihren Nachbarn. Eine Heerschar von Frauen wuselt geschäftig durch die Gassen, Körbe und Kisten und Krüge schleppend. Mitten am Tag versammeln sich die Leute auf den vielen kleinen Plätzen, um Musikern zuzuhören, die singen, auf Flöten oder Mandolinen spielen und für ihre Darbietungen mit etwas Brot und Wein entlohnt werden. Und die Greise, die im Leben das Ihre getan haben, sitzen auf Steinbänken, den Stock in der Hand, und betrachten das Treiben um sie herum mit der unergründlichen und schwermütigen Gelassenheit sterblicher Götter.

Ich wurde in das Leben von Syrathanis hineingezogen wie ein Neuankömmling auf einem Fest, der gar keine andere Wahl hat als Teil des rauschenden Tanzes zu werden. Nach meinem Jahr in Kelmons Zwielichtsreich, wo alles Stille, Kühle und Grauen war und selbst der Garten ewig verschattet und erstarrt schien, kam mir die Stadt vor wie der schönste Ort auf Erden. Ich wurde zwar alle Naslang von irgendwelchen Männern angesprochen, die mir etwas zeigen, mir etwas schenken oder mich umstandslos heiraten wollten, aber nicht einmal das störte mich, weil mir alles wie ein großes Spiel vorkam, in dem ein paar Burschen eben pflichtgemäß die Rolle des Schwerenöters übernahmen.

Als ich die Landungsbrücke der *Schwertfisch* hinabging, blitzte in meinem Geist die Zukunft auf; einen Herzschlag lang sah ich, wie alles sein würde; sah mich, wie ich in Bibliotheken über Büchern und Schriftrollen brütete; sah mich in einer kleinen, sauberen Kammer meinen Tee trinken, während draußen die Sonne unterging; sah mich im Kreis von Kindern, die alle nicht die meinen waren und die ich über dies und das belehrte, während sie aufmerksam lauschten.

Ja, so absurd es klingen mag: Ich träumte davon, eine weise, alte Frau zu werden, ebenso gleichmütig wie die Greise von Syrathanis, aber vielleicht um einiges vergnügter. Ich würde ein zurückgezogenes Dasein führen, ganz dem Studium gewidmet, und wenn Elaah gnädig war, würde ich eines Tages sagen können: Es war gut; ganz anders, als ich es mir einstmals ersehnt hatte, aber gut.

Zunächst einmal war es wichtig, dass ich einen Ort fand, an den ich mich zurückziehen konnte, um in Ruhe nachzudenken und alles Weitere zu planen. Also suchte ich mir eine schlichte, gemütliche Herberge in Hafennähe und mietete ein Zimmer für einen Monat. Ich hatte ja noch das Geld, das ich meinem Vater entwendet hatte, dazu den Schmuck meiner Mutter. Glücklicherweise nahm die Wirtin des Gasthofs – er hieß *Zur Muschel* – die auf Enjahla geprägten Münzen an, und mir begann zu dämmern, dass ich um einiges wohlhabender war, als ich vermutet hatte. Natürlich würden die Schätze meiner Eltern nicht ewig reichen, aber für den Anfang musste ich mir keine Sorgen machen.

Das zweite, was ich gleich nach meiner Ankunft in Syrathanis tat, war, mich neu einzukleiden. Das Kleid, das ich am Leib trug, war ein Geschenk von Kelmon (ich nehme an, wenn jemand einem anderen etwas umsonst gibt, muss man es Geschenk nennen), und ich war fest entschlossen, es niemals wieder anzurühren. Also besorgte ich mir ein paar einfache Gewänder, Unterwäsche, Sandalen, zwei Hüte, einen Sonnenschirm, ein Nachthemd, Waschzeug, ein wenig Schminke und einen leichten Überwurf für die Abende. Dann ging ich ins Badehaus, ließ mich eine Stunde lang in heißem, duftendem Wasser einweichen, »vergaß« Kelmons Kleid in der Ankleidekammer und kehrte in meine Herberge zurück, wo ich einen Krug Weißwein trank und Muschelsuppe sowie gebratenen Tintenfisch aß.

Besonders der Tintenfisch, der auf in scharfem Sud getränktem Weißbrot gereicht wurde, war köstlich, und als ich zu Bett ging, müde und zufrieden, war ich voller Hoffnung, dass mein neues Leben schon hier und jetzt begonnen hatte.

Ich erwachte mit einem Schrei. Das Zimmer war dunkel, leer und still. Aber ich wusste, dass Kelmon und seine Diener draußen im Gang standen. Jede Sekunde würden sie die Tür aufstoßen und hereinkommen, ganz langsam, ganz ruhig, und mich für meine Anmaßung und Unverschämtheit büßen lassen. Am Ende würde ich Kelmon die Füße küssen und ihn auf Knien anflehen, mich zurückzunehmen, bitte, bitte, und ich würde alles tun, alles, wenn er mir nur verziehe. Dann würden wir ein Schiff besteigen, das uns zurück nach Alkessa brächte, und bald wäre ich wieder im Haus mit zwei Monden, in meinem Zimmer mit dem Fenster aus dunkel getöntem Glas. Ich würde es nie mehr verlassen, so lange ich lebte. Nur, dass ich niemals sterben würde; es würde immer so weitergehen, immer, bis zum Ende der Zeit und darüber hinaus. Kelmon und sein Haus mit zwei Monden, das war meine Hölle. Nein, nicht meine Hölle: mein Paradies. Mein eigenes kleines Paradies, von den Göttern ersonnen, nur für mich.

Die Sekunden gingen in Minuten über, die Minuten in Stunden. Nichts geschah. Manchmal hörte ich Kelmon mit seinen Dienern tuscheln, dort draußen auf dem Gang. Aber sie kamen nicht herein. Ich lag da, starr vor Angst, und erwartete meine Strafe. Ich wartete immer noch, als die Sonne aufging. Bald fiel das Licht durch die Fensterläden, so hell und freundlich, als wollte es mich auffordern, mich zu erheben und ihm Einlass zu gewähren. Bald hörte ich von der Gasse her die Geräusche der erwachenden Stadt – das beginnende Alltagsleben mit seinen Mühen und Freuden –, aber auch das half mir nichts.

Ich weiß nicht, wie es möglich ist, über viele Stunden dazuliegen, weder schlafend noch wachend, und einfach nur Angst zu haben. Ich weiß nicht, wie man das aushält. Ich weiß auch nicht, warum man nicht irgendetwas tut, damit die Angst aufhört. Alles, was ich weiß, ist, dass es mir an diesem Tag so erging. Und nicht nur an diesem Tag; nein, hundert-, vielleicht tausendmal schrumpfte mein Leben, meine ganze Welt, in den folgenden Jahren zu jenem einen, eisigen, nadelkopfgroßen Punkt der Angst zusammen.

Erst als der Abend hereinbrach, vermochte ich wieder, mich zu rühren. Mir war klar, dass ich nicht viel Zeit hatte; und mir war klar, dass es nur eine einzige Sache gab, die mich retten konnte.

Was soll ich sagen? Ich stand auf, zog mich an, verließ fluchtartig das Haus und ließ mich ficken.

Nach allem, was ich höre, soll die Bibliothek von Syrathanis sehr schön und eindrücklich sein. Ich habe nie auch nur einen Fuß in sie gesetzt. Dafür lernte ich in den nächsten Wochen sämtliche Seitengassen, Kaschemmen und Absteigen rund um den Hafen kennen. Es war mir völlig gleichgültig, wer die Männer waren, mit denen ich vögelte. Ich nahm den Erstbesten, der meinen Lockungen folgte. Und dann noch einen. Und noch einen. Wenn die Lust gestillt war, überkamen mich derart quälende Gefühle von Scham und Ekel, dass ich mich selbst nurmehr betrunken ertragen konnte. Also lief ich in irgendeine billige Schenke und schüttete so viel Wein in mich hinein, dass ich manchmal tatsächlich beinah vergaß, wer ich war. Wenn ich Glück hatte, schaffte ich es noch auf mein Zimmer in der *Muschel*; wenn nicht, ging alles von vorne los und ich erwachte am nächsten Tag auf einem versifften Strohsack oder zwischen zerwühlten, miefigen Laken. Mein Herz und mein Kopf wetteiferten dann darum, wer eher zerspringen wollte vor Schmerz.

Eigentlich ist es ein Wunder, dass mir während dieser ersten Wochen in Syrathanis nichts Schlimmeres widerfuhr als zweifelhafte Bettgenossen. Ein weiteres kleines Wunder ist, dass mich meine Wirtin nicht einfach hinauswarf, als ihr klar wurde, wen sie sich ins Haus geholt hatte. Da ich, wenn überhaupt, irgendwann zwischen Mitternacht und Dämmerung heimkam, musste ich sie ja um einen Schlüssel bitten; schließlich war sie eine ehrbare, hart arbeitende Frau, die während der Stunden, in denen nur Diebe und Gesindel durch die Straßen schleichen, ihre Tür verschlossen hielt. Außerdem brauchte ich meistens den größten Teil des Tages, um mich von meinen Ausschweifungen zu erholen, und auch das entging der Wirtin nicht, die eigenhändig die Zimmer ihrer Gäste aufräumte.

Aber, wie gesagt, sie warf mich nicht hinaus. Stattdessen pflegte sie mich mit einem Blick zu betrachten, der so mitleidig war, dass ich mich am liebsten in Luft aufgelöst hätte. Die Wirtin war nicht verheiratet und hatte auch keine Kinder, nur ein paar Mädchen und Jungen, die sie von der Straße aufgelesen hatte und die für sie arbeiteten. Ich sagte mir, dass sie in Wahrheit neidisch auf mich war; schließlich erlebte ich in einer Nacht mehr Abenteuer als sie im ganzen Jahr. Vielleicht war sie tatsächlich neidisch auf mich, ich weiß es nicht. Ich selbst war zu diesem Zeitpunkt weit jenseits solcher Gefühle. Mein ganzes Dasein bestand aus Schwänzen und Weinkrügen, und wenn ich von beidem nicht genug bekam, wollte ich sterben.

Einmal fand mich die Wirtin morgens in ihrem Schankraum. In der Nacht davor war ich sturzbesoffen heimgekommen und hatte dann noch Schnaps aus ihrer Küche gestohlen. Am Ende hatte ich mich erbrochen und war in einer Lache aus Kotze und Pisse eingeschlafen.

Irgendwie schaffte es die Wirtin, mir nicht das Gefühl zu geben, ich sei das erbärmlichste und widerwärtigste Stück Dreck, das ihr je untergekommen war, als sie mir half, mich zu waschen und auszuziehen und mich dann ins Bett brachte. Ich wimmerte und schluchzte, bis ich einschlief. Noch am selben Tag packte ich meine Sachen zusammen – viel war es ja nicht – und schlich mich heimlich aus dem

Haus. Vor lauter schlechtem Gewissen ließ ich der Wirtin fast mein ganzes Geld da.

Ich habe die Herberge *Zur Muschel* niemals wieder betreten, und auch die Wirtin habe ich niemals wieder gesehen. Nicht einmal ihren Namen habe ich in Erfahrung gebracht. Erst sehr viel später begann ich, das zu bereuen.

17
DER LAUF DER DINGE

Vanice

Was mich am Ende rettete, war die Erinnerung daran, wer ich war. Oder vielmehr: wer ich gewesen war – vor Kelmon und seinem Haus mit zwei Monden, vor meiner Flucht von Enjahla, vor dem toten, halbverwesten Hirtenhund in der *Macchia*.

Wenn ich mir im Hafen die alten, zahnlosen, krakeelenden Huren ansah, die wirklich keine Wahl mehr hatten, als für ein paar Kupferstücke die Beine breit zu machen, wusste ich recht gut, was mich erwartete.

Und das durfte nicht sein; einer Devecraux passierte das nicht.

So einfach war es.

Ich hatte mich zwar damit abgefunden, dass ich ein Stück Dreck war. Aber auch Dreck kann man vergolden, nicht wahr?

Zu diesem Schluss kam ich am Ende von zwei langen Tagen, während derer ich mich in ein Zimmer verkrochen hatte, bei dessen Anblick ich früher schreiend davongelaufen wäre. Wahrscheinlich hatte ich die elendigste Absteige gewählt, die ich finden konnte, um mich für meinen unrühmlichen Abschied von der *Muschel* zu strafen. Dazu passte es denn auch, dass ich die zwei Tage vor allem damit verbrachte, zwischen bitteren Selbstanklagen und ebenso bitterem Selbstmitleid zu schwanken – bis ich auf einmal von der Einsicht überrascht wurde, dass es durchaus in meiner Macht stand, mir mein neues Leben besser einzurichten.

Zu meinem eigenen Erstaunen fand ich die Kraft, der Einsicht entsprechende Taten folgen zu lassen. Zunächst sah ich zu, dass ich die Absteige verließ. Stattdessen suchte ich mir einen anständigen

Gasthof, der sogar etwas teurer war als die *Muschel*. Dann ging ich zu einem Pfandleiher, um eine Kette und einen Ring meiner Mutter zu versetzen. Selbstredend versuchte der Mann, mich übers Ohr zu hauen; offenbar setzte er auf die Verzweiflung einer jungen Frau, deren Not so groß ist, dass sie ihren besten Schmuck drangibt. Aber etwas war mit mir geschehen, seit ich aus Alkessa geflohen war. Ich spürte eine Härte und Kälte in mir, die früher nicht dagewesen waren. Ohne zu zögern nahm ich den Schmuck zurück und machte Anstalten, den Laden zu verlassen. Da fiel dem alten Halsabschneider plötzlich ein, dass er mir doch einen Goldgulden mehr geben könnte.

Die nächste Woche nutzte ich dafür, mich wieder herzurichten. Ich ging früh zu Bett, verbrachte viel Zeit im Badehaus, machte lange Spaziergänge. Vor allem gelang es mir, mich von den Männern fernzuhalten und nur ein, zwei Krüglein Wein am Abend zu trinken. Während meiner Spaziergänge sah ich mich gründlich auf den Märkten von Syrathanis und in den Läden der Schneiderinnen und Schmuckhändler um.

Ich hatte genug mitbekommen, um zu wissen, dass es eine Art verlängerter Selbstmord wäre, wenn ich versuchen würde, mich in den Spelunken und Kaschemmen der ärmeren, am Hafen gelegenen Viertel – wie soll ich sagen – einzurichten. Es gab dort eine Handvoll Zuhälter, die nach zweifellos blutigen Auseinandersetzungen zu einer Übereinkunft gelangt waren, wessen Dirnen wo Geschäfte machen durften. Jede Frau, die auf eigene Faust ein paar Münzen verdienen wollte und den Fehler machte, sich an den entsprechenden Orten sehen zu lassen, riskierte, mit zerschnittenem Gesicht und einem spitzen Stock zwischen den Beinen in der Gosse zu landen.

Ich musste mir also Zugang zu den feinen Wirtshäusern und Gasthöfen der wohlhabenden Viertel verschaffen. Nun war ich mir sicher, dass man binnen kürzester Zeit von der Stadtwache aufgelesen wurde, wenn man durch ein solches Viertel spazierte und auch nur entfernt nach Straßenmädchen aussah. Was ich brauchte, waren also schöne Kleider und Edelsteine – wobei die Kleider nicht maßgeschneidert und die Edelsteine eher billig sein sollten. Ich rechnete mir nämlich bei den Männern bessere Chancen aus, wenn ich sozusagen noch von einem Hauch Bedürftigkeit umweht wurde.

Als die Woche vorbei war, hatte ich alles Nötige beisammen und fand mich selbst auch wieder hinreichend ansehnlich, um mein Vorhaben in Angriff zu nehmen. Ich sagte mir, dass ich eine Jägerin war – vielleicht ein stattlicher Raubvogel –, der sich seine Beute suchte. Irgendwie half mir das, es so zu sehen.

Tatsächlich wurde meine Entschlossenheit bald auf die Probe gestellt. Es war nämlich so, wie ich befürchtet hatte: Sowie ich die besseren Viertel betrat, erregte ich den Argwohn der Stadtwachen. Es war hier einfach nicht üblich, dass eine Dame allein in den Abendstunden umherspazierte. Wenn sie anständig und ehrbar war, wurde sie von ihrem Mann, Dienern oder Mägden begleitet (oder von einer Freundin, die ihrerseits Diener oder Mägde im Gefolge hatte) oder nahm sowieso eine Kutsche. Die Mägde selbst mussten natürlich auch nach Einbruch der Dunkelheit manchmal das Haus verlassen, um dieses und jenes zu erledigen; aber ihre Kleidung und ihr Gebaren sorgten dann dafür, dass sie eindeutig als Mägde zu erkennen waren, die im Auftrag ihrer Herrin handelten.

Wie eine Magd sah ich nun wahrlich nicht aus; das wäre ja auch wenig hilfreich gewesen. Was mich rettete (an diesem ersten und vielen, vielen weiteren Abenden), war meine Erziehung. Es ist nun einmal so, dass ich in dem Bewusstsein aufgewachsen bin, einem großen Geschlecht, einer der wichtigsten, einflussreichsten Familien von ganz Ebera zu entstammen – und nicht einmal die unausgesetzten Peinigungen und Demütigungen durch Kelmon und seine Diener hatten diese Empfindung des eigenen Werts, der eigenen Bedeutung ganz vernichten können. Es hatte mir schon als Mädchen gefallen, eine huldvolle Würde an den Tag zu legen und meine Magd Siya aufs Anmutigste herumzuscheuchen. Ich wusste, wie man sich als hohe Dame zu bewegen und wie man zu sprechen hatte, und wenn ich des Nachts aus tiefstem Schlummer gerissen und an die Festtafel eines Königs geführt worden wäre, hätte ich keine Sekunde darüber nachdenken müssen, was die Etikette von mir verlangte.

Kurzum: Eine Dame streunte zwar nicht allein durch dunkle Straßen, aber was war, wenn sie es eben *doch* tat, aus einer dieser gefürchteten, unergründlichen Frauenlaunen heraus? Und was war, wenn sie sich diese Launen leisten konnte, weil sie eben eine besonders *bedeutende* Dame war? Wenn ich es schaffte, den misstrauischen Gardisten einen hochmütigen, leicht ungeduldigen Blick zuzuwerfen (und das schaffte ich immer), zogen sie es vor, mich in Frieden zu lassen – aus Angst, einen Fehler zu begehen, der sie leicht ihre Arbeit und mehr hätte kosten können.

So kam ich denn an jenem Abend unbehelligt zu einem schönen kleinen Platz, auf dem ein Springbrunnen stand, den die Statuen von Nixen und Wassermännern schmückten. Das Wasser plätscherte lustig, die bunten Laternen, die an den Vordächern der Häuser ringsum aufgehängt waren, verbreiteten ein warmes, irgendwie sehnsüchtiges Licht und auf der Terrasse eines Wirtshauses, das sinnigerweise *Zum Brunnen* hieß, saßen wohl ein Dutzend Männer und Frauen in edlem Zwirn beisammen, die dem Vortrag eines Sängers lauschten.

Ich nahm ebenfalls auf der Terrasse Platz und bestellte einen Krug Weißwein. Dann machte ich es mir bequem und versuchte, möglichst verheißungsvoll auszusehen. Die nächste Stunde verbrachte ich damit, an meinem Wein zu nippen (der hervorragend schmeckte, gekühlt war und tatsächlich in einem gläsernen Pokal gereicht wurde) und den verschiedenen Musikanten zu lauschen, die dem Sänger folgten. Irgendwann setzte sich ein Mann mit schwarzem Bart, schulterlangem schwarzen Haar und weißem Seidenhemd an einen Tisch, der von dem meinen drei, vier Schritte entfernt war. Ich war nun doch ein wenig aufgeregt, schließlich machte ich das zum ersten Mal. Ich wusste auch nicht recht, wie ich mich verhalten sollte, als mir der Mann Blicke zuzuwerfen begann, die er mit einem nicht unangenehmen, leicht verwegenen Lächeln begleitete. Sollte ich erst einmal so tun, als bemerke ich ihn gar nicht? Oder sollte ich sein Lächeln gleich erwidern? Und wenn ja – sollte ich versuchen, eher scheu oder verführerisch zu wirken, eher verrucht oder schüchtern?

Schließlich kam er an meinen Tisch und bestellte uns noch einen

Krug Wein. Wir plauderten ein wenig und irgendwann äußerte mein Kavalier seine Besorgnis darüber, dass er mich von etwas Wichtigem abhalten würde. Dazu machte er eine überaus bekümmerte Miene.

Ich setzte ein halb erstauntes, halb kokettes Lächeln auf, das ich stundenlang geübt hatte. »Euch scheint ja viel an meiner Gesellschaft zu liegen …«, gurrte ich und hoffte, dass wir uns verstanden.

Wir verstanden uns.

Von da an wurde es besser. Die Männer, mit denen ich die Nacht verbrachte, zahlten mir so viel, dass ich nicht sehr oft zu einem Spaziergang in die wohlhabenden Viertel von Syrathanis aufbrechen musste. Das war ein Glück, denn wenn ich drei Nächte hintereinander denselben Gardisten begegnet wäre, hätte mir wahrscheinlich selbst das hoffärtigste Auftreten nicht mehr viel geholfen. Außerdem wurden die Wirte der Gasthöfe, die ich häufiger besuchte, bald ebenfalls misstrauisch. Der Nachteil meiner auffälligen Erscheinung (auch in Syrathanis gab es kaum blonde Frauen) war natürlich, dass man sich meiner allzu gut erinnerte. Und auch wenn es die Wirte vermutlich nicht wirklich scherte, was ihre Gäste trieben, mussten sie dort eine Grenze ziehen, wo das Ansehen ihres Hauses gefährdet war.

Die Lösung für dieses Problem ergab sich nach einer Weile ganz von selbst: und zwar dadurch, dass ein gewisser Herr, den ich im Abstand von wenigen Tagen zweimal getroffen hatte, danach verlangte, mich öfters zu sehen. Bei diesem Herrn (überrascht stelle ich fest, dass ich die Namen sämtlicher Männer vergessen habe, mit denen ich in jenen Jahren zusammen war) handelte es sich um einen Gesandten des *Hauses der Tausend Farben*. Er war nach Syrathanis gereist, um hier den Winter zu verbringen und mit dem gythanischen König irgendwelche Verträge auszuhandeln.

Jedenfalls wurde ich von dem Händler (so will ich ihn nennen) dazu auserkoren, ihm während seines Aufenthalts in Syrathanis die Mußestunden zu versüßen. Damit sich das bequemer und sozusagen ehrbarer bewerkstelligen ließ, richtete er mir eine Wohnung in einem guten, wenngleich nicht übermäßig wohlhabenden Stadtviertel ein. Ich bekam eine Magd, Kleider, Schmuck, Essen und Trinken, ein weiches Bett und einen warmen Ofen – und alles, was ich dafür tun musste, war schön, gefällig und gelegentlich ein bisschen … nun ja, *undamenhaft* zu sein.

Als ich in die Wohnung einzog, die mir der Händler zur Verfügung stellte, lebte ich schon einige Monate in Syrathanis, und ich begriff augenblicklich, dass es von nun an immer so sein sollte. Wie viel einfacher alles war, wenn man nicht ständig auf die Jagd nach neuen Liebhabern gehen musste! Zukünftig würde es also mein Ziel sein, von den Männern, die mich begehrten, in den Stand einer dauerhaften Geliebten erhoben zu werden.

Als sich der Händler aus Syrathanis verabschiedete (an unserem letzten Abend machte er mir ein großes Geldgeschenk und schien wirklich betrübt, dass er mich zurücklassen musste), änderte ich mein Vorgehen also ein weiteres Mal. Während unserer Bekanntschaft hatte er mich in die Adelskreise der Stadt eingeführt, und mit Glück und Unverschämtheit gelang es mir, diese Türen auch nach seiner Abreise offenzuhalten. Ich trug jetzt nur noch die teuersten Kleider und edlen Schmuck und führte mich auf, als ob ich eine Prinzessin wäre.

Solange ich die Geliebte des Händlers gewesen war, hatte sich niemand an mir gestört; ich war ja recht ansehnlich, roch gut und wusste mich zu benehmen. Jetzt freilich schlug mir vor allem von Seiten der Frauen – die in mir zu Recht eine Bedrohung sahen – kalte Verachtung entgegen. Aber da ich mich so benahm, als ob ich jedes Recht der Welt hätte, in den Salons, Theaterlogen und Ballsälen aufzutauchen, war man sich unsicher, ob ich nicht doch irgendjemandes Protektion genoss.

Also blieb es einstweilen bei der Verachtung, und ehe sie in offene Feindseligkeit umschlagen konnte, hatte ich tatsächlich wieder jemanden gefunden, der seine Hand über mich hielt. Und als dann auch der nächste Mann von mir Abschied nahm, ging das Spiel in eine neue Runde.

Eine Zeitlang klappte das erstaunlich gut. Auch wenn es freilich nicht so einfach war, wie es klingt. Damit so ein reicher, verwöhnter Mann länger als ein paar Stunden an mir interessiert blieb, musste ich etwas Geheimnisvolles und vor allem *Unverfügbares* ausstrahlen. Er durfte niemals das Gefühl haben, ich sei von ihm abhängig oder er besäße mich. Denn dann hätte ich sofort jeglichen Reiz für ihn verloren. Andererseits war es unbedingt nötig, dass ich ihn auch immer wieder das gerade Gegenteil spüren ließ. Er musste sich einbilden können, er hätte mein Herz erobert, mich mit seinem Charme und seinen leidenschaftlichen Umarmungen verzaubert, und ich würde ganz ihm gehören. Darum ging es ja bei den Wohnungen, die mir zur Verfügung gestellt wurden: Sie waren das Unterpfand jener unbedingten Treue, die die höchste Tugend einer rechtschaffenen Geliebten ist.

Diese Männer waren schon erstaunliche Geschöpfe: Es gelang ihnen mühelos, sich davon zu überzeugen, dass es völlig der Ordnung der Dinge entsprach, wenn sie ihre Frauen hintergingen; aber wehe, sie hegten auch nur den leisesten Verdacht, dass sich ihre Geliebte anderweitig vergnügen könnte – dann wurden sie fuchsteufelswild.

Doch vermutlich sind wir im Grunde unseres Herzens alle überzeugt davon, dass die Regeln des Anstands, die wir in höchsten Ehren halten, zuvörderst für die anderen gelten. Wer hätte schließlich so gute Gründe wie wir selbst, sie zu brechen?

Wie dem auch sei: Jedenfalls gelang es mir in einem Maße, das mich selbst überraschte, die Träume meiner Liebhaber zu erfüllen. Und auch davon war ich überrascht – wie viel Spaß ich selbst dabei hatte. Ja, wenn ich ehrlich sein will, muss ich zugeben: Es war ein gutes Leben, das ich während jener Jahre in Syrathanis führte.

Zunächst einmal genoss ich eine große Freiheit. Wenn mich die Männer sehen wollten, hatte ich natürlich verfügbar zu sein. Aber das waren ja alles vielbeschäftigte Herren, und so kam es vor, dass ich ganze Wochen nach eigenem Gutdünken füllen konnte. Aus irgendeinem Grund wagte ich es nicht, Bibliotheken zu betreten. Allerdings war das auch nicht nötig, denn wenn ich meinen Geliebten in einem günstigen Moment anvertraute, dass ich gerne las, lachten sie über diesen kleinen Spleen meinerseits (ich glaube, die meisten von ihnen hielten mich sowieso für ein bisschen verrückt) und sorgten dafür, dass mir Bücher mit Gedichten und Epopöen und die ein oder andere erbauliche Abhandlung über die göttliche Ordnung und ihre irdische Entsprechung gebracht wurden. Zwischen meiner Lesestube, den Badehäusern, Promenaden, Gasthöfen, Theatern und Salons ließen sich schon angenehme Tage und Abende verbringen.

Manchmal ärgerte ich mich über die Beschränkungen, die mir meine Lage auferlegten, namentlich dann, wenn mich meine Liebhaber für längere Zeit vernachlässigten. Andererseits hatte ich wirklich Glück mit meinen Männern. Die meisten sahen gut aus oder waren zumindest sehr gepflegt; man konnte sich mit ihnen unterhalten, ohne ständig ein Gähnen unterdrücken zu müssen, und erfreulicherweise entwickelten sie den Ehrgeiz, mir im Bett zu zeigen, dass sie echte Kerle waren. Und wenn sie, was das betrifft, nicht glänzen konnten, versuchten sie, den Makel mit umso kostspieligeren Geschenken wettzumachen.

Den Schmuck meiner Mutter hatte ich mir längst schon von dem Pfandleiher zurückgeholt – bald wäre ich in der Lage gewesen, jahrelang gut zu leben, ohne einen Finger krumm machen zu müssen.

Mit Liebe hatte das alles freilich nichts zu tun. Zwar wollten die Männer, dass ich ihnen bisweilen das Gefühl gab, ich wäre ernsthaft verliebt in sie, aber im Grunde war immer klar, dass es ums Geschäft ging; genauer gesagt: um einen Tauschhandel. Ich konnte gut damit leben.

Wenn die Zeit des Abschieds nahte – und meist nahte sie eher früher als später –, räumte ich meinen Platz ohne Tränen und Vorwürfe. Für gewöhnlich ahnte ich schon, dass ich meine Liebhaber zu langweilen begann, ehe sie es selbst wussten, und unternahm meinerseits Schritte, die Verbindung zu lösen. Etwa, indem ich Reisen zu meiner kranken Mutter erfand oder einen ähnlichen Unfug. Häufig waren es natürlich die Männer, die Syrathanis verlassen mussten. Dann bestand meine Aufgabe darin, die letzte Zeit in der Stadt für sie mit so vielen süßen Erinnerungen anzufüllen wie möglich. So abgebrüht waren die Herren dann nämlich doch nicht, dass sie mein Schicksal völlig kalt ließ; deshalb freuten sie sich, oder waren zumindest erleichtert, wenn ich leichtherzig Lebwohl sagte. Allzu leichtherzig durfte ich natürlich auch nicht sein; ein bisschen wohliger Herzschmerz, ein paar liebliche Seufzer gehörten schon dazu – dann bekam ich meist noch ein besonders schönes Geschenk zum Abschied, und das war es ja letztlich, worum sich die ganze Sache drehte.

Einmal begab es sich allerdings, dass einer meiner Liebhaber noch nicht genug von mir hatte, als er die Stadt verlassen musste. Das war ein weiterer reicher Händler; er stammte aus Mandris und machte mir allerlei Versprechungen für den Fall, dass ich mich bereit erklärte, ihm in den Norden zu folgen. Zu diesem Zeitpunkt war ich bereits zu der Überzeugung gelangt, dass ich meine Möglichkeiten in Syrathanis annähernd ausgeschöpft hatte; außerdem fürchtete ich allen Ernstes, die ehrbaren Damen der Stadt würden demnächst einen Meuchelmörder auf mich ansetzen. Also sagte ich mir, dass dies eine gute Gelegenheit wäre, weiterzuziehen und anderswo mein Glück zu versuchen.

Ich wusste damals schon, dass ich sie vermissen würde, die Stadt am Meer mit ihren weißen Mauern, ihrer kargen Fröhlichkeit, ihrem üppigen Reichtum und ihrer gleißenden Sonne – aber das war eben der Lauf der Dinge.

Fast vier Jahre hatte ich in Syrathanis verbracht. Natürlich war nicht alles schön in dieser Zeit.

Manchmal sah ich plötzlich das Mädchen vor mir, das ich einmal gewesen war. Ich meinte, den bodenlosen Schrecken zu spüren, der sie gepackt hätte, hätte sie gewusst, wie ich heute lebte. Dann quälte mich wieder jene Scham, die ich während der ersten Wochen verspürt hatte, als ich alles fickte, was einen Schwanz hatte. Bald jedoch verwandelte sich die Scham in Wut. Ich erbebte vor Zorn, wenn ich an das Mädchen in der Villa auf den Hügeln vor Raban dachte. Wie ich sie hasste und verachtete – diese dumme, eitle, selbstgefällige Göre, die mit Alabasterpuppen spielte und von Liebesschwüren, rauschenden Hochzeiten und einem Dasein an der Seite eines edlen, reckenhaften Mannes träumte, der bis in den Tod zu ihr stehen würde.

Am liebsten hätte ich sie gepackt und geohrfeigt und angeschrien, sie solle verdammt noch mal die Augen öffnen! Ich stellte mir vor, wie irgendwelche stinkenden, geifernden Schurken sie aus ihrer Prinzessinnenherrlichkeit entführten und in eine dunkle Höhle schleppten, wo sie sich nach Herzenslust an ihr vergingen. Ich ergötzte mich an der Angst und dem Schmerz dieses Mädchens – bis zur Wollust konnte ich mich in derartige Phantasien hineinsteigern. Das endete meist damit, dass ich in alte Unarten verfiel und mich bis zur Besinnungslosigkeit betrank.

Selbstredend gab es auch noch meinen Fluch, den Hunger auf verwestes Fleisch. Das war die eine Sache gewesen, die während meiner Gefangenschaft in dem Haus mit zwei Monden kein Problem dargestellt hatte. Aber ungefähr zu der Zeit, als ich begann, zielstrebig auf die Jagd nach Liebhabern zu gehen, kehrte er zurück, der Hunger. Glücklicherweise fanden sich in Syrathanis viele unbewachte Armenfriedhöfe mit flachen Gräbern, und in mir war eine Ruchlosigkeit erwacht, die mich nicht davor zurückschrecken ließ, eigenhändig Leichen auszubuddeln. Dessen ungeachtet befiel mich oft nackte Panik, wenn ich daran dachte, was geschehen würde, falls man mir je auf die Schliche kommen sollte. Und natürlich war der Selbstekel ein stetiger Begleiter, den ich durch keinen noch so ausgeklügelten Trick abschütteln konnte.

Manchmal aber machte mir mein Fluch sogar Spaß. Dann stellte ich mir das Gesicht meiner Geliebten vor, wenn sie gewusst hätten, dass die vollen, roten Lippen, die sie so begierig küssten, gestern noch von fauligem, madigem Fleisch genascht hatten. Ich schwöre bei allen Göttern, manchmal war ich drauf und dran, ihnen mein großes Geheimnis zu verraten – einfach, um zu sehen, was sie tun und sagen würden. Ich lachte mir vor Vergnügen ins Fäustchen, wenn ich mir die Szenen ausmalte, die meinem Bekenntnis folgen würden.

Wahrscheinlich war ich in diesen Momenten dem Wahnsinn ziemlich nahe.

Dennoch: Allen kleinen und größeren Unannehmlichkeiten zum Trotz waren die Jahre in Syrathanis, wie gesagt, eine gute Zeit. Ich denke gerne an sie zurück.

Danach wurde es nur noch schlimmer.

Und es ist wohl kein Zufall, dass mein Niedergang begann, als ich in Mandris eintraf.

18
GLANZ UND ELEND

Vanice

Vom ersten Tag an konnte ich Mandris nicht ausstehen. Es war, als hielte mir die Stadt einen Spiegel vors Gesicht, der ein wenig schmeichelhaftes Bild meiner selbst zeigte. Niemals wieder habe ich eine derart rohe, gewaltsame Mischung von Prunk und Elend, Glanz und Verfall erlebt. Wenn man auf den Prachtstraßen von Mandris lustwandelte, konnte man das Gefühl bekommen, es gäbe auf der Welt niemanden, der eine größere Sorge hatte als seine Garderobe und seine Abendvergnügungen. Doch wehe, man wich von den Pfaden ab, welche die Reichen und Mächtigen beschritten!

In Syrathanis waren die Armen eben die Armen – man konnte ihnen Almosen geben oder sie ignorieren, je nachdem, wie es um den eigenen Beutel, das eigene Gemüt bestellt war. Hier in Mandris waren die Armen nichts weiter als Aussatz und Abschaum. Eine Heerschar von Stadtwachen, die anderswo für Schläger und Meuchler gegolten hätten, sorgte dafür, dass kein Bettler auch nur in die Nähe der Prachtstraßen, Reichenviertel und Paläste kam. Und wenn es so ein Unglücklicher doch einmal schaffte, sich an den Wächtern vorbeizuschleichen und den makellosen Schimmer des Wohllebens, das die von den Göttern Erwählten genießen durften, mit seinem Dreck zu beschmieren, reute es ihn bald bitterlich. Ehe er sich versah, kamen die Büttel, schleiften ihn zurück in den Schmutz und die Dunkelheit, schlugen ihm die Zähne aus, brachen ihm die Knochen, nahmen ihm alles ab, was auch nur den geringsten Wert hatte, und ließen ihn nackt und blutend in einer stinkenden Gasse liegen.

Die Armenviertel selbst glichen einem Land, das von einer feindlichen Armee besetzt ist. Tag und Nacht zogen Patrouillen durch die Straßen, und was entfernt so aussah, als könnte es zu Widerspruch und Unruhe führen, wurde niedergeknüppelt; mit eigenen Augen habe ich gesehen, wie ein paar Männer verprügelt wurden, weil sie sich lautstark darüber geärgert hatten, dass das Bier in ihrer Lieblingsschenke teurer geworden war. Da versteht es sich von selbst, dass auf die kleinsten Vergehen drakonische Strafen standen: Wer einen Apfel stahl, dem wurde die Hand abgehackt; wer die Götter lästerte – oder den Adelsrat, der in Mandris herrschte –, dem wurde die Zunge herausgeschnitten oder ein Auge ausgestochen; wer eine der Stadtwachen angriff, wurde entweder an Ort und Stelle totgeschlagen oder bei nächster Gelegenheit gehängt.

All diese Gesetze galten natürlich nur für die Armen; unter ihnen gab es so viele Krüppel, dass man tatsächlich hätte meinen können, ihre Behausungen lägen in einem Kriegsgebiet.

Vielleicht sollte ich zur Ehrenrettung von Mandris sagen, dass diese Zustände nur dort herrschten, wo wir Reichen und Schönen uns durch den Schmutz und das Elend der anderen belästigt fühlen konnten, also in der Inneren Stadt. In den Vororten und den Dörfern, die sich in endlosen Ringen um die Stadt zogen, ging es wohl anders zu – nicht mehr und nicht weniger ungerecht und grausam als irgendwo sonst unter der Sonne der Götter, heißt das.

Meine Heimat aber war in der Inneren Stadt; dort konnte ich meine, nun ja, Gaben zu allerbestem Nutzen bringen.

Der Händler, der mich nach Mandris geholt hatte, führte mich in die entsprechenden Kreise ein, und als er meiner überdrüssig geworden war, hatte ich nicht die geringste Schwierigkeit, ihn zu ersetzen.

Man pflegte hier auch gerne etwas ausgefallenere Vergnügungen, und wenn ich nicht gerade einen Liebhaber hatte, der mich für sich allein beanspruchte, konnte ich meine Tauglichkeit bei Orgien verschiedenster Art unter Beweis stellen. Was ich an Schamgefühl besessen haben mochte, hatte bereits Kelmon aus mir herausgeprügelt. Allein das Wort »Anstand« brachte mich zum Lachen; ich wusste ja nur zu gut, dass das eine der hübschen Lügen war, mit denen die Verlierer dieser Welt dem eigenen Scheitern und Unglück einen heroischen Glanz zu verleihen suchten. Ich gewöhnte mir an, Rauschkraut zu rauchen – Sternstaub, Wüstenwind, Glück der Oase; all die schönen Dinge, die die Pascher von Enjahla mit ein wenig Hilfe der Großen Familien in den Norden schmuggelten – und verbrachte ganze Tage in seliger Verdämmerung. Das Lesen hatte ich mir abgewöhnt; ich brauchte meine ganze Kraft dafür, schön zu bleiben. Und tatsächlich sind die stärksten Empfindungen, derer ich mich aus jener Zeit erinnern kann, die wilden Neid- und Hassgefühle, die mich peinigten, wenn ich an die Frauen dachte, die mir meinen Platz streitig machten und vielleicht üppiger oder zierlicher, dunkler oder heller, jünger oder sinnlicher waren als ich.

Seltsamerweise blieb ich während meiner ersten Monate in Mandris fast völlig verschont von dem Hunger auf Leichenfleisch. Das war ein Segen, denn hier war es freilich nicht so einfach, sich im Schutz der Dunkelheit auf Armenfriedhöfe zu schleichen. Als mich dann doch die Gier nach Verwestem packte, musste ich mir etwas einfallen lassen, um mein Verlangen zu stillen, ohne mich in größte Gefahr zu begeben. Mich rettete der Umstand, dass die feine Gesellschaft von Mandris überaus … sagen wir nachsichtig war, wenn jemand im Stillen verbotenen Lüsten frönte. Es war zum Beispiel allgemein bekannt, dass einige der Unseren gelegentlich Jungen und Mädchen aus den Armenvierteln rauben ließen, um dann Skargat weiß was mit ihnen anzustellen.

In Anbetracht dieser Gepflogenheiten fand ich eine Lösung für mein Problem, die mir noch heute ebenso aberwitzig wie brillant vorkommt: Ich ließ alle Welt sehen, was ich trieb, damit ich es umso besser verheimlichen konnte. Für ein paar Silbergulden mietete ich mir eine Kutsche sowie eine Handvoll erprobter Schläger und ließ mich des Nachts in die Armenviertel zu einem Friedhof fahren. Dann gab ich meinen Männern die Anweisung, dafür zu sorgen, dass ich ungestört blieb, und während sie am Eingangstor (oder am Loch in der Mauer) Wache standen, ging ich in Ruhe meinen Geschäften nach. Was *genau* ich auf den Friedhöfen zu schaffen hatte, blieb der Einbildungskraft Neugieriger überlassen; da ich mich jedoch nicht mit Geheimniskrämerei aufhielt, nahm man an, dass sich diese merkwürdigen Ausflüge im Rahmen dessen bewegten, was in unseren Kreisen als vertretbar galt: eine verzeihliche Laune unter anderen.

Auf die Dauer wäre die Sache wahrscheinlich dennoch nicht gut gegangen. Zu groß war die Gefahr, dass früher oder später jemand etwas sah, was er nicht sehen durfte. So weit kam es allerdings nicht. Meine Zeit in Mandris endete schneller und bitterer, als ich es je erwartet hätte.

Das Unglück begann damit, dass ich mich zu langweilen begann. Um genau zu sein: Ich begann, mich im Bett zu langweilen. Ich hätte das niemals für möglich gehalten. Aber es war so. Auf einmal empfand ich wieder Sehnsucht nach dem Lesen und dachte, dass es ein Jammer war, dass man nicht gut in einem Buch blättern konnte, während sich so ein Mann auf, unter, vor oder hinter einem abmühte. Diese Langweile steigerte sich binnen kürzester Zeit zu einem schwer bezähmbaren Widerwillen.

Das hatte nichts mit Ekel oder irgendwelchen moralischen Zimperlichkeiten zu tun; ich hatte einfach keine Lust mehr.

Wenn es weiter nichts gewesen wäre, hätte ich wohl einen Weg finden können, mit diesem Missstand umzugehen. Aber bald schon begannen die Schmerzen. An die fünf Jahre hatte ich sämtliche Ausschweifungen schadlos überstanden. Ich hatte das als Zeichen genommen, dass ich sozusagen für dieses Leben geschaffen war. Nun galt das nicht mehr.

Ich beschloss, die Schmerzen zu ignorieren, bis sie eben verschwunden wären. Allein, sie verschwanden nicht. Sie wurden immer schlimmer. Bald schon konnte ich kaum noch gehen. Mit Hilfe eines Handspiegels besah ich mir das Elend. Entsetzt stellte ich fest, dass in meinem Geschlecht ein Geschwür von der Größe einer Kinderfaust – nein, meiner Faust – herangewachsen war. Da bekam ich es mit der Angst zu tun. Dennoch beharrte ich darauf, dass sich alles von selbst erledigen würde, wenn ich mich nur ein wenig schonte und das Bett hütete.

In der folgenden Nacht bekam ich Fieber, und die Schmerzen waren jetzt selbst im Liegen so schlimm, dass ich es kaum noch aushielt. Notgedrungen nahm ich Vernunft an; sowie der Morgen gekommen war, ließ einen Kutscher rufen, der im Ruf der Verschwiegenheit stand. Ein Blick in den Wandspiegel bestätigte mir, dass es nicht gut um mich bestellt war: Meine Haare hingen mir in klebrigen Strähnen am Schädel, mein Gesicht war totenbleich, eingefallen und schweißnass, die Augen tief in die Höhlen gesunken. Dennoch schaffte ich es, mich einigermaßen herzurichten und zu schminken, und unter Aufbietung aller Kräfte gelangte ich aufrecht in die Kutsche. Aber jedes Mal, wenn die Räder ein Schlagloch fanden, musste ich mir auf die Knöchel beißen, um nicht aufzuschreien, so weh tat mittlerweile jeder Zentimeter meines Körpers.

Glücklicherweise dauerte die Fahrt nicht lange. Die Heilerin, zu welcher mich der Kutscher brachte, war bekannt dafür, dass sie sich auf Frauenleiden verstand, und als sie mich sah, ließ sie buchstäblich alles stehen und liegen, um mich zu untersuchen. Die Heilerin war eine große, schlanke Frau mit graubraunem Haar und einem strengen, feingeschnittenem Gesicht. Unter gewöhnlichen Umständen wäre es mir überaus peinlich gewesen, mich von ihr ausziehen zu lassen. Jetzt nahm ich gar nicht mehr richtig wahr, was für ein kümmerliches Häuflein ich abgab. Nackt, wimmernd, zitternd und schwitzend lag ich auf einer Holzbahre und alles, was ich mir wünschte, war, dass die Schmerzen aufhören würden.

Als mich die Heilerin untersucht hatte, betrachtete sich mich mit ernster Miene. »Was tust du dir an, Mädchen?«, sagte sie leise.

Ich hatte keine Ahnung, wovon sie redete.

Nach drei Tagen hatte mich die Heilerin so weit, dass ich wieder heimgehen konnte. Je besser ich mich fühlte, desto unangenehmer wurde mir die Frau. Sie machte keinen Hehl daraus, was sie von mir hielt, und erteilte mir bei jeder Gelegenheit irgendwelche Belehrungen, die ich geflissentlich überhörte. Ich habe sie immer verabscheut, diese Menschen ohne Fehl und Makel, die von der Höhe ihres wohleingerichteten Lebens auf Missgeburten wie mich hinabblicken, und um die Heilerin an die wahren Verhältnisse zu erinnern, nötigte ich ihr zum Abschied sehr viel mehr Geld auf, als sie verlangt hatte.

Ich nahm mir vor, dass ich die Hilfe dieser Frau niemals wieder in Anspruch nehmen würde; eher würde ich sterben.

Dennoch hallten die Worte der Heilerin in mir nach: *Was tust du dir an, Mädchen?*

Nach einigem Überlegen kam ich zu dem Schluss, dass sie recht hatte. Tatsächlich hatte ich mir etwas angetan. Die Männer hatte ich mir angetan; und das viel zu lange. Ihrer Gier und ihrer Geilheit hatte ich es zu verdanken, dass ich mich tagelang vor Schmerzen hatte winden müssen und – das hatte mir die Heilerin nachdrücklich versichert – nur knapp mit dem Leben davongekommen war: Das Geschwür, das in mir gewachsen war, hatte schon alle meine Säfte zu vergiften begonnen.

Ich wurde so wütend, dass ich mit geballten Fäusten in meinen Gemächern auf und ab stampfte und mich zähneknirschend in Träumen von Mord und Totschlag, Kastration und Zerstückelung erging, bis ich Kopfschmerzen bekam.

Ich war besessen von Rache. Ich wollte die Männer büßen lassen für alles, was ich hatte erdulden müssen. Koste es, was es wolle. Und bald schon kam mir ein Gedanke, wie ich das würde bewerkstelligen können.

19
DER ABGRUND

Cay

Cay hatte die Kiste voll Gold, die Kelmon versprochen war, im Stadtpalast des Dorn gelassen. Er bot an, seine Leibwächter zu schicken, um die Belohnung gleich zu holen. Doch Kelmon winkte ab. Er wollte das Gold erst dann haben, wenn Cay mit eigenen Augen gesehen hatte, was ihn offenbar zu sehen verlangte.

»Kommt zurück und berichtet mir, wie es Euch gefallen hat!«, sagte Kelmon lächelnd. Offenbar freute er sich auf den zweiten Besuch des Herrn Ulf von Schwarzenbach.

»Ja, ich werde zurückkommen«, erwiderte Cay. Auch er lächelte. Hätte Kelmon achtgegeben, vielleicht hätte er etwas Beunruhigendes in diesem Lächeln entdeckt. Doch er war schon wieder damit beschäftigt, sich neuen Wein einzugießen, und was immer in Cays Gesicht aufblitzte, war einen Herzschlag später wieder verschwunden.

Kelmon erwies seinem Gast sogar die Ehre, ihn zur Tür zu geleiten. Im Kreis seiner Diener stand er da, und das Sonnenlicht, das durch die nun offene Pforte einfiel, brachte den Wein in dem Kristallpokal zum Leuchten, ehe es sich zwischen den Schatten der Vorhalle verlor.

»Habt Ihr alles verstanden, was ich Euch gesagt habe?«, fragte Kelmon, und es klang, als wäre er aufrichtig besorgt um das Wohlergehen des Edelmannes aus dem Norden.

»Ja«, sagte Cay.

»Gut. Dann auf bald!«

»Ja«, wiederholte Cay. »Nur eines noch …«

»Ich höre?«

Kurz schien es, als wisse Cay selbst nicht, was dieses Eine war, auf das er noch zu sprechen kommen wollte. Dann sagte er: »Ihr habt Radulf geschrieben, auch die, die damals dabei waren, könnten ihm nicht mehr sagen. Wen habt Ihr damit gemeint? Diejenigen, die an … jenem Ort leben?«

»Ganz richtig«, bestätigte Kelmon und hob den Kristallpokal mit dem dunkel-glühenden Wein, wie in Anerkennung der Findigkeit des Herrn von Schwarzenbach.

Cay nickte. Ohne ein weiteres Wort zu sagen drehte er sich um und verließ das Haus mit zwei Monden. Seine Leibwächter folgten ihm, und das dumpf-hallende Geräusch der Schritte Kelmons, als er sich in die Düsternis seiner Villa zurückzog, vermischte sich mit dem Knirschen des Kieses unter den Stiefeln der drei Männer. Dann schloss sich die Eingangspforte; fast lautlos schloss sie sich. Und dann stiegen Cay und seine Begleiter in die Gondel, die auf die Rückkehr ihrer Passagiere gewartet hatte, und der Fuhrmann stieß sich von der Kanalwand ab und ließ sein langes Ruder in das schwarze Wasser gleiten, dessen Fäulnis gleichsam emporgesaugt wurde von der Sonne.

Während der Fahrt zum Stadtpalast schwieg Cay. Die Soldaten des Dorn, die auf ihn achtgeben sollten, tauschten rätselnde Blicke, aber sie wussten, dass es nicht an ihnen war, Fragen zu stellen. Cay schwieg noch immer, als sie in dem weitläufigen Haus, das für ein paar Tage sein Heim sein sollte, angekommen waren. Er zog sich in seine Gemächer zurück, und nachdem er das leichte Mittagsmahl, das ihm die Diener bereiteten – helles, weiches Brot, kalter, in pikantes Öl eingelegter Spinat und geräucherter Fisch – gegessen hatte, zog er sich um. Er wählte dieselbe Kleidung, die er in der Nacht getragen hatte, als Vanice und er losgezogen waren, um Radulf von Rodingen zu töten: schwarze Lederstiefel, eine schwarze, weite Hose, ein schwarzes Wams, schwarze Lederhandschuhe und den schwarzen, langen, hochkragigen Mantel. Nur auf den Hut verzichtete er.

Nachdem er angekleidet war, blieb Cay eine lange Zeit auf seinem

Bett sitzen. Leicht nach vorne gebeugt saß er da, regungslos und abwesend. Schließlich erhob er sich, ganz plötzlich, mit einer ruckartigen Bewegung. Er gürtete sein Schwert, nahm die Öllampe, die ihm in den Abend- und Nachtstunden Licht spendete, verließ das Zimmer und ging schnellen Schrittes die Treppe hinab. Auf die Fragen der Diener antwortete er mit Kopfschütteln; den Leibwächtern verbot er, ihm zu folgen.

Dieses Mal nahm Cay keine Gondel. Zu Fuß begab er sich in die labyrinthischen Gassen von Alkessa. Die Anweisungen, die Kelmon ihm gegeben hatte, waren sehr genau gewesen. Er schien es auswendig zu kennen, das Gewirr aus engen, steilen, schiefen, krummen Straßen, das im Herzen der uralten Hafenstadt lag. Und wenn er sagte: »Hier werdet Ihr in einen Hof kommen, der nur einen einzigen Ausgang hat: eine niedrige Tür in einem fensterlosen Haus. Diese Tür steht immer offen. Wenn Ihr sie durchschreitet, kommt Ihr in einen Gang, der auf die andere Seite des Hauses führt. Dahinter folgen drei weitere Höfe, die durch kleine Holztore miteinander verbunden sind. Der letzte dieser Höfe führt auf eine abschüssige Straße. Wenn Ihr die Straße hinabgeht, werdet Ihr linkerhand eine winzige Gasse sehen …« – dann war es genauso.

Obwohl Kelmons Beschreibung nicht leicht zu folgen war, verirrte sich Cay kein einziges Mal. Vielleicht wunderte er sich darüber; vielleicht auch nicht. Jedenfalls dauerte es nicht lange, bis er sein Ziel erreicht hatte: ein Ruinenfeld mitten in Alkessa.

Die Ruinen befanden sich in einem Teil der Stadt, der vorwiegend von Handwerkern und kleinen Händlern bewohnt wurde. Sie füllten einen weitläufigen Platz, und allein dies legte die Vermutung nahe, dass sie vor Zeiten eine Tempelanlage gebildet hatten. Die hohen Mauerreste, die zahlreichen gewaltigen Säulen, die teils umgestürzt waren, teils aufrecht standen, und die verwitterten Statuen, die sich noch als Bildnisse von Hekir und Sorin erkennen ließen – der eine in voller Rüstung, auf sein riesenhaftes Schwert gestützt, der andere mit einer Schriftrolle und dem Stab des Heilers versehen –, bestätigten diese Ahnung.

Cay wusste ohnedies, worum es sich handelte. Er stand vor den Ruinen des Großen Allgötter-Tempels, der, wie Kelmon ihm erklärte hatte, aus einer Zeit stammte, als das Ahekrische Reich noch nicht gegründet worden war. Im Verlauf eines Streites zwischen zwei Alkessischen Patrizierfamilien, der sich zum Bürgerkrieg ausgeweitet hatte, war der Tempel zerstört worden. Später hatte man darauf verzichtet, ihn erneut aufzubauen, weil die Geweihten der verschiedenen Götter zu dem Schluss gekommen waren, dass es dem Wesen der Ewigen weit eher entsprach, einzeln verehrt zu werden, getreu den Regeln und Bräuchen ihrer je eigenen Kulte.

Jetzt spielten Kinder zwischen den ehrwürdigen Ruinen, und wohl ein Dutzend Streunkatzen faulenzten auf den halbüberwucherten Steinen. Eine ganze Weile lang stand Cay am Rand des Platzes. Er lauschte den Schreien und dem Lachen der Spielenden, ebenso wie den Rufen der Händler, die um den verfallenen Tempel herum ihre Buden aufgebaut hatten und gebratene Fische, Röstkastanien, süße Backwaren und dergleichen mehr feilboten.

Das Licht der Nachmittagssonne hatte die Farbe von Honig; wie schwerer, klebriger Sirup schien es die Mauern und Säulen und Standbilder zu überziehen. Es war noch wärmer geworden, und Cay schwitzte unter seinem schweren Mantel. Dennoch machte er keine Anstalten, in den Schatten zu treten; tatsächlich setzte er seinen Weg erst fort, als die Sonne von sich aus ein Stück weiter gewandert war.

Er schob sich zwischen den Männern und Frauen hindurch, die über den Tempelplatz spazierten, und betrat die Überreste des uralten Heiligtums. Bald fand er, was er gesucht hatte: eine mächtige Säulenhalle. Das Dach dieser Halle war bereits vor Jahrhunderten eingestürzt; Tauben hockten auf den Kapitellen der Säulen und gurrten einander an. Auch der Boden der Halle war mehr als schadhaft: ein Loch, groß wie eine Bauernkate, klaffte in seiner Mitte. Darunter lag eine Krypta, in der früher einmal Geweihte von Elaah, Sorin, Thaala und Hekir die letzte Ruhe gefunden hatten; im Zwielicht konnte man die steinernen Sarkophage ausmachen, in deren schwere, von weißlichen Flechten gefleckte Deckel die Abbilder der Entschlafenen eingemeißelt waren.

In die Krypta zu gelangen, war nicht schwer. Schutt und Trümmer bildeten eine Art Rampe, und niemand beachtete Cay, als er sich zu den toten Geweihten gesellte. Wie Kelmon gesagt hatte, befand sich im Boden der Grabkammer ein weiteres Loch. Es war ein Eingang zu den Katakomben von Alkessa. Diese Katakomben umfassten Hunderte von Kilometern und erstreckten sich über mehrere Ebenen. Wer sich hier verirrte, musste fürchten, nicht mehr so schnell ans Licht zu gelangen. Cays Weg allerdings führte nur in eine Richtung: nach unten. Er war, so Kelmon, nicht der Erste, der von dieser Stelle aus den Abstieg in die Dunkelheit wagte. Und sein Vorgänger – vielleicht der Herr des Hauses mit zwei Monden selbst – war offenbar so freundlich gewesen, Markierungen zu hinterlassen.

An einer Wand des Ganges, der sich unter der Krpyta erstreckte, waren Steinblöcke aufgeschichtet. Cay ließ sich in das Loch hinab und stellte fest, dass seine Füße mühelos Halt fanden. Nachdem er den Boden erreicht hatte, entzündete er die Öllampe und blickte sich um. Die Katakomben waren genaugenommen wenig aufregend. In die Steinwände waren Nischen verschiedener Größe eingelassen. Früher hatten dort die in Grabtücher gewickelten Leichname von Hunderten und Tausenden Männern, Frauen und Kindern gelegen. Aber das war so lange her, dass von den Toten nicht einmal Staub übriggeblieben war.

Aus Kelmons Erzählungen wusste Cay, dass man die Katakomben angelegt hatte, weil in Alkessa selbst kein Platz für die Toten gewesen war; vom Meer und von Sümpfen umgeben, hatte man die Tiefe als Grabfeld gewählt. Doch schließlich – nach mehreren gescheiterten Versuchen – gelang es den Herrschern der Stadt, die Sümpfe zumindest teilweise trockenzulegen. Alkessa dehnte sich aus und konnte es sich nun erlauben, seine Verstorbenen nah an der Sonne zu bestatten. Die Katakomben wurden nicht mehr benötigt und gerieten langsam in Vergessenheit. Man überbaute ihre Eingänge; man plünderte, was es in ihnen an Schätzen gab. Schon bald störten kein Fackelschein und kein Lampenschimmer mehr die Dunkelheit, die sich in ihren endlosen Gängen angesammelt hatte. Sie wuchs und wurde alt, die Dunkelheit.

Aber, wie gesagt, irgendwann kam dann doch jemand, der sich in sie hineinbegab, um ihre Geheimnisse zu ergründen. Dieser Jemand hatte Pfeile an die Wand gemalt. Und zwar vor gar nicht langer Zeit – denn das Rot der Farbe, die für die Pfeile benutzt worden war, schien kaum verblichen. Als sich Cay im Licht seiner Öllampe umzusehen begann, fiel sein Blick beinah sofort auf den ersten der Pfeile. Er zeigte nach links, und wäre Cay ein Abenteurer oder Entdecker gewesen, hätte er es vielleicht enttäuschend oder gar lachhaft gefunden, dass man ihm den Weg zu der Hinterlassenschaft des Bösen derart überdeutlich beschrieb. Doch sein Gesicht gab keinen Hinweis darauf, dass er dergleichen dachte oder fühlte. Ruhig und achtsam folgte er dem Pfeil.

Cay kam in eine Kammer, in der es eine grob behauene Steintreppe gab, die nach unten führte. Ein Pfeil beorderte ihn, der Treppe zu folgen. So ging es weiter: durch Gänge, vorbei an Abzweigungen, bis zur nächsten Treppe. Es mochte sein, dass sich gelegentlich einige besonders verwegene Kinder oder junge Burschen aus gutem Hause, die ihren Mut zu erproben suchten, in die obersten Ebenen der Katakomben hineingewagt hatten. Ein paar zerbrochene Tonkrüge, vergammelte Essensreste und obszöne Kreidezeichnungen an den Wänden deuteten darauf hin. Doch als Cay die tieferen Schichten der Dunkelheit freilegte, Schritt um Schritt, kam er bald in Berührung mit einer großen Einsamkeit, die kaum je aufgestört worden war.

Längst drang kein Geräusch von der Außenwelt mehr in die Stille der Katakomben vor. Cay war allein mit dem Klang seiner Schritte und dem gelegentlichen Klackern der Öllampe. Die Lampe war gut gefüllt, und er hatte nicht vergessen, ein paar Fackeln mitzunehmen, verstaut in einer Umhängetasche, für den Fall, dass er sich länger in den Katakomben aufhalten musste. Doch das änderte nichts daran, dass die Dunkelheit immer schwerer wurde, immer dichter, immer lauernder. Cay kam jetzt öfters an Stellen, wo Teile des Gangs eingestürzt waren und ein Haufen Geröll und Erde den Durchgang versperrte. Die Luft war so stickig, als würde man durch dickes Tuch atmen. Dennoch zögerte er nicht und hielt nicht inne. Immer weiter folgte er den Pfeilen.

Vielleicht ahnte Cay, dass sich die Katakomben unmöglich über so viele Ebenen in die Erde wühlen konnten, wie er bereits durchschritten hatte. Doch selbst, wenn er seinen Geist von der Frage ferngehalten hatte, ob er sich noch immer in der Wirklichkeit – *seiner* Wirklichkeit – aufhielt, belehrte ihn bald die Wirklichkeit selbst, dass dem nicht so war.

Denn die Katakomben veränderten sich. Cay zuckte zusammen, als er im trüben Licht der Öllampe zum ersten Mal einen Schädel in einer der Nischen entdeckte. Es war der Schädel eines Kindes. Und dabei blieb es nicht. Immer mehr Nischen füllten sich. Zuerst waren es noch einzelne Knochen: eine Hand, ein Bein, Teile eines Rippenkastens, immer wieder Schädel. Doch schon auf der nächsten Ebene lagen Skelette in den Nischen: Skelette von Männern, Frauen, Kindern. Kaum eine Wandöffnung war jetzt noch leer, und Cays Schritte wurden kleiner, so als müsste er sich stets aufs Neue daran erinnern, wie man es machte, ein Bein vor das andere zu setzen.

Eine weitere Treppe, und es waren keine Skelette mehr. In Grabtücher gewickelte Leichname erwarteten Cay. Sie lagen da, als wären sie vor wenigen Tagen noch durch die Straßen ihres Viertels gegangen, hätten geatmet und gesprochen, gegessen und getrunken, gelacht und geweint. Die Bandagen, welche die Toten umhüllten, waren teils von Verwesungssäften geschwärzt, aber die Luft roch nur nach Dunkelheit. Auch kleine Grabbeigaben sah Cay jetzt: Vasen, ein wenig Schmuck, Tücher, Holzpuppen, sogar Brot und Wein.

Plötzlich endeten die Katakomben. Cay ging noch ein kleines Stück weiter. Dann begriff er, dass ihm das Lampenlicht keine Wände und keine Decke mehr zeigte. Er stieß ein Geräusch wie ein Keuchen aus; vielleicht war es auch ein Schluchzen. Im Bemühen, den Raum, in dem er sich jetzt befand, auszuleuchten, hob er den Arm, streckte sich, machte vorsichtige Schritte nach links und rechts. Allein, die Dunkelheit hatte keine Grenze; und wenn sie eine hatte, wartete dahinter nur eine noch vollkommenere Schwärze. Wie ein Blinder tastete sich Cay voran. Seine Hand zitterte; sein ganzer Körper zitterte. Und obwohl es mittlerweile sehr kalt war, schwitzte er.

Dann hörte auch der Boden auf. Cay stand am Rande des Abgrunds.

Doch der Abgrund war nicht leer.

Der Himmel über Alkessa zeigte die erste Andeutung einer gelblich-grauen Morgendämmerung, als er die Katakomben verließ. Die Fackel, die ihm auf dem Rückweg geleuchtet hatte, ließ er bei dem Loch im Boden der Krypta liegen.

Cay stieg die Rampe empor und durchquerte die Säulenhalle und verließ die Ruine des Großen Allgötter-Tempels. Seine Bewegungen waren fahrig und ungelenk; sie ähnelten denen eines Betrunkenen. Irgendwie schaffte er es, zu dem Stadtpalast des Dorn zu kommen. Die Diener hatten gewacht und ihn erwartet. Cay beantwortete die Fragen, die man ihm zu stellen wagte, mit wenigen Worten, die nichts erklärten. Er ging auf seine Zimmer, trank von dem abgekochten Wasser, das für ihn bereitstand, legte sich aufs Bett, in Mantel und Stiefeln, und schlief ein. Den ganzen Tag und die ganze Nacht über schlief er.

Als Cay erwachte, war ein regnerischer Morgen hereingebrochen. Er stand auf, nahm ein Bad und zog sich an; auch für seinen zweiten Besuch bei Kelmon wählte er die Kleidung des Edelmannes Ulf von Schwarzenbach. Als er angezogen war, betrachtete sich Cay einige Momente in dem großen Wandspiegel, der sein Schlafgemach schmückte. Er hatte sich nicht verändert und sah doch anders aus. Auf seiner Wange zeigte sich noch die schwache Spur eines Kratzers.

Etwa eine Stunde später stand Cay vor dem Haus mit zwei Monden. Nebel hing über den Straßen und Kanälen Alkessas und hüllte die große, wuchtige Villa ein. Cay war allein und trug eine Holzkiste unter dem Arm, die eher eine Schatulle war. Er hatte keinen Hut aufgesetzt; der Regen benetzte sein Gesicht und seine Haare. Dieses Mal hatte er sich nicht angemeldet. Dennoch wurde ihm sofort geöffnet, als er an die Eingangspforte klopfte. Wieder musste er sein Schwert abgeben (und heute auch den Dolch); wieder wurde er in das Kaminzimmer geleitet; wieder erwartete ihn Kelmon in einem der samtbezogenen Sessel. Doch heute waren die Läden geöffnet, und man konnte in den dunstig-fahlen Garten hinausblicken.

»Ah, der Herr Ulf von Schwarzenbach – da seid Ihr ja wieder!«, rief Kelmon.

»Ja«, sagte Cay.

»Habt Ihr gefunden, wonach Ihr gesucht habt?«

»Ja.«

»Und? War es nach Eurem Geschmack?«

»Hier ist Eure Belohnung«, sagte Cay. Er machte einen Schritt nach vorne und stellte die Schatulle auf dem Tisch ab, zwischen die Weinkaraffe und die beiden Kristallpokale. Dann trat er wieder zurück.

»Hm, das ist in der Tat eine kleine Kiste«, sagte Kelmon. »Aber ich freue mich, dass ich die Belohnung Eurer Meinung nach verdient habe.«

»Ja, das habt Ihr«, bestätigte Cay.

Kelmon lächelte ihn an. Er sagte kein Wort. Dennoch kam wenige Augenblicke später ein Diener herein, nahm die Schatulle und verschwand wieder.

»Wollt Ihr Euch nicht setzen und ein Glas mit mir trinken?«, fragte Kelmon, nachdem der Diener die Tür hinter sich geschlossen hatte.

»Nein, ich stehe lieber.«

»Heißt das, Ihr wollt mich schon wieder verlassen? Ich hatte gehofft, wir könnten noch ein wenig plaudern.«

Cays Gesicht war ausdruckslos, als er sagte: »Es gibt in der Tat etwas, worüber ich mit Euch sprechen möchte.«

»Ach, und das wäre?«

»Eine Frau.«

»Eine Frau?« Halb amüsiert, halb irritiert verzog Kelmon das Gesicht. »Ihr wollt über eine Frau mit mir reden?«

»Ja«, sagte Cay. »Ihr Name ist Vanice Devecraux.«

20
FALLENDE STERNE

Vanice

Ich habe oft gedacht, dass Vergessen die größte Gnade ist. Wenn mir alle von Scham, Pein und Ekel erfüllten Momente meines Lebens gegenwärtig wären – auch nur eine Sekunde lang –, würde ich sicherlich den Verstand verlieren, augenblicklich und unwiderruflich.

Leider gibt es Dinge, die wir umso klarer und schmerzlicher erinnern, je verzweifelter wir sie zu vergessen suchen. So geht es mir mit dem letzten halben Jahr, das ich in Mandris verbrachte.

Mein Racheplan sah schlicht und einfach vor, dass ich die Männer von nun an in mich verliebt machen würde. Selbstredend ging das nicht mit den abgefeimten Wüstlingen, in deren Gesellschaft ich zuletzt immer mehr Zeit verbracht hatte. Also suchte ich mir unschuldigere Opfer – halbe Knaben noch, die gerade ihre ersten Schritte »in der Welt« machten.

Natürlich hatte ich einen gewissen Ruf. Doch das machte nichts; im Gegenteil. Ich gab das gefallene Mädchen mit dem Herzen aus Gold; die tragische Schönheit, die ein dunkles Geheimnis quält; die Verlorene, die sich trotz ihres ausschweifenden, zügellosen Lebens nach wahrer Liebe und Geborgenheit in starken Männerarmen sehnt. Und die Fische gingen an die Leine, wenn ich so sagen darf. Es war alles eine Frage von zielgenauen Andeutungen, schwermütigen Blicken, zarten Seufzern und anderen Kunststücken aus dem erprobten Repertoire weiblicher Gaukelkunst. Manchmal fand ich mich selbst so lachhaft, dass ich schnell zur Seite blicken musste, um in mein Taschentuch zu kichern.

Aber es gab nicht wenige Männer, die in Liebe zu mir entflammten, wenn sie meine Aufführung eine Weile lang bewundert hatten; oder besser noch: die eine unbändige Leidenschaft entwickelten, mich zu retten. Die Vorstellung, mich dem finsteren Geschick zu entreißen, das mich gefangen hielt, und einem reinen, hellen Dasein zuzuführen, schien für diese Männer eine Verheißung des allerhöchsten Glücks zu bergen. Ich tat mein Bestes, sie in ihrem Irrtum zu bestärken. Zugleich wich ich jeder Verbindlichkeit aus; selbst dem allerkleinsten Kuss verweigerte ich mich, als hätte ich eine holde Jungfräulichkeit zu hüten.

Um es kurz zu machen: Ich umgab mich also mit einem Kreis von Kavalieren, die ich alle zwang, mein Spiel mitzuspielen. Mal schien ich dem einen den Vorzug zu geben, mal dem anderen. Mal empfing ich diesen zu später Stunde in meinem Zimmer, mal erlaubte ich jenem, mich ins Theater auszuführen. Aber so wie einer der Männer meinte, er hätte jetzt mein Herz erobert und könne sich gewisse Vertraulichkeiten erlauben, wurde ich kalt und abweisend – nur um bei nächster Gelegenheit eine sehnsüchtige Reue vorzuspiegeln, auf dass sich der Geschasste wieder Hoffnung machte, mich doch noch für sich zu gewinnen.

Der Sinn des Ganzen bestand natürlich darin, dass ich die Männer quälen und mich heimlich über ihre trottelige Einfalt amüsieren wollte. Ich fand es ebenso erfreulich wie verwunderlich, dass ich in den Augen meiner Freier umso erhabener, begehrenswerter und verlockender zu werden schien, je mehr ich sie piesackte. Spätestens nach ein paar Monaten hielten es die meisten von ihnen dennoch nicht mehr aus. Dann versuchten sie, mich zur Rede zu stellen, eine Entscheidung zu erzwingen. Es gab Drohungen und Liebesschwüre, Geschrei und Flehen, tränenreiche Auf- und Abritte – bis schließlich noch der Dümmste begriff, dass ich mir einen kleinen Spaß erlaubt hatte und nicht die geringste Absicht hegte, irgendjemandem mein Herz aufzuschließen. Für gewöhnlich begannen die Männer dann, mich als Hure zu beschimpfen, worauf ich in Gelächter ausbrach und sie bat, sich doch bitteschön zur Hölle zu scheren.

Damit war die Sache meist erledigt. Einmal aber wurde einer der Männer, die mich verunglimpft hatten, von einem anderen, der sich noch Hoffnung auf mich machte, tatsächlich zum Duell gefordert, was mich über die Maßen entzückte.

Nun denn, auch dieses Spiel ließ sich nicht ewig weiterspielen. Zu meinem Bedauern setzte sich bald schon die Einschätzung durch, dass ich wahnsinnig geworden war und man sich besser von mir fern hielt. Das vergraulte natürlich meine verbliebenen Freier.

Alle, bis auf einen.

Dieser Mann hieß Gisham zu Reichersberg. Er war der jüngste Sohn eines überaus wohlhabenden und bedeutenden Fürstengeschlechts, und ich sehe ihn so deutlich vor mir, als hätte ich erst gestern mit ihm gesprochen: seine schlanke Gestalt, die dunklen, vollen Haare, den zarten Bart, die großen Augen, die immer etwas traurig in die Welt blickten.

Sein Benehmen mir gegenüber war stets von vollendeter Ritterlichkeit. Er schrieb mir Briefe, ließ mir Geschenke zukommen und schickte Diener, die mir Einladungen zu Bällen und Festen überbrachten. Nie drängte er sich mir auf. Und dass ich ihn kalt und abschätzig behandelte, erschütterte weder seine Haltung noch seinen Eifer.

Ich begriff, dass sich Gisham durch seine hartnäckige Werbung lächerlich machte vor den anderen jungen Adeligen. Ich begriff auch, dass es ihm ernst sein musste mit mir; obgleich ich keine Ahnung hatte, was für Tugenden er in mir zu erkennen meinte. Und mir entging keineswegs, dass er gut aussah, ein gewandter Tänzer war, sich auf die Künste und Wissenschaften verstand und einer sehr bedeutenden Familie entstammte (die ihn vermutlich nur deshalb gewähren ließ, weil er der jüngste vieler Söhne war).

Dass Gisham mich heiraten würde, war natürlich ausgeschlossen. Doch wenn ich es geschickt anstellte, würde er dafür sorgen, dass ich ein sorgloses Leben führen konnte – vielleicht auf viele Jahre hinaus.

Das Problem bestand darin, dass ich ihn verabscheute. Das Spiel mit der Verliebtheit der Männer hatte mir so viel Vergnügen bereitet, dass meine Rachegelüste bald schon nachgelassen hatten. Doch sobald ich Gisham zu Reichersberg in die Augen blickte, brachen sie von Neuem auf – wie eine schlecht verheilte, ewig schmerzende Wunde.

Ich begann wieder, mehr oder weniger wahllos mit Männern ins Bett zu gehen; einfach in der Hoffnung, dass Gisham davon erfahren und sich das Herz zermartern würde, weil ich nicht ihn erwählt hatte. Doch selbst das hinderte ihn nicht daran, mich mit Geschenken zu überhäufen und meine Nähe zu suchen.

Schließlich beschloss ich, ihn zu erhören – auf meine Weise. Ohne Umschweife forderte ich ihn auf, an einem bestimmten Abend in meine Wohnung zu kommen. Das war im Frühling. Über die Straßen von Mandris hatte sich bereits die Dunkelheit gesenkt; Nieselregen fiel und Nebel verhüllte die Stadt. Meine beiden Dienerinnen hatte ich heimgeschickt, nachdem sie mir mein Abendessen bereitet, Feuer im Kamin entzündet und Wein bereitgestellt hatten.

Bald kam Gisham. Mit Mühe gelang es ihm, seine Unruhe zu verbergen. Wähnte er sich tatsächlich am Ziel seiner Wünsche?

Ich führte ihn in die Stube, und wir nahmen in den Sesseln am Kamin Platz. Das Kerzenlicht tauchte den Raum in schummeriges Halbdunkel, und ich konnte sehen, dass Gishams Anspannung mit jeder Sekunde wuchs. Ich schenkte ihm Wein ein; dann saßen wir eine Weile schweigend beieinander.

Schließlich räusperte sich Gisham. »Meine Dame …«, begann er, »Ihr ahnt nicht, welche Ehre Ihr mir durch diese Ein-«

»Spart Euch die Süßholzraspelei«, unterbrach ich. »Beantwortet mir lieber eine Frage.«

Er straffte sich. »Ja, meine Dame?«

»Euch kann doch nicht entgangen sein, dass ich Euch zutiefst verachte«, flötete ich. »Wieso also stellt Ihr mir nach?«

Es fehlte nicht viel, und Gisham hätte den Weinpokal fallen lassen. »I-i-ihr ver-verachtet – mich?«

»Aber selbstverständlich. Ein Blinder könnte das sehen.«

»W-warum? W-wie – wie kann das sein?«

»Warum? Da fragt Ihr noch?« Ich lachte. »Vielleicht weil Ihr ein lächerlicher Mensch seid? Ein Schwächling, ein Schlappschwanz, eine Memme?« Bedauernd schüttelte ich den Kopf. »Ganz im Ernst – wie könnt Ihr Euch nur so von einer Frau auf der Nase herumtanzen lassen und dann erwarten, dass sie Euch respektiert?«

Ich sah, wie Tränen in Gishams Augen schimmerten. Er schluckte schwer, stellte mit zitternder Hand den Pokal ab. »Aber … aber ich liebe Euch …«, brachte er hervor.

Das war genau die Antwort, die ich mir erhofft hatte. »Soso, du liebst mich also?«, erwiderte ich, stand auf und strich mein Kleid zurecht. »Dann komm doch mal her und zeige mir, wie sehr du mich liebst«, sagte ich dann, indem ich in die Mitte des Zimmers trat.

Gehorsam folgte mir Gisham. »Was kann ich für Euch tun, meine Dame?«, fragte er leise.

Er war nicht sehr groß, der Herr zu Reichersberg. Ich musste mich nicht anstrengen, um ihm ins Gesicht zu spucken.

Gisham zuckte nicht einmal zusammen, was mich denn doch enttäuschte.

»Willst du mehr?«, fragte ich.

Mit einer ehrerbietigen Bewegung strich er über seine Wange, wo mein Speichel hängengeblieben war. »Ja …«, flüsterte er.

»Gut«, sagte ich lächelnd. »Dann zieh dich aus.«

Er zögerte nur eine Sekunde. Dann begann er, langsam seine Kleider abzulegen. Bei dem mit hübschen Schnitzereien verzierten Eichentisch, an dem ich meine Mahlzeiten einzunehmen pflegte, standen ein paar hochlehnige, gepolsterte Stühle. In einem dieser Stühle nahm ich Platz. Ich verschränkte meine Arme vor der Brust und betrachtete mit Wohlgefallen, wie mein oh so eifriger Freier seinen nächsten Liebesbeweis erbrachte.

Schließlich stand Gisham nackt vor mir. Er machte keine Anstalten, seine Scham zu verdecken und schaffte es sogar, mir in die Augen zu sehen.

Ich musterte ihn mit Kennermiene. »Nicht schlecht«, sagte ich. »Auch nicht besonders gut … aber, nun ja, ich habe schon Schlimmeres gesehen.«

»Danke, meine Dame«, antwortete er.

»Hör zu«, fuhr ich fort. »Du bist doch mein Hundchen, nicht? Wenn ich dich prügele, ziehst du denn Schwanz ein, aber du kommst immer wieder zu mir zurück, richtig?«

Er nickte.

»Nun, dann sei ein gutes Hundchen und lauf ein wenig auf dem Teppich herum.«

Er tat es.

»Bell für mich!«

Er tat es.

Diesem nackten, bleichen Mann dabei zuzusehen, wie er auf allen Vieren über meinen bunten Maktabar-Teppich krabbelte, war so lustig, dass ich kichern musste.

»Es ist Zeit für deine Belohnung, Hundchen«, sagte ich dann. »Komm, zieh mir die Stiefel aus.«

Gisham rutschte auf den Knien zu mir herüber und tat, wie ihm geheißen.

Wohlweislich hatte ich auf Strümpfe verzichtet, als ich mir meine Garderobe zurechtlegte. Spielerisch bog ich die Zehen hin und her; die kühle Zimmerluft strich angenehm über meine Haut.

»Gefallen dir meine Füße?«, wollte ich wissen.

»Ja«, hauchte er.

»Du darfst sie küssen«, verkündete ich huldvoll.

Er tat es.

Mit einer neckischen Bewegung zog ich mein Kleid hoch. Befriedigt sah ich, wie sich Gishams Augen weiteten.

»Und meine Knie? Gefallen die dir auch?«

Er nickte.

»Küss sie!«, befahl ich.

Er tat es.

Ich zog mein Kleid noch ein Stückchen hoch; Gishams Augen

wurden tellerrund und fast ebenso groß, als er begriff, dass ich darunter nackt war. Ein halb begehrlicher, halb gequälter Laut entrang sich seiner Kehle.

Ich ließ das Kleid wieder hinabrutschen und beugte mich so weit vor, dass Gisham und ich uns fast mit den Nasenspitzen berührten.

»Wenn du brav bist, darfst du meinen Honig saugen«, flüsterte ich. »Willst du das?«

Er flüsterte ebenfalls. »Ich will es …« Ein Blick zwischen seine Beine bestätigte mir, dass er tatsächlich gerne wollte.

Ich fasste ihn an den Schultern, schob ihn ein Stück von mir weg und spuckte ihm erneut ins Gesicht.

»Nur, damit du nicht übermütig wirst!«, lachte ich.

»Ja, meine Dame«, sagte er; dabei klang er so, als hätte ich ihm einen großen Gefallen getan.

Zu meiner Verwunderung stellte ich fest, dass ich überaus vergnügt war. Eigentlich hatte ich Gisham einfach ein bisschen demütigen wollen, aber irgendwie war etwas anderes daraus geworden. Ich spürte, welche Macht ich über diesen Mann besaß. Das Gefühl war berauschender als der stärkste Wein, und eine Wollust, wie ich sie nie gekannt hatte, durchströmte mich. Es fehlte nicht viel, und ich hätte aufgeseufzt vor Erregung.

Wer weiß, dachte ich, *vielleicht bin ich am Ende doch in ihn verliebt?*

Ehe ich mir diese Frage ernstlich stellte, wollte ich das Spiel aber noch ein bisschen weitertreiben.

Als ich mir ausmalte, wie der Abend verlaufen mochte, hatte ich ein Messer bereitgelegt, ohne wirklich zu erwarten, dass es zum Einsatz kommen würde. Jetzt aber wusste ich, dass ich *alles* von Gisham verlangen konnte.

Ich griff nach dem Messer und reichte es ihm.

Fügsam nahm er das Messer aus meiner Hand entgegen; doch dieses Mal war es Schrecken, nicht Begehren, was seine Augen weitete.

»Du wolltest mir doch beweisen, dass du mich liebst, oder?«, erkundigte ich mich.

Gisham brauchte einige Momente, bevor er antworten konnte. »Ja, meine Dame …«, sagte er.

»Gut. Schneid dir einen Finger ab, dann glaube ich dir«, säuselte ich. »Es kann auch der kleine sein, ich bin bescheiden.«

Gisham starrte die silbrige Klinge an; ich konnte sehen, wie er mit sich rang. Dieser Mann überlegte allen Ernstes, sich einen Finger abzuschneiden, damit er zwischen meine Schenkel kriechen durfte!

Ich kam aus dem Lachen nicht mehr heraus. »Nein!«, rief ich. »Nein, bei Elaahs Gnade! Ich habe nur einen Scherz gemacht. Du kannst deine Finger behalten. Ein bisschen Blut hätte ich aber schon gerne – Herzblut, wenn ich bitten darf!«

Die Erleichterung, die in Gishams Gesicht aufgeschienen war, verschwand wieder. Dann aber verhärteten sich seine Züge zu grimmiger Entschlossenheit.

»Es ist mir eine Ehre, meine Dame«, murmelte er durch zusammengebissene Zähne und setzte die Klinge an seine Brust.

Eine dünne, rote Linie zeigte sich, als das Messer die Haut einritzte. Es war wirklich nur ein Kratzer – ein paar Tropfen Blut flossen aus dem Schnitt, mehr nicht. Doch plötzlich wurde Gishams Körper von Zuckungen ergriffen; er ließ das Messer fallen, rollte stöhnend die Augen und fiel mit dem Gesicht voran auf den Teppich.

Ich sprang auf und starrte den reglosen Körper vor meinen Füßen an. Ich beugte mich nieder, rüttelte Gisham, rief seinen Namen.

Aber er war und blieb tot.

Noch heute denke ich mit Grauen an diese Nacht zurück. Langsam begriff ich, was soeben geschehen war. Ich hatte Gisham zu Reichersberg ermordet. Daran konnte kein Zweifel bestehen. Es war, als hätte ich selbst die Klinge geführt.

Wie benommen verließ ich das Haus. Barfuß wankte ich durch den Regen, irrte zitternd durch die Dunkelheit, bis ich eine Stadtwache fand. Ich fiel vor dem Mann auf die Knie. Wimmernd gestand ich meine Tat.

Die nächsten Tage und Wochen erinnere ich wie einen Fiebertraum. Zum einen liegt das daran, dass ich tatsächlich krank wurde und erst nach langer Zeit wieder das Bett verlassen konnte. Zum anderen daran, dass ich in Schuld und Reue versank wie in einem bodenlosen Moor. Ich hatte bekommen, was ich wollte, und mein Triumph wurde mir zur Folter. Ich erwartete nicht nur, dass jemand kommen würde, um mich ins Gefängnis zu werfen; ich ersehnte es geradezu.

Aber niemand kam. Später fand ich heraus, dass die zu Reichersberg nicht gewollt hatten, dass bekannt würde, wo und unter welchen Umständen ihr Sohn gefunden worden war. Ich weiß nicht, welche Geschichte sie verbreiten ließen, jedenfalls kam ich nicht darin vor. Als ich wieder gesund war, war alles längst vorbei: Man hatte Gisham in der prachtvollen Gruft seiner Familie beigesetzt, ein Thaala-Geweihter hatte würdige Worte gesprochen, vielleicht waren sogar ein paar Tränen vergossen worden.

Ich wunderte mich darüber, dass seine Familie nicht einmal einen Diener zu mir schickte, um in Erfahrung zu bringen, welcher Art meine Beziehung zu dem Toten gewesen war und wie er seine letzten Stunden verbracht hatte – aber wahrscheinlich war die Schande, dass er sich mit mir abgegeben hatte, zu groß, und sie wollten einfach vergessen.

Im Grunde hätte ich mein ruhmreiches Dasein jetzt fortsetzen können, als sei nichts geschehen. Mein Ruf war mittlerweile derart schlecht, dass es mir schon wieder zum Vorteil gereichte. Trotz der Bemühungen von Gishams Familie sprossen die Gerüchte an allen Ecken und Enden, und es war ja offensichtlich, dass ich nicht nur hoffnungslos verludert und verrückt, sondern obendrein recht gefährlich war. Welcher Mann konnte da schon widerstehen?

Allein, ich wollte nicht mehr. Oder vielmehr: Ich konnte nicht mehr.

Ich verkaufte alles, was ich verkaufen konnte, ließ meine schönsten Kleider und kostbarste Habe in Schrankkoffer packen und bestieg die nächstbeste Reisekutsche. Wie schon bei meinem Abschied von

Syrathanis stellte ich mit einer Art dumpfem Entsetzen fest, dass mir von all den Menschen, mit denen ich rauschhafte Stunden voller Lust und Gelächter verlebt hatte, niemand auch nur so nahe gekommen wäre, dass es sich gelohnt hätte, Lebwohl zu sagen.

Ein Stück meiner Seele war in Enjahla geblieben; ein sehr viel größeres war noch immer im Haus mit zwei Monden eingesperrt – wenn ich auch einen Teil von mir in Syrathanis und Mandris zurückgelassen hatte, was blieb dann übrig?

Nicht viel, wie sich bald herausstellte.

Ich hatte keine Ahnung, wohin ich mich wenden sollte, aber da ich über genügend Gold verfügte, um mir für lange Zeit ein Leben in Saus und Braus leisten zu können, machte ich mir einstweilen keine Sorgen, was die Zukunft bringen würde. Ich wollte die Welt sehen, ließ mich also treiben: von Mandris nach Donost, von Donost nach Obitha, von Obitha nach Tagur, von Tagur nach Dohlravan, von Dohlravan nach Hayfarn, von Hayfarn nach Tygart, von Tygart in die Perle. Ungefähr das schwebte mir als Reiseroute für die ersten anderthalb, zwei Jahre vor.

Tatsächlich kam ich nur bis nach Dohlravan. Die benorische Hauptstadt war ja die Heimat meiner Vorfahren gewesen – jener Händler aus dem Norden, die infolge rätselhafter Unbilden eine große Fahrt antreten mussten, die sie schließlich nach Einjahla brachte –, und im Stillen hatte ich wohl die Hoffnung gehegt, auch ich könnte hier vielleicht ein Zuhause finden.

Dass sich diese Hoffnung zerschlug, war nicht die Schuld von Dohlravan. Es gab hier eine altehrwürdige Seefeste, der die Stadt ihren Namen verdankte; es gab kuschelige, mit wildem Wein bewachsene Fachwerkhäuser, erstaunlich breite, mit Buckelpflaster ausgelegte Gassen, eine Vielzahl hübscher kleiner Plätze, einen gewaltigen Hafen und den größten Fischmarkt, den ich je gesehen habe.

Nein, Dohlravan konnte gewiss nichts dafür, dass mich Nacht für Nacht Kelmon und Gisham besuchten: Der eine ersann immer erlesenere Martern, um mich daran zu erinnern, wo mein Platz war; der andere betrachtete mich voll stummer Klage. Dohlravan konnte ebenso wenig dafür, dass die gebratene Scholle, die man mir in meiner Herberge reichte, nach toten Träumen schmeckte und ich weder die Herbstsonne noch den Salzwind vom Meer auf der Haut spürte. Und Dohlravan konnte auch nichts dafür, dass ich in den sieben Monaten, seit ich Mandris verlassen hatte, keinen Augenblick des Friedens gekannt hatte; noch dafür, dass mein Herz mit jedem Tag schwerer wurde.

Der Entschluss, mich zu töten, kam ganz unerwartet. Ich war überrascht, wie leicht und folgerichtig er sich anfühlte. Tatsächlich beglückte mich die Erkenntnis, dass es doch etwas gab, das ich tun konnte, damit die Schmerzen endlich aufhörten.

Blieb nur die Frage, wie ich mich aus der Welt schaffen sollte. Ich konnte den Gedanken nicht ertragen, eine hässliche Leiche zu sein; ich würde mich also weder erhängen noch ins Wasser gehen. Außerdem war ich nach wie vor zu eitel, um mich selbst mutwillig zu verunzieren; dass ich mir die Adern aufschnitt, schied also gleichfalls aus.

Nein, Gift war die beste und naheliegendste Lösung. Und nach einigen mehr oder weniger heimlichtuerischen Erkundigungen fand ich heraus, dass es in Dohlravan tatsächlich jemand gab, der die Ware feilbot, derer ich bedurfte.

Ich erinnere mich gut an den Schrecken, der mich erfasste, als ich den kleinen, in einem Keller gelegenen Laden schließlich betrat. Kein Schild wies auf das Geschäft hin, aber das verwunderte mich nicht; es gab ja keine Zunft der Giftmischer und dass jemand dergleichen feilbot, verstieß vielleicht nicht gerade gegen das Gesetz des benorischen Königs, war aber auch nicht im selben Sinn erlaubt wie Brotbacken, Schmieden, Schustern oder Nähen. Was mir hingegen die Haare zu Berge stehen ließ, war der Umstand, dass der kleine, verschattete Raum, den ich nun betrat, völlig *leer* war. Da waren keine Borde und Regale mit irgendwelchen Fläschchen und Phiolen, Kräutern, Knochen, geheimnisvollen und absonderlichen Zutaten. Da war nur ein kleiner Tisch, hinter dem ein kleiner Mann mit rundem Gesicht saß, der unentwegt lächelte.

Ich sagte ihm, was ich benötigte: ein Gift, das schnell und schmerzlos tötete und möglichst keine äußeren Spuren hinterließ. Im selben Moment, wo ich mein Sprüchlein aufsagte, wurde mir klar, dass der Mann wusste, für wen das Gift bestimmt war. Da regte sich ein letztes Mal eine wilde, gequälte Hoffnung in meinem Herzen: Gewiss würde er versuchen, mich von meinem Vorhaben abzubringen!

Alles, was der Mann sagte – mit feinem, unergründlichem Lächeln –, war, dass ich in einer Woche wiederkommen sollte.

Das tat ich, und bald darauf verließ ich Dohlravan. Tatsächlich hielt ich nach meiner Abreise noch fast ein Jahr durch. Ich sah Hayfarn und Tygart. Ich besuchte zum ersten Mal die Perle und verliebte mich in sie, blieb aber nur ein paar Wochen; vielleicht, weil ich zu dem Schluss gekommen war, meine Liebe sei selbst für eine Stadt unzumutbar. Danach reiste ich wieder in den Süden und kam schließlich zum zweiten Mal nach Tagur. Hier mietete ich mir eine Wohnung und verdämmerte einige Monate. Dabei waren Wein und Rauschkraut meine stetigen Gefährten – meine einzigen Gefährten, um ehrlich zu sein.

Dann, an einem heißen, strahlendhellen Sommermorgen, wusste ich plötzlich, dass es so weit war. Während der vergangenen Wochen war das Wetter wechselhaft gewesen, und müßig hatte ich mich gefragt, ob man sich besser an einem regnerischen oder an einem sonnigen Tag umbringen sollte. Ich musste feststellen, dass mir das völlig gleichgültig war; da begriff ich, dass ich ebenso gut heute noch sterben könnte.

Ich wollte meine letzten Stunden nicht in meiner Wohnung verbringen, nahm mir also ein Zimmer in dem teuersten Gasthof, den ich finden konnte. Er trug den unsagbar albernen Namen *Die Lanze des Recken,* hatte aber den Vorteil eines weitgerühmten Weinkellers. Außerdem war er nur einen Steinwurf von einem alten Friedhof entfernt, auf dem es viele hübsche Statuen, Standbilder und Grüfte gab, und das schien mir recht passend.

Als der Abend nahte, ließ ich mir ein Bad bereiten, wusch mich gründlich, zog mein bestes Kleid an, bürstete meine Haare und schminkte mich sorgfältig, bestellte schließlich den teuersten Wein, den der Wirt zu bieten hatte. Der Appetit war mir denn doch vergangen, aber irgendwie rührte mich die Vorstellung, dass sich eine unglückliche Frau den Abschied von der Welt mit einem edlen Tropfen versüßte. Gewiss dachte ich auch, auf diese Weise könnte man dem Tod ein freundlicheres Gesicht geben.

Ein letzter Irrtum in meinem an Irrtümern reichen Leben. Der Wein schmeckte nach Kork und Essig (oder zumindest bildete ich mir das ein), und ich bekam kaum ein Glas herunter. Das reichte allerdings, um mich halb betrunken zu machen, da ich den ganzen Tag nichts gegessen hatte. Noch schlimmer war, dass es unten im Schankraum hoch herging: Ein Fest wurde gefeiert, ausgerechnet an diesem Abend, und jedes Lachen, das an mein Ohr drang, durchbohrte mein Herz mit schartiger Klinge.

Als die Dunkelheit hereinbrach, hatte mich eine Trostlosigkeit erfasst, derart gewaltig und ausweglos, dass mir war, als hätte ich bereits den Tod gefunden und wäre in einer stummen Ewigkeit geisterhafter Lähmung und Ohnmacht eingesperrt.

Verzweifelt versuchte ich, Gründe zu finden, warum ich weiterleben sollte.

Ich sah mich im Haus meiner Eltern, auf meinem Altan, eine Alabasterpuppe im Arm, wie ich den Schiffen hinterher blickte, die im Abendsonnenlicht verschwanden.

Ich sah mich, gekrümmt unter Kelmons Schlägen, wie ich ihn anflehte, mir nicht mehr wehzutun.

Ich sah mich, wie ich mich durchs Haus mit zwei Monden schleppte, versuchte, die Zuflucht meines Zimmers zu erreichen, nachdem die Gäste meines Herren eine Nacht lang mit mir umgesprungen waren, als ob ich selbst eine Alabasterpuppe wäre, die man nach Gutdünken biegen und brechen konnte.

Ich sah mich, in hundert verschiedenen Betten, mit hundert verschiedenen Männern; ein Hunger, der nie zu stillen war.

Ich sah mich, auf irgendeinem Friedhof, mit den Händen im Dreck scharrend, mich hineinwühlend in madige Verwesung – ein anderer Hunger; ein anderer Hohn.

Ich sah mich, wie ich Gisham anstarrte, der bleich und nackt auf dem bunten Maktabar-Teppich lag; ich spürte noch die Berührung seiner Lippen auf meinen Füßen und meinen Knien, doch er war tot.

Nein, es gab keinen Grund, weshalb ich leben sollte. Da waren kein Sinn und keine Hoffnung. Es war alles eins; es war alles nichts.

Gleichwohl stellte ich mir vor, noch während ich die Phiole mit dem Gift an den Mund führte, dass ein Recke käme – vielleicht der mit der Lanze – und meine Zimmertür aufstoßen und rufen würde: »Haltet ein, meine Holde!«

Oder etwas in der Art.

Aber es kam niemand. Ich war ganz allein.

Das Gift schmeckt scheußlich, aber auch nicht viel schlechter als der Wein. Schon ist das Fläschchen geleert. Ich stelle es auf dem Tisch ab, neben dem Pokal und der angebrochenen Flasche. Bald wird es vorbei sein. Mir ist, als ob ich schon spürte, wie sich der Fluss des Blutes in meinem Körper verlangsamt. Ja, bald wird es vorbei sein. Bei dem Gedanken, dass ich gleich tot sein werde, empfinde ich eine vage Traurigkeit. Warum musste eigentlich alles so kommen? Hätte es nicht anders sein können? Ich will mich aufs Bett legen und die Augen schließen. Ich bin sehr müde. Vorher aber sollte ich noch einen letzten Blick aus dem Fenster werfen. Das gehört sich doch so. Also trete ich ans Fenster. Die wenigen Schritte kommen mir vor wie eine ungeheure Anstrengung, aber ich schaffe es.

Viel zu sehen gibt es nicht. Das Fenster weist auf die Vorderseite der Herberge. Da ist ein kleiner, eckiger Hof, wo die Kutschen halten. Dahinter eine Mauer mit einem Holztor. Dahinter die Straße. Auf der anderen Seite stehen hübsche Wohnhäuser, über denen sich der klare Sternenhimmel ausbreitet. Sowohl die Straße als auch der Hof sind menschenleer, doch die geräuschvolle Vergnügtheit des Festes, das ein paar Meter unter meinen Füßen vonstatten geht, ist nicht zu überhören.

In dem Moment, als ich mich abwenden will, fällt eine Sternschnuppe. Ich sehe, wie sie ihre feurige Bahn durch die Nacht zieht.

Ehe ich mich zurückhalten kann, wünsche ich mir etwas: *Ich will einmal, ein einziges Mal nur wirklich jemanden lieben,* denke ich. Und weil Maßhalten noch nie zu meinen Stärken zählte, wünsche ich mir gleich noch etwas: *Ich will meine Heimat wiedersehen.*

Dann begreife ich, dass weder der eine noch der andere Wunsch je in Erfüllung gehen wird. Ich habe mich ja soeben umgebracht. Entsetzt schüttele ich den Kopf. Nein, nein! Warum denn?! Das war doch überhaupt nicht nötig!

Aber es ist zu spät. Schon werden meine Glieder schwer; nur mit Mühe bekomme ich Luft.

Ich reiße die Zimmertür auf, taumle hinaus in den Gang. Es kommt mir vor, als würde die Treppe zehntausend Stufen zählen. Halb taumelnd, halb stürzend gelange ich in den Schankraum. Vielleicht halten mich die Feiernden für eine übereifrige Zecherin. Ich sehe Gesichter um mich herum, aber ich erkenne sie nicht; eigentlich sind die Gesichter zerfließende Nebelstreifen. Ich schwanke tatsächlich wie eine Betrunkene, stolpere durch die Tür der Herberge nach draußen. Es ist eine laue, duftige Nacht, doch alle meine Sinne sind taub. Als ich beim Hoftor ankomme, zittern meine Beine so stark, dass ich fürchte, ich werde keinen Schritt mehr tun können. Dennoch gehe ich weiter, setzte einen Fuß vor den anderen. Wieder und wieder.

Allein, meine Kräfte schwinden. Bald vermag ich nicht mehr, mich aufrecht zu halten. Zum Glück ist da die Friedhofsmauer. Ich lehne mich gegen sie, greife in die Ritzen zwischen den Steinen, hangele mich an den Mauervorsprüngen entlang. Dann stehe ich vor dem Eingang des Friedhofs. Panik befällt mich: Wenn das Tor verschlossen ist, bin ich verloren. Es ist nicht verschlossen. Aber als ich es hinter mir zudrücken will, verliere ich das Gleichgewicht. Ich weiß, dass ich nicht mehr aufstehen werde. Ich krieche, robbe, schleife mich über die staubige, steinige Erde und die Grasflächen. Als ich heute Mittag über den Friedhof spaziert bin, habe ich ein frisches Grab gesehen. Ich fragte mich, ob ich bald schon danebenliegen würde, bis mir einfiel, dass man Selbstmörder in ungeweihter Erde verscharrt.

Ich bin jetzt fast blind. Beim Atmen ist mir, als hätte jemand glühende Eisenringe um meine Brust gelegt. Zwar finde ich das Grab, doch was hilft mir das? Ich kann mich kaum noch bewegen. Wie soll ich es je schaffen, all die Erde wegzuräumen? Dennoch beginne ich zu graben. Immerzu will ich aufgeben – frei sein von dieser furchtbaren Mühsal, das wäre das größte Glück. *Noch eine Sekunde länger,* sage ich mir, *nur noch eine Sekunde.* Der Totengräber hat sich nicht viel Mühe mit der Leiche gegeben; wenn ich lange genug lebe, muss ich daran denken, den Mann zu finden und ihn abzuküssen. Mit letzter Kraft zerre ich am Grabtuch herum. Da – ein Stück Fleisch liegt frei! Ich schlage meine Zähne hinein; Kraft durchströmt mich.

Wird es reichen?

Bis zum Morgengrauen brüllte ich vor Schmerz. Der einzige Grund, warum kein Nachtwächter vorbeikam, um nach dem Rechten zu sehen, war vermutlich, dass mein Geschrei klang, als würden böse Geister auf dem Friedhof wüten. Ich hatte noch nie solche Qualen erlebt. Ich wand mich in Krämpfen, heulte Rotz und Wasser. Immer wieder musste ich mich übergeben; ich hatte schrecklichen Durchfall; mir war, als würden meine Eingeweide durch alle Körperöffnungen platzen.

Doch schließlich begriff ich, dass ich leben würde. Von diesem Moment an war jeder gepeinigte Atemzug ein Fest.

21
DIE GROSSE ILLUSION

Cay

Kelmon schüttelte den Kopf. »Vanice Devecraux … der Name sagt mir nichts.«

»Doch. Ich glaube schon.«

»Mmh … jetzt, wo Ihr es sagt … ich glaube, ich hatte einmal ein Mädchen dieses Namens zu Gast.«

»Zu Gast?«

»Das muss bald zehn Jahre her sein. Es kann einen schon schwermütig machen, wenn man darüber nachdenkt, wie einem die Zeit zwischen den Fingern zerrinnt.«

»Zu Gast?«, wiederholte Cay. Sein Gesicht war noch immer ausdruckslos.

»Ja, ihr Vater hat mich damals gebeten, sie bei mir aufzunehmen. Seid Ihr über die Devecraux im Bilde?«

»Ich weiß, dass etwas mit dieser Familie nicht stimmt.«

»Dass etwas mit dieser Familie nicht stimmt …« Kelmon schmunzelte. »Ja, so kann man es wohl ausdrücken. Wisst Ihr auch, was nicht stimmt mit den Devecraux?«

»Nein.«

»Nun, ehe die Großen Familien Enjahlas zu dem wurden, was sie heute sind, waren sie unbedeutende benorische Handelsgeschlechter. Sie waren wohl nicht zufrieden mit ihrem Los, denn sie beschlossen, einen Pakt mit einem Dämon zu schließen. Einem überaus mächtigen Dämon, wenn ich das hinzufügen darf. Er ist unter dem Namen ›der Hungerer‹ bekannt.«

»Der Hungerer?«

»Ja. Der Dämon tat das Seine, um den Reichtum und den Einfluss der benorischen Kaufleute beträchtlich zu vergrößern. Dafür verlangte er natürlich auch etwas. Reihum mussten die an dem Pakt beteiligten Familien das jeweils jüngste Kind einer Generation opfern. Eigentlich ein geringer Preis, müsste man meinen. Aber unseren Kaufleuten gelang es schon bald nicht mehr, ihren Teil des Abkommens einzuhalten. Daraufhin ließ sie der Hungerer seine Macht spüren. Die damals noch ziemlich kleinen Familien mussten nach Enjahla fliehen und wurden dort die Großen Familien, wiederum mit Hilfe des Hungeres, der jetzt aber den Preis erhöht hatte. Nun verlangte er von je zwei Familien das jüngste Kind.«

»Und Vanice war eines der Kinder, das geopfert werden sollte?«, fragte Cay.

»In der Tat.«

»Ist das der Grund, weshalb sie Leichenfleisch essen muss?«

»Ich sehe, wir verstehen uns. Als ich die Devecraux kennenlernte, war die Reihe an ihnen und den Noirrcrombant. Selbige überließen dem Hungerer ihr Kind, aber die Devecraux waren so vernarrt in ihr süßes blondes Mädchen, dass sie es nicht übers Herz brachten, das Opfer zu vollenden. Seht Ihr, der Hungerer ist sozusagen ein Feinschmecker. Er fände es fade, die Kinder einfach töten zu lassen. Stattdessen nimmt er etwas von ihrer … sagen wir: von ihrer Seele … und füllt die Lücke mit einem Teil seiner selbst. In Vanice' Fall führte das dazu, dass sie einen unstillbaren, abscheulichen, zerstörerischen Hunger entwickelte. Die Devecraux hätten dann eigentlich den Tod des Mädchens vortäuschen und sie irgendwo einsperren müssen, sodass sich der Hungerer über Jahre und Jahrzehnte an ihrer Qual hätte laben können. Aber, wie gesagt, das brachten der Herr Papa und die Frau Mama nicht über sich. Also halfen sie dem Mädchen dabei zu fliehen. Der Hungerer kann ja nicht nach Lust und Laune in unsere Welt vorzudringen, sondern hat nur dort freie Hand, wo er eingeladen wird. Das wussten die Devecraux. Aber sie wussten auch, dass eine dumme, eitle Göre keine drei Tage in einer Stadt wie Alkessa überleben kann. Deshalb baten sie mich, ihre Vanice zu beschützen. Seht Ihr, der gute Macceo, Vanice' Vater, hatte mich schon Jahre vorher um Rat gefragt. Ich genieße einen gewissen Ruf, wie Ihr Euch vielleicht denken könnt. Nun, jedenfalls wollte er, dass ich ihm sage, ob es einen Weg gibt, den Vertrag mit dem Hungerer aufzulösen, ohne ihn zu erzürnen. Leider musste ich ihn darüber aufklären, dass es die Dämonen in diesen Dingen überaus genau nehmen. Ehrlich gesagt sind sie genauer als der pingeligste, habgierigste Kaufmann. Und wenn man mit einem Dämon einen Vertrag abschließt, ohne das Ende der Abmachung festzulegen … tja, dann hat die Abmachung eben kein Ende. Und das dürft Ihr ruhig wörtlich nehmen, denn wenn es etwas gibt, woran ein Dämon keinen Mangel hat, dann ist es Zeit.«

»Ihr habt gesagt, Macceo Devecraux wollte, dass Ihr seine Tochter beschützt.«

»Ganz genau. Und das habe ich auch getan.«

Cays Stimme senkte sich zu einem Flüstern. »Ihr habt sie nicht beschützt. Ihr habt sie ein Jahr lang gefoltert.«

Kelmon lachte: »Mein lieber Herr von Schwarzenbach … ich weiß natürlich, dass das nicht Euer richtiger Name ist, aber dennoch … also, mein lieber Herr von Schwarzenbach, ich freue mich, dass Ihr den Wunsch geäußert habt, mit mir über diese alte und eigentlich recht belanglose Geschichte zu sprechen. Denn das gibt mir die Gelegenheit, Euch ein paar Dinge zu erklären. Seid Ihr bereit, mir zuzuhören?«

»Ja«, sagte Cay.

»Zunächst einmal … entschuldigt, wenn ich Euch zu nahe trete, aber Ihr habt nicht viel Ahnung von Frauen, oder?«

»Nein. Wahrscheinlich nicht.«

»Dann müsst Ihr zunächst wissen, dass es die Frauen lieben … wie Ihr es ausdrückt … gefoltert zu werden. Gerade diejenigen unter ihnen, die gerne stolz und hochmütig tun, wünschen sich nichts sehnlicher, als bespuckt und in den Dreck getreten zu werden.«

»Ist das so?«

»Ja, das ist so.«

»Und Ihr wollt sagen, dass Vanice eine von diesen stolzen, hochmütigen Frauen war?«

»Nein, vielleicht ist sie später eine geworden, darüber wisst Ihr wohl besser Bescheid. Damals war sie einfach ein verängstigtes Mädchen mit einem hübschen Gesicht und einem süßen Pfläumchen. Aber schon damals hat sie darum gebettelt, dass man ihr wehtut.«

»Das glaube ich nicht.«

»Ihr solltet es glauben. Abgesehen davon habe ich sie tatsächlich beschützt, um das noch einmal zu betonen. Wenn ich sie nicht gefunden hätte, wäre sie wahrscheinlich noch in derselben Nacht mit durchgeschnittener Kehle in der Gosse gelandet.«

»So ist sie in der Folterkammer gelandet, die Ihr für sie eingerichtet habt.«

»Meine Güte, Ihr habt es aber mit Eurer Folter! Was soll das schon für eine Folter gewesen sein? Immerhin hatte sie Schmuck und schöne Kleider. Das ist das Zweite, was Ihr über Frauen wissen solltet: Die meisten von ihnen sind ziemlich dumm, auch wenn sie gerne das Näschen in irgendwelche Bücher stecken, und im Grunde ihres Herzens recht zufrieden, wenn sie sich bemalen und schick herausputzen und ab und zu mal die Beine für jemanden breitmachen können. All das hatte die liebe Vanice bei mir, und ihr Leichenfleisch bekam sie obendrein auch noch. Ich bezweifle, dass sie es später im Leben jemals wieder so gut getroffen hat.«

»Ist es das, was Ihr mir erklären wolltet?«

»Oh, Herr von Schwarzenbach, jetzt schaut Ihr aber grimmig!« Kelmon schüttelte bedauernd den Kopf, griff nach der Kristallkaraffe und goss sich Wein ein. »So kommen wir nicht weiter …«, seufzte er. »Ihr scheint ganz versessen darauf, mich für einen abgefeimten Schurken zu halten. Dabei ist meine Haltung die einzig vernünftige.«

»Die einzig vernünftige?«

»Ganz recht. Vernunftgemäß ist, was den wahren Verhältnissen entspricht, oder etwa nicht?«

»Und was sind die wahren Verhältnisse?«

»Das will ich Euch sogleich auseinandersetzen. Jetzt sind wir nämlich doch wieder bei der Philosophie.« Kelmon lehnte sich im Sessel zurück und schlug die Beine übereinander. »Wisst Ihr, was die Illusioniker sind?«, fragte er.

»Nein«, sagte Cay.

»Damit wird eine Gruppe von Philosophen bezeichnet, die in den Stadtstaaten Qheezans eine größere Anhängerschaft gewonnen hat. Wie Euch vielleicht bekannt ist, sind die Sar'Anaam-Priester erstaunlich großzügig gegenüber sogenannten Ungläubigen; wahrscheinlich weil sie meinen, ihr Wüstengott vereine in sich die Gegensätze von Leben und Tod, Schöpfung und Zerstörung und so weiter. Jedenfalls vertreten die Illusioniker die Auffassung, dass es in Wahrheit gar keine Götter gibt. Die Menschen haben die Götter geschaffen, so lehren sie, und nicht umgekehrt. Wir haben unseren Ängsten und unerfüllten Sehnsüchten Namen gegeben, in der Hoffnung, so all das, was sich unserem Einfluss entzieht, doch irgendwie wieder beherrschbar zu machen. Ihr versteht schon: Wenn wir fleißig beten und im Tempel opfern, wird die Ernte gut. Genaugenommen beten die Menschen aber gar nicht zu irgendwelchen ausgedachten Göttern – es ist letztlich völlig egal, ob diese Sar'Anaam, Elaah oder meinetwegen Norrgar heißen –, sondern zu sich selber. Sie beten gleichsam das an, was sie sein könnten, wenn sie sich nur trauen würden, es zu sein. Könnt Ihr mir folgen, Herr von Schwarzenbach?«

»Was hat das alles mit Vanice zu tun?«, fragte Cay.

»Das will ich Euch sogleich erklären. Wenn die Illusioniker recht haben, gibt es, wie gesagt, keine Götter. Die Götter sind tot; oder vielmehr: Sie haben nie gelebt. Was heißt das? Nun, hört her: Wenn die Götter tot sind, lebt nur der Tod. Denn dann gibt es kein Jenseits, keine lichten Auen und keine Niederhöllen. Dann gibt es das Grab und die Verwesung – und das ist alles. Wenn es aber so ist, wenn nur der Tod lebt, dann ist es geradezu unsere Pflicht, aus diesem kurzen, erbärmlichen Dasein herauszuholen, was wir irgend herausholen können.«

»Ich verstehe immer noch nicht, was Ihr mir sagen wollt.«

»Habt ein wenig Geduld, bald werdet Ihr verstehen. Die Sache ist nämlich die, dass die Illusioniker davor zurückschrecken, die letzte Konsequenz aus ihren eigenen Annahmen zu ziehen. Sie faseln gerne etwas davon, dass der Mensch den leeren Thron der Götter besteigen und selbst jene Gerechtigkeit verwirklichen soll, die er sich von den Ewigen erhofft hat. Das Joch des Todes würde so zwar nicht von unseren Schultern genommen, aber wir könnten unsere wenigen Jahre doch in Freude und Eintracht verbringen, sodass es uns vielleicht am Ende möglich wäre, versöhnt ins Nichts zu scheiden. Das, lieber Herr von Schwarzenbach, ist natürlich ein Unsinn sondergleichen, wie überhaupt das Gerede von Gerechtigkeit und Frieden eine Illusion – den Götterglauben – durch eine andere ersetzen will.«

»Ah, ich beginne zu begreifen …«

»Wirklich?«

»Ja. Ihr wollt sagen, dass der Mensch, wenn er das göttliche Gesetz erst einmal als Illusion entlarvt hat, auch kein anderes Gesetz mehr akzeptieren muss.«

»Richtig, Herr von Schwarzenbach!« Kelmon strahlte übers ganze Gesicht. »Offenbar seid Ihr doch nicht so dumm, wie Ihr tut.«

In diesem Moment öffnete sich die Tür und drei von Kelmons Dienern betraten das Kaminzimmer. Deutlich waren das Knarren des Holzes und das Quietschen der Angeln zu hören, und die weiten, hellen Gewänder der Diener raschelten leise, als sie sich in einem Halbkreis hinter Cay aufstellten.

»Seht Ihr, niemand kann hoffen, gegen einen Gott zu bestehen«, fuhr Kelmon fort. »Die Kräfte sind einfach zu ungleich verteilt. Stellt Euch vor, zwei Männer würfeln miteinander. Während der eine Regeln folgen muss, die er nicht einmal zur Gänze versteht, verfügt der andere über die Macht, jede Regel in jeder Sekunde zu seinen Gunsten zu verändern. Wer meint Ihr, wird das Spiel gewinnen? Ebenso verhielte es sich, wenn es Götter gäbe. Letztlich müssten wir uns zähneknirschend ihrem Gesetz unterwerfen, weil wir keine Chance hätten, ihrer Strafe auf Dauer zu entgehen. Und weil alles, was wir während unseres kurzen irdischen Daseins gewinnen könnten, weniger als nichts wiegen würde im Vergleich mit den ewigen Qualen, die den Frevler erwarten.«

Wie immer waren die Züge der Diener leer; wie immer wirkten ihre Mienen seltsam ausgehöhlt. Daran änderte sich auch nichts, als sie – alle zugleich – aus den Falten ihrer Gewänder lange, spitze Dolche hervorholten. Cay aber drehte sich nicht nach den Dienern um. Es war, als hätte er gar nicht gemerkt, dass sie ins Kaminzimmer gekommen waren. Ruhig und aufrecht stand er da, in dem langen, regenfeuchten, hochkragigen Mantel; seine Hände, die noch immer in den Lederhandschuhen steckten, hatte er hinter dem Rücken zusammengelegt; sein Blick war auf Kelmon gerichtet, der jetzt versonnen lächelte – oder vielleicht sah er auch durch den anderen Mann hindurch: hinein in das Feuer, das im Kamin prasselte, gelb und rot und blau.

»Wenn die Götter aber eine Illusion sind, wird das Spiel zwischen Menschen entschieden. Und dann läuft es auf ein Kräftemessen zwischen Gleichen hinaus; dann ist es eine Frage von Klugheit und Stärke. Natürlich hat nicht jeder gute Karten, um im Bild zu bleiben. Der eine wird arm geboren, der andere reich; der eine lernt früh, was es braucht, um in der Welt voranzukommen, der andere muss sich erst mühsam aus den Fesseln der alten, müden Lügen befreien. Das ist eine Frage von Glück und Pech, nicht wahr? Aber weil es eine Frage von Glück und Pech ist, ist es eben keine Frage von Schicksal und göttlichem Willen. Das Pech einer wenig vorteilhaften Geburt kann man überwinden; wenn die Götter hingegen verfügen, dass man arm und erbärmlich ist, bleibt wenig zu hoffen.«

»Ich nehme an, dass Ihr Euch zu den Glücklichen zählt«, sagte Cay.

»Allerdings!«, rief Kelmon. »Allerdings – das tue ich! Und auch Ihr könntet zu den Glücklichen zählen. Dafür freilich müsstet Ihr den Mut finden, der Wahrheit ins Auge zu sehen. Der Wahrheit nämlich, dass Euch nicht viel Zeit bleibt. Noch seid Ihr schön und stark, voller Saft und Leben. Aber was wird in zehn Jahren sein? Spürt Ihr nicht schon an manchen Tagen, wie die Kräfte schwinden? Seht Ihr nicht schon Euren Tod näherkommen? Noch ist er in weiter Ferne, aber mit jedem Augenblick, der vergeht, schleicht er sich ein kleines Stück heran. Und wird Euch nicht bange bei der Vorstellung, dass Ihr eines Tages aufwachen und alt und grau sein werdet? *Was habe ich aus meinem Leben gemacht?* – das werdet Ihr Euch in dieser Stunde fragen müssen. Und da, Herr von Schwarzenbach, sieht es nicht gut aus für Euch! Schaut Euch doch an, Ihr könntet ein König sein! Aber statt zu herrschen, dient Ihr! Und was für Herren Ihr dient! Einem alten, verblendeten Narren und – wie ich fürchte – einer abgetakelten Hure. Ein bisschen lächerlich ist das schon, oder?«

»Eines verstehe ich nicht. Ihr meint, die Götter sind eine Lüge. Dabei wisst Ihr doch nur zu gut, dass es Geister und Dämonen gibt. Und Ihr wisst auch, dass es das Böse gibt – und dass es in unsere Welt kommen will.«

»Aber Herr von Schwarzenbach! Das Dasein der Geister ist einfach ein langes Sterben. Daran ist nichts Göttliches; daran ist nicht einmal etwas Jenseitiges. Und die Dämonen sind im Grunde wie wir: In Anbetracht des Nichts, das uns alle erwartet, ob nach fünfzig oder fünfzigtausend Jahren, streben sie nach Macht und Lust. Dasselbe gilt auch für dieses sogenannte Böse. Es ist einfach eine Kraft wie andere; es versucht, die Dinge zu seinen Gunsten zu beeinflussen – so, dass es daraus einen Gewinn zieht. Tatsächlich könntet Ihr etwas von den Dämonen und diesem angeblichen Bösen lernen. Wisst Ihr auch, was das ist?«

Cay sagte nichts.

»Eben das, was ich Euch schon die ganze Zeit zu erklären versuche! Nur eines zählt auf der Welt, hört Ihr, nur eine einzige Sache: Man muss zu den Gewinnern gehören. Wie Ihr das anstellt, ist völlig gleichgültig. Gold hilft; Macht und Einfluss helfen. Wichtiger aber noch ist Klugheit. Wenn Ihr einem Schwachen begegnet, unterwerft ihn Euch. Wenn Ihr einem begegnet, der stärker ist als Ihr, seht zu, dass Ihr sein Freund werdet. So könnt Ihr stets das Beste für Euch herausholen – Lust und Genuss. Und lasst Euch Eure Lüste und Genüsse von niemandem verbieten oder schmälern. Denn es gibt nichts anderes: kein Gesetz, keine Gerechtigkeit, keine Wahrheit, keinen Sinn. Nur dieses: Lust und Genuss.«

Cay sagte nichts.

»Und um zum Schluss noch einmal auf Eure Vanice zurückzukommen: Sie kann mir dankbar sein, denn ich habe ihr die Wahrheit der Welt gezeigt. Die meisten Frauen sind dumm und schwach, ich glaube, das erwähnte ich bereits. Aber sie verfügen doch häufig über eine Art tierhafte Schläue. Sie wissen sehr wohl, was sie haben: das Loch zwischen ihren Beinen. Sie wissen auch, dass alle anderen Frauen das Gleiche haben. Deshalb sehen sie zu, dass sie etwas aus sich machen. Das ist ja der Grund, weshalb die jungen Dinger so gerne ihr Fleisch zu Markte tragen. Natürlich reden sie sich ein, dass sie schön sein wollen; oder dass sie sich selbst schön finden. Das ist verständlich, irgendetwas müssen sie sich ja einreden. Vielleicht meint das Kalb auch, dass es schön sei, wenn ihm vor dem Schlachtfest bunte Bänder an die Hörner gebunden werden, wer weiß? Was ich sagen wollte: Leider gibt es auch Frauen, und bedauerlicherweise sind es meist die hübschen, die eine übersteigerte Vorstellung von dem eigenen Wert haben. Als sie ein Mädchen war, litt die gute Vanice wohl an diesem Wahn. Doch ich bin sicher, sie hat es mittlerweile begriffen.«

Cay sagte nichts.

»Nun, Herr von Schwarzenbach, ich habe viele Worte gemacht, aber ich bin nicht sicher, ob Ihr wirklich bereit wart, mir zuzuhören.« Kelmon lächelte. »Die Sache ist jedenfalls sehr einfach. Wie Ihr sicherlich mitbekommen habt, haben sich ein paar meiner Diener zu uns gesellt. Sie sind bereit, Euch auf einen Fingerzeig von mir niederzumachen. Es gibt aber noch einen anderen Weg. Denn ich mag Euch und habe das Gefühl, dass einiges in Euch steckt, wovon Ihr vielleicht selbst noch nichts wisst. Natürlich muss ich Euch bestrafen. Denn es geht nicht an, dass jemand in mein Haus kommt und mich bedroht – und schließlich habt Ihr mich bedroht, oder etwa nicht? Aber wenn das ausgestanden ist, sehe ich keinen Grund, warum wir uns nicht zusammentun sollten. Es wird unser beider Gewinn sein.«

Zum ersten Mal wandte Cay die Augen ab. Kurz blickte er nach draußen. Dort schien alles still und leer: der Garten mit seinem Steinpavillon und seinen Steinbänken und den alten knorrigen Bäumen, und was immer hinter seiner hohen, mit Eisenzacken bewehrten Mauer lag. Der Regen war stärker geworden, der Dunst dichter, und ein kühler, herber Lufthauch wehte durchs Fenster herein.

»Ich denke oft, dass etwas fehlt in der Welt«, sagte Cay leise, wie zu sich selbst. »Etwas sehr Wichtiges. Vielleicht das Allerwichtigste.« Dann wandte er sich wieder Kelmon zu. »Ich würde Euch gerne verzeihen. Es wäre gut zu verzeihen.« Langsam schüttelte er den Kopf. »Aber ich kann nicht.«

Etwas wie Traurigkeit legte sich über Kelmons Züge. »Ich bedauere sehr, dass es so enden muss. Ich glaube wirklich, wir hä-«

Cay zog das Fläschchen Emberfeuer aus seiner Manteltasche und schleuderte es in den Kamin; zugleich warf er sich zu Boden, hinter den zweiten Sessel; die Arme schlug er über dem Kopf zusammen, die Augen hielt er geschlossen.

Ein wütendes Zischen zerriss die Luft, und eine grell-weiße Flamme schoss aus dem Kamin. Wild und unbändig, wie ein lebendiges Wesen, das endlich frei ist von seinen Fesseln, erfüllte sie den Raum, erfüllte ihn bis in den letzten Winkel. Einen Herzschlag lang nur – doch es reichte.

22
DIE LÜGEN UNSERER VÄTER

Vanice

Nun, das ist meine Geschichte«, sagte ich.

Ich hatte der Luziera nicht alles erzählt, aber mehr als genug, und jetzt, da ich fertig war, fragte ich mich, wie bei Sorins Weisheit ich dazu kam, derart offen und vertrauensvoll mit einem tausendjährigen Spukwesen zu reden.

»Also hat dich eine Sternschnuppe gerettet …«, sinnierte die Luziera.

Ich zuckte die Schultern.

»Aber natürlich kann man nur jemanden retten, der auch gerettet werden will, nicht wahr?«, fuhr sie fort und ließ wieder einmal ihr amüsiertes Kichern hören. »Siehst du, habe ja gesagt, dass du nach Lebensgier stinkst.«

»Soll das eigentlich eine Beleidigung oder ein Kompliment sein?«, erkundigte ich mich.

»Beides. Keins von beiden. Das eine oder das andere. Ist doch egal. Hauptsache, es stimmt.«

»Ihr seid wahrlich eine große Philosophin, Luziera. In Ehrfurcht neige ich mein Haupt.«

»Du verspottest mich, Mädchen? Das ist gut, das gefällt mir. Aber sag mir, wie ging es weiter nach deiner wundersamen Rettung?«

Ich zögerte einen Moment, stellte aber fest, dass ich dieses Gespräch aus irgendeinem Grund ganz angenehm fand. Erst Edmund, dann Cay, jetzt die Luziera – offenbar wurde es mir langsam zur Lust, meine Geheimnisse offenzulegen.

»Nun, jedenfalls ist es bei dem einen Versuch geblieben, mich umzubringen«, sagte ich. »Auch wenn ich nicht gerade behaupten kann, dass mein Leben seit jener Nacht ein Traum vom Glück gewesen ist. Aber immerhin habe ich meine Zeit in den letzten Jahren ein wenig sinnvoller genutzt.«

»Ah. Und wie macht man das – seine Zeit sinnvoll nutzen?«

»In meinem Fall ist es ganz einfach. Ich habe aufgehört, mich täglich zu betrinken und mit Rauschkraut zu betäuben. Erstaunlicherweise war das gar nicht schwer; damit aufzuhören, meine ich. Stattdessen habe ich nun das getan, was ich immer schon hatte tun wollen.«

»Und das wäre?«

»Ich bin in die Bibliotheken gegangen und habe gelesen. So viel, wie ich nur konnte. Da habe ich wieder gelernt, was Freude ist. Wenige Wochen nach der Sache mit dem Gift bin ich dann zum ersten Mal in eine Gespensterschenke geraten. Das war natürlich der reine Zufall, aber ich frage mich, ob der Zeitpunkt etwas damit zu tun hat, dass ich dem Tod so nahe gewesen war. Jedenfalls habe ich da begriffen, dass ich … wie sagt man, eine der Verderbten und Verlorenen bin?«

»Keine Ahnung. Kenne mich da nicht so aus.«

»Haha. Sehr komisch. Gut, wie dem auch sei, ich habe also begriffen, dass ich Zugang zu den Schatten habe, und mir fiel wieder ein, was ich damals in Kelmons Büchern gelesen hatte: über die Nachtseite der Welt, das Reich der Geister und Gespenster. Von da an habe ich versucht, so viel wie irgend möglich über diese Dinge in Erfahrung zu bringen. Wahrscheinlich in der Hoffnung, mehr über meinen Fluch herauszufinden.«

»Und? Hast du mehr über deinen Fluch herausgefunden?«

Ich verzog das Gesicht. »Dass ich eine Leichenfresserin bin – das habe ich herausgefunden. Viel mehr nicht.«

Die Luziera trat einen Schritt näher und neigte den Kopf zu mir. »Dass du eine Leichenfresserin bist, hast du herausgefunden …«, flüsterte sie. »Was wäre, wenn das gar nicht stimmt?«

»Bei Elaahs Gnade, ich muss Leichenfleisch essen – was sollte ich sonst sein, wenn nicht eine Leichenfresserin?«, rief ich und spürte, wie die Wut in mir aufstieg.

Zugleich musste ich daran denken, was Cay in der Nacht, als ich ihm mein Herz aufschloss, zu mir gesagt hatte: *Es gibt eine Lüge in deiner Geschichte; die Lüge ist nicht deine.* Ich erschauderte. Aber warum wurde ich so wütend bei dem Gedanken daran, dass ich keine Leichenfresserin sein könnte? Warum bekam ich so viel Angst?

»Mädchen, ich glaube, wir sollten unsere Plätze einnehmen«, sagte die Luziera in einem überaus eigenartigen Tonfall. »Die Aufführung beginnt bald, und eines verspreche ich dir: Du wirst sie dein Lebtag nicht vergessen.«

Wovon redete sie? Welche Aufführung? Was für Plätze? Wir standen allein an einem leeren, dunklen Strand. Das Wasser hatte sich weit zurückgezogen mit der Ebbe. Im Mondlicht sah ich, dass unzählige Muscheln im feuchten Sand verstreut lagen. Da waren auch Algen, ein paar angeschwemmte Quallen, Treibholz, ein zerbrochener Tonkrug … Waren das die Schausteller, die uns amüsieren sollten?

Plötzlich schlug die Luziera ihre Kapuze zurück, und für einen Moment waren alle meine Fragen vergessen. Ich stierte, schüttelte mich, wich einen Schritt zurück. Anstelle der Greisin, die ich erwartet hatte, war da eine junge Frau – eine *schöne* junge Frau. Sie hatte weiße Haut und weiße, zu einem Zopf geflochtene Haare; auch ihre Augen schienen fast weiß im Mondlicht. Inmitten dieses Wintergesichts prangte ein großer, roter, sinnlicher Mund – ich konnte nicht anders, ich musste an eine schneeverwehte Wiese denken, auf der ein Kübel Blut ausgeschüttet worden ist.

»Komm, Vanice, nimm meine Hand. Wir wollen diesen Weg als Freundinnen gehen.« Auch die Stimme der Luziera hatte sich verändert; sie war jetzt hell und weich, von mädchenhafter Lieblichkeit.

Eines hingegen war gleich geblieben: In ihren Worten lag eine uralte, gewaltige Macht. Noch während ich versuchte, einen klaren Gedanken zu fassen, hatte ich der Luziera bereits gehorcht und ihre Hand ergriffen. Nunmehr fühlte sich ihre Haut so an, wie ihre Stimme klang.

Als ich wieder zu mir kam, hatte mich die Luziera bereits auf einen Pfad geführt, der jenseits der Dünen dem Verlauf der Küste folgte. Ich konnte das Meer jetzt nicht mehr sehen, wohl aber hörte ich sein Rauschen. Es schien von sehr weit weg zu kommen.

Die Luziera und ich, wir hielten uns immer noch an der Hand. Wieder kam mir der Gedanke, dass sie mich vielleicht verzaubert hatte. Wieder stellte ich fest, dass mir das im Grunde gleichgültig war. Etwas anderes aber war mir nicht gleichgültig: Ich hatte mich immer nach einer Freundin gesehnt, mit der ich lange Spaziergänge machen und flüsternd Geheimnisse austauschen konnte.

Eine seltsam wehmütige Freude erfüllte mein Herz: Sollte ausgerechnet die Luziera diese Freundin sein, die ich mein Leben lang vermisst hatte? Das war natürlich der größte Unfug, aber dennoch …

»Wohin bringst du mich?«, fragte ich. »Soweit ich weiß, gibt es nur ein Theater auf Enjahla.«

»Das ist richtig. Es befindet sich in Raban – also in entgegengesetzter Richtung.«

»Ich weiß. Außerdem werden dort mit Sicherheit keine Vorstellungen zu dieser Stunde gegeben. Es geht doch bestimmt schon auf Mitternacht zu.«

»Mitternacht. Ist das nicht ein schönes Wort?«

»Das heißt, du meinst eine andere Art Vorstellung.«

Mit ihrem roten Mund lächelte mich die Luziera an. »Ja, die Aufführungen finden nicht sehr häufig statt, und heute Nacht sind wir zwei die einzigen Zuschauerinnen.«

Ich verspürte den Wunsch, sie zu berühren. Ein kleiner, unschuldiger Kuss unter Freundinnen – so etwas gibt es doch, oder? Ich hatte mich niemals zu Frauen hingezogen gefühlt, jetzt aber war die Sehnsucht danach, die Luziera zu umarmen und meinen Kopf an ihre Brust zu betten, beinah überwältigend.

»Aber deine Geschichte ist noch nicht zu Ende. Wie hast du es denn mit den Männern gehalten nach deiner … Läuterung?«, wollte die Luziera nun wissen. Als hätte sie meine Gedanken gelesen; tja, vielleicht hatte sie das tatsächlich getan.

»Ein paar gab es schon noch …«, erwiderte ich. »Zum einen wollte ich nicht zu viel von meinem Geld ausgeben. Zum anderen musste ich mir ja irgendwie die Zeit vertreiben. Man kann schließlich nicht immerzu lesen – wenigstens ich kann das nicht. Aber … aber es war nicht mehr dasselbe. Ich habe kein Begehren mehr gespürt. Mit den Männern ins Bett zu gehen, war nur noch eine lästige Pflicht. Und ich habe mir selbst auch nicht mehr recht gefallen als verführerische Geliebte. Vielleicht ist das der Grund, weshalb es jetzt immer mit Tränen und Vorwürfen endete.«

Die Luziera bedachte mich mit einem schalkhaften und zugleich zärtlichen Lächeln: »Du bist also auf den Pfad der Tugend zurückgekehrt?«

»Bin ich das? Wenn das zutrifft, kann ich leider nicht behaupten, dass es mir dort besonders gut gefallen hätte. Ein paar Jahre hatte ich meinen Spaß auf dem Pfad der Ausschweifung. Der Pfad der Tugend hingegen …«

Vielleicht hätte ich noch mehr gesagt. Die Luziera aber drückte meine Hand. »Schau nur!«, rief sie und wies in die Dunkelheit.

Nun begriff ich, wo wir uns befanden. Die Villa der Serramys lag auf einem Hügel am Meer. Vor ihren Toren befand sich ein kleines Fischerdorf, dessen Hütten über die Anhöhe verteilt waren. Am Fuß des Hügels gab es außerdem einen kleinen Hafen. Jetzt in der Nacht waren alle Boote ausgefahren, und die Stille, die die Luziera und mich empfing, als wir hinter den Dünen hervortraten und den Rand der Ortschaft erreichten, war so vollkommen, dass man hätte meinen können, überhaupt niemand lebe in den dunklen, kargen Katen.

Vielleicht war das der Grund, weshalb mir die Villa der Serramys – ein Haus, in dem ich manches Mal zu Gast gewesen war – mit ihren Portiken und Giebeln und Altanen wie das verwunschene Grabmal eines Herrschers längst vergangener Zeiten vorkam.

»Ah …«, machte ich und hatte jetzt endgültig keine Ahnung mehr, was die Luziera mir zu zeigen wünschte.

»Du weißt, wo wir sind?«, fragte sie.

Ich nickte. »Ja.«

»Du weißt auch, wer da oben wohnt?«

»Ja, das weiß ich wohl. Was ich nicht weiß, ist, was wir hier verloren haben.«

»Du bist recht ungeduldig, nicht wahr?«, fragte die Luziera. »Nun gut, vielleicht sollten wir uns in der Tat ein wenig beeilen.«

Die Luziera drückte meine Hand, und wir standen im Garten der Serramys. Da war keine Übelkeit, kein Schwindel; kein Gefühl von vorbeirauschender Luft; kein Riss zwischen den Dimensionen, in den wir hineingesogen wurden. Vielmehr war es, als hätten wir uns überhaupt nicht bewegt, oder aber nur den allerkleinsten Schritt getan.

Mit Mühe gelang es mir, meine Fassung zu bewahren. Ich schloss nur kurz die Augen, damit sich die Wirklichkeit ins Lot bringen konnte.

»Jetzt dauert es nicht mehr lange«, sagte die Luziera.

Ich öffnete die Augen wieder, erblickte um mich herum den in bleiches Mondlicht getauchten Garten, die schattigen Umrisse der Pinien, Zedern und Lorbeerbäume, die Kieswege, die zwischen Hecken entlang zu Zierbrunnen, Lauben und Pavillons führten, weiter hinten die hohe Mauer, die das Anwesen umgab. Dichter, weißer Nebel kroch über den Boden. Wie seltsam – während wir an der Küste entlanggegangen waren, hatte ich nicht den feinsten Dunsthauch bemerkt.

Dann drehte ich mich um, sah vor mir die Villa selbst aufragen. Wir befanden uns auf der Rückseite des Gebäudes. Es gab keine Tür und kein Tor, die den Durchgang von der Terrasse ins Innere des Hauses versperrten, nur Vorhänge – im Sommer waren sie aus luftigem, halbdurchsichtigem Stoff, im Winter aus schwerem, dichtgewobenem Brokat. Die Villen der Großen Familien waren samt und sonders in dieser Art gebaut; und weil man allzu leicht in sie eindringen konnte, wenn man erst mal die Mauer überwunden hatte, patrouillierten Tag und Nacht –

Wo waren die Wachen?

»Sie sind nicht da. Sie schlafen«, beantwortete die Luziera meine unausgesprochene Frage.

»Sie … *schlafen*? Wie kann das sein?« Unbehagen erfasste mich.

»Wenn sie wach wären, würden sie nur die Aufführung stören. Komm jetzt …«

Die Luziera hielt noch immer meine Hand, als sie auf die Terrasse zuging; jetzt meinte ich, in *ihren* Bewegungen eine leichte Ungeduld zu spüren. Was mich betraf, so war ich mir nicht sicher, ob ich noch wissen wollte, was sich hinter den geheimnisvollen Aufführungen verbarg; oder warum ich überhaupt hier war, hier auf Enjahla: in dieser Nacht, zu dieser Stunde, am Ende einer Flucht, die zehn Jahre gedauert hatte.

Dennoch folgte ich der Luziera widerstandslos und machte auch keine Anstalten, meine Hand aus der ihren zu lösen.

Erst als wir die Vorhänge zur Seite geschoben und das Haus betreten hatten, wurde mir klar, dass ich entsetzliche Angst hatte.

Denn nun nahm meine Angst Gestalt an – eine Gestalt, die ich seit meinen frühen Mädchenjahren kannte.

»Nein! Nein!«, ich stieß die Wörter keuchend hervor.

Keine Kerze, keine Lampe brannte. Doch es war, als würden die Wände selbst in einem siechen, wächsernen Glanz erstrahlen. So konnte ich sehen, dass der Nebel ins Haus eingedrungen war; wie von feinem Wind bewegt, waberte er, zog träge Wirbel und Kreise. Dabei war er kalt und klamm wie das Fleisch der Toten; gedunsen wie von der Verwesung geblähte Leichen.

»Keine Sorge, Vanice«, sagte die Luziera. »Es ist alles gut.«

»E-e-es i-ist überhaupt – überhaupt ni-nichts gut«, stotterte ich. »D-das ist w-w-wie die Albträume m-mei-meiner Kindheit!«

»Was für Albträume? Es hat niemals Albträume gegeben.« Die Stimme der Luziera klang sanft und mild.

»Nein! Ich will nicht … *Ich will nicht!*« Jetzt schrie ich tatsächlich.

Ich zog und zerrte an der Luziera. Aber es war, als hätte ich meine Hand in einem Gebirge versenkt.

»Du musst, Vanice. Es ist Zeit, dass du die Wahrheit erfährst.«

Ich stieß ein schrilles Lachen aus. »Wahrheit? Ich hatte genug davon für ein Leben!«

Noch immer versuchte ich, mich loszureißen; noch immer rührte sich die Luziera kein Fingerbreit.

Ich weiß nicht, wie es geschah, dass ich mich in Bewegung setzte – gegen mein Wollen, gegen meine Entscheidung – und ihr folgte. Während wir durch Gänge und Korridore gingen, die allesamt in jenem unwirklichen Glanz erstrahlten, von jenem grauenhaften Nebel durchzogen wurden, begann ich zu weinen. Ich wimmerte, schluchzte, schüttelte immer wieder den Kopf. Doch ich ließ mich willenlos führen.

Als wir die Steintreppe erreichten, an deren Fuß die Keller lagen, machte ich noch einen schwachen Versuch, mich zu befreien. Aber die Luziera kannte kein Erbarmen – wie hatte ich je glauben können, dass es anders wäre?

Schon waren wir die Stufen hinabgestiegen. Hier unten war es kälter und feuchter. Wobei weder die Kälte noch die Feuchtigkeit daher rührten, dass wir einige Meter tief ins Erdreich gestiegen waren, daran bestand kein Zweifel. Auch der unwirkliche, widerwärtige Glanz hatte an Stärke zugenommen; und die Steinblöcke, aus denen die Kellerwände gefertigt waren, schienen mit einem dünnen, klebrigen, farblosen Schleim überzogen.

Alles war so, wie ich es aus den Träumen kannte, die keine Träume waren.

Jetzt fiel mir wieder ein, dass der Keller für uns Kinder (oder etwa nur für mich?) etwas Verbotenes gewesen war. Entgegen seinem sonstigen liebevollen Umgang mit mir, hatte mein Vater strengste Strafen angedroht für den Fall, dass ich dieses Gesetz übertreten würde. Auf den Gedanken wäre ich allerdings sowieso nicht gekommen: Ich erinnerte mich, dass mir der Keller immer schon ein Schrecken gewesen war. Ich hatte geahnt, gespürt, gewusst, dass dort etwas lauerte: Mit unendlicher Langmut wartete Es darauf, dass ich eines Tage zu Ihm kommen würde.

Wie war es möglich, dass ich an all das während so vieler Jahre nicht gedacht hatte?

Vielleicht deshalb, weil ich die Wahrheit nicht ertragen konnte, von der die Luziera gesprochen hatte. Die Wahrheit, die ich nicht erfahren, die sie mir nicht zeigen musste, weil ich sie nämlich immer schon gekannt hatte: Seit dem Tag meiner Geburt gehörte ich jenem Etwas, das in den Kellern, dem Haus, der Welt meiner Eltern hockte wie eine Spinne in ihrem Netz, jederzeit bereit, mich mit Seiner Liebe und Seinem Hunger willkommen zu heißen.

Ich suchte meine Zuflucht in dem Gedanken, dass ich mich gar nicht in der Villa der Devecraux befand, sondern in jener der Serramys. Nicht, dass es viel geholfen hätte.

Noch einmal sagte ich: »Ich will nicht.«

Und noch einmal anwortete die Luziera: »Du musst.«

»Warum? Warum muss ich?«

Eine kleine Weile schwiegen wir. Mir war, als hätten wir bereits seit Stunden Gänge durchschritten, die von mit Wein und Öl gefüllten Fässern, Vorratskisten, Stoffballen und die Götter wissen was für Gerümpel gebildet wurden, ohne je das Ende des Gewölbes zu erreichen.

»Deine Vorfahren waren arm und unglücklich«, antwortete die Luziera schließlich, indem sie meine Hand losließ. »Sie wollten reich und glücklich sein. Also suchten sie Hilfe. Sie suchten Hilfe bei jemandem, den sie hätten fliehen sollen. Er erfüllte ihren Wunsch. Aber alles hat seinen Preis. Der Preis für den Reichtum war größere Armut; der Preis für das Glück größeres Unglück. Und wie alle Feiglinge zahlten deine Vorfahren nicht selbst diesen Preis. Das überließen sie ihren Kindern und Kindeskindern. Bis hinab zu dir. Dein Vater hat dich verkauft, Vanice. Der Gott deiner Kindheit ist in Wahrheit ein Teufel.«

Im Gehen umarmte ich mich selbst. Alles war so kalt und klamm, ich suchte Wärme, nur etwas Wärme. »Nein …«, murmelte ich. »Nein … das kann nicht sein …«

Ich sagte es, obwohl ich wusste, dass jedes Wort wahr war.

»Es ist Zeit aufzuwachen, Vanice«, flüsterte die Luziera. »Nicht aus deinen Albträumen. Sondern aus jenem anderen Traum: dem von der Liebe.«

»Warum sind wir dann hier? Und nicht im Haus meiner Eltern?!«, fuhr ich sie an, von jähem Zorn ergriffen.

»Weil ich will, dass du eine Entscheidung triffst.«

Noch während die Luziera sprach, betraten wir einen Raum.

Ich weiß nicht, was ich erwartet hatte. Vielleicht eine unterirdische, säulengetragene Halle von unbegreiflichen Ausmaßen, die jenseitige Feuer erhellten und an deren Ende der schwarze Blutaltar des Dämons prangte.

Dieser Raum hier war klein, kreisrund und leer. Völlig leer. Es gab nicht einmal unheilverheißende arkane Symbole, Glyphen und Zeichen; nur den nackten Stein.

Wer hätte je gedacht, dass es so einfach war, etwas Böses in die Welt zu holen?

Die Diener erkannte ich nicht. Sie trugen schlichte Gewänder – grobe, ungefärbte Wolle, wenn ich nicht irrte – und hielten Kerzen in den Händen.

Sie bildeten einen Kreis, fünf Männer und Frauen, wahrscheinlich die engsten Vertrauten der Familie. In ihrer Mitte standen Aljon und Valina Serramys. Auch sie trugen helle Wollgewänder, die eher an Bettelmönche denken ließen als an mächtige Händler, unter deren Flagge Dutzende Schiffe fuhren. Ich erinnerte mich: Die beiden waren lange mit Kinderlosigkeit geschlagen gewesen. Ihr einziger Sohn, Aljon, benannt nach seinem Vater, war im Sommer vor meiner Flucht geboren worden, ungefähr zur selben Zeit, als in mir der Hunger auf Leichenfleisch erwachte.

Auch der Junge war da. Natürlich. Im Gegensatz zu allen anderen trug er kein Wollgewand. Er trug überhaupt nichts. Wo die Züge seiner Eltern von bitterem Gram und ebenso bitterer Entschlossenheit gezeichnet waren, zeigte sein Gesicht nicht den Schatten eines Ausdrucks. Es war wie eine unvollendete Zeichnung auf Pergament –

matt erhellt vom Kerzenschein und dem nunmehr gelblichen Glanz, der von den Wänden ausging.

Hatte auch ich dereinst so dagestanden? Nackt und betäubt und gelähmt in einem Kellerraum? Ganz gewiss war es so gewesen.

Wenn ich Aljon, seinen Vater und seine Mutter ansah, bezeugte ich den Anfang, dem so viele Enden folgen würden.

In meinem Fall wusste ich, wie ich die Kreise der Finsternis zu benennen hatte, deren Bahn ich so lange gefolgt war, Jahr um Jahr, Schmerz um Schmerz.

Was war mit diesem Jungen? Erwartete ihn ein ähnliches Grauen wie mich? Nein, denn meine Flucht konnte kaum vorgesehen gewesen sein. Was dann? Würden ihn seine Eltern in irgendeiner Wüste aussetzen? Oder ihn vielleicht in einen noch tieferen, kälteren, lichtloseren Keller sperren?

Ein Leben voller Einsamkeit, ohne Trost und Hoffnung. Und wofür? Wofür das alles?

Nun kündigte der Dämon sein Kommen an. Ein leise nagendes Geräusch ertönte. Irgendwo in einer anderen Dimension – unendlich weit entfernt von diesem Raum und doch unauflöslich mit ihm verbunden – öffnete sich ein gewaltiger Schlund.

Würde sich die Luft ausstülpen und platzen? Würde sie in Stücke reißen? Würde sie brodeln und kochen und zerfließen? Ich wusste nicht, wie es sein würde. Ich wusste nur eines: Dass ich alles tun würde, um zu verhindern, dass der Dämon in dieser Nacht ein Opfer fand.

Die Luziera und ich, wir standen ein paar Schritte hinter den Dienern. Noch hatten sie uns nicht bemerkt. Aber sicherlich war es nur eine Frage von Sekunden, bis sich das ändern würde. Es galt, schnell einen Plan zu fassen.

Aber ich fasste keinen Plan. Der Zorn, den ich empfunden hatte, als die Luziera davon sprach, dass für mich die Zeit des Erwachens gekommen sei, war eine Windbö gewesen. Innerhalb eines Herzschlags steigerte er sich zum Sturm – ein Sturm, der alles wegfegte, was nicht er selbst war.

Schreiend rannte ich los, und schreiend stürzte ich mich auf Aljon, den Vater. Das Oberhaupt der Serramys war ein hochgewachsener, aber bis zur Dürrheit zarter Mann, den zudem nicht mehr viele Jahre vom Greisenalter trennten. Im Gegensatz zu seinen jüngeren Brüdern, die auf ihren Schiffen über die Weltmeere segelten, hatte er die meiste Zeit hinter seinem Schreibtisch und in verschiedenen Kontoren und Reedereien verbracht. Ihn zu bezwingen, war wahrlich keine Heldentat.

Mich scherte das nicht. Ich wollte ja keine Heldentat vollbringen. Ich wollte Blut sehen.

Schon hatte ich Aljon umgerissen. Ich taumelte, blieb aber stehen. Ehe der alte Mann wusste, wie ihm geschah, hockte ich mich auf seine Brust. Mit meinen Krallen zerfetzte ich sein Gesicht. Er schrie. Auch ich schrie; meine Kehle tat bereits weh, aber mir war, als würde ich niemals wieder damit aufhören können. Schließlich packte ich seinen Kopf und schlug ihn gegen den groben Steinboden, wieder und wieder, bis er aufplatzte. Dann lag das Oberhaupt der Serramys tot unter mir; Aljon hatte seinen Schmerz herausgebrüllt, sich aber kaum gewehrt. Fast als hätte er sich gewünscht, allem ein Ende zu machen.

Während ich den alten Mann massakrierte, hatte ich jeden Augenblick darauf gewartet, dass mich jemand packen und wegzerren würde. Doch das war nicht geschehen. Nun, da ich mich keuchend aufrichtete, begriff ich, warum dies so war. Die Diener waren tot. Auch Valina Serramys war tot. Ihnen allen war die Kehle durchgeschnitten worden.

Nur die Luziera – die gerade ein großes Messer in ihrem Gewand verstaute – und Aljon, das Kind, waren noch da. Und ich. Ich starrte meine Hände an. Sie waren blutbespritzt, ebenso wie mein Kleid und wohl auch mein Gesicht.

Aljon war von einer Gelähmtheit in die andere gestürzt. Sein Mund war weit aufgerissen; Grauen verzerrte seine Züge. Sein Blick aber war auf mich gerichtet: die Mörderin seines Vaters.

Ich schluckte. »Das wollte ich nicht …«, log ich. »Ich wollte …«

Die Luziera war wieder eine Greisin. Sie lächelte mich an, vielleicht ein bisschen weniger sanft und mild. »Bist jetzt so weit, Mädchen«, sagte sie. »Kannst deine Entscheidung treffen. Sehr gut.«

Dann griff sie nach meiner Hand. Ich blinzelte, wollte etwas sagen. Als ich das erste Wort aussprach, waren wir bereits an den Strand zurückgekehrt.

Ich sah das dunkle Meer, den dunklen Sand, die dunklen Hügel, sah die Sterne am schwarzblauen Himmel und den leuchtend hellen Mond.

Dieses Mal wurde ich wirklich von Schwindel und Übelkeit geschüttelt.

»Was hast du … habt Ihr … mit mir gemacht?«, murmelte ich.

Die Luziera stand keinen Schritt von mir entfernt. »Nichts …« Sie zuckte die Schultern. »Habe dir nur gezeigt, was ist. Der Rest war deine Sache.«

»Ich – ich bin keine Mörderin …«

»Aljon Serramys wäre da wohl anderer Ansicht. Und nicht nur er. Hast ja bereits das eine oder andere Leben genommen, oder?«

»Niemals so …« Ich schüttelte den Kopf, »…niemals so …«

»Ach, weißt du, tot ist tot, sage ich immer.« Sie machte eine wegwischende Bewegung mit ihrem Stab. »Wollen wir nun zu deiner Entscheidung kommen?«

»Meiner … Entscheidung?«

»Aber ja. Davon rede ich doch die ganze Zeit.«

»Was für eine Entscheidung?«

Die Luziera sah mich mit ihren unsagbar alten, unsagbar wissenden Gletscheraugen an; ich konnte den Blick nicht abwenden. »Weißt du, Mädchen«, begann sie, »ich mag dich, wirklich. Fühle, dass wir Schwestern sind. Deshalb bin ich heute Nacht zu dir gekommen. Wenn man sich erst mal mit Leib und Seele an jemanden gebunden hat, wie du es mit diesem Cay vorhattest, geht es nämlich nicht mehr.«

»Geht *was* nicht mehr?«, flüsterte ich.

»Na, die Luziera werden.«

Ihre Worte fegten sämtliche Gedanken und Gefühle aus meinem Kopf. Ich stand da und schwieg.

»Jetzt tu mal nicht so überrascht. Im Grunde deines Herzens war dir doch immer klar, worum es geht, oder?«

Ich schwieg noch immer.

»Siehst du, es ist ganz einfach«, fuhr die Luziera fort. »Ich habe genug. Ich mag nicht mehr. Habe mich selbst und meine Zeit überlebt. Kann aber nicht gehen, ehe ich nicht jemanden gefunden habe, der mir nachfolgt.«

»Warum … ich …?«, brachte ich hervor.

»Nun, du gierst nach Leben, wie gesagt, findest in diesem Leben aber nur Schmerz. Ich habe ein anderes Leben für dich. Bist stark genug dafür. Hast auch genug Zorn in dir. Das ist wichtig. Als Luziera könntest du Rache nehmen an allen, die dich zerstört haben. Der Dämon, dem du versprochen warst – sie nennen ihn übrigens den Hungerer – wird sich ziemlich ärgern über das, was heute Nacht geschehen ist. Wird es aber nicht wagen, die Luziera anzurühren. Übrigens kannst du es auch lassen – Rache nehmen, meine ich. Das ist das Schöne, wenn man die Luziera ist: Man kann alles tun, was man will. Oder doch fast. Gibt natürlich gewisse Pflichten. Was es damit auf sich hat, ist aber nicht für die Ohren der Lebenden bestimmt. Musst erst ›Ja‹ sagen, dann erfährst du alles darüber.«

Auf einmal breitete sich eine große Ruhe in mir aus. Ich dachte über das nach, was die Luziera gesagt hatte. Tatsächlich kamen mir ihre Worte nicht unsinnig vor. Ich war also keine Leichenfresserin … irgendwie ließ mich diese Neuigkeit ziemlich kalt. Denn das änderte ja nichts daran, dass ich verflucht war. Und der Fluch, der in Wahrheit auf mir lastete, war noch ungleich grausamer als jener andere, mit dem ich mich geschlagen geglaubt hatte. Der Hungerer – zweifellos ein überaus passender Name – hatte mir etwas genommen; etwas, das man brauchte, wenn man auf dieser Welt leben will. Er würde es mir nicht zurückgeben. Auch Cay würde es mir nicht zurückgeben.

Ich sah ihn vor mir, den Mann, dessen Nähe ich noch vor einer Stunde mehr als alles andere ersehnt hatte. Ich suchte in meinem Herzen nach der Liebe, die ich für ihn empfand. Es war, als würde man in einen leeren, alten Schrank hineinschauen, der vor Jahren ausgeräumt worden ist; in einer Ecke hing ein Spinnenweben, das war alles.

»Was würde mit Euch geschehen, wenn ich zustimme?«, fragte ich.

»Wie gesagt: Ich würde gehen.«

»Wohin?«

Die Luziera wiegte den Kopf. »Hierhin, dorthin. Das ist ganz egal.«

In dieser Stunde, am dunklen Strand von Enjahla, unter dem weiten, funkelnden Sternenhimmel, war ich bereit dazu, die Nachfolge der alten Luziera anzutreten und als neue Luziera eine Nacht ohne Ende zu durchstreifen. Es war mir gleichgültig; mir war alles gleichgültig.

Plötzlich schoss mir ein Bild durch den Kopf. Ich sah nicht Cay vor mir. Ich sah auch nicht Mykar oder Justinius; und schon gar nicht meine Eltern oder Brüder oder einen meiner unzähligen Liebhaber.

Nein, ich sah Scara und ihren alten Esel Schlappi. Es war der Morgen, ehe wir zu dem Spaziergang aufbrachen, der uns zu Mykars Dorf und dem Haus seiner Mutter, Frau Maeva, führen würde. Wie lange war das jetzt her? Einen Monat oder hundert Jahre? Jedenfalls erinnerte ich mich sehr gut daran, wie ich Schlappi ein paar Stücke Zucker gegeben hatte. Ich erinnerte mich an das Gefühl, als seine feuchte, rauhe Zunge über meine Handfläche schleckte, an den Blick seiner lieben, müden Augen und daran, wie seine Ohren wackelten, während ich ihn fütterte. Und ich erinnerte mich an Scaras Worte: *Ich freue mich, dass du Schlappi zu schätzen weißt.*

Ich habe es damals nicht begriffen, begreife es jetzt nicht und werde es wohl niemals begreifen – aber diese Erinnerung, und nur sie, hinderte mich daran, dem Wunsch der Luziera zu entsprechen; ihr Angebot anzunehmen; ihre Nachfolgerin zu werden.

Sie sah es in meinen Augen.

»Och nein, Mädchen – muss das sein?«, fragte sie. Unwillig und gereizt klang sie, das schon. Aber ich hatte nicht den Eindruck, als nähme sie es mir übel, dass ich sie enttäuschte.

»Es tut mir leid …«, sagte ich, schämte mich ein wenig – die Götter wissen, warum – und senkte die Augen.

Die Luziera versuchte nicht, mich umzustimmen. »Nun, dann muss ich wohl weitersuchen«, seufzte sie.

Dann, nach einigen Momenten der Stille: »Ich nehme an, du willst zurück zu deinem Cay?«

Erstaunt blickte ich sie an. Ich fragte mich, ob ich das wirklich wollte und stellte fest, dass dem so war. Anscheinend hatte jemand, um im Bild zu bleiben, doch ein paar Kleider in dem Schrank hängenlassen. »Ja …«, krächzte ich, räusperte mich, versuchte es noch einmal: »Ja, ich würde sehr gerne zurück zu ihm.«

Ein letztes Mal hörte ich die Luziera kichern; ein letztes Mal bedachte sie mich mit ihrem vergnügten, arglistigen Lächeln. »Ich wünsche dir viel Erfolg dabei!«, sagte sie.

Und war verschwunden, bevor ich Zeit hatte, auch nur den Mund zum Widerspruch zu öffnen.

Eine Weile lang stand ich dort am Strand. Ich lauschte dem Rauschen des Meeres und einem Geräusch, von dem ich mir einbildete, es müsse das Sirren der Sterne sein. Dann sank ich nieder. Obwohl der Stoff meines weinroten Kleides dick und warm war, fühlte ich die feuchte Kühle des Sandes auf der Haut. Ich rollte mich zusammen und war fast augenblicklich eingeschlafen. Trotz der Gänsehaut, die meinen Körper überzog. Trotz dem Blut an meinen Händen, das bereits getrocknet war.

Meiner letzter Gedanke galt dem Knaben Aljon. Das war nur recht und billig – schließlich hatte ich ihn zum Waisen gemacht.

Ich erwachte davon, dass eine Woge Salzwasser über mir zusammenschlug. Das Meer kam zurück. So schnell es meine steifen Glieder zuließen, stand ich auf und schwankte einige Meter auf die Dünen zu. Als ich mich in Sicherheit gebracht hatte, vollführte ich ein paar wenig anmutige Hüpfer, um mich etwas aufzuwärmen. Dennoch hörte ich meine Zähne klappern und tröstete mich damit, dass es in einigen Stunden vielleicht so warm sein würde, dass ich mein Winterkleid verfluchte.

Noch allerdings war es nicht so weit. Eine grau-gelbe Dämmerung zog über Enjahla auf; mit ihr kam ein mehr als nur frischer Wind, der das Meer in schäumenden Wellen gegen die Küste trieb.

Was soll jetzt werden?, so fragte ich mich. Das Klügste wäre gewiss, ich ginge zunächst nach Raban; dann würde ich –

Mit der Wucht eines Keulenhiebes traf mich die Erkenntnis, was die letzte Nacht in Wahrheit für mich bedeutete.

Ich sah meinen Vater, wie er sich über mich beugte, wenn ich, ein Mädchen noch, im Bett lag und auf den Schlummer wartete. Er küsste mich zur guten Nacht, und ich roch die Herbe seines Duftwassers, spürte die kitzelnden Bartstoppeln an der Wange und seine Finger in meinen Haaren.

Ich sah meine Mutter, die Strenge, Unnahbare; manchmal überraschte ich sie dabei, wie sie mich mit einem seltsam traurigen, peinvollen Blick betrachtete, den sie dann sofort zu verbergen suchte. Mein Leben lang hatte ich gedacht, ich sei ihr zuwider oder sie empfinde Neid auf mich, weil ich so schön war und von allen geliebt wurde.

Meine Beine knickten unter mir weg. Ich stürzte, lag wieder im Sand, krümmte mich. »Mama … Papa … Warum? … Warum?«, wimmerte ich.

Ich schloss die Augen, presste die Lider zusammen.

Ich wollte sie nie wieder ansehen müssen, meine lange vermisste, immer schon verlorene Heimat.

23
DER PREIS

Cay

Als Cay wieder auf die Beine kam, erfüllte der Gestank von verbranntem Haar und verbranntem Fleisch das Kaminzimmer. Die Gesichter der Diener waren geschmolzen. Matte Flächen, wie riesige, gräuliche Eier, kamen darunter zum Vorschein. Reglos lagen sie da oder hockten zusammengesunken an der Wand, in ihren brennenden Gewändern. Die Diener gaben keinen Laut von sich; ihr Herr aber schrie. Kelmon stand in Flammen. Zuckend wälzte er sich auf dem Boden vor dem Kamin, in dem das Feuer tobte, noch immer fast weiß, und gierig die Luft einsaugte, sodass ein leises Rauschen wie von Flügeln zu hören war.

Cays Bart war versengt, sein Gesicht von Schweiß und Ruß verschmiert, und auf einer Wange – nicht der, wo noch die Spur eines Kratzers erkennbar war – zeigte sich eine kleine Brandwunde. Er schlug ein paar Flammen aus, die über seinen rechten Mantelärmel züngelten, und nahm einen der Dolche, welche die sterbenden, oder vergehenden, Diener fallengelassen hatten. Dann trat er an Kelmon heran. Der hatte sich verändert in seinem Todeskampf: Irgendwie schienen seine Arme länger geworden zu sein, und seine Finger waren dürr und gekrümmt, dass sie aussahen wie die Beine von Käfern oder Spinnen. Cay umfasste den Griff des Dolches mit beiden Händen. Er ging in die Hocke und stieß zu, einmal, zweimal.

Plötzlich waren keine Flammen mehr um Kelmon. Rot und schwarz, kohlig und rauchend lag er da. Mühsam, gequält streckte er die Hand aus nach seinem Mörder. Cay wich nicht zurück. Es schien, als versuche Kelmon etwas zu sagen. Aber das Geräusch, das sich seiner verbrannten Kehle entrang, klang wie das Schaben von Metall über Stein. Dann tat sich ein Loch auf in Kelmons Brust und binnen eines Atemzugs wurde er hineingerissen in sich selbst. Zurück blieben nur schwelende Felle und leicht geröstetes Holz.

Cay suchte weder nach der Schatulle mit dem Gold des Dorn noch nach seinen Waffen. Er stand auf, verließ das Kaminzimmer und kehrte in die Vorhalle zurück. Er begegnete niemandem. Aber die Schatten, die zuvor die Treppe ins Obergeschoss umlagert hatten, krochen jetzt über die Wände wie eine schwarze Schwäre, die sich rasend ausbreitet, oder ein Schwarm winziger, hungriger Lebewesen. Cay wandte den Blick nicht ab von diesen Schatten, als er rückwärts auf die Eingangspforte zuging, mit sehr langsamen, sehr ruhigen Bewegungen.

Erst als er die Flügel der Pforte zugezogen hatte, drehte Cay dem Haus mit zwei Monden den Rücken zu. Und erst als er zurück im Stadtpalast war, allein in seinen Gemächern, erlaubte er sich zu weinen.

In dieser Nacht träumte Cay nicht. Oder wenn er träumte, dann war es ein Traum, der eine grausame, unhintergehbare Wirklichkeit für sich beanspruchte – eine Wirklichkeit wie der Tod eines geliebten Menschen. In diesem Traum, oder was immer es war, kehrte Cay an einen Ort zurück, an dem ein Teil seines Herzens, seines Geistes und seiner Seele vielleicht jede Sekunde seines restlichen Lebens verbringen würde.

Denn der Abgrund war nicht leer.

In ihm war Alkessa.

Später wusste Cay nicht mehr, wie er in die Stadt hineingekommen war; ebenso wenig hätte er sagen können, auf welchem Weg er sie schlussendlich wieder verließ. Alles, was er wusste, war, dass er ihre Straßen durchschritten, ihre prunkvoll-verfallenen Gebäude betrachtet, in das Wasser ihrer Kanäle geblickt hatte. Nur, dass kein Wasser in den Kanälen war.

Denn Alkessa – jenes zweite Alkessa, dort unter der Erde – schien in einer unermesslichen Blase von Schwärze zu schweben. In der Tiefe des Abgrunds taten sich weitere Abgründe auf. Wenn Cay in die Leere blickte, die jene Kanäle füllte, dann meinte er, ganz weit unten etwas wie dunkel-glänzenden Rauch zu sehen, der sich langsam drehte und wirbelte, als vollführe er einen endlosen, geheimnisvollen Tanz.

In diesem Alkessa brannte kein Licht. Hinter den Fensteröffnungen warteten eine Leere und eine Schwärze, die Cay ebenso bodenlos vorkamen wie der Abgrund, in den die Stadt gestürzt war. Obwohl alles dunkel war (und er seine Öllampe irgendwo, irgendwann zurückgelassen hatte), konnte Cay jede Einzelheit erkennen: die Risse im Stein, die Flechten an den Kanalmauern, den Grünspan, der altes Metall überzog.

Kein Leben regte sich in den Straßen und Gassen. Das heißt, es gab zwar Menschen. Aber ob man sagen konnte, dass sie lebten, war sehr unklar. Der eine stand in einem Hauseingang, die andere saß an einem Brunnen (der natürlich kein Wasser führte); ein dritter hatte die Hand an eine Tür gelegt, als müsse er sich stützen oder überlege, ob er anklopfen solle. Regungslos wie atmende Statuen waren sie allesamt. Ihre Haut war fast durchsichtig; zugleich wirkte sie irgendwie körnig oder brüchig, als würde die kleinste Berührung dafür sorgen, dass die Männer und Frauen zu Staub zerfielen. Vielleicht mochte sich in den Zügen der Einwohner dieses zweiten Alkessa ein fernes Echo von Freude oder Kummer erahnen lassen. Aus ihrem Blick jedoch war dergleichen längst geschwunden: Die Augen spiegelten den Abgrund, der die Stadt umgab.

Nach einer Weile fiel Cay auf, dass kein Laut zu hören war. Nicht, als ob Stille über der Stadt gelegen hätte. Sondern als ob irgendjemand oder irgendetwas verboten *hätte, dass Geräusche entstanden. Cays eigene Schritte waren so lautlos, als ob er barfuß über Daunenfedern getippelt wäre.*

Nach einer Weile betrat er den Platz, den er vor einigen Stunden (oder einem Leben) in jener anderen Stadt über der Erde aufgesucht hatte, um einen Eingang in die Katakomben zu suchen. Hier unten war der Allgötter-Tempel noch keine Ruine. Und der Platz, in dessen Mitte er sich erhob, war bis zum Rand mit Menschen gefüllt. So dicht gedrängt standen sie, als erwarteten sie, dass Elaah ihnen ein Zeichen gäbe, und das Heil ihres Leibes und ihrer Seele hinge davon ab, die Offenbarung der Ewigen zur Gänze in sich aufzunehmen.

Allein, es waren nicht die Götter Eberas, die in dem Tempel ihre Wohnung genommen hatten. Cay sah etwas, das er schon einmal erblickt hatte, vor sie-

ben Jahren, an einem fernen Sommertag, als er mit einer Handvoll Männer aus seinem Dorf zum nahen Wald gerannt war und Alvas Leiche gefunden hatte, dort bei dem Brombeerstrauch.

Er erinnerte sich so deutlich, als müsste er nur die Hand ausstrecken, um das Gesicht der geliebten Frau zu berühren, ihre blutbespritzte Wange zu streicheln und die Lider über ihren blicklosen, hervorgequollenen Augen zu schließen. Vor allem aber erinnerte er sich an das Zeichen in ihrer Brust – obwohl, oder gerade weil, es nichts gab, was er lieber vergessen hätte –, jene grauenvolle Blume, jener böse, höhnische Stern. Stetig veränderte es seine Form und blieb sich doch gleich in der furchtbaren Nichtung, die es bedeutete, erbarmungslos und unwiderruflich.

Jetzt blühte die Blume in den Mauern des Allgötter-Tempels, und der Stern war über seiner Kuppel aufgegangen. Es schwebte in der Luft und in dem Stein, oder es hatte sich festgesaugt an der Angst, dem Schmerz und der Einsamkeit ungezählter Generationen: das Zeichen, das Mal: ein klaffendes Maul, ein Riss in der Welt, die Dunkelheit aller verlorenen Träume.

Die Männer und Frauen des Alten Alkessa standen da und starrten es an.

So, wie sie es seit tausend Jahren taten.

So, wie sie es noch in tausend Jahren tun würden.

Am nächsten Morgen, als Cay gebadet und sich angezogen und gefrühstückt hatte, bat er die Diener, ihm Pergament, Federkiel und Tinte zu bringen. Die Männer des Dorn hatten nicht gefragt, was während seines zweiten Besuches bei Kelmon vorgefallen war. Vielleicht ahnten sie, dass sie keine Antwort auf diese Frage bekommen würden. Vielleicht wollten sie auch gar nicht mehr so genau wissen, was der Mann trieb, für dessen Wohlergehen sie zu sorgen hatten.

Jedenfalls war Cays Brandwunde nicht so schlimm, dass er einen Heiler benötigt hätte. Das reichte den Dienern zu ihrer Beruhigung, und sie taten, worum sie gebeten worden waren.

Bis zum Mittag saß Cay an seinem Brief. Er dachte lange nach, ehe er einen Satz zu Pergament brachte. Die einzelnen Worte schrieb er auf eine sorgfältige, etwas mühsame und umständliche Weise nieder, so wie jemand, der nicht ungebildet ist, aber keinerlei Übung darin hat, Schriftstücke aufzusetzen. Der Brief war an den Dorn gerichtet; darin berichtete Cay wahrheitsgemäß alles, was er in Erfahrung gebracht hatte.

Der letzte Absatz lautete:

So ist ein großer, schrecklicher Krieg also unvermeidlich. Ich werde in diesem Krieg kämpfen. Aber zuerst muss ich noch etwas tun. Wenn ich es nicht täte, hättet Ihr mich genauso gut auf dem Ascheberg verbrennen können. Ich kann nicht sagen, wie lange diese Sache dauern wird. Aber wenn alles getan ist, werde ich zu Euch kommen. Dann könnt Ihr über mich verfügen, wie Ihr wollt.

Nachdem er den Brief beendet hatte, las Cay noch einmal alles durch, was er geschrieben hatte. Er stand auf, trat ans Fenster, kratzte sich am Bart, kehrte dann an den Schreibtisch zurück.

Als Nachsatz fügte er hinzu:

Bald werdet Ihr von Kelmons Tod hören. Ich habe ihn getötet. Ich weiß nicht, ob es richtig war, das zu tun. Aber es musste sein.

Cay rollte das Pergament zusammen. Er versiegelte den Brief mit dem Ring des Dorn und übergab ihn dann an seine Diener. Sie sollten einen Boten damit beauftragen, den Brief schnellstmöglich in die Perle zu bringen und dem Herrn der Windmarken persönlich zu übergeben.

Wenig später verließ Cay den Stadtpalast. Er trug die schlichteste Kleidung, die er besaß, und darüber seinen angesengten Mantel. Er hatte ein Goldstück mitgenommen; das war alles.

Die Diener und Leibwächter wussten, dass er nicht zurückkommen würde. Niemand versuchte, ihn aufzuhalten.

TEIL IV

Berge oder Wolken, türmend
Im Zwielicht siehst du grausige Gestalten
Wenn nicht dein Herz sich nach Verborgenem verzehrt
Nach dem, was hinter allen Dingen leuchtend schwebt
Im Stoff aus Fleisch und Odem pulsend webt.
Wie Hexen sagen:
Nach dem Licht
Das wie Donner aus den Wolken bricht.

Bechtil, *Dämmerlieder*

I
ROTER SCHNEE

Halig/Justinius

G*ast ist Gast* – diese wenigen Worte verliehen einer ehernen, oder vielleicht goldenen, jedenfalls unverbrüchlichen Regel Ausdruck. Sorin selbst verfügte, dass man nicht nur Freunden, deren Besuch man frohen Herzens erwartet hatte, die Tür öffnen sollte, sondern auch Fremden, die Obdach erbaten. Das göttliche Gebot verlangte sogar, dass man eher feindlich gesinnte Herrschaften, um die man sonst einen weiten Bogen machen würde, brüderlich im eigenen Haus aufnahm, wenn sie in Not geraten, also beispielsweise von einem Unwetter überrascht worden waren.

Halig sah das durchaus ein. Folglich lag es ihm fern zu bestreiten, dass jene schöne, menschenfreundliche Regel eben auch für ungewaschene, versoffene, zu Tobsuchtsanfällen, Mord und Totschlag neigende Edelmänner galt. Es ehrte Rhun, dass er Laghras vom Hohen Teich, mit dem er ja gewiss seine liebe Mühe gehabt hatte, noch in erschlafftem – will sagen: gestorbenem – Zustand als hochgeschätzten Gast zu behandeln gedachte. Er sollte in der Familiengruft derer von Ketten aufgebahrt werden, wo es jetzt im Winter zweifellos ziemlich kühl war, sodass man ihn dort ruhigen Gewissens liegen lassen konnte, bis ein Thaala-Geweihter aus Dreieichen herbeigeschafft wäre. Und auch, dass Rhun beabsichtigte, der Mutter des Verschiedenen, der Baronin Irgendwas vom Hohen Teich (wer sollte sich eigentlich all diese Namen merken?), eigenhändig einen Brief zu schreiben, in dem er ihr von Laghras' Unglück berichten würde, war eine schöne Sache.

Ganz und gar unschön war allerdings, was sonst noch in besagtem

Brief stehen sollte. Rhun schien nämlich wild entschlossen, der Baronin zu verkünden, dass die beiden Missetäter, die den Tod ihres Sohnes verantworteten, bereits für ihr Vergehen zur Rechenschaft gezogen worden waren. Und mit den »Missetätern« war niemand anderes gemeint als Scara und er – Halig, der fleißige und götterfürchtige Totengräber! Das ging natürlich nicht an. Zumal die »Rechenschaft«, von der hier die Rede war, nichts anderes bedeutete, als dass längst schon die Raben an den Kadavern der vermeintlichen »Missetäter« picken würden, wenn Laghras' Mutter die Gelegenheit bekäme, den Brief mit ihren Tränen zu netzen.

Aber da halfen kein Jammern und kein Klagen und auch kein noch so eifrig vorgebrachter Einspruch. Halig konnte zehn Mal beteuern, dass Scara und er unschuldig, restlos unschuldig, waren und fünfzig Mal erläutern, dass Laghras ohne jede Not, sozusagen aus heiterem Himmel, mit dem Schwert auf sie losgegangen war – der Herr von Ketten ließ sich nicht von seiner allzu voreilig gefassten Meinung abbringen.

Die Falten schienen sich noch tiefer in seine Züge zu graben, die weiße wulstige Narbe, die quer über seine Wange und sein Kinn verlief, wurde noch weißer und wulstiger, und er presste die Kiefer so fest zusammen, dass man sich wunderte, wie er überhaupt noch ein Wort herausbekam.

»Ich weiß nicht, warum ihr das getan habt und was ihr im Schilde führt. Aber ich werde es herausfinden!«, knirschte der Junker.

»W-w-wir führen überhaupt nichts im Schilde!«, rief Halig, obwohl er still bei sich zugeben musste, dass das nicht völlig der Wahrheit entsprach.

»Ich hätte mir denken können, dass mit euch beiden etwas nicht stimmt«, sagte Rhun. »Es traf sich allzu gut, dass ihr so unversehens aufgetaucht seid. Bei Skargats Finsternis, derart glückliche Zufälle gibt es nicht! Ihr seid Betrüger und Schurken – das sehe ich jetzt.«

»Aber Euer Hochwohlgeboren …«, sagte Halig kläglich. Er war in der Tat nicht wenig stolz darauf, wie fleißig er Holz gehackt hatte und fand, dass das nichts Betrügerisches oder Schurkisches an sich hatte.

Rhun schüttelte finster den Kopf. »Nun gut, ich werde euch der Stadtwache von Dreieichen übergeben. Ihr habt einen Adligen getötet, also werden die Sonnenrichter über Euch urteilen. Was dann geschieht, habt Ihr Euch selbst zuzuschreiben.«

»Wo soll ich sie heute Nacht einsperren?«, fragte Gurth. »Einen Kerker haben wir ja nicht, da dachte ich, viel-«

»Du wirst sie nirgendwo einsperren«, unterbrach Rhun. »Wir schaffen sie nach Dreieichen. Jetzt sofort. Noch in dieser Stunde.«

Der Wächter verzog das Gesicht. »Noch in dieser Stunde? Aber Rhun, es ist mitten in der Nacht und –«

»Noch in dieser Stunde!«, wiederholte Rhun.

Und es war klar, dass er keinen Widerspruch duldete.

So kam es, dass Gurth – den der Entschluss seines Herrn offenkundig nicht beglückte, der aber kein Murren vernehmen ließ – zuerst Halig, dann Scara zu ihrem Zimmer brachte. Während sich der eine anzog, wachte er mit dem anderen vor der Tür. Abgesehen von den knappen Befehlen, die er den beiden erteilte, sagte er kein Wort. Dem bedauernswerten Totengräber kam es so vor, als stände er einem Fremden gegenüber; und obgleich er und Gurth auch zuvor keinen übermäßig herzlichen Umgang gepflegt hatten, bekümmerte ihn das sehr.

In der Zwischenzeit hatte Rhun von Ketten warme Winterkleidung, einen Kapuzenumhang, Reitstiefel und fellbesetzte Lederhandschuhe angelegt – auch ein Schwert trug er jetzt. Während sich zuletzt Gurth für die kleine Reise fertig machte (er hatte im Nachthemd über Halig und Scara gewacht, was dem Einschüchternden seiner Erscheinung aber nur wenig Abbruch tat), blieb der Junker mit seinen Gefangenen in der Halle. Auch er war sehr schweigsam; und dasselbe galt übrigens für Scara, die nicht einmal versucht hatte, sich selbst und Halig zu verteidigen. Besonders unglücklich oder besorgt sah sie zwar nicht aus, aber bei ihr wusste man ja nie …

Hingegen vermutete der vielgeplagte Totengräber, dass er selbst sehr unglücklich und gewiss auch besorgt aussah, als ihre kleine Gruppe bald darauf (zuvor hatten Halig und Gurth noch den Baronssohn in die Gruft gebracht und das Blut aufgewischt) die Burg verließ, um den Weg nach Dreieichen anzutreten. Wie er schon bei seinem Kampf mit dem Skargatshorn festgestellt hatte, war die Nacht ziemlich frostig. Immerhin leuchtete der Mond nach wie vor so hell, dass Halig, Scara und ihre Bewacher nicht Gefahr liefen, sich den Hals zu brechen, während sie dem Hügelweg hinab in die Stadt folgten. Das war aber nur ein kleiner Trost. Tatsächlich fragte sich Halig, ob ein gebrochener Hals nicht dem vorzuziehen war, was Scara und ihn womöglich erwartete, wenn die Sonnenrichter ebenso wenig auf seine Erklärungen gaben wie der Herr von Ketten.

Immerhin war der Totengräber froh, dass weder Karwa noch Emla von dem Tumult in der Burg erwacht waren, und es Rhun offenbar auch nicht für nötig gehalten hatte, sie sogleich über das Vorgefallene zu unterrichten. Irgendwie hätte er es beschämend gefunden, vor den beiden alten Frauen als Lügner, Heuchler und Meuchler dazustehen …

Auch während des Abstiegs nach Dreieichen wurden wenige Worte gewechselt. Um genau zu sein, war Halig der Einzige, der sprach. Und da niemand seine durchaus angemessenen und geistreichen Einwürfe – »Brrr, wie ist es kalt heute Nacht!« oder »Ein Schnaps wäre jetzt fein, nicht wahr?« oder »Jaja … die Sterne … die Sterne …« – einer Antwort würdigte, verlegte auch er sich bald aufs Schweigen. Zumal der Frost ohnedies seine Lippen betäubte und seine Zunge lähmte.

Verglichen dazu war die Zelle, in der Halig bald darauf landete, kuschelig warm. Sie lag im Keller des Wachhauses und war zwar mit Gitterstäben und einer Gittertür versehen – aber immerhin bekam er eine zerlumpte Decke und konnte sich obendrein mit altem, trockenem Stroh zudecken. Decke und Stroh hatte er ganz für sich allein; außer ihm befand sich niemand in der Zelle. Da wäre also viel Platz für Scara gewesen, was die Kuscheligkeit des Ganzen nochmals mit einem Schlag um ein Vielfaches erhöht hatte. Leider wurde sie mit anderen Frauen zusammen eingesperrt, die allesamt in herzzerreißende Wehklagen ausbrachen und ihre Unschuld beteuerten, als die Stadtwachen kurzzeitig die Tür des Verlieses aufschlossen. Sehen konnte Halig die Gefangenen nicht, aber in ihren Stimmen lag so viel Leid und Angst, dass er darüber sein eigenes Unglück vergaß.

Zumindest für eine Weile. Dann wurde ihm wieder klar, dass auch er allen Grund hatte, herzzerreißend zu klagen, und obgleich er die Hexen – denn warum sonst hätte man einen Haufen Frauen einsperren sollen, wenn es sich nicht um Hexen handelte? – bedauerte, bedauerte er sich selbst noch ein bisschen mehr.

Auch die Tatsache, dass Rhun von Ketten den schläfrigen, nicht übermäßig eifrigen Stadtwachen, die sie in Empfang genommen hatten, ohne Umschweife verkündete, er hätte hier zwei heimtückische Mörder abzuliefern, trug wenig zu Haligs Erheiterung bei. Und dasselbe galt für den Umstand, dass sich der Junker und Gurth gleich darauf verabschiedet hatten (von den Stadtwachen, nicht von Halig und Scara), um irgendwo in einer der Herbergen von Dreieichen eine Unterkunft für die Nacht zu suchen. Wenn sich Rhun wenigstens zu dem unglücklichen Totengräber in die Zelle gelegt hätte (zugegeben, das war nicht unbedingt die Art der Adeligen), hätte sich ja vielleicht doch noch eine Gelegenheit gefunden, wirklich, wahrhaftig und im Ernst mit ihm zu reden und sein Herz zu erweichen …

Ehe es allzu schwarz in Haligs Seele wurde, überkam ihn aber dankenswerterweise eine unwiderstehliche Müdigkeit, sodass er herzhaft gähnte und beschloss, seine sämtlichen Sorgen zu vertagen. Da die Frauen in der Nebenzelle verstummt waren, kein grimmiger Kerkermeister über sie wachte und die Stadtwachen den Keller längst schon verlassen hatten, gab es auch nichts, was ihn abgelenkt hätte.

Halig rollte sich also in der klammen, pechschwarzen Dunkelheit zusammen, bettete sein Haupt auf etwas Stroh und schlief bald schon den Schlaf des (verkannten) Gerechten.

Er erwachte von einem Schrei. Mit weit aufgerissenen Augen starrte er ins Zwielicht. Die Zellen waren bei einer Art Wachraum gelegen. In dem Wachraum stand ein Tisch, und auf dem Tisch brannte jetzt eine einzelne Öllampe, die irgendjemand irgendwann entzündet haben musste, während Halig schlummerte. Um das schwache, trübe Licht herum waberten die Schatten, und der Totengräber hätte unmöglich sagen können, ob bereits der Morgen hereingebrochen war oder noch finstere Nacht über der Welt lag.

Der Schrei wiederholte sich. Halig zuckte zusammen, drückte sich gegen die Wand, zog die Decke halb über sein Gesicht, als würde ihn das vor dem Schrecklichen beschützen, was hier im Keller oder oben in den Quartieren der Stadtwache vor sich ging.

Dann wurde ihm klar, dass kein Laut aus der Nebenzelle drang. Mucksmäuschenstill waren die Frauen. Wie ging das an? Jetzt wäre doch erst recht ein wenig herzzerreißendes Wehklagen am Platze gewesen …

Halig nahm all seinen Mut zusammen. »Scara … bist du da?«, brachte er in einem heiseren, gepressten Flüsterton hervor.

»Ja …«, sagte die Sonne.

»Wie – wie geht es dir?«

»Es ist besser zu schweigen«, hauchte Scara. Dabei klang sie so traurig, dass Halig tatsächlich nicht mehr wusste, was er sagen sollte.

Aber es war ohnedies zu spät. Denn nun ertönten Schritte. Das waren ruhige, gemächliche Schritte. Langsam näherten sie sich. Zuerst kamen sie von der Treppe, dann aus dem Gang. Und dann erschienen zwei Stadtwachen in der Stube bei den Zellen. Ja, es mussten Stadtwachen sein, denn sie trugen den Wappenrock mit den drei schwarzen, keilförmig angeordneten Bäumen, die das Zeichen von Dreieichen waren. Aber für Halig sahen sie aus wie Dämonen aus den Niederhöllen. Auf ihren Gesichtern lag ein feixendes Grinsen, ihre Augen waren leer wie der Schacht eines ausgetrockneten Brunnens und alles an ihnen – die Wangen, die Bärte, die Hände, die Wämser unter den Wappenröcken, die Wappenröcke selbst – war blutbesudelt.

Ohne ein Wort zu sagen, schlossen sie die Zelle auf, in der die Frauen eingesperrt waren. Und ehe Halig noch richtig Zeit hatte, sich um Scara zu ängstigen, waren die Stadtwachen auch schon wieder verschwunden. Sie hatten eine der Gefangenen mitgenommen, und die Unglückliche – ließ es geschehen. Sie rief nicht nach Hilfe; sie flehte nicht um Gnade; sie wimmerte und weinte nicht. Schweigend ging sie zwischen den Männern her, die sie an den Armen gefasst hatten. Es war eine noch ganz junge Frau; sie hatte ein schlichtes unauffälliges Gesicht, das nun von etwas wie Frieden und Einverständnis erfüllt war. Als ob … als ob …

Da war ein tobendes Schweigen in Haligs Kopf. Es verschlang alle Gedanken, alle Gefühle – nur ein kaltes, starres Grauen verblieb von seiner Angst und seinem Schrecken.

Dann die Schreie.

Wieder und wieder und wieder.

Dann kamen die Stadtwachen zurück. Oder nein – dieses Mal waren es zwei Streiter der *Bruderschaft des Zweiten Todes*. Halig sah den roten Elaah-Kreis mit den zwei gekreuzten Sicheln, der auf blauem Tuch prangte. Die Blutflecken vermochten nicht, ihn zu überdecken.

Wieder nahmen die Männer eine der Frauen mit. Wieder wehrte sich die Gefangene nicht. Wieder ertönten die Schreie.

Dann waren es erneut die beiden Stadtwachen; sie sahen aus, als hätten sie sich mit Blut und Därmen eingerieben. Aber noch immer zeigten ihre Züge denselben feixenden Ausdruck, klaffte in ihren Augen dieselbe Leere …

Die dritte Frau. Die Schreie. Die vierte Frau. Die Schreie.

Halig wusste, dass es nur eine Frage der Zeit war, bis Scara an die Reihe kam. Aber dem Totengräber war, als würde sich jenes kalte, starre Grauen immer weiter in ihm ausbreiten und, indem es das tat, sein Herz und seine Seele, seinen Geist und seine Glieder vereisen.

Plötzlich war Lärm zu hören. Er kam von oben, vielleicht von draußen … und es war eine andere Art Lärm. Nicht die Schmerzens- und Todesschreie der Gepeinigten. Nein, wütende Rufe. Dann Waffengeklirr.

Etwas in Halig regte sich. Etwas, das nicht Grauen war. Stundenlang hatte er verkrümmt an der Wand gehockt. Jetzt war er plötzlich auf den Beinen. Er rüttelte an den Gitterstäben; »Hilfe! Hiiilfe!«, brüllte er.

Und Hilfe kam. Sie kam in Gestalt zweier Frauen. Die eine war ein Rotschopf; die andere, ältere, hatte schwarze Haare, in die bunte Bänder geflochten waren. Atemlos stürzten sie in die Wachstube; Entsetzen, aber auch eine grimmige Entschlossenheit stand in ihre Gesichter geschrieben. Die beiden Frauen waren in dicke Mäntel gekleidet; die Rote war unbewaffnet; die Schwarze hatte immerhin einen Dolch – und ein Schlüsselbund.

»Du musst Halig sein«, sagte sie mit tiefer, rauher Stimme, während sie die Zelle aufschloss. Trotz allem strahlte sie eine Ruhe und Sicherheit aus, die dafür sorgten, dass auch der Totengräber – dem jetzt klar wurde, dass er die schwarzhaarige Frau schon mal irgendwo gesehen hatte – neue Hoffnung in sich hochsteigen fühlte.

»Ja, das bin ich«, entgegnete er. »Was geht hier vor sich?«

»Nichts Gutes«, sagte die Frau, indem sie die Tür aufriss.

»Beil dich, Aiona!«, rief ihre Gefährtin. Sie war am Eingang der Wachstube stehengeblieben, starrte in den Gang, der zur Treppe führte. Die Schwarzhaarige aber war schon dabei, die Tür der zweiten Zelle aufzusperren.

Halig stockte der Atem, als er sah, dass außer Scara niemand mehr in der Zelle war.

***

»Zurück!«, rief Tamelon und riss das Schwert aus der Scheide.

Auch Gunnmahr und ich zogen unsere Waffen.

»GIBT ES NICHT! GIBT ES NICHT! GIBT ES NICHT!«, brüllten die Stadtwachen und Ordenskrieger. Sie waren ein Chor von Wahnsinnigen, in denen eine Horde Dämonen tobte.

Wir wichen zurück, langsam, langsam.

Aiona hielt ihren Dolch umklammert; Ferla hatte keine Waffe. Aber das machte kaum einen Unterschied. Denn das Messerchen würde Aiona nicht viel nutzten, wenn es zum Kampf kam. Wir standen neun Gegnern gegenüber. Und sechs von ihnen waren verfickte Thaala-Streiter.

Die *Bruderschaft des Zweiten Todes* – ein Bollwerk gegen die Macht des Bösen, eine uneinnehmbare Trutzburg, an deren Mauern der Ansturm von Skargats Schergen zerschellte.

Was, bei Elaahs Gnade, war nur geschehen?

»Hochwürdiger! Kommt zu Euch! Bitte! Ich flehe Euch an!« Tamelon sah tatsächlich ziemlich verzweifelt aus, während er gegen den heulenden Wind anschrie.

»Gibt es nicht!«, lachte Galbahr.

Wie auf ein unhörbares Kommando hin zückten die Stadtwachen und Ordenskrieger ihre Klingen.

»GIBT ES NICHT!«, jubilierten sie.

»Wir müssen Scara und den Totengräber da rausholen«, rief Aiona.

»Tut mir leid, die Dame, wir haben gerade andere Probleme«, entgegnete Gunnmahr und fletschte die Zähne.

»GIBT ES NICHT! GIBT ES NICHT!«

Die Besessenen kamen näher, langsam, langsam. In ihren Augen stand eine unbändige, grenzenlose Lust auf Blut und Tod geschrieben. Und ich ahnte, dass es für sie fast keinen Unterschied machte, ob sie unser Blut vergossen oder ihren eigenen Tod feierten.

Wir wichen weiter zurück. Viel zum Zurückweichen gab es allerdings nicht mehr. Fast waren wir am Tor angekommen.

»Scheiße, verdammt! Vielleicht sind da draußen noch mehr von den Irren unterwegs!«, rief ich.

In mir rangen Zorn und Panik. Im Moment sah es so aus, als würde die Panik gewinnen. Wo zur Hölle waren die Wutanfälle, wenn man mal einen brauchte?

Plötzlich verstummte der Chor der Wahnsinnigen. Die Stadtwachen und Ordenskrieger schwiegen nun. Dafür lächelten sie uns an: mal freundlich, mal neckend, mal erwartungsfroh. Als wollten sie uns mit ihrem Stahl spaßeshalber die Fußsohlen kitzeln. Währenddessen setzte der Provinzial die verträumte Miene eines Mannes auf, der dem sehnsuchtsschwangeren Lied eines Barden lauschte.

Tamelon war anzusehen, dass er nicht mehr ein noch aus wusste.

Kein Wunder: Schließlich waren es seine Brüder, die sich anschickten, uns in Stücke zu hacken.

Ferla hatte Aiona bei der Hand gefasst. Beide Hexen standen da wie erstarrt.

Gunnmar fletschte noch immer die Zähne. Hielt das Schwert mit beiden Händen umfasst.

Ich wusste, dass ich etwas tun musste … jetzt gleich … aber was … was …?

»Verdammte Scheiße!«, brüllte ich wieder.

Und griff an.

Mein Gegner war eine der Stadtwachen. Er grinste fröhlich. Parierte meinen Schlag. Holte zum Gegenangriff aus. Ich hieb sein Schwert zur Seite. Verlor fast das Gleichgewicht. Schaffte es im letzten Moment, mich zu fangen. Und führte einen Streich von unten.

Die Klinge riss dem Mann den Bauch auf. Seine Eingeweide fielen heraus, klatschten in den Schnee. Die Stadtwache sank auf die Knie. Noch immer grinsend. Während ich schwer atmend da stand – Schwertgeklirr um mich herum – und versuchte, das Zittern meiner Muskeln zu ignorieren, begann der Mann, mit der Hand in seinen Innereien zu wühlen. Kichernd. Kichernd.

Ich wandte den Blick ab. Gerade rechtzeitig, um zu sehen, wie eine zweite Stadtwache auf mich zustürmte. Er kreischte vor Vergnügen, als er begann, mit dem Schwert auf mich einzuhauen. Seine Schläge waren schlecht gezielt. Fast mühelos konnte ich ausweichen. Dennoch drängte mich mein Gegner zurück.

Ich sah jetzt, was ich zuvor schon gehört hatte: dass sich auch Tamelon und Gunnmahr in den Kampf gestürzt hatten. Eine Erzvogelscheuche mochte dieser Gunnmahr sein – aber eine, die meisterlich mit der Klinge umgehen konnte. Zwei der Ordenskrieger hatte er bereits niedergestreckt. Und obwohl er aus einer Wunde am Arm blutete, war er kurz davor, einen weiteren der Besessenen zur Hölle zu schicken.

Hingegen versuchte Tamelon, Zeit zu schinden. Irgendwie schaffte er es, drei seiner Brüder auf Abstand zu halten. Begleitet von ihrem wahnwitzigen Kichern parierte er, wich aus, schlug Finten. Wenn das hier der Trainingshof der Kriegerakademie zu Mandris gewesen wäre, ich hätte der Schwertkunst des Paladins begeistert applaudiert. So fragte ich mich, wie lange er das durchhalten konnte.

Zu meinem Entsetzen sah ich, dass auch Aiona und Ferla dem Kampf nicht entgangen waren. Ein Ordenskrieger hatte die beiden in eine Ecke des Hofes gedrängt. Aiona hatte Ferla hinter sich geschoben. Den Dolch hielt sie auf ihren Gegner gerichtet. Ihr Blick flackerte nicht. Ihre Bewegungen waren sicher. Doch wenn der Dreckskerl, der ihr gegenüberstand, aufhörte, sich vor Lachen zu krümmen und stattdessen angriff, wäre es um sie und Ferla geschehen.

Der Provinzial Galbahr betrachtete das Schauspiel mit wohlgefälliger, noch immer leicht verträumter Miene. Er hatte die Hände vor dem Bauch gefaltet und machte insgesamt den Eindruck eines Mannes, der mit sich und der Welt im Reinen war.

Das konnte man von mir nicht behaupten. Ich musste Aiona helfen. Sofort.

Wieder attackierte mich die Stadtwache. Ich parierte den Hieb. Schlug meinerseits zu. Einmal. Zweimal. Die Klingen knallten gegeneinander. Funken stoben. Zum dritten Mal griff ich an.

Und dann geschah es.

Der Mann ließ die Waffe sinken. Stand ungerührt da, als ich ihm mein Schwert in die Schulter hackte. Der Stahl drang durch Fleisch und Muskeln und Knochen. Es war eine furchtbare Wunde. Mein Gegner aber gickerte. Ich versuchte, das Schwert aus seiner Schulter zu ziehen. Hatte plötzlich keine Kraft mehr. Wie sollte man jemanden bezwingen, dem noch sein eigener Untergang eine Gaudi war?

Die Stadtwache stürzte sich auf mich. Dass sein Arm halb abgetrennt war, schien ihn nicht weiter zu stören. Wir rangen miteinander. Er kichernd, ich keuchend. Taumelten zurück. Stolperten, stürzten geradewegs durch die offene Tür des Wachhauses. Hart prallte ich gegen den Boden. Mein Gegner hockte auf mir. Begann, mich zu würgen.

»Hilfe! Hiiilfe!«, schrie jemand.

Zuerst dachte ich, es wäre mein eigener Schrei, den ich da hörte. Aber das stimmte nicht. Ich konnte nicht mehr schreien. Das war nämlich ziemlich schwierig, wenn einem die Luft abgedrückt wurde. Mein Schwert steckte noch immer in der Schulter der Stadtwache. Ich umfasste den Griff. Drückte die Klinge tiefer ins Fleisch. Drehte sie in der Wunde. Die Schmerzen waren zweifellos entsetzlich. Die Stadtwache kümmerte das nicht. Er würgte lustig weiter.

Ein neues Geräusch. Ein wildes, wütendes Krächzen. Aus den Augenwinkeln sah ich, wie sich ein schwarzes Etwas auf den Ordenskrieger stürzte, der Aiona und Ferla bedrohte. Es war Jacomo. Der alte Augenpicker machte diesem Namen alle Ehre. Das Lachen des Besessenen ging in schrilles Kreischen über, als ihn der Rabe mit Schnabel und Krallen malträtierte.

Das war doch mal erfreulich. Leider änderte Jacomos heldenmütiger Einsatz auch nichts daran, dass ich erstickte. Die Adern an meinem Schädel fühlten sich so an, als würden sie jeden Moment platzen. So laut rauschte das Blut in meinen Ohren – es ertränkte jetzt jedes andere Geräusch. Schwarze und rote Schleier senkten sich vor meinen Augen nieder. Sie wandelten sich in dichten, schweren Nebel. Dann in eine undurchdringliche Wolke.

Und dann war es vorbei. Ich keuchte, röchelte. Sog gierig Luft in die schmerzenden Lungen.

Aiona hatte die Stadtwache an den Haaren gepackt. Den Kopf des Mannes zurückgerissen. Und ihm die Kehle durchgeschnitten. Das Blut, das sich über mir ergoss, dampfte in der Kälte. Einen Moment lang spürte ich, wie es heiß auf mein Gesicht und über meinen Hals floss. Dann sackte mein Gegner seitlich weg.

Wie war das? Bechtil, die Königin der Weißen Hexen, fand Aiona zu harsch? Von meiner Seite gab es da keine Beschwerden.

»Danke!«, krächzte ich.

Aiona war bei dem Toten in die Hocke gegangen.

»Sieh nur, er hat ein Schlüsselbund«, sagte sie.

Griff sich selbiges und stand wieder auf.

»Geht es, Justinius?«, fragte sie dann.

Ich nickte.

»Gut. Ferla und ich schauen, ob wir Scara und Halig finden …«

»Tut das. Wenn einer von den Irren sein Näschen hier reinsteckt, hacke ich es ihm ab«, raspelte ich und rieb mir den Hals.

Aiona drückte mir lächelnd die Schulter. »Komm jetzt«, sagte sie dann zu Ferla. Und eilte die Treppe hinunter. Ihre Hexenschwester gab keine Antwort. Starrte mich noch kurz an, ehe sie ihr folgte. Nein, nicht mich. Etwas anderes.

Als ich mich aufrappelte, sah ich, was auch Aiona und Ferla gesehen hatten. Frauenleichen. Aufs Entsetzlichste zerschunden. Die Qual und die Angst und die Ohnmacht – wie eingekerbt in die starren Gesichter.

Ich wandte mich ab. Würgte Galle aus. Taumelte nach draußen. Wäre beinah auf die blutigen Überreste der Gefangenen getreten. Würgte wieder.

Der Wind jaulte und heulte. Und der Schnee fiel nun womöglich noch dichter. Bald schon hätte er das Blut und die Toten zugedeckt, hier im Hof des Wachhauses. So viel Blut, so viele Tote. Dabei hatte es gerade erst begonnen. Das ahnte ich.

Ein Ordenskrieger stürmte grinsend auf mich zu. Fiel, als ihm Gunnmahr das Schwert in den Rücken bohrte. Tamelon schwankte zwischen den Leichen der übrigen Thaala-Streiter und Stadtwachen umher. Sein Schwert war jetzt rot, und der Paladin sah aus wie jemand, der einfach nicht fassen kann, was geschehen ist. Er schüttelte den Kopf. Fuhr sich mit der Hand durch die Haare. Schüttelte wieder den Kopf.

»Tamelon, Tamelon … Ich muss Euch tadeln!«, rief der Provinzial heiter. »Seine Brüder umbringen – so etwas tut man nicht! Außerdem schuldet Ihr mir Gehorsam, habt Ihr das etwa schon wieder vergessen?«

Der Paladin sah Galbahr an. »Hochwürdiger … was haben wir getan? …was haben wir getan?…«, sagte er.

Seltsam – obwohl Tamelon fast flüsterte, konnte ich ihn über den tobenden, heulenden Wind hinweg verstehen.

Welche Antwort – wenn überhaupt eine – der Provinzial gegeben hätte, würden wir niemals erfahren. Gunnmahr war an ihn herangetreten. Jetzt ließ er sein Schwert wirbeln, so schnell, dass nur ein silbernes Wischen zu sehen war. So schnell, dass ich nicht einmal Zeit hatte zu blinzeln.

Galbahrs Kopf fiel von den Schultern. Er flog nicht, kreiselte nicht. Nein, er kippte sachte zur Seite, plumpste dann in den roten Schnee.

Langsam senkte Tamelon den Blick. Zwei Tränen liefen über seine hageren Wangen. Währenddessen stieß Jacomo erneut ein heiseres Krächzen aus. Er hockte auf der Mauer, die den Hof umgab, und schien recht zufrieden damit, wie sich die Dinge entwickelten.

Gunnmahr stützte sich auf sein Schwert. Er atmete schwer.

Tamelon stand einfach da.

Ich ging in die Hocke. Griff mir eine Handvoll Schnee. Rieb mein blutiges Gesicht ab. Wünschte, ich wäre Hunderte von Meilen weit weg gewesen, in irgendeinem schicken Gasthof. Wie nett wäre es doch, gemeinsam mit Aiona in einem riesigen Badezuber voll heißem, duftendem Wasser zu hocken und einen Krug Wein in sich hineinzuschütten.

Nun, es war Aionas Stimme, die mich aus meinen Träumen riss. »Schnell, wir müssen weiter!«, rief sie, und ich fragte mich, ob ich irgendetwas verpasst hatte.

Jedenfalls waren sie und Ferla nicht allein. Sie hatten einen schlacksigen Kerl mit rot-braunem, strubbeligem Kinnbart mitgebracht. Das musste Halig sein, der Totengräber. Und auch Scara war bei ihnen. Sie schaute ziemlich verwirrt drein, was ich beunruhigend fand, da sie sich ja für gewöhnlich einbildete, Herrin jeder Lage zu sein. Aber immerhin war sie unversehrt – den Göttern sei Dank!

»Weiter? Weiter wohin?«, fragte Gunnmahr.

Es klang so, als hätte er einem Scherzwort ein anderes entgegengehalten.

»Was hier geschieht … es ist das Böse«, sagte Aiona. Sie sprach sehr ruhig, sah nacheinander Gunnmahr, Tamelon und mich an. »Wir dachten, wir könnten sein Kommen verhindern. Aber wir haben uns geirrt. Es ist längst da, und wir haben es nicht bemerkt. Jetzt können wir nur noch eines tun: Wir müssen kämpfen. Und wenn wir auch nur die geringste Chance haben wollen, müssen wir die Ordenskrieger sammeln, die noch nicht vom Bösen berührt sind.«

Schweigen antwortete ihren Worten. Da waren der Wind und der Schnee und das Blut und die Toten. Und jenseits davon eine Stille, groß und weit wie der graue, leere Winterhimmel.

»Habe ich recht, Tamelon?«, sagte Aiona. Sie sprach jetzt lauter, drängender.

»Ja«, entgegnete der Paladin. Er hob nicht den Blick.

»Dann wollen wir mal«, sagte ich.

»Aber wohin?«, fragte nun auch Ferla.

»Zur *Hohen Straße*«, antwortete ich. »Schließlich wird bei dem Wetter niemand freiwillig draußen herumspazieren.«

Wenn er noch bei Verstand ist, und nicht von irgendeinem verfickten jenseitigen Bösen besessen, fügte ich im Stillen hinzu.

»Gut! Schnell jetzt, schnell!«, rief Aiona.

Ich nickte ihr zu. Drehte mich um und lief los.

Badezuber und Weinkrüge konnte ich vorerst vergessen – so viel war klar.

2
DAS LETZTE GLIMMEN DER DÄMMERUNG

Justinius/Halig

Tatsächlich – die Straßen von Dreieichen waren völlig leer. Die ganze Stadt schien erstorben unter dem Ansturm des Windes und des Schnees. Man konnte kaum zehn Schritte weit sehen. Wie gefrorene Riesen oder fremdartige, gewaltige Tiere tauchten die Häuser mit ihren Balkonen und Firsten am Rand des grau-weißen Tobens auf und verschwanden wieder darin. Einen Herzschlag lang kam es mir so vor, als hätten wir uns auf einen uralten, riesigen Friedhof verirrt, den eine sterbende Zeit vor ungezählten Jahren hier errichtet hatte, um ihre Götter und Dämonen zu verabschieden.

Ich spürte, wie mein Schweiß zu Eis wurde. Und auch die Luft fühlte sich an, als würde sie zu Eis werden, so wie ich einen Atemzug tat. Nach der Erhitzung des Kampfes kam mir die Kälte nun doppelt grimmig und erbarmungslos vor.

Ich hatte keine Ahnung, wie lange ich das noch durchhalten würde.

»Ist alles in Ordnung mit dir, Scara?«, rief ich, während wir gegen den Wind ankämpften, der uns mit hämischer Freude Schneenadeln ins Gesicht trieb. Allzu warm angezogen war sie nicht. Über ihrem Kleid trug sie nur einen Umhang, und ihre Lippen sahen aus, als hätte sie sich eine erkleckliche Portion Blaubeerpfannkuchen gegönnt.

»Ja, Justinius«, entgegnete Scara. »Aber ich fürchte, die bösen Jungs werden heute gewinnen.«

Ihre Worte erschreckten mich mehr, als ich zugeben wollte. »Was?

Wie kommst du denn darauf? Musst du immer so einen götterverdammten Unsinn reden?!«, schnauzte ich, so gut sich das mit einem Eiszapfen als Zunge bewerkstelligen ließ.

Scara betrachtete mich mit einem nachdenklichen, kummervollen Blick. Ich hatte den Eindruck, dass dies eine ihrer seltenen klaren Stunden war. Ich wünschte, es wäre anders gewesen.

»Man muss der Wahrheit die Ehre geben«, sagte sie.

»Halt den Mund und hör her!«, knurrte ich. »Wir sehen zu, dass wir aus dieser verdammten Kälte rauskommen, und wenn ich mit einem schönen, warmen Eintopf am Kamin sitze, kannst du der Wahrheit so viel Ehre geben, wie du willst.«

Scara lachelte.

Ich erwiderte das Lächeln. Das kostete mich einiges. Aber ich schaffte es.

Dann wandte ich hastig die Augen ab. Plötzlich war mir nach Heulen zumute.

Meine unselige Magd hielt sich auf meiner Linken. Rechts von mir waren Aiona, Ferla und Halig. Gunnmahr ging voran. Er hatte seine Armwunde notdürftig verbunden. Sah aber noch bleicher aus als sonst, was wohl nicht nur an dem Schnee in seinen Haaren und seinem Bart lag. Tamelon folgte uns. Er hielt die Augen noch immer gesenkt. Schien nicht recht mitzubekommen, was um ihn herum geschah. Ich konnte nur hoffen, dass er sich nicht verlief im Labyrinth der Schuld und des Schmerzes, sondern rechtzeitig den Rückweg zu uns finden würde.

Von Scara und mir abgesehen, sprach niemand. Die anderen beantworteten das Geheul des Windes mit Schweigen – mit entschlossenem, verbissenem, verzagtem oder verzweifeltem Schweigen.

Ich wusste es nicht.

Glücklicherweise war es eher klein, dieses Dreieichen. Schon bald hatten wir den Platz erreicht. Die Überreste der Scheiterhaufen rauchten nicht mehr. Sie waren von Schnee eingehüllt und kamen mir wie winterliche Grabhügel vor, in die –

Ich zuckte zusammen. Verpasste mir in Gedanken eine saftige

Ohrfeige. *Wie wäre es mit ein bisschen Heiterkeit und Zuversicht, Justinius?*, schalt ich mich.

Leider erwies es sich schon wenige Sekunden später, dass kein Anlass zu Heiterkeit und Zuversicht bestand.

Überhaupt keiner.

Denn als wir uns dem Gasthof *Zur Hohen Straße* näherten, hörten wir die Schreie. Schmerzensschreie. Todesschreie.

Schon wieder.

»Scheiße!«, zischte Gunnmahr, als er stehenblieb.

»O weh! Meiner Seel', o weh!«, klagte der Totengräber. Es war das Erste, was er sagte, und sicherlich das Vernünftigste, was ich an diesem Tag gehört hatte.

Ich umfasste den Schwertgriff mit beiden Händen. Schickte ein Stoßgebet zu Hekir – bat den Herrn der Klingen, dass er mir die Kraft geben würde, diesen Kampf bis zum Ende zu kämpfen.

»Gunnmahr, vielleicht sollten wir –«, begann Aiona.

Krachend zersplitterten Fensterläden im ersten Stock der *Hohen Straße*. Ein blutüberströmter Körper wurde nach draußen geschleudert. Es war eine der Schankmägde. Verkrümmt und leblos landete sie auf der Straße vor dem Gasthof. Ihr Schädel war zertrümmert.

Dann wurde die Tür zur Schankstube aufgestoßen. Einer der Thaala-Streiter taumelte nach draußen.

Wimmernd streckte er die Hand nach uns. Doch es war zu spät. Zwei seiner Brüder folgten ihm auf dem Fuße. Diese beiden grinsten und kicherten nicht. Ihre Gesichter waren Fratzen des Hasses. Sie schlugen den Mann nieder und begannen, mit ihren Schwertern auf ihn einzuhacken, noch ehe sich einer von uns rühren konnte.

»Zurück!«, rief Aiona.

»Das sind nur zwei! Mit denen werden wir fertig!«, entgegnete Gunnmahr.

»ZURÜCK!«, schrie Aiona.

»ZURÜCK!«, schrie auch ich.

Denn es waren nicht nur zwei. Durch das wirbelnde Schneetreiben, das schwindende Licht kamen sie: die Männer und Frauen von Dreieichen. Dutzende von ihnen. Sie trugen Messer und Hämmer, Knüppel und Eisenstangen. Und sie alle starrten uns an: mit eisig-brennenden, leeren, toten Augen.

»Meiner Seel', o weh!«, wiederholte Halig.

»Das soll wohl ein Witz sein!«, fluchte Gunnmahr.

Ich sagte nichts. Ich rannte.

Wir alle rannten.

Zurück den Weg, den wir gekommen waren. Ich stemmte mich gegen den Wind. Blinzelte in den Schnee hinein, der mich halb blind machte. Versuchte, meine Erschöpfung zu ignorieren. Und all die alten Wunden, die mich nun freundlich daran erinnerten, dass sie auch noch da waren und das ein oder andere zu sagen hatten.

Wenn wir überleben wollten, brauchten wir einen Plan. Und zwar schnell. Was war das Wichtigste? Eine Zuflucht! Ein Ort, an dem wir uns verschanzen konnten! Aber wo nur … wo ...? Vielleicht im Wachhaus? Oder würden wir es bis zu Rhuns Burg schaffen? Nein, wir rannten ja in die völlig falsche Richtung! Scheiße! Dreimal verfickte, götterverdammte Scheiße!

Ich musste nachdenken … nachdenken …

Unwillkürlich stellte ich mir vor, wie es wohl wäre – ganz weit oben im Fokris-Gebirge. Am blass-goldenen Himmel würde sich rot die Abendsonne senken. Sie würde die Gipfel zum Leuchten bringen, die über einem Meer aus schwarzen, in eisigem Gebrodel erstarrten Wolken schwebten. Wie kalt und rein die Luft in jenen einsamen Höhen sein musste! Wahrscheinlich zu kalt und rein, als dass man sie hätte atmen können. Dennoch: auf einem dieser Gipfel zu stehen, dieses Licht zu sehen, das sonst nur die Götter erblickten, bis es im letzten Glimmer der Dämmerung verlischt …

Einen Lidschlag lang hing mein Geist diesem Bild nach.

Dann fand ich mich jäh im blutgetränkten, todesschweren Halbdunkel von Dreieichen wieder. Und begriff, dass jemand fehlte.

Tamelon – wo war Tamelon?

»Halt!«, schrie ich. Blieb stehen. Wirbelte herum.

Der Paladin war uns nicht gefolgt. Er stand bei den schneebedeckten Scheiterhaufen. Den Kopf hielt er gesenkt. Die Spitze seines Schwertes wies zu Boden. Und langsam, unaufhaltsam näherten sie sich ihm: seine irren Ordensbrüder und die Besessenen von Dreieichen. Sie würden ihn zertreten und zerschlagen und zerstückeln und seine Seele willkommen heißen im Abgrund ihrer Herzen.

»O nein …«, flüsterte ich.

***

»Halt!«, schrie Justinius.

Anhalten war eindeutig das Letzte, was Halig wollte. Sein ganzes Sinnen und Trachten war umgekehrt darauf gerichtet, so viele Meilen wie irgend möglich zwischen sich und das Dämonennest Dreieichen zu bringen. Ihm war, als hätte er den ganzen weiten Weg bis zu seiner kleinen, behaglichen Hütte in den Windmarken laufen können, ohne zu verschnaufen und womöglich sogar ohne auch nur ein einziges Mal Luft zu holen.

Dennoch blieb er stehen.

Denn auch Scara war stehengeblieben.

Und allein – will sagen: ohne Sonne – durch diese schmierige, vor Bosheit triefende Winterdämmerung zu irren … nein, das war mehr, als selbst der reckenhafteste Totengräber ertragen konnte.

Halig blieb also stehen. Drehte sich um. Und wünschte augenblicklich, er hätte das unterlassen. Denn was er sah, war eine Heerschar mordgieriger, todeslüsterner Fratzen, die durch das Halbdunkel auf sie zukamen. Und er sah den Herrn Tamelon, einsam und verloren auf dem Platz bei den Scheiterhaufen.

In Anbetracht des allgemeinen Blutbads war Haligs Freude darüber, mit heiler Haut aus dem Kerker herauszukommen, nur von kurzer Dauer gewesen. Sogar die Tatsache, dass auch Scara einigermaßen gesund und munter war, hatte nicht vermocht, das Gefühl lichtloser Traurigkeit zu vertreiben, das sich seines Herzens bald zu bemächtigen drohte. Jetzt, da er die aufs Grausigste verwandelten

Ordenskrieger und Städter sah, wie sie, allerlei Mordwerkzeug in Händen, auf den Paladin zuwankten, spürte er, wie eine Frage in ihm emporstieg – eine Frage, die für einen vergnügten Holzkopf doch recht ungewöhnlich und vielleicht auch unangemessen oder sogar ungehörig war.

Wollte man in einer Welt leben, in der so etwas geschah? Konnte *man das?*

Dies war die Frage, die sich der rechtschaffene Totengräber stellte. Und er musste zugeben, dass er keine Antwort hatte.

»Was in Dreidämonsnamen treibt der Trottel?«, zischte der bleiche, schwarzhaarige Herr namens Gunnmahr, den starren Blick auf Tamelon gerichtet. Er ruhrte sich nicht.

»Wir müssen ihm helfen!«, rief die Rothaarige. Auch sie rührte sich nicht.

Aiona und Scara schwiegen.

»Scheiße!«, fluchte Justinius, der sich ebenfalls nicht rührte, mit dieser Bemerkung dessen ungeachtet aber eine, fand Halig, überaus treffende Zusammenfassung der Lage gab.

Seinerseits besann sich der Totengräber darauf, dass es seine heilige Pflicht war, das Gute zu stärken und das Böse zu schwächen, und zwar nach Kräften. Bedauerlicherweise waren keine nennenswerten Kräfte mehr vorhanden, was ihn betraf; dennoch machte Halig einen Schritt auf den Paladin zu.

»Aber Herr Tamelon, das geht doch nicht …«, flüsterte er in den heulenden Wind hinein, ohne ganz genau zu wissen, was nun eigentlich nicht ging.

Dann machte Halig noch einen Schritt auf seinen Herrn zu.

Und er sah: einer der verfluchten Ordenskrieger hob das Schwert; den Mund und die Augen hatte er so weit aufgerissen, wie es eigentlich gar nicht möglich schien, und er war bereit, den Paladin niederzuhauen …

Und er sah: eine der Frauen von Dreieichen; ihr verzerrtes Gesicht zuckte wie das eines Fallsüchtigen in den letzten Sekunden, ehe er sich auf dem Boden wälzt; das Fleischermesser hatte sie an der Klinge gefasst, Blut rann den Stahl hinab, und mit seltsam ungelenken, ruckartigen Bewegungen taumelte sie in die Richtung von Tamelon …

Und er sah: Tamelon – er stand da, gesenkten Hauptes und gesenkten Schwertes, als wäre er in ein Gebet versunken oder müsste mit dem Schlaf kämpfen. Nur noch ein Weniges fehlte, vielleicht vier, vielleicht fünf Atemzüge, dann hätten sie ihn erreicht, die Wahnsinnigen, die Besessenen, hätten ihn erreicht und würden ihn in Stücke reißen.

Was wohl in dem Paladin vorging? Hatte er sich dieselbe Frage gestellt wie Halig – und eine Antwort gefunden? War er verzagt, als er sah, wie sich das Böse noch in dem ausgebreitet hatte, was ihm am Heiligsten war? Hatte er aufgegeben – sich selbst, seinen Orden, die Welt?

Dann plötzlich straffte sich Tamelon. Er hob die Augen und das Schwert. Breitete die Arme aus, ganz weit, wie um die Waffen all derer zu empfangen, die ihn töten wollten.

Und er rief: »GENUG!« – rief es mit lauter, klarer Stimme, die den Wind und die Dunkelheit übertönte.

Und dann: »Brüder! Zu mir!«

Dann trat er vor und begann den Kampf mit den Verfluchten, die auf ihn eindrängten. Es waren viele, die gegen einen standen. Aber in diesem Moment war es, als könnten sie Tamelon nicht anrühren. Sein Schwert schnitt durch den Hass und den Wahn. Und seine Gegner fielen.

Aber bald geschah es: Ein Messer drang in die Seite des Paladins. Dunkel färbte sich der weiße Wappenrock. Tamelon wankte.

Ohne ein Wort zu sagen, rannte Justinius los. Zurück zu dem Platz und den Scheiterhaufen. Hinein in den Kampf.

»Zur Hölle, was soll's?!«, knurrte Gunnmahr. Und folgte dem Herrn von Hagenow.

Aiona warf der Rothaarigen einen Blick zu. »Komm, Ferla«, sagte sie. Ganz leise sagte sie es. Und schon hatten die beiden Frauen zu Gunnmahr aufgeschlossen. Als sie bei dem Platz angekommen waren, griffen sie sich einen Knüppel (die Rote) und ein Kurzschwert (die Schwarze) von denen, die bereits gefallen waren. Und plötzlich war der gewaltige Rabe wieder da, den Halig im Hof des Wachhauses gesehen hatte, und der – so vermutete der Totengräber – etwas mit Aiona und Ferla zu tun hatte, die ja möglicherweise Hexen waren. Mit Schnabel und Krallen fuhr der Rabe drein.

Und dann kamen auch Tamelons Brüder. Zwei oder drei waren es nur noch. Als der blutige Wahnsinn begann, mussten sie sich irgendwo versteckt haben. Nun aber liefen sei herbei, mit gezücktem Schwert, um dem Paladin zur Seite zu stehen.

So verwandelte sich der Platz um die Scheiterhaufen vor den Augen Haligs – der allein mit Scara zurückgeblieben war – in ein Schlachtfeld. Wenige Sekunden, so kam es dem Totengräber vor, brauchte diese grausige Wandlung. Da waren Waffengeklirr, Kampfschreie und Todesröcheln. Justinius rammte einem Besessenen, der geradewegs auf ihn zustürzte, die Klinge in die Brust; Gunnmahr duckte sich unter einem Schwerthieb weg; Ferla schlug einer Frau den Knüppel gegen den Kopf und wurde von der Wucht ihres eigenen Schlages umgerissen; Aionas Schwert schnitt in das Bein eines Hünen, der die Kleidung eines Schmiedes trug und einen gewaltigen Hammer schwang.

Inmitten von all dem stand der Paladin. Er blutete jetzt aus mehreren Wunden. Doch ruhig, fast friedlich waren seine Züge; und er kämpfte.

Wohl fünf der Besessenen fielen, noch bevor eine Minute verstrichen war. Und auch einer von Tamelons Brüdern wurde niedergestreckt.

Aber nicht nur ein großes Sterben gab es auf dem Platz. Andere, seltsamere Dinge geschahen.

Jäh legte sich der Wind; kein Schnee fiel mehr. Das Licht der untergehenden Sonne drang schwach durch den Dunst und die Düsternis und die schweren Wolken. Ein purpurner Schein fiel auf das Schlachtfeld, leuchtete den Toten und denen, die noch lebten. Und einige der Männer und Frauen von Dreieichen ließen ihre Waffen fallen, krümmten sich, begannen zu heulen und zu wehklagen, liefen davon oder rollten sich im Schnee zusammen, als wünschten sie, ein Stündchen zu schlummern.

Dann brachen die Feuer aus. Halig wusste nicht, wann und auf welche Weise es begann – irgendwie schien alles zugleich zu geschehen –, jedenfalls stand plötzlich eines der Häuser am Platz in Flammen. Als Nächstes sah Halig, wie ein Mann, der lichterloh brannte, vergnügt schreiend und kreischend um das Schlachtfeld herumlief. Noch drei solcher lebenden Fackeln erblickte der Totengräber. Und bald darauf loderten weitere Gebäude.

Das Licht der Abendsonne war so schnell verschwunden, wie es gekommen war. Nun leuchteten die Feuer den Kämpfenden. Und sie blieben nicht allein. Die Städter, die um den Platz herum wohnten und die Ausbreitung des Brandes fürchteten, retteten sich ins Freie. Schluchzen und Säuglingsschreie waren zu hören. Und mit Entsetzen beobachtete der Totengräber, wie sich einige der Besessenen den wehrlosen Männern, Frauen, Kindern und Greisen zuwandten, die vor den Flammen flohen.

Halig hatte keine Ahnung, wie man ein Schwert führte. Mit einem Knüppel draufhauen – das traute er sich allerdings zu. Und er dachte, dass auch für ihn jetzt die Zeit gekommen war, sich ins Getümmel zu werfen.

In diesem Moment hörte er eine Stimme: »Halig! Scara! Was macht ihr denn hier? Und was, bei Skargats Finsternis, ist in diese elende Stadt gefahren?«

Der Totengräber kannte sie gut, jene harte, aber durchaus klangvolle Stimme. Und auch das dazugehörige, ebenso faltige wie narbige Gesicht war ihm wohl vertraut: Es war der Herr von Ketten. Mit gezogenem Schwert kam er herbeigelaufen, und Halig war froh, dass den Junker offensichtlich gerade anderes umtrieb, als Scara und ihn einer vermeintlich gerechten Strafe zuzuführen. Weniger froh war er, dass weit und breit nichts von Gurth zu entdecken war: der Totengräber konnte nur hoffen, dass Rhun ihn bereits am Vorabend heimgeschickt hatte, um auf der Burg nach dem Rechten zu sehen.

»Es sind die bösen Jungs«, sagte Scara betrübt. »Und nicht nur sie allein. Ich fürchte, es wird heute nicht gut ausgehen ...«

»Die bösen – was?!«, knirschte Rhun.

Aber letztlich war es unwichtig, was Scara sagte. Ein Blick genügte, um das Ausmaß des Schreckens zu erfassen: die Toten und die Sterbenden, der blutige Schnee und die lodernden Flammen, die Schreie von Wut und Angst und Schmerz, das Weinen und Wimmern ... Einer der besessenen Thaala-Streiter rannte mit hoch erhobenem Schwert hinter einer Frau her, die ein Kind auf dem Arm trug. Im letzten Moment stellte sich Gunnmahr dem Rasenden entgegen. Anderen erging es schlechter. Halig wollte sie nicht ansehen, die Leichen, und er wollte sie nicht zählen, die Dahingeschlachteten ...

Doch die Augen des Junkers waren ohnedies auf die Lebenden gerichtet; zumindest auf eine von ihnen.

»Ferla ...«, murmelte Rhun.

Dann wandte er sich Halig und Scara zu. »Ihr beiden – versteckt euch! Sofort!«, befahl er. »Wir reden später!«

Und mit diesen Worten lief er los, stürzte sich aufs Schlachtfeld.

Dem Totengräber hingegen war die Kampfeslust schon wieder vergangen. Sich verstecken, die Götter um ihren Beistand anflehen und hoffen, dass alles irgendwie in Ordnung kommen würde – das klang für ihn nach einem überaus sinnigen Einfall.

»Du hast den Herrn von Ketten gehört! Komm, Scara!«, rief Halig und erkühnte sich, ihre Hand zu nehmen.

Sie entzog sich ihm nicht; sie drückte sogar recht fest zu mit ihren überraschend zarten, nichtsdestoweniger aber kräftigen Fingern – und diesen Druck zu spüren, verschaffte Halig trotz allem ein kleines Glücksgefühl.

Das änderte jedoch nichts daran, dass die Sache mit dem Verstecken gar nicht so einfach war. Denn um sich zu verstecken, benötigte man ja ein Versteck. Zurück zum Wachhaus wollte Halig unter keinen Umständen; bei dem Gedanken an die zerschundenen Frauenleichen packte ihn tödliches Grauen.

Wohin also? Wohin?

Die Hohe Straße wäre eine naheliegende Wahl gewesen. Leider stand das Gasthaus längst schon in Flammen. Und nicht nur das Gasthaus selbst; auch die dazugehörigen Stallungen hatte das Feuer erfasst. Man hörte panisches Wiehern; die Schreie von Eseln und Maultieren …

Halig wollte sich abwenden und weiter nach einem geeigneten Versteck Ausschau halten (eines der Häuser am Platz, gewiss, gewiss; woher aber wusste man, dass die Häuser nicht selbst bald zum Schlachtfeld wurden?), doch Scara zog so fest an seinem Arm, als wollte sie ihn ausreißen.

»Die Tiere sind in Gefahr!«, rief sie. »Schlappi, Kornelius, Justinius' Kuh! Wir müssen sie retten!«

Der Totengräber meinte, er höre nicht recht. »D-d-die *Tiere*?!«, stammelte er ungläubig. »Und – und w-wer rettet *uns*!?«

»Das ist jetzt nicht so wichtig«, sagte Scara in strengem Tonfall. »Komm schon!«

Sie drehte sich um, zu den Stallungen, dem Feuer, der Hitze, dem beißenden Rauch und dem wilden Funkenflug, drehte sich um und schleifte Halig hinter sich her. Und der ließ sich schleifen – zu seinem gelinden Erstaunen; um nicht zu sagen: Entsetzen.

Die beiden drückten sich an den Wänden der Häuser entlang (sofern sie nicht brannten); und die Ewigen hielten ihre schützende Hand über sie: Keiner der Irren und Besessenen stürmte mit Schwert, Axt, Hackebeil oder Messer auf sie zu. Allerdings wünschte Halig, er wäre taub gewesen: Denn er konnte sie nicht mehr ertragen, die unaufhörlichen Schreie … Und er wünschte, er wäre blind gewesen: Denn die Leichen schienen ihn allesamt anzustieren mit ihren gebrochenen Augen …

Als sie dann fast bei der *Hohen Straße* angekommen waren, erblickte Halig einen Jungen, den er – wenn er nicht irrte – nie zuvor gesehen hatte. Mit einem Mut, der an Wahnwitz grenzte, war er in den Rauch hineingelaufen, dieser Junge, und hatte es irgendwie geschafft, die schwere Tür des Stalls zu öffnen. Nun rannte er ins Innere des bereits brennenden Gebäudes und wenige Augenblcke später, so kam es Halig vor, galoppierten zwei Pferde ins Freie. Eines davon kannte der Totengräber: Es war Ferner, der Schimmel des Herrn Tamelon.

»Die Götter sind gut!«, sagte Scara und stieß einen erleichterten Seufzer aus.

»So ist es!«, bestätigte Halig, der dem brennenden Gasthof nach seinem Geschmack wahrlich nahe genug gekommen war. »Dann können wir uns jetzt ja endlich ein Versteck suchen!«, fuhr er fort und begann, wieder an Scara herumzuzerren.

Die war indessen nicht geneigt, die Stallungen mitsamt den Pferden, Maultieren und Eseln sich selbst zu überlassen.

»Wir müssen Elmer zur Hand gehen«, sagte sie. »Und vielleicht braucht Schlappi unsere Hilfe!«

Halig meinte sich zu erinnern, dass Elmer der Name des Stallburschen war. Daraus war zu schließen, dass er den heldenhaften Jungen wohl doch schon mal gesehen hatte. Das änderte jedoch wenig daran, dass er es vorgezogen hätte, den Stall mitsamt dem Stallburschen ihrem Schicksal zu überlassen.

»Scara, ich flehe dich an!«, rief er. »Wenn der Junge in den Stall reingekommen ist, wird er auch wieder rauskommen!«

»Das ist eine ganz und gar unsinnige Aussage«, versetzte sie. »Denk nur an die Fliege im Weinglas. Den Hinweg schafft sie mühelos, zurück findet sie so gut wie nie.«

So gerne Halig für gewöhnlich den Weisheiten der Sonne lauschte, so wenig fühlte er sich geneigt, im gegenwärtigen Moment über die Ähnlichkeiten zwischen Stallburschen und besoffenen Fliegen nachzusinnen.

»Scara! Es geht um unser Leben!«, schrie er verzweifelt.

»Also, mein Lieber, was *mein* Leben betrifft, so kann ich dir versichern –«

Weiter kam Scara nicht.

Denn plötzlich hörten sie es.

Über den Kampfeslärm und die Schreie und das Röcheln und Wimmern hinweg hörten sie es.

Die Nacht wurde von Hufgedonner und wildem, rauhem Gebrüll zerrissen. Da war ein Lärm, der aus der tiefsten Hölle zu kommen schien, und doch schon ganz nahe war. Der Totengräber kannte ihn, diesen Lärm. Schon einmal hatte er ihn gehört. Kein Jagdhorn erklang. Kein Hund bellte. Aber das änderte nichts daran, dass Halig wusste, wer hier nahte.

Der Schwarze Jäger und seine Reiter.

»Schockschwerenot!«, sagte Halig.

3
ZEIT DER BLUMEN, ZEIT DER FISCHE

Mykar/Halig/Justinius

Mein Dorf gab es nicht mehr. In Feuer und Blut war es untergegangen. Und jetzt waren sie alle tot. Die Jungen, die mich gequält hatten, als ich selbst noch ein Kind war. Die Mädchen, die ich heimlich bewundert und begehrt hatte. Meine Brüder, die nie auch nur ein freundliches Wort für mich übrig gehabt hatten. Alle, die mir »Skargat-Kind!« zugezischt hatten. Alle, die Brogar zur Hand gegangen waren, als er mich für den Mord an seiner Tochter strafte. Alle, die meinen zertrümmerten Körper bespuckt, mein Leiden verlacht, meinen Untergang mit einem Lächeln begrüßt hatten.

Mit Alva hatte es begonnen.

Mit meiner Mutter endete es.

Nur, dass es niemals enden würde.

Denn es gab immer ein anderes Dorf – ein Stückchen weiter in der Nacht. Und so zogen wir von Weiler zu Weiler. Von Blutfest zu Blutfest. Danje, die Geisterreiter und ich. Tagsüber gingen wir ins Nichts ein. Doch wenn die Sonne sank, gehörte die Welt uns. Ich hätte es vorgezogen, im Nichts zu bleiben. Danje aber hatte ihren Spaß am Morden und Brandschatzen.

Warum sollte ich ihr diese Freude vergällen?

Mit den Geisterreitern wechselte ich kaum ein Wort. Wozu auch? Ich wusste, dass Clas ihr Anführer war. Das reichte. Danje hingegen schäkerte gerne mit den Männern des Schwarzen Jägers. Wahrscheinlich waren Clas und die anderen ein bisschen verliebt in sie. Es war leicht, sich in Danje zu verlieben. Sie war so schön, und jedes Leben, das sie nahm, ließ ihr Licht heller leuchten.

Etwa eine Woche lang folgten wir den Spuren des Todes, die wir selbst ausgelegt hatten. Nach Norden ging es. In die Richtung des Fokris-Massivs. Dann, in der fünften oder siebten oder neunten Nacht, erreichten wir ein verfallenes Bergdorf. Die Horde hatte es sich zum Unterschlupf erwählt. Danje war recht aufgeregt, als wir das Dorf erreichten. Die Art, wie der Schwarze Jäger die Gäste des *Fröhlichen Toten* in Angst und Schrecken versetzt hatte – damals, in der Nacht der Gespensterversammlung –, hatte ihr gut gefallen. Vielleicht war sie ihrerseits ein bisschen verliebt in den Schwarzen Jäger.

Aber sie wurde enttäuscht.

Denn Clas hatte die Wahrheit gesprochen. Den Schwarzen Jäger gab es wirklich nicht mehr. Das Spukwesen, das nun über die Horde herrschte, war jemand anderes. Das lag nicht daran, dass er sich jetzt »der Nichter« nannte. Jeder konnte sich einen schicken Namen geben. Es lag auch nicht daran, dass die drei Hörner des Nichters so verdreht waren, dass sie sich ihm in den Rücken bohrten; noch daran, dass sein Umhang aus Dornenranken mit seinem schwarzen Fleisch verwachsen war. Es lag nicht einmal an der Peitsche oder Schlange, die aus dem Stumpf der rechten Hand wuchs.

Nein, die wahre Veränderung hatte etwas mit der Stille zu tun, die über den Ruinen des Bergdorfes lag.

Mehrere Dutzend Spukwesen und Nachtgestalten hatten die Reiter des Nichters in die Horde gezwungen. Ich sah die spitzigen, dürren Schatten, die schmuddeligen Greise in ihren Leichentüchern und merkwürdigerweise sogar ein paar schwarzäugige Babys.

Es hätte ein Gespensterfest sein können. Aber niemand lachte. Niemand sprach. Sie alle – selbst die altgedienten Geisterreiter – zitterten vor Angst. Und sie alle starrten ihren Anführer an. Ganz allein stand er mitten auf dem Dorfplatz. Er hielt den Kopf gesenkt und murmelte unhörbare Worte, während der Schnee niederging und der Wind heulte und das schwarze, pulsende Etwas, das aus seinem Arm hing, über den Boden zuckte wie ein zerschnittener Wurm. Die Horde bildete einen großen, schweigenden Kreis um ihn.

»Bei Skargats Finsternis, wie ist das langweilig!«, stöhnte Danje, als der Morgen graute. Stets wollte sie, dass ich sie in den Arm nahm, ehe wir ins Nichts eingingen. Jedes Mal überlegte ich, sie zu töten, wenn sie sich an mich schmiegte. Ich tat es nie.

Die Langweile jedenfalls verging ihr in der zweiten Nacht.

Wir erwachten zu den Schreien des Nichters. Er stapfte durchs Dorf, trat und prügelte die Spukwesen, die unvorsichtigerweise seinen Weg kreuzten, brüllte unentwegt: »Macht euch fertig! Alle miteinander! Wir ziehen aus heute Nacht!«

»Warum die Eile?«, fragte Danje. »Gestern hat er stundenlang Schneeflocken gezählt und jetzt kann es ihm gar nicht schnell genug gehen!«

Niemand antwortete ihr.

»Macht euch fertig, ihr Dreckspack!«, donnerte der Nichter. »Heute Nacht erwartet uns etwas Großes!« Und im Vorbeigehen zerfetzte die schwarze Schlange das Gesicht eines Greises, der nicht schnell genug zur Seite sprang.

So machten wir uns also fertig.

Auf den Weg von den Windmarken zu den Fokris-Bergen hatten Danje und ich immer hinter einem der Geisterreiter sitzen müssen, wenn wir durch die Nacht galoppierten. Jetzt bekamen wir ein eigenes Dämonenross, das wir uns teilen durften.

Eigentlich machte die Horde einen etwas albernen Eindruck, als sie auszog. Der Nichter in seinem keilförmigen Jagdwagen war freilich eine furchteinflößende Erscheinung. Dasselbe galt für Garoy, den riesigen, weißen, blutäugigen Wolf, der neben dem Wagen herlief. Ebenso wie für die Geisterreiter, deren Geschäft es seit ungezählten Jahren war, die wilden Wälder und einsamen Hügel, die verlassenen Heiden und dunklen Landstraßen heimzusuchen. Die spitzigen Schatten, die Greise in ihren Leichentüchern und die schwarzäugigen Babys wirkten hingegen eher lächerlich auf mich, wie sie versuchten, die Dämonenrösser zu reiten. Mitunter saßen sie zu dritt auf dem Rücken eines der Pferde und stellten sich derart ungeschickt an, dass sie sogar abgeworfen wurden.

Der Nichter brüllte und brüllte. Mit Danje und mir konnte er allerdings zufrieden sein. Nach meiner Erfahrung mit Schecke kam ich mit dem Dämonenross zurecht, auch wenn es schöner gewesen war, auf dem Maultier zu reiten. Unser Pferd war aber ein gutes Tier (wie Scara sagen würde, dachte ich und hätte fast gelächelt) mit seinem schneeweißen Fell, den schwarzrot-glühenden Augen und Hufen und den fahlen Zacken, die sich durch seine Flanken bohrten.

Etwas verwundert war ich, dass der Nichter kein Zeichen des Erkennens gab, als er mich erblickte. Immerhin hatte mir der Prinzipal die Erlaubnis gegeben, ihn und nötigenfalls jeden seiner Reiter zu töten. Aber vielleicht war das jetzt nicht mehr so wichtig. Ich hegte auch nicht die Absicht, ihm Ärger zu machen. Und wenn dem Nichter der Sinn danach stand, mich für meine Frechheit büßen zu lassen, war er willkommen, es zu versuchen.

Eine andere Sache, die mich verwunderte, war, dass ich nirgendwo die riesigen weißen Hunde entdecken konnte, die die Horde doch üblicherweise begleiteten. Doch dann, als die Pferde lospreschten und in den dunklen Nachthimmel über dem verfallenen Bergdorf hineingaloppierten, sah ich es.

Auch Danje hatte es gesehen. Sie saß hinter mir, hielt sich an mir fest. »Schau mal da!«, rief sie jetzt und streckte eine Hand aus. Man hatte die Hunde auf einer Wiese, ein Stück vom Dorf entfernt, zusammengetrieben und niedergemacht. Einige waren nur noch Lachen schwarzen Schleims; andere schleppten sich durch den Schnee auf ihren gebrochenen Läufen, während sie darauf warteten zu verenden.

»Warum hat er das getan?«, rief Danje empört.

Ich hatte keine Antwort. Also sagte ich nichts.

Der Nachtwind pfiff eisig um unsere Ohren, als wir entlang der Bergflanken hinab ins Tal ritten. Durch das Schneetreiben konnte man kaum etwas erkennen. Schwärze, mal heller und mal dunkler. Hier und da ein paar Lichter, die vielleicht von einem Weiler oder einem größeren Gehöft stammten. Plötzlich jedoch hörte es auf zu schneien, und der Wind legte sich.

Wir preschten über einen erstarrten See, weiße kahle Felder, gefrorene Haine, schlummernde Dörfer. Dann tauchte vor uns ein Städtchen auf. Ich wusste, dass uns der Nichter, der in seinem Jagdwagen den Zug anführte, an diesen Ort hatte bringen wollen. Und ich wusste, dass Danje in dieser Nacht nicht um ihre Freude betrogen werden würde.

Denn etwas ging in dem Städtchen vor sich. Ein roter Widerschein erhellte den Nachthimmel über den Hausdächern; schwere, dicke Rauchschwaden stiegen zu den Wolken empor. Ja, ein Brand wütete in den Straßen unter uns. Und nicht nur das: Dort, wo die Flammen züngelten, wurde gekämpft. Als wir uns einem großen Platz näherten, der mitten in der Stadt lag, hörten wir es: Stahl, der gegen Stahl schlug und in Fleisch schnitt; Schreie der Wut und des Schmerzes.

Der Jagdwagen senkte sich hinab. Schon war er auf einer Höhe mit den Hausdächern, und ich begriff, was der Nichter von der Horde wollte: Wir sollten Teil des Gemetzels werden, das die Straßen unter uns zu einem Schlachthaus machte.

So einfach war es.

Ich wusste nicht genau, wie es früher zugegangen war, bei den Ausritten der Horde. Es hatte Regeln gegeben, die befolgt, Abläufe, die eingehalten werden mussten. Offensichtlich galt das nicht mehr.

Irgendjemand stieß ein wildes Geheul aus. Ein harscher, roher Chor antwortete ihm. Wütendes Gekreisch, gieriges Geheul. Auch Danje jubilierte. Und ich tat desgleichen. Mit einem Mal wurden wir alle von einem Mordrausch ergriffen. Ich vergaß meine Pein und meine Hoffnungslosigkeit. Ich vergaß alles. Und ich spürte, dass es den anderen ebenso ging. Auch den spitzigen, dürren Schatten; auch den Greisen in ihren Leichentüchern; auch den schwarzäugigen Babys.

Als blutgeile, mordlüsterne Rotte brachen wir über die Stadt herein. Wir wollten Tod. Nur Tod.

Ehe wir losritten, hatte mir einer der Geisterreiter einen schwarzklingigen Säbel gegeben. Auch Danje hatte eine solchen Säbel bekommen. Offenbar konnte sie es kaum erwarten, die Waffe auszuprobieren.

Mit einem Freudenschrei sprang Danje aus dem Sattel. Das Dämonenross war noch immer in wildem Lauf, und sie knallte gegen das Straßenpflaster und überschlug sich mehrmals, ehe sie lachend aufsprang und ihre Klinge dem Nächstbesten in den Hals hieb. Ich galoppierte weiter, hackte einer Frau den Kopf ab, die vor zwei Männern davonlief, die sie mit gezücktem Messer verfolgten. Als Nächstes traf mein Säbel einen Krieger im Wappenrock, der auf einen Mann eintrat, der vor ihm auf dem Boden lag und in einer ohnmächtig-abwehrenden Geste die Hände hob.

Dann zügelte ich das Pferd. Ich stieg aus dem Sattel, gab dem Tier einen Klaps, sodass es weiterlief, und sah mich um.

Ich fragte mich nun doch, was in dieser Stadt los war. Da waren Krieger, die den gleichen Waffenrock trugen – etwas mit gekreuzten Sicheln –, aber erbittert gegeneinander kämpften. Da waren gewöhnliche Städter, die mit Äxten, Messern, Eisenstangen, Knüppeln, Keulen und sogar Mistgabeln auf andere gewöhnliche Städter losgingen, die panisch zu fliehen suchten oder sich verzweifelt wehrten. Um den Platz herum brannten wohl ein halbes Dutzend Häuser und einige der Bewaffneten hüpften in die Flammen, als handelte es sich bei den lodernden Feuern um ein warmes, duftendes Bad. Obendrein preschten einige Pferde, Maultiere und Esel quer durch die blutige Balgerei, und wenn sie niemanden niedertrampelten und mit ihren Hufen erschlugen, so war das reines Glück.

Kurzum: das alles war zum Lachen. Zum ersten Mal seit langem hatte ich wieder richtig Spaß.

Ich schlenderte über den Platz, wich ein paar ungeschickten Hieben aus, schlug selbst mit dem Säbel zu; mal hierhin, mal dorthin, wie es gerade kam. Dabei musste ich aufpassen, dass mir nicht vor lauter Vergnügtheit die Waffe aus der Hand fiel.

Noch komischer war, wie sich die Horde anstellte. Man hätte ja meinen können, dass die Geisterreiter des Nichters leichtes Spiel mit diesem wirren Haufen von Verrückten hätten, und selbst die Schatten, Greise und schwarzäugigen Babys dreinfahren würden wie die Sense, die Gras mäht.

Was tatsächlich geschah, war etwas ganz anderes. Die Nachtgestalten und Spukwesen fielen übereinander her. Ich erblickte einen Geisterreiter, der seinen Jagdspieß in die Seite eines Dämonenrosses bohrte, während ein anderer von einem Greis und zwei Babys niedergerungen wurde, wobei letztere ihre spitzen, scharfen Zähne (denn die hatten sie) in sein schwarzes Fleisch bohrten. Anderswo waren zwei der dürren Schatten damit beschäftigt, sich wechselseitig in Stücke zu hacken, und ein weiterer Geisterreiter stampfte eines der Babys in den Boden, obwohl schon jetzt kaum noch etwas von ihm übrig war.

Es mochte sein, dass die Nachtgestalten und Spukwesen gelegentlich mal einen Krieger oder eine Städterin erwischten, aber das geschah wohl eher zufällig.

Wie gesagt: Es war zum Lachen.

Der Nichter sah das wohl ähnlich wie ich. Er stand mitten auf dem Platz, legte die linke Hand an die Hüfte, warf den Kopf in den Nacken und stieß ein hartes, schartiges Gelächter aus. Die schwarze, pulsende Schlange hing unbewegt an seinem Armstumpf herab, als wollte sie sich einen Moment gönnen, um in Ruhe ihr Werk zu betrachten.

Auf einmal verpürte ich Sehnsucht nach Danje. Ich schaute mich nach ihr um, wollte sie suchen gehen. Vielleicht würde sie mich töten; oder ich sie. Wäre das nicht ein passendes Geschenk an diese Nacht?

Während ich zwischen den Toten und Verwundeten und Kämpfenden herumspazierte, musste ich erneut lachen. Ich wusste gar nicht recht, was jetzt wieder so komisch war; es fühlte sich einfach richtig an, das zu tun.

Dann jedoch, von einer Sekunde zur nächsten, verschwand meine Fröhlichkeit.

Denn ich erblickte Justinius. Die brennenden Häuser warfen zuckende, rot-gelbe Lichter auf sein verschwitztes, verrußtes, blutiges

Gesicht. Er biss die Zähne zusammen, schwang das Schwert mit beiden Händen, streckte einen der Städter nieder, der ihn zuvor mit einer mächtigen, eisenbeschlagenen Keule angegriffen hatte.

Soweit ich sehen konnte, war Justinius nicht verwundet worden.

Ich hatte keine Ahnung, was ihn in diese Stadt verschlagen hatte, warum und gegen wen er kämpfte.

Aber darum ging es auch nicht.

Mir war, als würde ich in die Zeit hineingesogen, durch die Tage, Wochen und Monate zurückgeschleudert, bis hin zu einer Nacht im Spätsommer. Ich war aus meinem siebenjährigen Traum erwacht, war aus der Erde gekrochen und irrte im Wald umher. Zufällig traf ich auf Scara und rettete sie aus der Hand der Meuchler; sie führte mich zu Justinius' Landsitz, wo wir gemeinsam gegen die Schurken kämpften, die ihm sein Bruder auf den Hals gehetzt hatte.

Und ich erinnerte mich an die Worte, die Scara zu Justinius gesagt hatte, als alles überstanden war: *»Mykar ist ganz nett, und wir mögen uns.«*

Ich erinnerte mich daran, was ich gefühlt hatte, als ich diese Worte hörte.

Und ich schämte mich.

Ich senkte die Augen. Ich starrte den blutigen Säbel in meiner Hand an. Erst jetzt fiel mir auf, dass ich genauso aussah wie die Geisterreiter des Nichters: Ich hatte einen wuchtigen, schwarzen, schartigen Leib.

Wann und wie war das geschehen? Was war aus mir geworden?

Was hatte ich nur getan?

Angst packte mich. Ich hob den Blick, als würden aus dem wunden Nachthimmel Hilfe und Rettung herabkommen. Doch indem ich das tat, stellte ich fest, dass Justinius mich ansah. Einen Herzschlag lang trafen sich unsere Augen.

Ich betete, dass er mich nicht erkannte.

Ich wollte weglaufen, weg von dem Platz und der Stadt und dem irren Gemetzel, hinein in die Kälte und die Dunkelheit.

Ich rannte los. Im selben Moment sah ich etwas, das mich vor Schrecken starr werden ließ.

Da war Scaras Esel Schlappi. Wie die anderen Tiere auch, wollte er vor dem Feuer flüchten. Aber er war alt und erschöpft – älter und erschöpfter als je zuvor –, und seine Beine trugen ihn nur langsam über den Platz. Ich sah die Angst in seinen müden Augen; er stieß ein verzweifeltes, hilfesuchendes Iah aus. Bislang hatte er unbeschadet seinen Weg durch den blutig-grellen Wahnsinn gefunden. Doch nun hielt er geradewegs auf den Nichter zu.

Der Schreck wurde zu bleichem Entsetzen, als ich auch Scara selbst sah. Ich konnte mir nicht ausdenken, was sie inmitten dieser Schlachterei verloren hatte. Doch sie lief hinter dem Esel her, so achtlos gegenüber der Gefahr, in der sie schwebte, als wäre sie in eine leuchtende, undurchdringliche Rüstung gehüllt.

Ich vergaß alles, was um mich herum geschah. Ich wünschte mir nur noch eines: Scara und Schlappi heil durch diese Nacht zu bringen.

Plötzlich wurde ich zu Boden gerissen. Es war einer der Geisterreiter. Sein Säbel war zerbrochen. Aber er hielt den Griff der Waffe fest umfasst und rammte mir den gesplitterten Stahl in die Seite. Ich brüllte vor Schmerz. Schwarz floss das Blut aus meinem zerschnittenen Leib. Meinen eigenen Säbel hatte ich im Fallen verloren. Ich tastete nach ihm und fand ihn nicht. Der Geisterreiter begann, meinen linken Oberschenkel aufzuschlitzen. Sein Gesicht war zu einem geifernden Grinsen verzerrt; den freien Arm hatte er mir quer über die Brust gelegt; mit seinem Gewicht drückte er mich zu Boden.

Über den Lärm des Kämpfens und Sterbens hinweg hörte ich einen gequälten Schrei. Ich wusste, dass er von Schlappi stammte.

Wieder brüllte ich. Dieses Mal vor Wut.

Ich ballte die Faust. Noch immer brüllend schlug ich zu. Ich zertrümmerte die Nase und die Zähne des Geisterreiters. Die Haut an meinen Knöcheln platzte. Zahnsplitter blieben in meinem Fleisch stecken. Mehr schwarzes Blut floss. Der Geisterreiter ließ seine Waffe fallen, rollte von mir herunter und versuchte, sein Gesicht zu schützen. Jetzt war es an mir, den zerbrochenen Säbel zu führen. Ich griff mir die Waffe, bohrte sie bis zum Schaft in den Hals des Geisterreiters. Wenige Augenblicke später zerbarst er in einer Woge stinkenden, klebrigen Schleims.

Keuchend kam ich auf die Beine. Ich hielt mir die aufgerissene Seite, humpelte so schnell ich konnte in die Richtung, aus der Schlappis Schrei gekommen war. Dabei wischte ich mir den Schleim und das Blut aus den Augen.

Als ich wieder sehen konnte, begriff ich, dass alles zu spät war.

***

»Schockschwerenot!«, sagte Halig.

Ihm war die unglückliche, aber für einen Holzkopf möglicherweise bezeichnende Neigung eigen, manchmal etwas zu sagen, ohne recht zu wissen, was die Dinge, die er da sagte, eigentlich bedeuten sollten. Oder, genauer noch, was bei Elaahs Gnade sie mit der Lage, in der er sich gerade befand, zu tun hatten.

So ging es ihm auch jetzt. *Schockschwerenot* war sicherlich ein sehr schönes Wort, aber was genau man ausdrücken wollte, wenn man sich seiner bediente, war doch ein wenig rätselhaft.

Das änderte allerdings nichts daran, dass sich Halig durch sein herzhaftes »Schockschwerenot!« im Herzen erbaut und in der Tugend gestärkt fühlte.

Um die Wahrheit zu sagen: Diese Erbauung und Stärkung hatte er bitter nötig.

Denn zum zweiten Mal in seinem bescheidenen, rechtschaffenen Totengräberdasein kam die Wilde Horde auf ihn herab. Und nicht nur auf ihn. Nein, über ganz Dreieichen fielen Skargats Jäger her. Das machte die Sache aber nur in dem Sinn besser, als das Elend einem schönen, alten Sprichwort zufolge ja Gesellschaft liebt. Wobei es diesem eigentlich recht kuscheligen Städtchen heute Nacht ja wahrlich nicht an Heimsuchungen fehlte. Halig hatte in der letzten Stunde so viel Blut und Tod und Wahn gesehen, dass es ihm, da war er sicher, für dieses Leben damit reichen würde – auch wenn ihm die Götter noch viele, viele Jahre schenken sollten.

Der Totengräber musste zugeben, dass er nichts dagegen gehabt hätte, diese vielen Jahre (voller Gesundheit und Glück und, wenn er sich die Bitte erlauben durfte, vielleicht gar an Scaras Seite) tatsächlich zu erleben. Er beschloss also, den Göttern sozusagen unter die Arme zu greifen, indem er ernst machte mit seiner Absicht, ein möglichst sicheres Versteck zu suchen.

»Die Horde kommt! Weg hier! Weg hier!«, schrie er und schüttelte Scara, die gerade angehoben hatte, ihm etwas auseinanderzusetzen, das irgendwie mit dem Leben im Allgemeinen und Besonderen zu tun hatte.

Scara ließ sich schütteln, unterbrach Haligs Geschrei auch nicht, konnte sich allerdings ebenso wenig dazu durchringen, beunruhigt zu sein. »Wenn du meinst, irgendwo hin zu müssen, will ich dich keinesfalls zurückhalten«, erklärte sie in nüchternem Tonfall. »Ich für meinen Teil würde gerne hierbleiben, Elmer helfen und auf Schlappi aufpassen.«

Halig hegte die allergrößte Achtung vor Scaras Klugheit; es dünkte ihn ein kleines Wunder, dass sie sich überhaupt mit einem Holzkopf wie ihm abgab. Aber wie es möglich war, vor lauter Bäumen den Wald zu übersehen, kam es wohl auch vor, dass jemand vor lauter Weisheit die schlichtesten Tatsachen und Gegebenheiten missachtete.

Wie jene zum Beispiel, dass die Horde heulend auf den Platz niederfuhr und das Gemetzel noch um einiges metzeliger machte. Jetzt standen Ordenskrieger gegen Ordenskrieger, Städter gegen Städter, Ordenskrieger gegen Städter, Geisterreiter gegen Städter und Ordenskrieger und Geisterreiter gegen Geisterreiter. Und inmitten des grausigen Blutbades: der Herr Tamelon, Justinius von Hagenow, die Damen Aiona und Ferla, Rhun von Ketten und der rätselhafte Mann mit der bleichen Haut und dem schwarzen Haar.

Der Totengräber konnte nur hoffen, dass es ihnen allen gut ging. Und dass sie mit heiler Haut davonkommen würden.

Seinerseits kam er zu dem Schluss, dass seine einzige Möglichkeit, das Gute zu stärken und das Böse zu schwächen, darin bestand, Scara zu retten.

Also holte er tief Luft und tat etwas, das er unter gewöhnlichen Umständen niemals gewagt hätte. Er warf sich Scara über die Schulter. Lief dann davon, so schnell ihn die Beine trugen.

»Halt! Moment! Das geht nicht!«, protestierte sie und trommelte mit den Fäusten gegen Haligs Rücken beziehungsweise sein Gesäß. Aber da die Sonne zwar schön rund (will sagen: weiblich), aber doch auch recht leicht war, änderten weder die Proteste noch das (leicht schmerzhafte) Getrommel etwas daran, dass ihre Flucht gute Fortschritte machte. Halig musste ein paar Leichen umrunden und einmal einem brennenden Balken ausweichen, der vor ihnen auf den Platz gefallen war, gewann aber mit jedem Augenblick, der verstrich, größere Zuversicht, dass sie irgendwie davonkommen würden. Schon hatte er ein Haus erspäht, das weder in Flammen aufgegangen war, noch Schauplatz wüster Kämpfe zu sein schien. Und die Eingangstür im Erdgeschoss stand sogar einen Spalt offen.

Das Herz des Totengräbers machte einen Freudenhüpfer. Er rannte, rannte …

Und blieb jäh stehen, als ihm ein Mann in den Weg sprang.

Es war einer der Städter. Seine Kleidung war zerrissen; er war über und über mit Blut besudelt und quer über seine Brust zog sich eine klaffende Wunde. Das hinderte ihn aber nicht daran, ein mächtiges Fleischerbeil zu schwingen und Halig mit irrem Blick und lüsternem Grinsen anzustarren.

Die Freudenhüpfer, zu denen sich das Herz des Totengräbers aufgeschwungen hatte, endeten mit einer unsanften Landung. Ihm stockte der Atem.

»Ich will runter!«, rief Scara. »Hörst du?! Ich will runter!«

Ganz gegen seinen Willen musste ihr Halig diesen Wunsch erfüllen.

»Aua!«, machte Scara, als er sie fallen ließ.

Der Städter grinste ihn noch immer an. Er sagte kein Wort, rührte sich auch nicht. Grinste nur und schwang das Fleischerbeil in einer beinah rhythmischen Bewegung von links nach rechts und rechts nach links.

Halig hatte bemerkt, dass sich vor seinen Füßen eine schwarze Schleimlache ausbreitete. Und in der Schleimlache lag ein ebenfalls schwarzes Schwert. Der Totengräber fühlte sich nicht gerade zu Waffen hingezogen; umso weniger zu solchen, die aus offenbar unirdischem Metall geschmiedet waren. Diese Waffe aber war ganz eindeutig ein Geschenk der Götter; darauf hätte der Totengräber seine Lieblingsschaufel und vielleicht sogar seine Seele verwettet.

Hastig bückte er sich und hob das Schwert auf. Er umfasste den Griff mit beiden Händen, richtete die Spitze der Klinge auf den irren Städter.

»Weiche zurück, Mordbube!«, rief er.

Bedauerlicherweise wich der Mordbube nicht, weder zurück noch sonst wo hin. Er fuhr einfach fort, zu grinsen und sein Beil zu schwingen.

»Weiche!«, rief Halig noch einmal. »Oder es wird dir schlecht ergehen!«

Mit diesen kühnen Worten machte der Totengräber einen Schritt auf seinen Gegner zu; er konnte nur hoffen, dass ihm nicht vor lauter Zittern das Schwert aus der Hand fiel.

Doch dann geschah es: Der Städter stieß einen schrillen, quiekig-vergnügten Schrei aus, wirbelte herum und rannte davon.

Halig fühlte, wie ihm vor Heldentum die Brust schwoll: »Ja! Lauf nur! Lauf nur, du Schurke!«, triumphierte er.

Dann drehte er sich zu seiner Sonne um. »Scara! Hast du das ge-«, begann er.

Und stellte fest, dass sie nicht mehr da war.

Halig musste keine Sekunde nachdenken, um zu wissen, wohin Scara gegangen war.

Er ließ das Schwert fallen und rannte los.

Bereits einen Moment später kam ihm der Gedanke, dass es vielleicht klüger gewesen wäre, die Waffe mitzunehmen. Doch er hielt nicht an, lief nicht zurück.

Denn zwischen den Rauchschwaden und den Kämpfenden hindurch konnte er nun Schlappi sehen.

Der arme, alte Esel war in Panik. Wenn er gekonnt hätte, er wäre schnell wie der Wind davongeprescht. Daran bestand kein Zweifel. Allein, er konnte nicht. Offenbar hatte ihm der Monat im Stall erst richtig bewusst gemacht, wie erschöpft und ruhebedürftig er war. Mit mühsamen, angstvollen, quälend-langsamen Bewegungen schleppte sich Schlappi über den Platz; die Ohren hatte er steif angelegt, immer wieder schüttelte er furchtsam den Kopf.

So hielt er geradewegs auf … den Schwarzen Jäger zu, der … irgendwie nicht mehr der Schwarze Jäger war, sondern etwas … anderes … noch Dunkleres, noch Furchtbareres …

Etwa zwanzig Schritte hinter ihm folgte Scara. »Schlappi! Schlappi!«, rief sie.

Doch der alte Esel hörte sie nicht. Oder vielleicht war er zu verwirrt, um ihre Stimme zu erkennen.

Jedenfalls ging er weiter, klapprig, wackelig, langsam, langsam.

Und jetzt bemerkte ihn der Schwarze Jäger.

Der Anführer der Horde hatte lachend dagestanden und mit Wohlgefallen die Schlachterei betrachtet, die auf dem Platz vonstatten ging. Selbtverständlich wagte es niemand, ihn, den Schwarzen Jäger, zu behelligen.

Halig versuchte, noch schneller zu rennen. Er keuchte, japste, seine Muskeln brannten … doch er rannte … und wünschte, der Schwarze Jäger hätte einfach weitergelacht und sich nicht um Schlappi geschert.

Aber das tat er nicht.

Er wandte sich dem Esel zu, und die wilde, wüste Heiterkeit schwand aus seinen Zügen. An ihre Stelle traten Hass und bitterer Zorn, als er das gebrechliche alte Tier erblickte.

Schon zuckte die schwarze Peitsche, die aus seinem Handstumpf wuchs. Sie wurde steif und hart und irgendwie schartig – und sie hackte in Schlappis Nacken.

Blut strömte; der Esel brüllte. Seine Beine zitterten, knickten unter ihm weg …

Scara stieß einen langgezogenen, wehklagenden Schrei aus, der Haligs Herz in Stücke brach.

…doch noch einmal richtete sich Schlappi auf. Mit beinah komischen, hastig-trippelnden Bewegungen versuchte er, sich davonzumachen, während er zugleich ein weiteres Mal brüllte, gequält und verzweifelt …

Und nun schrie auch der Schwarze Jäger. Und wieder sauste sie nieder: die Peitsche, die eine Schlange, die eine Zunge, die eine Klinge, die ein Wurm war.

Schlappi brach zusammen. Er war jetzt ganz still und rührte sich nicht mehr.

Einen Lidschlag lang stand Scara stocksteif da.

Dann ging sie auf den Schwarzen Jäger zu, ganz ruhig, gemächlich beinah, während ihr die Tränen über die Wangen liefen.

Auch Halig weinte. Er hatte angehalten, gleichsam ohne sein Zutun. Alles, was er wollte, war, bei Scara zu sein, sie in den Arm zu nehmen, sie zu trösten, ihr zu sagen, dass alles gut werden würde – obgleich er wusste, dass das nicht stimmte; dass niemals wieder irgendetwas gut sein würde.

Er versuchte, einen Schritt zu machen.

Zu spät bemerkte er den Städter mit dem Fleischerbeil, der von hinten auf ihn zustürmte. Das Beil schnitt tief in seine Schulter, und der Mann lief lachend weiter, während Halig zusammenbrach.

Kühl war der Schnee unter ihm; heiß das Blut, das aus der Wunde strömte. Halig spürte, wie es dunkel wurde in ihm. Und wieder stellte er sich jene Frage: *Wollte man in einer Welt leben, in der so etwas geschah? Konnte man das?*

Noch immer hatte er keine Antwort.

***

»GENUG!«, rief Tamelon. Seine Stimme klang so laut und klar wie eine Fanfare. Und irgendwie war sie das auch.

Denn er hatte recht. Es war genug. Mehr als genug. Hundert- und tausendmal zu viel. Zu viel des Wahns und des Irrsinns. Zu viel der Grausamkeit und der Gewalt. Zu viel des Bösen.

Ich sah die leeren, toten Eisaugen der Männer und Frauen von Dreieichen. Ich sah den höhnischen Frohsinn in den Mienen der besessenen Thaala-Streiter. Und ich wusste, dass es nur noch eines zu tun gab: kämpfen.

An der Seite des Paladins. Gemeinsam mit ihm dieser Sache ein Ende setzen. Oder gemeinsam mit ihm zugrunde gehen.

Einen langen Moment hielt ich inne. Versuchte, Kraft zu schöpfen.

Dann wurde Tamelon verwundet. Ein Messer drang in seine Seite.

Ich rannte los.

Und es begann.

Im wirbelnden Schnee, im heulenden Wind kämpften wir. Tamelon und Gunnmahr. Aiona, Ferla und ich. Die Brüder des Paladins, die es geschafft hatten, ihren Verstand und ihr Herz über die letzten Wochen zu retten. Selbst Jacomo war dabei. Er brachte seinen Schnabel und seine Krallen zu gutem Nutzen.

Ich hatte keine Zeit, mich um Aiona oder Scara oder mich selbst zu sorgen. Von allen Seiten drängten sie auf uns ein. Die Städter mit ihren Messern und Hämmern, Keulen und Eisenstangen und Beilen; die Ordenskrieger mit ihren Schwertern, die irgendwann einmal in Thaalas Namen gesegnet worden war. Stahl schlug gegen Stahl. Stahl schnitt in Fleisch. Knüppel und Knochen und Schädel brachen. Sekundenlang konnte ich kaum die Hand vor Augen sehen. Alle Geräusche klangen dumpf und fern. Selbst die Todesschreie. Selbst das Wimmern der Verwundeten.

Dann plötzlich verstummte das Jaulen des Windes. Keine Flocken kamen mehr aus dem dunklen Himmel herab. Für ein paar Minuten erglomm der Platz in rötlich-blauem, kaltem Schimmer. Ich sah, wie einige der Männer und Frauen von Dreieichen ihre Waffen fallen ließen und die Flucht ergriffen, als hätte das Licht der Abendsonne einen Weg in ihre Seelen gefunden und die Wirrnis durchleuchtet.

Dann verschwand die Sonne hinter dem Rand der Welt, und mit ihr verschwand das Licht. Ich hatte noch nie in der Dunkelheit gekämpft und wusste nicht, wie das zugehen sollte. Doch es erwies sich, dass mir diese Übung erspart blieb.

Denn irgendwer hatte es sich in den Kopf gesetzt, die Stadt in Brand zu stecken – wie um sicherzugehen, dass sie diese Nacht ganz gewiss nicht überleben würde. Am Ende waren es nur eine Handvoll Häuser, die in Flammen standen. Aber es reichte, um den Kampfplatz mit dem flackernden Widerschein der Feuer zu erhellen. Und es reichte, um ein paar Dutzend der Einwohner von Dreieichen, die von dem Wahnsinn unberührt geblieben waren und sich in ihren Wohnungen verschanzt hatten, hinaus ins Freie zu zwingen. Vielleicht war das von Anfang an der Sinn des Ganzen gewesen. Bald hörte ich die Schreie der wehrlosen Männer, Frauen, Kinder und Greise, die keine Wahl hatten als in diesem Blutreigen mitzutanzen.

Ich hätte nicht sagen können, wie viele unserer Gegner bereits gefallen waren. Doch das Schlachtfeld hatte sich etwas geleert. Ich nutzte eine kleine Atempause, um nach Aiona Ausschau zu halten. Sie hatte gerade eine Frau niedergestreckt, die mit einer Mistgabel (einer Mistgabel!) auf sie losgegangen war. Jetzt stand sie schwer atmend da. Das Blut, das ihr Gesicht bespritzte, schien nicht ihr eigenes zu sein. Dafür dankte ich Elaah – oder, wenn es sein musste, auch Lemarah.

»Aiona!«, rief ich.

Sie wandte sich mir zu. Nickte.

»Wir müssen den Leuten helfen!«, keuchte ich.

»Bleib du bei Tamelon und Gunnmahr. Ich kümmere mich darum«, entgegnete sie, ohne zu zögern.

»Bist du sicher, dass das ein guter Einfall ist?«

Aiona grinste mich an. »Alle meine Einfälle sind gut«, sagte sie. »Das solltest du doch mittlerweile wissen.«

Leider war sie bereits verschwunden – von Jacomo begleitet, der über ihrem Kopf flatterte –, ehe ich ihr die überaus witzige und geistreiche Antwort geben konnte, die mir auf der Zunge lag. Sie eilte zu Ferla, die sich vom Kampfplatz zurückgezogen hatte. Aionas Hexenschwester stützte sich auf ihren Knüppel, schaute ziemlich verängstigt drein und erweckte insgesamt nicht den Eindruck, als würde sie dem blutig-grellen Irrsinn, der Dreieichen verschlang, noch lange standhalten können.

Ich hoffte, die beiden wussten, was sie taten.

Holte einmal tief Luft. Drehte mich um und suchte nach einem neuen Gegner.

Nun, lange suchen musste ich nicht.

Tamelon und Gunnmahr kämpften jeweils für drei. Ich bezweifelte, dass es viele Männer gab, die im Duell ernst zu nehmende Gegner für sie gewesen wären. Doch das hier war kein Duell. Das hier war ein Massaker. Und selbst die Stärksten waren irgendwann am Ende ihrer Kraft. Der Wappenrock des Paladins war nur noch ein blutiger Fetzen, und Gunnmahr hätte man bald wirklich als Vogelscheuche aufstellen können. Ich selbst war längst jenseits von Müdigkeit und Erschöpfung. Ich spürte meinen Körper nicht mehr. Schwang die Klinge so fühllos, als ob ich eine Marionette wäre. Zweifellos würde ich zusammenbrechen, wenn ich auch nur eine Sekunde verschnaufte.

Also galt es, weiterzumachen. Immer weiter. Ich vermutete, dass die beiden Ordenskrieger, die Tamelon und Gunnmahr zur Seite standen, es genauso hielten. Was sonst blieb ihnen übrig?

Ich lief also zu dem Paladin und der Erzvogelscheuche. Trat zwischen Tamelon und einen der irren Städter, der ihn hinterrücks niedermachen wollte. Schlug zu. Wieder und wieder. Mehr Blut, mehr Tod erwarteten mich.

Als ich dann das Toben der Wilden Horde hörte, war ich mir sicher, dass wir verloren waren. Ich hatte keine Ahnung, was Skargats Jäger in einer hundsgewöhnlichen Nacht in einer Stadt wie Dreieichen zu suchen hatten. Konnte mir nur vorstellen, dass es sich hierbei um eine neue Teufelei Rudricks handelte.

Letztlich war das natürlich gleichgültig.

Bislang hatten wird durchgehalten. Wie lange? Eine halbe Stunde? Fünf Minuten? Ich wusste es nicht. Jedenfalls hatten wir zwölf oder fünfzehn der besessenen Thaala-Streiter und die Götter wussten wie viele vom Wahnsinn ergriffene Städter zurückgeschlagen. Selbst das wäre uns kaum möglich gewesen, wenn Tamelons verlorene Brüder nicht mit einer wilden Achtlosigkeit gekämpft hätten. Obendrein wurden sie immer wieder von Lachanfällen geschüttelt oder ließen kichernd das Schwert sinken. Das alles machte sie – ihrer grausamen Rohheit zum Trotz – zu bezwingbaren Gegnern. Obendrein hatten die Besessenen irgendwann begonnen, auch aufeinander loszugehen. Es hatte mich entsetzt und zugleich auch erleichtert (wenn es so etwas wie eine entsetzte Erleichterung gab) zu sehen, wie drei Städter, zwei Frauen, ein Mann, sich auf einen der Thaala-Streiter stürzten, ihn zu Boden rissen und mit Messerstichen, Knüppelhieben und Tritten malträtierten, bis nur noch ein blutiger Haufen von ihm übrig blieb. Da ließen sich die irren Ordenskrieger natürlich nicht lange bitten und schlachteten reihenweise Städter ab.

So weit, so gut, hätte man sagen können.

Doch wenn sich der jetzt der Schwarze Jäger mit seinen Geisterreitern in den Kampf einmischte, war es an der Zeit, ein paar letzte Gebete zu sprechen und sich von dieser verfickten Welt zu verabschieden.

Wenigstens dachte ich das. Und mit diesen Gedanken war ich kaum alleine.

»Die Herrin stehe uns bei!«, sagte einer der überlebenden Ordenskrieger, als die Dämonenrösser mit ihren albtraumschwarzen Reitern aus dem dunklen Himmel herabkamen und die harschen, wütenden Schreie der Gespenster und Nachtgestalten jeden anderen Lärm übertönten.

»Wir kämpfen weiter«, sagte der Paladin heiser.

»Wirklich? Ich dachte immer, man soll aufhören, wenn's am schönsten ist«, knurrte Gunnmahr.

»Warum zur Hölle können wir sie eigentlich sehen?«, fragte ich.

»Ist heute etwa eine Nacht der Toten, und ich hab's nicht mitbekommen?«

»Ich bin froh, dass ich sie sehe«, erwiderte Gunnmahr. »So kann ich ihnen besser in den Arsch treten.«

Also stellten wir uns unserem letzten Kampf. Nur, dass es nicht der letzte Kampf wurde. Denn es war, als hätte gar nicht der Schwarze Jäger entschieden, Dreieichen zu überfallen. Sondern als hätte sich Dreieichen in ein riesiges Raubtier verwandelt, das die Horde angelockt hatte, indem es sich als wehrlose Beute tarnte. Oder die Stadt wäre in dieser Nacht zu einem Schlund oder einem Strudel geworden, in den das Böse alles hineinsaugte, was sich unvorsichtigerweise näherte. Möglicherweise verhielt es sich auch so, dass Rudrick die Horde längst schon auf das Böse eingeschworen hatte – *aber das Böse scherte sich nicht darum zu gewinnen.* Oder die Art, wie das Böse gewann, bestand darin, alles und jeden unterschiedslos dem Wahn und dem Hohn und der Vernichtung zu unterwerfen.

Wie dem auch sei, jedenfalls griffen die Geisterreiter nicht uns an. Stattdessen fielen sie übereinander her, kaum dass sie den Platz erreicht hatten. Ab und an massakrierten sie auch einen der besessenen Ordenskrieger oder Städter.

Fast schien es, als wären Tamelon, seine Brüder, Gunnmahr und ich auf einmal zu Zuschauern am Rande des Schlachtfelds geworden.

Ich betrachtete die verschneiten Scheiterhaufen und dachte, dass sie wohl in Wahrheit etwas wie Leuchtfeuer gewesen waren. Doch wenn Galbahr vom Hohen Teich die Hölle nach Dreieichen geladen hatte, dann war es wenigstens eine überlebbare Hölle.

So meinte ich.

In diesem Moment sah ich den Schwarzen Jäger, der nicht mehr der Schwarze Jäger war. Er stand inmitten des Gemetzels und hatte offenbar die Gaudi seines Lebens. Ich erhaschte nur einen kurzen Blick auf ihn, dann schoben sich zwei Kämpfende zwischen uns. Doch dieser eine, kurze Augenblick genügte.

Plötzlich wusste ich, dass Rudrick tot war. Dass sein Tod nichts besser gemacht hatte. Und dass wir noch einen Preis in Blut zu entrichten haben würden, ehe die Nacht vorbei war.

Dann wurde ich von einem Städter angegriffen, der eine eisenbeschlagene Keule führte. Ich biss die Zähne zusammen. Schwang das Schwert. Der Mann fiel vor meinen Füßen in den blutigen Schnee.

Dann erblickte ich einen Geisterreiter, der mich mit einem seltsam traurigen und wehmütigen Ausdruck anstarrte. Irgendwie kam er mir bekannt vor, dieser Geisterreiter. Aber ich wusste nicht, wer er war.

Dann wurde ich von einem anderen Geisterreiter attackiert, der sich offenbar seiner Pflicht besonnen hatte, den guten Jungs eins auf die Mütze zu geben. Er schlug mit einem schwarzen, grausigen Jagdbeil nach mir. Als ich den Hieb parierte, zerbrach mein Schwert. Mein Gegner grinste mich feist an. Doch er freute sich zu früh. Ich ließ die nutzlose Waffe fallen, stieß einen Kampfschrei aus und rannte in ihn hinein, die Schulter voran. Zwar lag der Schnee nicht sehr hoch, und der Boden unter dem Schnee war – anders als am Tag meines Duells gegen Calyb – auch nicht vereist. Doch im Verein mit meinem nach wie vor nicht unerheblichen Gewicht reichte es, um den Geisterreiter zu Fall zu bringen. Ich riss ihm sein Beil aus der Hand. Holte aus. Freute mich, als das zackige, schwarze Metall den Schädel meines Gegners spaltete und er sich mit einem spratzenden Geräusch in einen Schleimhaufen verwandelte.

Leider währte meine Freude nur kurz.

Ich hörte es, noch während ich mich aufrappelte: ein abgrundtiefes, drohendes Knurren. Hastig drehte ich mich um und blickte in die blutroten Augen eines riesigen, weißen Wolfes, aus dessen Seiten kerbige Knochensplitter ragten. Mir fiel ein, dass ich dieses possierliche Tierchen schon mal gesehen hatte, und zwar in der Nacht der Gespensterversammlung. Hatte der Schwarze Jäger seinen Schoßwolf nicht liebevoll »Garoy« genannt? Nun, ich bezweifelte, dass dem Wolf der Sinn danach stand, sich von mir das Fell kraulen zu lassen. Seine Zähne und Lefzen waren so rot wie seine Augen, und auch das Fell um seine Schnauze war rot verschmiert. Was alles miteinander die Annahme nahelegte, dass er auf andere Vergnügungen aus war.

Meinerseits hatte ich nicht die geringste Lust, mich heute Nacht als Wolfsfutter anzubieten. Der gute Garoy und ich hatten also eine kleine, aber nicht unwesentliche Meinungsverschiedenheit, die sich vermutlich nur auf die handfeste Weise beheben ließ.

Unter gewöhnlichen Umständen hätte ich mir freilich in die Hosen gemacht und schreiend die Flucht ergriffen. Die Umstände waren aber nicht gewöhnlich.

Also schleuderte ich das Jagdbeil. Damit hatte der Wolf gerechnet – erstaunlich behende wich er aus. Meinerseits hatte ich damit gerechnet, dass sich das verlauste Vieh nicht so einfach würde umbringen lassen. Noch während Garoy seinen eleganten Hüpfer vollführte, bückte ich mich, hob die eisenbeschlagene Keule des toten Städters auf und stürmte auf den Wolf zu. Das nun überraschte ihn. Vermutlich war er es gewöhnt, dass die Leute in Ohnmacht fielen, um Gnade flehten oder das Hasenpanier ergriffen, wenn er einmal mit den Lefzen zuckte. Kein Wunder, wenn man so schöne große Zähne hatte und obendrein stank wie eine Kürschnergrube im Hochsommer.

Aber manchmal muss auch ein alter Hund – oder meinetwegen Wolf – neue Kniffe lernen. Ich freute mich, dass ich Garoy zu dieser Einsicht verhelfen konnte, indem ich die Keule mit einem wohlgezielten Schlag zwischen seinen Ohren platzierte. Der Wolf gab ein Winseln von sich und fiel um. Solcherart ermutigt, versetzte ich ihm noch ein paar saftige Hiebe, was zu dem erfreulichen Ergebnis führte, dass das Winseln lauter und kläglicher wurde. Ein wenig erstaunte es mich, dass sich Garoy gar nicht wehrte. Doch ich war zu beschäftigt damit, ihm den Garaus zu machen, um viel Aufhebens um so eine Nebensächlichkeit zu machen. Doch als ich die Keule hob, um seinen hässlichen Schädel endgültig in Wolfsmus zu verwandeln, wurde mir klar, dass er längst aufgegeben hatte. Er sah mich an, einen sehnsüchtigen Ausdruck in den Blutaugen, und wartete auf das Ende.

Irgendwie verlor ich mit einem Mal sämtliche Lust darauf, Garoy abzumurksen. Entschied, ihn laufen zu lassen. Vermutlich würde ich das noch bereuen – ich, oder irgendein armer Teufel, der dem Vieh demnächst über den Weg lief. Das änderte aber nichts an meiner Entscheidung.

Ich ließ die Keule sinken. »Verschwinde«, sagte ich. Garoy blieb liegen. Hielt den Blick nach wie vor auf mich gerichtet. Offenbar war ich nicht sehr vertrauenserweckend.

»Verschwinde«, sagte ich noch einmal und machte eine scheuchende Handbewegung. »Geh und heul den Mond an – oder was immer deine Sorte so treibt!«

Da sprang der Wolf auf die Beine und preschte in einem Schneegewirbel davon.

Na also.

Ich drehte mich um. Fasste den Griff der Keule fester. Bereit, sie irgendjemandem überzuziehen.

Doch da war niemand mehr. Die verbliebenen Geisterreiter schwangen sich auf die verbliebenen Dämonenrösser und galoppierten panisch in den Nachthimmel hinein. Die besessenen Städter schienen plötzlich zu sich zu kommen. Ich sah Dutzende Männer und Frauen, deren Gesichter sich in verzweifeltem Grauen verzerrten, die ihre Mordwerkzeuge wegwarfen, fassungslos ihre blutigen Hände anstarrten und in Tränen ausbrachen.

Kein Kampfeslärm war mehr zu hören. Da waren keine wütenden Schreie mehr, nur das gepeinigte Stöhnen der Verwundeten …

Es war vorbei. Ungläubig stellte ich fest, dass ich noch lebte. Verdammt, ich war nicht einmal verwundet worden.

Wahrscheinlich war jetzt ein gemütlicher kleiner Zusammenbruch am Platze. Vorher musste ich selbstredend nach den anderen schauen: nach Tamelon und Gunnmahr, nach Aiona und Ferla, nach Scara und Halig. Wollte doch sicherstellen, dass es allen gutging, ehe ich mich ins Reich der Träume verabschiedete.

Aber es ging nicht allen gut.

Ich sah, was geschehen war. Sank auf die Knie und weinte.

4
UNSERE EINSAMSTE NACHT

Die Luziera/Mykar

Die Luziera kicherte: »Ich wünsche dir viel Erfolg dabei«, sagte sie zu Vanice.

Und nachdem sie sich einen letzten Blick auf die Gestade von Enjahla gegönnt hatte – das dunkle Meer, den dunklen Sand und die dunklen Hügel unter einem schwarzblauen, funkelnden Sternenhimmel –, verschwand sie.

Es war nicht so, dass sie dem Mädchen übelwollte. Zugegeben, sie ärgerte sich über Vanice. Dass das dumme Ding tatsächlich an so etwas Albernem, Flüchtigen und, nun ja, Unzuverlässigem wie der Liebe eines Mannes festhielt! Aber vielleicht war das auch gar nicht der Grund, weshalb sie das Angebot der Luziera ausgeschlagen hatte. Wie dem auch sei, es bereitete ihr eine gewisse Genugtuung, Vanice am Strand von Enjahla stehenzulassen.

Das wäre ja noch schöner gewesen, wenn sie das Mädchen zurück zu ihrem Geliebten gebracht hätte! Außerdem konnte es Vanice nur gut tun, sich allein in ihrer alten Heimat durchzuschlagen – und dabei vielleicht zur Abwechslung mal die Beine geschlossen zu halten und auf ihr Köpfchen zu vertrauen. Die Luziera musste zugeben, dass sie im Hinblick auf ihren kurzzeitigen Schützling eine gewisse mütterliche Fürsorge und sogar ein wenig Ehrgeiz empfand. Wenn Vanice aufhörte, das zu sein, was andere aus ihr machen wollten, und endlich anfing, das zu sein, was sie selbst sein wollte, konnte einiges aus ihr werden.

Nun, die Zeit würde es erweisen. In jedem Fall aber musste die Luziera weiter nach einer Nachfolgerin suchen. Die Vorstellung, womöglich noch ein paar Jahre in der Gesellschaft des Schwarzen Jägers zu verbringen und ihm dabei zuzusehen, wie er die unfreiwillige Anhängerschaft seines neuen Herrn vergrößerte, hatte wenig Beglückendes an sich. Aber da konnte man nichts machen.

Einen Augenblick später stand die Luziera wieder in dem verfluchten Bergdorf, das der Schwarze Jäger einstweilen zum Hauptquartier der Horde erkoren hatte.

Und spürte eine gelinde Überraschung, als sie feststellte, dass sämtliche Vöglein ausgeflogen waren. Leere Ruinen, leere Gassen und ein leerer Dorfplatz erwarteten sie – und eine Stille, die noch das Heulen des Winterwindes einschloss und ihr verriet, dass heute Nacht etwas Großes vor sich ging. Der Schwarze Jäger war ausgezogen, mit Sack und Pack sozusagen; nicht die schwächlichste Nachtgestalt, nicht das unfähigste Spukwesen hatte er zurückgelassen.

Herauszufinden, was das Ziel der Horde war, stellte die Luziera vor keinerlei Schwierigkeiten. Die Stimmen, die sie über viele Jahrhunderte hinweg flüsternd, säuselnd, schreiend und drohend begleitet hatten, waren zwar in letzter Zeit recht schweigsam. Doch die Spur der Horde zog sich so deutlich und unübersehbar durch den Nachthimmel – zumindest für die Augen der Luziera –, dass das wahrlich keinen Unterscheid machte.

Schon war sie da, wo auch der Schwarze Jäger und die Horde waren: auf einem großen, schneebedeckten Platz in dem Städtchen Dreieichen, den zwei weiß verzierte Scheiterhaufen schmückten. Und sie benötigte nur wenige Sekunden, um zu begreifen, welcher Art das Stück war, das hier gegeben wurde: ein paar gestrenge Herrschaften waren nach Dreieichen gekommen (o ja, die *Bruderschaft des Zweiten Todes*, mit der konnte man viel Spaß haben). Hatten geglaubt, sie würden das Böse bekämpfen; hatten indessen unversehens begonnen, ihm zu dienen. Derjenige, der sie führte, hatte es ein bisschen übertrieben mit der Wahrheit und war prompt bei der Lüge gelandet.

Vielleicht hatte das sogar seiner Absicht entsprochen. Manchmal herrschte in den Seelen der Menschen ein solches Durcheinander, dass nur die Götter in der Lage waren, die Fäden zu entwirren.

Aber wie sollte man es beschreiben, das Böse, dem Rudrick von Nordwiesen sein Leben, seinen Namen und seine Seele geopfert hatte und das nun auch nach Dreieichen gekommen war? Es war wie ein Gast, der einfach nicht mehr verschwinden wollte, wenn man ihn einmal in die Stube geladen hatte; er fraß die Speisekammer leer, verprügelte den Hausherrn, schändete Frau und Töchter. Es war wie eine Spinne, die ein gewaltiges Netz gesponnen hatte, welches sich über das ganze Ahekrische Reich erstreckte; wenn sich irgendetwas irgendwo in den Fäden verfing, wusste sie sofort Bescheid und eilte herbei mit ihrem Gift und ihren Zangen. Es war wie ein Irrlicht, das in nebligen, mondlosen Nächten über dem Moor schwebte; der Wanderer musste ihm folgen, denn da war kein anderes Licht, und wenn er dann begriff, dass es nicht von dem ersehnten Gasthof stammte, hatten die erbitterten Toten, die in den schlammigen, bodenlosen Wassern lagen, längst schon die Krallenhände nach ihm ausgestreckt.

All diese Bilder stimmten nicht wirklich; denn zum Wesen dieses Bösen gehörte, dass man es nicht fassen konnte. Sehr deutlich aber waren seine Wirkungen. Es hatte die meisten Ordenskrieger ergriffen (vielleicht die, die allzu rechtschaffen waren) und einen Teil der Städter (vielleicht die, die allzu lasterhaft waren); und selbstverständlich hatte es sich vermittels des Schwarzen Jägers die Horde unterjocht, die nur zu gerne, schnell und bereitwillig die Regeln und Gesetze verworfen hatte, denen sie jahrhundertelang gefolgt war.

Und das Ergebnis war – eine schmucke, kleine Schlachterei.

Jeder kämpfte gegen jeden. Ohne Grund und Ziel machten sie einander nieder: die Thaala-Streiter, Städter und Geisterreiter. Auch die eigenen Leute schonte man nicht. Und damit man die einzuschlagenden Schädel auch ja gut traf, hatte irgendjemand für ein bisschen Beleuchtung gesorgt, indem er ein paar Häuser anzündete. Sicherlich hatte das Böse seine Freude an dieser grausamen Willkür. Vorausgesetzt, es kannte etwas wie Freude, was die Luziera denn doch bezweifelte.

Sie selbst fand wenig Gefallen an dem, was sie sah. Ihr fehlte da die

Strenge, die Ordnung. Das blutige Gemenge verletzte, kurz gesagt, ihren Sinn für Schönheit.

Also ging die Luziera missmutig auf dem Platz umher, sah sich um. Bald entdeckte sie den Schwarzen Jäger. Der Anführer der Horde tat so, als hätte er ganz besonders viel Spaß, und die Luziera zog es vor, ihn seinem Wahn zu überlassen. Sie erblickte auch zwei der Gefährten von Vanice – Justinius von Hagenow und den Jungen Mykar, der mittlerweile selbst zu einem (gar nicht ungefährlichen) Spukwesen geworden war –, aber was die beiden trieben, kümmerte sie nicht sonderlich.

Schließlich fielen ihr zwei Hexen ins Auge, und da sie eine gewisse Vorliebe für Hexen hegte, schlenderte sie in die Richtung der beiden Frauen. Eigentlich hatte sie erwartet, unterwegs das eine ums andere Mal von ihrem Kochlöffel Gebrauch machen zu müssen. Aber eine seltsame Verdrehung oder Verschiebung war vonstatten gegangen: Auch in dieser Nacht waren die Gespenster und Spukwesen sichtbar für diejenigen, die noch diesseits des Grabes standen. Daran hatte sich die Luziera mittlerweile gewöhnt. Neu war, dass sie selbst offenbar zu einem flüchtigen Nichts, gleich einem Schatten in der Finsternis oder einem kühlen Luftzug, geworden war. Weder die Geisterreiter noch die Männer und Frauen von Dreieichen – mochte sie das Böse angerührt haben oder nicht –, bemerkten ihr Kommen. Völlig ungestört konnte sie zwischen den Kämpfenden und Verwundeten umhergehen.

Was hatte das zu bedeuten? War das ein weiteres Anzeichen dafür, dass sie keiner der beiden Welten, jener der Lebenden und jener der Toten, mehr wirklich angehörte? Oder war sie dem Bösen lästig, sodass es versuchte, sie gleichsam an den äußersten Rand der Nacht zu schieben?

So oder so, der Luziera war es recht. Sie verspürte ohnedies keine Neigung, sich in das Treiben auf dem Platz einzumischen.

Ganz anders die beiden Hexendamen – sie beabsichtigten offenbar, sich zu Beschützerinnen der Schwachen und Hilflosen aufzuschwingen.

Die eine von beiden war Aiona, der die Luziera in den letzten paar Jahrzehnten immer mal wieder über den Weg gelaufen war. Die andere eine hübsche Rothaarige, die sie, wenn ihr Gedächtnis nicht trog, noch nie gesehen hatte.

»Zu mir! Beeilt euch!«, rief Aiona einer Gruppe von Städterinnen und Städtern zu, die sich verängstigt an eine Hauswand drückten. Zögernd kamen sie, die Männer und Frauen, Kinder und Greise.

»Schneller! Macht schon!«, befahl Aiona. »Und nehmt euch Waffen!« Bei diesen Worten zeigte sie auf ein paar Säbel, Äxte und Messer, die zwischen den Leichen und Schleimpfützen im Schnee lagen.

»I-i-ich kann nicht kämpfen …«, sagte ein verängstigt dreinschauender, etwas rundlicher Herr zu ihr, der die feine Kleidung eines Händlers trug.

»Willst du leben?«, fragte Aiona.

»Ja«, erwiderte der Mann kläglich.

»Dann hast du keine Wahl.«

Die Schwarze Hexe gefiel der Luziera ganz gut. Sie war wirklich eine Anführerin. Und sie wusste es. Die Luziera hatte sie niemals leiden können – diese Dämchen, die so sanft und bescheiden und tugendhaft taten, nur damit irgendein läppischer Kerl sie auf Händen trug. Das wäre Aiona im Traum nicht eingefallen.

Leider konnte die Luziera – wenn es um ihre Nachfolge ging – nichts mit Aiona anfangen: zu erdhaft; Hexe eben. Und bei Aionas Gefährtin, die offenbar »Ferla« hieß, musste sie sich erst recht keine Hoffnung machen. Die Rothaarige war viel zu weich; tatsächlich sanft, bescheiden und tugendhaft, wie zu befürchten stand.

Dessen ungeachtet fand es die Luziera nicht uninteressant, den beiden Hexen dabei zuzuschauen, wie sie sich mühten, möglichst viele der Einwohner von Dreieichen dem Grauen zu entreißen, das über die Stadt gekommen war. Aiona führte die Gruppe zur nächstbesten, von dem Platz wegführenden Straße. Unterwegs sammelte sie weitere verirrte Schäflein ein. Doch ihre Schützlinge mussten sich auch immer wieder Angriffen erwehren. Mal waren es ein paar Städter, die ihre Nachbarinnen und Nachbarn gerne in Stücke hacken oder zu blutigem Brei prügeln wollten; mal einer der besessenen Ordenskrieger, der mit ebenso vergnügtem wie irrem Grinsen über die Hexen und ihr Gefolge herfiel. Aiona und Ferla waren keine Kriegerinnen; aber die Schwarze Hexe konnte durchaus mit dem Kurzschwert umgehen, und ihre Gefährtin schaffte es immerhin, sich die Angreifer vom Leib zu halten. Auch die Männer und Frauen von Dreieichen kämpften – mehr schlecht als recht, aber sie kämpften. Und wenn die Menschenkraft nicht reichte, schoss Jacomo, Aionas gewaltiger Rabe, aus dem Himmel herab; mit seinem Schnabel und seinen Krallen zerfleischte er das Gesicht der Angreifer, oder er blendete sie. So gelang es der Gruppe tatsächlich, einigermaßen heil vom Platz herunterzukommen.

Hier erlebten Aiona und die anderen allerdings eine unerfreuliche Überraschung. Denn an die zwanzig Städter kamen ihnen entgegen; und zwar solche, die Messer und Keulen und Beile schwangen und in deren leeren Augen der Hass brannte.

Da hieß es, den Rückzug antreten. Eilends führte Aiona ihre Schützlinge wieder auf den Platz. Nun war es der schwarzen Hexe anzumerken, dass ihre Hoffnung schwand. Und falls sie eine böse Vorahnung gehabt haben sollte, so bewahrheitete sich diese bald. Denn während die Horde bislang damit beschäftigt gewesen war, sich selbst in Stücke zu reißen (was ihr Anführer anscheinend durchaus vergnüglich fand), wurden jetzt einige Geisterreiter auf die fliehenden Städterinnen und Städter aufmerksam. Es waren vier; zwei von ihnen eher schwächliche, spitzige Schatten. Aber um die panischen, erschöpften Männer und Frauen niederzumachen, genügten sie allemal.

Hier nun waren auch Aiona und Jacomo machtlos: Einer der Geisterreiter verwundete die Hexe am Arm, sie schrie auf und ließ ihr Kurzschwert fallen. Der Rabe fiel über den Angreifer her; doch der war bereits unzählige Male an der Seite des Schwarzen Jägers ausgezogen und ließ sich nicht so leicht zurückschlagen. Während Jacomo versuchte, seine Herrin zu schützen, blieb der Rest der Gruppe auf sich allein gestellt – und es schien, als wären sie verloren: die Männer, Frauen, Kinder und Greise, die die Hexen hatten retten wollen.

Plötzlich jedoch kam ein alter Ritter mit einem narbigen, zerknitterten Gesicht herbeigelaufen. Ganz allein stürzte er sich auf die Geisterreiter, die soeben ihr blutiges Werk beginnen wollten. Und vielleicht war ein Gott bei ihm in dieser seiner letzten Stunde; denn es gelang dem Ritter, die Nachtgestalten und Spukwesen zu bezwingen, ehe er zusammenbrach. Jagdspieß, Säbel und Beil hatten ihn getroffen. Doch mit letzter Kraft rief er Ferlas Namen. Die Hexe sank auf die Knie; weinend hielt sie die Hand des alten Ritters, als er starb.

Die Luziera hatte genug gesehen. Sie beschloss, in das verfallene Bergdorf zurückzukehren und vielleicht noch eine kleine Wanderung über die Grate und durch die Hochtäler zu unternehmen, ehe die Sonne aufging. Doch da, ganz unverhofft, leuchtete ihr ein anderes Licht. Sie sah eine junge Frau; eine wahre Dämonenprinzessin. Ihre Haut war weiß wie der Schnee; ihre Haare röter als die Flammen, die aus den Häusern am Platz züngelten. Und sie selbst glühte wie ein gefallener Stern in der Nacht; vor Hass und Zorn glühte sie.

Nun sprachen die Stimmen wieder. Alle auf einmal begannen sie, auf die Luziera einzureden; hektisch, atemlos, begeistert, furchtsam.

Sie erzählten ihr, was sie wissen musste über Danje.

Sofort begriff die Luziera, dass ihr Hass und ihr Zorn Aiona galten. Denn vor vielen Jahren hatte die Schwarze Hexe die Familie des Mädchens ausgelöscht. Zumindest dachte das Danje. Sie wusste nicht, dass Ferla ihre Schwester war. Was sie wohl tun würde, wenn sie begriff, dass diejenige, die sie rächen wollte, Seite an Seite mit der Frau kämpfte, der ihre Rache galt? Die Luziera beabsichtigte nicht, es herauszufinden: Denn in ihren Augen konnte Danje nicht schöner werden, als sie es jetzt war – getrieben und verzehrt von einer wilden, kindlichen, verzweifelten Leidenschaft: so grausam und so zart, so boshaft und so unschuldig.

Das Herz der Luziera frohlockte, den sie wusste – wusste es mit einer Sicherheit, die kein Zaudern und keinen Zweifel kannte –, dass sie jetzt endlich die neue Luziera gefunden hatte.

Sie stellte sich in den Weg von Danjes Rache, und ihre Augen trafen die des Mädchens. Im selben Moment wusste sie, dass Danje sie sehen konnte. Ja, für sie war die Luziera ganz und gar wirklich. So standen sich die beiden gegenüber, und Danjes Blick war der Blick von jemandem, der etwas findet, das so vertraut und zugehörig ist, dass er sich gar nicht mehr vorstellen kann, es lange Jahre seines Lebens nicht besessen zu haben.

Auf dem Gesicht des Mädchens breiteten sich eine Verzückung und ein Schrecken aus. »Ihr seid …«, begann sie.

Aber die Luziera legte einen Finger an die Lippen. Keine Worte waren nötig. Das Einverständnis zwischen ihr und Danje war vollkommen.

Nun fehlte nur noch ein Weniges. Als Erstes gab sie dem Mädchen ihr Messer. Danje nahm es ehrerbietig entgegen. Als Zweites überreichte sie den Kochlöffel. Als Drittes die schwarze Sichel. Schließlich ihren Stab.

Danje hatte ihren Säbel längst weggeworfen. Sie schob das Messer und den Kochlöffel in ihren Gürtel; die Sichel nahm sie in die Linke, den Stab in die Rechte.

Die Luziera wurde zur jungen Frau. Sie spürte die Sehnsucht und Wehmut einer längst verlorenen Sinnlichkeit. Dann beugte sie sich vor und küsste Danje auf die Wangen und die Lippen. Und dann war es geschehen.

Die alte Luziera war nicht länger die Luziera. Friede stieg in ihr auf. Es war Zeit für sie zu gehen – und das Letzte, was sie von der Welt sehen würde, war dieser schneeverwehte, von Blut und Schleim beschmierte, mit Leichen bedeckte Platz. Noch einmal dachte sie an Aiona: Die Schwarze Hexe würde niemals wissen, dass sie ausgerechnet der Luziera ihr Leben verdankte, und das war doch eine hübsche Ironie.

Dann, schon im Gehen, hörte sie, wie die neue Luziera einen schrillen Schrei ausstieß. Sie ließ die Sichel und den Stab fallen, schlug die Hände vor den Mund. Ja, sie hatte etwas gesehen, das ihr Herz brach.

»Du musst noch viel lernen, Mädchen«, flüsterte sie mitleidsvoll.

Doch für sie selbst galt das nicht mehr.

Alle ihre Lektionen waren ausgelernt.

***

Schlappi war tot. Über ihm stand der Nichter. Sein Gesicht zeigte einen triumphalen Ausdruck. Als hätte er einen furchterregenden Drachen erlegt. Da war aber kein Drache; nur ein armer, alter Esel, der in seinem Blut lag.

Und da war Scara. Sie hatte den Anführer der Horde fast erreicht. Sie weinte. Aber ihre Stimme klang sehr ruhig, als sie sagte: »Herr Jäger, das hättet Ihr nicht tun sollen. Das war falsch.«

Der Nichter blickte auf sie herab. Nun schaute er verwirrt drein. Zugleich ungläubig und verärgert. »Den Schwarzen Jäger gibt es nicht mehr«, grollte er. »Verschwinde, Mädchen, oder du wirst es bereuen!«

Ich erschrak, als ich sah, wie klein Scara neben dem gewaltigen, uralten Spukwesen wirkte. Ich wollte zu ihr eilen, ihr beistehen. Doch das ging nicht. Meine Seite war von der Hüfte bis zum Brustkorb aufgerissen; mein Oberschenkel hing in Fetzen. Ich zog eine Spur schwarzen Blutes hinter mir. Jeder Schritt war eine Qual.

Mühsam streckte ich die Hand aus. »Nein, Scara … bitte nicht …«, schrie ich. Aber alles, was ich hörte, war ein gequältes Keuchen.

»Herr Jäger, das hättet Ihr nicht tun sollen«, wiederholte sie. »Das war falsch.«

Da packte sie der Nichter am Hals. Er hob Scara in die Luft, bis sie auf Augenhöhe mit ihm war. Vielleicht lag etwas wie Neugierde in seinem Blick – als wäre sie ein seltsames, fremdartiges Tierchen.

»Herr … Jäger …«, röchelte Scara, »…das …hättet Ihr … nicht … tun sollen …«

Der Nichter drückte zu. Mühelos zerquetschte er ihren Kehlkopf, brach ihr Genick. Dann ließ er sie fallen und drehte sich um.

Scara zu töten, hatte keine drei Sekunden gedauert.

Nun rannte ich doch. Ich rannte, stolperte, fiel, kroch zu ihr hin. Als ich bei ihr war, legte ich ihren Kopf in meinen Schoß.

»Scara … Scara …«, sagte ich immer wieder.

Ihr Körper fühlte sich warm an, wie lebendig. Aber da war eine Leere in ihren Augen.

»Scara …«, flehte ich.

Ich meinte, ihre Stimme zu hören. Sie sprach in dem nüchternen, belehrend-überlegenen Tonfall zu mir, den ich so gut kannte: *»Da bist du ja, Mykar. Wir haben uns lange nicht gesehen. Das ist dir offenbar schlecht bekommen. Ich habe dir doch gesagt, du sollst achtgeben, wenn du in Gräbern spielst. Siehst du, das hast du jetzt davon.«*

Mit dem Handrücken wischte ich die Tränen ab, die noch an Scaras Wangen hingen. »Du hattest recht«, flüsterte ich. »Du hattest die ganze Zeit recht.«

Ich wollte weinen. Aber ich konnte längst nicht mehr weinen. Alles, was ich tun konnte, war töten.

Sanft ließ ich Scaras Kopf in den Schnee sinken. Kaum ein Meter trennte sie von Schlappi. Bald würde sie die Blutpfütze, die sich unter dem Esel ausbreitete, erreicht haben. Aber ich nahm an, dass sie das nicht störte.

Langsam erhob ich mich, in meiner Hand der zerbrochene Säbel des Geisterreiters.

Der Nichter hatte mir den Rücken zugedreht. Er stieß wieder sein höhnisches, dröhnendes, hohles Gelächter aus. Die Schlange seines Armes wiegte sich wie in einem leichten Wind.

Noch immer kämpften sie: die Geisterreiter, die Städter, die Krieger mit ihren Wappenröcken.

Doch bald würde es ein Ende haben.

»NICHTER!«, brüllte ich.

Der Anführer der Horde hörte auf zu lachen und wandte sich mir zu. Jetzt endlich erkannte er mich. »Du … du bist der Junge aus dem *Fröhlichen Toten* … Mykar, nicht wahr?«

Ich nickte.

»Mykar, also.« Er verzog das Gesicht zu einem spöttischen Lächeln.

»Und was willst du, Mykar? Rudrick ist tot. Ich habe ihn getötet. Deinen Feind gibt es nicht mehr. Du solltest mir danken.«

Ich gab ihm keine Antwort. Riss den gesplitterten Stahl in die Luft und stach zu.

Der Nichter war schneller. Die Schlange zuckte und zischte. Ein Schmerz wie gefrorenes Feuer durchzuckte mich. Meine Hand fiel zu Boden. Die Finger krampften sich um den Säbelgriff. Aus dem Stumpf spritzte schwarzes Blut.

»Du willst mich töten?!«, donnerte der Nichter. »Du wagst es!«

Wieder schoss die Schlange nach vorne. Sie durchbohrte mich wie eine Lanze aus pulsendem, fleischigem Stein. Ich schrie. Schreiend wurde ich in die Luft gerissen. Dann durchbohrte mich die Schlange ein zweites Mal. Ihre Spitze hatte sich hinter mir gekrümmt und umgebogen. Nun verschlang das Feuer aus Eis jeden Fingerbreit meines Körpers; es hatte mich ganz erfasst.

Ich starrte den Stachel an, der aus meiner Brust ragte. Blut blubberte aus meinem Mund; ich würgte.

»Du hängst da wie ein Wurm am Haken!«, spottete der Anführer der Horde. »Hast du wirklich geglaubt, ein Wurm könnte den Nichter bezwingen?«

Ich gab ihm keine Antwort. Ich konnte nicht sprechen. Außerdem blieb mir keine Zeit, dem Nichter zu antworten. Denn nun kam der Tod. Lange hatte er gewartet. Jetzt endlich war er da.

Tatsächlich hing ich wie der Wurm am Haken. Ich zuckte und zappelte. Zuckend und zappelnd blickte ich über den Platz hinweg. Niemand hatte die Brände gelöscht. Hoch schlugen die Flammen aus den Häusern. Unzählige Funken wirbelten durch die Luft; schwer und dunkel stiegen Rauchschwaden in den Nachthimmel; die Feuer sogen die Luft ein, dass es war, als würde ein Sturm nahen.

Doch in Wahrheit war der Sturm längst da. Der Widerschein der Brände lag über dem Platz wie ein Heer rotleuchtender Schatten. Ich sah den zerwühlten, zerstampften Schnee; überall war er gefleckt von Blut und schwarzem Schleim. Ich sah Dutzende von Leichen; zerschlagen, zerbrochen, zerstoßen, verkrümmt. Ich sah diejenigen, die versuchten, zu fliehen oder sich zu verstecken; und ich sah auch diejenigen, die nicht aufhörten zu kämpfen.

Irgendwo auf dem Platz war Justinius.

Irgendwo auf dem Platz war auch Danje. Ich hätte sie gerne noch einmal gesehen und ihr gesagt, wie leid mir alles tat.

Aber es war zu spät.

Noch einmal begann die Schwärze, für mich zu leuchten. Noch einmal wiegte mich die Nacht in ihrem Schweigen.

Ich schob meinen Armstumpf unter den Stachel, der mich durchbohrte. Mit der Hand, die mir geblieben war, umfasste ich ihn. Es war, als würden aus dem einen Stachel hundert weitere, winzige Stachel wachsen, die mein Fleisch durchbohrten und mit ihrer eisigen Glut verbrannten. Doch ich ließ nicht los. Mit aller Kraft, die mir geblieben war, drückte ich den Stachel nach unten.

Er brach.

Licht strömte aus der Wunde; ein stinkendes, fauliges Licht, finster wie das Grab.

Der Nichter stieß ein Geheul aus. Schmerz und Angst und ungläubiges Entsetzen klangen darin.

Die Schlange in meinem Leib erschlaffte. Ich fiel. Doch im Fallen rammte ich die Stachelspitze in die Stirn des Nichters – dorthin, wo die drei Hörner wuchsen, die früher stolz in die Höhe geragt hatten und nun in sich selbst gekrümmt waren.

Ich landete hart im Schnee.

Der Nichter stürzte neben mir zu Boden. Sein Kopf schlug zur Seite, und unsere Blicke trafen sich. Er sah mich und sah zugleich durch mich hindurch.

»Das kann nicht sein …«, stöhnte er. »Nein … das kann nicht sein …«

Doch am Ende war der Anführer der Horde nur schwarzer Schleim – wie wir alle.

Ich konnte mich nicht mehr bewegen. Es wäre schön gewesen, Scara zu berühren; ihre Hand, ihren Arm, ihre Wange. Aber ebenso gut hätte sie eintausend Meilen weit weg liegen können.

Sterbend nahm ich wahr, wie die Geisterreiter die Flucht ergriffen. Wahrscheinlich hatten sie gespürt, dass der Nichter gefallen war. Und nun, da das Unvorstellbare geschehen war, verließen sie der Mut und die Mordlust.

Ich wollte die Augen schließen. Doch da beugte sich ein Mann über mich. Er hatte fahle Haut, schwarze Haare und einen schwarzen Bart. Ich sah, dass er aus einem halben Dutzend kleiner Wunden blutete; dabei bewegte er sich, als würde er weder Schmerz noch Erschöpfung kennen.

Der Fremde betrachtete mich nachdenklich. »Du bist Mykar, oder?«, sagte er.

»Woher … woher … wisst Ihr …?«

Er sah jetzt an mir vorbei. Dorthin, wo Scara lag. »Wir haben einmal gegeneinander gekämpft. In der Perle. Damals habe ich gedacht, du wärst ein Scherge Rudricks. Erst jetzt, als ich gesehen habe, wie du auf den Anführer dieser Gespensterbande losgegangen bist, habe ich begriffen, dass die Dinge in Wahrheit etwas anders liegen. Nur ein Freund von Cay wäre so dumm, das zu tun.«

Ich schwieg.

»Nun, wie dem auch sei – jedenfalls wolltest du ihn retten, oder? Cay, meine ich. Hast gedacht, der Dorn will ihm Feuer unterm Hintern machen und ihm vorher noch ein Auge ausstechen lassen, oder so.«

Ich nickte.

»Dann habe ich eine Überraschung für dich …«

»Eine … Überraschung?«

»Mit dir geht es ja offensichtlich zu Ende. Deshalb weiß ich nicht, ob du viel von dem hast, was ich dir jetzt sagen werde. Aber ich denke, du solltest es wissen, ehe du dich verabschiedest.«

»Was – was sollte ich wissen?«, brachte ich hervor.

»Es ist ganz einfach: Cay lebt.«

»Cay … lebt …?« Ich hätte nicht sagen können, was ich in diesem Moment fühlte: War ich überrascht? Freute ich mich? Verspürte ich Traurigkeit? Oder Reue?

»Ja. Er lebt. Und ist wahrscheinlich gerade im Begriff, eine kolossale Tölpelei anzustellen.«

»Aber wie … wie …?«

»Tja, der Dorn hat an seiner Stelle irgendeinen Halsabschneider verbrannt, für den er keine bessere Verwendung hatte. Unser gemeinsamer Freund hingegen ist ihm überaus nützlich –«

Der Fremde sprach weiter. Aber ich hörte ihn nicht mehr. Ich sah ihn auch nicht mehr. Ich verließ die kalte, schneeverwehte, von Feuerschein erhellte Nacht, in der ich gestorben war.

Eine andere Nacht nahm mich in Empfang. Diese Nacht war unsagbar weit, unsagbar dunkel, unsagbar einsam. Kein Mond und keine Sterne leuchteten in ihr.

Ich dachte an meine Mutter, an Cillia, an Fissach – und ich wusste, dass ich niemals wieder ein Licht sehen würde.

Doch ich hatte mich geirrt. Ein einziger Stern brannte, ganz am Ende der Unendlichkeit. Er war winzig klein, doch sein Licht reichte weit. Es durchdrang Millionen Jahre von Schwärze und Kälte.

Langsam streckte ich die Hand aus. Ich dachte, dass ich dieses Licht – wenn ich es mir nur stark genug wünschte – vielleicht würde berühren können.

5
DAS VERSPRECHEN

Justinius/Vanice/Halig

Niemand hatte mich so oft und so gründlich in den Wahnsinn getrieben wie Scara. Unzählige Male hatte ich ihr Pest und Pocken an den Hals gewünscht.

Warum nur konnte ich jetzt nicht aufhören zu heulen?

Tatsächlich hatte ich in den nächsten Tagen viel Zeit zum Heulen. Denn ich war der Einzige von uns, der keine Wunden davongetragen hatte. Und zu meinem großen Erstaunen klappte ich auch nach dem Ende des Kampfes nicht zusammen.

Als Erster kam Gunnmahr wieder auf die Beine. Er war zwar ein halbes Dutzend Mal getroffen worden. Aber irgendwie schien ihn das nicht sonderlich zu stören. »Ich habe keine Zeit zu bluten«, knurrte er, als ich ihn aus dem Lazarett kommen sah, das im Sorin-Tempel eingerichtet worden war.

Von Gunnmahr erfuhr ich, was tatsächlich geschehen war. In jener Nacht hatte ich nur die tote Scara und den toten Schlappi gesehen. Erst jetzt begriff ich, dass der Geisterreiter, der mich mit einem so traurigen Blick angesehen hatte, Mykar gewesen war. Irgendwann, irgendwo musste er sich verlaufen haben in seinem Schmerz über Cays Untergang und seinem Hass auf Rudrick. Er war in die dunkelsten Gefilde des Todes geraten und hatte erst ganz zum Schluss zurück auf den Weg gefunden.

Wer weiß, was geschehen wäre, wenn Scara nicht gestorben wäre – wenn der Schwarze Jäger sie verschont hätte?

Alles, was wir wussten, war, dass es geendet hatte, als der Anführer der Horde zur Hölle fuhr.

Wie das zuging, konnte ich nicht begreifen. Nun gut, dass die Geisterreiter die Flucht ergriffen, nachdem sich der Schwarze Jäger in eine nicht minder schwarze Schleimlache verwandelt hatte, wunderte mich nicht. Es war beinah putzig anzusehen, wie einige der panischeren Spukwesen und Nachtgestalten zunehmend verzweifelt versuchten, die widerspenstigen Dämonenrösser einzufangen, denen ihre Freiheit offenbar nicht übel gefiel.

Was mich allerdings verwirrte (später, als ich in Ruhe über die Sache nachdachte), war, dass auch die Männer und Frauen von Dreieichen in diesem Moment zu sich kamen. Wäre es anders gewesen – wir hätten ein noch weit grauenvolleres Massaker erlebt. Denn mindestens fünfzig der Städter, die vom Bösen berührt worden waren, standen noch, als der Schwarze Jäger starb. Und offensichtlich hatten sie die größte Lust, ihre Messer, Keulen, Knüppel, Beile, Eisenstangen und Mistgabeln in Blut zu tauchen. Bis sie ihre Waffen plötzlich fallen ließen und einander verstört und verschreckt in die Gesichter starrten.

Ich beschloss, mir die Frage, was genau da geschehen sein mochte, für später aufzuheben.

Zunächst war die dringlichste Aufgabe, die Wunden von Dreieichen zu heilen. Oder zumindest dabei zu helfen, dass sie verbunden wurden. Denn ob diese Wunden jemals heilen würden, wagte ich nicht zu sagen. Die Häuser am Platz, die abgebrannt waren (und mit ihnen das Hab und Gut nicht weniger Familien), waren da noch das geringste Problem. Aber Dutzende Städter waren in der Blutnacht gestorben. Und wie ging man damit um, dass der Nachbar, mit dem man sich sonst auf ein abendliches Bier traf, plötzlich mit der Holzfälleraxt auf einen losgegangen war? Wie sollte man jemals wieder Vertrauen fassen zu Menschen, deren Gesichter sich vor den eigenen Augen in Masken des Hasses verwandelt hatten, während sich in ihrem Blick eine eisige, dunkel-glühende Leere ausbreitete? Wie versöhnte man sich mit dem Vater, der Mutter, dem Bruder, der Schwester, dem Sohn, der Tochter, wenn sie einem irre kichernd nach dem Leben getrachtet hatten?

Und wie schaffte man es, morgens aufzustehen und sein Leben zu leben, wenn man selbst zu denen zählte, die vom Bösen ergriffen worden waren?

Ich war froh, dass erst mal handfestere Dinge anstanden. Zum Beispiel musste besagtes Lazarett organisiert werden. Boten wurden gebraucht, die in umliegende Dörfer eilten, um die Hilfe von Heilern und Geweihten zu erbitten. Und die Totengräber benötigten viele helfende Hände, um die Opfer der Blutnacht anständig zu beerdigen. Natürlich musste man den Stadtoberen auch irgendeine Erklärung dafür geben, was bei Elaahs Gnade in jener Nacht geschehen war. Vom Bösen zu sprechen, wagte ich nicht. Die Leute anzulügen, wagte ich ebenso wenig.

Gunnmahr hatte da keine Probleme. Er erklärte, er sei ein Gesandter des Dorn (was ja irgendwie stimmte), und es verhalte sich so, dass die Spukwesen und bösen Geister in letzter Zeit besonders übellaunig seien, weil Skargat spürte, wie sehr im ahekrischen Reich die Macht des Guten zunahm. Dass sie es vor allem auf Orte abgesehen hatten, an denen die Kräfte der Finsternis keinen Stich hatten – wie eben Dreieichen –, war bedauerlich, aber naheliegend.

Ich weiß nicht, ob die Stadtoberen seinen Worten glaubten. Zumindest taten sie so. Immerhin war es eine Erklärung. Und nicht die unschmeichelhafteste.

Als Nächste kam Aiona auf die Beine. Sie war am Arm verletzt worden. Aber die Wunde war nicht tief und bereitete ihr, von den Schmerzen der Heilung abgesehen, keine Probleme. Für ihre Verhältnisse war Aiona recht still und in sich gekehrt während der ersten Tage. Doch wir verbrachten viel Zeit miteinander, und manchmal brauchte man keine Worte, um einander nahe zu sein.

Ferla war die Dritte, die das Lazaret verlassen konnte. Sie hatte nur ein paar Kratzer abbekommen. Dass sie fast eine Woche der Ruhe und Stille benötigte, war den Blessuren ihrer Seele zuzuschreiben. Aiona erzählte mir, dass ihnen Rhun von Ketten in größter Not zu Hilfe gekommen war. Der Junker hatte dafür mit seinem Leben bezahlt. Was zwischen ihm und Ferla vorgefallen war, wusste ich natürlich nicht. Aber der Tod des alten Mannes erfüllte sie mit tiefer, dunkler Trauer.

Es dauerte fast zwei Wochen, bis Tamelon wieder zu uns stieß. Gemessen an den Verletzungen, die er erlitten hatte, war das ziemlich wenig. Doch auch in seinem Fall gingen die Wunden des Herzens tiefer als jene des Leibes. Wir alle wussten, dass der Paladin uns – ja vielleicht ganz Dreieichen – gerettet hatte. Er hatte nicht verzagt. Er hatte nicht aufgegeben. Er hatte sich der Flut von Verzweiflung und Dunkelheit entgegengestellt und ihr Einhalt geboten.

Doch wie bitter war sein Lohn! Keiner, kein einziger seiner Ordensbrüder hatte überlebt. Die Männer, die der Provinzial Galbahr von der Ordensburg an den Tarr-Seen nach Dreieichen geführt hatte, waren allesamt zugrunde gegangen. Die einen hatte das Böse verschlungen. Die anderen der Kampf gegen das Böse. Ich konnte mir nicht vorstellen, was das für Tamelon bedeutete. Keiner von uns sah ihn je weinen. Keiner von uns hörte je ein Wort der Klage aus seinem Mund. Doch seine Augen waren trauriger und müder als zuvor. Würde ihm dieses Leben noch einmal Freude schenken? Ich hoffte es.

Als wir gemeinsam den Friedhof betraten, auf dem Scara begraben worden war, fehlten noch sechzehn Tage bis zu Elaahs Lichtfest. Das Wetter war noch einmal mild geworden. Es lag kein Schnee mehr. Dafür nieselte es. Alle Wege waren vermatscht. Der Elaah-Kreis auf dem Grab war aus Holz geschnitzt. Wassertropfen rannen an ihm herab und fielen auf die schlammige, zerwühlte Erde.

Eine lange Zeit standen wir da auf dem Friedhof, ließen uns nassregnen und schwiegen. Schließlich sagte Tamelon: »Möge Elaah dich heimholen, Mädchen.«

Das war alles.

Es war genug.

Halig hatte es am schwersten erwischt. Als wir anderen von Scara Abschied nahmen, hatte er das Bewusstsein noch nicht wieder erlangt. Allerdings war fraglich, ob das wirklich daran lag, dass ihm ein Beil tief in die Schulter gedrungen war. »Seine Wunde heilt gut«, sagte uns eine junge Sorin-Geweihte. »Aber ich glaube, er weiß nicht, ob er leben möchte.«

»Ich wünsche, dass Ihr ihn pflegt, Schwester, ganz gleich, wie lange es dauert, bis er zu sich kommt«, erwiderte Tamelon. »Wenn er gesund ist, gebt ihm einen Beutel mit Silbergulden und ein Maultier. Und dann schickt ihn nach Hause. Er hat sich das Recht verdient, in sein Leben zurückzukehren.«

Für den Rest von uns gab es hingegen kein Zurück. Eines stand fest: Das Böse existierte. Und wir mussten es aufhalten. Koste es, was es wolle. Wie wir das anstellen sollten, wusste niemand. Klar war nur, dass wir bald aufbrechen würden. Und dass uns die Reise nach Osten führte. Denn in dieser Richtung lag Ahekris.

Am Abend vor unserer Abreise saßen wir im Schankraum des *Hungrigen Bären* zusammen, wo wir nach dem Brand in der *Hohen Straße* untergebracht worden waren. Man behandelte uns wie Könige. Gab uns das beste Essen und den besten Wein. Und auch sonst alles, was wir wollten: Waffen, Kleidung, Ausrüstung. Ich wusste nicht recht, was ich davon halten sollte. Die Leute dachten, wir hätten ihre Stadt gerettet. Doch in meinen schwärzesten Stunden fürchtete ich, dass wir das Böse irgendwie nach Dreieichen gebracht hatten.

Jedenfalls war es höchste Zeit, auf die mit rosa Schleifen geschmückte Wildsau zu sprechen zu kommen, die an unserem Tisch hockte, während wir einen köstlichen Braten vertilgten, der von einem ihrer Verwandten stammte, und dazu Wein und Bier tranken. Das war gar nicht so leicht. Wir hatten uns nämlich angewöhnt zu schweigen, wenn wir beisammen saßen. Dabei handelte es sich nicht um ein betretenes oder gespanntes oder verlegenes Schweigen. Eher um das wortlose Einvernehmen alter Schlachtrösser am Futtertrog. Dennoch: Manchmal war es nötig, dass man sein Maul aufmachte. Und zwar nicht nur, um einen herzhaften Bissen hineinzuschieben.

»Kann mir jemand erklären, was zur Hölle eigentlich passiert ist, als der Schwarze Jäger so freundlich war zu verrecken?«, sagte ich deshalb.

Wirklich überrascht war offenbar niemand von meiner Frage.

»Das würde ich auch gerne wissen«, murmelte Gunnmahr, der ungefähr fünfmal so viel soff wie wir anderen zusammengenommen, es aber trotzdem schaffte, stets nüchtern zu wirken.

»Ich habe mir dieselbe Fragte gestellt«, sagte Tamelon, nachdem er sich den Mund gewischt hatte. »Und ich denke, es ist mit dem Bösen wie mit diesem Kaminfeuer da.«

»Ihr meint, es vergeht, wenn es nicht genährt wird?«, fragte Ferla.

Der Paladin nickte.

»Sehr poetisch«, grollte Gunnmahr. »Das Problem ist nur, dass es jede Menge Nahrung hatte. Schließlich liefen in dieser feinen Stadt noch einige Dutzend Herren und Damen herum, die ganz versessen darauf waren, uns und sich selbst den Garaus zu machen.«

»Das mag sein«, erwiderte Aiona, die nachdenklich ihren Weinbecher betrachtete. »Ich denke trotzdem, dass Tamelon recht hat. Ein dürres Zweiglein ist ja etwas anderes als ein Holzscheit.«

»Aha, und der Schwarze Jäger wäre dann das Holzscheit gewesen?«, wollte Gunnmahr wissen.

»Ganz genau. Ebenso wie der Provinzial Galbahr und Tamelons Brüder.«

»Ich weiß nicht, ob mich das überzeugt«, sagte Gunnmahr. »Aber es ist ein Anfang.«

Ich räusperte mich. »Da wir gerade bei den Anfängen sind: Wo und wie sollen wir eigentlich anfangen, wenn wir morgen aufbrechen?«

»Ich habe Briefe an die anderen Provinziale meines Ordens geschrieben«, sagte Tamelon. »Ob sie mir Glauben schenken werden, weiß ich natürlich nicht.«

»Was wir in jedem Fall tun sollten, ist mit Bechtil reden«, erklärte Aiona. »Sie ist die Königin der Weißen Hexen. Ihr Dorf liegt ein paar Tagesreisen östlich von hier. Es ist also kein Umweg für uns.«

»Und warum sollten wir mit dieser Bechtil reden wollen?«, fragte Gunnmahr.

»Sie ist unter uns Hexen sehr angesehen und verfügt über großes Wissen«, antwortete Ferla.

»Außerdem kennt sie sich mit den Warek aus. Vielleicht kann sie uns zu einem ihrer Dörfer bringen«, ergänzte Aiona.

»Sie kennt sich mit den *Warek* aus?« Gunnmahr verzog das Gesicht. »Was in Dreidämonsnamen haben wir mit den Warek zu schaffen?«

Aiona zuckte die Schultern. »Sie bewohnen die gewaltigen Wälder des Nordens – Mark Brandenwall nennt ihr diesen Landstrich, nicht wahr? Wenn sich das Böse wirklich von Ahekris aus verbreitet, sind sie also als Erste bedroht. Vielleicht haben sie sogar schon Erfahrung in diesem Kampf. In jedem Fall sind sie unsere Verbündeten.«

»Man hat schon Seltsameres gehört«, sagte Tamelon, der den Blick auf die Tischplatte gerichtet hielt.

Gunnmahr schnaubte, hielt aber seinen Mund.

»Na, dann ist ja alles klar«, sagte ich und trank einen großen Schluck Bier, um mich zu meinem günstigen Einfall in Sachen Wildsau zu beglückwünschen.

»Fast, Justinius«, entgegnete Aiona.

»Aha – was gibt es denn noch?«

»Hier in Dreieichen haben wir Seite an Seite gekämpft«, erwiderte Aiona und auf einmal hatte ihre Stimme einen feierlichen Klang angenommen. »Es wird nicht unser letzter Kampf gewesen sein. Noch unser schwerster. Deshalb denke ich, dass wir einander ein Versprechen geben sollten.«

»Ein Versprechen?«, fragte Gunnmahr. »Du meinst so einen Bund auf Treu' und Ehr'?«

»Ja, etwas in der Art.«

»Von mir aus«, seufzte er. »Aber nur, wenn ich mir dafür nicht in die Hand schneiden muss. Ich bin nämlich eine Memme.«

Aiona lächelte. »Nein … Blut ist nicht nötig …«

Als wir anderen schwiegen, sah sie Ferla, Tamelon, Gunnmahr und mir nacheinander in die Augen. Noch immer schwiegen wir.

»Gut«, begann Aiona von Neuem. »Ganz gleich, zu welchen Göttern wir beten und woran immer wir glauben – wir wollen uns versprechen, dass wir in diesem Kampf zueinander stehen, was auch geschehen mag. Dass wir bereit sind, die anderen mit unserem Leben zu verteidigen, wenn es nötig sein sollte. Und dass wir niemals aufgeben werden, solange noch Atem in uns ist.«

Indem sie das sagte, legte sie ihre rechte Hand auf den Tisch. Tamelon legte seine Rechte auf die ihre. Ferla legte ihre Rechte auf die seine. Gunnmahr zögerte kurz, legte dann seine linke Hand auf Ferlas Rechte. Zuletzt war ich dran. Ich legte meine Hand auf Gunnmahrs.

So schlossen wir also unseren namenlosen Bund. Versprachen uns, dass wir Kampfgefährten sein würden bis zuletzt.

Einige Minuten später, nachdem ich meinen Braten verspeist und meinen Bierkrug geleert hatte, erhob ich mich vom Tisch.

»Ich gehe mir mal die Beine vertreten«, sagte ich.

Die anderen antworteten mir mit Nicken und Gemurmel.

Ich verließ den *Hungrigen Bären*. Die Nacht war ungewöhnlich mild für Thaalas Weihezeit. Ich fror nicht. Dennoch war mir unbehaglich zumute. Alle Häuser waren dunkel. Die Beklommenheit und Angst der Bewohner von Dreieichen war fast mit Händen zu greifen. Ich fragte mich, ob die Stadt jemals wieder sein würde, was sie gewesen war, ehe Galbahr vom Hohen Teich seine Hexenjagd begonnen hatte.

Mit einem Ächzer hockte ich mich auf den Rand des Pferdetrogs, der vor dem Gasthaus stand. Die Öllampe, die ich von drinnen mitgebracht hatte, stellte ich auf die Erde. Ich hätte gerne den Mond und die Sterne angeschaut. Aber der Himmel war wolkenverhangen.

Was mich tröstete, war der Gedanke an Rhalana, Honigkuchen (oder »Honi«, wie Aiona zu sagen pflegte) und Ferner, Tamelons Schimmel. Die drei Pferde waren dem Feuer und dem Gemetzel entronnen. Einfach, indem sie taten, was Pferde eben tun: laufen, so weit die Hufe tragen, wenn Gefahr droht. Ich freute mich, wieder auf Rhalana zu reiten. Überlegte, ob ich ihr noch einen Besuch im Stall abstatten sollte.

Da hörte ich ein mir wohlvertrautes, abgrundtiefes Knurren aus der Dunkelheit. Eine Sekunde später trat Garoy in den Schein meiner Öllampe. Er war kein bisschen geschrumpft, seit ich ihn das letzte Mal gesehen hatte. Bedauerlicherweise galt das ganz besonders für seine Zähne. Übrigens roch er auch nicht besser – ein Jammer, dass jeder Winkel von Dreieichen nach Tod und Verwesung stank. Sonst hätte ich ihn vielleicht rechtzeitig bemerkt.

»Hmm. Ein schlechter Verlierer, richtig?«, sagte ich.

Meine Waffen lagen selbstredend auf meinem Zimmer. Ebenso wie meine Rüstung. Ich hatte nicht mal ein Messer. Irgendwie fand ich es ziemlich albern, nach allem, was ich überstanden hatte, zwischen den Kiefern dieses zotteligen Riesenviechs zu enden. Albern und bitter obendrein. Doch ich wollte verdammt sein, wenn ich dem Wolf die Genugtuung verschaffte, um Gnade zu flehen.

Garoy antwortete mir mit einem Knurren, das womöglich noch tiefer war.

Plötzlich legte sich eine Hand auf meine Schulter. Es war Aiona.

»Er ist nicht hier, um dich zu töten, Justinius«, sagte sie leise. »Er sucht einen neuen Herrn. So ist es doch, Garoy?«

Ich hatte sie ebenso wenig kommen hören wie den Wolf. War zu überrascht, um etwas zu entgegnen.

»Ja, so ist es«, sagte der Wolf.

Sagte. Der. Wolf.

Mit durchaus raspelnder Stimme.

Nun ja, wie meinte Tamelon so schön? Man hat schon Seltsameres gehört. Und auch gesehen.

Nachdem er dieses Bekenntnis von sich gegeben hatte, schwieg Garoy. Ebenso wie Aiona. Das hieß wohl, dass es an mir war, etwas zu sagen. Oder zu tun.

Ich machte einen Schritt auf den Wolf zu. Es fehlte nicht viel, und er hätte mir in die Augen sehen können, wie er da hockte. Wohlan. Was war in einem solchen Moment angemessen? Wie gesagt: Garoy stank zum Göttererbarmen. War auch keine Schönheit. Und wenn er einmal Haps machte, war der Kopf weg. Aber er hatte wieder diesen sehnsuchtsvollen Ausdruck in den Augen. Sah vielleicht sogar noch sehnsüchtiger aus als zuvor. Also tätschelte ich ihn. Konnte mich knapp zurückhalten, »Gutes Hundchen« zu sagen. Oder etwas in der Art.

Garoy knurrte wieder. Dieses Mal klang es allerdings recht behaglich. Dann – ehe ich mich entscheiden konnte, ob ich ihm vielleicht auch das Fell streicheln sollte –, verschwand er in der Nacht.

»Puh, und ich dachte schon, mein letztes Stündlein hätte geschlagen«, sagte ich zu Aiona.

»Ich glaube eher, du hast einen neuen Freund gewonnen«, antwortete sie.

Wir setzten uns nebeneinander auf den Pferdetrog. Im Licht der Öllampe sah ich Aionas Gesicht. Ich fand, dass sie gar nicht unglücklich aussah.

Eine günstige Gelegenheit, sie ein wenig zu ärgern.

»Ich wette, mein Wolf ist stärker als dein Rabe«, sagte ich.

Ein kleiner Witz auf Jacomos Kosten, den ich mir erlaubte, weil wir inzwischen ganz gut miteinander klarkamen. Er hatte den Kampf heilen Gefieders überstanden und verbrachte ganze Stunden bei Aiona und mir im Herbergszimmer, wenn ihm das Wetter zu schlecht war oder er sich langweilte.

Aiona lachte. Es war eben gar nicht so leicht, sie zu ärgern. »Dafür riecht mein Rabe besser«, sagte sie

»Das ist … hm … möglich«, räumte ich ein.

»Was meinst du, vielleicht werden auch die beiden am Ende Freunde …«, sinnierte sie.

»Tja, wer weiß. Auf der Welt ist fast alles möglich«, erwiderte ich. Und fühlte mich außerordentlich weise.

Aiona lachte wieder. Ich lachte ebenfalls. Einfach, weil es guttat zu lachen. Dann legte ich einen Arm um ihre Schulter.

Morgen würden wir Dreieichen verlassen. Wir würden nach Osten reiten, um gegen das Böse zu kämpfen. Niemand wusste, ob wir gewinnen würden. Es war nicht einmal klar, ob wir überhaupt eine Chance hatten zu gewinnen.

Schmerz und Dunkelheit warteten am Wegesrand. Blut und Tränen würden fließen.

Aber diese Nacht gehörte uns.

Einige wenige Stunden.

Frieden.

Zum letzten Mal.

***

Die Sonne war gerade erst über die Hügel gestiegen, als ich die ersten Häuser von Raban erreichte. Trotz allem war ich dankbar für ihre Strahlen, die wärmend mein Gesicht streichelten. Zwischenzeitlich hatte ich mich über eine mit Meerwasser gefüllte Mulde am Strand gebeugt und das getrocknete Blut von meinen Händen und meinem Gesicht gewaschen. Ich hoffte, dass es reichen würde. Und dass ich nicht zufällig jemandem über den Weg lief, der ein Vertrauter der Devecraux war.

Während ich durch die Randgebiete Rabans ging – die mir wie ein einziges, großes Bauerndorf vorkamen –, fühlte ich mich, als wäre ich in einem Traum gefangen, der einfach nicht aufhören wollte. Ich hörte Hähne krähen, Hühner gackern und Hunde bellen; ich sah Fischer, die von der Arbeit heimkehrten, Handwerker, die zur Arbeit gingen; ihre Frauen, die Wasser vom Brunnen holten, Kühe molken, Nachttöpfe auf Dunghaufen leerten. Es war der Alltag von Menschen, die einfach ihr Leben lebten. Doch nichts von dem, was ich sah und hörte, kam mir echt vor.

Auch die Tatsache, dass ich ein gewisses Aufsehen erregte, änderte daran wenig. Übrigens hielt es sich in Grenzen: hin und wieder ein verwunderter, misstrauischer, vielleicht auch begehrender Blick; das war alles.

Erst als der Gestank und der Lärm zunahmen und sich immer mehr Menschen durch immer engere Straßen drängelten, begann ich zu begreifen, dass ich mich *wirklich* auf Enjahla befand; dass mich die Luziera *wirklich* in die Villa der Serramys gebracht hatte; dass ich dort *wirklich* bezeugt hatte, wie ein Kind einem Dämon geopfert werden sollte, und *wirklich* einen Menschen ermordet hatte. Und dass mich meine eigenen Eltern *wirklich* an ebendiesen Dämon, den Hungerer, verkauft hatten, vor etwa fünfzehn Jahren. Oder vielleicht schon lange vor meiner Geburt.

War das die Wahrheit meines Lebens? Und wenn ja, was folgte daraus?

Zunächst einmal schlicht und einfach, dass ich Geld brauchte. Denn mein dringendstes Bedürfnis war, mich erst mal ein paar Tage irgendwo einzuschließen, um meinen Kopf und mein Herz zu klären. Also suchte ich einen Pfandleiher auf. Wieder einmal hieß es für mich, meinen Schmuck zu versetzen. Cays Kette wegzugeben, kam selbstredend nicht in Frage; aber auf die drei Ringe, die ich gestern Abend mehr oder weniger wahllos angesteckt hatte, konnte ich gut verzichten. Sie mussten mir nur ein paar Goldstücke einbringen.

Meine größte Sorge, als ich den Laden des Pfandleihers betrat, war allerdings nicht, dass mich der Mann übers Ohr hauen würde, sondern dass ich die Zunge meiner Insel vergessen haben könnte – wie lange war es her, dass ich Enjahlisch gehört und gesprochen hatte!

Wie seltsam – trotz meiner Bitterkeit und meinem Schmerz und meinem Zorn hätte ich fast gequiekt vor Freude, als ich feststellte, dass ich mich mühelos mit dem Pfandleiher verständigen konnte.

Diesen Triumph feierte ich, indem ich mir auf dem nahegelegenen Markt zwei der hauchdünnen, aus Eichelmehl gebackenen Brotfladen gönnte, die ich so lange vermisst hatte. Sie waren mit Rosmarin bestreut, ganz wie ich es in Erinnerung hatte, und dazu gab es frischen Schafskäse und eine dicke Scheibe Wildschweinschinken. Ich war so beglückt, dass ich mir an einem anderen Stand obendrein ein Glas süßen, gelben Wein einschenken ließ.

Als das kleine Festmahl beendet war, begann ich, nach einer Unterkunft zu suchen. Bald hatte ich ein Viertel gefunden, das mir gefiel. Hier gab es schlichte, saubere Mietshäuser, ein paar Tavernen und Gasthöfe und einen Platz, der sich dadurch auszeichnete, dass in seiner Mitte eine von Palmen umstandene Statue aufragte, die einen lange verstorbenen Gelehrten darstellte, welcher sich im Großen Rat für das Wohl Rabans eingesetzt hatte.

In den Mietshäusern der Stadt gab es sogenannte Türwächter, die für Ruhe und Ordnung sorgten und auch sonst die Interessen des jeweiligen Eigentümers vertraten. Nachdem ich mit ein paar dieser Türwächter gesprochen und eine Handvoll Silbergulden zu gutem Nutzen gebracht hatte, bekam ich eine hübsche kleine, dankenswerterweise vollständig eingerichtete Wohnung zugewiesen. Ich kaufte mir Brot und Käse, Wurst und Wein, holte Wasser aus dem Brunnen im Innenhof und tat, was ich mir vorgenommen hatte: mich einige Tage lang einschließen und brüten.

Am Ende dieser Zeit war ich zu einer Entscheidung gelangt: Ich würde auf Enjahla bleiben.

Zwar war es wahrscheinlich, dass Cay früher oder später nach Alkessa kommen würde, um Kelmon über das Böse auszufragen, und es wäre ein Leichtes gewesen, ihn dort zu erwarten. Aber abgesehen davon, dass ich nicht wusste, wie groß die Aussicht war, ihn in dieser furchtbaren Stadt tatsächlich aufzufinden, hätte das bedeutet, wiederum davonzulaufen. Ich wollte aber nicht mehr davonlaufen. Irgendwie wusste ich, dass dies meine letzte Chance war, die Flucht, die vor zehn Jahren ihren Anfang genommen hatte, ein für alle Mal zu beenden.

Das hieß nichts anderes, als dass ich herausfinden musste, was es mit dem Pakt auf sich hatte, den meine Vorfahren mit dem Hungerer geschlossen hatten; und es hieß, die Herrschaft des Dämons und seiner Diener – der Großen Familien, *meiner* Familie – über Enjahla zu beenden.

Zugegeben, das war ein ziemlich kühnes Unterfangen für eine Frau, deren einzige wirkliche Begabung darin bestand, den Männern zu gefallen. Ich hatte nicht die geringste Ahnung, wie ich mein Vorhaben in die Tat umsetzen sollte. Aber ich hatte keine Wahl. Um genau zu sein: Wenn ich jemals frei sein wollte, wenn ich jemals einen leichten, frohen Atemzug machen wollte, wenn ich jemals jemanden lieben wollte – dann hatte ich keine Wahl.

Ich wusste das so sicher, wie ich das Blau des Himmels sah, wenn ich den Kopf aus dem Fenster streckte.

Aus meinem Entschluss folgte zunächst einmal, dass ich einen Weg finden musste, um Geld zu verdienen. Dass ich mich wieder als Geliebte an den Meistbietenden verkaufte, war natürlich eine absurde Vorstellung. Selbst wenn ich gewollte hätte – ich bezweifelte stark, dass ich noch dazu taugte.

Was aber konnte ich sonst?

Ich gab den größten Teil meines verbliebenen Geldes dafür aus, Pergament, Schreibfedern und Tinte zu erstehen. Dann ging ich zu den Kindern, die beim Brunnen im Innenhof spielten, drückte ihnen einige Kupferstücke in die Hände und bat sie, im Viertel herumzuerzählen, dass bei uns im Haus von nun an eine Schreiberin tätig war, die zu günstigen Preisen allerlei Schriftstücke erstellen konnte.

Ich rechnete mir Chancen aus, dass ab und zu jemand bei mir vorbeischauen würde, der die Verteilung seines Erbes regeln oder einen wichtigen Brief verschicken musste; vielleicht würde es reichen, um meine Miete zu zahlen und mich zu ernähren.

Wie groß war meine Überraschung, als schon am ersten Tag ein Dutzend Männer und Frauen an meine Tür klopften!

Bald fand ich heraus, weshalb meine Dienste so gefragt waren. Mit Enjahla war es nämlich bergab gegangen in den Jahren, seit ich die Insel verlassen hatte. Die Geschäfte der Großen Familien liefen nicht mehr so gut wie früher; die Armut hatte zugenommen, ebenso die Ungerechtigkeiten. Man berichtete mir von Stadtwachen, die wahllos Leute verprügelten; Zöllner, die von den Fischern und Händlern unbezahlbar hohe Abgaben verlangten; Banden, die ganze Viertel in Angst und Schrecken versetzten, ohne dass die Herren von Raban einschritten.

Grundsätzlich war es möglich, Gesuche an den Großen Rat zu richten. Allerdings verlangte das Gesetz, dass dies schriftlich geschah; und zwar nicht in der Mundart, derer sich die Leute im Alltag bedienten, sondern auf Ahekrisch. Freilich konnte kaum jemand dieser Vorschrift Folge leisten, und die Schreiber, die es gab, standen zumeist im Dienst der Reichen, weshalb sie auch entsprechende Entlohnung verlangten.

Kurz und gut: Die Leute betrachteten mich – ausgerechnet mich! –, als ob ich ein Geschenk Elaahs wäre, und ich schrieb, bis mir das Handgelenk schmerzte.

Wenn ich nicht arbeitete, verbrachte ich viel Zeit mit Grübeleien. Mich beschlich der Gedanke, dass der Niedergang Enjahlas etwas damit zu tun haben könnte, dass ich nicht dem Hungerer geopfert worden war. Hieß das etwa, dass ich über eine gewisse Macht verfügte? Nun, ganz sicher bedeutete es, dass ich sehr vorsichtig sein musste – denn wenn dieser Zusammenhang wirklich bestand, konnte es den Großen Familien auch zehn Jahre nach meinem Verschwinden nicht gleichgültig sein, ob ich lebte oder starb … Trotz allem quälten mich Schuldgefühle, weil ich verantwortlich war, dass Aljon Serramys zum Waisen geworden war. Zugleich war ich davon überzeugt, das Richtige getan zu haben. Ich fragte mich, wie es dem Jungen jetzt ergehen würde; wie sich seine Familie die Geschehnisse jener Nacht erklärte und welche Konsequenzen sie daraus ziehen würde. Und ich wurde das Gefühl nicht los, dass ich früher oder später einen Preis dafür zu entrichten hätte, dass ich einen alten, wehrlosen Mann ermordet hatte – auch wenn meine Gründe, dies zu tun, noch so gut gewesen sein mochten.

Während ich über all das nachgrübelte, versuchte ich, mich in meinem neuen Leben einzurichten.

Ich erinnerte mich daran, dass der Herbst auf Enjahla kalt, nebelig und regnerisch sein konnte. Dieses Jahr aber war er eine ungebrochene Folge lichter, warmer Tage und lauer, sternklarer Nächte. Ich kaufte mir weite, helle Kleider und Kopftücher, und bald sah ich fast genauso aus wie die übrigen Frauen, die in meinem Viertel lebten.

Einen Spiegel konnte ich mir nicht leisten. Wenn ich im Brunnen Wasser schöpfte, betrachtete ich mein Gesicht. Mal kam ich mir alt und verbraucht vor; mal fand ich, dass ich wie ein Mädchen aussah, dessen Blütenfest erst wenige Monate zurückliegt.

Eine andere Sache, die ich mir nicht mehr leisten konnte, war, ständig in irgendwelchen Wirtshäusern zu essen. Da ich gerade mal wusste, wie man Wasser aufsetzte, war das ein ernstliches Problem. Die Lösung fand sich, als eine ältere Frau, die in einem nahegelegenen Gasthof als Köchin arbeitete, mich um meine Dienste bat. Sie wünschte, Briefe an ihren Sohn zu schreiben, der – aus Gründen, über die sie sich ausschwieg – im Gefängnis saß. Es erwies sich, dass die Briefe sogar ziemlich lang wurden, und ich fragte die Frau, Esma war ihr Name, ob sie mir als Lohn für meine Dienste zeigen wollte, wie man simple Speisen zubereitete. Sie willigte ein, und nach ein paar Versuchen konnte ich schon mal Eier braten.

Bald war es so weit, dass ich jeden im Viertel kannte. Ich grüßte und wurde gegrüßt. Die Männer behandelten mich mit Respekt, und die Frauen aus meinem Haus luden mich zu den Treffen ein, die sie im Hinterhof abhielten. Als ich das erste Mal zu einem dieser Treffen ging, zitterten mir die Knie. Ich war mir sicher, die Frauen, die im Schatten einer Platane beieinander saßen, Malventee tranken und Honiggebäck aßen, würden ihren Irrtum begreifen, mich auslachen und verjagen. Stattdessen hießen sie mich freudig willkommen. Ich wusste nicht, wie mir geschah. Von da an hielt ich fast täglich ein Schwätzchen mit meinen Nachbarinnen, wenn wir uns im Hof oder auf dem Markt trafen. Wir sprachen über das Wetter, die Qualität des Fisches und die neuesten Unverschämtheiten der Großen Familien und konnten uns prächtig ereifern.

Wenn mich jemand fragte, woher ich kam, erzählte ich, dass ich als Kind mit meinem Vater, einem kleinen Händler, nach Ebera gegangen war, aber niemals die Sehnsucht nach meiner Heimat verloren hatte. Ich vermutete, dass sich die Leute ein wenig darüber verwunderten, dass ich helle Haut und helle Haare hatte; aber so sehr, dass sie mich darauf angesprochen hätten, wunderten sie sich auch wieder nicht.

So vergingen einige Wochen. Vom Hunger auf Leichenfleisch blieb ich in dieser Zeit verschont. Immer häufiger begann ich mich zu fühlen, als ob ich tatsächlich eine gewöhnliche Frau wäre – vielleicht etwas einsamer und trauriger als andere, vielleicht auch nicht –, und es gab Tage, an denen ich dachte, dass das Leben eigentlich immer so weitergehen könnte, wie es gerade jetzt war.

Doch niemals vergaß ich, welchen Entschluss ich getroffen hatte.

Und auch Cay vergaß ich nicht.

Im Gegenteil. Der Kleiderschrank meines Herzens war bald wieder so gut gefüllt, dass ich jeden Tag ein anderes Festgewand hätte anlegen können, wenn nur mein Geliebter da gewesen wäre.

Aber das war er nicht.

Manchmal war ich kurz davor, mich irgendwelchen Männern in die Arme zu werfen – einfach, weil die Nächte so lang waren und mein Bett so leer. Den Göttern sei Dank kam ich immer rechtzeitig zu mir. Ich wollte mit Cay zusammen sein, und die einzige Art, wie ich mit ihm zusammen sein konnte, war, indem ich ihn vermisste.

Ich gewöhnte mir an, täglich zum Hafen zu gehen, um nach Schiffen Ausschau zu halten, die von Alkessa kamen. Ich fühlte mich Cay irgendwie näher, wenn ich den Arbeitern dabei zusah, wie sie Waren verluden, dem Geschrei der Möwen lauschte und die abgetakelten Masten betrachtete, die in der salzigen Brise leicht hin und her schwankten.

Natürlich wusste ich, dass Cay unmöglich auf einem dieser Schiffe sein konnte – die stille, dumme, unverwüstliche Hoffnung, dass er auf geheimnisvollen Wegen zu mir kommen würde, musste vergeblich bleiben.

Und dann kam er doch.

Ich schwöre, mein Herz setzte einen Schlag aus, als ich ihn den Landungssteg hinabgehen sah.

Erst jetzt begriff ich, wie sehr er mir gefehlt hatte. Ich bekam Angst. Ich dachte, im nächsten Moment würde sich herausstellen, dass ich mich geirrt hatte; dass da jemand in meine Richtung schlenderte, der nur von Ferne eine Ähnlichkeit mit meinem Geliebten hatte. Und ich war mir sicher, dass ich es nicht überleben würde, wenn ich heute allein nach Hause gehen müsste.

»Vanice«, sagte Cay.

Seine Haare und sein Bart waren etwas wilder geworden. Er trug nicht länger die Kleidung eines Edelmannes. Jetzt sah er aus wie ein Seemann: schwere Arbeitsschuhe; eine dunkle Leinenhose, mit einem Stück Hanf zusammengebunden; ein weites, weißes, an der Brust lose verschnürtes Hemd. Über seiner Schulter hing ein großer Sack, in dem er wohl seine Habseligkeiten verstaut hatte.

Nein, er war eindeutig nicht mehr der Herr Ulf von Schwarzenbach. Aber auch diese Aufmachung stand ihm so gut, als wäre er darin zur Welt gekommen.

Während ich das Treiben rund um die Quais, Piere und Werften betrachtet hatte, hatte ich viele Male angehoben, mir meine eigene Geschichte zu erzählen. Ich hatte versucht zu begreifen, was geschehen war in den Jahren, welche Handlungen und Ereignisse mich an diesen Ort, zu dieser Stunde geführt hatten. Ich wollte, dass meine einzige Zuhörerin, die ich selbst war, eine schöne Geschichte zu Ohren bekam. Deshalb hatte ich meine Erzählung stets mit dem unmöglichen Wiedersehen von Cay und mir enden lassen. Dieses Wiedersehen hatte ich mir dabei als etwas ausgemalt, das nur auf schroffen Klippen, vor dem Hintergrund blutroter Sonnenuntergänge, oder aber unter einem wilden, sturmgepeitschten, blitzzerrissenen Himmel angemessen vonstatten gehen konnte. Selbstverständlich gab es leidenschaftliche Umarmungen, glühende Küsse und tränenreiche Liebeschwüre.

Cay lächelt mich an, als ob es die natürlichste Sache der Welt wäre, dass wir uns an diesem warmen, lichten Herbstnachmittag auf Enjahla treffen, umgeben von Hafenarbeitern, Seeleuten und Möwen, Schiffen, Kränen und Lagerhallen, viele Hundert Meilen entfernt von dem Ort, wo wir uns zuletzt gesehen haben, während die langsam sinkende Sonne das Meer zum Glitzern bringt.

»Cay«, flüstere ich. »Wie … wie ist das möglich?«

Er nimmt meine Hand, führt sie an seine Lippen, noch immer lächelnd.

»Ich war in Alkessa«, sagt er. »Ich habe mit Kelmon gesprochen. Ich weiß jetzt, dass die Großen Familien einen Pakt mit einem Dämon geschlossen haben. Das ist die Wahrheit deines Fluches, Vanice. Als ich das hörte, war mir klar, dass ich nach Enjahla gehen musste. Ich denke, es gibt nur einen Weg, deinen Fluch zu brechen. Die Großen Familien müssen fallen – auch deine Familie. Es tut mir leid.«

Ich kann kaum glauben, was ich da höre. »Du … du bist nach Enjahla gekommen, um ganz allein gegen die Großen Familien zu kämpfen … für mich?«

Cay zuckt die Schultern. »Nun, ich konnte natürlich nicht ahnen, dass ich dich gleich hier am Hafen treffen würde … du weinst?«

»Ich glaube, es sind Glückstränen.«

»Glück, das ist gut.« Er lächelt wieder. »Aber sag mir – wie hat es dich hierher verschlagen?«

Ich erzähle ihm davon, wie die Luziera zu mir gekommen ist; wie sie mich nach Enjahla gebracht, was sie mir gezeigt und was sie von mir gewollt hat. Mir kommen meine Worte reichlich wirr vor, aber Cay scheint zu verstehen.

Eine kleine Weile schweigen wir.

»Was ist mit Kelmon?«, frage ich schließlich.

»Er ist tot. Ich habe ihn getötet.«

»Aber wie?«

»Ich werde dir alles erzählen, doch nicht hier und nicht heute. Kelmon gibt es nicht mehr. Vielleicht hat es ihn nie gegeben.«

Ich nehme seine Hände in die meinen. »Einverstanden, Cay«, sage ich. »Aber die Serramys, die Noirrcrombant und die Devecraux – die gibt es. Von dem Dämon, dem Hungerer, ganz zu schweigen. Unsere Feinde sind sehr mächtig, weißt du. Wie sollen wir je ankommen gegen diese Macht? Vielleicht können wir nur untergehen. Ich … ich habe keine Wahl. Ich werde nicht mehr davonlaufen. Aber du, Cay … du hast eine Wahl, nicht wahr? Du musst das nicht tun.«

Er sieht mich lange an. Fest und ruhig ist sein Blick. »Ja, ich habe eine Wahl …«, sagt er. »Und wenn sie darin besteht, dir den Rücken zu kehren oder zusammen mit dir unterzugehen, wähle ich den Untergang.« In diesem Moment fällt der Schatten einer Wolke auf Cays

Gesicht, und das Blau seiner Augen verdunkelt sich. »Aber noch ist es nicht so weit.«

»Nein«, sage ich leise. »Noch ist es nicht so weit.«

Plötzlich grinst Cay. »Übrigens, gibt es eigentlich Elaah-Geweihte auf dieser Insel?«

Ich muss lachen. »Als ich das letzte Mal nachgeschaut habe, gab es welche.«

»Schön. Wir haben etwas zusammen vor, oder?«

Ich lege zwei Finger auf meine silberne Halskette und nicke.

»Gut, dann lass uns gehen.«

Ich beuge mich vor und gebe Cay einen Kuss auf die Lippen.

»Ja«, sage ich.

***

Wollte man in einer Welt leben, in der so etwas geschah? Konnte *man das?*

Eines Nachts öffnete Halig die Augen. Er lag in einem schmalen, sauberen Bett in einer kleinen, sauberen Kammer. Das Fenster war nicht verschlossen oder verhängt. Draußen herrschte dieselbe Stille wie in der Kammer. Schwaches Mondlicht fiel auf sein Lager.

Halig hatte keine Schmerzen. Aber er verspürte einen leichten Hunger. Und Durst. Außerdem regte sich die Lust auf einen Schnaps in ihm. Pflaume vielleicht. Oder Kirsche. Oder Mirabelle.

Da wusste der Totengräber, dass er leben würde. Was immer die Antworten waren.

Als Halig den Sorin-Tempel verließ, in dem er über Wochen hinweg gepflegt worden war, fehlten noch elf Tage bis zu Elaahs Lichtfest. Drei weitere Tage lang ließ er sich im *Hungrigen Bären* umsorgen. Schließlich musste er wieder zu Kräften kommen. In dieser Zeit erlebte Halig Wundersames. Nicht nur, dass er essen und trinken durfte, was und so viel er wollte. Nicht nur, dass sich die hübschen, apfelbäckigen Schankmägde darum balgten, ihm sein Bad zu bereiten. Nein, sogar die Stadtoberen statten ihm einen Besuch ab, um sich nach seinem werten Befinden zu erkundigen.

Zum ersten Mal in seinem Leben wurde Halig mit Ehrerbietung behandelt. Langsam begriff er, dass ihn die Leute für einen Helden hielten. Darüber erschrak der Totengräber sehr. Sein Erschrecken wurde bald zu tiefer Traurigkeit.

Er hatte weder Scara noch Schlappi retten können. Was für ein Held war das, der seine Herzensdame sterben ließ?

Nachts, wenn er alleine war, weinte Halig. Er sagte sich, dass es an der Zeit war, Dreieichen zu verlassen.

Der einzige Besuch, der ihm von Herzen willkommen war, war der von Gurth. Natürlich hatten die beiden wenig Grund, in Heiterkeit auszubrechen. Schließlich zählte auch Rhun von Ketten zu denen, die in der Blutnacht ihren Tod gefunden hatten. Aber Gurth behandelte Halig neuerdings mit einer rauhbeinigen Herzlichkeit, die ihm guttat. Und es war keine Rede mehr davon, dass er für Laghras' unerquickliches Ableben zur Rechenschaft gezogen werden sollte.

Gurth, Emla und Karwa waren die Einzigen, die jetzt noch auf der Burg derer von Ketten lebten. Der Wächter wusste nicht, ob sie dort bleiben wollten. Er wusste auch nicht, ob sie dort bleiben durften. Aber dass die Zukunft ungewiss war, schien ihn nicht weiter zu stören.

Nachdem Gurth ihm Lebewohl gesagt hatte, begann Halig, seinen eigenen Abschied vorzubereiten. Getreu den Wünschen des Herrn Tamelon wurde ihm ein Beutel mit Silbergulden überreicht. Das war mehr Geld, als der Totengräber je besessen hatte, und er wunderte sich, dass er so wenig Freude daran hatte. Umso schöner war, dass ihm Kornelius überlassen wurde. Er fühlte sich mit dem Maultier in der Trauer um Scara vereint. Und er zweifelte nicht daran, dass Kornelius und er einander gute Weggefährten sein würden.

Halig ging nur ein einziges Mal zu Scaras Grab; das war am Tag vor seiner Abreise. Die Vorstellung, wie sie dort unten in der kalten, nassen Erde lag, allein und einsam, war mehr, als er ertragen konnte. Berufsbedingt kannte er sich gut aus mit dem Werk der Verwesung. Er wünschte, es wäre anders gewesen.

Die Würmer sind Feinschmecker – auch das hatte Plauranz gerne und oft gesagt. Zwar fügte sich diese Weisheit schlecht zu anderen Aussprüchen von Haligs hochgeschätztem Vorgänger. Aber als er an Scaras Grab stand, zweifelte er nicht daran, dass die Würmer dort unten ein Festmahl hielten. Das Einzige, was ihn tröstete, war die Gewissheit, dass Scara selbst durchaus damit einverstanden gewesen wäre, den garstigen Tierchen als Speise zu dienen.

Am nächsten Morgen verabschiedete sich Halig in aller Frühe von der Wirtin des *Hungrigen Bären*. Als er Kornelius holte, begegnete er Elmer, dem heldenhaften Stalljungen. Kurz blickten die beiden einander in die Augen. Dann nickten sie sich zu, und der Totengräber ging weiter. Er führte Kornelius quer über den Platz, auf dem nichts mehr an das entsetzliche Gemetzel erinnerte, das hier vor wenigen Wochen stattgefunden hatte – auch die Scheiterhaufen waren verschwunden.

Gerade stieg die Sonne über die Firste der Häuser. Es versprach, ein frostig-klarer, leuchtender Wintertag zu werden. Rauch quoll aus den Kaminen, und ein paar vorwitzige Lichtstrahlen brachten den Rauhreif zum Glänzen, der den Boden und die Dächer und die kahlen Äste der wenigen Bäume bedeckte, die entlang der Straßen von Dreieichen wuchsen.

Halig hielt inne; mit tiefen Zügen atmete er die kalte, herbe Luft.

Er wusste, dass der Herr Tamelon gemeinsam mit Justinius von Hagenow und Gunnmahr sowie den Damen Aiona und Ferla nach Osten gezogen war. Er wusste auch, was der Paladin und seine Gefährten vorhatten. Doch für Halig war Schluss mit den Abenteuern. Sein Weg führte nach Südwesten. Schließlich hatte der Herr Tamelon selbst gesagt – wenn er der Sorin-Geweihten, die mit seiner Pflege betraut gewesen war, Glauben schenken durfte –, dass er ein Recht darauf hätte, in sein Leben zurückzukehren. Und überhaupt, was konnte ein Holzkopf wie er, Halig, einer war, schon gegen das Böse ausrichten?

Noch immer rührte sich der Totengräber nicht. Kornelius begann, ungeduldig zu werden; er stieß ein heiseres Wiehern aus und scharrte mit den Hufen. Halig aber bekam gar nicht recht mit, dass das Maultier ihn zur Eile drängte.

Er dachte an seine behaglich-bescheidene Hütte. Wenn er Glück hatte und keine Winterstürme über ihn hereinbrachen, konnte er in weniger als einer Woche daheim sein. Er dachte auch an die Witwe Elsa. Gewiss erwartete sie ihn mit ihrer molligen Wärme und einem Topf Erdbeermarmelade.

Dann dachte Halig an Scara.

Er seufzte schwer. Zupfte seinen Kinnbart, der noch ein wenig länger und strubbeliger geworden war. Seufzte ein weiteres Mal.

Und wandte sich nach Osten.

EPILOG

1 Zur selben Stunde

In der tiefsten Nacht hatte es begonnen. Niemand hatte den Befehl dazu gegeben. Kylion selbst war überrascht, als er in der Dämmerung auf seinen Balkon trat. Ein Lächeln zeigte sich auf dem jungen, zarten Gesicht des Kaisers, und die gleißend-bunte Schwärze, die aus seiner aufgerissenen Brust strömte, schien noch ein wenig heller (oder dunkler) zu werden.

»Siehst du, Egreeo!«, rief er fröhlich. »Die Liebe erteilt keine Befehle. Sie ist sich selbst Befehl genug.«

Und mit einer weit ausholenden Geste wies er über die Balustrade hinweg auf die Hauptstadt, die sich unter ihnen ausbreitete.

»Ja, Herr!«, erwiderte der alte Gelehrte. »Du hast recht gehabt – wie immer!«

Natürlich war er längst blind. Obendrein waren seine Lider vernäht. Doch er hatte in den letzten Wochen und Monaten lernen dürfen, dass man nur mit den Augen des Herzens gut sah.

Also sah er: Die ehrbaren Leute von Ahekris hatten still und leise ihre hübschen, freilich längst eingeschneiten Holzhäuser verlassen. Zu Hunderten waren sie in den Straßen der Hauptstadt zusammengekommen. Nun warteten sie. Schon seit Stunden harrten sie in der Kälte aus, stumm und sanftmütig, harrten aus, während die Sonne langsam über den Rand der Welt kletterte, und warteten auf die Weisung ihres Kaisers.

»Ich will sie nicht zwingen, Egreeo«, hatte Kylion immer wieder gesagt. »Ich bin ja kein Feldherr, und wir ziehen nicht in den Krieg. Es muss ihr Wunsch sein. Und es soll allein aus Freude heraus geschehen. Die Freude ist alles, weißt du?«

Jetzt endlich war es so weit. Etwas Geheimnisvolles, gar Wundersames hatte sich ereignet im Schutz der Dunkelheit. Eine rätselhafte Kraft hatte die Einwohner von Ahekris verwandelt – jetzt trugen sie ihr Herz in den Händen.

Bei nicht wenigen durfte man das wörtlich nehmen: Sie waren dem Beispiel ihres Kaisers gefolgt und hatten sich das Herz aus der Brust gerissen, damit sie die Liebe leichter empfangen konnten. Andere hatten sich – so wie Egreeo – die Augen zerstochen, damit sie besser sehen konnten. Wieder andere hatten ihre Ohren abgeschnitten, auf dass sie hören lernten; oder sie hatten ihre Zähne zertrümmert und ihre Zunge zerbissen, auf dass ihnen die Gabe der Rede verliehen werde. Es gab auch solche, die sich einen Arm abgehackt oder die Beine zerschmettert hatten. Und noch viele andere Zeichen der Liebe und Hoffnung sah Egreeo.

Schweigend ersehnten all diese Auserwählten ein Wort ihres Herrn.

Aber Kylion war viel zu bescheiden und demütig, um etwa in die Stadt hinunterzugehen und seinen Untertanen eine Rede zu halten. Er wollte diesen Triumph nicht einmal für sich beanspruchen.

»Willst du sie an meiner Statt führen?«, fragte der Kaiser, indem er sich an den Lehrer seiner Kindheit und Jugendjahre wandte.

Egreeo schreckte zurück, hob abwehrend die Hände. »Ich bin dieser Ehre nicht würdig, Herr!«

Aber Kylion schüttelte lächelnd den Kopf. »Du allein bist würdig, alter Freund. Du ganz allein«, sagte er.

Und plötzlich wusste Egreeo, dass es ihm bestimmt war, noch etwas Großes zu vollbringen in der kurzen Zeit, die ihm auf Erden verblieb.

»Danke, Herr, danke …«, flüsterte er und küsste dem Kaiser die Hand.

»Alles ist gut«, sagte Kylion. »Alles ist gut.«

Und der alte Gelehrte begann zu begreifen, dass tatsächlich alles gut war. Denn Ahekris würde aufgehen wie eine Blume.

Die Welt war voller Trauer und Schmerz, Einsamkeit, Verzweiflung und Hoffnungslosigkeit.

Es war an der Zeit, dass sie die Gnade der Unschuld empfing.

2 *In der Nacht vor Elaahs Lichtfest*

Seit Tagen schon tobte ein Sturm über das Fokris-Gebirge. Die Nachtgestalten und Spukwesen scherten sich freilich nicht darum, dass sie eingeschneit wurden. Doch der Wind heulte mitunter so laut durch die Ruinen des verfluchten Bergdorfes, dass es schwer war, sein eigenes Wort zu verstehen. Und das brachte gewisse Schwierigkeiten mit sich. Denn nachdem die Horde infolge des Todes ihres Anführers einer Art Starre verfallen war, die einen ganzen Monat währte, war der Streit darüber, wer die Nachfolge des Schwarzen Jägers – oder vielmehr des Nichters – antreten sollte, nunmehr voll entfacht.

Zunächst hatte es lautstarke Auseinandersetzungen gegeben. Möglicherweise hatte auch das Lärmen des Windes dazu beigetragen, dass schon bald keine wütenden Worte mehr getauscht wurden, sondern Fausthiebe. Schließlich waren die Geisterreiter, die sich als neue Anführer sahen, dazu übergegangen, die Frage der Nachfolge in einer Reihe von Duellen auszufechten.

Dabei waren sich alle einig, dass es niemals so weit gekommen wäre, wenn man auf den Rat und das Urteil der Luziera hätte vertrauen können. Aber die *alte* Luziera war nicht mehr; zur selben Stunde wie der Nichter war sie gestorben – oder doch wenigstens verschwunden. Und was die *neue* Luziera betraf … niemand wusste etwas mit ihr anzufangen.

Ein Mädchen war ins Bergdorf gebracht worden, das keiner je zuvor gesehen hatte. Obwohl doch eigentlich nur Männer mit der Horde ziehen durften, hatte sie sich an dem Überfall auf Dreieichen beteiligt, als wäre es das Selbstverständlichste der Welt. Und wenige Stunden später stellte sich heraus, dass sie die neue Luziera war.

Wer sollte das verstehen?

Tatsächlich hatte es dem Ansehen von Clas, der eigentlich beste Chancen darauf gehabt hätte, den Nichter zu beerben, schwer geschadet, dass er das merkwürdige Weibsbild mitgeschleppt hatte. Zugegeben, schön war sie … Aber längst nicht alle Geisterreiter fühlten sich zur Schönheit der Frauen – oder überhaupt irgendeiner Art von Schönheit – hingezogen. Und Clas wusste selbst nicht recht zu erklären, weshalb er das Mädchen nicht verjagt hatte, ehe er ins Hauptquartier der Horde zurückkehrte. War er etwa in sie verliebt? Das war doch lächerlich!

Auch die Tatsache, dass die neue Luziera kein einziges Wort sagte – einen vollen Monat lang! –, nachdem die Geisterreiter am Ende jener verhängnisvollen Nacht in das Bergdorf zurückgekehrt waren, hatte nicht eben zu ihrer Beliebtheit beigetragen.

Einige Geisterreiter wollten beobachtet haben, dass sie, mit von Grauen und Schmerz verzerrtem Gesicht, den Ort angestarrt hätte, an dem der Nichter gestorben war. Dann, ehe sie in ihr tiefes, tiefes Schweigen verfallen war, hatte sie geschrien und geweint, wohl eine Stunde lang. War das etwa ein Verhalten, das der Luziera gebührte? Zumal sie den Anführer der Horde doch gar nicht gekannt hatte …

Vielleicht wusste Clas mehr; schließlich war er manche Nacht lang mit dem Mädchen gereist. Aber er sagte nichts.

Jedenfalls waren nach einigem Hin und Her (ein freundlicher Ausdruck in Anbetracht der schwarzen Schleimlachen, die den Schnee nach den Duellen verunzierten) nur noch zwei Geisterreiter übrig geblieben, die um die Nachfolge des Nichters stritten: Arnwald und Reimar; zwei der Getreuen des schwarzen Rudrick, die ihren Anführer verraten hatten, als es ihnen gut schien, sich nach einem neuen Herrn umzusehen.

Keiner von beiden durfte innerhalb der Horde auf starken Rückhalt zählen. Die spitzigen Schatten, die Greise in ihren Leichentüchern und die schwarzäugigen Babys hatten sowieso nichts zu sagen; und jeder Geisterreiter war im Grunde seines Herzens überzeugt davon, dass in Wahrheit *ihm* die Anführerschaft gebührte –

selbst wenn er sich nicht traute, sein vermeintliches Recht einzufordern.

So kam es also, dass Arnwald und Reimar eine halbe Nacht lang Beschimpfungen austauschten, weil die zwei Möchtegern-Anführer vor einem letzten Duell zurückschreckten.

Alles in allem war das Schauspiel eher langweilig bis betrüblich, und vermutlich sehnten nicht wenige Geisterreiter den Aufgang der Sonne herbei, als die Luziera plötzlich sprach.

»Ich kann euch sagen, wer der neue Anführer wird!«, rief sie.

Tatsächlich verstummten Arnwald und Reimar, und sei es auch nur, weil sie der Klang der ungewohnten Stimme verwirrte.

»Und wer sollte deiner Meinung nach der neue Anführer werden?«, fragte Reimar, als er sich gefasst hatte – wobei sein Ton keinen Zweifel daran ließ, dass er nur eine Antwort akzeptieren würde, die in seinem Sinn war.

»Ganz einfach: ich«, sagte die Luziera.

Da brachen Arnwald und Reimar in schallendes Gelächter aus – endlich einmal waren sie sich einig –, das allerdings merkwürdigerweise vom Rest der Horde nicht aufgenommen wurde.

»Du?!«, höhnte Arnwald. »Du bist doch nur eine Herumtreiberin! Pass auf, dass ich dich nicht übers Knie lege!«

»Du!?«, spottete Reimar. »Du siehst aus wie eine Frau und redest wie eine Frau – also bist du auch eine Frau, oder? Dann tut es mir leid für dich: Keine Frau kann die Horde führen!«

Die Luziera zog ihre Sichel. Zweimal schlug sie zu, und Arnwald und Reimar waren nicht mehr.

Dann wandte sie sich an die restliche Horde. »Ist noch jemand der Meinung, dass ich eine Herumtreiberin bin und keine Frau die Horde führen kann?«, fragte sie.

Niemand sagte etwas.

»Gut, dann höret: Wir ziehen aus heut' Nacht!«

Sie hob kaum die Stimme, als sie das sagte. Es klang wie eine Drohung.

Clas trat vor: »Wohin reiten wir, Luziera?«, fragte er.

Die Luziera lehnte sich auf ihren Stab; sorglos und lässig sah das aus. »Du willst wissen, wohin wir reiten?«, säuselte sie. »Ganz einfach: Wir reiten in den Krieg.«

Die Geisterreiter sahen einander an; ebenso die spitzigen Schatten, die Greise in ihren Leichentüchern und die schwarzäugigen Babys.

Doch noch immer sagte niemand etwas.

»Übrigens heiße ich Danje«, fügte die Anführerin der Horde hinzu.

Dann lachte sie. Und es war ein helles Mädchenlachen, das selbst den abgebrühtesten Geisterreitern das Blut in den Adern gefrieren ließ.

3 *Viele Jahre später*

»Nun denn«, sagte Aiona. »Hier endet meine Geschichte.«

Die Kinder starrten sie ungläubig an.

»Aber es geht doch gerade erst los!«, protestierte ein Junge mit wildem, schwarzem Haar.

»Und was ist mit dem Bösen?«, fragte ein zweiter Junge, der schon seit längerem an seinen Fingernägeln herumgeknabbert hatte.

»Und Cay und Vanice – schaffen sie es, den Dämon zu besiegen?«, wollte ein sommersprossiges Mädchen wissen.

Die alte Frau, die ihnen gegenüber auf einem umgestürzten Baumstamm hockte, hob abwehrend die Hände. »Nun schreit doch nicht alle durcheinander!«, rief sie mit ihrer tiefen, rauhen Stimme. »Man versteht ja sein eigenes Wort nicht!«

Widerwillig verstummten die Kinder.

»Also, erstens solltet ihr wissen, dass keine Geschichte jemals wirklich endet«, fuhr sie in strengem Tonfall fort. »Aus jedem Ende entstehen zehn neue Anfänge. Denn solange es Menschen gibt, werden sie nicht aufhören zu lieben und zu hassen, zu kämpfen, zu leiden und zu hoffen.«

»Aber das Böse –«, begann der zweite Junge wieder.

»Außerdem solltet ihr euch daran erinnern, wie wir uns kennengelernt haben«, unterbrach Aiona. »Ihr habt dort drüben gespielt …« Sie zeigte auf eine Stelle am Waldrand, wo ein paar Brombeersträucher wuchsen. »…ich bin zufällig vorbeigekommen und habe euch gefragt, ob ihr wisst, was hier geschehen ist. Ihr hattet natürlich keine Ahnung und da habe ich euch gesagt, dass ihr euch mal bei euren Vätern und Müttern, oder besser noch bei den Großvätern und Großmüttern, erkundigen sollt.«

»Ja«, rief das sommersprossige Mädchen eifrig. »Und Großmutter hat gesagt, hier ist einmal etwas Schreckliches geschehen, und dann sind noch viel mehr schreckliche Dinge geschehen und am Ende gab es unser Dorf gar nicht mehr, bis es dann wieder aufgebaut wurde.«

»Ganz genau«, bestätigte die Hexe. »Als wir uns wiedergetroffen haben, wusstet ihr schon viel besser Bescheid. Da habe ich euch gesagt, ich würde euch – wenn ihr brav seid und gut zuhört – erzählen, was wirklich dort am Waldrand und bei euch im Dorf geschehen ist, und warum die Dinge, die sich hier auf einem kleinen, unscheinbaren Flecken Erde in den Windmarken zutrugen, schließlich ganz Ebera verändert haben. Das waren meine Worte, richtig?«

Die Kinder nickten zögernd; offenbar wussten sie nicht, worauf die Alte hinauswollte.

»Seht ihr«, sagte Aiona, nachdem sie eine kleine Weile geschwiegen hatte, »und genau das habe ich getan. Meine Geschichte war vor allem die Geschichte von Mykar, dem Skargat-Kind. Seine Geschichte ist beendet, und auch die Geschichten meiner übrigen Helden habe ich euch erzählt, sofern sie etwas mit Mykar zu tun hatten. Wir sind obendrein so weit gekommen, dass sich Ebera in der Tat zu verändern beginnt. Und jetzt, wie gesagt, beginnen neue Geschichten.«

Die Kinder murrten ein wenig; sie tauschten enttäuschte Blicke. Der schwarzhaarige Junge machte ein Gesicht, als ob ihm langweilig wäre und es ihn überhaupt nicht kümmern würde, was eine komische, runzlige Frau zu sagen hatte.

»Was ist aus Mykar geworden … ich meine … nachher«, fragte ein zweites Mädchen, das bislang geschwiegen hatte.

Aiona lächelte sie an. Das war ein trauriges Lächeln. »Ich weiß es nicht, Kind«, sagte sie. »Ich weiß nur eines: Es ist gut, dass nicht wir darüber zu entscheiden haben, wer verdammt ist.«

»Aber ihr habt das Böse besiegt … oder?«, fragte ein Junge mit ganz feinem, flachsblondem Haar, der ebenfalls zum ersten Mal sprach.

Noch immer lächelte Aiona ihr trauriges Lächeln. »Ob wir das Böse besiegt haben? Ich glaube nicht, dass dies das richtige Wort ist … Aber ich bin noch da, und ihr seid noch da, und euer Dorf ist noch da, und die Windmarken und der Sommer sind auch noch da. Zumindest so viel können wir also sagen, dass das Böse nicht gewonnen hat …« Einen Moment lang verlor sich ihr Blick in altem Schmerz, altem Verlust. »Doch alles hat seinen Preis, und der Preis, den wir zu zahlen hatten, war sehr hoch … sehr hoch …«

»Aber was ist mit Justinius? Hat er überlebt? Wenigstens das könnt Ihr uns doch sagen!«, platzte das sommersprossige Mädchen heraus.

Die Hexe betrachtete sie nachdenklich. Dann lachte sie plötzlich. »Ich wäre eine schlechte Erzählerin, wenn ich das Ende meiner Geschichte verraten würde, ehe sie überhaupt begonnen hat!«, rief sie.

»Das Ende Eurer Geschichte?«, fragte das Mädchen. »Das heißt …?«

»Nun, ich habe nie gesagt, dass es bei der einen Geschichte bleiben muss«, erklärte Aiona schmunzelnd.

Die Kinder jubelten; sogar der schwarzhaarige Junge.

Erneut hob die Hexe die Hände, um ihre Zuhörerschaft zum Schweigen zu bringen. »Zunächst müsst ihr mir aber ein wenig Zeit geben, um zu verschnaufen!«, mahnte sie. »Dieses ganze Erzählen ist ziemlich anstrengend, und ich bin nicht mehr so jung, wie ich mal war.«

Alle pflichteten ihr bei, dass sie sich ruhig ein wenig Ruhe gönnen sollte – nur nicht allzu viel.

»Gut, dann sehen wir uns in einer Woche wieder«, erklärte Aiona schließlich. »Am selben Ort, zur selben Zeit.«

Wieder jubelten die Kinder.

Dann stand sie auf, drehte sich um und ging davon.

Es war ein warmer, duftiger Sommertag, der sich langsam der Dämmerung zuneigte. Ein leiser Wind strich durch das Blätterkleid der Bäume, und wenn man ganz genau hinhörte, konnte man etwas wie ein Murmeln oder ein sanftes Flüstern hören, das von irgendwo aus dem Wald zu kommen schien. Die Kinder aber blieben im warmen Gras hocken und blickten Aiona hinterher: Sie war eine hochgewachsene Frau mit grauschwarzem Haar und hellen Augen; sie benötigte keinen Stock und hielt sich fast ganz aufrecht, während sie langsam im Abendsonnenlicht verschwand.

PERSONENVERZEICHNIS

Mykar – das Skargat-Kind; wurde von den Bewohnern seines Dorfes des Mordes an Alva beschuldigt und totgeknüppelt; kehrte als ein anderer zurück

Janne – sein Vater

Maeva – seine Mutter

Ebra und Janne – seine jüngeren Brüder

Danje – ein totes Hexenmädchen; Mykars Freundin und Reisegefährtin, bis er ihren Schädel in einem Fluss versenkte

Schecke – Mykars Maultier

Cay – Mykars Freund aus Kindertagen; hat Rudrick von Nordwiesen getötet; wurde vermeintlich auf dem Ascheberg vor der Perle hingerichtet

Alva – Cays Verlobte; wurde von Rudrick und seinen Freunden ermordet

Illiam –Cays Vater; Elaah-Geweihter in Mykars Dorf

Rahla – Cays Mutter

Ulf von Schwarzenbach – ein Edelmann, der Cay zum Verwechseln ähnlich sieht

Gunnmahr – ein fahrender Krieger, der gute Gründe hat, kein Paladin zu sein

Brogar – ein wohlhabender Bauer; Vater von Alva

Ordalf – ein Säufer; bekam den Auftrag, Mykars Leichnam im Wald zu verscharren

Berin, Garth und Ansel – Jungen aus Mykars Dorf

Harun – ein Hirte in Mykars Dorf

Emer – ein Müller in Mykars Dorf

Vanice Devecraux – Tochter einer der Großen Familien, die über die Insel Enjahla herrschen; wird seit ihrem sechzehnten Lebensjahr von dem Hunger auf verwestes Fleisch gequält; floh deshalb aus ihrer Heimat

Siya – ihre Zofe

Macceo Devecraux – ihr Vater

Carleo Devecraux, Vychan Devecraux – ihre älteren Brüder

Kelmon – ein reicher Mann aus Alkessa; wohnt in einem Haus mit zwei Monden

Elir Noirrcrombant – ein junger Mann aus Raban; hat einmal mit Vanice getanzt

Aluin – ein Thaala-Geweihter aus der Perle; ließ sich von Vanice Gedichte vorlesen

Lucille – seine Verlobte aus früheren Tagen

Xra – ein Leichenfresser aus der Perle; Anführer der Unterirdischen; würde Vanice gerne heiraten

Aljon Serramys – das Oberhaupt einer der Großen Familien von Enjahla

Valina Serramys – seine Frau

Aljon Serramys, der Jüngere – sein einziger Sohn

Justinius von Hagenow – Sohn des Barons Gernot von Hagenow; wurde von seinem Vater auf einen verfallenen Landsitz verbannt

Alena – seine Mutter; wurde vor über zehn Jahren von einer Krankheit dahingerafft

Scara – seine Magd; gilt als verrückt

Edmund – sein jüngerer Bruder; ein Freund Rudricks von Nordwiesen

Rhalana – sein Pferd

Jila – Scaras Mutter; wurde als Hexe verbrannt

Schlappi – Scaras altersschwacher Esel

Lorenz und Kornelius – Scaras Maultiere

Ulla, Egbert, Stane – Diener auf dem verfallenen Landsitz

Aiona – Königin der Schwarzen Hexen
Jacomo – ihr Rabe
Honigkuchen – ihr Pferd
Ferla – eine Weiße Hexe; Schwester von Danje
Bechtil – Königin der Weißen Hexen; ist Aiona nur bedingt wohlgesonnen
Falker – ein hilfreicher Bauer aus Altenfurt, Aionas Dorf

Halig – ein unglücklicher Totengräber; hat sich verpflichtet, das Gute zu stärken und das Böse zu schwächen
Plauranz – ein früh verstorbener Totengräber

Tamelon von Brunnenthal – Paladin der *Bruderschaft des Zweiten Todes*; hat Halig zu seinem Gehilfen ernannt
Ferner – sein Pferd
Calyb – Paladin der *Bruderschaft des Zweiten Todes*
Galbahr vom Hohen Teich – Provinzial der *Bruderschaft des Zweiten Todes*; Onkel von Laghras vom Hohen Teich; hat die Krieger der Bruderschaft in das Städtchen Dreieichen geführt, um dortselbst Jagd auf Hexen zu machen
Elmer – ein heldenhafter Stalljunge aus Dreieichen

Der Schwarze Jäger (eigentlich: Welgmar zur Blauenau; auch: der Höllische Waidmann; auch: der Nichter) – Anführer der Wilden Horde (auch: Skargats Jäger; der Zug der Wütenden Toten)
Die Luziera – eine *sehr* alte Frau; wird selbst im Geisterreich gefürchtet; hat sich dem Schwarzen Jäger aus einer Laune heraus angeschlossen und bereut das; sucht neuerdings eine Nachfolgerin
Garoy – ein Dämonenwolf; Getreuer des Schwarzen Jägers; ist neuerdings unglücklich über seinen Herrn
Arnwald, Reimar, Clas – Reiter der Horde; zeitweise Anhänger Rudricks
Grolek – Wirt der Gespensterschenke *Zum Fröhlichen Toten*

Der Elende Ede – ein missvergnügter Wiedergänger; Stammgast im *Fröhlichen Toten*

Der Prinzipal – ein Dämon von einem Ort, für den es keinen Namen gibt; Herrscher über die Spukwesen und Nachtgestalten der Windmarken

Rudrick von Nordwiesen – Sohn des Grafen Erwig und der Gräfin Brida; hat sich dem Dienst an einem jenseitigen Bösen verschrieben; ließ sich von Cay ermorden, um einen Platz in der Wilden Horde einzunehmen; forderte den Schwarzen Jäger zum Duell heraus und verlor

Wendell von Nordwiesen – sein älterer Bruder

Bero von Luchterbruch – ein Freund Rudricks; ließ sich von Gelfrat von der Thann ermorden, um einen Platz in der Wilden Horde einzunehmen; wurde von seinem Freund Rudrick ermordet

Gerrik von Felsenkamm – ein Freund Rudricks; ließ sich von Gelfrat von der Thann ermorden, um einen Platz in der Wilden Horde einzunehmen; wurde von der Luziera ermordet

Radulf von Rodingen – ein Freund Rudricks; weigerte sich, ihm ins Geisterreich zu folgen; Anführer der Nekromanten der Perle

Laghras vom Hohen Teich – ein Freund Rudricks; weigerte sich, ihm ins Geisterreich zu folgen; versteckt sich auf der Burg von Rhun von Ketten

Rhun von Ketten – ein verbitterter alter Ritter, dessen Burg bei Dreieichen liegt

Gurth – Wächter auf der Burg von Rhun von Ketten; auch der Name eines Bauern, bei dem Halig Räucherschinken und anderes zu erstehen pflegte

Karwa – eine muntere alte Magd auf der Burg von Rhun von Ketten; Mutter von Gurth, dem Wächter

Emla – noch eine muntere alte Magd auf der Burg von Rhun von Ketten

Merwin vom Hohen Teich – Freund von Rhun; Vater von Laghras

Egreeo – ehemaliger Mönch; seit Jahrzehnten Kaiserlicher Lehrer am Hof von Bechtol IV. und Winand
Winand – Sohn von Bechtol und Annlyn; ahekrischer Kaiser; verstarb an einer rätselhaften Krankheit
Manith – Winands Gemahlin; beging Selbstmord
Annlyn, Lumea und Islah – Winands Töchter
Gereon – Winands erstgeborener Sohn; ahekrischer Kronprinz; floh aus der Hauptstadt und geriet an Grolek
Kylion – Winands jüngerer Sohn; Lieblingsschüler Egreeos; Tor des Bösen und Kaiser von Ahekrien

Der Dorn (eigentlich: Rutger von Durenwald) – Sohn von Baron Arno, dem Retter der Perle; Held des Großen Krieges gegen Iskrien; Statthalter des ahekrischen Kaisers in den Windmarken; residiert in der Perle
Gelfrat von der Thann – Held des Großen Krieges gegen Iskrien; Waffengefährte des Dorn; wurde von diesem zum Junker ernannt; hat Bero von Luchterbruch und Gerrik von Felsenkamm getötet; fiel im Kampf gegen Rudrick
Glenna – Gelfrats ältere Tochter; wurde von Rudrick und seinen Freunden ermordet; Justinius war in sie verliebt
Tanya – Gelfrats jüngere Tochter; wurde in der Nacht ihres Blütenfestes ermordet

Cillia – eine Puppenspielerin aus Donost
Marlo – ihr Onkel
Alwin – ihr Bruder
Ceddra – ihre Mutter; Wirtin des Gasthauses *Zur Zechenden Puppe*
Fissach – ein Barde; Vertrauter Cillias

Ludger – Hafenmeister von Donost; steht im Dienst des *Hauses der Tausend Farben*
Ofrick – Vorarbeiter im Hafen von Donost

Meyk – Wirt des Gasthauses *Zur Alten Brücke*
Rilge – seine Frau

Dagian – Elaah-Geweihter in Mykars Dorf; Nachfolger von Illiam
Hindrik – Elaah-Geweihter auf Schloss Luchterbruch

Charis – ein Mädchen, das alles tat, um ihren Bruder Owein zu retten
Owein (eigentlich Orwena) – Charis' jüngerer Bruder (eigentlich ihre jüngere Schwester)
Odrehan, Saegar – zwei von Charis' älteren Brüdern; wurden von ihrer Familie beauftragt, Charis und Owein zu finden und zurückzubringen
Irvar – ein Jäger; Geliebter von Charis
Der Hungerer – ein furchtbarer Dämon, der Owein als Opfer verlangte

Arn Merlingen – ahekrischer Dichter
Boven vom Wolfstritt – benorischer Dichter
Kibeidon – gythanischer Philosoph
Timon Kalandri – ahekrischer Philosoph

Elgart (auch: Elgart der Unbesiegte, der Blutige Elgart) – Gründer des ahekrischen Reiches und erster ahekrischer Kaiser von Göttlichen Gnaden
Hartrad – der letzte König von Mandurien; wurde von Elgart abgesetzt
Urschel – der letzte König von Ask; wurde vom ahekrischen Kaiser Bechtol IV. unterworfen

DANKSAGUNG

Hier endet meine erste große literarische Reise. Ich danke allen, die mich ein Stück des Weges – wann, wo und wie immer – begleitet haben. Und ich hoffe, diese Reise wird nicht die letzte gewesen sein.

Vor allem danke ich Christine Lötscher, die mich auf mancher Wanderung vor dem Absturz bewahrt hat.